Hannah Tinti • Die zwölf Leben des Samuel Hawley

Hannah Tinti
Die zwölf Leben des Samuel Hawley

Roman

Aus dem Amerikanischen
von Verena Kilchling

KEIN & ABER

POCKET

Für Helen Ellis und Ann Napolitano,
beide große Schriftstellerinnen und echte Freundinnen

Und für Canada,
dafür, dass sie mich durch die Dunkelheit begleitet hat

Die Originalausgabe erschien 2017 unter dem Titel
The Twelve Lives of Samuel Hawley bei The Dial Press,
an imprint of Random House,
a division of Penguin Random House LLC, New York.
Copyright © 2017 by Hannah Tinti

Alle Rechte vorbehalten
Copyright © 2017/2018 by Kein & Aber AG Zürich – Berlin
Coverbild: Eduardo Joel Sosa Perez
Satz: Dörlemann Satz, Lemförde
Druck und Bindung: CPI – Ebner & Spiegel, Ulm
ISBN 978-3-0369-5981-8
Auch als eBook erhältlich

www.keinundaber.ch

INHALT

Hawley

Als Loo zwölf Jahre alt war, brachte ihr Vater ihr das Schießen bei. In seinem Zimmer hatte er einen Koffer voller
Waffen, andere Schießeisen waren in Kisten im ganzen
Haus verteilt. Loo hatte die Waffen schon oft gesehen,
wenn ihr Vater sie abends am Küchentisch auseinandernahm und reinigte, sie stundenlang ölte, polierte und
bürstete. Er hatte ihr verboten, sie anzufassen, und so versuchte Loo, möglichst viele Geheimnisse aus der Distanz
zu lüften. Bis zu jenem Tag, an dem sie die Geburtstags-
kerzen auf zwölf gekauften Schokoladentörtchen ausblies,
die sternförmig auf einem Teller arrangiert waren, und
Hawley daraufhin die Holzkiste im Wohnzimmer öffnete
und das Geschenk, auf das sie schon so lange gewartet
hatte – das Gewehr ihres Großvaters –, in ihre Arme legte.
 Jetzt wartete Loo im Flur, während ihr Vater einen Karton mit Munition vom Garderobenschrank hob. Daraus
nahm er einige Randfeuerpatronen Kaliber 22 – lang für
Büchsen sowie Winchester Magnum – und einige 9mm
Hornady 7,45 g. Die Kugeln klapperten in ihren Papp-
schachteln, als er sie in seine Tasche schob. Loo achtete

auf jedes Detail, als wäre die Patronenwahl ihres Vaters Teil eines Tests, den sie später bestehen musste. Hawley griff nach einer Remington Model 5, einer Winchester Model 52 und seinem Colt Python.

Wann immer Loos Vater das Haus verließ, trug er eine Waffe bei sich. Jede von ihnen hatte eine Geschichte. Da war zunächst das Gewehr, das Loos Großvater im Krieg getragen hatte und das jetzt Loo gehörte, mit einer Kerbe für jeden gefallenen Feind. Dann die Schrotflinte von einer Pferde-Ranch in Wyoming, auf der Hawley eine Zeit lang gearbeitet hatte. Außerdem die beiden silbernen Duellpistolen in ihrem glänzenden Holzkoffer, beim Pokern gewonnen in Arizona. Der Ruger-Revolver, den er in einer Tüte ganz hinten in seinem Kleiderschrank aufbewahrte. Die Sammlung Deringer-Taschenpistolen mit Perlmuttgriff, die er in der untersten Schublade seiner Kommode versteckte. Und der Colt mit dem Stempel »Hartford, Connecticut« auf der Seite.

Der Colt hatte keinen fixen Aufbewahrungsort. Loo hatte ihn schon überall liegen sehen, unter der Matratze ihres Vaters, offen auf dem Küchentisch, auf dem Kühlschrank und einmal sogar auf dem Badewannenrand. Der Colt war der Schatten ihres Vaters. Er lag immer da, wo dieser gerade gewesen war. Wenn Hawley nicht im Zimmer war, berührte sie manchmal den Griff. Er war aus Palisanderholz und fühlte sich glatt an, aber sie nahm den Colt nie in die Hand oder entfernte ihn von dem Ort, an dem ihr Vater ihn abgelegt hatte.

Nun steckte Hawley ihn in seinen Gürtel, bevor er sich die Gewehre über die Schulter hängte. »Na komm, du Unruhestifterin«, sagte er und hielt für sie beide die Tür auf. Er führte seine Tochter in den Wald hinter dem Haus, hinunter in die Schlucht, in der ein Flüsschen über moosbewachsene Felsen rauschte und sich anschließend ins Meer ergoss.

Es war ein klarer Tag. Die Blätter waren von den Ästen gefallen und bildeten auf dem Waldboden einen raschelnden Teppich aus Purpur, Gelb und Orange. Loos Vater blieb vor einem alten Ahornbaum stehen, an dem ein rostiger Farbtopf hing. Er band ihn los, brach den Deckel mit einem Messer auf und nutzte den am Henkel befestigten Pinsel, um den Stamm einer etwa hundert Meter entfernten Kiefer mit einem weißen Farbtupfer zu markieren, bevor er zurück zu seiner Tochter und den Waffen ging.

Hawley war Mitte vierzig, sah jedoch jünger aus. Seine Hüften waren immer noch schmal, seine Beine kräftig. Er war groß, wie ein Langschiff, mit breiten Schultern, die ein wenig hingen von all den Jahren, in denen er mit Loo auf dem Beifahrersitz seinen Pick-up kreuz und quer durchs Land gelenkt hatte. Seine Hände waren schwielig von seinen Gelegenheitsjobs – Autos reparieren oder Häuser anstreichen. Entlang seiner Fingernägel hatten sich Öl und Schmutz eingegraben, und seine dunklen Haare waren immer ein wenig zu lang und ungekämmt. Aber seine Augen waren tiefblau, und sein kantiges Gesicht war auf eine sehr attraktive Weise verlebt. Wo auch immer sie während ihrer jahrelangen Odyssee angehalten hatten, ob zum Frühstück in einem Diner am Highway oder in einer Kleinstadt, in der sie eine Weile Station machten –

überall konnte Loo beobachten, wie die Frauen sich unwiderstehlich von ihm angezogen fühlten. Doch ihr Vater presste stets die Lippen zusammen und spannte die Kieferknochen an und hielt damit jede und jeden davon ab, ihm zu nahe zu kommen.

Inzwischen fuhr der Pick-up nirgendwo mehr hin, außer zum Strand, wo sie eimerweise Venusmuscheln ausgruben. Quahogs nannte Hawley sie. Oder auch Littlenecks, Topnecks, Steamers oder Cherrystones, je nach Größe und Farbe. Er spürte sie mit einer Harke auf, während Loo einen langen, dünnen Spaten bevorzugte, mit dem sie tief in den Boden stechen konnte, bevor die Tiere sich eingruben. Jeden Tag krempelten Vater und Tochter früh am Morgen ihre Hosen bis übers Knie hoch und schlüpften in ihre Gummistiefel. Die Muscheln wurden in den Salzmarschen und im Watt geerntet, am Sandstrand und bei Ebbe entlang des Ufers.

Hawley nahm die Remington von der Schulter und zeigte Loo, wie man den Ladestreifen bestückte. Fünf Patronen legte er ein, eine nach der anderen. Dann schob er den Streifen ins Magazin und ließ es einrasten.

»Ein gutes Übungsgewehr für den Anfang. Damit kannst du nicht allzu viel Schaden anrichten. Trotzdem, lass die Sicherung drin. Schau dir dein Ziel genau an und alles, was dahinter ist. Richte die Waffe auf nichts, auf das du nicht wirklich schießen willst.«

Er schob den Verschlusshebel nach hinten und wieder nach vorn, wodurch die erste Patrone ins Lager rutschte. Anschließend gab er ihr das Gewehr. »Stell dich fest auf die Füße«, ordnete er an. »Knie locker. Dann holst du Luft und lässt den halben Atemzug wieder raus. In diesem Moment betätigst du den Abzug, beim Ausatmen. Nicht daran ziehen – nur ein wenig dagegendrücken.«

Das Gewehr fühlte sich kühl und schwer an, Loos Arme zitterten ein wenig, als sie den Schaft auf Schulter-höhe hob. Sie hatte so viele Jahre davon geträumt, endlich eine Waffe ihres Vaters in den Händen zu halten, dass sie auch jetzt das Gefühl hatte zu träumen. Nachdem sie ihr Ziel anvisiert hatte, zog sie den Schaft dicht zu sich heran, hob den Ellbogen und löste als Letztes, als Allerletztes, die Sicherung.

»Worauf wirst du schießen?«, fragte ihr Vater.

»Auf den Baum dort hinten«, antwortete Loo.

»Richtig.«

Sie stellte sich die Geschossbahn der Kugel vor, sah sie durch die Luft fliegen und ihre eigene Geschichte kreie-ren. Loo kannte sämtliche Teile dieser Waffe und spürte, wie jedes einzelne davon – Schlagfeder, Ladelöffel, Patro-nenlager und Schlagbolzen – mit den anderen zusammen-arbeitete und sich in die richtige Position verschob, als sie den Abzug berührte.

Die Explosion, die folgte, war mehr ein dumpfer Knall als ein Krachen. Der Gewehrkolben an ihrer Schulter be-wegte sich kaum. Loo erwartete einen gewissen Kick, ei-nen erregten Schauder, der ihren Körper durchlief, spürte jedoch lediglich eine kleine Blase der Erleichterung in sich aufsteigen.

»Sieh es dir an«, forderte ihr Vater sie auf.

Loo ließ den Arm sinken. In der Ferne erkannte sie den

weißen Fleck am Stamm der Kiefer. Er war unversehrt. »Ich habe ihn verfehlt.«

»Das passiert jedem.« Hawley kratzte sich die Nase. »Deine Mutter hat auch danebengeschossen.«

»Wirklich?«

»Beim ersten Mal«, antwortete er. »Zieh den Verschluss nach hinten.«

»Hat sie mit diesem Gewehr geschossen?«

»Nein«, sagte Hawley. »Sie mochte den Ruger.«

Loo zog den Ladehebel zurück, woraufhin die Patronenhülse durch die Luft flog und auf dem Waldboden landete. Als sie den Verschluss wieder nach vorn schob, glitt die nächste Patrone ins Lager. Ihre Mutter Lily war so früh gestorben, dass Loo sich nicht an sie erinnern konnte. Sie war in einem See ertrunken, ein Unfall. Hawley hatte Loo die genaue Stelle gezeigt, an der es passiert war, auf einer Karte von Wisconsin. Ein kleiner blauer Punkt, der verschwand, sobald sie ihre Fingerkuppe darauflegte.

Hawley sprach nicht gern darüber, und wenn er es doch tat, flimmerte die Luft immer ein wenig, als würde Lilys Name Gefahr heraufbeschwören. Das meiste, was Loo über ihre Mutter wusste, stammte aus einem Karton voller Erinnerungsstücke, einem mobilen Schrein, den ihr Vater im Badezimmer jedes ihrer Wohnorte neu errichtete – in Motelzimmern und Wohnungen auf Zeit, in Stadtapartments und Waldhütten. Und nun eben in diesem Haus auf dem Hügel, dem Ort, von dem Hawley sagte, dass er ihr Zuhause werden würde.

Zuerst wurden die Fotos aufgehängt, rund um die Badewanne und das Waschbecken. Ihr Vater befestigte jedes

Bild voller Sorgfalt, damit es nicht einriss – Aufnahmen von Loos Mutter, mit ihren langen schwarzen Haaren, ihrer blassen Haut und ihren grünen Augen. Als Nächstes arrangierte er halb leere Flaschen Shampoo und Spülung, eine Puderdose und einen roten Lippenstift, eine verbogene Zahnbürste, einen seidenen, auf dem Rücken mit Drachen bestickten Bademantel und Dosen mit Lilys Lieblingskonserven – Ananas und Kichererbsen – sowie handbeschriebene Zettel, die er nach ihrem Tod gefunden hatte: eine Einkaufsliste, eine Liste mit allem, was sie bis zum folgenden Samstag erledigen wollte, einen Strafzettel, auf dessen Rückseite sie Fragmente aus einem Traum notiert hatte. *Altes Auto mit Scharnieren, das sich zu einem Koffer zusammenfaltet.* Wann immer Loo auf die Toilette ging oder ein Bad nahm, hatte sie die Wörter ihrer Mutter vor Augen, sah, wie die Buchstaben mit den Jahren verschwammen, wie die Tinte durch den Wasserdampf verblich.

Die tote Lily war ein allgegenwärtiger Bestandteil ihres Lebens. Machte Loo etwas gut, sagte ihr Vater: *Genau wie deine Mutter.* Und machte sie etwas nicht so gut, sagte er: *Das würde deiner Mutter gar nicht gefallen.*

Loo drückte ab. Wieder und wieder betätigte sie den Abzug und lud nach, über eine Stunde lang. Hin und wieder sprengte sie ein wenig Rinde vom Baum, verfehlte den weißen Fleck jedoch jedes Mal, bis zu ihren Füßen ein ganzer Haufen Patronenhülsen aus Messing lag und ihr Arm vom Gewicht des Gewehrs schmerzte.

»Die Markierung ist zu klein«, beschwerte sie sich. »Die treffe ich nie.«

Hawley zog einen Tabakbeutel aus der Tasche und ließ ihn vor seiner Tochter baumeln. Loo legte das Gewehr ab, ging zu ihm und nahm den Beutel und ein Päckchen Zigarettenpapier entgegen. Sie faltete eines der Blättchen in der Mitte und füllte es entlang des Knicks mit Tabak. Mit dem Filter rollte sie das Ganze in Form, leckte über die Papierkante, bevor sie die Zigarette zuklebte. Ihr Vater nahm die Zigarette, zündete sie an, ließ sich auf einem Felsen nieder und drehte sich zur Sonne. Er ließ sich gerade einen Bart wachsen, wie immer, wenn es kälter wurde, und kratzte sich die drahtigen braunen Barthaare.

»Du denkst zu viel.«

Loo warf ihm den Beutel zu und griff wieder nach dem Gewehr. Ihr Vater hatte während des Schießunterrichts kaum gesprochen, als erwartete er von ihr, dass sie bereits alles wusste. Am Anfang war sie noch enthusiastisch gewesen, aber jetzt verlor sie allmählich den Mut – genau wie manchmal im Badezimmer, umgeben von den Wortfetzen, den Lieblingskonserven, den Bildern von der unangestrengten Schönheit ihrer Mutter.

»Ich kann das nicht«, sagte sie.

Die Flut kam. Loo hörte, wie jenseits der kleinen Schlucht, in der sie standen, das Meer anschwoll, wie eine Welle nach der anderen ans Ufer rollte. Hawley verstaute den zusammengerollten Tabakbeutel wieder in seiner Tasche.

»Nichts steht zwischen dir und diesem Baum.«

»*Ich* stehe dazwischen.«

»Dann geh aus dem Weg.«

Loo sicherte das Gewehr und legte es zur Seite. Mit den

Fingern grub sie einen Stein aus der Erde und warf ihn so weit sie konnte in den Wald hinein. Er flog durch die Luft und landete auf halber Strecke zu der weißen Markierung krachend im Gebüsch. Vögel flatterten auf. Über ihnen flog ein Flugzeug vorbei, und Loo spähte durch die Äste zum aufblitzenden Aluminium am Himmel. Zehntausend Meter entfernt, und doch wirkte es leichter zu treffen als der weiße Fleck.

Hawleys Zigarette war ausgegangen, während er seine Tochter beobachtet hatte. Er zündete ein Streichholz an und hielt es an das erloschene Ende, ließ es einmal, zweimal aufglühen, indem er an der Zigarette zog, und drückte sie schließlich an dem Felsen aus, auf dem er saß. Dann stieß er eine Rauchwolke aus.

»Du brauchst eine Maske.« Hawley hob seine großen Hände, bedeckte damit sein Gesicht und öffnete die Finger, sodass sie einen Rahmen um seine Augen und eine Brücke quer über seine Nase bildeten. Er sah plötzlich aus wie ein Fremder, bis er die Maske absetzte und wieder ihr Vater wurde.

»Versuchs mal«, sagte er.

Loos Hände waren nicht so groß wie seine, erfüllten jedoch ihren Zweck und schirmten sie vor dem Wald und ihrer eigenen Enttäuschung ab. Als wäre sie ein Pferd mit Scheuklappen. Spähte sie nach links oder rechts, verschwamm alles vor ihren Augen oder verschwand ganz.

»Wie soll ich denn so schießen?«

»Nutze die Maske, um dich auf dein Ziel zu fokussieren, und greife danach zum Gewehr.«

Loo drehte sich wieder zu dem Baum mit der weißen

Markierung. Die Sonne stand inzwischen schräg am Himmel und brachte den weißen Farbtupfer zum Leuchten. Alles um den Baum herum – die Erde, der Himmel, die Äste und Zweige – war plötzlich nicht mehr da. So musste ihr Vater die Welt sehen, als würde er permanent durch ein Visier schauen.

Genau in diesem Moment gerieten hinter der Markierung die Blätter in Bewegung. Etwas rührte sich im Wald. Loo ließ die Hände sinken und hielt die Luft an. Sie hörte nur das Rauschen des Windes, das Rascheln der hin und her wogenden Birkenblätter, den fernen Widerhall des Flugzeugs in den Wolken, das Kratzen eines Eichhörnchens, das einen Baumstamm hinaufkletterte. Aber ihr Vater lauschte auf etwas anderes. Sein Kinn war gesenkt, sein Blick nach links gerichtet, sein Körper bereit.

Hawley war immer auf der Hut, immer in Erwartung. Sein Gesicht war angespannt, ob er nun in die Stadt fuhr, um die Vorräte aufzustocken, oder ob der Postbote an der Tür klingelte oder auf der Straße ein Auto direkt neben ihnen fuhr. Loo hörte ihn manchmal spätabends durchs Wohnzimmer gehen und die Fensterverschlüsse überprüfen. Wenn er am Strand Venusmuscheln ausgrub, drehte er dem Meer grundsätzlich den Rücken zu. Es waren nur Kleinigkeiten, doch sie fielen ihr auf. Und nun fiel ihr auf, dass sein ganzer Körper erstarrte. Er griff nach hinten an seinen Gürtel, und als seine Hand wieder zum Vorschein kam, hielt sie den Colt.

Loo drehte sich um und hob das Gewehr vom Boden auf. Ihre Finger umklammerten fest den Griff. Sie ließ den Blick über die Bäume schweifen, konnte jedoch nichts entdecken. Ihr Vater war aufgestanden und starrte zu der Kiefer hinüber. Zu der kleinen, weißen, hundert Meter entfernten Markierung jenseits der Schlucht.

»Loo! Jetzt!«

Er rief ihren Namen, als ob ihrer beider Leben davon abhinge. Mit einer einzigen, fließenden Bewegung flog der Colt nach vorn wie eine Verlängerung seines Arms und feuerte in den Wald hinein. Wieder und wieder blitzte der Lauf des Revolvers auf, und das Dröhnen der Schüsse hallte von den Hügeln wider. Loo ging in Stellung, hob das Gewehr auf Brusthöhe an, zog den Verschluss und schoss, zog den Verschluss und schoss, zog den Verschluss und schoss. Erst beim fünften Mal merkte sie, dass ihr Vater längst aufgehört hatte und dass auch ihr die Patronen ausgegangen waren. Klick, klick, klick.

Loo ließ den Gewehrlauf sinken und erwartete … nun ja, sie war sich nicht ganz sicher, was sie erwartete. Ein Monster, das ihnen zwischen den Bäumen auflauerte. Einen Schatten aus der Vergangenheit ihres Vaters. Aber da war nur die schmale Kiefer, auf der ein neuer gelber Streifen zu sehen war, als hätte Hawleys Colt die Rinde direkt vom Stamm geschält, und einen halben Meter darunter, in der Mitte des weißen aufgemalten Flecks, drei dunkle Löcher.

Loos Vater rannte zur Kiefer hinüber, um nachzusehen. Er zog sein Messer aus dem Stiefel und grub damit eine der Kugeln aus dem Stamm. Dann kam er zu Loo zurück und ließ es in ihre Hand fallen: ein kleines Stück goldglänzendes Metall. Die Kugel stammte aus ihrem Gewehr, klein, glänzend, hart und geborsten. Durch den

Aufprall in eine neue Form gepresst. Hawley lächelte, mit strahlenden Augen.

Schließlich sagte er: »Genau wie deine Mutter.«

Der rutschige Mast

Loo war ihr ganzes bisheriges Leben von Ort zu Ort gezogen. Sie war es gewohnt, immer wieder alles hinter sich zu lassen. Hawley schlug für sechs Monate oder ein Jahr ihr gemeinsames Lager in irgendeiner Kleinstadt auf, und eines Tages kam Loo von der Schule, der Pick-up war gepackt und sie fuhren die Nacht durch oder sogar zwei Nächte oder sogar Wochen – stiegen in einem Motel nach dem anderen ab oder übernachteten manchmal auf dem Rücksitz unter einem alten Bärenfell, mit verriegelten Autotüren. Als Loo noch kleiner war, hatte sie sich auf jedes neue Abenteuer gefreut, aber im Laufe der Jahre wurde es zunehmend schwierig, immer wieder an einer neuen Schule anzufangen, neue Freunde zu finden, diejenige zu sein, die die Insiderwitze nicht verstand. Sie begann, die häufigen Umzüge zu fürchten. Andererseits sehnte sie den nächsten Abschied manchmal auch herbei, weil er bedeutete, dass sie sich nicht länger um Anpassung bemühen musste, sondern einfach den Platz einnehmen konnte, auf den sie gehörte: den Beifahrersitz des Pick-ups ihres Vaters, wenn sie gemeinsam den Highway hinunterrasten.

Sie nahmen jeweils nur wenige Habseligkeiten mit. Ihr Vater packte seine Waffen und den Karton mit Lilys Sachen aus dem Badezimmer ein und Loo ihre Zahnbürste und mehrere Paare saubere Socken, ein kurzes Taschenteleskop, das Hawley ihr gekauft hatte, damit sie die Sterne beobachten konnte, sowie ihre Planisphäre – eine kreisförmige, etwa esstellergroße drehbare Karte aus Plastik und Karton, anhand derer man die Sternbilder nachverfolgen konnte. Sie hatte früher ihrer Mutter gehört, und Hawley hatte sie Loo zum sechsten Geburtstag geschenkt. An jedem neuen Ort wartete sie, bis es dunkel war, und drehte die Karte dann auf das richtige Datum und die richtige Uhrzeit, woraufhin diese ihr Kassiopeia, Andromeda, Taurus und Pegasus zeigte. Selbst wenn die Straßenbeleuchtung zu hell war und nur der Große Wagen und der Gürtel des Orion zu sehen waren, fühlte sie sich sofort heimisch, wo auch immer sie sich gerade befanden.

Sobald am neuen Wohnort das spärliche Hab und Gut ausgepackt war, kaufte Hawley neue Kleidung, neue Spielsachen für seine Tochter und was immer sie sonst noch brauchten. Dieser Prozess war mit einer gewissen Vorfreude verbunden, und Loo genoss es, den steifen Rücken eines neu gekauften Buches knacken zu lassen, das sie schon dreimal gelesen hatte. Am alten Wohnort verabschiedete sie sich nie von den Nachbarn oder den Lehrern, selbst wenn diese nett zu ihr gewesen waren. Auch von ihren Freunden verabschiedete sie sich nicht – falls sie überhaupt welche gefunden hatte, was normalerweise nicht der Fall war.

Hawley und Loo wärmten sich Asia-Nudeln in Tassen mit heißem Wasser auf, die eigentlich für Tee gedacht waren. Sie öffneten Suppenkonserven mit Jagdmessern und erhitzten sie über Dosen mit Brenngel. Zu besonderen

Anlässen bestellten sie sich chinesisches Essen. Egal, ob sie in Kalifornien oder Oklahoma waren, es gab immer irgendwo einen asiatischen Lieferdienst. Frittierte Frühlingsrollen, Wan-Tan-Suppe, Frühlingszwiebel-Pfannkuchen und Hoisin-Soße waren für Loo von Kindheit an vertraute Gerichte mit tröstender Wirkung.

An ihrem elften Geburtstag waren sie gerade in San Francisco, wo es so viele chinesische Schnellrestaurants zur Auswahl gab, dass Hawley ein Dutzend Speisekarten einsammelte und seine Tochter aussuchen ließ, was auch immer sie wollte. Als er beladen mit gebratenem Reis, Sesamnudeln und Mu-Shu-Hühnchen zurück in ihr Motelzimmer kam, hatte Loo ein Schachspiel auf dem Boden aufgebaut. Es gehörte zu einem Brettspiel-Set, das er ihr – eingewickelt in die Comic-Seite der Zeitung – am Morgen zum Geburtstag überreicht hatte. Sie hatten den ganzen Nachmittag zusammen Dame gespielt, aber das Set enthielt auch Schachfiguren.

»Was Schach angeht, muss ich leider passen«, sagte Hawley. »Ich habe keine Ahnung, wie man das spielt.«

»Es gibt doch eine Anleitung«, erwiderte Loo. »Jede Figur bewegt sich anders. Der Turm kann vor und zurück oder nach rechts und links, der Läufer diagonal versetzt werden, und die Dame geht, wohin sie will.«

»Lass uns essen, bevor alles kalt wird.«

Hawley öffnete sich ein Bier und schaltete den Fernseher ein. Sie setzten sich auf die Betten, ließen sich den Reis und die Nudeln schmecken und sahen sich einen alten Marx-Brothers-Film an. Als er zu Ende war, sammelte Hawley die Essensbehälter ein und warf sie in eine Tüte, während sich Loo wieder zu ihrem Spiel auf den Boden setzte. Normalerweise spielten sie nach dem Abendessen Karten. Gin Rommé, Mau-Mau oder Poker. Als Pokerchips benutzten sie Hawleys Kleingeld, und der Sieger durfte sich den Nachtisch aus dem Snackautomaten aussuchen. Aber Loo hatte heute Lust auf etwas Neues. Als sie am Morgen ihr Geschenk ausgepackt hatte, hatten die Schachfiguren sofort ihre Aufmerksamkeit erregt. Sie las noch einmal die Spielanleitung durch.

»Brauchst du Hilfe?«, fragte Hawley.

»Ich möchte es selbst herauskriegen.«

»Wie du willst.« Hawley band die Mülltüte zu, steckte seinen Colt in den Gürtel und zog sein Hemd darüber. Dann nahm er den Schlüssel und schloss das Zimmer von außen ab. Loo hörte, wie sich seine Schritte Richtung Mülltonnen entfernten.

Sie wählte die Figur des Springers und führte mit ihm einen L-förmigen Spielzug aus, zwei Felder nach vorn und eins nach links. Dann stand sie auf, ging um das Brett herum und setzte sich auf die gegenüberliegende Seite. Das Spiel war für sie ein Rätsel, das es zu knacken galt. Als Nächstes bewegte sie einen Bauern. Wieder stand sie auf und ging auf die andere Seite, wo sie erneut einen Spielzug ausführte.

Der Schlüssel glitt ins Schloss. Hawley kam herein, schloss von innen ab, legte den Colt auf seinen Nachttisch, drehte sich eine Zigarette und öffnete das Fenster einen Spalt. Im Fernsehen lief eine Quizsendung, und das Publikum klatschte. Doch Loo wusste, wie man Geräusche aussperrte. Seit sie denken konnte, blendete sie ihre Umgebung aus, wenn sie sich auf etwas konzentrieren wollte, und auf diesen schwarzen und weißen Spielfeldern, auf diesem Stück Karton mit Knick in der Mitte, passierte gerade etwas Aufregendes. Sie spielte mit einer weißen Figur und heckte die raffiniertesten Spielstrategien aus, die sofort in den Hintergrund traten, sobald sie nach einer schwarzen Figur griff. Schließlich wollte diese Seite ebenfalls gewinnen.

Loo spielte, bis der Himmel vor dem Motelfenster dunkel wurde und die Neonlichter von der Straße aufs Spielbrett fielen. Am Schluss waren nur noch zwei Könige und ein schwarzer Turm übrig. Da sie es nicht schaffte, mit dem Turm den weißen König schachmatt zu setzen, benutzte sie ihn, um den Herrscher übers Spielbrett zu jagen. Beide Könige, der schwarze und der weiße, bewegten sich Schritt für Schritt in verschiedene Richtungen, bis Loo die Geduld verlor und alles mit dem Arm vom Spielbrett fegte.

Der Fernseher war immer noch an. Inzwischen lief eine andere Quizsendung, und der Kandidat versuchte, auf die richtige Antwort zu kommen, während eine große Uhr die Sekunden herunterzählte und das Publikum die Luft anhielt. Hawley widmete der Show keinerlei Aufmerksamkeit. Er blickte nicht einmal in Richtung Bildschirm. Stattdessen saß er im Sessel neben dem Fenster. Der Aschenbecher auf dem Fenstersims war bis oben hin voll mit Zigarettenstummeln, und sein Blick war die ganze Zeit auf Loo gerichtet gewesen.

»Wer hat gewonnen?«

»Niemand«, antwortete sie.

Loo ging ins Badezimmer und schloss die Tür hinter sich. Sie wusste auch nicht, warum sie so wütend war. Das Spiel hatte voller Möglichkeiten begonnen, doch am Ende hatte sie sich gefühlt, als wäre sie von Leerräumen umgeben und würde sich Schritt für Schritt ins Nirgendwo bewegen. Sie putzte sich die Zähne und betrachtete die Sachen ihrer Mutter. Nachdem sie die Zahnpasta ausgespuckt hatte, beugte sie sich näher an einen Fotostreifen heran, auf dem ihre Eltern zu sehen waren. Er klebte links vom Waschbecken neben dem Spiegel – eine Sequenz aus vier Aufnahmen, auf denen die beiden dicht aneinandergeschmiegt in einem Fotoautomaten saßen. Ihre Mutter schnitt Grimassen, und ihr Vater rutschte nach und nach aus dem Bild. Sie sahen aus, als würden sie ein wunderbares Geheimnis miteinander teilen, das Loo nie erfahren würde.

Als sie wieder aus dem Badezimmer kam, war der Fernseher ausgeschaltet und das Spiel zugeklappt und weggeräumt. Hawley hatte ihr Bett gemacht und es für sie aufgedeckt, wie er es immer tat, egal, wo sie gerade schliefen, und sei es hinten im Pick-up. Loo schlüpfte unter die Decke, und er stopfte sie um sie herum fest.

»Ich weiß, wo wir als Nächstes hinfahren«, verkündete er geheimnisvoll.

»Wohin denn?«, fragte Loo.

»An einen Ort, an dem du nicht mehr alleine spielen musst.«

»Ich bin *gern* allein.«

»Ich weiß«, sagte Hawley. »So sollte es aber nicht sein.«

Im darauffolgenden Juni trafen sie in Olympus, Massachusetts, ein, dem Heimatort ihrer Mutter, wie Hawley Loo mitteilte. Lily war als Kind in den eiskalten Fluten des Atlantiks geschwommen, und Loo sollte nun die gleichen Erfahrungen sammeln: auf den Wellen dahingleiten und zum Leuchtturm wandern, mit dem Kanu den Megara hinunterfahren und von der Landspitze zur Insel Tire segeln. Ein normales Leben führen, sagte Hawley. Mit einem echten Haus, Nachbarn, Freunden in ihrem Alter und einer Schule. An einem Ort, an dem sie dazugehörte.

Sie checkten in einem Motel direkt am Meer ein und gingen zum Strand hinunter. Loo baute eine große Sandburg, grub mit dem Finger Fenster in die Türme und versiegelte die Ritzen mit nassem Sand, während Hawley eine Burgmauer errichtete, um die steigende Flut abzuwehren. Er hob einen Burggraben aus, der so tief war, dass er sich von unten mit Wasser füllte. Für die Türen der Burg nahmen sie Muscheln, und die Schutzwälle behängten sie mit Algen. Danach aßen sie Hotdogs und bewunderten den Sonnenuntergang, und als es kalt zu werden begann, taten sie so, als wären sie Monster, und zertrampelten brüllend und stampfend die Burg, begruben all die Könige, Königinnen und Dorfbewohner unter ihren Füßen.

Am nächsten Morgen fuhr Hawley mit Loo zu Mabel Ridge. Mabel Ridge war die Mutter von Loos Mutter, also ihre Großmutter. Hawley war nervös und trug sein bestes Hemd. Auch Loo musste ein Kleid anziehen und sich die Haare bürsten, etwas, was sie nur sehr selten tat. Es dauerte fast eine Stunde, bis sie alle Knoten entwirrt hatte. Die verfilzten Strähnen, denen sie mit der Bürste nicht beikam, schnitt sie kurzerhand ab, bis ihre Haare zerrupft und ungleichmäßig aussahen, teils sahen sie aus, als hätte ein Tier sie angenagt.

Mabels Haus befand sich in der Nähe eines acht Kilometer langen felsendurchsetzten Waldgebiets namens Dogtown, das zwischen Olympus, Gloucester und Rockport lag. Hawley erzählte Loo, dass heutzutage niemand mehr in Dogtown lebe, das Waldgebiet jedoch vor dreihundert Jahren die Heimat puritanischer Bauern gewesen sei und später Zuflucht für Fischerwitwen, befreite Sklaven, von der Gesellschaft Verstoßene und mehrere Rudel herrenloser verwilderter Hunde, die dem Wald seinen Namen gegeben hätten. Inzwischen sei das Gebiet ein treuhänderisch verwaltetes und von Wanderwegen durchzogenes Vogelschutzgebiet, aber die ausgegrabenen Keller der alten Steinhäuser seien noch da und würden gelegentlich von Landstreichern bevölkert. Hin und wieder werde jemand im Wald erstochen oder ausgeraubt.

»Deshalb gehst du bitte nicht dort hinein«, warnte Hawley. »Versprich es mir.«

Loo versprach es. »Woher weißt du das alles?«

»Von deiner Mutter.« Hawley bog von der Straße ab und parkte den Pick-up vor einem heruntergekommenen Haus mit schiefer Eingangstreppe, abblätternder Fassadenfarbe und einem rostigen Pontiac in der Einfahrt.

»Ist sie hier aufgewachsen?«

Hawley nickte, und Loo drückte ihre Nase ans Autofenster. An der Haustür hing ein alter Messing-Türklopfer in Form einer Ananas.

»Deine Großmutter und ich müssen ein paar Dinge besprechen«, sagte Hawley. »Bleib bitte erst mal im Auto.«

»Ich will auch mit rein.«

»Darfst du ja«, beruhigte Hawley sie. »Aber zuerst muss sie uns hineinbitten.«

Er stieg aus dem Wagen und schlurfte die Verandatreppe hoch. Vorsichtig hob er den Ananas-Türklopfer an und ließ ihn wieder fallen. Der Türklopfer mit seinem Blätterbüschel, das sich wie eine Blüte entfaltete, und seiner goldenen, in der Sonne glänzenden Farbe kam Loo irgendwie bekannt vor, wie ein Gegenstand aus einem Traum, an den sie sich nur verschwommen erinnern konnte.

Eine ältere Frau mit einer Schutzbrille auf der Nase öffnete die Tür und wischte sich die Hände an der Vorderseite ihres Hemds ab. Sie wirkte ganz und gar nicht wie die Großmütter aus Loos Märchenbüchern. Eher wie eine Frau, die ohne mit der Wimper zu zucken ein Reh ausnehmen könnte.

Hawley sagte ein paar Worte zu ihr, die Mabel Ridge erwiderte. Ihre Hand wanderte zum Türgriff, aber Hawley sagte noch etwas, was sie verharren ließ. Sie beugte sich vor und spähte um ihn herum. Für einen Moment sahen sich das Mädchen und die alte Frau in die Augen. Dann berührte Loo ihre angenagten Haare, und Mabel Ridge knallte die Tür zu. Als Hawley zurück ins Auto stieg, schlug er mit der Faust aufs Armaturenbrett und zertrümmerte das Radio. Loo traute sich nicht zu fragen, was passiert war, deshalb fuhren sie schweigend zum Motel zurück, während Hawleys Fingerknöchel in die Manschette seines Hemds bluteten.

Im Motelzimmer zog Loo das Kleid aus und schlüpfte wieder in ihre Jeans, und Hawley streifte das blutige Hemd über den Kopf und warf es in eine Ecke. Sie gingen zur Strandpromenade hinunter, kauften sich ein Eis und setzten sich an derselben Stelle an den Strand, wo sie am Vortag ihre Burg zertrampelt hatten. Die Flut hatte alles überspült und nur ein paar Muschelreste zurückgelassen, doch der Burggraben war noch immer voll mit Wasser.

»Gefällt es dir hier?«, fragte ihr Vater.

»Schon«, antwortete Loo.

»Wir können auch wieder fahren, wenn du willst.«

»Wir sind doch gerade erst angekommen.«

»Ich weiß.«

Loo beobachtete, wie die aufgeplatzten Fingerknöchel ihres Vaters sich krümmten und wieder zu bluten anfingen, als er an seiner Eiswaffel leckte. Sie nahm noch einen Bissen von ihrem Eis und ließ die Schokolade auf der Zunge zerschmelzen.

»Lass uns hierbleiben«, sagte sie. »Scheiß auf die alte Schachtel.«

»So was darfst du nicht sagen«, ermahnte Hawley sie lachend. »Das würde deiner Mutter gar nicht gefallen.«

Am nächsten Morgen fingen sie an, sich nach einer Bleibe umzusehen. Statt wie sonst einen befristeten Mietvertrag zu unterschreiben, holte ihr Vater Bargeld aus einem Bankschließfach in Boston und kaufte das alte Henderson-Haus am Meer, dessen zwei Hektar großes Grundstück sich entlang der Bucht erstreckte. Zum ersten Mal wohnten sie in einem zweigeschossigen Haus. Loos Zimmer befand sich im ersten Stock und hatte zwei

Fenster sowie ein kleines flaches Vordach, auf das sie hinausklettern konnte. Das Zimmer ihres Vaters war am anderen Ende des Flurs. Anfangs fiel es Loo schwer, bei der ungewohnten Stille einzuschlafen, und so lag sie mit dem Bärenfell um die Schultern in ihrem neuen Bett und lauschte auf die beruhigenden Schritte von Hawley, der seine nächtliche Runde durchs Haus drehte. Ein Lichtstrahl schien ins Zimmer, als er die Tür einen Spalt öffnete, um nach ihr zu sehen. Sie schloss rasch die Augen und versuchte, möglichst friedlich auszusehen.

»Schauspielerin«, sagte er und schloss die Tür wieder. Sie hörte, wie sich seine Schritte entfernten.

Manchmal erhaschte Loo einen flüchtigen Blick auf ihre Großmutter, wenn diese auf dem Markt einkaufte oder sonntags in die katholische Kirche ging. Wenn die alte Frau sie und ihren Vater auf der Straße entdeckte, betrat sie schnell einen Laden und wartete, bis sie vorbeigegangen waren. Von seiner Tochter darauf hingewiesen entgegnete Hawley nur, dass Loo enorme Ähnlichkeit mit ihrer Mutter habe und Mabel Ridge daher bestimmt irgendwann einlenken werde.

»Wir gehören zur Familie«, sagte er. »Ob es ihr nun passt oder nicht.«

Ein Monat verging und noch einer. Nach und nach gewöhnte sich Loo an die Stille im neuen Haus, an die Bodendielen, die mitten in der Nacht knarzten, an das Klappern der alten Sturmfenster anstelle des gewohnten lauten Highway-Verkehrs. Wenn Hawley nach Hause kam, durchbrach er die Ruhe kurzzeitig, indem er seine

Stiefel abstreifte und laut ihren Namen rief. Aber er konnte auch lautlos sein. Mehr als einmal hatte er sich schon unbemerkt in der Küche an Loo herangeschlichen oder sie auf dem Flachdach vor ihrem Fenster erschreckt. Gerade noch war nichts von ihm zu sehen, und schon stand er plötzlich da und räusperte sich oder zündete ein Streichholz an und jagte ihr einen Riesenschrecken ein.

Eines Morgens wachte sie von einem Klingeln auf. Als sie nach unten rannte, sah sie Hawley auf einem neuen gelben Fahrrad vorbeirollen. Loos erstes eigenes Fahrrad! Er zeigte ihr in der Einfahrt, wie man damit fuhr, und rannte mit der Hand am Sitz neben ihr her, bis sie ihr Gleichgewicht gefunden hatte. Es dauerte fast den ganzen Tag, doch irgendwann schaffte sie es allein die Straße entlang und schließlich sogar einmal um den Block. Sie bekam überhaupt nicht mit, dass er losgelassen hatte.

Anschließend fuhren sie zusammen zum Fachgeschäft für Fischereibedarf und kauften Wathosen und sonstiges Zubehör zum Fischen und Muschelsammeln. Hawley hatte von seinem Vater gelernt, wie man Quahogs suchte und ausgrub, und Loo entging nicht, wie sehr er sich darauf freute, sein Wissen an sie weiterzugeben. Am nächsten Tag rüttelte er sie kurz vor Sonnenaufgang wach und ging mit ihr durch den Wald zum Meer hinunter. Loo hatte das Wasser noch nie so weit weg gesehen, es war nur noch ein schmaler Streifen in der Ferne. Der freiliegende feuchte Sand war voller Muscheln, Krebse und unzähliger kleiner Löcher.

»Guck mal«, forderte ihr Vater sie auf. Er beugte die

Knie, sprang mit seinen über ein Meter neunzig in die Luft und zog die Beine an. Für einen kurzen Moment schwebte sein Körper wie aufgehängt über dem Boden, bevor seine Füße mit einem dumpfen Knall wieder aufkamen. Überall um ihn herum stießen die vergrabenen Muscheln Wasser aus, das wie aus kleinen versteckten Brunnen senkrecht nach oben sprudelte. Und in diesem Augenblick wusste Loo, dass sie wirklich hierbleiben würden, dass dieser Ort anders war als alle anderen: ein Ort, an dem der ganze Strand am frühen Morgen mit einem Schlag lebendig wurde, an dem ihr Vater von einem Ohr zum anderen grinste, als hätte er ihr gerade das schönste Geheimnis der Welt verraten.

Als der Sommer zu Ende ging, wurde Loo in der örtlichen Mittelschule angemeldet. Hawley kramte ihre Unterlagen für den Schulwechsel hervor – alte Zeugnisse, die letzten Prüfungsergebnisse, eine Kopie ihrer Geburtsurkunde und ihres Impfpasses – und nahm alles mit ins Büro des Schuldirektors. Loo war bisher auf sieben Schulen in sieben verschiedenen Bundesstaaten gegangen. Diese Schule war also Nummer acht.

Nach dem Einstufungstest teilte man ihnen mit, Loo habe gut genug abgeschnitten, um eine Jahrgangsstufe zu überspringen, und werde daher in die achte Klasse eingeteilt. Der Direktor war ein korpulenter, leise sprechender Schwede, dessen hellblondes Haar fast weiß wirkte und der die Angewohnheit hatte, aufzustoßen, wenn er nervös war. Er lächelte und schüttelte Loo mit seinen fleischigen Fingern die Hand.

»Deine Mutter und ich sind zusammen zur Schule gegangen.«

»Hier?«, fragte Loo. »In diesem Gebäude?«

»Es wurde seither natürlich einiges erneuert, aber ja, in genau diesem Gebäude.«

Loo sah sich um und betrachtete die Dampfheizkörper, die riesigen Fenster, die Marmortreppen und die alten Metallschließfächer. Die vorbeikommenden Schüler beäugten sie neugierig, machten aber einen einigermaßen freundlichen Eindruck. Vielleicht war acht ihre Glückszahl.

»Sie kannten sie also«, sagte Hawley. »Lily.«

»Wir waren damals befreundet«, erwiderte Direktor Gunderson.

»Dann erzählen Sie doch mal.«

»Was denn?«

»Etwas über sie.« Loos Vater war dicht an den Direktor herangetreten. Er war einen guten Kopf größer als Gunderson, und Loo entging nicht, dass er den Mann nervös machte. Hawley fehlte das linke Ohrläppchen – am unteren Rand seiner Ohrmuschel war das Knorpelgewebe vernarbt –, und der Direktor bemühte sich, nicht hinzustarren.

Als Loo noch kleiner gewesen war, hatte ihr Vater ihr immer weisgemacht, ein Vogel habe ihm das Ohrläppchen abgerissen. Ein anderes Mal war es ein Pferd gewesen, dann wiederum ein Löwe, eine Kuh, ein Hund. Loo hatte sich bei jedem dieser Tiere vorgestellt, wie es seine Zähne in die Haut ihres Vaters grub. Manchmal hatte sie Hawleys Haare heruntergezogen, damit man die Verletzung nicht sah.

»Sie war ein echter Freigeist«, sagte Direktor Gunderson. »Alle mochten sie.«

»Da hat mir Lily aber etwas anderes erzählt.«

»Ich meinte, na ja …« Der Direktor stieß auf, versuchte die Luft jedoch sofort wieder hinunterzuschlucken. »Ich meinte, dass *ich* Lily mochte. Das trifft es vielleicht besser. Ich mochte sie sogar sehr.«

Hawley rückte nicht von dem kleineren Mann ab, sondern blickte nachdenklich auf ihn hinunter, als versuchte er, eine schwierige Matheaufgabe zu lösen. Schließlich machte er einen Schritt nach hinten und streckte die Hand aus. »Danke«, sagte er. »Danke, dass Sie Loo unter Ihre Fittiche nehmen.«

»Wenn ich Ihnen irgendwie beim Einleben behilflich sein kann, melden Sie sich einfach.« Der Mann war erleichtert und redete jetzt schneller. »Sie müssen unbedingt im Sawtooth vorbeikommen, dem Restaurant meiner Familie. Bei uns gibt es das beste Fish and Chips der ganzen Stadt.«

»Wie sieht es mit Muscheln aus?«, fragte Loo. »Servieren Sie die auch?«

»Ja, Muscheln auch«, antwortete Gunderson.

Hawleys Blick wanderte zu seiner Tochter. Dann hob er die Hand und zupfte an seinem verstümmelten Ohr.

Als die einheimischen Fischer hörten, dass Samuel Hawley seinen Fang direkt an Gundersons Restaurant verkaufte, hagelte es Beschwerden, vor allem von Joe Strand und Pauly Fisk, die ihren Schellfisch auf dem örtlichen Markt anboten und weder Auswärtige noch Konkurrenz mochten. Sie waren in Olympus aufgewachsen, keiner der beiden war je von hier weggegangen. Fisk war ein stämmiger Mann, der immer dieselbe Baseballkappe mit der Aufschrift »Hong Kong« trug. Strand ließ sich unterhalb seiner Unterlippe einen kleinen Streifen struppiger Haare stehen, von dem er behauptete, dass er die Frauen anlocke. Beide waren geschieden und hatten missratene Söhne, die bei ihnen lebten.

Weder Fisk noch Strand brach einen offenen Streit mit Hawley vom Zaun. Stattdessen setzten sie Gerüchte über Gäste in die Welt, die von Hawleys Austern krank geworden seien, und gossen Bleiche über seinen Strandabschnitt, was zahlreiche Littlenecks nicht überlebten.

Über alle diese Vorgänge verlor Loos Vater kein Wort. Erst als er eines Nachmittags nach Hause kam und feststellte, dass seine Wathose fehlte und seine Ausrüstung verschmutzt war, marschierte er schnurstracks ins Flying Jib und brach Joe Strand den Kiefer. Danach machte er Fisk ausfindig, der in Hawleys Wathose am Anleger herumlungerte, und warf ihn vom Pier. Die Wathose füllte sich mit Wasser und zog den Mann unter die Oberfläche. Vielleicht wäre Fisk ertrunken, wenn Hawley nicht hinterhergesprungen wäre und die Träger durchgeschnitten hätte.

Loo beobachtete den ganzen Vorgang vom Pick-up ihres Vaters aus. Als Hawley vom Anleger zurückgewankt kam, öffnete sie die Tür für ihn, und er kletterte völlig durchnässt und triefend auf den Fahrersitz, mit Blut in den Haaren und geschwollenen Fingerknöcheln. Schwer atmend umklammerte er das Lenkrad. Sein Gesicht war merkwürdig glatt, als wären seine Altersfältchen zusammen mit seinem Gewissen verschwunden. Erst zu Hause, nachdem sich Hawley stundenlang mit den Sachen ihrer Mutter eingeschlossen hatte, später in Handtücher gewickelt aus dem Bad gekommen war und von Loo ein Glas Whiskey hingestellt bekommen hatte, sah er wieder aus wie er selbst.

Nach diesem Vorfall ließen die Fischer Hawley in Ruhe, genau wie alle anderen im Ort. Aber niemand außer Direktor Gunderson kaufte ihm seinen Fang ab, und das, obwohl Hawley an den Wochenenden seinen Stand auf dem Markt aufbaute. Noch schlimmer wurde es, als das kalte Wetter die letzten Touristen verscheuchte und die Einheimischen sich nur noch gegenseitig ihre Erzeugnisse verkauften. Den ganzen Winter und bis ins folgende Frühjahr hinein musste Hawley vier oder fünf Orte weiterfahren, um seinen Fang zu verkaufen – sogar Rockport und Newbury waren zu nah an Olympus. Und er musste Loo mitnehmen, um Kunden anzulocken. Diese Rolle beherrschte sie gut von ihrer gemeinsamen Zeit auf der Straße. Fremde weichklopfen. Um Dinge bitten, um die ihr Vater nicht bitten konnte. Loo verbrachte also die Markttage damit, Eimer zu leeren, ihr Taschenmesser zu schleifen und Muscheln in einem komplizierten Stufenmuster auszulegen, das sich über den ganzen Marktstand ausbreitete. Sobald jemand stehen blieb, um ihr Werk zu bewundern, überließ sie es Hawley, einen Preis für die Ware zu nennen.

Loo war inzwischen zwölfeinhalb Jahre alt und fast so groß wie eine erwachsene Frau. Sie hatte das etwas verwilderte Aussehen eines Kindes, das von einem Mann allein großgezogen wird, wirkte aber stets sauber, auch dann, wenn ihr Gesicht gerade schmutzig war. Das Leben in der Kleinstadt hatte ihr weder Normalität noch ein Zuhause verschafft. Es gab nach wie vor keinen Ort, an dem sie dazugehörte. Seit dem Wutausbruch ihres Vaters ermahnten die einheimischen Fischer ihre Kinder, sich von ihr fernzuhalten. Sie galt als wunderlich, wie alle Kinder, die sich in irgendeiner Weise von ihren Altersgenossen unterscheiden.

Es dauerte nicht lang, bis sie zur Zielscheibe wurde.

Die Söhne von Joe Strand und Pauly Fisk machten den Anfang. Beide gingen in Loos Klasse. Pauly junior war zum Kassenwart der Klasse gewählt worden und hatte sich von den eingesammelten Beiträgen eine Gitarre gekauft, die er anschließend während eines Talentwettbewerbs auf der Bühne zerschmetterte. Jeremy Strand saß am Fenster und roch nach Sauerkraut. Die größte Freude der beiden bestand darin, von den Felsen zu springen, die den alten Steinbruch am Stadtrand umgaben, und ihre zweitgrößte Freude, andere Kinder ebenfalls dazu zu überreden. Der ehemalige Granitsteinbruch war voll mit altem Baugerät, das die Bergarbeiter hatten zurücklassen müssen, als sie auf Wasser gestoßen waren. Hin und wieder landete jemand an der falschen Stelle im See, und eines Tages traf es Jeremy Strand. Er wurde mit einem Schädel-Hirn-Trauma ins Krankenhaus geflogen, doch sobald er wieder gehen konnte, kehrte er zurück und schubste weiter zusammen mit Pauly junior andere Kinder von den zwanzig Meter hohen Felsen.

Während eines Klassenausflugs ins Walfangmuseum bewarfen die beiden Jungen Loo mit Essen, woraufhin ihre Haare nach Fleischwurst rochen. Nachdem sie sich auf der Toilette gewaschen hatte, warteten die beiden vor der Tür und stellten ihr ein Bein. Der Rest der Klasse sah lachend zu. Niemand half Loo, ihre Bücher vom Boden aufzusammeln, oder sprang ihr bei, als Jeremy und Pauly junior ihren Rucksack die Treppe hinunterkickten. Stattdessen wandten sich ihre Mitschüler kichernd von ihr ab, um nur ja nicht die nächsten Opfer zu werden. Irgendwann erschien die begleitende Lehrerin und klatschte in die Hände, damit sich alle für die Führung durchs Museum aufstellten. Während Loo die Treppe hinunterrannte, um ihren Rucksack zu holen, hatten sich die anderen bereits um das lebensgroße Modell eines Walherzens versammelt.

Das Walherz bestand aus rotem und rosafarbenem Kunststoff und hatte riesige Venen und Arterien, die sich außen herumschlängelten wie die Wurzeln eines Baums. Das Modell war groß wie ein Kinderspielhaus, groß genug, um hineinzukriechen. Ein Schild forderte die jüngeren Museumsbesucher genau dazu auf, und als der Rest ihrer Klasse zum nächsten Ausstellungsstück weiterging, kroch Loo auf allen vieren durch die Aorta des Wals und schlüpfte durch eine Herzklappe in die linke Herzkammer. Die Kammer war nicht für Personen ihrer Größe gemacht, aber Loo konnte sich einigermaßen darin bewegen. Es war sogar ganz gemütlich. Sie lehnte den Rücken an die fleischfarbene Kunststoffwand, die geriffelt war und Schatten warf und Geräusche von sich gab, wenn Loo das Gewicht verlagerte.

Sie war erleichtert, sich für ein paar Minuten verstecken und die Maske ablegen zu können, die sie in der Öffentlichkeit trug. Sonst hatte sie fast immer das Gefühl, eine Rolle zu spielen. Ihr Innenleben bestand aus nichts als verschlossenen Türen. Loo klopfte mit der Faust an die Wand des Herzens. *Bumm. Bumm.* Sie stellte sich vor, die Muskeln um sie herum wären echt und würden heftig pulsieren, um Unmengen von Blut durch zweihundert Tonnen Wal zu pumpen. Ihre Lehrerin hatte ihnen erzählt, dass das menschliche Herz etwa so groß sei wie zwei nebeneinander gehaltene Fäuste. Loo ballte ihre Hände und presste sie zusammen. Verglich ihr eigenes Herz mit dem des Wals. Wenn je jemand versuchen wollte, in *ihr* Herz zu kriechen, musste er vorher auf Schachfigurengröße schrumpfen.

Von außen ertönte ein dumpfes Hämmern – eine Antwort auf ihr Klopfen. Loo steckte den Kopf durch die Herzklappe und entdeckte Jeremy und Pauly junior, die direkt neben der Hohlvene auf sie warteten. Sie hatten einen Jungen mit Zottelhaaren im Schlepptau. Er hieß Marshall Hicks und war dafür bekannt, dass er immer dann, wenn es in der Mensa Pfannkuchen gab, selbst gemachten Ahornsirup mit in die Schule brachte und flaschenweise zu verkaufen versuchte. Marshall war derjenige, der klopfte. Als er Loo sah, wirkte er verwirrt. Für einen kurzen Moment starrten sie sich an, und dann lächelte Marshall wie ein Hund, der sich nicht wohlfühlte. Jeremy und Pauly junior packten Loo, drückten sie auf den Boden und rissen ihr die Schuhe von den Füßen. Ihr Vater hatte ihr beigebracht, niemals zu petzen, deshalb log sie die Lehrerin an und behauptete, sie hätte ihre Schuhe verloren. Den Rest des Ausflugs musste sie mit nicht zusammenpassenden, löchrigen Socken hinter sich bringen. Auf der Busfahrt nach Hause klatschten Jeremy und Pauly junior ihr ihre eigenen Turnschuhe gegen den Kopf. Alle sahen es, und am nächsten Tag fingen auch die anderen Kinder an, auf Loo herumzuhacken.

Zuerst steckte sie alles weg, die sarkastischen Bemerkungen, die Reißzwecken auf ihrem Stuhl, die geklauten Lunchpakete, die Würmer in ihren Büchern, sogar die Erdklumpen und Steine, mit denen sie auf dem Heimweg beworfen wurde. Sie verstand den Grund für die Misshandlungen nicht wirklich, hatte jedoch das Gefühl, dass die Ursache ein persönlicher Fehler ihrerseits war, irgendein fehlender Teil ihres Ichs, den die anderen erkannt hatten, ein verwesendes, leeres Loch, aus dem es beim Gehen pfiff, so sehr sie sich auch bemühte, still zu sein.

Loo erzählte ihrem Vater nichts von den Vorgängen in der Schule. Stattdessen setzte sie sich im Klassenzimmer in die Ecke und verhielt sich unauffällig. Sie machte weiterhin ihre Hausaufgaben, hob jedoch selbst dann nicht die Hand im Unterricht, wenn sie eine Antwort wusste. Irgendwann hörten die Lehrer auf, sie dranzunehmen, als hätten sie ebenfalls ihre Merkwürdigkeit gewittert. Bald konnte sich Loo tagelang wie unsichtbar durchs Schulhaus bewegen.

Ihr Verschwinden begann an ihren Handgelenken, den einzigen Körperteilen, die Loo an sich selbst als zart erachtete. Dort spürte sie als Erstes, dass ihre Haut dünner wurde. Dieses Gefühl breitete sich zu ihren Fingern aus, wanderte ihre Arme hoch und über ihre Schultern, rann an jedem Bein hinunter bis zu ihren Zehen und wieder zurück nach oben durch ihren Bauch – das Gefühl, sich aufzulösen, zu nichts zu zerrinnen, ein Gefühl, das sich um ihren Hals wickelte, bis ihr Kopf ihr leicht und leer vorkam. Jetzt konnte sie durch die Schulflure gehen, ohne dass jemand sie ansah, konnte durch die Straßen schlendern, ohne dass die Leute die Köpfe nach ihr umdrehten, konnte zum Strand hinunterwandern und durch die Dünen streifen und sich dabei nicht mehr wie ein Mensch fühlen, sondern wie ein Geist.

Abends saß Loo in der Badewanne und starrte die Fotos ihrer Mutter an. Wie sie die klugen grünen Augen zu Schlitzen verengte, wie sie beim Lächeln die Zähne zeigte, als hätte sie keine Angst, sie auch zu gebrauchen. Die Frau, die hier im Badezimmer wohnte, trug knallroten Lippenstift, der nach Bonbons roch, schrieb ihre Träume auf die Rückseite von Strafzetteln und aß Pfirsiche direkt aus der Dose. Loos Mutter war schon seit vielen Jahren tot, aber sie war nie unsichtbar gewesen. Wenn jemand eine Reißzwecke auf ihren Stuhl gelegt hätte, hätte sie sie demjenigen kurzerhand in die Nase geschoben.

Eines Tages beschloss Marshall Hicks, dass er damit an der Reihe war, Loo die Schuhe zu klauen.

Er befand sich gerade in einer kurzen Phase der Berühmtheit. Nicht weil er neuerdings mit Jeremy und Pauly befreundet war, sondern weil sein Stiefvater, ein Umweltschützer, der sich Captain Titus nannte, regelmäßig im Fernsehen kam. Captain Titus war in den Besitz eines ausrangierten Kutters der Küstenwache gelangt, mit dem er seither Walfangschiffe am nördlichen Polarkreis rammte, begleitet von einer Dokumentarfilm-Crew. Die Dokumentation lief zwar nur im öffentlich-rechtlichen Fernsehen, aber immerhin. Sie hatte auch Marshall indirekt berühmt gemacht, was die Mädchen aus Loos Klasse dazu veranlasste, nervös kichernd über ihn zu tuscheln. Als die anderen Jungen das mitbekamen, wurden sie eifersüchtig und verbreiteten das Gerücht, Marshall würde heimlich Loo flachlegen und die beiden würden sich beim Sex gegenseitig mit Marshalls selbst gemachtem Sirup begießen.

Marshall war die Geschichte derart peinlich, dass er aufhörte, seine goldenen Sirupflaschen mit in die Schule zu bringen (auf die er so stolz gewesen war, zumal er den Sirup eigenhändig den einheimischen Ahornbäumen abgezapft hatte). Je vehementer er die Behauptungen abstritt, desto mehr zogen ihn die anderen Jungen damit auf. Um zu beweisen, dass er nicht mit Loo schlief, folgte Marshall ihr schließlich auf dem Nachhauseweg, stieß sie in den Sand, zog ihr die Sandalen aus und warf diese ins Meer, so weit hinaus, dass Loo hinterherschwimmen musste, bevor sie von den Wellen fortgetragen wurden. Sie wurde unter die Wasseroberfläche gezogen und über den Meeresboden geschleift und schluckte derart viel Sand und Salzwasser, dass es ihr aus den Augen wieder herauskam. Als Loo es endlich zurück ans Ufer schaffte, klebten ihr die Kleider an der Haut, wie bei ihrem Vater, als er zurück auf den Pier geklettert war. Nachdem sie sich kriechend und hustend aus den Fluten gekämpft hatte, war sie ein anderer

Mensch als vor ihrem Sprung ins Wasser. Sie hatte keine Angst mehr.

Loo schnappte sich ein Stück Treibholz, machte sich wankend an die Verfolgung und schlug Marshall Hicks bewusstlos. Sie nahm seinen Zeigefinger und bog ihn nach hinten, bis er brach. Mit dem Knacken des Knochens schloss sie ihre Angst endgültig ein, als würde sie eine Abdeckung über eine Tonne schieben und sie zunageln.

Bevor sie den Strand verließ, nahm Loo einen großen, schweren Stein mit, den sie nach Hause schleppte und in eine Socke ihres Vaters steckte. Am nächsten Tag nahm sie den Stein in ihrem Rucksack mit zur Schule. Sie erwartete eine Racheaktion von Marshall oder einen Schulverweis, doch er hatte allen erzählt, er wäre von einem Baum gefallen. Sein Finger war verbunden und geschient, und jedes Mal, wenn er auf dem Flur an Loo vorbeiging, trat ein fassungsloser Ausdruck in sein Gesicht.

Im Army-Shop tauschte Loo ihre Sandalen gegen ein Paar Stiefel mit Stahlkappen ein, und an ihre Finger steckte sie Ringe, aus denen sie vorher die Steine herausgebrochen hatte, sodass die scharfen Metallzacken der Einfassung hervorstanden. Loo wusste noch alles, was ihre Mitschüler ihr angetan hatten, und schrieb sämtliche Namen auf eine Liste. Ganz oben standen Jeremy Strand und Pauly Fisk junior.

Sie behielt die Socke mit dem Stein dicht bei sich und wartete auf den richtigen Moment.

Als er schließlich gekommen war, schlich sich Loo in die Jungentoilette und versteckte sich in einer Kabine. Sobald sie Jeremys und Pauly juniors Stimmen am Pissoir hörte, wusste sie, dass die Hände der beiden Jungen anderweitig beschäftigt waren. Den Stein in der Socke schwingend stürzte sie hervor und schleuderte ihn erst dem einen, dann dem anderen Jungen ins Gesicht. Sie brach beiden die Nase, das Blut spritzte quer über die Spiegel. Jeremy und Pauly junior krümmten sich schreiend und fluchend auf den weißen Fliesen, und Loo ließ die Tür offen stehen, damit jeder Vorbeikommende sie sehen konnte. Sie ging noch einmal zurück und trat den Jungen mit ihren Stahlkappenstiefeln in den Hintern, wieder und wieder, um ganz sicher zu sein, dass sie möglichst große Schmerzen litten.

Nachdem der Vorfall gemeldet und von einem Lehrer aufgelöst worden war, wurden sie alle drei ins Büro von Direktor Gunderson geschleift, wo man den Jungen Eisbeutel zum Kühlen gab und anschließend die Eltern verständigte. Kurz darauf versammelten sich die drei Väter im Büro: Joe Strand, Pauly Fisk senior sowie Samuel Hawley. Obwohl seit dem Streit der Männer fünf Monate vergangen waren, war Strands Kiefer noch immer nicht richtig verheilt. Er war vor Kurzem erneut operiert worden, weshalb sein Mund nun mit Drähten verschlossen war. Fisk hatte umso mehr zu sagen.

»Es geht ums Prinzip!«, rief er und schlug mit der Faust auf den Tisch. »Im Leben gibt es nun mal *Prinzipien*, aber das scheint diesem Mädchen völlig egal zu sein. Als hätte sie das Wort nie zuvor gehört! Ein Prinzip ist zum Beispiel, dass man anderen Leuten nicht grundlos die Nase einschlägt. Und ein anderes, dass man niemanden umbringt, nur weil er sich die Wathose von einem ausgeborgt hat.«

»Mr. Fisk«, schaltete sich Direktor Gunderson ein. »Das Mädchen ist nicht die einzige Schuldige hier. Ihre beiden Jungen haben ebenfalls ein gewisses Fehlverhalten eingestanden, und ich bin mir sicher, dass wir zu einer Verständigung kommen können.«

Strand öffnete den Mund und ächzte mit zusammengebissenen Zähnen. Er zeigte zuerst auf die Drähte an seinem Kiefer, dann auf Hawley.

»Genau«, griff Fisk den Faden auf. »*Prinzipien* bedeuten auch, dass man die Arztrechnung für jemanden zahlt, dem man den Kiefer gebrochen hat.«

Strand ächzte erneut. Er stellte pantomimisch dar, wie er sich ein imaginäres Glas einschenkte und es Richtung Decke hob.

»Was meint er jetzt?«, fragte Gunderson.

»*Prinzipien* bedeuten, dass man demjenigen zumindest einen Drink ausgibt.«

Hawley ignorierte Fisks Belehrung und Strands Grunzlaute, aber als Gunderson ihm den Stein in der Socke zeigte, mit dem Loo ihren Angriff ausgeführt hatte, wirkte er ernsthaft besorgt. Während Jeremy und Pauly junior mit Toilettenpapier in den Nasenlöchern zur Schulkrankenschwester gebracht wurden, nahm er mit einer Hand den Stein und legte die andere auf Loos Schulter, um sie zur Tür hinauszuschieben. Auf dem Flur drückte er sie auf einen Stuhl.

»Du hättest das Gleiche getan«, verteidigte sich Loo.

»Nicht so«, widersprach Hawley. »Nicht auf diese schlampige Weise. Du hast dich erwischen lassen.«

»Ja«, sagte Loo. »Wenigstens merken sie es sich jetzt.«

Ihr Vater rieb sich den Bart.

»Lass uns wegziehen«, schlug Loo vor. »Irgendwo anders hin. Dann ist das alles nicht mehr wichtig.«

Hawley betrachtete die Stiefel seiner Tochter, ihre zerrupften Haare, die Blutspritzer auf ihrem T-Shirt. Er wog den Stein in der Hand. »Es ist immer wichtig«, sagte er, ging zurück ins Büro und schloss die Tür hinter sich.

Während der nächsten Stunde saß Loo auf dem Schulflur und lauschte den Stimmen der Männer. Es war die Rede von Schulausschluss oder Schulverweis, von Nachsitzen und Drohungen und Gefälligkeiten, doch nach langen Verhandlungen kamen alle drei Teenager ohne größere Strafen oder Einträge davon. Den Preis für diese schulische Milde beglichen ihre Väter. Strand, Fisk und Hawley waren nun offizielle Mitglieder von Direktor Gundersons Rutschiger-Mast-Mannschaft.

Der Rutschiger-Mast-Wettbewerb hatte in Olympus eine beinahe hundertjährige Tradition. Jedes Jahr im Juni, wenn die Fischereiflotte gesegnet wurde, wurde ein fünfzehn Meter langer, aus einer Waldkiefer geschlagener Holzmast zentimeterdick mit Schmalz und Fett bestrichen und so am städtischen Pier befestigt, dass er waagrecht übers Wasser ragte. Am hinteren Ende des Masts wurde eine kleine rote Fahne festgenagelt. Die erste Mannschaft, die es bis dorthin schaffte und sich die Fahne schnappte, erwarb sich das Recht, ein Jahr lang im Flying Jib mit ihrer Heldentat prahlen und umsonst trinken zu dürfen. Manchmal dauerte der Wettbewerb Stunden, in anderen Jahren sogar ganze Tage, aber er war erst zu Ende, wenn eine Mannschaft die Fahne erreicht hatte. War es anfangs nur um einen Wettstreit zwischen betrunkenen Seeleuten gegangen, wurden heute ernsthafte Rivalitäten zwischen einzelnen Stadtvierteln ausgetragen, während sich ganze Generationen versammelten, um zuzusehen, wie sich die Männer von Olympus beim Sturz vom Mast Gehirn- erschütterungen, verstauchte Knöchel und Armbrüche zuzogen.

Loos Direktor träumte schon seit Kindertagen davon, einmal im Leben den Rutschiger-Mast-Wettbewerb zu gewinnen. Jedes Jahr teilte er seine Leidenschaft mit sei- nen Schülern, dozierte über die Geschichte des Wettstreits und erzählte von seinen Versuchen, eine Siegermannschaft zusammenzustellen, angetrieben durch die jahrzehntelan- gen Hänseleien seiner älteren Brüder. Diese jagten drau- ßen auf dem Meer Schwertfische, mit breiter, behaarter Brust und viel Gelächter. Sie hatten weder schlechte Au- gen noch Plattfüße noch Frauen, die sie verlassen hatten. Und so versuchte Direktor Gunderson jeden Frühsommer aufs Neue, die Fahne zu ergattern, angefeuert von sei- nen Schülern und Kollegen, bis er – rülpsend – ins Meer stürzte.

Im Großen und Ganzen gab es drei verschiedene Me- thoden, derer sich die Teilnehmer bedienten. Die erste bestand darin, wie auf einem Schwebebalken langsam und gleichmäßig einen Fuß vor den anderen zu setzen. Damit schaffte man es meist bis zur Hälfte des Masts, wo man jedoch unweigerlich abrutschte, weil sich zu viel Fett un- ter den Füßen angesammelt hatte. Die zweite Methode war der Kriechgang auf Händen und Knien. Er endete

fast immer mit einem Mann, der sich von unten krampfhaft an den Mast klammerte und ein paar Sekunden dort
baumelte, während die Zuschauer in freudiger Erwartung
von zehn bis null herunterzählten. Die letzte und spek-
takulärste Taktik war die Schlittertaktik: Man nahm An-
lauf, rannte auf den Mast zu und versuchte, auf dem Fett
bis zum Mastende zu gleiten. Die Schlittermethode war
beim Publikum besonders beliebt, denn sie führte nicht
nur häufig zu Verletzungen – klaffenden Wunden, heraus-
geschlagenen Zähnen –, sondern auch zu besonders alber-
nen Stürzen ins Hafenbecken: mit dem Gesicht voran, mit
schützend vor die Leistengegend gehaltenen Händen, mit
schmerzhaften Bauchklatschern.

Am Wettbewerbstag versammelte Direktor Gunderson
seine Mannschaft auf dem alten hölzernen Pier und ging
jede dieser Methoden mit Notizbuch und Stift sorgfältig
durch. Er selbst hatte im Laufe der Jahre seinen eigenen
Stil perfektioniert, eine Kombination aus Balancieren,
Kriechen und verzweifeltem Ausschlittern. Strand und
Fisk saßen auf der Kühlbox, die sie mitgebracht hatten,
und sahen zu, wie Gunderson die verschiedenen Möglichkeiten, vom Mast zu stürzen, schematisch darstellte.
Die voraussichtlichen Verletzungen ihres Körpers (und
Stolzes) entmutigten sie zutiefst, was sie mit Bier zu kom-
pensieren versuchten. Fisk kippte die Dosen eilig hinunter,
während Strand grazil aus einem Strohhalm schlürfte.

Die anderen Männer hatten sich bis auf ihre Shorts
ausgezogen, nur Samuel Hawley behielt Hemd und Jeans
an, als wollte er jeden Moment einen Rückzieher machen. Er blieb den ganzen Tag auf dem Pier, beobachtete

schweigend die anderen Wettbewerbsteilnehmer, lauschte Gunderson und trank sogar ein Bier mit Strand und Fisk, auch wenn ihm das Ganze nicht den geringsten Spaß zu machen schien. Es war offensichtlich, dass er nur aus einem einzigen Grund am Wettbewerb teilnahm: wegen seiner Tochter.

Loo war unterdessen am Strand direkt unterhalb des Piers. Sie saß allein mit ihren Stahlkappenstiefeln im Sand und stapelte Steine, kleine Denkmäler aus jeweils sechs oder sieben aufgetürmten Steinen. Um sie herum tuschelten die Zuschauer. Dass Hawley und seine alten Widersacher dort oben zusammenstanden, fachte die Gerüchteküche an, manch einer hoffte auf eine Schlägerei. Aber Loos Vater hatte an diesem Morgen fast eine Stunde im Badezimmer verbracht, in der Wanne gelegen und die Fotos von seiner Frau betrachtet. Er hatte Loo ernst dabei zugesehen, wie sie das Frühstück gemacht hatte, und ihr ins Kinn gekniffen, bevor sie aufgebrochen waren. Sie wusste, was das bedeutete: dass er nicht sauer war – nur besorgt.

Als Gundersons Mannschaft in Startposition ging, stand die Sonne bereits hoch am Himmel und brannte auf die Zuschauer nieder. Das Wasser im Hafenbecken sah immer einladender aus. Inzwischen war das Fett auf dem Mast ranzig geworden und hatte sich mit dem Schweiß und der Enttäuschung Hunderter Teilnehmer vermischt. Wie um sie zu verhöhnen, wehte die kleine rote Fahne nach wie vor am Ende des Masts. Die ganze Stadt war zusammengekommen, um sich das Spektakel anzusehen – das Hafenbecken war voll mit Motor- und Segeljachten,

Schlauch- und Ruderbooten, eine gewaltige Flottille aus betrunkenen Männern und Frauen, die alle mit Signalhörnern ausgestattet waren, in die sie anerkennend oder bedauernd bliesen, während ein Kandidat nach dem anderen vom fettigen Holzmast ins aufgewühlte Wasser rutschte. Die restlichen Zuschauer hatten es sich mit Klappstühlen und Kühlboxen am Strand bequem gemacht und ließen sich Krabbenküchlein, Hummerbrötchen und italienisches Eis schmecken, während sie auf einen Gewinner warteten.

Sogar Mabel Ridge war gekommen, um sich anzusehen, wie die Männer vom Mast stürzten. Sie saß häkelnd auf einer Parkbank und war trotz der drückenden Frühsommerhitze für kühles Wetter gekleidet. Selbst den Jackenkragen hatte sie hochgeklappt, während sich eine leuchtend rote Garnrolle in ihrem Schoß abspulte. Die alte Dame wickelte das Garn um ihren Finger, stach von unten mit der Häkelnadel hindurch, holte sich den zwischen den Fingern gestrafften Faden, zog ihn durch die Schlinge und straffte diese. Dann kam die nächste Schlinge, danach die übernächste, für jeden Mann auf dem Mast eine. Und wenn wieder eine Mannschaft versagt hatte, drehte sie das Viereck, das sie häkelte, und begann eine neue Reihe.

Als Direktor Gundersons Team dran war, war sie bereits auf dem besten Weg zur Vollendung einer stattlichen Häkeldecke. Gunderson bestand darauf, den rutschigen Mast als erster Teilnehmer seiner Mannschaft in Angriff zu nehmen, zu angespannt, um noch länger warten zu können, und nicht gewillt, den Ruhm im Falle eines Erfolgs zu teilen. Er schaffte es Zentimeter für Zentimeter an der ersten Kerbe im Holz vorbei, ließ sich dann langsam auf die Knie nieder, drückte das Gesicht ins Fett, umklammerte den Mast in einer unbeholfenen, aber liebevollen Umarmung und zog sich krampfhaft einige wenige Meter voran, bevor eins seiner pummeligen Knie nachgab und er mit einem gewaltigen Spritzer ins Wasser purzelte.

Strand versuchte es als Nächster und grinste vor Angst, wodurch das Metall in seinem Kiefer noch straffer gespannt wurde. Er hatte mit seinem Strohhalm zu viel Bier geschlürft und verfehlte den Mast gänzlich, weil er bereits beim Anlaufen mit dem Fuß hängen blieb, über die Kante des Piers taumelte und mit einer Drehung ins Meer stürzte. Nachdem er wieder an die Oberfläche gekommen war, winkte er und verharrte auf der Stelle schwimmend neben Gunderson, denn es war Tradition, dass man wartete, bis alle Teammitglieder fertig waren.

Fisk drehte sich zu Hawley um und sah aus wie jemand, der tapfer seinem sicheren Untergang entgegenblickt. Er beugte sich vor, flüsterte etwas und gab seinem Mannschaftskameraden die Hand. Loos Vater machte ein überraschtes Gesicht. Die beiden Männer nickten einander zu, Fisk rückte seine »Hong Kong«-Baseballkappe gerade, bekreuzigte sich, ging ein paar Schritte rückwärts und rannte in vollem Tempo los. Lauthals schreiend warf er sich mit den Füßen voran seitlich auf den Mast und schlitterte los. Er schaffte es weiter als jeder andere zuvor und hinterließ mit der Hüfte eine Schneise im Fett, bevor er das Gleichgewicht verlor und über die Kante schlingerte. Mit gespreizten Füßen und immer noch schreiend klatschte er ins Wasser.

Schließlich war Hawley an der Reihe. Die Menge verstummte, während er seine Stiefel aufschnürte, seine Socken auszog und sein Hemd aufzuknöpfen begann. Unter ihm wippten die Köpfe von Gunderson, Strand und Fisk in den Wellen. Nun, da Loos Vater offensichtlich sein Versprechen wahr machte, schien ein Gefühl von aufrichtigem Kameradschaftsgeist die Männer zu ergreifen. Sie hoben die Arme aus dem Wasser, um für ihn zu klatschen. Voller Anspannung sahen sie zu, wie Hawleys Hemd zu Boden fiel.

Über seinen ganzen Körper zogen sich runde Narben – verheilte Einschusslöcher. Ein Loch auf seinem Rücken, ein zweites in seiner Brust, ein drittes an seinem Bauch, ein viertes in seiner linken Schulter, ein weiteres in seinem linken Fuß. An einigen Stellen waren die Narben dunkel und aufgeworfen, als hätten sich die Kugeln tief in Sam Hawleys Fleisch hineingefressen. Eine Brise kam auf und brachte die Fahne am Ende des Masts zum Flattern. Unterdessen beobachtete die ganze Stadt, wie Hawley in die Hocke ging und seine Hosenbeine hochrollte, wodurch noch zwei vernarbte Löcher zum Vorschein kamen, eins in jedem Bein.

Die Menge schnappte kollektiv nach Luft, dann begann das Gemurmel. Die Einzige, die nicht reagierte, war seine Tochter, die immer noch am Ufer Steine aufeinanderstapelte. Die Narben am Körper ihres Vaters waren schon immer da gewesen. Er hatte sie Loo nie explizit gezeigt, versteckte sie aber auch nicht vor ihr. Sie erinnerten sie an die Krater auf dem Mond, den sie nachts mit ihrem Teleskop betrachtete. Kreisförmige Dellen, hinterlassen von

Kometen und Asteroiden, die auf den kalten, harten Stein geprallt waren, weil der Mond keine Schutzatmosphäre besaß, an der sie verglühten. Wie diese Krater zeugten auch Hawleys Narben von vergangenen Gefahren, die es in seinem Leben lange vor ihrer Geburt gegeben hatte. Und wie der Mond kreiste Hawley auf ewig zwischen Loo und dem Rest des Universums und reflektierte dabei zu bestimmten Zeiten das Licht, wenn auch nur scheibchenweise. Und manchmal, ungefähr alle dreißig Tage, wurde er das vollste und hellste Objekt am Himmel, so wie jetzt, als er mit fertig aufgerollter Jeans an der Kante des Piers stand und sich mit den Fingern durch den Bart strich, bevor er auf den fettigen Mast trat und zu tanzen begann.

Zumindest sah es aus wie ein Tanz. Seine Füße bewegten sich so schnell, dass es schwer war, sie im Blick zu behalten, und seine Knie hüpften auf und ab, während er heftig mit den Armen ruderte. Er trippelte seitwärts, wie ein Flößer auf einem schwimmenden Stamm, und das Fett spritzte nur so unter seinen Fußsohlen hervor. Ein paarmal landete seine Ferse zu weit hinten, und er drohte unter dem Aufschrei der Menge rückwärts zu fallen, aber schon fing er sich wieder und begann erneut die Arme zu schwingen. Er schaffte es an der ersten Kerbe vorbei, dann an der Stelle, an der Gunderson gestürzt war, und schließlich ans Ende von Fisks Schneise. Direkt dahinter erwischte er einen Klumpen Fett, woraufhin sein Körper sich wand und krümmte, bis er erneut mit wild dahintippelnden Füßen das Gleichgewicht wiederfand. Olympus tobte vor Begeisterung.

Mabel Ridge hob ihre Häkelnadel, wodurch ihr eine Garnrolle vom Schoß rutschte und sich aufribbelte, eine dünne rote Linie, die aufs Ufer zurollte, wo Loo mit bis zu den Knien nasser Hose ihren Vater beobachtete. Die Bootshörner tuteten, und das Mädchen hielt sich die Ohren zu. Sie machte einen Schritt ins Wasser und noch einen, ohne ihren Vater aus den Augen zu lassen.

Am Ende des Masts hüpfte die Fahne im Takt von Hawleys Tanz. Er war noch zwei Längen von ihr entfernt, dann nur noch eine. Das Holz wurde zum Ende hin immer schmaler. Hawleys Brust und Gesicht waren mit schwarzem Fett bespritzt, und die Sonne zeichnete scharf seine Silhouette nach – ein Mann im Kampf mit den Elementen, ein außer Kontrolle geratener Kreisel. Die Beute war nun direkt vor ihm, und als er die Hand danach ausstreckte, warf er auch alles andere mit in die Waagschale, jeden Teil seines Ichs.

Und plötzlich war es vorbei. Der letzte Satz nach vorn brachte Samuel Hawley aus dem Gleichgewicht und ließ ihn vornüberkippen, sodass er für einen kurzen, strahlenden Moment kopfüber in der Luft hing, mit strampelnden Füßen. Anschließend prallte er mit seinem ganzen Gewicht auf den Holzmast, spaltete seine Spitze, dass die Splitter durchs Hafenbecken flogen, brachte die Menge dazu, aufgeregt aufzuspringen, und stürzte in einem Wirrwarr aus Holz, Fett und Gliedmaßen ins Meer – gefolgt von einer kleinen roten Fahne, die langsam an dem Durcheinander vorbeiflatterte und in die offenen, wartenden, dankbaren Arme von Direktor Gunderson segelte.

Kugel Nummer eins

Der Auftrag in New Breton war angeblich eine todsichere Nummer. Das Haus – eine jener pompösen Berghütten, in die Magnaten ihre Sommergäste aus der Stadt mitnahmen, um auf teuren Holzstühlen zu sitzen, dem abendlichen Ruf der Seetaucher zu lauschen und sich als Teil der Natur zu fühlen – war für den Winter verrammelt. Im Januar war hier oben kilometerweit kein Mensch zu sehen, und die Eisschicht auf dem See wurde so dick, dass man mit einem Lastwagen darüberfahren konnte. Das teure Silber lag um diese Jahreszeit ungeschützt in der Anrichte, in Samt gewickelt, damit es nicht anlief. Auch ein wenig Schmuck war vermutlich zu holen, und vielleicht ein Gemälde oder zwei. Und Uhren, überall Uhren – es hieß, der Besitzer des Anwesens werde nervös, wenn er die Zeit nicht wisse, und habe daher in jedem Zimmer eine Uhr. Und davon gab es viele, fünfzig oder mehr. Wer weiß, was sie mit etwas Glück sonst noch alles fanden.

Hawley arbeitete mit einem Partner namens Jove zusammen. Sie hatten sich an der Bahnlinie ein Stück außerhalb Missouris kennengelernt. Hawley war damals auf der Flucht vor dem Sozialamt gewesen, noch ein halbes Kind, einsam und verängstigt. Mit leerem Bauch und zerronnenem Glück war er im Dunkeln neben einem Güterzug hergetaumelt. Er würde nie vergessen, wie plötzlich Joves Hand von oben erschienen war, ausgestreckt und geöffnet, und wie er sich an den Fingern festgeklammert hatte, während sie ihn in den Waggon hinaufzogen.

Sie hatten bereits mehrere Aufträge zusammen durchgezogen, nichts allzu Großes, nur genug, um über die Runden zu kommen, bis sie zum nächsten Ort weiterzogen. Aber Jove träumte davon, ein Boot zu kaufen und damit den Hudson hinunterzuschippern. Er konnte zwar nicht segeln, war jedoch an diesem Fluss aufgewachsen und redete über nichts anderes mehr – die Leuchttürme, die sich wie Straßenlaternen am Ufer reihten, die Strömung, die so stark war, dass man keinen Wind brauchte. Er war älter als Hawley, fast fünfundzwanzig, und hatte sich zum Beweis einen dichten Schnurrbart wachsen lassen. Außerdem war er bereits drei Jahre im Gefängnis gewesen. Hawley war noch nicht einmal siebzehn und dementsprechend unsicher, weshalb er Jove die Entscheidungen überließ.

Trotzdem hätte er es wissen müssen. Sobald sie die herrschaftliche steinerne Eingangsterrasse mit direktem Blick über den See betraten, spürte er ein Kneifen in den Rippen, fast so, als würde die Kugel bereits in seinem Rücken stecken. Aber Hawley war noch zu unerfahren, um auf seinen Körper zu hören, der für ihn nur so etwas wie ein Transportmittel war. Deshalb hielt er einfach eine Decke hoch, während Jove das Fenster einschlug, und kroch dann hinter ihm durch den Fensterrahmen aus der Kälte ins Innere des Hauses.

Die Möbel im großen Salon waren mit weißen Laken abgedeckt. Ihre Umrisse wirkten eigenartig – geheimnisvolle, um den Kamin gruppierte Gestalten. In jeder Ecke befand sich eine Uhr. Eine Standuhr mit langem goldenem Pendel neben der Treppe, andere Chronometer an den Wänden, die die Mondphasen anzeigten. Über die gesamte Länge des Raums zog sich ein Tisch, der so groß

war, dass dreißig Personen daran Platz fanden, und darüber hing ein Kronleuchter aus Geweihen, die in der Mitte
zusammengebunden waren und sich wie die Wurzeln
eines Baums nach außen hin verzweigten.

Ein idealer Ort für große Sommerpartys. Auf einer solchen war Jove vor Jahren gewesen, mit einem Kumpel
aus Gefängnistagen, einem Boxer namens King, der nach
einem vorgetäuschten Knockout eine Einladung ergattert
hatte. Daher wusste Jove überhaupt von diesem prachtvol-
len, in den Bergen versteckten Haus, von dem er glaubte,
dass es im Winter nicht genutzt wurde. Er erzählte oft
von jener wilden Nacht, in der er sich unter die reichen
Leute aus der Stadt gemischt, Kaviar und Räucherlachs
gegessen und Champagner getrunken hatte. Hawley hatte
seinen Geschichten gelauscht, während sie fröstelnd in
leeren Bahnwaggons gesessen, auf dem Highway getrampt
waren oder billiges Bier in Motelzimmern gekippt hatten,
so oft, dass er irgendwann das Gefühl hatte, selbst auf der
Party gewesen zu sein und mit Frederick Nunn angesto-
ßen zu haben, dem Geldwäscher, dem dieser Palast mit
den vielen Uhren gehörte. Es fiel ihm schwer zu glauben,
dass sie nun tatsächlich in seinem Haus standen.

Jove zog ein paar weiße Laken herunter und enthüllte
eine Gruppe ausgestopfter fliegender Enten neben der
Fensterbank, ein Porträt von Nunn mit fingerdickem
Schnauzbart über der Oberlippe und – über dem Kamin
mit noch einer weiteren Uhr hängend – den klobigen
Kopf einer Elchkuh. Darunter verriet eine kleine Mes-
sing-Plakette den Ort und das Datum, an dem das Tier
erlegt worden war.

»Hat er wahrscheinlich selbst geschossen«, sagte Jove.

»Ja, wahrscheinlich«, erwiderte Hawley. Er ging in die Hocke und berührte das Bärenfell vor dem Kamin. Es überraschte ihn, wie glitschig sich das Fell unter seinen Fingern anfühlte. Die Glasaugen des Bären waren hart und starr, sein Maul leicht geöffnet. Rund um die Schnauze war die Haut zurechtgeschnitten und verleimt, und die Schnauze selbst bestand aus Leder und Wachs und war leicht verbogen, als hätte jemand versucht, dem Bären die Nasenlöcher zuzudrücken.

Die beiden Männer ließen die Pracht des Salons auf sich wirken, während ihr kalter Atem in Wölkchen zu den Dachsparren aufstieg. Schließlich wischte sich Jove die Nase und betrat durch eine doppelte Schwingtür die Küche. Die Hinterzimmer des Gebäudes waren riesig, gebaut für ganze Heerscharen von Angestellten. Zur Ausstattung gehörten ein Herd mit sechzehn Kochfeldern, eine Vielzahl von Kupferpfannen und -töpfen, die an Haken von der Decke hingen, vier Spülbecken, ein Kühlraum, ein Hackblock von der Größe eines Betts und endlose Reihen Messer. In der Anrichte fanden sie Geschirr und Besteck, und ihre Erwartungen wurden noch übertroffen – Gabeln, Messer und Löffel für hundert Personen, nicht nur in Silber, sondern auch vergoldet, dazu Spezialbesteck für jedes erdenkliche Gericht – Salate und Schnecken, Fisch und Steaks, Sorbet, Suppe und sogar Butter.

Hawley füllte zuerst die Tüten, die sie mitgebracht hatten. Danach fand er ein paar Kopfkissenbezüge in der Wäschekammer und packte auch diese voll. Es gab eine Hintertür, und als er den Kopf hinaussteckte, sah er einen umzäunten Garten und dahinter einen Fußweg zur Garage. Er fragte sich, was für Autos wohl darin geparkt waren, war jedoch zu nervös, um nachzusehen. Stattdessen schleifte er die Tüten und Kopfkissenbezüge mit dem Besteck zu dem Fenster, durch das sie hereingekommen waren, und wartete auf Jove, der im ersten Stock die Schlafzimmer durchstöberte.

Da er nirgendwo eine Decke fand, nahm Hawley das Bärenfell vom Boden und legte es sich um die Schultern. Die Unterseite war weich wie Velours. Er wickelte sich die Vorderpfoten um den Hals und spürte die angenähten Krallen auf seiner Haut. Der Bärenkopf plumpste auf seine Schulter. Hawley berührte die Schnauze. Die Zähne waren echt, dicke, gelbliche Eckzähne.

Er dachte an die Party, die Jove ihm beschrieben hatte, und malte sich aus, wie das Eis und der Schnee vor der Haustür schmolzen, wie das Gras darunter wieder grün wurde und die trockene Wärme des Sommers in die Holzdielen zurückkehrte. Dann würde das Haus wieder voller Gäste sein, die tranken und lachten, Karten spielten oder vielleicht Musik hörten, sich in Stühlen um das Kaminfeuer scharten, während durch die offenen Fenster eine warme Brise vom See hereinwehte. Auch draußen auf der Terrasse würden Leute sein und im Mondlicht rauchen und sich unterhalten. Vielleicht einige in seinem Alter. Vielleicht ein Mädchen.

Hawley stellte sich vor, wie sie an einer Säule lehnte, als gehörte sie zu ihr, in einem silbernen Kleid und mit einem Kamm in den zurückgesteckten Haaren. Die junge Frau drehte den Kopf und erwischte ihn beim Starren, woraufhin sie durch die Tür ins Haus glitt und mit einem leisen Lächeln auf ihn zukam. Sein Herz pochte, als hätte er einen Schwarm Vögel verschluckt. Das Pochen wurde immer lauter, und Hawley ging auf, dass es nicht aus seinem Inneren kam, sondern von der Uhr auf dem Kaminsims. Der Uhr unter dem Elchkopf. Sie tickte deutlich hörbar.

Auch die Uhr neben der Küchentür lief, genau wie die Standuhr an der Treppe. Warum war ihm das vorher nicht aufgefallen? Die Uhrwerke mussten jeden Tag aufgezogen werden, und das hatte offenbar jemand getan. Jemand, der den Schlüssel besaß und jeden Tag nach dem Rechten sah, jemand, der dafür sorgte, dass die Zeit den ganzen Winter hindurch weiterlief und nicht eine Minute verloren ging.

Hawley hörte donnernde Schritte über seinem Kopf, und schon kam Jove mit vollgestopften Jackentaschen die Treppe heruntergerannt. »Lass uns abhauen.« Jove schnappte sich einen der Kissenbezüge, schob den Türriegel auf und öffnete die Tür zur Terrasse. Gleichzeitig hörte Hawley jemanden durch den Hintereingang hereinkommen und durch die Küche eilen. Er raffte die restlichen Tüten und Säcke zusammen und folgte Jove nach draußen, das Bärenfell immer noch um die Schultern gewickelt, ein flatternder Umhang.

Es hatte wieder angefangen zu schneien, und der Wind peitschte den beiden Männern die Flocken von der Seite ins Gesicht, als sie über das Terrassengeländer sprangen und sich eilig vom Haus entfernten. Hawley hörte eine Stimme hinter ihnen herrufen, ein Knall folgte, woraufhin ihm ein stechender Schmerz durch die Eingeweide schnitt, genau an der Stelle, an der er das Kneifen gespürt hatte, bevor sie das Fenster eingeschlagen hatten. Darüber wunderte er sich einen Moment, während er weiter über den Rasen sprintete, getrieben vom Adrenalin eines Mannes, der um sein Leben rennt. Doch der Schmerz wanderte nach oben und packte ihn am Hals. Er ließ die Tüten fallen und prallte gegen einen Baum am Waldrand.

Hawley erwachte in einem Ziegenstall, in dem es ihm eigenartig warm vorkam. Um ihn herum war es dunkel. Jove hatte ihn auf das Bärenfell gelegt und war dabei, eine vergoldete Zuckerzange über einer Petroleumlampe zu sterilisieren. Hawley roch Blut.

Es gab vier Ziegen im Stall, die ihre Köpfe zwischen den Latten ihres Verschlags hindurchsteckten und ihn beobachteten, traurig und still, mit hin und wieder zuckenden Ohren und seltsamen Augen, die im bernsteinfarbenen Licht der Lampe glänzten. Hawley verlagerte das Gewicht, woraufhin ein gewaltiger Schmerz seinen Rücken durchzuckte und seine Lunge abschnürte.

»Wäre besser gewesen, wenn du bewusstlos geblieben wärst«, sagte Jove.

»Wo sind wir?«, würgte Hawley hervor. Er bewegte seine Hand und packte ein Büschel Heu.

»Ich weiß nicht genau. Aber fürs Erste weit genug weg.«

»Ich brauche einen Arzt.«

»Ich bin Arzt – habe ich dir das nie gesagt?« Jove drehte die Zange in der Flamme. »Mit Zulassung.«

Hawley blickte auf sein Hemd. Er hatte es letztes Jahr an seinem Geburtstag gekauft, sein erstes Geschenk an sich selbst. Das Hemd war ihm in einem Laden in Poughkeepsie ins Auge gestochen, direkt nach ihrem ersten erfolgreichen Beutezug. Er hatte es nicht einmal anprobiert, sondern war direkt damit zur Kasse gegangen und hatte bezahlt. Noch nie hatte er sich so gut gefühlt. Am Abend hatten Jove und er in einem Restaurant die halbe Speisekarte bestellt, sich nach dem Essen eine mittelmäßige Komödie im Kino angesehen und trotzdem gelacht. Zu guter Letzt hatten sie eine Bar aufgesucht, mit einer hübschen jungen Frau hinter der Theke. Das Trinkgeld war üppig, worauf sie immer wieder nachschenkte, ihnen sogar eine Runde ausgab. Irgendwann fiel Hawley sein neu gekauftes Hemd ein. Er zog es auf der Toilette an, und es passte ihm perfekt. An der Theke hatte nach seiner Rückkehr ein Stück Kuchen mit einer Kerze darin neben seinem Glas gewartet, und Jove und die junge Frau hatten *Happy Birthday* gesungen.

Von dem Hemd war jetzt nicht mehr viel übrig. Die Knöpfe hingen lose am Faden, und die Seiten waren blutdurchtränkt. Jove hatte außerdem den Saum aufgerissen, um an Hawleys Rücken zu gelangen.

»Die Kugel steckt in deinen Rippen«, erklärte er.

Eine der Ziegen fing an zu meckern, ganz leise, als wäre sie heiser. Hawley drehte sein Gesicht zum Heu und dachte an das Mädchen in der Bar. Er hatte damals so viel getrunken, dass er sich nicht mehr erinnern konnte, wie sie das Etablissement verlassen hatten. Aber er wusste noch den Namen der jungen Frau: Laura. Er war danach noch dreimal zurück in die Bar gegangen, doch sie hatte an jenen Tagen nicht gearbeitet, und es war ihm zu peinlich, nach ihren Arbeitszeiten zu fragen.

Es war ihr Gesicht gewesen, das er sich auf der Terrasse des Anwesens vorgestellt hatte, ihr Lächeln, das durch die Tür und quer durch den Raum auf ihn zugekommen war, ihre Hand, die seinen Arm gedrückt hatte, genau wie damals in der Bar, als sie sich vorgebeugt, sein Hemd gelobt und ihn gefragt hatte, was er sich beim Ausblasen der Kerze gewünscht habe.

Auch jetzt versuchte er sich auszumalen, dass sie zu zweit hier im dunklen Stall waren, im trüben Schein der Lampe. Dass ihre Hände den Stoff des Hemds von seiner Haut lösten und das Blut abwischten, dass ihr Atem über seinen Rücken strich, ihr Gewicht sich gegen seinen Körper drückte. Den schrecklichen Moment, als ihm aufgegangen war, dass die Uhren tickten, versuchte er hingegen zu verdrängen.

»Das tut jetzt weh«, warnte ihn Jove und schob die Zange in ihn hinein.

Die Witwen

Die erste Witwe brachte einen Käsekuchen, und zwar nicht einfach irgendeinen. Er war aus Ricotta, den die Witwe in dicken kleinen Förmchen selbst in einem aufwendigen Sieb- und Alterungsverfahren herstellte. »Ein altes Familienrezept. Den Kuchen backe ich nur für besondere Anlässe.«

Loo stand in einem alten T-Shirt ihres Vaters in der Tür, mit ungekämmten Haaren und nackten Füßen. Sie lebten nun schon seit über einem Jahr in Olympus, und noch nie war jemand zu Besuch gekommen. Auf ihrer Veranda standen Eimer mit vor sich hin modernden Algen herum, der Eingangsflur war voll mit Sand. Die Witwe lächelte, als sie Loo die schwere Kuchenplatte reichte und hinter ihr ins Haus spähte, mit suchendem Blick, der klarmachte, dass der Kuchen nicht für Loo gedacht war.

Die nächste Witwe lieferte Blaubeeren aus ihrem Garten ab – sie habe zu viele, um sie alle selbst essen zu können, behauptete sie. Es reiften immer noch mehr Beeren nach, obwohl sie bereits erschöpft sei vom tagelangen Ernten und violette Finger habe. Sie könne wirklich ein wenig Hilfe gebrauchen, jemanden, der mit einer Leiter vorbeikomme, um auch die höheren Zweige der Büsche zu erreichen. Am besten jemand Großes, sagte sie. Jemand Starkes.

Eine weitere Witwe kam mit ihren beiden Kindern, zwei Jungen, deren Haare zwar akkurat gekämmt waren, deren Gesichter jedoch Kummer verrieten. Dieser Kummer wurde noch größer, als ihre Mutter Loo eine Pralinenschachtel in die Hand drückte, an der mit Geschenkband ein parfümiertes Briefchen befestigt war.

Manche Frauen waren wirklich Witwen und hatten ihre Ehemänner auf See, durch Herzinfarkte oder alkoholbedingte Autounfälle verloren. Sie waren am zaghaftesten, wenn sie an die Tür klopften, am unsichersten. Alle anderen waren schlicht Fischerwitwen, Frauen, die zu Hause zurückblieben, während ihre Männer Kabeljau-

oder Thunfischschwärme bis zu den Bitter Banks verfolgten oder über Wochen und Monate die Küste entlangfuhren und Schwertfische jagten. Obwohl diese Frauen allesamt Essen vorbeibrachten, waren sie diejenigen, die hungrig wirkten, fand Loo. Einmal kam ihr Vater gerade zufällig vom Strand zurück, als eine der Frauen durch den Garten zur Haustür unterwegs war, woraufhin sie ihn mit einem nervösen, viel zu schrillen Lachen in eine Ecke trieb. Nach diesem Vorfall fing er an, das Haus tagsüber zu meiden.

Loo hatte zwar ein schlechtes Gewissen, wenn sie den Frauen die Tür vor der Nase zumachte, aber noch schlimmer fand sie es, wenn die Witwen sich resolut ihren Weg ins Haus bahnten und es nach Informationen absuchten, während sie ihre gebackenen Gaben auf dem Küchentisch abstellten, direkt neben dem Abdruck von Hawleys Kaffeebecher, den er Hunderte Male dort abgestellt hatte, wenn er nachts seine Waffen polierte. Fragte eine Frau, ob sie die Toilette benutzen könne, dachte sich Loo nicht einmal mehr eine Ausrede aus. Sie sagte ihr einfach ins Gesicht, dass das nicht gehe.

Durch seinen kurzen glanzvollen Moment auf dem rutschigen Mast hatte ihr Vater die ganze Feindseligkeit der Stadtbewohner weggewischt. Die Männer von Olympus hatten ihn aus dem Hafenbecken gezogen und auf ihren Schultern davongetragen, und die Frauen hatten voller Bewunderung beobachtet, wie das Wasser an seinem vernarbten Rücken hinunterrann.

Seither war im Flying Jib ein Barhocker nur für Hawley reserviert. Die Fischer hießen ihn auf dem täglichen

Fischmarkt willkommen, wo er direkt an Großhändler und weitere Restaurants neben dem Sawtooth verkaufen konnte. Unterdessen kursierten Gerüchte darüber, wie er angeblich an seine Narben gekommen sei – als Polizist, als Soldat, als Auftragskiller der Mafia. Was auch immer zutraf, Hawley sprach nicht darüber. Und niemand wagte es noch, die Schuhe seiner Tochter zu stehlen. Loo musste nicht einmal mehr Hausaufgaben machen. Direktor Gunderson gab ihr einen Freifahrtschein, mit dem sie kommen und gehen konnte, wie es ihr passte. Bei ihren Mitschülern galt sie nach wie vor als schräger Vogel, aber ein paar versuchten tatsächlich, sich mit ihr anzufreunden. Mit diesen Annäherungsversuchen war sie genauso überfordert wie mit den meisten anderen Dingen. Während ihr Vater also anfing, seine Abende im Flying Jib mit Strand und Fisk zu verbringen, die Hawley auf dem Fischmarkt einen Verkaufsstand direkt neben ihrem überlassen hatten, lief Loos Leben genauso weiter wie bisher, nur dass sie sich in dieser Zeit nicht mehr prügelte. An ihrer Schule wollte sich vorerst niemand mehr mit ihr anlegen, auch wenn sie sich das manchmal gewünscht hätte.

Immer, wenn Loo kurz davor war, jemanden zu schlagen, hatte sie einen durchdringenden Geschmack im Mund, der sie an Rost erinnerte. Sie nahm ihn an den Seitenrändern ihrer Zunge wahr, so als hätte sie sich versehentlich darauf gebissen. Anfangs hatte sich der Geschmack langsam eingestellt, doch inzwischen überschwemmte er ihren Mund, wann immer sich eine Situation gegen sie wandte. Der Sog erfasste nach und nach all ihre Sinne, bis sie eine Grenze überschritt und für einen Moment ein anderer Mensch wurde – ein mächtiger Mensch –, und sei es nur, bis ihr Gegenüber zurückschlug.

Aber nachdem sie Jeremy Strand und Pauly Fisk junior die Nasen gebrochen hatte, gab es zunächst diese kurze Pause, diesen Sommer, in dem sie in aller Ruhe mit ihrem Vater fischte und Muscheln ausgrub, lediglich unterbrochen von Witwen, die Aufläufe oder Kuchen vorbeibrachten. Im September fing die Schule wieder an, und Loo wurde wieder streithungrig. Sie lernte, zuerst zuzuschlagen, was ihr normalerweise auch gelang, unter anderem bei Rachel Mirden (Haarzieherin), Sung Kim (Beißerin), Wanda Gregson (Beinstellerin), Katie Jeffries (Kneiferin), Larry Humnack (Schreihals) und Ria Gupta (überraschender linker Haken), bis Direktor Gunderson sie erneut in sein Büro bat. Wenn sie noch einmal auf dem Schulgelände gewalttätig werde, müsse er ihr ihre Privilegien wegnehmen. »Ich wurde sogar schon von Eltern gebeten, dich der Schule zu verweisen«, erklärte er. »Bitte zwing mich nicht dazu.«

Loo bemühte sich daraufhin, ihr Temperament zu zügeln, mit dem Ergebnis, dass sie immer noch wütend war, wenn sie von der Schule nach Hause kam. Die einzigen Menschen, gegen die sie hier kämpfen konnte, waren die Witwen, die nach wie vor in Scharen bei ihnen auftauchten. Bis jetzt war allerdings noch keine in Loos Falle getappt und hatte auch nur versucht, sie zu ohrfeigen, so unhöflich sie sich auch benahm. Trotzdem füllte sich Loos Mund mit beißendem Speichel, sobald sie wieder ein schüchternes Klopfen an der Tür hörte.

An einem ungewöhnlich warmen Tag im November,

wenige Wochen nach Loos dreizehntem Geburtstag, ertönte ein Klopfen, das anders klang: zwei rasche Schläge,
energisch und zuversichtlich. Loo machte die Tür auf und
sah sich statt einer Witwe einem Kind gegenüber. Zumindest dachte sie, dass es ein Kind war, bis sie die Birken-
stock-Sandalen, den indischen Rock und die unrasierten
Achselhöhlen unter dem ärmellosen Oberteil zur Kenntnis nahm und begriff, dass das Kind in Wirklichkeit eine
sehr kleine Frau mittleren Alters mit einem Klemmbett
in der Hand war. Die Haut der Frau war wettergegerbt,
ihre Zähne weiß, aber leicht schief. Und neben ihr, am
Fuß der Eingangstreppe, stand halb hinter einem Rhodo-
dendronbusch verborgen der Junge, dessen Finger Loo
gebrochen hatte: Marshall Hicks.

»Ist dein Vater zu Hause?«, fragte die Frau.

»Nein«, antwortete Loo.

»Aha«, sagte die Frau. »Ich bin hier, um über etwas sehr
Wichtiges mit euch zu sprechen.« Sie hielt ihr Klemmbrett
hoch. »Wusstest du, dass es in zehn Jahren keinen Kabeljau mehr im nördlichen Atlantik geben wird? Wenn wir
in unseren Gewässern nicht bald ein Meeresschutzgebiet
einrichten, blicken wir einer ökologischen Katastrophe
entgegen.«

Loo lehnte sich gegen den Türrahmen und spähte zu
Marshall Hicks hinunter. Der Junge trug Hemd und Krawatte. So schick hatte sie ihn in der Schule noch nie gesehen. Auf seiner Stirn glänzte der Schweiß, auch er hielt
ein Klemmbrett in der Hand und hatte die Jacke seiner
Mutter über dem Arm. Er starrte in den Rhododendron,
als wünschte er, darin verschwinden zu können.

Die Frau drückte Loo ein Flugblatt in die Hand. *Was passiert, wenn die Meere leer gefischt sind? Stoppt die kommerzielle Überfischung an den Bitter Banks. Rettet den Atlantischen Kabeljau!* Loo drehte das Blatt um. Hinten war ein Treibnetz voller toter Fische abgebildet.

»Ich brauche die Unterstützung deines Vaters. Es geht um viele Leben, die wir retten können.« Die Lippen der Frau zuckten beim Sprechen, und ihr Blick fixierte Loo im Türrahmen.

»Er müsste bald zurück sein.«

Die Frau lächelte und trat ins Haus. »Schatz«, sagte sie über die Schulter hinweg. »Geh doch schon mal weiter zu den nächsten Häusern. Ich hole dich später ein.«

»Mom!« Marshall Hicks warf seiner Mutter vom Fuß der Treppe einen bösen Blick zu. Er tat Loo beinahe leid – weil ihn ein Mädchen fertiggemacht hatte, weil er seine Freunde hatte anlügen müssen, weil er eine so peinliche Mutter hatte. Aber nur beinahe.

»Tschüss«, sagte sie zu ihm und schloss die Tür.

Als sie sich umdrehte, marschierte Marshalls Mutter bereits durchs Wohnzimmer, betrachtete Fotos und las Buchrücken. Das Bücherregal reichte vom Boden bis zur Decke. Hawley hatte es in der Garage gezimmert, und Loo hatte ihre Freude daran gehabt, es mit Science-Fiction-Trilogien und Fachbüchern über Astronomie zu füllen.

»Haben Sie gar nichts mitgebracht?«, fragte sie Marshalls Mutter.

»Wie bitte?«

»Normalerweise bringen sie immer etwas mit – die Frauen, die zu meinem Vater wollen.«

Marshalls Mutter schien kurzzeitig die Fassung zu verlieren. Dann legte sie ihr Klemmbrett beiseite, griff in ihre Tasche und zog eine Flasche Wein hervor. »Ich bin Mary Titus.« Sie streckte die Hand aus.

Loo schüttelte sie. »Ich dachte, Ihr Nachname wäre Hicks.«

»Das ist der Nachname von Marshalls Vater. Als ich wieder geheiratet habe, habe ich den Namen meines zweiten Mannes angenommen. Du kennst doch sicher die Fernsehsendung *Wal-Helden*?«

»Nein.«

»Na ja. Marshalls Stiefvater ist Kapitän der *Athena* – das ist das Boot, das regelmäßig japanische Walfangschiffe rammt. Er ist gerade im Chinesischen Meer und filmt dort. Wir sind geschieden.« Mary Titus stand immer noch mit der Flasche da. »Habt ihr einen Korkenzieher?«

Sie setzten sich an den Küchentisch, und Mary Titus schenkte zwei Gläser ein. Hawley hatte Loo noch nie Alkohol trinken lassen, und sie zögerte, bevor sie nach dem Glas griff. Einmal hatte sie sich heimlich ein Bier aus dem Kühlschrank genommen und am Ende fast die ganze Dose in den Ausguss geschüttet. Der Wein sah vielversprechender aus. Er roch süßlich und hatte die Farbe von Honig. Loo nippte daran und behielt die Flüssigkeit im Mund, während Mary Titus weiter von ihrer Petition erzählte. Wenn es ihr gelang, fünftausend Unterschriften von hiesigen Unterstützern zu sammeln, konnte sie bei der Nationalen Wetter- und Meereskundebehörde einen Antrag auf ein Meeresschutzgebiet an den Bitter Banks stellen, einem Areal aus Unterwasserplateaus, das etwa hundert Kilometer vor der Küste von Olympus lag. Hier drangen Nährstoffe an die Oberfläche, weshalb das Gebiet ein riesiger Laichgrund für alle möglichen Fischarten war, vor allem jedoch für Kabeljau. Seit Jahrhunderten fuhren die einheimischen Fischer zu den Bitter Banks hinaus und brachten reichlich Kabeljau mit nach Hause, doch durch die Treibnetze und die riesigen kommerziellen Trawler schrumpften die Bestände inzwischen merklich.

»Der Kabeljau erregt natürlich nicht so viel Aufmerksamkeit wie ein Wal«, sagte Mary Titus, »aber er ist ein wichtiges Glied der Nahrungskette.«

Loo trank ihr Glas leer. Der Wein versetzte sie in großzügige Stimmung. Außerdem hatte Mary Titus etwas sehr Fesselndes an sich. Sie schien ständig kurz vor dem totalen Gefühlsüberschwang zu stehen. Während sie über die Schleppnetzfischerei sprach, liefen ihre Augen im einen Moment über vor Tränen, und im nächsten lachte sie bellend auf. Sie habe Loos Vater im Sawtooth, wo sie als Kellnerin arbeite, beim Ausliefern seiner Muscheln gesehen, erzählte sie.

»Er macht einen einsamen Eindruck. Glaubst du, er ist einsam?«

»Nein«, antwortete Loo.

Die Frau nahm Loos Sternkarte vom Tisch. »Was ist das? Interessiert sich dein Vater für Astrologie?«

»Astronomie«, korrigierte Loo.

»Ich bin Krebs«, sagte Mary Titus. »Liebevoll, aber gefährlich.« Sie hielt die Hände hoch und presste ihre Finger wie Krebsscheren zusammen. »Wann hast du Geburtstag?«

»Am fünfundzwanzigsten Oktober«, erwiderte Loo.

»Also Skorpion. Das bedeutet, dass du einen versteckten Stachel hast.«

»Einen Stachel?«

»Zum Beispiel im Bett«, erklärte Mary Titus.

Loo griff nach der Flasche und goss sich nochmals ein Glas ein.

Mary Titus schien es egal zu sein, dass sie mit einer Minderjährigen trank. Sie strich mit der Hand über den Tisch und pulte mit dem Fingernagel an einer eingetrockneten Milchpfütze herum. »Es war dumm von mir, herzukommen.« Sie schwang ihre kurzen Beine unter dem Tisch vor und zurück. Wieder stiegen ihr die Tränen in die Augen. »Ich weine, weil ich meinen Mann vermisse.«

»Ich dachte, Sie wären geschieden.«

»Von meinem zweiten Mann. Ich vermisse den ersten. Ihn habe ich wirklich geliebt. Er starb, als Marshall sieben war.«

Loo trank weiter und hörte sich an, was Mary von ihrem toten Mann erzählte: dass er während eines Sturms in der Nähe der Bitter Banks über Bord gespült worden sei, dass sie nicht aufhören könne, ihn sich verloren und allein unter den Wellen vorzustellen, angenagt von Fischen, die seine Haut in kleinen Stücken verspeisten, voll mit Seepocken und Muscheln, die sich an seine Knochen hefteten. Nach seinem Tod habe sie eine Decke zusammengerollt und sie neben sich ins Bett gelegt, nur um ein wenig Wärme zu spüren, und manchmal habe sie sich eingebildet, seine Hand würde sich auf ihren unteren Rücken legen und seine Stimme würde murmelnd über ihren Nacken streichen. Ihre Haut habe nach ihm gerochen, wenn sie am Morgen aufgewacht sei, und sie habe das Gefühl gehabt, den Verstand zu verlieren.

»Später bin ich Marshalls Stiefvater begegnet«, erzählte sie weiter. »Auch er hat mich schließlich verlassen. Für einen *Wal*.« Sie seufzte und rieb sich mit dem Saum ihres indischen Rocks die Wangen trocken, bevor sie ihr Gesicht im Stoff vergrub. Loo wusste nicht, was sie tun sollte. Noch nie hatte sich ihr jemand auf diese Weise anvertraut. Unbeholfen tätschelte sie Mary Titus den Kopf.

Das Interesse, das ihr Vater bei Frauen weckte, bemerkte Loo, seitdem sie denken konnte. Wenn sie es nicht schafften, seine Aufmerksamkeit auf sich zu ziehen, versuchten sie es über sie. Da war die Kellnerin in Kansas City gewesen, die Loo mit auf die Toilette genommen und ihr gezeigt hatte, wie man sich die Haare flocht. Oder die Ladenbesitzerin in New Mexico, die Loo geholfen hatte, ihren ersten BH anzuprobieren. Oder die Frau ihres Vermieters in Virginia, die Loo eine Schachtel Tampons und eine Ausgabe von *Unser Körper, unser Leben* zugesteckt hatte. Armes Mädchen, so ganz ohne Mutter, hatten die Frauen gesagt. Wie traurig. Dann hatten sie mit den Wimpern geklimpert und sich noch näher an Hawley herangebeugt. Ihre Zuwendung hatte ihn jedoch lediglich in grüblerische Stimmung versetzt, und wenn Loo einige Tage später von der Schule nach Hause gekommen war, war das Auto gepackt gewesen und sie waren an einen anderen Ort weitergezogen. An einen neuen Ort. Und Loo hatte wieder von vorn anfangen müssen.

Sie reichte Mary Titus eine Serviette, damit sie sich die Augen trocknen konnte. »Sie sind nicht die Einzige, die jemanden verloren hat«, sagte sie, führte die Witwe zum Badezimmer und öffnete die Tür zum Schrein ihrer Mutter.

Im Bad war es immer noch feucht, weil Hawley vor dem Gehen geduscht hatte. Die Papierfetzen und Fotos waren nass und wellig. Mary Titus riss die Augen auf, als sie die vielen Andenken sah, mit denen die Wände regelrecht tapeziert waren – Fotos über Fotos von dem immer gleichen schiefen Lächeln, dazu die Briefe und Zettel, die Cremetuben und der Lippenstift, die Konserven, die zerkauten Bleistifte, das Patientenarmband aus dem Krankenhaus, die eingelösten Schecks mit der Unterschrift von Loos Mutter, die aus Romanen gerissenen Seiten mit unterstrichenen Wörtern und die schwarze Haarlocke neben dem Spiegel.

Mary Titus setzte sich auf den Badewannenrand. »Ist das alles von ihr?«

»Ja.«

Die Witwe nahm das untere Ende eines an die Wand geklebten Kassenzettels in die Hand, um ihn besser lesen zu können. Loo kannte die Posten darauf so genau wie ihren eigenen Namen: zwei französische Lavendelseifen, Insektenspray, AAA-Batterien, eine Packung Tintenschreiber, eine Rolle Pfefferminzbonbons und eine Geburtstagskarte. Die Karte war für Loos ersten Geburtstag gewesen. Ihre Mutter hatte sie direkt nach ihrer Geburt gekauft, war jedoch gestorben, bevor sie sie hatte schreiben können. Jetzt klebte die Karte neben dem Kassenzettel an der Wand. Vorne war ein Törtchen mit einer Kerze abgebildet. Jedes Jahr an ihrem Geburtstag klappte Loo die Karte auf, aber das Innere war immer leer.

Mary Titus riss den Kassenzettel von der Wand. »Der Kerl ist ja noch verrückter als ich«, sagte sie mit einem Lachen. »Gott sei Dank.«

Alles, was Loo über ihre Mutter wusste, hatte sie hier vor sich. Sie hatte sich so sehr an die in den Ecken gestapelten Gegenstände und die Zettel und Fotos an der Wand gewöhnt, dass sie an den meisten Tagen kaum noch hinsah. Nun hatte Mary Titus die Sachen in ihr Leben zurückgeholt und Loo an ihre Bedeutung erinnert, ihre Aufmerksamkeit auf jede Kleinigkeit gelenkt. Auf dem Polaroidfoto von den Niagarafällen waren die Farben verlaufen, sodass das Gesicht ihrer Mutter voller Flecken war. Die Spitzen der Haarlocke neben dem Spiegel wiesen Spliss auf. Der Parfumflakon in der Ecke war offen, was er an diesem Morgen noch nicht gewesen war. Ihr Vater musste daran gerochen haben, war mit dem kleinen Glaskorken vielleicht sogar an seinem Kinn entlanggefahren. Plötzlich kam Loo die Welt der Erwachsenen viel zu kompliziert vor. Sie wollte nur noch, dass Mary Titus aufhörte zu lachen.

»Hören Sie auf.«

Die Witwe sah sie an, verstummte jedoch nicht, sondern lachte weiter, mit feuchten Augen und blitzenden Zähnen. Ehe Loo wusste, wie ihr geschah, hatte sie wieder den rostigen Geschmack auf der Zunge. Das freundschaftliche Gefühl, das sie noch vor wenigen Minuten für Mary Titus empfunden hatte, verblasste, genau wie die Schrift ihrer Mutter an den Wänden. Wie eine unbeteiligte Beobachterin sah Loo ihre eigenen Hände vorschießen und der Witwe einen heftigen Stoß versetzen. Mary

Titus fiel rückwärts in die Badewanne, mit durch die Luft strampelnden kurzen Beinen und sich windendem Körper. Dann knallte ihr Schädel gegen den Wasserhahn. Ihre Augen zuckten, und sie setzte sich mühsam auf und befühlte ihren Hinterkopf. Ihre Finger waren blutrot, als sie sie wieder vors Gesicht hielt, so rot wie der alte Lippenstift neben dem Waschbecken. Mary Titus zog ihre Beine in die leere Badewanne nach und legte sich nach hinten, als würde sie voll bekleidet ein Bad nehmen. Ihre Haare und ihr Nacken waren blutig. Sie lachte immer noch, auch wenn es jetzt eher wie ein Heulen klang.

In diesem Moment kam Hawley nach Hause. Loo erkannte das Schlurfen seiner Stiefel auf der Veranda, seine Schritte, die wie nach jedem langen Markttag langsam und müde waren. Sie hatte gerade noch genug Zeit, die Badezimmertür zuzuwerfen und sie abzuschließen, bevor er ihren Namen rief.

»Pst!«, sagte Loo zu der Witwe.

»Ist er das?«, fragte Mary Titus kichernd.

Loo presste der Frau die Hand vor den Mund. Wenn Wasser in der Badewanne gewesen wäre, hätte sie sie untergetaucht. Hawley ging in die Küche, und Loo malte sich aus, wie er nach der Flasche griff und daran roch, die zwei Gläser auf dem Tisch erblickte. Wieder rief er ihren Namen, dieses Mal mit einem Fragezeichen dahinter.

»Ich bin im Bad!«, rief Loo zurück.

»Wer ist bei dir?« Ihr Vater war jetzt auf der anderen Seite der Tür, sie hörte, wie er das Gewicht von einem Fuß auf den anderen verlagerte. »Hast du getrunken?«

Sie hatte Hawley noch nie angelogen. Jetzt tat sie es.

»Nein.«

»Was ist da drinnen los?«

Loo erkannte, dass es ein Fehler gewesen war, eine Fremde ins Badezimmer zu lassen und etwas preiszugeben, was niemanden außer ihr und ihrem Vater etwas anging. Mary Titus wehrte sich gegen ihre Hand und trat mit ihren Absätzen gegen die Porzellanwanne. Gerade als Loo ihrem Vater antworten wollte, biss die Witwe ihr heftig in die Hand und befreite sich.

»Sam Hawley!«, schrie Mary Titus. »Sie sind noch verrückter als ich!« Und wieder bekam sie einen hysterischen Lachanfall.

Eine Minute lang herrschte Schweigen auf der anderen Seite der Tür. Dann versuchte Loos Vater, den Türknauf zu drehen. Als das nicht funktionierte, brach er mit einem einzigen Tritt das Schloss auf und kam herein. Mary Titus rollte sich in einer Lache ihres eigenen Bluts in der Wanne, und Loo hielt sich die Hand, auf der die Zahnabdrücke der Witwe zu sehen waren.

Es war ein kleines Badezimmer, und nachdem auch noch Hawley darinstand, schien der letzte Rest Luft zu entweichen. Loo beobachtete ihren Vater und wartete. Er war der Mensch, den sie am besten kannte. Sie hatte ihn enttäuscht und verärgert genug erlebt, um jemanden von einem Pier zu schubsen, aber noch nie hatte sie sein Gesicht so versteinert gesehen wie in diesem Moment, als die Witwe hysterisch gackernd auf die Fotos seiner Frau zeigte.

Hawleys breite Schultern füllten den Türrahmen aus. Er roch nach Fischinnereien und Salz, und seine Hände waren rot und rau vom Zerlegen der Fische und Öffnen der Austern. Mit diesen Händen hob er Mary Titus nun aus der Wanne, trug sie mit wenigen großen Schritten zur Haustür und warf sie wie einen Hund auf die Veranda hinaus, bevor er die Tür hinter ihr zuknallte. Dann eilte er zurück ins Badezimmer zu Loo.

»Bist du verletzt?«, fragte er.

»Nein«, log Loo zum zweiten Mal an diesem Tag.

»Zeig her«, sagte er, und Loo drehte ihre Hand um. Hawley strich mit den Fingern über die Bisswunde, klappte den Toilettendeckel zu und setzte Loo darauf. Er drehte ihr den Rücken zu, öffnete das Schränkchen unter dem Waschbecken und zog seinen Verbandskasten hervor, eine knallorange Werkzeugkiste mit einem roten Kreuz auf dem Deckel. Die orange Kiste hatte Hawley einmal in Alaska das Leben gerettet, wie Loo wusste. Seit ihrer Geburt begleitete sie sie durchs ganze Land, ausgestattet mit Verbandsmull und Bandagen, Taschenlampen, Wasserflaschen, gefriergetrockneten Mahlzeiten, Jodtabletten, Messern, Klebeband, Plastikplanen, Streichhölzern und einem Kurbelradio. Wann immer sich einer von ihnen verletzte, der erste Schritt zur Heilung war in der Kiste zu finden.

Mit einer einzigen Bewegung raffte Hawley die Haarbürste und den knallroten Lippenstift seiner Frau zusammen und verstaute alles in einer Schublade, um die Werkzeugkiste neben dem Waschbecken abstellen zu können. Er öffnete die Riegel, klappte die Kiste auf und entnahm ihr ein Fläschchen Hamameliswasser und einige Wattebäusche. Als er sich wieder zu Loo umdrehte, hatte sich sein Gesicht ein wenig entspannt. Er setzte sich auf den Badewannenrand, tränkte einen Wattebausch mit der

Flüssigkeit und presste ihn auf die verletzte, geschwollene Stelle an der Hand seiner Tochter. Sie konnten beide Mary Titus hören, die jetzt nicht mehr lachte. Sie schrie und hämmerte mit den Fäusten gegen die Haustür.

»Hast du sie geschlagen?«, fragte ihr Vater.

»Nein«, antwortete Loo.

»Schade.«

Loos Hand begann zu brennen. Sie versuchte, nicht auf das gedämpfte Trommeln der Witwe zu lauschen, sondern konzentrierte sich ganz auf die orange Kiste. Genau wie die Fotos von ihrer Mutter und die Narben auf seiner Haut war auch dieser Verbandskasten schon lange vor ihr im Leben ihres Vaters gewesen. Zum gefühlten tausendsten Mal las sie die Worte, die von Hand vorne darauf gepinselt waren: DIESE AUFGABEN WERDEN WIR ERFÜLLEN, DAMIT ANDERE WEITERLEBEN KÖNNEN.

»Ich bin ein schrecklicher Mensch«, sagte Loo kleinlaut und wies mit ihrer freien Hand auf die roten Spritzer in der Badewanne, auf den zerrissenen Kassenzettel auf dem Boden, auf ihren eigenen angetrunkenen Zustand. Jetzt, wo ihr Vater da war, wusste sie nicht mehr, warum sie die Badezimmertür geöffnet hatte, warum sie überhaupt eine Fremde in ihre Welt gelassen hatte.

Hawley drückte ein Handtuch gegen ihre Hand, bis es schmerzte. Er schüttelte den Kopf. »Du hast keine Ahnung, was schrecklich ist.«

Mary Titus brüllte nun laut genug, dass die Nachbarn es hören konnten. Immer wieder wiederholte sie seinen Namen: *Sam Hawley Sam Hawley Sam Hawley Sam Hawley – mach die Tür auf! Mach die verdammte Tür auf!*

*Ich werde hier draußen sterben, und das wird ganz allein deine
Schuld sein, Sam Hawley!*

Loos Vater nahm eine Verbandsrolle aus der Kiste und
begann, Loos Hand einzuwickeln wie eine Mumie. Er
zog ein wenig chirurgisches Klebeband ab und versiegelte
damit das Ende der Mullbinde.

Draußen schrie Mary Titus weiter.

»Jetzt werden uns wieder alle hassen.« Loo sah zu, wie
ihr Vater ein Handtuch nahm und es unter kaltes Wasser
hielt. Er wrang es aus und fing an, ihr damit das Gesicht
zu waschen. Erst in diesem Moment merkte sie, dass sie
geweint hatte.

»Lass sie doch«, sagte er.

Kugel Nummer zwei

Hawley war seit vier Jahren nicht mehr in der Wüste gewesen, seit seine Mutter gestorben war. Damals war er
einundzwanzig. Das Krankenhaus hatte ihn ausfindig
gemacht, um ihm die Botschaft zu übermitteln, und er
war mit dem Bus den weiten Weg von Cheyenne nach
Phoenix gefahren. Dort bat ihn die Polizei, ihre Leiche zu
identifizieren. Verglichen mit der Hitze im Freien war es
im Leichenschauhaus klamm und kalt, und es roch nach
Chemikalien und Bleichmittel. Er stand unter den Neon-
röhren und wartete, während man seine Mutter aus einem
Schubfach in der Wand rollte.

Sie war schon seit über zwei Wochen tot, und ihr Körper lag reglos vor ihm, wie der eines totgefahrenen Tiers

am Straßenrand. Ihr Gesicht war eingefallen, und sie besaß kaum noch Zähne, aber ihr kantiges Kinn und ihre langen, zarten Finger waren dieselben wie immer. Er erinnerte sich, wie sie ihm früher mit diesen Fingern durchs Haar gestrichen hatte. Er ließ seine Mutter auf einem Friedhof in der Nähe des Krankenhauses begraben und war der einzige Trauergast. Danach nahm er den Bus zurück nach Cheyenne.

Inzwischen besaß Hawley ein eigenes Auto, einen alten Ford Flareside, den er an seinem fünfundzwanzigsten Geburtstag bar bezahlt hatte. Er genoss es, auf seiner Fahrt durch die Wüste den Motor voll auszufahren, mit heruntergekurbelten Fenstern, durch die die sengende Hitze hereinströmte. Sand wurde ihm in die Haare geblasen, und in der Ferne ragten Felsen in übereinandergeschichteten Rottönen auf. Hinter Hawleys Sitz lagen eine Remington-Schrotflinte Kaliber 20, ein 9mm-Beretta-Revolver, eine SIG-Sauer-Pistole, ein gebogener Montierhebel, das Gewehr seines Vaters aus dem Krieg und siebentausend Dollar.

Er hatte eine Postkarte von Jove bekommen, der in einem indianischen Spielcasino in der Nähe von Flagstaff arbeitete. Jove träumte immer noch davon, ein Boot zu kaufen und den Hudson hinunterzusegeln, hatte jedoch die schlechte Angewohnheit, sein Geld mit vollen Händen auszugeben. Sein neuester Plan bestand darin, das Casino abzuzocken, und nun wollte er von seinem Freund wissen, ob er dabei war.

Es war schon Nacht, als Hawley die Grenze nach

Arizona überquerte. Er bog von der Route 191 auf die Route 160 ab und war nach einer guten Stunde das einzige Auto weit und breit. Wenn er in den Rückspiegel blickte, sah er nichts als Finsternis, und auch nach vorn reichte die Sicht nur bis zum Ende seiner Scheinwerfer, der Rest lag im Dunkeln. Wieder eine Stunde später befand er sich mitten in einem Sandsturm. Bodenroller wehten vorüber, trafen den Kühlergrill und verfingen sich unter der Karosserie. Der Wind kam in starken Böen von der Seite und versuchte, den Ford von der Straße zu schieben. Es war spät, und Hawleys Augen waren ohnehin schon müde. Jetzt musste er auch noch krampfhaft das Steuer festhalten, damit seine Reifen weiter geradeausfuhren.

Nach einer halben Ewigkeit sah er ein Licht vor sich auftauchen, ein Motel, das ganz allein an einer Straßenkreuzung aufragte. Er bog auf den Parkplatz ab, betrat die Rezeption und nahm sich ein Zimmer. Der Mann am Empfangstresen war Navajo-Indianer und trug ein rotes Bowlinghemd mit weißem Kragen und zwei gekreuzten Nadeln über dem Herzen. Es gab ein Hinterzimmer, in dem Hawley einen weiteren Navajo und einen Mann mit Sommersprossen am Tisch sitzen und Karten spielen sah. Die Männer schienen schon die ganze Nacht zu spielen, denn auf dem Boden reihten sich leere Bierflaschen, und der Aschenbecher war voll.

»Du bist Big Blind!«, rief der Mann mit den Sommersprossen.

»Nimm es doch von meinem Stapel«, erwiderte der Navajo vom Empfangstresen. »Willst du mitspielen?«, fragte er Hawley.

Die Männer am Spieltisch beugten sich auf ihren Stühlen vor. Der andere Navajo musterte Hawley kurz und wandte sich dann wieder seinem Bier zu, aber der Sommersprossige hörte nicht auf zu starren. Seine Haare hatten die Farbe von Motoröl, und auf seinem Gesicht und Hals sprossen rötliche Flecken, als hätte er einen Ausschlag. Irgendetwas an diesen Flecken bereitete Hawley Magenschmerzen.

»Was wird denn gespielt?«

»Texas Hold'em.«

Die Versuchung war groß. Hawley hatte seit fast einer Woche keine Karten mehr in der Hand gehabt. Er beobachtete, wie der Sommersprossige ein paar Pokerchips vom Stapel seines Mitspielers nahm und sie in die Mitte des Tisches warf. Seine Handgelenke waren mit selbst gestochenen Tätowierungen bedeckt, wie man sie häufig im Gefängnis sah, darunter eine Schlange mit neun Köpfen, deren neun Hälse unter seinem Ärmel verschwanden, sowie die Zahl 187. Der Paragraph 187 stand im kalifornischen Strafgesetzbuch für Mord. Die Tätowierung war noch frisch, die Ränder nicht verblichen.

Der Mann am Empfang schob einen Zimmerschlüssel über den Tresen.

»Danke«, sagte Hawley. »Ich passe.«

Auf dem Weg zurück zu seinem Pick-up zog er sich das Hemd übers Gesicht, um seine Augen vor dem Sand zu schützen. Dann fuhr er auf die Rückseite des Gebäudes und parkte auf dem Parkplatz, auf dem seine Zimmernummer auf den Asphalt gesprüht war. Mit seiner Tasche voller Waffen und seinem Geld, das er in einem Lakritzglas aufbewahrte, stieg er die Treppe zur Galerie im ersten Stock hoch. Er hatte die gerollten Geldscheine ganz nach unten geschoben und die Lakritzstangen darübergeschichtet, weil er selbst Lakritz hasste und annahm, dass es den meisten Menschen genauso ging.

Im Motelzimmer roch es nach Mais-Chips und Zigaretten, und in eine der Wände hatte jemand ein Loch geschlagen. Auf dem Nachttisch stand ein Digitalwecker mit Leuchtziffern, den Hawley nicht zum Laufen bekam. Da seine Armbanduhr in Denver stehen geblieben war, hatte er keine Ahnung, wie viel Uhr es war. Er stellte die Tasche mit den Waffen in den Kleiderschrank, zog den Reißverschluss der Seitentasche auf, nahm seinen Beretta-Revolver heraus und legte ihn auf den Nachttisch.

Als er ein kleiner Junge gewesen war, hatte ihm seine Mutter beigebracht, wie man mit einer Waffe umgeht. Erst einatmen, hatte sie gesagt, und dann die Hälfte der Luft wieder ausstoßen. Diesen Rat hatte sie derart oft wiederholt, dass Hawley fast immer so atmete, auch wenn er gar keine Waffe in den Händen hielt. Er holte Luft, so tief er konnte, und behielt anschließend die Hälfte der Luft in der Lunge. So stabilisierte er sich Tag für Tag, Jahr für Jahr, immer, wenn er abdrückte.

Jetzt ging er ins Badezimmer und schaltete das Licht ein. Er hatte einen üblen Trucker-Sonnenbrand, seine ganze linke Seite war verbrannt, weil er mit offenem Autofenster gefahren war. Nachdem er die Dusche angestellt hatte, trat er unter den kalten Wasserstrahl und wusch sich den Sand aus den Haaren. Anschließend wickelte er sich ein Handtuch um, wartete, bis er trocken war, und stieg zurück in seine Jeans. Er hatte gerade den Fernseher eingeschaltet, als es an der Tür klopfte.

Draußen stand eine junge Frau, die er auf etwa zwanzig schätzte. Sie war fast so groß wie Hawley und hatte ein blaues Auge. Ihre blonden Haare waren zu einem straffen Knoten gebunden, und an ihren Ohren reihten sich jeweils sieben oder acht Piercings, ein kleiner Ring nach dem anderen. Vom obersten baumelte eine lila Feder, die an einen Angelköder erinnerte.

»Ich habe mich ausgesperrt«, sagte sie.

Hawley behielt die Hand am Türrahmen. »Kann die Rezeption Ihnen nicht aufschließen?«

»Dort ist niemand mehr«, antwortete sie. »Und bei Ihnen habe ich noch Licht gesehen.«

Hawley fragte sich, ob sie eine Nutte war. Dann sah er, dass sie ein Baby vor dem Bauch trug. Es war ungefähr ein halbes Jahr alt und saß in einem Tragetuch, über dem sie schützend ihre Jacke geschlossen hatte.

»Warten Sie kurz«, sagte Hawley. Er schloss die Tür wieder und nahm das Lakritzglas aus seiner Reisetasche. Nachdem er sich vergewissert hatte, dass der Deckel fest zugedreht war, stellte er es in den Spülkasten der Toilette. Er schnappte sich den Revolver vom Nachttisch und klappte die Trommel auf, um sicherzugehen, dass er geladen war, bevor er ihn hinten in den Bund seiner Jeans schob und sein Hemd darüberzog. Anschließend öffnete er erneut die Tür. »Ich komme mit Ihnen nachsehen«, verkündete er.

Sie kämpften sich durch den Sturm zur Vorderseite des Gebäudes, wobei die junge Frau rückwärtsging und ihre

Jacke hochhielt, um das Baby zu schützen. Der Vordereingang zum Motel war verriegelt, und es brannte kein einziges Licht mehr. Hawley legte eine Hand an die Glasscheibe und spähte hinein. Es war zu dunkel, um irgendetwas zu erkennen.

»Ich habe es Ihnen ja gesagt«, seufzte sie.

Hawley klopfte ans Fenster und überlegte, ob er das Schloss aufstemmen sollte. Das Baby jammerte leise, und die junge Frau wippte auf den Zehen, um es zu beruhigen. Dann wurden sie von einer starken Windböe erfasst, die ihnen eine Ladung Sand ins Gesicht schleuderte. Das Baby begann zu weinen.

»Wir gehen wohl besser wieder zurück«, schlug Hawley vor. Diesmal positionierte er die junge Frau hinter sich und streckte seitlich die Arme aus, damit er den meisten Sand abbekam. Als sie bei seinem Zimmer angekommen waren, nahm er sie mit hinein.

»Die Jungs vom Empfang sind bestimmt in ein paar Minuten wieder da«, sagte er.

Die junge Frau öffnete den Reißverschluss ihrer Jacke. Ihr blaues Auge war noch mit Blut unterlaufen, entlang der Nase verlief ein lila Streifen. »Ist es okay, wenn ich ihn wickle?«, fragte sie.

»Nur zu«, erwiderte Hawley.

Sie nahm das Baby aus dem Tragetuch und legte es aufs Bett. Es trug einen blauen, mit Elefanten bedruckten Schlafanzug. Die junge Frau öffnete die Druckknöpfe an den Seiten, klappte den Schlafanzug auf, und zog die Windel unter seinem Po hervor. Das Baby hörte sofort auf zu weinen.

»Wie lange wohnen Sie schon in diesem Motel?«, fragte Hawley.

»Ungefähr eine Woche. Wir sind die Einzigen hier, bis auf den Kerl aus Kalifornien.« Sie öffnete ihre Handtasche, entnahm ihr eine frische Windel und legte sie unter das Baby. Dann holte sie eine Tube weiße Creme hervor, schmierte ein wenig davon zwischen die Beine des Babys und über seinen Po, bevor sie die Windel zuklebte und den Schlafanzug wieder zuknöpfte. Das Baby starrte vom Bett aus zu ihrem Gesicht empor, fuchtelte immer wieder mit den Ärmchen und lockerte und ballte die kleinen Fäuste, als wollte es nach ihr greifen.

Sie rollte die schmutzige Windel zusammen und versiegelte das Paket mithilfe der Klebestreifen. »Haben Sie einen Mülleimer?«

Hawley blickte sich im Zimmer um. »Vielleicht im Bad. Geben Sie her.« Er streckte die Hand aus, und sie gab ihm die Windel. Sie war warm und schwer, als wäre sie lebendig. Er ging damit ins Badezimmer, warf sie in den Abfall und wusch sich die Hände. Als er zurückkam, saß die junge Frau auf dem Bett und hatte eine Flasche Wodka auf den Tisch gestellt.

»Möchten Sie auch etwas trinken?«, fragte sie.

Hawley wollte immer etwas trinken. »Klar, gerne.«

»Ich habe allerdings keine Becher.«

Hawley verschwand wieder im Badezimmer und holte die in Plastik eingeschweißten Gläser vom Waschbeckenrand. Er gab ihr eins davon, sie rissen die Plastikfolie auf und zogen die Gläser hervor. Sie schenkte beiden einen Fingerbreit Wodka ein. »Cheers«, sagte sie.

Normalerweise trank Hawley nur Whiskey oder Bier. Wodka war ein typisches Alkoholikergetränk, weil man ihn nicht roch. Seine Mutter hatte Wodka getrunken, er erinnerte sich noch an die Flaschen. Nachdem sie abgehauen war, hatte er eine davon behalten, bis sein Vater sie gefunden und weggeworfen hatte. Dieser Wodka war billiger Fusel, der Hawley in der Kehle brannte. Die junge Frau trank ihr Glas gierig leer und schenkte sich gleich noch eins ein.

»Wie heißen Sie?«, fragte Hawley.

»Amy.«

»Hübscher Name.«

Sie sah ihn mit ihrem blauen Auge ganz komisch an, bis er sich unwohl zu fühlen begann und in die Nähe der Tür zurückwich, um sich dort gegen die Wand zu lehnen. Sie saß immer noch auf dem Bett. Das Baby war neben ihr eingeschlafen, das Gesicht zur Seite gelegt und die Ärmchen über den Kopf gehoben, als würde jemand es mit einer Waffe bedrohen.

»Hat das wehgetan?«, fragte Hawley und zeigte auf ihre Ohren.

Ihre Finger wanderten zu den Ringen und strichen über die lila Feder. »Die oberen schon«, antwortete sie. »Aber jetzt denke ich gar nicht mehr darüber nach. Ich lasse mir jedes Mal ein Piercing stechen, wenn etwas Wichtiges passiert, etwas, an das ich mich erinnern will.« Amy schenkte sich ihren dritten Wodka ein, leerte ihn mit einem Zug und seufzte. »Geht die Uhr dort richtig?«

Der Wecker auf dem Nachttisch zeigte 04.16 Uhr an, genau wie bei Hawleys Ankunft. Ebenso gut hätte es zwei oder fünf Uhr morgens sein können. Ein Blick aus dem Fenster lieferte keinerlei Anhaltspunkte, weil der Sandsturm den Himmel verdunkelt und gelb gefärbt hatte. Hawley nahm noch einen Schluck von seinem Wodka. »Ich glaube nicht.«

»Ich bin so müde«, sagte Amy und rieb sich die geschlossenen Augen.

»Ich schaue nach, ob die Rezeption wieder besetzt ist«, verkündete Hawley. Er stellte sein Glas auf den Tisch, schloss die Tür auf und trat auf die Galerie hinaus. Der Wind wütete immer noch erbittert. Während er die Treppe hinunterging und das Gebäude umrundete, dachte er über die Löcher in Amys Ohren nach. Er fragte sich, ob sie die Dinge, die ihr widerfuhren, nicht manchmal lieber vergessen wollte. Vielleicht würde sie die Ringe eines Tages herausnehmen und die Löcher zuwachsen lassen.

Er versuchte es erneut am Vordereingang. Die Tür war immer noch abgeschlossen. Also klopfte er ans Fenster, aber es kam niemand. Er hielt nach Autos Ausschau. Auf dem vorderen Parkplatz standen zwei, ein Pick-up mit einem einheimischen Nummernschild und ein brauner Kleinbus aus Kalifornien. Beide waren leer. Hawley ging wieder nach hinten. Sein Ford war immer noch dort, wo er ihn abgestellt hatte. Einige Plätze weiter stand ein blauer Kombi mit einer großen Delle auf der Beifahrerseite. Durch die Fenster erkannte er Kleiderstapel, einige zugeklebte Kartons und einen Babysitz. Er stand auf dem Parkplatz und blickte zu seinem Zimmer hinauf. Alle anderen Fenster des Motels waren dunkel.

Amy hatte sich neben das Baby aufs Bett gelegt, als er

ins Zimmer kam. An der Art, wie sich ihre Schultern bewegten, erkannte er, dass sie schlief. Leise schloss er die Tür hinter sich und ging ins Badezimmer, um den Spülkasten zu öffnen. Das Lakritzglas war noch da. Er spritzte sich am Waschbecken ein wenig Wasser ins Gesicht, verließ das Badezimmer und schob die Tasche mit den Waffen tiefer in den Schrank. Dann umrundete er das Bett, nahm den Revolver aus seiner Hose und legte ihn in die Schublade des Nachttischs, neben die Bibel. Anschließend zog er die Schuhe aus und setzte sich aufs Bett.

In den Ecken des Motelzimmers hatte sich hartnäckig Zigarettengestank festgesetzt, doch das Bett roch inzwischen nach Babypuder und Äpfeln. Hawley lehnte sich ans Kopfteil des Betts. Er konnte kaum noch die Augen offen halten, aber es kam ihm nicht richtig vor, sich ebenfalls hinzulegen. Das Baby gab kleine seufzende Geräusche von sich und machte mit dem Mund saugende Bewegungen, als würde es an einer Flasche nuckeln. Die lädierte Seite von Amys Gesicht ruhte auf der Bettdecke. Ohne das blaue Auge wirkte sie sogar noch jünger. Sie hatte ihren Knoten gelöst, und ihre Haare lagen ausgebreitet auf dem Kissen. Hawley lauschte den Atemzügen von ihr und dem Baby, griff über beide hinweg und löschte das Licht.

Als er aufwachte, war es immer noch dunkel, und Amy küsste ihn. Zuerst wusste Hawley nicht, wo er war, bis er im roten Schein des Hotelweckers ihr Gesicht wahrnahm, das sich über ihn beugte. Auf der Uhr war es weiterhin 04.16 Uhr. Amy fühlte sich weich und warm an, und Hawley hielt ganz still, aus Angst, dass sie aufhörte, wenn er sie berührte. Sie küsste ihn langsam und behutsam. Als er sich nicht mehr zurückhalten konnte, legte er die Hände an ihre Taille, und sie rückte von ihm ab. Nach einer Minute rutschte sie wieder nach vorn und verharrte mit ihrem Mund knapp über seinen Lippen. Ihre Gesichter waren so nah beieinander, dass sie ineinander hineinatmeten. Ihre Haare fielen herunter und streiften seine Wangen, und es roch wieder nach Äpfeln – der Geruch kam aus ihrem Haar. Er vergrub seine Finger darin und zog daran. Seine Fingerknöchel berührten die Ringe an ihrem Ohr, all das kalte, durch ihre Haut gebohrte Metall. Sie zupfte an seinem Hemd, und er streifte es ab, woraufhin sie mit den Zähnen seine Schulter entlangfuhr. Beide versuchten, im Dunkeln den Gürtel des anderen zu öffnen. Sie schaffte es zuerst und warf seinen Gürtel auf den Boden. Anschließend schob sie seine fummelnden Finger beiseite, stellte sich neben das Bett, ließ ihre Jeans an ihren langen Beinen hinuntergleiten stieg aus ihr heraus. Ihre nackte Haut schimmerte im Schein des Radioweckers. Hawley umfing ihre Hüften und vergrub sein Gesicht an ihrem Hals, und zusammen fielen sie auf den Teppichboden. Er drückte ihre Knie auseinander, und sie gab ein Geräusch von sich, als hätte er ihr wehgetan. Als er ihr Gesicht zu erkennen versuchte, umschlang sie ihn nur noch fester, und sie rollten sich über den Boden, bis er sich den Kopf am Bettgestell anschlug. In diesem Moment hörte er die Schüsse. Es knallte zweimal in rascher Abfolge, dann herrschte Stille.

Amy lag keuchend und zitternd unter ihm, und Hawley legte ihr die Hand auf den Mund. So warteten sie im

Dunkeln. Ein dritter Knall ertönte, und das Baby wachte auf und fing an zu weinen.

Hawley kroch hastig zum Nachttisch, zog die Schublade auf und nahm den Revolver heraus. Er ging zum Fenster und schob den Vorhang beiseite. Bis auf die beiden Autos war nichts zu sehen. Als er sich umdrehte, lag Amy immer noch auf dem Boden und starrte zur Decke hoch.

»Mach, dass er ruhig ist«, sagte Hawley.

Die junge Frau drehte sich auf die Knie, kletterte ins Bett, nahm das Baby an ihre Brust und wiegte es hin und her. Hawley fand seine Jeans im Dunkeln, zog sie an und ging zum Schrank. Er schnappte sich ein paar Magazine und das Gewehr seines Vaters und eilte zurück zum Fenster. Das Baby weinte, jeder Schrei strapazierte Hawleys Nerven noch mehr. Amy durchwühlte unterdessen ihre Tasche, fand schließlich ein Fläschchen und ließ es zweimal fallen, weil ihre Hände so stark zitterten. Sie kehrte zum Bett zurück und schob den Sauger in den Mund des Babys, woraufhin es verstummte.

Hawley holte tief Luft und wies Amy an, mit dem Baby ins Badezimmer zu gehen und die Tür hinter sich abzuschließen, jedoch auf keinen Fall das Licht anzumachen. Sie räusperte sich ein paarmal, als wollte sie etwas entgegnen, blieb aber stumm. Während er zum Fenster hinausblickte, hörte er, wie sie das Kind auf den Arm nahm, ihre Kleider zusammenraffte, ins Bad ging und die Tür abschloss. Er wandte den Blick nicht ein einziges Mal vom Parkplatz ab. Der Himmel wurde nun doch allmählich heller, es waren kaum noch Sterne zu sehen. Hawley spürte den Wecker schräg hinter sich, als würden die Leuchtziffern, die von der Seite sein Gesicht beschienen, Wärme abstrahlen.

Ein paar Minuten später kam der braune Kleinbus mit dem kalifornischen Kennzeichen langsam um die Gebäudeecke gebogen. Er fuhr über den Parkplatz, wurde auf Höhe von Hawleys Wagen langsamer und hielt, kurz bevor er Amys Auto erreicht hatte. Auf der Fahrerseite stieg ein Mann mit einer Handfeuerwaffe aus. Es war der Sommersprossige. Er trug das rote Bowlinghemd des Navajo-Indianers. Hawley sah seine Tätowierungen, die neun Köpfe der Schlange, deren Körper sich an seinem Ellbogen vorbeischlängelte. Der Mann betrachtete das Nummernschild von Hawleys Pick-up und spähte in die Fenster von Amys Kombi. Schließlich blickte er zu den Zimmern hinauf.

Sie hatten ihn beide gesehen und kannten sein Gesicht – Hawley und Amy. Falls er nur Geld gestohlen hatte, stieg er vielleicht wieder in seinen Bus und fuhr davon. Hatte er hingegen die beiden Navajos umgebracht, würde er vermutlich versuchen, Hawley und die junge Frau ebenfalls aus dem Weg zu räumen. Der Sommersprossige kehrte zu seinem Bus zurück und griff hinter den Fahrersitz. Er zog eine Schachtel mit Munition hervor, klappte die Trommel seines Revolvers auf und lud nach. Dann wischte er sich die Hände an dem roten Bowlinghemd ab und ging die Treppe hinauf.

Hawley wusste, wie man beim Schießen den Luftwiderstand einberechnete. Wenn die Blätter an den Bäumen die Richtung wechselten, blies der Wind mit gut zehn Stundenkilometern. Bogen sich die Zweige, waren es eher fünfzehn. Auf dem Parkplatz waren keine Bäume, die ihm die Windstärke hätten verraten können, nicht einmal eine Plastiktüte, die sich im Zaun verfangen hatte. Nur der Wüstensand, der über den Asphalt wirbelte und gegen die Fenster prasselte.

Der Sommersprossige war jetzt auf der Galerie und ging an den Türen entlang. Er zog einen Satz Zweitschlüssel hervor, schob einen davon ins Schloss von Amys Zimmer und schlüpfte hinein. Sobald er im Zimmer war, trat Hawley auf die Galerie hinaus. Er legte das Gewehr an, wurde jedoch sofort von einer Windböe erfasst und zurückgerissen.

Fang mit deinen Füßen an, hatte ihm seine Mutter beigebracht. Deine Fersen sind bereits auf dem Boden, auf ihnen kannst du aufbauen, wenn du dich unsicher fühlst. Hawley verlagerte sein Gewicht nach hinten, schüttelte die Anspannung aus seinen Waden und lockerte seine Knie. Dann knickte er in der Hüfte ein, presste einen Ellbogen auf Taillenhöhe und den anderen auf Rippenhöhe gegen den Körper und legte sanft seine Wange an den Schaft des Gewehrs.

Er atmete ein und stieß die Luft halb wieder aus.

Der Sommersprossige trat aus Amys Zimmer und war dabei nicht einmal besonders vorsichtig. Sein rotes Hemd leuchtete wie eine Zielscheibe. Hawley hätte ihm in den Kopf schießen können, entschied sich jedoch für seine Schulter und drückte ab. Der Mann schrie auf und taumelte Richtung Treppe. Bevor er sie erreicht hatte, drehte er sich um und feuerte sämtliche Patronen aus seinem Revolver ab. Hawley ging zu langsam in Deckung und spürte ein Brennen in der rechten Körperhälfte. Plötzlich konnte sein Arm das Gewehr nicht mehr halten. Es rutschte ab und fiel, er sah ihm hinterher, tastete fieberhaft nach dem Revolver und taumelte zum Geländer der Galerie. Überall am Boden war Blut. In seinem Kopf drehte sich alles. Er blickte von der roten Lache zu dem Mann hinunter, der gerade mühsam versuchte, in seinen Bus zu klettern. Das Bowlinghemd blähte sich und flatterte, maß die Windgeschwindigkeit für Hawley. Fünfzig Stundenkilometer, schätzte er, hob den Revolver und drückte ab.

Als er sich aufrichten wollte, bekam er plötzlich keine Luft mehr. Ihm war, als steckte ein Schwamm ganz hinten in seiner Kehle. Auf Knien kroch er über den kalten und unerbittlichen Betonboden der Galerie. Er rief Amys Namen und stieß die Zimmertür auf. Als sie aus dem Badezimmer kam, war sie voll bekleidet und sah wieder so aus, wie er sie kennengelernt hatte. Ihre Haare waren zu einem straffen Knoten zurückgebunden, das Baby im Tragetuch verstaut und von der Jacke umschlossen. Das Einzige, was anders war, war ihr Gesicht; es war bleich und schmal.

»Wir müssen weg«, stieß er hervor, aber er konnte nicht vom Boden aufstehen.

Amy holte Handtücher aus dem Bad, machte sie nass und drückte sie seitlich gegen seinen Körper. Sie zog ein paar Windeln aus ihrer Tasche, klappte sie auf und befestigte sie mithilfe der Klebestreifen über den Handtüchern auf seiner Haut. Hawley bat sie, die Tasche mit den Waffen zu holen und das Gewehr aufzuheben, dann den Spülkasten hinter der Toilette aufzumachen, das Lakritzglas herauszuziehen und es ebenfalls in der Tasche zu verstauen. Sie befolgte alle Anweisungen, und als sie zurückkam und sich neben ihn kniete, hatte sie wieder den gleichen seltsamen Ausdruck im Gesicht wie vor einigen Stunden, als er ihren Namen gelobt hatte.

Hinterher konnte er sich kaum erinnern, wie er die Treppe hinuntergekommen war. Amy bugsierte ihn auf den Rücksitz ihres Autos. Sie verstaute seine Tasche im Kofferraum und öffnete die gegenüberliegende Tür, um das Baby aus dem Tragetuch zu nehmen und es neben Hawley auf dem Schalensitz festzuschnallen. Der Motor des Busses lief immer noch, und der Sommersprossige hing halb auf, halb neben dem Fahrersitz. Der Boden vor dem Bus war übersät mit haarigen Klümpchen und zerschmetterten Knochen, und die Windschutzscheibe war vollgespritzt mit Blut.

Amy stieg vorne in den Kombi und knallte die Tür zu. Sie umklammerte das Lenkrad und ließ den Rückspiegel nicht aus den Augen. »Glaubst du, der Motelmitarbeiter ist tot?«

»Wir sollten nachsehen«, sagte Hawley.

Also fuhren sie auf die Vorderseite des Motels, wo Amy aus dem Wagen stieg. Diesmal war der Eingang nicht abgeschlossen. Hawley und das Baby blieben im Auto. Das Baby fixierte die Stelle, an der seine Mutter im Gebäude verschwunden war, strampelte mit den kleinen Füßen und sabberte. Hawley presste unterdessen die Windeln gegen seine Rippen und dämmerte immer wieder weg. Als Amy zurückkam, verharrte sie einen Moment neben dem Auto, den Türgriff in der Hand. Sie sah aus, als müsste sie sich übergeben. Jetzt wusste Hawley, dass er recht gehabt hatte, und bereute, nicht auf sein Bauchgefühl gehört zu haben, als er eingecheckt und den Sommersprossigen gesehen hatte. Er wäre jetzt bereits meilenweit weg oder würde vielleicht sogar schon Bier trinken mit Jove, statt sterbend auf dem Rücksitz des Autos einer fremden Frau zu liegen.

Amy machte sich an ihrem Anschnallgurt zu schaffen, legte den Rückwärtsgang ein und steuerte den Wagen vom Parkplatz. »Im Reservat gibt es einen Arzt«, sagte sie. »Das ist ungefähr fünfzehn Kilometer von hier.«

Der Autositz unter Hawleys Körper war nass, das Blut war auch auf dem Anschnallgurt und auf dem Boden. »Er wird den Vorfall melden.«

»Nicht, wenn du ihm genug Geld gibst.«

In diesem Moment wusste Hawley, dass sie am Lakritzglas gewesen war.

Er versuchte etwas dazu zu sagen, brachte jedoch nur ein Lallen hervor. Um bei Bewusstsein zu bleiben, konzentrierte er sich auf den kleinen Jungen, der neben ihm auf dem Babysitz festgeschnallt war. Auch auf dem Elefantenschlafanzug war Blut. Das Baby starrte Amys Hinterkopf an und griff mit seinen Ärmchen nach seiner Mutter, als sei sie das Einzige, was auf der Welt zählte.

Die Sonne schien aufzugehen, denn der Himmel war in Rosa- und Orangetöne getaucht. Hawley fragte sich, wie viel Uhr es war. Die Kugel in seiner Seite schien sich zu drehen. Sie schraubte sich in einen dunklen Ort hinein und zog ihn mit sich. Er berührte die Windeln, die seitlich an seinen Bauch geklebt waren. Sie rochen nach Talkumpuder und waren schwer und warm, genau wie die volle Windel des Babys, als er sie ins Badezimmer gebracht und weggeworfen hatte.

»Wir sind fast da«, verkündete Amy und fügte hinzu: »Ich hole gleich noch dein Auto.«

Hawley hoffte, dass sie das wirklich tun würde. Hoffte, dass, wenn er aufwachte und aus dem Haus des Arztes in die glühend heiße Wüste hinausstolperte, er sie, das Baby und das Geld vorfinden würde und nicht nur sein staubiges Auto am Straßenrand mit dem Schlüssel im Zündschloss und einem Haufen blutiger Handtücher auf dem Sitz. Dass sie ihm wenigstens seine Waffen dalassen würde, und dass im Lakritzglas noch tausend Dollar für ihn übrig waren. Das war das Mindeste, was sie ihm schuldig war.

Sie fuhren über eine Unebenheit auf der Straße. Hawley blickte aus dem Fenster nach hinten. Es waren totgefahrene Tiere, ein Knäuel aus Fell und Federn. Vielleicht ein Hase und ein Adler, dachte er. Oder ein Kojote und ein Geier. Auf dem Sitz neben ihm wimmerte das Baby, dann begann es zu schreien.

»Er hat wieder Hunger«, sagte Amy. Da sie nicht anhalten konnten, sang sie *Funkle, funkle, kleiner Stern* und *Schlaf, Kindchen, schlaf*. Hawley schloss die Augen und lauschte. Ihre Stimme war nicht schön, aber sie gab sich Mühe.

»Du bist eine gute Mutter«, sagte er. Zumindest glaubte er, dass er das sagte, bevor ihn die Kugel vollends mit sich in die Finsternis zog.

Dogtown

Mit sechs Jahren ging Loo auf einem Jahrmarkt verloren. Sie war abgelenkt von einem Schwertschlucker, verwirrt von all dem Lärm und den bunten Lichtern. Ihr
war schwindelig von der Menschenmenge, und plötzlich
fand sie sich allein wieder, ohne Hawley. Er hatte einen
riesigen Teddybären für sie gewonnen, den Loo nun fest
umklammerte. Sein synthetisches Fell kribbelte auf ihrer
Haut, während sie nach ihrem Vater Ausschau hielt. Ohne
ihn war die Welt gefährlich, kam ihr jeder Schritt schwer
und bedeutsam vor. Sie weinte nicht und bat auch niemanden um Hilfe. Stattdessen wandte sie sich von dem
Schwertschlucker ab, der immer noch damit beschäftigt
war, seine Stahlklinge hinunterzuwürgen, und konzentrierte sich auf die Buden und Fahrgeschäfte, auf den Duft
von Zuckerwatte, Karamelläpfeln und Popcorn. Stück für
Stück rekonstruierte sie so den Weg zurück, den sie gekommen war. Als sie Hawley endlich wiederfand, war er
derart verzweifelt, dass er sich mit den Wachmännern angelegt hatte. Sie wollten ihn gerade vom Gelände beglei-
ten, als er seine Tochter beim Karussell stehen sah, genau
da, wo sie seine Hand losgelassen hatte.

Loo ging trotzdem noch gern auf Jahrmärkte. Der
größte in Olympus und Umgebung fand jedes Jahr im
Oktober statt, wenn die Blätter sich verfärbten und die
Luft kühler wurde. Anlass war eine große, bezirksweite
Landwirtschaftsausstellung, bei der die Landjugend un-
ter Zelten und in Stallbaracken ihr Vieh vorstellte und
Schweinerennen abhielt. Es gab eine Zugpferde-Schau,

einen Kuchen-Ess-Wettbewerb, einen Wettkampf, wer den größten Kürbis gezüchtet hatte, und eine Schaustellerstraße mit Spielen und Fahrgeschäften.

Da der Jahrmarkt um Loos Geburtstag herum stattfand, durfte sie sich jedes Jahr frei aussuchen, mit welchem Fahrgeschäft sie fahren wollte. Mit dreizehn entschied sie sich für den Autoscooter, als sie vierzehn wurde, fuhren ihr Vater und sie mit dem Riesenrad, und mit fünfzehn irrte sie mit Hawley durchs Spiegelkabinett, wo sie sich gegenseitig zuwinkten und lachend gegen Wände prallten. Als Loo sechzehn wurde, war sie bereit für etwas Neues. Zusammen mit ihrem Vater marschierte sie die Schaustellerstraße auf und ab und suchte die furchterregendste Fahrattraktion, die sie finden konnte: das Galaxy Wheel. Hawley warf einen einzigen Blick auf das mit grellen Blinklichtern bestückte Metallrad, das sich immer schneller und schneller drehte, bis es von einem riesigen Arm schräg in den Himmel hinaufgehoben wurde, während sich gleichzeitig der Boden unter den Füßen der schreienden Fahrgäste absenkte. Dann erklärte er, dass Loo diesmal auf sich allein gestellt sei.

»Ich warte am Ausgang auf dich«, sagte er, nahm ihr die Schachtel Popcorn ab, die sie in der Hand hielt, und zog sich hinter die Absperrung zurück.

Die Schlange war kurz, und Loo wurde schon mit dem nächsten Schwung Fahrgäste hineingelassen. Sie ging eilig am Rad entlang, vorbei an den Abbildungen von Saturn, Venus, Merkur und Neptun, und suchte sich einen Platz aus, an dem sie ganz alleine stand. Dort presste sie die Schultern gegen die gepolsterte Rückwand, packte die

Stangen auf beiden Seiten ihres Käfigs und richtete ihre Absätze so aus, dass sie fest auf der Metallkante ruhten. Ein Schaustellerjunge ging am Rad entlang und vergewisserte sich, dass alle startbereit waren. Er trug ein T-Shirt mit einem unleserlichen Schriftzug auf der Brust.

»Was steht da?«, fragte ihn Loo.

»Songtext.« Während er ihren Sicherheitsbügel einrasten ließ, bedachte er sie mit einem Lächeln. Er war zwar nicht direkt gut aussehend, hatte aber süße Grübchen. »Du siehst aus, als hättest du Angst.«

»Hab ich nicht.«

»Keine Sorge.« Der Schausteller zwinkerte. »Man fühlt sich völlig schwerelos, so als würde man auf dem Mond spazieren gehen.« Er lächelte noch einmal, verließ eilig die Plattform und betätigte den Startknopf.

Das Rad setzte sich in Bewegung, und die Planeten begannen, sich zu drehen und die Sonne zu umkreisen, die in der Mitte auf den Boden gemalt war. Einige Fahrgäste fingen an zu kreischen, und die Metallstangen fühlten sich glitschig an unter Loos Händen. Das Rad erhob sich in die Luft. Loos Körper wurde nicht schwerelos, sondern im Gegenteil immer schwerer und schwerer, weil die Fliehkraft ihn gegen die gepolsterte Rückwand drückte. Sie versuchte sich zu bewegen, doch ihr Kopf war so starr, als wäre er voller Blei. Plötzlich senkte sich der Boden unter ihren Füßen ab, und es befand sich nichts mehr zwischen ihr und der Welt.

Loo fing an zu schreien und stellte fest, dass ihre Todesangst mit jedem Schrei weniger wurde. Der Fahrtwind peitschte in ihren offenen Mund, und die Galaxie neigte sich immer mehr zur Seite. Es fühlte sich an, als wäre eine riesige Kreatur über ihr Leben gerollt und hätte es platt gewalzt. In Loos Kopf drehte sich alles, und ihre Stiefel zogen in der Luft ihre Kreise, über den Köpfen der Menschen, die ihr Glück beim Dosenwerfen oder Glücksrad versuchten, und über ihrem Vater, der die Popcornschachtel umklammerte und zu ihr heraufstarrte.

»Was habe ich dir gesagt?«, fragte der Schaustellerjunge hinterher, als er ihren Käfig entriegelte. »Nur Fliegen ist schöner, stimmts?«

Loo versuchte zu nicken, stolperte jedoch stattdessen, weil ihre Beine nachgaben.

Er hielt sie am Ellbogen fest. »Vorsicht.«

Sie versuchte erneut, die Aufschrift auf seinem T-Shirt zu entziffern. Es kam ihr wichtig vor, zu wissen, was dort stand, aber die Buchstaben waren verschnörkelt und unleserlich und zogen sich quer über die Ärmel. Und plötzlich war ihr Vater da, schlang die Arme um sie und zog sie durch die Absperrung zu einem Abfalleimer, in den sie sich prompt übergab.

»Alles Gute zum Geburtstag.« Hawley reichte ihr eine Serviette. »Willst du dein Popcorn noch?«

Loo schüttelte verlegen den Kopf und wischte sich den Mund ab.

Hawley warf die Schachtel weg. »Dieses kleine Arschloch hat mit dir geflirtet.«

»Stimmt doch gar nicht.« Sie warf einen Blick zurück Richtung Galaxy Wheel. Der Junge zeigte gerade wieder seine Grübchen, während er eine blonde Frau in einen der Käfige einschloss.

»Stimmt wohl«, sagte Hawley, dessen Hand demonstrativ hinter seinen Rücken wanderte. Loo wusste, dass er nach seiner Waffe tastete und sie beide daran erinnerte, dass sie da war. Als ob er das je vergessen würde. Als ob Loo eine Erinnerung daran bräuchte.

Als sie am Montag darauf in die Schule ging, war sie in Gedanken immer noch auf dem Jahrmarkt. Es war ihr egal, dass ihr schlecht geworden war und dass der Schaustellerjunge sie so schnell vergessen hatte. Für sie zählte nur, dass sie überhaupt seine Aufmerksamkeit erregt hatte. Es war, als hätte sie eine versteckte Fähigkeit in sich entdeckt, eine Fähigkeit, auf die sie nur gestoßen war, weil ein Außenstehender ihr gezeigt hatte, wo sie sich befand.

Hawley und sie lebten nun seit über vier Jahren in Olympus, der Ort war ihr Zuhause geworden. Jedes Jahr im Frühling legte ihr Vater einen Garten hinter ihrem Haus an, und im Sommer ernteten sie Bohnen, Tomaten und Maiskolben, die sie auf dem Grill brutzelten. Sie gingen zum Strand hinunter, faulenzten auf Handtüchern in der Sonne und lauschten der Brandung, und an den Wochenenden gruben sie Muscheln aus. Im Herbst harkten sie das Laub zu großen Haufen und verbrannten es, und im Winter kauften sie einen echten Weihnachtsbaum fürs Wohnzimmer und stapften in Schneeschuhen durch die Wälder. Sie hatten eine Garage, die Hawley in eine Werkstatt voller Drähte, Schaufeln und Werkzeuge verwandelt hatte, und im Haus standen Regale, die Loo mit Büchern füllte, gekauften Büchern, die nicht in die Bücherei zurückgebracht werden mussten. Sie hatte ihr bisheriges Leben damit verbracht, leere Schränke anzustarren, und nun waren alle Schränke und Regale in ihrem Haus voll.

Das Einzige, was sich nicht geändert hatte, war Loos schlechter Ruf. Sie war in der neunten Klasse gewesen, als sie Mary Titus in die Badewanne gestoßen hatte, und jetzt, drei Jahre später, in ihrem letzten Highschool-Jahr, hing ihr die Geschichte immer noch nach. Die Witwe hatte keine Anzeige erstattet, jedoch dafür gesorgt, dass die ganze Stadt über Samuel Hawley und seine verrückte Tochter Bescheid wusste. Der Vorteil daran war, dass danach keine Witwen mehr zu ihnen nach Hause kamen. Der Nachteil war, dass die Leute wieder anfingen, ihnen aus dem Weg zu gehen, bis auf Pauly Fisk und Joe Strand, die Hawleys Saufkumpane blieben, und Direktor Gunderson, der Loo weiterhin Narrenfreiheit an seiner Schule gewährte. Jeremy und Pauly junior machten mit ihren krummen Nasen einen großen Bogen um sie und bestärkten andere darin, es genauso zu halten. Der Einzige, der in der Schule noch mit Loo sprach, war Marshall Hicks.

Mary Titus mochte ein Klatschmaul sein, ihr Sohn war es nicht. Er hatte nie jemandem davon erzählt, dass Loo ihm den Finger gebrochen hatte. Hätte er es getan, wäre der Vorfall irgendwann verarbeitet gewesen und die Erinnerung daran mit den Jahren verblasst. Stattdessen hatte sein Schweigen den gebrochenen Finger in ein gemeinsames Geheimnis verwandelt, ein Geheimnis, an das sie jedes Mal erinnert wurde, wenn er ihr auf dem Schulflur zunickte oder ihr einen Bleistift lieh, weil ihrer während eines Geschichtstests abgebrochen war, oder sie – so wie

heute – völlig unverhofft im Biologieunterricht als Part-
nerin für ein Zweierprojekt wählte, nachdem Loo einen
langen, unbehaglichen Moment allein dagesessen und sich
auf die Lippe gebissen hatte, während die anderen Schüler
von ihr abrückten.

»Ich glaube, wir sollen heute Würmer sezieren«, sagte
Marshall und stellte ein Seziertablett mit Metallnadeln vor
ihr ab. »Damit fangen sie nach den Ferien immer an.«

»Würmer aus dem Meer oder aus der Erde?«

»Aus der Erde.« Marshall zog ein Ledermäppchen mit
Buntstiften aus seinem Rucksack. »Ich fülle das Arbeitsblatt aus, wenn du das Aufschneiden übernimmst.«

Zwei Mädchen vom Tisch gegenüber hoben die Augenbrauen. Dann tat eine von ihnen so, als würde sie der
anderen Ahornsirup über die Brust gießen. Loo griff nach
dem Skalpell. »Abgemacht.«

Sie bekamen tatsächlich Würmer. Große Würmer. Loo
schnitt die Haut auf und pinnte die Ränder mit den Nadeln an die Wachsschicht auf dem Tablett. Marshall identifizierte das Clitellum und den Muskelmagen, tat sich
jedoch schwer mit den Fortpflanzungsorganen.

»Die Dinger da sehen wie Eierstöcke aus, finde ich«,
sagte Loo.

»Würmer haben männliche *und* weibliche Geschlechts-
organe.« Marshall stocherte mit einer Nadel in dem Wurm
herum. »Samentaschen und Samenzellen. Sie sind Zwitter.
Wie Hermaphroditos. Er war der Sohn von Aphrodite
und Hermes. Eine Nymphe verliebte sich in ihn, und sie
verschmolzen miteinander und wurden sozusagen zwei
Menschen in einem.«

»Klingt ganz schön abgefahren«, sagte Loo. »Er war also nie einsam, auch wenn er allein war.«

»Würmer brauchen trotzdem andere Würmer, um sich fortzupflanzen.«

»Woher weißt du das alles?«

»Mein Stiefvater ist Meeresbiologe. Er hat mir früher vor dem Schlafengehen regelmäßig wissenschaftliche Fachbücher vorgelesen.«

Loo dachte daran, wie Hawley sie abends immer mit einer Motel-Bettdecke zugedeckt hatte. Wie sie sich eine Tüte Chips aus dem Verkaufsautomaten geteilt und über Godzilla und Frankenstein im Fernsehen gelacht hatten. Marshall nahm einen Stift aus seinem Ledermäppchen, drehte Loos Arbeitsblatt um und zeichnete eine wunderschöne Frau mit wehendem Haar, die nackt in einer offenen Muschelschale stand und von Engeln mit Pfeil und Bogen umringt war. Dann verpasste er der Frau einen Bart, schrieb *Herm-Aphrodite* darunter und schob die Zeichnung mit seinem krummen Zeigefinger zu ihr hinüber.

Am Ende der Stunde gab Loo ihr Arbeitsblatt nicht ab, sondern faltete es und nahm es mit nach Hause.

Marshall und Loo verbrachten die nächsten Biologiestunden damit, gemeinsam Frösche, eine Grille, einen Schweinefötus und schließlich einen Seestern zu sezieren. Dabei wechselten sie sich mit dem Skalpell ab, beschrifteten Organe auf ihren Arbeitsblättern und unterhielten sich. Loo hatte kein Problem mit dem Frosch, nicht einmal mit dem Schwein. Beides fühlte sich nicht anders an, als eine Flunder auszunehmen, aber aus irgendeinem

Grund wurde sie beinahe ohnmächtig, als sie mit einer Schere durch die dicke Haut des großen konservierten Seesterns schnitt und anfing, den Darmblindsack auszuschaben. Als auch der letzte Rest Farbe aus ihrem Gesicht wich, übernahm Marshall. Die Mädchen gegenüber bemerkten es natürlich, woraufhin eine von ihnen einen Kussmund machte, während die andere so tat, als würde sie sich selbst den Finger in den Hals stecken. Loo starrte die beiden an und hatte plötzlich wieder den Geschmack alter, rostiger Metallspäne im Mund. Sie zählte bis zwanzig und dann rückwärts bis null, wodurch sie gerade noch verhinderte, dass sie sich das Skalpell schnappte und dem würgenden Mädchen damit das Auge ausstach.

Nach einem langen, harten Winter erlebten die Jugendlichen von Olympus das erste Anzeichen des Frühlings: eine Bierparty im Freien. Marshall und sein Cousin hatten irgendwie ein Sechzig-Liter-Fass Bier in die Finger bekommen und es eineinhalb Kilometer in den Wald hinein zum Walkopf gerollt, einer gewaltigen Felsformation mitten in Dogtown, die einem durch die Wasseroberfläche brechenden Buckelwal glich. Sie lag weit entfernt von Straßen oder Häusern, sodass niemand den Lärm hören würde, und bot jede Menge Versteckmöglichkeiten, falls die Polizei auftauchte. An der Schule sprach sich schnell herum, dass jeder zum Leeren des Fasses eingeladen war. Als Marshall Loo den Flyer für die Party in die Hand drückte, mit einer handgezeichneten Landkarte, in deren Mitte der Walkopf umkreist war, sah sie ihm dennoch prüfend ins Gesicht, aus Angst, er würde sie auf den Arm nehmen. Aber er lächelte nur freundlich, und sie versprach zu kommen.

Am Abend der Party wartete Loo mit einem Buch am Küchentisch und gab vor zu lesen, während Hawley duschte und sich fertig machte, um sich im Flying Jib mit Fisk zu treffen. Als er sich verabschiedete, legte Loo den Kopf schief und nickte, und sobald der Pick-up aus der Einfahrt gefahren war, zog sie ihre Kleider aus und schlüpfte in das Outfit, das sie sich die ganze Woche über gedanklich zurechtgelegt hatte. Es handelte sich um eine bewusst lässige Kombination aus Jeans, einem T-Shirt mit abgerissenem Halsbündchen und über die Schultern hochgerollten Ärmeln, einem Paar großer Creolen, die sie in der Drogerie hatte mitgehen lassen, und ihren Stahl-kappenstiefeln. Sie ging ins Badezimmer, schmierte sich den knallroten Lippenstift ihrer Mutter auf die Lippen, der inzwischen schal und hart war, und band sich die Haare zurück. Loo war sechzehn, sah im Spiegel aber fast aus wie zwanzig. *Na bitte*, dachte sie.

Nachdem sie Marshalls Landkarte und eine Taschen-lampe in die Taschen ihres Sweatshirts geschoben hatte, holte sie ihr Fahrrad aus dem Schuppen und machte sich auf den Weg durch die Stadt nach Dogtown. Es dämmerte, als sie das Haus verließ, und als sie am Waldrand ankam, war es bereits so dunkel, dass die Autos ihre Scheinwerfer eingeschaltet hatten. Entlang der kleinen Straße parkten Fahrzeuge sämtlicher Größen und Fabrikate unter den Bäumen. Sie waren kalt und leer, standen offenbar schon seit Stunden hier.

Loo schwitzte von der Fahrt. Sie lehnte ihr Fahrrad gegen einen Baum am Eingang des Walds, knipste ihre Taschenlampe an und ging den Pfad entlang. Sobald sie sich von der Straße entfernte, schloss sich das Blätterdach über ihr und sperrte die Sterne und den Mond aus. Sie hörte nichts als ihren eigenen Atem und das Rascheln ihrer Füße im Laub. Schon bald glitt der Schein ihrer Taschenlampe über einen großen Felsen am Wegrand. Er wirkte deplatziert und aus der Zeit gefallen, wie ein verlassenes Raumschiff aus einer anderen Welt. Loo trat näher heran und sah, dass an der Seite des Felsens Buchstaben eingeritzt waren, zwei etwa fünfzehn Zentimeter hohe, perfekt gemeißelte Wörter, wie auf einer Statue oder einem Grabstein.

SEID WAHRHAFTIG.

Sie zog Marshalls Karte aus der Tasche und hielt sie ins Licht. Darauf war ein kleiner Punkt in der Nähe des Pfadanfangs eingezeichnet, neben dem die gleichen Wörter standen. Sie ging weiter und entdeckte noch mehr Felsen, von denen jeder einem schwarzen Punkt auf der Karte entsprach und eine neue Botschaft verkündete: SEID SAUBER. SEID SPARSAM. WAHRHEIT. ARBEIT. TREUE. FREUNDLICHKEIT. INTELLIGENZ. IDEALE. IDEEN. INTEGRITÄT. SPIRITUELLE KRAFT. Und: WOHLSTAND FOLGT, WENN IHR DIENT. Die Felsen waren wie Wegweiser und machten Loo Mut. Sie folgte ihnen durch den Wald, bis sie Stimmen und Musik hörte und den beleuchteten Wal vor sich auf einer Lichtung auftauchen sah.

Das Lagerfeuer brannte direkt unterhalb des Walmauls

und hob sich flackernd vom Granit der Felsformation ab. An die hundert Jugendliche waren um die verschiedenen Teile des steinernen Wals versammelt, kletterten an ihm hoch, hockten auf seiner Nase oder lehnten sich gegen sein Atemloch. Einmal angekommen wusste Loo nicht recht, was sie tun sollte. Sie war noch nie auf einer Party gewesen.

Als sie sich nach Klassenkameraden umsah, entdeckte sie tatsächlich ein paar von ihnen, kannte sie jedoch nicht gut genug, um sie zu begrüßen und sich zu ihnen zu stellen. Die meisten Partybesucher waren älter. Alle hielten rote Plastikbecher in den Händen, und einige Teenager rauchten, kifften oder rösteten Marshmallows über dem Feuer. Loo beobachtete, wie ein Mädchen ein aufgespießtes Marshmallow drehte, bis alle Seiten schwarz waren, danach die Flammen ausblies, den glibberigen Rand abschälte und sich den Rest in den Mund steckte, bevor sie sich zu einem Jungen umdrehte und ihn küsste. Unter dem Gejohle der Umstehenden wanderte das weiße Innere des Marshmallows zwischen ihnen hin und her und tropfte auf den Boden.

Marshall stand ein Stück abseits zwischen den Bäumen und zapfte Bier. Er trug ein Greenpeace-T-Shirt und eine ausgewaschene Jeans. Loo stellte sich in die Warteschlange und nahm einen Becher Bier von ihm entgegen, als sie an der Reihe war.

»Du bist ja wirklich gekommen!«, begrüßte er sie.

»Ich hätte mich beinahe verlaufen. Zum Glück gab es die Felsen. Ganz schön riesig, die Dinger.«

»Ich weiß. Mein Stiefvater war früher oft mit mir zum

Wandern hier. Der Ort erinnert irgendwie an Stonehenge. Diese Felsbrocken wurden vor einer Million Jahren irgendwo aufgegabelt und dann hier fallen gelassen, als die Gletscher wieder schmolzen. Deshalb heißen sie auch Findlinge. Die Sprüche hat übrigens ein Kerl namens Babson in den Dreißigern eingemeißelt.«

Marshall sprudelte seine Worte hastig und undeutlich hervor, und Loo ging auf, dass er betrunken war. Er sah ihr direkt in die Augen, ohne ihrem Blick auszuweichen, wie er es sonst im Biologieunterricht tat.

Loo nahm einen Schluck von ihrem Bier. Es war warm und schmeckte nach nichts. Sie wischte sich den Mund ab.

»Hast du einen Lieblingsspruch?«

»Nur wer versucht, gewinnt«, antwortete er.

Die Jugendlichen hinter ihnen wurden allmählich ungeduldig und verlangten Bier. Loo trat beiseite und beobachtete, wie Marshall den Hahn bediente und dabei mit dem Finger, den sie ihm gebrochen hatte, den Zapfen an Ort und Stelle hielt. Sie war sich sicher, dass sie den Bruch im Knochen ertasten könnte, wenn sie ihn berührte. Marshall füllte noch einmal ihr Bier auf und hielt dabei den Becher schräg, damit es nicht so schäumte. Dann ließ er sich von einem anderen Jungen ablösen und schlenderte mit Loo zum Feuer.

»Wer sind diese ganzen Leute?«, fragte sie.

»Freunde von meinem Cousin«, antwortete Marshall. »Er hat letztes Jahr seinen Abschluss gemacht.«

»Ich dachte, Jeremy und Pauly junior würden auch kommen.«

»Die beiden reden nicht mehr mit mir, seit meine Mutter ihre Petition gestartet hat.«

»Soll ich sie für dich verprügeln?«

Marshall lachte. »Nein, danke.«

Sie setzten sich auf einen Holzblock vor dem Feuer, dicht nebeneinander, aber ohne sich zu berühren. Loo genoss die Wärme nach dem langen Marsch durch den Wald. Das Feuer zeichnete scharf die Silhouetten der Partygäste nach und belebte ihre Gesichter.

»Wie gesagt: Mein Stiefvater hat mich früher immer mit hierhergenommen«, erzählte Marshall. »Er hat mir auch gezeigt, wie man die Bäume anzapft.«

»Um Ahornsirup zu gewinnen?«

Marshall nickte. »Der Saft der Bäume beginnt erst zu fließen, wenn die Temperaturen nachts unter dem Gefrierpunkt und tagsüber deutlich darüberliegen. Deshalb verbringe ich fast den ganzen Februar und März hier. Eine Menge Arbeit.«

»Das kann ich mir vorstellen«, sagte Loo und malte sich aus, wie die Äste ihre Blätter abwarfen und kahl wurden, wie der Schnee sich um sie herum anhäufte und wie Marshall mit seinen Stiefeln durch die eisigen Verwehungen stapfte, in den Händen seine Eimer und einen kleinen Hammer, um die Zapfrohre in die Stämme zu treiben.

»Möchtest du es mal sehen?«, fragte Marshall.

»Was sehen?«

Er richtete den Blick weiter aufs Feuer und nahm einen langen Schluck von seinem Bier. »Nur wer versucht, gewinnt.«

Loo beobachtete, wie der Rauch aufstieg und sich am Walkopf teilte. »Klar«, sagte sie.

Marshall stand auf und führte sie von der Party weg. Sie gingen einen Pfad entlang und kamen an weiteren eingemeißelten Botschaften vorbei, die sie mithilfe ihrer Taschenlampen lasen: BENUTZT EURE KÖPFE. SEID PÜNKTLICH. WENN DIE ARBEIT STILLSTEHT, VERFALLEN DIE WERTE.

»Glaubst du, diese Sprüche haben je etwas bewirkt?«

»Wahrscheinlich nicht«, antwortete Marshall. Er trank sein Bier leer, warf den Becher in den Wald und nahm ihre Hand. Sie spürte den harten Höcker seines gebrochenen Fingers. *Der Finger wird sein ganzes restliches Leben so bleiben*, dachte sie. Sie hatte trotzdem kein schlechtes Gewissen.

»Wenn ich damals hier gewohnt hätte, hätte ich Babson gehasst. Dafür, dass er mir vorschreiben will, was ich zu tun habe.«

»Komm mit«, sagte Marshall und zog sie weiter.

Die Musik wurde immer leiser und das Licht immer schwächer, je weiter sie sich vom Lagerfeuer entfernten. Sie durchquerten einige Büsche und gingen einen zweiten Pfad entlang, bis der Wald dunkel und still war. Irgendwann erreichten sie einen halb in der Erde vergrabenen Felsen. Marshall leuchtete mit seiner Taschenlampe daran entlang. Die Worte unter der Moosschicht waren kaum noch erkennbar. NUR WER VERSUCHT, GEWINNT. »Das ist er«, verkündete Marshall und knipste seine Lampe aus. Dunkelheit umschloss sie. Loo hörte alles: das Rascheln der Bäume, Marshalls Atem. Sie spürte seine Hände, die sie gegen den Felsen drückten, und dann küsste er sie.

Sein Mund schmeckte nach Bier. Mit den Lippen schob er ihren Mund auf, erkundete mit seiner Zunge ihre Zähne. Das Gefühl war eigenartig, aber nicht unangenehm. Als er ihre Hüfte berührte, griff sie nach seinem Daumen und hielt ihn fest. Sie spürte seinen Puls direkt unter der Haut – ein stummes, hartnäckiges Pochen. Sofort war der vertraute rostige Geschmack da. Er flutete Loos Mund und spülte Marshalls Bierküsse weg. Als sie fester zupackte und den Daumen zwischen ihren Fingern quetschte, versteifte sich Marshall und wich zurück.

»Nicht«, bat er.

Jemand schrie in der Ferne. Irgendwo in der Nähe waren vereinzelte Schritte zu hören, kurz darauf kam endgültig Bewegung in den Wald. Jugendliche rannten den Pfad entlang, Taschenlampen leuchteten in alle Richtungen, die Jungen schrien und die Mädchen kreischten.

»Die Bullen!«, rief jemand im Vorbeirennen. Loo ließ Marshalls Finger los und rannte, während er hinter ihr in der Dunkelheit zurückblieb. Sie kramte ihre Taschenlampe hervor und stürzte sich in ein Gebüsch, kroch auf Händen und Knien durchs Dickicht, bis sie sich ein ganzes Stück vom Pfad entfernt hatte und das Lagerfeuer nur noch ein Glimmen zwischen den Ästen war.

Die Polizisten waren auf Quads in den Wald gekommen, und Loo hörte, wie einer von ihnen die Namen der auf frischer Tat ertappten Jugendlichen aufnahm, während seine Kollegen das Bierfass auf den Gepäckträger eines Quads luden. Die Polizeitaschenlampen waren stärker als alle anderen und warfen grelle Lichtstrahlen in den Wald. Loo kauerte etwa dreißig Meter vom Geschehen entfernt mit nassen Knien und schmutzigen Fingernägeln auf dem Boden, als die Erde plötzlich unter ihr nachgab und sie in ein Loch fiel.

Zunächst glaubte sie, in ein Grab gestürzt zu sein, aber es war der von Felsen gesäumte Keller eines alten Gehöfts. Er war lehmig, kalt und von knapp zwei Meter hohen Steinmauern umgeben. Zwischen den bröckelnden Mauersteinen wuchs ein Dornbusch, der Loo die Hände zerkratzte. Über ihrem Kopf streiften plötzlich die Lichtkegel der Taschenlampen vorbei, sie hörte, wie die Polizisten miteinander redeten. Die Männer spürten noch einige weitere Jugendliche in der Nähe auf, gingen dann zurück und löschten das Feuer. Alle festgenommenen Partygäste wurden zusammengetrieben, worauf die Polizei teils auf den Quads, teils zu Fuß mit den Jugendlichen abzog. Ein Mädchen weinte, ein anderes flehte die Beamten an, ihre Eltern nicht anzurufen. Die Stimmen entfernten sich und waren bald ganz fort. Loo blieb allein im Wald zurück.

Sie kämpfte sich durch Gestrüpp und über Baumstämme, gefolgt von einem Schwarm Mücken und Nachtfaltern, die dem Schein der Taschenlampe hinterherflatterten. Auf der Suche nach dem Pfad kletterte Loo über Felsen und hatte plötzlich den Mund voller Spinnweben. Sie irrte gefühlte Stunden durch den Wald, begleitet von Schatten, die sich jenseits des Lichtstrahls ihrer Taschenlampe bewegten. Bald beschlich sie das Gefühl, dass jemand sie verfolgte und aus der Deckung der Bäume heraus beobachtete. Sie schaltete das Licht aus, versteckte sich und wartete, bevor sie weiterhastete und gegen einen von Babsons Felsen stieß. Er roch nach Erde, Metall und Glas. Sie knipste ihre Taschenlampe an und beleuchtete die Aufschrift. BENUTZT EUREN KOPF. Loo zog Marshalls Karte aus der Tasche und fand damit zurück auf den Pfad. Den Felsen von IDEEN über FREUNDLICHKEIT, TREUE und MUT folgend kam sie wieder bei SEID SAUBER und SEID WAHRHAFTIG an.

Als sie endlich aus dem Wald trat, spürte sie die Erleichterung bis in die Knochen. Es schien spät zu sein, denn sämtliche Autos, die bei ihrer Ankunft am Straßenrand gestanden hatten, waren verschwunden. Loo hoffte, dass ihr Vater immer noch mit Fisk unterwegs war. Für die Rückfahrt würde sie mindestens vierzig Minuten brauchen. Sie zog ihr Sweatshirt aus, wischte sich damit das Gesicht ab und fädelte die Ärmel durch ihre Gürtelschlaufen. Beim Baum angekommen musste sie feststellen, dass ihr Fahrrad nicht mehr da war.

Loo suchte den angrenzenden Wald ab, die Straße, die Büsche, ging sogar wieder ein Stück den Pfad entlang, bevor sie aufgab und sich an den Straßenrand setzte, um nachzudenken. Sie konnte draußen am Highway versuchen, den Daumen hochzuhalten, aber der Gedanke ans Trampen machte ihr Angst. Also musste sie wohl zu Fuß bis nach Olympus und von dort nach Hause laufen. Für die Strecke würde sie die ganze Nacht brauchen, und Hawley würde bestimmt schon auf sie warten, wenn sie die Haustür aufschloss. Sie musste sich auf dem Weg eine gute Ausrede ausdenken.

Loo stand auf und klopfte sich den Schmutz und

die Dornen von der Jeans. Ihre Socken waren völlig durchnässt, und ihre Stiefel gaben bei jedem Schritt auf der dunklen Straße ein schmatzendes Geräusch von sich. Nachdem sie an einer Kreuzung in die nächste dunkle Straße abgebogen war, tauchte vor ihr eine eingeschlagene Straßenlaterne auf. Auf dem mit toten Nachtfaltern und Vogelexkrementen übersäten Asphalt glitzerten Glasscherben, ein trostloses Bild der Zerstörung. Hinter der Laterne stand ein Haus, jedes einzelne Fenster hell erleuchtet. Die Farbe blätterte von der Fassade, und die Eingangstreppe war schief. In der Einfahrt stand ein verrosteter Pontiac. Ohne die Lichter wäre Loo davon ausgegangen, dass hier schon lange niemand mehr wohnte. Dann erkannte sie den Türklopfer in Ananasform.

Wäre ihr Mabel Ridges Haus auf dem Weg nach Dogtown aufgefallen, hätte sie auf keinen Fall angehalten, aber jetzt, ohne ihr Fahrrad, war sie der Verzweiflung nahe. Sie war müde, aufgewühlt und voller Brombeerranken, also bog sie von der Straße ab und ging auf die Haustür ihrer Großmutter zu. Die Verandatreppe knarrte. Loo hob die erstaunlich schwere Messing-Ananas an und ließ sie wieder fallen. Nach einem kurzen Moment wurde die Tür geöffnet, und die alte Frau stand vor ihr. Mabel Ridge war mittlerweile über siebzig, hatte weiße Haare, einen krummen Rücken und rote Flecken auf den Wangen. Sie trug einen Cardigan und eine lange schwarze Gummischürze und hatte sich eine Plastik-Schutzbrille auf die Stirn hinaufgeschoben.

»Ja?«

Loo bemühte sich, ihren Pferdeschwanz glatt zu streichen, und merkte, dass sie eine ihrer Creolen verloren hatte. Ihr fiel das Kleid ein, in das ihr Vater sie bei ihrem letzten Besuch gesteckt hatte. Und das Blut auf seinem Hemdsärmel, das nur durch tagelanges Schrubben wieder herausgegangen war.

»Ich bin es, Loo.«

Mabel Ridge machte Anstalten, die Tür sofort wieder zuzuknallen. Ihre Hand war bis zum Handgelenk blau verfärbt.

Loo versuchte es erneut: »Deine Enkelin.«

Die Atmosphäre zwischen ihnen veränderte sich schlagartig. Mabel sog angespannt die Wangen ein, und Loo befürchtete schon, sie würde in Tränen ausbrechen. Dann streckte die alte Frau das Kinn vor, und der Moment war vorüber. Sie musterte Loo von Kopf bis Fuß, nahm ihr ramponiertes Äußeres zur Kenntnis. »Du siehst aus, als hättest du dich geprügelt.«

»Ich hab mich im Wald verlaufen.«

»Du warst also auf dieser Party.« Mabel Ridge zog ein Taschentuch aus dem Ärmel, wischte sich die Nase damit ab und steckte es wieder weg. »Deine Freunde haben meine Straßenlaterne zertrümmert.«

»Ich habe keine Freunde«, sagte Loo.

Die alte Frau öffnete die Tür ein Stück weiter und trat auf die Veranda hinaus. Sie spähte über Loos Schulter, und als sie keine Gestalten hinter ihr im Schatten lauern sah, kratzte sie sich mit ihren blauen Fingern das Kinn. »Na ja, du kommst wohl besser rein.«

Das Haus wirkte deutlich kleiner, sobald Loo ins Wohnzimmer getreten war. In einer Ecke stand ein Spinnrad auf drei Beinen und in einer anderen – zwischen einem dick gepolsterten Sofa und einem alten Fernseher – ein großer hölzerner Webstuhl. Es handelte sich um einen rechteckigen Rahmen aus miteinander verbundenen Holzteilen, mit Pedalen und einer kleinen Bank, auf der die webende Person sitzen und arbeiten konnte. Ein gewaltiger Apparat aus einem anderen Zeitalter. Der Webkamm, der die Fäden teilte, sah aus wie ein großer, grinsender Mund.

Mabel Ridge machte die Haustür hinter sich zu und schloss sie ab, bevor sie sich die Füße auf dem Teppich im Eingangsflur abputzte. »Du bist ein bisschen jung, um schon auf Partys zu gehen.«

Loo antwortete nicht. Sie drückte ihre Taschenlampe mit beiden Händen an sich und gab sich Mühe, die alte Frau nicht anzustarren, die die gleichen grünen Augen hatte wie ihre Mutter. Die gleichen Augen, die auch Loo sah, wenn sie in den Spiegel blickte.

»Möchtest du telefonieren?«, fragte Mabel Ridge. »Deinen Vater anrufen?«

»Nein«, antwortete Loo.

Die alte Frau schnaubte und winkte dem Mädchen, ihr zu folgen. »Komm mit zur Spüle, dort kannst du dich waschen.«

Sie führte Loo in die Küche, wo sich auf den Arbeitsflächen mit Kräutern gefüllte Gläser reihten. Auf dem Herd standen vier große Töpfe, in denen es brodelte und dampfte. Es roch nach Lavendel und alten Kartoffeln.

»Vorsicht«, warnte Mabel Ridge. »Das Zeug atmet man besser nicht direkt ein.« Sie zog ihre Schutzbrille über die Augen, nahm ein Handtuch von einer Stuhllehne und hob damit einen der Deckel ab. Dann schaltete sie die Herdplatte aus, maß mit einem Thermometer die Temperatur der Flüssigkeit, griff nach einem langen Holzlöffel und tauchte damit einen Strang blauer Wolle in den Topf. Als sie ihn wieder herauszog, verwandelte sich dessen Farbe in ein noch tieferes Indigoblau. Loo spähte in den Topf und erwartete eine dunkle Flüssigkeit, doch sie war gelb, mit einer leicht milchigen Färbung.

»Wäschst du die Wolle?«, fragte Loo.

»Nein«, antwortete die alte Frau. »Ich färbe sie blau.« Sie hängte den Wollstrang auf einen kleinen Holzständer. »Indigo ist der Farbton, der am schwierigsten zu treffen ist. Gelbtöne, Grüntöne, Rottöne – die sind verlässlicher.« Sie öffnete die anderen Töpfe und gab den Blick auf die darin brodelnden Primärfarben frei, in denen die Wolle wie eine eigenartige Suppeneinlage schwamm. »Blau muss man in mehreren Schichten auftragen. Man taucht die Wolle immer wieder ein, vierzig oder fünfzig Mal, bis die Farbe dunkel genug ist.« Mabel Ridge drehte die Herdplatten auf niedrige Hitze, legte die Topfdeckel zurück und schob ihre Brille wieder auf die Stirn hoch. Dann gab sie Loo ein Stück Seife und das Handtuch, mit dem sie an den Töpfen hantiert hatte.

»Wasch dir wenigstens ein bisschen das Gesicht.«

Loo nahm Handtuch und Seife mit zum Spülbecken, über dem an einem Küchenschrank ein kleiner Handspiegel befestigt war. Sie beugte sich vor und betrachtete sich prüfend. Von dem roten Lippenstift war kaum noch etwas übrig, und auf ihrer Stirn prangte eine tiefe, blutende Schramme. Ihr Gesicht und ihr Hals waren mit dunklem

Schlamm beschmiert, und ihre linke Wange zierten mehrere Mückenstiche. Loo wusch sich mit der Seife, so gut sie konnte, und fuhr sich mit den feuchten Fingern durch die Haare, um Kletten, Zweige und sogar einen Käfer daraus zu entfernen. Er landete im Spülbecken und begann hektisch im Kreis zu krabbeln, wobei er mit seinen kleinen schillernden Flügeln schlug. Loo drehte das Wasser auf und sah zu, wie der Käfer im Abfluss verschwand.

»Schon besser«, sagte Mabel Ridge. »Du sahst aus wie ein Sumpfmonster. Wenn ich nicht die Polizei erwartet hätte, hätte ich gar nicht erst die Tür aufgemacht.«

»Du hast sie also gerufen?«

»Natürlich. Die Party lief völlig aus dem Ruder. Ich verfolge genau, was hier in der Gegend passiert. Die Leute denken, dass niemand zusieht, aber ich bin stets wachsam.«

Während sie sprach, faltete die alte Frau das Handtuch immer wieder neu zusammen, und Loo fragte sich, ob sie nicht doch ein wenig gerührt war von der Anwesenheit ihrer Enkelin. Ihre Bewegungen hatten etwas Unsicheres an sich, wie die einer Spinne, die sich um eine Ecke herumtastet.

»Wofür ist die viele Wolle gedacht?«

»Es gibt im ganzen Land Leute, die meine handgefärbte Wolle bestellen. Eine simple, stupide Arbeit, aber sie reicht für meinen Lebensunterhalt. Nur so konnte ich in diesem Haus bleiben, nachdem Gus unser ganzes Geld verspielt hatte.«

»Gus?«, fragte Loo.

»Lilys Vater.«

Mein Großvater, dachte Loo. »Wohnt er auch hier?«

»Er ist tot«, sagte Mabel Ridge. »Gott sei Dank.«

Mit ihren blauen Fingern öffnete sie die Tür zu einem Badezimmer, das in etwa so groß war wie das von Loo und Hawley, nur dass es statt mit Fotos und Andenken mit bunter Wolle gefüllt war. Überall hingen Wollstränge auf Holzständern – grüne, violette, gelbe, orangefarbene. Auf der ausgelegten Zeitung vermischten sich die heruntertropfenden Farbtöne miteinander. Loo streckte die Hand aus und berührte einen der Wollstränge. Ihre Finger waren fleckig, als sie sie wieder zurückzog. Sie hob den Kopf, und die alte Frau lächelte.

»Komm mit, ich will dir etwas zeigen.«

Mabel Ridge ging zurück ins Wohnzimmer und nahm dort auf der Bank vor dem Webstuhl Platz. Sie winkte Loo, sich danebenzusetzen. Unter dem Webrahmen befanden sich Pedale, die Mabel nun mit den Füßen trat. Jedes Pedal hob andere Fäden an und beeinflusste so, was für ein Muster entstand.

»Versuch es mal. Es funktioniert wie ein Klavier.«

Loo ließ sich auf der Bank nieder und fuhr mit den Fingern über den Webkamm, bewegte ihn vor und zurück. Er erinnerte sie an den Sicherheitsbügel des Galaxy Wheel.

»Was webst du?«

»Eine Decke«, antwortete Mabel. »Dieses Muster nennt man Overshot. Dabei führt man das Schiffchen so.« Sie griff nach einem ovalen Stück Holz, in dessen Mitte eine Spindel mit blauer Wolle klemmte. Nachdem sie ein Pedal getreten hatte, hob sich eine hölzerne Querstrebe mitsamt den daran befestigten, durch die Zähne des Kamms laufenden Kettfäden an. Mit einer schnellen Bewegung schob sie das Schiffchen unter den Fäden hindurch zur anderen Seite. Sie nahm Loos Hand und legte sie auf den Kamm. »Und jetzt schiebst du damit alles zusammen.«

Loo zog den Kamm zu sich heran und schob den Wollfaden an die richtige Stelle. Es fühlte sich zugleich fremd und vertraut an, am Webstuhl zu sitzen, genau wie alles in diesem Haus.

»Wenn du willst, kann ich dir das Weben beibringen«, bot Mabel Ridge an.

Als Loo nicht antwortete, kniff die alte Frau den Mund zusammen. »Ich dachte, du würdest vielleicht gern etwas über deine Familie erfahren.«

»Hast du noch Sachen von meiner Mutter?«, fragte Loo.

Ihre Großmutter atmete geräuschvoll aus, stand dann von der Bank auf und öffnete einen Schrank im Flur. Sie zog einen Karton hervor, trug ihn zum Wohnzimmertisch, hob den Deckel und nahm ein Paar schwarze Spitzenhandschuhe heraus. Es waren kurze Handschuhe im Stil der Vierzigerjahre. »Hier«, sagte sie.

Loo nahm die Handschuhe entgegen und schlüpfte hinein. Die Finger waren ihr zu lang. Es war, als würde sie die Haut einer anderen Person überstreifen. »Ich dachte, so etwas tragen nur alte Damen.«

»Lily hatte eine künstlerische Ader. Sie hätte auf die Kunsthochschule gehen können.«

»Warum hat sie es nicht getan?«

»Weil sie stattdessen in Schwierigkeiten geraten ist. So wie du heute Nacht.«

Die alte Frau runzelte die Stirn, und Loo wurde zum ersten Mal bewusst, dass ihre Mutter auch irgendwann ein Teenager gewesen war, der seine Eltern angelogen, heimlich Partys besucht und mit Jungen im Wald herumgeknutscht hatte. Ihre Mutter hatte den Webstuhl im Wohnzimmer berührt, sich im Handspiegel über der Spüle betrachtet, den Ananas-Türklopfer betätigt. Jeder Gegenstand bekam plötzlich eine ganz neue Bedeutung, angefangen bei den Handschuhen an ihren Fingern.

»Sie hat alles getan, um sich von den anderen abzuheben. Auch gefährliche Sachen. Was das anging, war sie wie ihr Vater. Einmal hat die Küstenwache sie festgenommen, weil sie von der Mole gesprungen und durchs Hafenbecken geschwommen ist, in der Fahrrinne, zwischen den Schiffen. Wir hatten Streit deswegen. Überhaupt haben wir uns ständig gestritten. Sie fand ihre Aktion im Hafenbecken ziemlich lustig.«

»Lustig«, wiederholte Loo.

»Lily hatte ihren ganz eigenen Sinn für Humor.«

Mabel kramte weiter durch den Karton und zog einige Bücher und eine Blechdose mit Bleistiften hervor. Eine silberne Gürtelschnalle in Form eines Pfeils. Postkarten aus Alaska, North Carolina und Wisconsin. Mehrere Sammelalben. Loo öffnete und schloss die Finger, spürte, wie sich die Handschuhe um ihre Haut strafften. Sie versuchte, sich alles genau einzuprägen.

»Das ist mein Lieblingsfoto.« Mabel Ridge hielt ein altes, zerknicktes Foto hoch, und Loo beugte sich vor und griff danach, um es besser erkennen zu können. Auf dem Foto war ihre Mutter zu sehen, mit wohl elf oder zwölf

Jahren. Sie war von Kopf bis Fuß mit Seetang behängt, wie ein Stück angespültes Strandgut oder das Ungeheuer von der schwarzen Lagune. Ihre Augen waren verdreht, und ihre Hände zu Krallen geformt.

»Kann ich das haben?«

»Nein«, antwortete Mabel Ridge.

Loo packte das Foto noch fester. »Aber sie war meine Mutter.«

»In ihrem Testament hat sie mir ihr ganzes Eigentum vermacht. Ihre Kleider, Notizbücher und Fotos«, sagte die alte Frau. »Warum, glaubst du, hat sie das getan?«

»Ich weiß es nicht«, erwiderte Loo.

»Weil ich ihre Mutter war. Ihre Familie«, betonte ihre Großmutter. »*Ich*, und nicht *er*.«

Loo dachte an die Zettel an den Wänden ihres Badezimmers. Daran, wie vorsichtig Hawley sie bei jedem Umzug abnahm und wieder neu aufhängte.

»Hast du das zu ihm gesagt, als wir damals hergekommen sind?«, wollte sie wissen.

Mabel Ridge presste ihre Hände zusammen. »Dein Vater wollte, dass wir uns begegnen, du und ich, aber ich war noch nicht bereit dazu. Ich war mir nicht sicher, ob ich je dazu bereit sein würde.«

Loo ballte ihre Hände mit den Handschuhen zu Fäusten. »Ich dachte damals, du hasst mich.«

»Ach je«, sagte ihre Großmutter und nahm das Foto zurück. »Nein, ich hasse dich nicht, habe dich nie gehasst. Ich hasse deinen Vater.«

Sie sagte es völlig emotionslos, als würde sie eine allgemeingültige Tatsache verkünden. Loo hatte genug, sie wollte nichts mehr hören. Sie zog die Handschuhe ihrer Mutter aus und warf sie auf den Tisch.

»Ich muss irgendwie nach Hause kommen.«

Die alte Frau wischte sich die blauen Hände an ihrer Schürze ab und schob ihre Schutzbrille auf der Stirn zurecht. »Ich bin seit Jahren nicht mehr Auto gefahren. Aber du kannst den Firebird nehmen.« Sie legte die Sachen zurück, schloss den Deckel und brachte den Karton wieder zum Schrank. Sobald sie Loo den Rücken zukehrte, schnappte sich diese die Handschuhe und stopfte sie in ihre Tasche.

Mabel Ridge fragte nicht, ob Loo schon Auto fahren konnte. Sie drückte ihr kurzerhand den Schlüssel für den rostigen Pontiac in die Hand, begleitete sie hinaus und verabschiedete sich. Kaum hatte sie die Fahrertür hinter ihr geschlossen, klopfte sie ans Autofenster. Als Loo es herunterkurbelte, gab sie ihr ein kleines, in schwarzes Leder gebundenes Fotoalbum.

»Das kannst du gerne haben«, sagte sie. »Aber ich möchte, dass du den Firebird zurückbringst. Nicht sofort, aber bald. Und dann unterhalten wir uns weiter.«

»Okay«, nickte Loo. Sie sah zu, wie ihre Großmutter die Stufen zur Veranda hinaufstieg und ins Haus trat. Noch immer brannte hinter jedem Fenster Licht.

Der Firebird machte den Anschein, als hätte er die letzten Jahrzehnte aufgebockt auf Betonklötzen verbracht. Zu Loos Überraschung sprang er anstandslos an. Das Gaspedal schlingerte unter ihrem Fuß, als sie rückwärts aus der Einfahrt setzte. Der Fahrersitz berührte fast den Boden, der Motor rasselte und die Bremsen waren schwach – sie musste das Pedal bis zum Boden durchdrücken, bis sie endlich griffen. Loo umklammerte das Lenkrad und atmete tief durch. *Du schaffst das*, redete sie sich Mut zu, bevor sie den Ganghebel auf Drive stellte und mit nicht einmal dreißig Stundenkilometern die leere Straße entlangrollte. Ihr Herz klopfte, als würde sie auf einer Rennstrecke dahinsausen.

Sie war erst einmal in ihrem Leben gefahren, unter Hawleys Anleitung auf einem leeren Parkplatz. Er hatte ihr versprochen, ihr bald noch mehr Fahrstunden zu geben. Einen Führerschein besaß sie deshalb noch lange nicht. Zum Glück war auf den Straßen kaum etwas los, und die wenigen Autos, die ihr entgegenkamen, fuhren auch nicht viel schneller als sie. Vermutlich waren es Betrunkene, die hofften, dass die Polizei sie nicht anhielt. Einige Häuserblocks von ihrem Haus entfernt hielt Loo am Straßenrand und schaltete den Motor aus. Ihre Hände zitterten.

Sie klappte das Album auf, das Mabel Ridge ihr gegeben hatte, und hoffte, erneut in das Gesicht ihrer Mutter zu blicken, doch statt Fotos enthielt das Buch nur Lilys Sterbeanzeige und ein paar vergilbte Zeitungsartikel. Aus einem der Artikel erfuhr sie, dass es Tage gedauert hatte, bis man mithilfe von Schleppnetzen die Leiche ihrer Mutter gefunden hatte. Beim Gedenkgottesdienst war *Bye Bye Blackbird* gespielt worden – offenbar Lilys Lieblingslied.

Nachdem Loo fertig gelesen hatte, klappte sie das Album zu und schob es unter den Fahrersitz. Dann stieg sie aus und schloss die Tür ab. Auf dem Weg nach Hause dachte sie an das Foto, das sie bei Mabel in den Fingern gehalten hatte, das Foto von ihrer algenbedeckten, an ein Monster aus einem schlechten Schwarz-Weiß-Film erinnernden Mutter. Sie selbst hatte ganz ähnlich ausgesehen, als sie in den kleinen Spiegel über der Küchenspüle geblickt und sich die Insekten aus den Haaren geschüttelt hatte.

Als sie die letzte Straßenecke umrundete, sah sie den Pick-up ihres Vaters vor dem Haus stehen. Sie verharrte einen Moment in der Einfahrt und wägte ihre Chancen ab, sich unbemerkt ins Haus zu schleichen. Dann ging sie leise die Verandatreppe hoch, schob den Hausschlüssel ins Schloss und öffnete die Tür. Statt den Lichtschalter zu betätigen, benutzte sie ihre Taschenlampe und bahnte sich ihren Weg vorbei an schemenhaften Stühlen und Tischen und schließlich die Treppe hoch. Als sie an Hawleys Schlafzimmer vorbeikam, spürte sie seine Anwesenheit hinter der geschlossenen Tür.

Er war wach und wartete auf sie. Sie war sich ganz sicher. Hawley schlief nie viel, und wenn doch, nahm Loo sofort die Veränderung im Haus wahr – eine dichtere Stille als sonst. Jetzt knarrten hörbar die Bodendielen in seinem Zimmer, was bedeutete, dass er hinter der Tür stand und seine Stiefel noch anhatte. Er war unterwegs gewesen und hatte nach ihr gesucht. Vielleicht stundenlang.

Der Türknauf drehte sich, und Licht flutete den dunklen Flur. Loo schirmte sich die Augen ab, auch um das verhärmte Gesicht ihres Vaters nicht sehen zu müssen. Es war, als habe jemand einen Stöpsel gezogen, woraufhin jedes Leben aus seinen Zügen abgeflossen war. Er sah schlimmer aus als in den Nächten, in denen er wach blieb und einfach nur dasaß und die Sachen ihrer Mutter anstarrte.

»Geht es dir gut?«

»Ja«, antwortete Loo.

Hawley zitterte, genauso wie damals, als sie auf dem Jahrmarkt verloren gegangen war und er gegen die Wachmänner angekämpft hatte und einen Moment lang nicht wiederzuerkennen gewesen war, bevor er sie am Karussell entdeckt hatte. Loo knipste ihre Taschenlampe aus und wappnete sich für das wütende Gebrüll, das nun folgen würde. Stattdessen hörte sie das vertraute Klicken eines Waffenmagazins, das geöffnet wurde, und danach das Klimpern der Patronen, die in die Hand ihres Vaters rutschten.

»Gute Nacht«, sagte er.

»Gute Nacht«, brachte sie flüsternd hervor. Sie wartete darauf, dass noch etwas passierte, aber er ging nur in sein Zimmer zurück und schloss die Tür hinter sich, nahm die Helligkeit mit sich. Obwohl draußen bereits die Vögel sangen, war es im Inneren des Hauses so finster wie in Dogtown. Loo legte die Fingerspitzen an die Wand und tastete sich daran entlang, bis sie endlich in ihrem eigenen Zimmer war, mit ihrem eigenen Bett und ihrer eigenen Tür, die sie hinter sich zumachen konnte.

Sie warf sich auf die Matratze, schnürte langsam ihre Stiefel auf, schälte sich aus ihren nassen Socken. Ihre Kleider rochen nach Schweiß, Rauch und dem durchdringenden Geruch des Waldes. Sie zog die Handschuhe ihrer Mutter aus der Hosentasche, schlüpfte hinein und hielt sich die Finger vor die Augen. Durch die schwarze Spitze sah sie alles schemenhaft, als wäre sie mit offenen Augen unter Wasser.

Sie schlief schon fast, als sie ihren Vater erneut auf den Flur hinaustreten hörte. Er ging ein paar Mal auf und ab, blieb irgendwann vor ihrem Zimmer stehen und sprach durch das Holz. Seine Stimme schlängelte sich durchs Schlüsselloch.

»Es geht dir gut?«, wiederholte er.

»Ja«, sagte Loo.

»Dann ist es mir egal, wo du gewesen bist.«

»Tut mir leid«, stammelte sie.

»Fang bloß nicht an zu behaupten, dass es dir leidtut, sonst sagst du für den Rest deines Lebens nichts anderes mehr.«

»Es tut mir trotzdem leid«, beteuerte sie.

»Sollte es nicht«, erwiderte er.

Einige Minuten lang vernahm sie nichts als seine Atemzüge vor der Tür und fragte sich, ob er getrunken hatte. Schließlich hörte sie, wie er ein Streichholz anzündete. Kurz darauf drang der Rauch seiner Zigarette durch die Türritzen zu ihr herein. Sie lauschte auf Hawleys Schritte, die sich die Treppe hinunter entfernten. Mit einem Knarren ging die Badezimmertür auf und zu. Er würde den Rest der Nacht dort verbringen. Loo kannte seine Gewohnheiten so genau wie ihre eigenen. Sie wusste, wie ihr Vater tickte. Und sie wusste noch etwas seit dieser Nacht, etwas, was ihr die alten Fotos und Zettel und immer wiederkehrenden Worte im Badezimmer nie hätten verraten können. Sie wusste, dass ihre Mutter von Hafenmolen gesprungen war. Dass sie stark genug gewesen war, durch eine Fahrrinne zu schwimmen. Dass sie Handschuhe getragen, sich in Algen gewälzt und ebenfalls einen Vater gehabt hatte. Dass sie in einem Haus voller Farben aufgewachsen war. Und dass sie bereits ein ganzes Leben gelebt hatte, bevor sie Sam Hawley begegnet war.

Kugel Nummer drei

Jove und Hawley fuhren von Portland nach Seattle und nahmen dann die Fähre von Mukilteo nach Whidbey Island. Hawley war noch nie im Nordwesten des Landes gewesen und nahm überrascht die Luft wahr, die sich hier ganz anders anfühlte, den Nebel, der sich an seine Haut schmiegte, die Tannen, Klippen und Berge, die entlang der Meerenge aufragten. Nachdem Jove ihren Wagen aufs Schiff gesteuert hatte, holten sie sich Kaffee in der Cafeteria und betrachteten vom hinteren Ende der Fähre aus die gewaltigen Umrisse des Mount Rainier in der Ferne.

Jove beugte sich über die Reling und zeigte aufs Meer. »Da, siehst du die Fontäne?«

»Nein. Was war das? Ein Wal?«

»Ein Grauwal, glaube ich.«

»Woran erkennst du das?«

»Grauwale haben zwei Atemlöcher.«

Jove hielt den heißen Kaffeebecher zwischen den Fingerspitzen und schob ihn von einer Hand in die andere. Hawley entfernte den Plastikdeckel von seinem eigenen Kaffee, nahm einen Schluck und verbrannte sich die Zunge.

»Wie groß werden Grauwale?«

»Etwa fünfzehn Meter lang.«

Die Männer starrten schweigend aufs Meer und warteten. Hawley hatte noch nie einen Wal gesehen. Er richtete den Blick weiter auf die Stelle, die Jove ihm gezeigt hatte, und spürte ein seltsames Kitzeln in der Magengrube. Er versuchte sich den Körper des Wals unter den wogenden Wassermassen vorzustellen, sein enormes Gewicht, das von seinen Seitenflossen und der Fluke bewegt wurde, die dicke, krustige Haut, das riesige, klaffende Maul, das sich öffnete und schluckte. Minuten verstrichen, aber das Tier kam nicht mehr an die Oberfläche. Wieder etwas, was ich nie erleben werde, dachte Hawley.

»Glaubst du, dieser Talbot weiß, dass wir kommen?«, fragte er.

Jove schüttelte den Kopf. »Auf keinen Fall.«

Er zog eine Landkarte hervor und gab sie Hawley, zeigte ihm die Straße, die sie ans nördliche Ende der Insel bringen würde, wo sich Talbot angeblich verkrochen hatte. Talbot war Auftragsgangster, genau wie sie, nur dass er sich mit der Ware, die er hätte abliefern sollen, aus dem Staub gemacht hatte. Nun war es an ihnen, diese Ware zurückzuholen. Eine leichte Aufgabe, vorausgesetzt, der Überraschungseffekt war auf ihrer Seite. Sie mussten das Diebesgut nur an sich nehmen und zurück zu Ed King bringen, Joves altem Freund aus Gefängnistagen. Wenn alles gut ging, hatte King ihnen weitere lukrative Aufträge versprochen. Hawley und Jove konnten das Geld beide gut gebrauchen.

»Wie geht es deiner Hand?«

»Ganz okay.«

»Du solltest mehr mit der linken Hand machen.«

Hawley warf den Kaffeedeckel ins Meer und schloss seine kaputten Fingerknöchel um den warmen Pappbecher. Am Vorabend hatte Jove an der Hotelbar zu tief ins Glas geschaut, mit dem Resultat, dass ihn ein paar Biker vom Barhocker stießen und versuchten, seine Brieftasche zu klauen. Ihnen war allerdings entgangen, dass Hawley zu Jove gehörte, obwohl die beiden seit Stunden nebeneinandersaßen. Schon den ganzen Vormittag dachte Hawley darüber nach, wie gut es sich angefühlt hatte, zuzuschlagen, wie befriedigend das Knirschen der Knochen gewesen war, das Blut auf dem Boden der Bar. Aber auch, wie er so in sich versunken sein konnte, dass jeder dachte, er wäre allein.

Noch bevor die beiden Männer ihren Kaffee leer getrunken hatten, kündigte der Kapitän die Ankunft der Fähre an. Sie stiegen wieder in ihren in Portland gestohlenen Chevy. Es war ein eher kleiner Wagen, und Hawley musste den Sitz ganz nach hinten fahren, damit seine langen Beine hineinpassten. Die Bootsarbeiter winkten sie vom Schiff auf die Insel, und sie nahmen Kurs auf Freeland, passierten die Useless Bay und fuhren immer weiter nach Norden. Das Haus, nach dem sie suchten, befand sich in einem Naturschutzgebiet, hoch oben auf einer Uferböschung. Sie bogen auf eine ungekennzeichnete Schotterpiste ab und fuhren etwa eineinhalb Kilometer in den Wald hinein, bis sie ein niedriges Holztor erreichten. Hawley stieg aus, hob die Seilschlinge an, mit der das Tor befestigt war, und hängte sie wieder über den Pfosten, nachdem Jove hindurchgefahren war. Sie parkten quer hinter dem Tor, der einzigen Einfahrt zum Grundstück, und gingen den Rest der Strecke zu Fuß.

Hawley hatte das Gewehr seines Vaters aus dem Auto mitgenommen. In bewaldeten Gebieten war ihm immer wohler mit einem Gewehr, weil es ihn an Jagdausflüge erinnerte, an gespitzte Ohren und das Gefühl, jederzeit bereit zu sein. Jove hatte sich einen Revolver Kaliber 45 geschnappt und ihn hinten in seine Hose gesteckt. Sie marschierten knapp fünfhundert Meter die Zufahrtstraße entlang, bevor Jove vorschlug, quer durch die Bäume weiterzugehen. Sie durchwanderten ein Wäldchen aus Zedern, deren geriffelte Stämme sich nach unten hin verbreiterten, und kamen danach in eine schattige Schlucht, die mit hellgrünen Farnen zugewuchert war. Hawley verharrte einen Moment, knietief zwischen den gefächerten Blättern stehend. Die Farne wuchsen dicht und üppig, und ihn überkam plötzlich die gleiche angespannte Erwartung wie auf der Fähre, als er nach dem Wal Ausschau gehalten hatte. Da rief Jove seinen Namen, und er packte sein Gewehr fester und stapfte weiter durch den Wald.

Hawley war neunundzwanzig Jahre alt und wurde das Gefühl nicht los, nicht da zu sein, wo er hingehörte. Er hatte die letzten Jahre damit verbracht, zu trinken und von Ort zu Ort zu ziehen, sich mit One-Night-Stands zu vergnügen, an Rückholaktionen wie dieser teilzunehmen, gelegentliche Raubüberfälle durchzuführen, Karten zu spielen, wann immer sich die Gelegenheit bot, und zu verlieren, zu verlieren, zu verlieren. Das Pech verfolgte ihn nun schon so lange, dass er sich gebrandmarkt fühlte, als hätte er einen Schmutzfleck auf der Stirn. Und währenddessen erwartete er die ganze Zeit, dass endlich etwas passierte, dass irgendeine äußere Macht eingriff, alles veränderte und ihn in eine neue Richtung lenkte, ihm ein normales, geregeltes Leben verschaffte. Stattdessen waren die letzten Jahre voller Einsamkeit gewesen, und nun waren es plötzlich wieder er und sein alter Freund Jove.

Talbots Haus stand auf einer Anhöhe direkt über dem Meer. Die Aussicht war spektakulär, im Gegensatz zu dem Haus an sich, das nicht viel mehr war als eine alte Strandbude. Die Bretter waren verblichen von Wind und Wetter, und die Eingangsstufen hingen durch, als wären sie völlig durchweicht. Aus einem bröckelnden Kamin stieg eine dünne Rauchsäule auf, und neben dem Haus parkte ein kirschroter, höhergelegter Monstertruck, mit Doppelreifen und einer Fahrerkabine, in die sechs Personen passten.

Eine Frau öffnete die Haustür und trat auf die Veranda hinaus. Sie war etwa Mitte fünfzig, mit hohen Wangenknochen und dichten grauen Haaren, die sich um ihr Gesicht lockten. Sie trug Männerkleidung, ein Flanellhemd über einem ärmellosen Oberteil, dazu eine mit einem indianischen Perlengürtel geraffte Jeans. Hawley sah sofort, dass mit ihrem linken Auge etwas nicht stimmte. Es war milchig und wanderte unkoordiniert umher, während das rechte veilchenblau war und direkt, klar und neugierig in die Welt blickte.

»Sind Sie Talbots Frau?«, fragte Jove.

Die Frau nickte. »Er ist beim Fischen«, sagte sie. Dann bemerkte sie die Waffen der Männer, zog sich hastig ins Haus zurück und versuchte die Tür zuzuknallen. Hawley war rechtzeitig zur Stelle und stieß die Tür wieder auf, deren Kante die Frau an der Nase traf. Sie strauchelte rückwärts, und das Blut rann ihr über Lippen und Kinn.

»Ed King schickt uns«, sagte Jove. »Sie wissen, wer Ed King ist?«

Sie blieb vornübergebeugt stehen, den Ärmel ihres Hemds an die Nase gepresst, und nickte.

»Talbot hat ihn sehr enttäuscht.«

»Mich enttäuscht er auch immer wieder«, murmelte sie.

»Ich nehme an, er ist nicht gerade der perfekte Ehemann«, sagte Jove und trat an ihr vorbei ins Haus.

Die Frau hob den Kopf. Ihr milchiges Auge schoss zu Hawley, der immer noch die Tür festhielt. Schließlich ging sie aus dem Weg und ließ auch ihn vorbei.

Im Inneren des Hauses fühlte sich Hawley wie ein Riese in einem Puppenhaus. Es gab nur ein Stockwerk mit einer niedrigen Decke und ebensolchen Möbeln. Im Kamin brannte ein Feuer, und daneben stand ein Korb mit Feuerholz. Die sonstige Einrichtung bestand aus einem verschlissenen Sofa, zwei Sesseln, einem Sekretär und einem kleinen Klapptisch in der Ecke.

»Sie wissen, was wir wollen«, begann Jove. »Ich würde vorschlagen, Sie holen sie für uns, dann ersparen wir uns weiteren Ärger.«

Talbots Frau antwortete nicht. Sie drückte sich immer noch ihren Ärmel gegen die Nase und schob sich an den beiden Männern und ihren Waffen vorbei in die Küche, die direkt vom Wohnzimmer abging. Dort öffnete sie das Gefrierfach, nahm eine Tüte Erbsen heraus und hielt sie an ihr Gesicht. Mit der anderen Hand ergriff sie einen Teekessel, füllte ihn an der Spüle mit Wasser, stellte ihn auf den Herd und schaltete diesen ein. Ihre Nase schwoll bereits an, und ihr Kinn war blutverschmiert. »Er ist bald wieder da. Fragen Sie *ihn*, wo sie ist.«

Hawley hatte die Erfahrung gemacht, dass Missionen wie diese normalerweise einen von zwei möglichen Verläufen nahmen: Entweder, die Leute wehrten sich und verteidigten die Ware, die sie unterschlagen hatten, bis aufs Blut, oder sie gerieten in Panik, fingen an zu feilschen und brachen schließlich heulend zusammen. Nicht so Talbots Frau. Sie nahm eine Tischdecke aus einem Schrank und breitete sie über den wackeligen Klapptisch im Wohnzimmer, um diesen anschließend mit Geschirr und Besteck zu decken, als wären die Männer geladene Gäste, die zum Abendessen gekommen waren.

Jove nahm auf einem Stuhl am Tisch Platz, während Hawley in der Tür stehen blieb. Als die Frau in die Küche zurückging, wechselten die Männer einen Blick und tauschten die Waffen. Jove überwachte die Frau mit dem Gewehr, und Hawley machte sich mit dem Revolver davon, um das Haus zu durchsuchen.

Als Erstes sah er im Badezimmer nach. Darin befanden sich eine Wanne ohne Duschvorhang, eine Toilette und ein Waschbecken aus rosa Porzellan, auf dessen Rand ein fleckiger Plastikbecher mit zwei Zahnbürsten stand. Die Handtücher auf der Handtuchstange waren feucht, und das Wasser der Toilette lief durchgehend. Hawley zog die Schubladen des Waschtischs auf und kippte ihren Inhalt auf den gekachelten Boden: Wattebäusche, Pflaster, Rasierer, einen Fön. Er öffnete das Arzneischränkchen und fegte Pillenfläschchen und Wundsalben ins Waschbecken.

Als Nächstes knöpfte er sich das Schlafzimmer vor. Er sah unter der Matratze mit dem zerwühlten Bettzeug nach, griff nach der Schmuckschatulle und leerte sie aufs Bett. Nichts, nur ein paar alte Türkisketten, Silberarmreifen und bemalte Ohrringe. Er durchwühlte die Kommode, warf Kleider aus dem Kleiderschrank auf den Boden, riss eine Reihe Taschenbuchkrimis aus einem alten Bücherregal, drehte Schuhe auf den Kopf.

Nachdem er jeden Ort abgesucht hatte, der ihm einfiel, trat Hawley wieder auf den Flur hinaus. Eine Tür fehlte noch. Sie war schmaler als die anderen und fest verschlossen. Daneben hing ein gerahmtes Foto von einem Skelett, das eine Sense in der einen und eine Waage in der anderen Hand hielt. Sowohl die Sense als auch die Waage bestanden aus Knochenstücken – Rückenwirbeln und Schulterblatt. Auf dem Passepartout, das das Bild umgab, stand handschriftlich: *Santa Maria della Concezione dei Cappuccini, Rom.* Hawley wartete einen Moment und lauschte. Betrachtete erneut das Bild. Schließlich packte er den Knauf, riss die Tür auf und machte einen beherzten Schritt nach vorn, woraufhin von oben Kartons auf ihn einstürzten und ihn zu Fall brachten.

»Was ist denn da los?«, rief Jove aus dem Wohnzimmer.

»Er hat den Wandschrank aufgemacht«, hörte Hawley die Frau antworten.

Dieser Wandschrank war derart vollgestopft gewesen, dass Hawley beim Betreten alles entgegengekommen war. Jetzt lag er auf dem Boden, umgeben von alten Schuhen,

Geschenkpapierrollen, ungeöffneter Post, einem rostigen Rollschränkchen für Werkzeug, einem vorsintflutlichen Staubsauger, den Einzelteilen eines zerbrochenen Stuhls, einem alten Hundehalsband, einem Stapel mexikanischer Decken, Kisten voller vergilbter Fotos sowie Aktenordnern, aus denen die Papiere flatterten. Es hätte Wochen gedauert, alles zu sichten.

Hawley warf einen Blick auf die Papiere. Es handelte sich um Steuerformulare, einen Stapel handschriftlicher Briefe und einige Tuschezeichnungen von einer nackten Frau, die aussah wie Talbots Frau. Auf den Aktzeichnungen war sie noch jünger, ihre Haare voller, ihr Körper schlank. Ihr veilchenblaues Auge hatte sie scheu auf den Künstler gerichtet, dessen Tuschestriche die Biegung ihres Rückens und ihrer Schultern, ihrer Arme und Brüste nachzeichneten. Hawley legte die Papiere beiseite, rappelte sich auf und trat den Rückzug an. Er ließ alles liegen, wo es hingefallen war, und kehrte ins Wohnzimmer zurück.

Jove hatte den Klapptisch zum Sofa hinübergezogen. Talbots Frau saß ihm mit steifem Hals auf einem Sessel gegenüber, in einer Hand die Tüte mit den gefrorenen Erbsen, in der anderen ein Bündel blutiger Papiertaschentücher. Mal führte sie die eine Hand zum Gesicht, mal die andere. Vor Jove stand ein leerer Becher mit einem Teebeutel, genau wie vor der Frau. Hawley setzte sich auf den zweiten Sessel.

»Ich dachte schon, du hättest dich da draußen mit einem Bären angelegt«, sagte Jove.

»Hat sich auch so angefühlt«, erwiderte Hawley.

»Ich wollte schon lange mal Ordnung machen da drinnen, aber ich habe sonst nirgendwo Platz, um die Sachen unterzubringen«, erklärte Talbots Frau und verteilte die Erbsen gleichmäßig auf ihrem Nasenrücken.

Hawley dachte an die Aktzeichnungen und fragte sich, ob sie von Talbot stammten und ob die beiden sich vielleicht auf diese Weise kennengelernt hatten. Vielleicht war Talbots Frau damals Aktmodell gewesen und hatte derart starke Gefühle für ihn entwickelt, dass sie seither trotz aller Widrigkeiten zu ihm stand.

Jove sah sich im Zimmer um. »Nettes Versteck habt ihr euch hier gesucht.«

»Das Haus hat früher meinem Vater gehört«, sagte Talbots Frau. Ihr milchiges Auge verirrte sich zum Fenster. Es fing das Licht ein und verschleierte sich noch mehr, als hätte sich ein Schatten über die Iris gelegt.

»Kommt einem vor wie das Ende der Welt«, fuhr Jove fort. »Ihr dachtet bestimmt, dass euch hier nie jemand finden würde.«

Eine Weile saßen sie alle drei schweigend am Tisch. Jove tippte gegen seinen Becher, und Talbots Frau tauschte die Erbsen gegen die blutigen Papiertücher aus. Hawley hatte Durst, wollte die Frau jedoch um nichts bitten. Als Jove mit dem Tippen aufhörte, wusste er, dass sein Freund nun seine übliche Ansprache halten würde.

»Wissen Sie, wie man uns nennt?«, fragte Jove. »Die Nehmer. Denn genau das tun wir. Wir nehmen uns, was wir haben wollen. Und wenn wir es nicht bekommen, nehmen wir stattdessen etwas anderes. Etwas, was den Leuten wichtig ist. Was ihnen am Herzen liegt.«

Er wischte sich die Finger an der Tischdecke ab und lehnte sich auf dem Sofa zurück. »Wir nehmen uns zum Beispiel Ihren Mann, wenn er uns nicht gibt, was uns zusteht.«

Jove sagte es in einem Ton, der keine Widerrede duldete. Die durch ihr Auftauchen ohnehin schon aufgeladene Atmosphäre wurde noch angespannter. Das konnte Jove gut: einen Raum so verdichten, dass kaum noch Luft zum Atmen blieb.

»Er wollte niemanden verärgern«, sagte sie.

»Hat er aber«, entgegnete Jove.

Talbots Frau nahm die Papiertaschentücher vom Gesicht. Darunter war ihre Haut gerötet, und es breitete sich allmählich ein blauer Fleck von ihrer Nasenwurzel bis zum Rand ihres trüben Auges aus. Etwas prallte gegen das Fenster, ein leiser, dumpfer Schlag, wie von einem kleinen Vogel oder einem großen Insekt. Sie drehten sich alle zur Scheibe um, aber es war nichts zu sehen, nur Wolken und das sich kräuselnde Meer, Tannen und Kiefern. Talbots Frau legte die Erbsen und die Taschentücher beiseite. Ihre Nase war beinahe doppelt so groß wie beim Eintreffen der Männer. Sie begann, die Manschetten ihres Flanellhemds aufzuknöpfen und die Ärmel aufzurollen, gemächlich, als hätte sie vor, das Haus zu putzen.

Auf dem Herd begann der Wasserkessel zu pfeifen. Die Frau ging in die Küche, und Hawley folgte ihr. Er blieb mit der Waffe in der Tür stehen und sah zu, wie sie den Herd ausschaltete. Seine Gedanken wanderten zu den Zeichnungen aus dem Schrank. Ihre Schönheit war immer noch da, verbarg sich hinter der geschwollenen Nase, den Fältchen in ihren Augenwinkeln, ihrer runder gewordenen Taille und ihren hängenden Schultern.

Sie hob den Kopf und sah ihn an. »Was?«

»Nichts«, erwiderte Hawley.

Talbots Frau wandte sich wieder ab und holte einen Becher aus einem Küchenschrank. »Wollen Sie auch einen Tee?« Ihre Stimme war ausdruckslos. »Ich habe auch Kaffee, allerdings nur löslichen.«

Hawley entdeckte eine Flasche Whiskey ganz oben im Regal. Er überlegte, ob er sie darum bitten sollte. »Tee ist gut.«

Mit einem Topflappen nahm sie den Kessel vom Herd und füllte seinen Becher mit heißem Wasser. Dann fischte sie einen Teebeutel aus einer Schachtel auf der Arbeitsfläche und hängte ihn hinein.

»Milch und Zucker?«

»Danke, ich bin süß genug«, antwortete Hawley.

Das sagte er gern zu Kellnerinnen. Jetzt entschlüpfte es ihm unwillkürlich, obwohl es völlig fehl am Platz war. Die Frau gab ein Husten von sich, das auch als Lachen hätte durchgehen können, und reichte Hawley den Becher. Er war weiß und mit einem Foto bedruckt, ein Becher, wie man ihn sich im Einkaufszentrum anfertigen lassen kann. Auf dem Foto waren sie selbst und Talbot abgebildet, die Arme umeinandergelegt. Der Mann war älter als sie, etwa zehn bis fünfzehn Jahre, und hatte dichte graue Koteletten, die bis zum Kinn hinunterreichten. Er sah aus wie ein amischer Farmer.

Die Frau ertappte Hawley dabei, wie er den Aufdruck des Bechers betrachtete. Sie selbst hatte ihn wahrscheinlich seit Jahren nicht mehr richtig angeschaut. Jetzt tat sie es und sagte: »Den hat er mir zum Valentinstag geschenkt.«

»Oh.« Hawley hatte plötzlich Skrupel, aus dem Becher zu trinken. Er trug ihn ins Wohnzimmer, stellte ihn vor Jove auf den Tisch und zeigte auf das Foto.

Jove beugte sich näher heran, stand jedoch nicht vom Sofa auf.

»Ich verprügle auf keinen Fall einen alten Mann«, sagte Hawley.

»Vorläufig verprügeln wir gar niemanden.«

»Ich sage es nur.«

Im Badezimmer plätscherte noch immer die Toilette. Hawley war kurz davor, aufzuspringen und sie zu reparieren. Er hoffte, dass Talbot bald kam, damit sie die Sache hinter sich bringen konnten. Allein beim Gedanken daran, was er vielleicht würde tun müssen, schwitzte er an den Händen. Sein Bauch tat weh, und auch sein Rücken schmerzte auf Höhe seiner Rippen. Er legte die Hand auf die Stelle. Berührte die Narbe. Bereute, dass er nicht um den Whiskey gebeten hatte.

Talbots Frau kam mit dem Wasserkessel aus der Küche, ihr Arm steckte bis zum Ellbogen in einem Ofenhandschuh. »Lassen Sie mich Ihnen Wasser einschenken.«

Jove hob seinen Becher. Der Anhänger des Teebeutels klebte seitlich am Porzellan. Talbots Frau neigte den Kessel, bis das Wasser herauskam, und dann ergoss es sich plötzlich überallhin, auf den Tisch, den Becher, den Boden, das Sofa, auf Joves Hand, seinen Arm, sein Gesicht und seine Haare. Er schrie.

Talbots Frau warf Hawley den leeren Kessel an den

Kopf und rannte zur Tür, aber er duckte sich rechtzeitig. Mit einem Satz war er bei ihr und packte sie um die Taille. Obwohl sie ihm die Arme zerkratzte und sich nach Kräften wehrte, hielt er sie fest an sich gedrückt.

»Das war dumm«, sagte er und drehte ihr den Arm auf den Rücken, bis sie in die Knie ging. Dann stieß er den Klapptisch beiseite und fesselte sie mit seinem Gürtel an einen Sessel. Jove jammerte unterdessen und hielt sich das Gesicht. Seine Kleidung war durchnässt und dampfte. Als Hawley zu ihm ging und ihn hochzuziehen versuchte, brannten seine eigenen Hände vor Hitze. Joves Haut verrutschte unter seinen Fingern und löste sich ab.

»Beschissene Scheiße! Scheiße!«

Jove presste die Hand nun auf die Stelle, die Hawley eben berührt hatte. Seine Haut begann Blasen zu werfen. Hawley stützte ihn auf dem Weg ins Badezimmer. Dort angekommen drehte Jove das kalte Wasser voll auf, und Hawley half ihm in die Wanne. Mit einem Ächzen ließ sich Jove nach hinten sinken. Der Wasserpegel stieg schnell und blähte seine Hose und sein Hemd um seinen dünnen Körper herum auf.

»Ich glaube, ich werde ohnmächtig.« Joves Gesichtshaut spannte sich, und auf seiner Wange wölbten sich die Brandblasen. Hawley schnappte sich ein Handtuch und tauchte es ins kalte Wasser, bevor er es von hinten gegen Joves Nacken drückte.

»Ich weiß nicht, was ich tun soll«, gestand er. »Sag mir, was ich tun soll.«

Joves Hand schoss aus dem Wasser und packte Hawley beim Ärmel.

»Sssssssssscheiße!«

Auf der Veranda waren Schritte zu hören. Ein Schlüssel rasselte. Die Tür ging knarrend auf, Stiefel schlurften herein, etwas Schweres wurde auf dem Boden abgestellt. Und dann rief die Stimme des alten Mannes den Flur entlang.

»Maureen?«

Es war kein Auto zu hören gewesen. Talbot musste mit dem Boot gekommen und vom Strand heraufgestiegen sein. Hawley zog seinen Revolver. Vom Badezimmer auf den Flur hinaus waren es nur wenige Meter, doch bevor er reagieren konnte, fing die Frau an zu schreien.

»Sie sind da, um sie zu holen!«, rief sie. »Mach, dass du wegkommst!«

Die Tür wurde zugeknallt, Schritte donnerten quer über die Veranda. Hawley rannte aus dem Bad, bog um die Ecke und fiel über eine riesige Kühlbox, die mitten im Flur stand. Nachdem er wieder aufgesprungen war, die Tür geöffnet hatte und nach draußen getaumelt war, war Talbot nur noch ein paar Schritte vom Wald entfernt.

Kurz bevor der Mann zwischen den Bäumen verschwand, blitzte etwas in seiner Hand auf. Ein Gewehr. Hawley hatte es noch nicht über die Wiese geschafft, als Talbot sich schon Deckung gesucht hatte und auf ihn zu schießen begann. Hawley sprintete zum Haus zurück und zählte die an ihm vorbeipfeifenden Schüsse. Als sie aufhörten, wusste er, dass Talbot ein Fünf-Schuss-Magazin hatte. Eilig warf er die Tür hinter sich zu und verriegelte sie. Es würde nur eine Minute dauern, bis Talbot das Gewehr nachgeladen hatte, sogar noch weniger, wenn er fertige

Ladestreifen bei sich trug. Der alte Mann hatte schlecht gezielt, aber man konnte nie wissen, wozu er in der Lage war, wenn er sich erst einmal gesammelt hatte.

Für einen kurzen Moment stand Hawley heftig atmend im Flur und fragte sich, was wohl noch alles schiefgehen würde. Dann öffnete er den Deckel der Kühlbox. Darin befanden sich zwei Lachse – ein Coho-Lachs, silbergrau mit dunkelblauen Flecken am Rücken, und ein stattlicher Königslachs von mindestens zwölf oder dreizehn Kilo. Die Fische starrten Hawley mit runden, ausdruckslosen Augen an.

Er trug die Kühlbox ins Wohnzimmer und stellte sie neben Talbots Frau. Bisher war sie sichtlich nervös gewesen, aber jetzt lächelte sie triumphierend. Hawley hätte sie am liebsten geohrfeigt, beherrschte sich jedoch. Er trat ans Fenster und spähte hinaus. Der Wald war näher am Haus, als ihm lieb sein konnte. Talbots Frau unternahm keine Versuche mehr, sich zu befreien. Sie saß einfach nur grinsend da, während ihr das Blut aus der geschwollenen Nase in den Mund lief.

»Ich vermute, Sie lieben ihn«, sagte Hawley.

»Ich vermute ja.«

»Und er liebt Sie auch?«

Sie drehte ihr Gesicht zum Fenster, sodass das Licht auf ihr milchiges Auge fiel. Schließlich nickte sie.

»Sind Sie sicher?«

»Ganz sicher.«

»Tja, das werden wir schon bald herausfinden«, sagte Hawley. Der Ausgang des Auftrags hing nun allein von der Antwort auf diese Frage ab. Kam Talbot zurück, um seine Frau zu retten, würde er ihnen aushändigen müssen, wofür sie gekommen waren. Wenn nicht, saßen sie mit nichts da als zwei toten Lachsen. Im Badezimmer lief immer noch der Wasserhahn, und er hörte Jove stöhnen. Ein Stück Haut klebte an Hawleys Daumen, hauchdünn wie ein Blütenblatt. Er streifte es an den Vorhängen ab.

Das Feuer war fast erloschen, die Holzscheite glühten nur noch schwach. Hawley kam es trotzdem unerträglich warm vor im Zimmer, denn die Mittagssonne schien inzwischen quer über den Teppich. Obwohl die Fische frisch gefangen waren, rochen sie. Er stellte sich mit dem Revolver in der Hand neben das Fenster, um nach Talbot Ausschau zu halten. Ein Schatten bewegte sich am Waldrand zwischen den Bäumen und verschwand wieder.

»Machen Sie mich los«, verlangte die Frau.

»Lieber nicht.«

»Ich könnte Ihnen einen Drink besorgen«, sagte sie. »Einen richtigen.«

Hawley dachte an den Whiskey, den er in der Küche entdeckt hatte, schüttelte den Gedanken ab und warf einen Blick auf Talbots Frau. Sie hatte ihn durchschaut, einfach nur, indem sie mit ihrem gesunden Auge ganz genau hingesehen hatte.

»Mein Mann hat mir versprochen, mit dem Trinken aufzuhören«, sagte sie. »Am Tag unserer Hochzeit.«

»Warum haben Sie dann eine Flasche im Haus?«

»Ich habe nicht gesagt, dass er wirklich aufgehört hat.«

Der Gürtel, mit dem Hawley die Frau festgebunden hatte, schnitt ihr in die Handgelenke. Er sah die Abdrücke. Sie neigte den Kopf zur Seite und wischte ihre Nase an ihrer Schulter ab. Selbst mit dem Blut im Gesicht war sie noch schön. In ihrer Männerkleidung wirkte sie rau und verwegen, hatte jedoch gleichzeitig etwas Weiches an sich.

»Er hat mir damals einen Brief geschrieben«, erzählte sie. »Einen wunderbaren Brief. Als ich ihn las, war ich so glücklich, dass ich weinen musste. Ich glaube nicht, dass ich jemals glücklicher gewesen bin.«

»Aber er hat sein Versprechen nicht gehalten«, wandte Hawley ein.

Sie verdrehte ihr veilchenblaues Auge. »In der Liebe geht es nicht darum, Versprechen zu halten. Es geht darum, einen Menschen besser zu kennen als jeder andere. Ich bin die Einzige, die ihn kennt. Die Einzige, die ihn jemals kennen wird.«

Die Frau schien von ihrer Aussage überzeugt zu sein, doch Hawley erkannte Ungerechtigkeit, wenn er sie sah. Er dachte an den Whiskey auf dem Regal und an alles, wofür er stand – die Schwäche und die Lügen. Und er fragte sich, was passieren würde, wenn er jetzt ging und Talbots Frau einfach mitnahm, wenn sie ihren Mann und Jove und alles andere hinter sich ließen. Mindestens zwanzig Jahre und viele andere himmelweite Unterschiede lagen zwischen ihnen, aber Talbots Frau verbarg etwas tief in ihrem Inneren, das Hawley gern für den Rest seines Lebens ausgegraben hätte. Er machte einen Schritt auf den Sessel zu, streckte die Hand aus und berührte den Gürtel. In diesem Moment pfiff die erste Gewehrkugel durchs Fenster.

Sie traf Hawleys Schulter, und der Schmerz brannte wie ein heißes Schüreisen, das jemand in ihn hineinbohrte und dabei drehte. Die Kugel schlängelte sich durch sein Fleisch, zerriss es und flog dann auf der anderen Seite weiter, bis sie in den Rahmen des Skelettbilds neben dem Wandschrank einschlug. Eine zweite Kugel ging weit daneben und landete in der Wand, eine dritte zertrümmerte die Glasscheibe und traf Talbots Frau am Hals.

Hawleys linker Arm hing nutzlos herunter, und er ließ den Revolver fallen, drehte sich weg und sank auf die Knie. Wenn er richtig gezählt hatte, blieben Talbot noch zwei Kugeln, bis er wieder nachladen musste. Nachdem eine weitere Fensterscheibe zu Bruch gegangen war, riss Hawley eine Serviette vom Küchentisch und presste sie gegen seine Schulter. Sie schmerzte enorm, aber er hatte schon Schlimmeres erlebt.

Die Schüsse verstummten. Nun war nur noch Talbots Frau zu hören, die immer noch an den Sessel gefesselt war und leise röchelte. Hawley rutschte zu ihr hinüber und schaffte es, mit einer Hand den Gürtel zu lösen. Sobald sie befreit war, schossen ihre Finger zu ihrem Hals, als versuchte sie, sich selbst zu erwürgen. Hawley zog ihre Hand weg. Überall war Blut. Er hob den Revolver vom Boden auf, und zusammen krochen sie in die Küche. Als sie den Linoleumboden erreicht hatten, war das Gesicht der Frau bleich und ihr Hemd dunkelrot. Sie lehnte sich mit dem Rücken gegen einen Küchenschrank. Hawley richtete die Waffe auf sie.

»Haben Sie ihm vorhin ein Zeichen gegeben?«, fragte er.

»Nein«, stieß sie keuchend hervor.

Hawley nahm einen Topflappen von der Arbeitsfläche,

hielt ihn an der Spüle unters Wasser und drückte ihn seitlich gegen ihren Hals. »Sie werden ihm jetzt sagen, dass er aufhören soll. Überreden Sie ihn, reinzukommen und mit uns zu reden.«

»Reden ist nicht so sein Ding.«

»Gut, dann reden *Sie* eben«, sagte Hawley.

Sie hörten jemanden auf der Veranda, der versuchte, die verschlossene Haustür zu öffnen. Die Stimme des alten Mannes erklang: »Maureen?«

»Sie ist hier!«, rief Hawley zurück. »Sie wurde von einer Kugel getroffen.«

»Fuck«, sagte Talbot.

»Kommen Sie nicht durch diese Tür«, warnte ihn Hawley.

»Wenn Sie meiner Frau etwas antun, bringe ich Sie um«, knurrte Talbot.

»Sie sind derjenige, der sie angeschossen hat«, konterte Hawley.

»Maureen!« Talbot brüllte jetzt regelrecht.

»Doug«, beschwichtigte seine Frau. »Es geht mir gut. Hör auf zu brüllen.«

»Allerdings blutet sie«, sagte Hawley. »Und zwar ziemlich heftig.« Das war nicht gelogen. Der Topflappen war bereits durchweicht und hatte die gleiche rostrote Farbe angenommen wie ihr Hemd.

»Wir wollen nur das, wofür wir gekommen sind«, fuhr Hawley fort. »Wir wollen niemanden verletzen. Sagen Sie mir einfach, wo es ist, danach können Sie sie ins Krankenhaus bringen.«

Alle drei schwiegen. Nur die plätschernde Toilette war

durch die geschlossene Tür des Badezimmers zu hören. Hawley befürchtete schon, dass Talbot gegangen war und einen anderen Weg ins Haus suchte, als er einen dumpfen Schlag gegen die Haustür hörte.

»Im Wandschrank«, hörte er Talbot zwischen den Zähnen hervorstoßen.

»Gut«, erwiderte er. »Wunderbar. Ich nehme Ihre Frau mit dorthin, versuchen Sie also keine krummen Dinger. Okay?«

Talbot antwortete nicht.

»Doug«, flehte die Frau.

»Okay«, sagte Talbot. »Okay.«

»Können Sie laufen?«, fragte Hawley. Talbots Frau nickte, zuckte jedoch zusammen, als er ihr beim Aufstehen half. Ihr trübes Auge drehte sich in alle Richtungen, während ihr veilchenblaues Auge auf Hawley gerichtet blieb. »Wir gehen jetzt in den Flur!«, rief er Talbot zu. Sie setzten sich langsam in Bewegung, die Frau mit dem Topflappen am Hals und Hawley mit der Waffe direkt hinter ihr. Beide hinterließen blutige Spuren auf dem Boden.

Als sie beim Schrank angekommen waren, rutschte Talbots Frau die Wand entlang zu Boden. Überall lag das Gerümpel herum, das auf Hawley gestürzt war, bergeweise Kleidung und Kartons, Papiere und Zeichnungen.

»Wo genau?«, fragte Hawley.

Talbots Frau schüttelte den Kopf.

»Wo muss ich suchen?!«, rief Hawley Richtung Haustür. »Schnell!«

»Im Kleid«, drang Talbots Stimme hinter der Tür hervor. »In ihrem Hochzeitskleid.«

Hawley drehte sich zu seiner Frau um.

»Es ist ganz hinten.« Sie schloss die Augen. »Hinter allen anderen Sachen.«

Hawley klemmte die Waffe in die Hand seines verletzten Arms, dessen Sehnen unter dem Gewicht des Revolvers ächzten und brannten. Seine Finger waren voller Blut, und das Metall wurde sofort rutschig. Mit der rechten Hand begann er, Gegenstände aus dem Schrank zu werfen, Andenken an ein ganzes Leben. Mäntel, Fotoalben und Geschirr, alte Schellackplatten, Seidenblumen, eine mottenzerfressene Steppdecke, eine Feuerzange, Glühbirnen und steife Lederjacken. Hawleys Schulter schmerzte höllisch, während er die Sachen hinausbeförderte, im Dunkeln umhertastete und sich immer tiefer in den Schrank hineinarbeitete. Er zerrte Kisten heraus und kickte sie achtlos beiseite, überall roch es nach Mottenkugeln. Endlich berührten seine Finger etwas Weiches, in Plastik Gehülltes und ertasteten einen Reifrock an der Rückwand des Schranks. Hawley packte den Bügel und zog das Kleidungsstück nach draußen, das plump und schwer war wie eine Leiche. Die Plastikhülle war vergilbt und an den Nähten eingerissen.

Er hängte den Bügel an die Flurlampe und öffnete den Reißverschluss des Kleidersacks. Das Brautkleid sah aus, als würde es aus den Fünfzigerjahren stammen, es hatte spitzenbesetzte Ärmel und einen Tüllrock. Sein Inneres war mit Seidenpapier und Karton ausgestopft, damit es die Form einer Frau behielt. Eine kopflose Geisterbraut.

»Damals war ich noch schlanker«, sagte Talbots Frau.

Hawley hatte keine Ahnung, wo er mit der Suche beginnen sollte. Er hatte das Kleid bereits vollgeblutet, ein roter Streifen zog sich über das Mieder. »Wo hat er es versteckt?«

»Versuchen Sie es mit der Tasche«, antwortete sie.

Am Kleiderbügel hing ein seidener Beutel mit Kordelzug. Hawley riss ihn herunter und fuhr mit der Hand hinein. Er zog einen spitzenbesetzten Schleier hervor und ertastete am Boden des Beutels ein paar Haarklammern. Sonst nichts.

Talbots Frau streckte die Hand aus, und Hawley gab ihr den Schleier. Sie zog ihn nicht an, sondern legte den Spitzenstoff über ihren Schoß und strich über die Ränder. Hawley lauschte auf Geräusche von Talbot oder Jove, aber alles, was er hörte, war die plätschernde Toilette. »Wo noch?«

»Das Kleid hat eine versteckte Tasche«, sagte sie. »Dort hat er damals den Brief deponiert, von dem ich Ihnen erzählt habe. Ich habe ihn zum Traualtar getragen.«

Hawley machte sich am Rock des Kleids zu schaffen, schob den Tüll beiseite und ertastete die Tasche auf der linken Seite, genau an der Stelle, an der die Taille sich zur Hüfte hin verbreiterte. Er schob seine Finger hinein und fand, was sie gesucht hatten, was dort zwischen den Stofffalten kalt und hart auf sie gewartet hatte.

Die Uhr war nicht annähernd so groß wie erwartet, aber sie ruhte schwer in seiner Hand, ein wertvolles Relikt aus einem anderen Jahrhundert. Er strich mit dem Daumen über die Aufzugkrone und den Deckel mit dem eingravierten Hirsch, bevor er auf den Knopf drückte und das Klappgehäuse öffnete. Ein Ziffernblatt mit Leuchtziffern kam zum Vorschein, in das vier kleinere Anzeigen eingelassen waren, darunter ein Flyback-Chronograph, ein Kalender, der Tag und Monat anzeigte, und eine Darstellung der Mondphasen. Hawley drückte ein zweites Mal auf den Knopf, woraufhin sich die goldene Innenseite des Deckels in der Mitte spaltete. Er hatte Anweisung, nach dieser Besonderheit der Uhr Ausschau zu halten – der im Deckel versteckten rotierenden Himmelskarte mit Hunderten winzigen Sternen und Sternbildern aus gelben Diamanten und tiefblauen Saphiren. Hawley drehte an der Krone und hob die Uhr an sein Ohr. Die Zahnräder setzten sich in Bewegung, das Uhrwerk begann zu surren.

»Haben Sie sie gefunden?«, fragte die Frau.

»Ja.« Hawley klappte das Gehäuse zu und schob die Uhr in seine Hemdtasche. »Wir machen jetzt Folgendes«, verkündete er. »Ich hole meinen Freund und haue mit ihm ab, und anschließend bringt Ihr Mann Sie ins Krankenhaus.«

»Okay«, sagte sie, aber Hawley sah ihr an, dass sie ihm nicht glaubte.

»Tut mir leid wegen Ihres Brautkleids«, entschuldigte er sich.

»Ich will mich einfach nur hinlegen.«

»Das ist keine gute Idee.« Hawley hatte Angst, dass sie verblutete. »Talbot!«, rief er. »Sind Sie noch da?«

»Ja«, antwortete der alte Mann.

»Hier kommt Ihre Frau.«

Sie versuchte sich aufzurappeln, sank jedoch wieder nach hinten auf den Boden.

Hawley beugte sich über sie. »Halten Sie sich an mir

fest«, forderte er sie auf und legte seinen unversehrten Arm um ihre Taille, während die Hand seines verletzten Arms weiterhin die Waffe umklammerte. Es gelang ihm, die Frau hochzuwuchten, und als er nach unten blickte, sah er, dass sie auf den Zeichnungen standen. Die Frau hielt in einer Hand den Schleier und drückte mit der anderen den Topflappen gegen ihren Hals. Hawley trug sie halb den Flur entlang. Seine Schulter pochte vor Schmerz, und das Holz der Dielen war rutschig unter seinen Füßen.

Sie fing an zu murmeln, ihr Atem streifte sein Ohr.

»Brauchen Sie noch etwas?«, fragte Hawley.

»Den Brief«, flüsterte sie, als handelte es sich um ein Geheimnis oder den Namen eines geliebten Menschen.

»Maureen?«, rief Talbot, aber sie war zu schwach, um ihm zu antworten, zu schwach, um weiterzugehen, zu schwach – wie Hawley nun erkannte –, um es ins Krankenhaus zu schaffen.

»Ich öffne jetzt die Tür«, kündigte er an. »Und Sie bringen sie ins Auto und fahren sie zum Arzt.« Er legte seine Hand an den Türknauf. »Abgemacht?«

»Abgemacht.« Talbots Stimme klang, als käme sie direkt von der anderen Seite des Schlüssellochs, die ideale Position, um Hawley aus nächster Nähe zu erschießen, weshalb er sich hinter der Frau positionierte. Er schob den Revolver in seine unverletzte Hand zurück und entriegelte die Tür.

Talbot sah genauso aus wie auf dem Kaffeebecher – als würde er aus einer anderen Zeit stammen, als hätte die Taschenuhr ihm gehören können, als sie neu gewesen war. Er trug eine Fischerweste mit vielen Taschen und Reißverschlüssen. Seine wilden Haare waren grau und dicht gelockt, und die bis zum Kinn wuchernden Koteletten berührten sich fast. Er war nicht nur genauso groß wie Hawley, sondern auch stark – einer dieser zähen alten Burschen, deren Muskeln mit zunehmendem Alter dicker und knotiger werden.

Talbots Augen weiteten sich, als er seine blutüberströmte Frau erblickte. Er verharrte reglos, und Hawley befürchtete schon, er hätte einen Schlaganfall, aber dann stürzte er nach vorne, packte seine Frau und begann sie zu schütteln. Er schüttelte sie, als wäre sie am Ersticken und als wollte er eine Gräte aus ihrem Hals befreien. Der Topflappen fiel auf die Veranda und entblößte die klaffende Wunde, aus der ein Schwall Blut auf den Boden spritzte. Der alte Mann hielt immer noch sein Gewehr in der Hand, dessen Lauf er so fest umklammerte wie seine Frau.

»Geben Sie mir das Gewehr«, forderte Hawley ihn auf.

»Wenn meine Frau stirbt, bringe ich dich um«, zischte Talbot. »Dann spüre ich dich auf, jage dich aus deinem Loch und reiße dir die verdammten Eingeweide raus.«

Hawley beugte sich langsam nach unten, den Revolver weiter auf Talbot gerichtet. Mit schmerzenden Fingern ergriff er den durchtränkten Topflappen und gab ihn Talbot, der ihm im Austausch wortlos sein Gewehr aushändigte, bevor er das dicke gesteppte Stoffviereck gegen den Hals seiner Frau presste. Die sah unterdessen immer schlechter aus. Mit jeder verstreichenden Sekunde glich ihr veilchenblaues Auge mehr ihrem milchigen Auge und wanderte unkoordiniert umher. Dann hustete sie einen Blutschwall über Talbots Fischerweste.

Zusammen trugen sie die Frau über die Wiese zu Talbots Monstertruck. Talbot riss die großen roten Hintertüren auf, zog seine Frau mit Hawleys Hilfe in den Wagen und legte sie auf die Rückbank. Er eilte um den Pick-up herum und stieg vorne ein. Hawley hielt die hintere Tür noch einen Moment fest und betrachtete die geschwollene Nase der Frau, ihr milchiges Auge, das hinter ihm den Himmel absuchte. Sie hielt immer noch den Schleier in der Hand.

»Sie will den Brief, den Sie ihr geschrieben haben«, sagte Hawley. »Den aus dem Brautkleid.«

»Er ist nicht mehr da«, erwiderte Talbot. »Ich habe ihn weggeworfen.«

»Sagen Sie ihr einfach noch einmal, was drinstand. Sagen Sie es ihr auf der Fahrt zum Arzt.« Hawley warf die Autotür zu, und Talbot ließ den Motor aufheulen und raste Kies und Staub aufwirbelnd die Zufahrt entlang. Erst in diesem Moment fiel Hawley der gestohlene Wagen wieder ein, mit dem sie das Tor blockiert hatten. Er wartete und lauschte. Wartete noch eine Minute, bis er das Krachen und Knirschen von Metall und schließlich das Heulen von Talbots Riesengefährt hörte, das sich seinen Weg durchs Tor bahnte.

Im Haus war der Teppich hinter der Tür mit Wasser vollgesogen. Hawley ging den Flur entlang und öffnete die Badezimmertür. Jove lag noch genauso da, wie er ihn zurückgelassen hatte, aber die Badewanne war voll bis zum Rand und schwappte über. Joves Kopf ruhte auf dem Rand der Wanne, er sah aus, als würde er schlafen. Sein Gesicht war mit kleinen weißen Bläschen bedeckt.

Hawley drehte das Wasser ab, ging zur Toilette, hob den Deckel des Spülkastens ab und griff in das rostige Wasser hinein. Mit einem Handgriff sorgte er dafür, dass es nicht mehr weiterplätscherte. Endlich herrschte Stille. Er stapfte mit schmatzenden Schuhen über den nassen Boden in die Küche, nahm den Whiskey vom Regal und trank direkt aus der Flasche, bis seine Nerven sich langsam wieder beruhigten. Daraufhin ging er erneut ins Badezimmer, untersuchte seine Schulter, reinigte die Wunde mit ein wenig Wasserstoffperoxid und verband sie mit einer Bandage und Klebeband. Er fand ein Fläschchen mit abgelaufenen Schmerztabletten, steckte sich zwei davon in den Mund und spülte sie mit Whiskey hinunter. Dann nahm er zwei weitere Tabletten heraus und schüttelte Jove.

Sein Freund machte die Augen auf. Er pickte die Tabletten aus Hawleys Hand und steckte sie in den Mund. »Hast du sie?«

»Ja«, antwortete Hawley.

»Lass mich mal sehen.«

Hawley griff in seine Hemdtasche und zog die Uhr hervor. Er drückte auf den Knopf und zeigte Jove die versteckte Sternkarte. Jove blinzelte und beugte sich näher heran. Er hob einen Arm aus dem kalten Wasser, um mit seinem rot verbrannten Finger über die Diamanten zu streichen.

»Kaum zu glauben, dass sie so viel wert ist.«

Sie nahmen Talbots Gewehr und ihre eigenen Waffen mit, dazu den Whiskey und die Kühlbox mit dem Lachs. So humpelten sie die Einfahrt hinunter, Jove in trockenen

Kleidern aus dem Wandschrank und Hawley in einem Wollmantel, den er über seine schmerzende Schulter gezogen hatte, damit man das Blut nicht sah.

Als sie das Tor erreichten, bot sich ihnen genau der Anblick, den Hawley befürchtet hatte: Talbot war einfach weitergefahren und hatte das kleine Auto mit seinem Monstertruck in den Graben geschoben. Die Seite war eingedrückt, die Achse verbogen.

»Ich glaube, ich brauche noch eine Schmerztablette«, sagte Jove.

Hawley gab ihm die Whiskeyflasche, stemmte eine der kaputten Autotüren auf und suchte nach der Karte, mit deren Hilfe sie hergefunden hatten. Als er die Tür wieder zuschlug, bildete sich ein feines Netz aus Rissen in der Fensterscheibe, bevor sie ganz zersplitterte und auf den Boden fiel.

»Was jetzt?«, fragte Jove.

»Das Boot«, sagte Hawley.

Sie beeilten sich, zurück zum Haus zu kommen, von wo aus sie die Uferböschung hinunterstapften und einen weiteren Teppich hellgrüner Farne durchquerten. Hawleys Beine waren schwer, und er bekam kaum noch Luft. Endlich fand er im Dickicht einen Pfad, der ans Wasser führte. Bevor sie den Strand erreichten, mussten sie eine Leiter und eine baufällige Rampe hinunterklettern. Sie war steil und klapperte. Jove nahm sie als Erster in Angriff und ließ die Kühlbox mit dem Lachs vor sich herrutschen wie einen überdimensionalen Eiswürfel. Die Box schoss über die Kante und landete mit geöffnetem Deckel im Sand. Hawley wurde schwindelig, er taumelte und klammerte sich im letzten Moment am Geländer der Rampe fest. Seine Schulter wurde nach hinten gerissen, und der Schmerz schoss ihm wie Messerstiche in den Rücken.

Der Strand war voll mit Treibholz – Äste und große, knorrige Wurzeln, die Jahre im Salzwasser verbracht haben mussten, stapelten sich. Umgestürzte Kiefern lagen am Fuß der Klippen wie die weiß gewaschenen Knochen mythischer Fabelwesen. Hawley kletterte über die Stämme und fand schließlich Talbots Boot, ein kleines Beiboot mit Außenborder. Es war kaum groß genug für zwei Personen, aber es musste reichen.

Jove hob die Fische vom Boden auf, wusch sie im Meer und legte sie liebevoll in die Kühlbox zurück, während Hawley den letzten Rest Whiskey leerte. Der Alkohol und die Tabletten machten die Schmerzen in seiner Schulter halbwegs erträglich, allerdings nur, wenn er sich nicht zu sehr bewegte. Er spähte die Klippen hinauf und trieb Jove zur Eile an. Falls Talbots Frau starb, würde es nicht lange dauern, bis der Alte zurück war. Dann konnte er von der Anhöhe aus auf sie schießen, vorausgesetzt, er hatte ein Gewehr mit der nötigen Reichweite.

Hawley griff in seine Hemdtasche. Die Uhr war körperwarm und lag schwer in seiner Hand. Er betrachtete die Gravur genauer. Der Hirsch rannte. In seiner Flanke steckte ein Pfeil, und eine Spitze seines Geweihs war abgebrochen. Hawley hielt sich die Uhr ans Ohr. Sie tickte immer noch, ein Pulsschlag in einem uralten Grab. Er hörte ein Rädchen einrasten, und dann schlug die Uhr zur vollen Stunde.

Sie gab dazu keinen einzelnen Ton von sich, sondern spielte eine ganze Melodie, lieblich und melancholisch, als hätte ein Miniatur-Orchester aus kleinen Glöckchen nur darauf gewartet, für Hawley ein Konzert zu geben. Er erinnerte sich an Joves Worte in der Bar, bevor die Biker-Gang versucht hatte, sich an seiner Brieftasche zu vergreifen. *Komplikationen* – so nannten sie sich, die Zusatzfunktionen dieser Taschenuhr-Unikate, die über das bloße Anzeigen der Zeit hinausgingen. Spieluhren oder Sternkarten beispielsweise, Gezeiten- oder Wetteranzeigen. Je mehr Komplikationen eine Uhr hatte, desto höher ihr Preis. Die Uhr in Hawleys Hand war angeblich elf Millionen Dollar wert.

»Debussy«, sagte Jove.

»Was?«, fragte Hawley.

»Die Musik, die die Uhr spielt.«

Hawley strich noch einmal mit dem Daumen über den Hirsch.

»Komm nicht auf dumme Gedanken.«

»Ich doch nicht«, erwiderte Hawley.

»Gut«, sagte Jove. »Sonst würde uns King nämlich jemand noch Schlimmeren auf den Hals hetzen.«

Er humpelte langsam zum Boot und verstaute die Kühlbox darin.

»Ich kann übrigens nicht schwimmen«, sagte er. »Nur damit du das weißt.«

»Ich dachte, du wärst am Hudson aufgewachsen.«

»Darin schwimmt niemand, zu schmutzig.«

»Tja«, antwortete Hawley. »Ich kann auch nicht schwimmen.«

Zusammen schoben sie das Boot über den dunklen Kies ins Wasser. Die Steine verursachten ein schreckliches Geräusch, als würde der Kiel herausgerissen. Nachdem die Männer ihre Waffen in den Bug gelegt hatten, kletterte Jove ins Boot, während Hawley es mit seinem unverletzten Arm aufs offene Meer hinausschob. Als das Wasser tief genug war, stemmte er sich übers Heck an Bord und ließ den Motor hinunter. Immer wieder zog er am Anlasser, wobei jede Bewegung wie Feuer an seiner Seite brannte. Endlich sprang der Motor an, mit einem lauten Rumpeln, das von den Klippen widerhallte. Die Rotorblätter begannen sich zu drehen, und das Boot schoss vorwärts und entfernte sich vom Strand. Hawley legte erst eine gewisse Distanz zurück, bevor er nach rechts steuerte. Er überlegte, wie groß wohl Talbots Grundstück war und ob der alte Mann sie oben auf der Anhöhe verfolgen konnte.

Eine Wellenserie rollte von der Fahrrinne an, traf das Boot auf der Steuerbordseite und brachte es zum Schaukeln. Jove klammerte sich mit seinen lädierten Händen an den Seiten fest. »Ich dachte, dein Vater war Fischer.«

»War er auch«, sagte Hawley.

»Warum hat er dir dann nicht das Schwimmen beigebracht?«

»Weil er es selbst nicht konnte.«

»Mein Gott, gibt es denn niemanden mehr, der seinen Beruf richtig beherrscht?«

Hawley erzählte Jove lieber nicht, warum sein Vater nie schwimmen gelernt hatte: damit er möglichst schnell ertrank, wenn sein Boot in einen Sturm geriet und kenterte, und er nicht stundenlang allein im Meer trieb und litt.

Das Boot traf auf das Kielwasser eines Containerschiffs, der Bug stieg und klatschte unsanft wieder hinunter. Hawley richtete den Blick auf den Mount Rainier, um den sich der Schnee wie eine Decke schmiegte, und steuerte das Boot direkt in die Wellen. Ihm war wieder schwindelig, ohne dass er zu sagen vermocht hätte, ob es am Whiskey lag oder den Tabletten oder der Kugel, die ihn durchschlagen hatte.

In der Ferne tuckerten die Fähren zum Festland und hinterließen eine breite weiße Schaumspur. Endlich ließ Hawleys Anspannung ein wenig nach. Er blickte nach hinten zu den Klippen. Sie schienen weit weg zu sein, zumindest weit genug, dass Talbot ihn und Jove nicht mehr erreichen konnte, selbst wenn seine Frau tot war und er dort oben mit einem Gewehr stand.

Kaum hatte Hawley diesen Gedanken zu Ende gedacht, spritzte keine zehn Meter entfernt eine Fontäne hoch. Er duckte sich reflexartig, überzeugt, dass es Talbot doch irgendwie geschafft hatte, auf sie zu schießen. Das Boot begann sich um die Querachse zu drehen, und Jove gab einen kehligen Laut von sich, als müsste er sich übergeben. Hawley hielt nach Blut Ausschau, aber Jove war nicht getroffen worden. Er starrte über die Backbordseite auf eine sich ausdehnende flache Ebene zwischen den Wellen. Aus dieser offenen Fläche tauchte ein Wal auf, erhob sich aus dem Meer wie ein dunkler, krustiger Unheilsbote, nur drei Meter von ihnen entfernt. Er glitt am Rumpf entlang, und sein Körper war fünfmal so lang wie das Boot vom Bug bis zum Heck. Sein Maul war mit Seepocken und Parasiten bedeckt.

Es war ein Grauwal, wie Jove ihn am Morgen von der Fähre aus erspäht hatte – fünfzehn Meter Walspeck, Muskeln und gewittergraue Haut. Hawley stemmte sich mit aller Kraft gegen die Ruderpinne und lenkte das Boot in die andere Richtung, aber der Wal machte kehrt und folgte ihnen. Sein riesiges Maul öffnete sich noch weiter, wie ein schwarzes Loch, das den gesamten Ozean einsog.

Hawley griff nach der Kühlbox. Jove protestierte lautstark und packte mit seinen verbrannten Fingern den Griff, doch Hawley schüttelte ihn ab und warf die Lachse als Opfergabe über Bord. Die silbrig glänzenden Fische landeten klatschend auf der Wasseroberfläche, bevor sie von ihrem eigenen Gewicht nach unten gezogen wurden.

Der Wal ließ sich davon nicht ablenken. Er ignorierte die Fische und tauchte unter das Boot ab, stieß von unten gegen den Rumpf. Beide Männer fielen der Länge nach hin, und Wasser drang in den Motor ein, der stotternd erstarb. Hawley umklammerte den Rand des Boots, um die Balance wiederzufinden und aufzustehen. Schließlich kroch er auf allen vieren zum Heck und zog am Anlasser, aber der Motor wollte nicht anspringen. Ohne Antrieb geriet das kleine Boot ins Schlingern, krachend schlugen die Wellen über den Bug.

Um sie herum schwoll das Meer in weiten Kreisen an und sank gleich wieder ab, als würde es einen Abfluss hinuntergezogen. Ein tiefes Grollen setzte ein, ein unterirdisches Brummen, und dann tauchte der Wal erneut auf und spritzte eine Fontäne aus brackigem Wasser auf die Männer. Nachdem er eine Weile neben dem Boot an der Wasseroberfläche verharrt hatte wie eine mit Narben übersäte, unversöhnliche Gesteinsmasse, den Kopf wie die Spitze einer sinkenden Galeone aus dem Wasser gestreckt, rempelte er zum zweiten Mal das Boot an und kippte es beinahe um. Wieder ergoss sich ein Schwall kaltes Wasser über Hawleys Beine.

Jove schaffte es auf die Knie und fing an zu schöpfen, überall war Wasser. Hawley stürzte sich auf seinen Revolver, stand mit wackeligen Beinen auf, zielte, so gut er konnte, und zog ab. Die Schüsse hallten laut wie ein Feuerwerk von den Klippen wider. Bei jeder Kugel spürte Hawley, wie sie das Patronenlager verließ, wie sie durch die Luft flog, in die dunkle Walhaut eindrang und sich durch sein Fleisch grub, wie sie langsamer wurde und zum Stillstand kam, in irgendeinem verborgenen Winkel dieses Meeresungeheuers, ein Andenken, das es bis ans Ende seiner Tage mit sich herumtragen würde.

Wieder und wieder drückte er den Abzug, bis alle Kugeln verschossen waren und nichts mehr zu hören war als das Rauschen des Meers und das Klicken des leeren Magazins. Blut färbte das Wasser rot. Erneut stieg eine Wasserfontäne hoch über ihren Köpfen auf und prasselte tosend auf sie nieder. Hawley sah, wie sich die Atemlöcher auf dem Rücken des Tiers blähten. Dann verschlossen sie sich wie zwei Lider über einem einzigen Auge, und der Wal tauchte unter die Wellen ab.

Jove umklammerte schwer atmend das Schöpfgefäß. »Wo ist er hin?«

»Kann ich dir nicht sagen«, antwortete Hawley.

Die Männer warteten im schaukelnden Boot.

Ein Geräusch wurde vom Ufer zurückgeworfen, ein

Luftausstoßen, ein Zischen. Hawley fuhr herum und versuchte es zu orten. In einiger Entfernung entdeckte er die Silhouette des Walrückens. Er sagte nichts, zeigte nur auf die Stelle, und die beiden Männer beobachteten, wie der Wal langsam abtauchte. Erst schnitt die lange, dunkle Linie seines Rückens durch die Wellen, dann krümmte sich die Wirbelsäule nach unten und zuletzt erhob sich die verschrammte Fluke hoch in die Luft wie ein winkendes Händepaar, bevor auch sie unter der Wasseroberfläche verschwand.

Hawleys Schulter tat höllisch weh, und er war bis auf die Knochen durchnässt. Er dachte an die Atemlöcher auf dem Rücken des Wals, daran, dass sie sich gleichzeitig öffneten und schlossen. Ihm war, als würde er das Öffnen und Schließen in seiner eigenen Brust spüren, und anschließend das Absinken in die Tiefe. Er ließ die Waffe fallen und sank in das überflutete Boot.

»Das war ja was«, sagte Jove. Über sein Gesicht zogen sich weiße Salzwasserschlieren, und darunter hatten sich die Verbrennungen wie Schatten in seine Haut eingegraben. Er griff wieder nach dem Schöpfgefäß und machte sich an die Arbeit – schöpfen, ausgießen, schöpfen, ausgießen –, gab dem Ozean nach und nach sein Wasser zurück.

»Mir reicht es«, erklärte Hawley. »Ich bin durch mit dieser ganzen Scheiße.«

Es fühlte sich gut an, dies zu sagen, auch wenn es nicht stimmte. Er zog den Mantel von der Schulter und betrachtete prüfend seine Wunde. Der Verband war nass und blutig, hatte sich jedoch nicht aufgelöst. Noch nicht.

Hawley wandte sich dem Motor zu und versuchte, ihn wieder zum Leben zu erwecken. Er überprüfte die Lüftungsschlitze, schaltete in den Leerlauf, öffnete den Choke, hielt nach einem Lebenszeichen Ausschau. Dann schloss er die Finger um den Anlasser und zog. Er lauschte. Zog erneut. Stotternd sprang der Motor an.

Firebird

Im Büro von Direktor Gunderson roch es nach Fisch und Wassermelone. Der salzige Fischgeruch stieg von seinem alten grauen Schreibtisch auf, als bestünde er aus Treibholz direkt vom Strand und als wären seine Schubladen mit mehrere Tage altem Kabeljau gefüllt. Die Bonbons, die er lutschte, erzeugten wiederum eine künstlich-fruchtige Duftwolke, die vor allem in der Mitte des Zimmers hing. Während er sein Bonbon von einer Backe in die andere schob, bot er Loo die Bonbonschüssel an.

»Wir sind hier, um über deine Zukunft zu sprechen«, sagte er.

Loo nahm sich eins der zellophanverpackten Vierecke, wickelte es jedoch nicht aus. Stattdessen drückte sie es in ihre Handfläche, bis der Zucker zu schmelzen begann und an den Rändern weich wurde. Dabei versuchte sie, nur durch den Mund einzuatmen.

»Was ist denn damit?«

»College.« Direktor Gunderson räusperte sich. »Oder vielleicht lieber eine Berufsschule?«

»Ich habe meinen Abschluss doch noch gar nicht.«

Direktor Gunderson stellte die Bonbonschüssel zurück auf den Schreibtisch. »Ein gutes Stichwort. Deine besten Noten hast du in Biologie, aber leider hast du in diesem Fach die letzten vier Stunden versäumt. Wenn du den Stoff nicht nachholst, wird es nichts mit dem Highschool-Abschluss.«

»Ich war krank.« Loo hatte nicht die Absicht, jemals wieder in den Biologieunterricht zurückzukehren. Jedes Mal, wenn sie sich der Tür des Biologieraums auch nur näherte, bekam sie schwitzige Hände und flüchtete in die Bibliothek. Nachdem sie Marshall Hicks damals den Finger gebrochen hatte, hatte sie sich stark und mächtig gefühlt, aber ihn geküsst zu haben löste ein Gefühl der Unsicherheit und Verletzbarkeit in ihr aus. Einer peinlichen Situation aus dem Weg zu gehen erschien ihr ungleich wichtiger als eine Eins in Biologie.

Direktor Gunderson verschob einige Papiere auf seinem Schreibtisch, um ihr zu verstehen zu geben, dass er ihr nicht glaubte. »Deine Lehrerin wollte dich durchfallen lassen. Ich habe sie überzeugt, sich mit einem Aufsatz von dir zufriedenzugeben. Unter einer Bedingung.«

»Und die wäre?«, fragte Loo.

»Dass du arbeitest. Für mich. Im Sawtooth. Allerdings nur, wenn du dein Temperament zügelst. Du fängst diesen Samstag an, um sechzehn Uhr.«

Loo konnte sich hundert Dinge vorstellen, die sie lieber getan hätte, als im Sawtooth zu arbeiten.

»Da muss ich erst meinen Vater fragen.«

Aus Direktor Gundersons Mund entwich eine Luftblase. »Er weiß es schon.«

»Wie bitte?«

»Eigentlich war es sogar seine Idee.«

Loo drückte das Bonbon noch fester gegen ihre Handfläche. Sie wusste, dass Hawley sauer auf sie war, weil sie
sich davongeschlichen hatte und nach Dogtown gefahren
war, aber mit so etwas hatte sie nicht gerechnet.

Direktor Gunderson zog eine Schublade auf und nahm
eine saubere, zusammengefaltete Schürze heraus. Er schob
sie über den Schreibtisch, woraufhin sofort deutlich
wurde, dass sie die Quelle des Fischgestanks war. Ohne
es ausprobiert zu haben, wusste Loo, dass kein Schrubben
und kein noch so starkes Waschmittel jemals den Geruch
nach Schuppen und Fischeingeweiden aus diesem Stück
Stoff entfernen konnte.

»Deine Mutter ist immer äußerst leichtsinnig mit ihrem Leben umgegangen. Ich hoffe, du machst es nicht
genauso.«

Loo starrte den kahl werdenden Mann mittleren Alters
an, der ihr gegenüber hinter seinem Schreibtisch saß. Es
war schwer vorstellbar, dass Lily und Direktor Gunderson
einmal die gleiche Luft geatmet hatten.

Als sie nach Hause kam, versuchte sie mit allen Mitteln,
ihren Vater umzustimmen. Sie probierte es mit Argumen-
ten und Versprechungen und knallte sogar ihre Zimmertür zu, doch Hawley ließ sich nicht erweichen.

»Wenn du alt genug bist, auf Partys zu gehen, bist du
auch alt genug zum Arbeiten«, sagte er. »Ich will dich natürlich trotzdem weiterhin an den Wochenenden im Watt
bei der Muschelernte sehen.«

Loo schob die Hände in ihre Jeanstaschen. Sie fragte

sich, was Hawley wohl dazu sagen würde, dass sie dort die Handschuhe ihrer Mutter versteckte. Sie kam sich verwegen und skrupellos vor, weil sie ihr Geheimnis weiterhin vor ihm verborgen hielt. Immer wieder ertappte sie sich dabei, eine gewisse Schadenfreude zu empfinden, wenn sie die Spitzen der Handschuhe über ihre Finger schob oder sich in das Album vertiefte, das Mabel Ridge ihr gegeben hatte: die Zeitungsausschnitte über Lilys Tod, eine kurze Polizeimeldung über eine vermisste Frau, die Artikel über die Forstarbeiter, die geholfen hatten, den See nach ihrer Leiche abzusuchen. Weitere Artikel über das Auffinden der Leiche, eine Gebetskarte mit einem Auszug aus dem Buch der Weisheit. Und schließlich Lilys Todesanzeige aus der Regionalzeitung von Olympus. Ein Unfall, da waren sich alle einig. Ein schrecklicher, tragischer Unfall. Nachts las Loo immer wieder die Seiten des Albums, bis ihr die Sätze aus den Zeitungsartikeln wie Textzeilen eines Songs durch den Kopf schwirrten. *Junge Mutter, morgendliches Bad im See, Schleppnetz, Rettungsmannschaft, hinterlässt liebenden Ehemann und kleine Tochter.*

Hawley war noch nervöser seit der Nacht, in der sich Loo davongeschlichen hatte. Entweder ging er im Haus auf und ab und kontrollierte immer wieder die Schlösser, oder er stieg in seinen Pick-up und verschwand stundenlang. Sogar sein Schweiß roch anders und nahm eine beißende Duftnote an, die Loo aus dem Wäschekorb entgegenschlug. Hawley fuhr sie in die Schule und holte sie wieder ab, säuberte seine Waffen noch blindwütiger als sonst. Er schien zu spüren, dass sich etwas verändert hatte, aber sie wollte ihm noch nicht von Mabel Ridge erzählen und versteckte daher weiterhin das Album vor ihm, genau wie die Handschuhe, die sie nun in ihrer Tasche betastete.

»Ich verstehe schon«, sagte Loo. »Du willst mir eine Lektion erteilen.«

»Sich seinen Lebensunterhalt zu verdienen ist keine Lektion, sondern die Realität.«

»Und wieso arbeitest du dann nicht? Du hast doch auch keinen richtigen Job.«

Hawley schnappte sich die stinkende Schürze vom Tisch und warf damit nach ihr.

»Du«, sagte er. »Du bist mein Job.«

Im Sawtooth verbrachte Loo ihre Arbeitszeit damit, die Tische abzuwischen und zu decken, beim Klingeln der Köche in die Küche zu eilen, auf der Handkante, der Armbeuge, der vorgeschobenen Schulter Teller zu balancieren, immer wieder Wasser nachzuschenken, mit einer bodenlangen Gummischürze Geschirr zu spülen, Eis aus dem Keller heraufzuschleppen und betrunkenen Kapitänen dabei zu helfen, ihre Motorboote draußen am Steg festzumachen. Sie lernte, die Ränder der Teller abzuwischen und sie dann nur ganz außen anzufassen, wenn sie sie zu den Tischen brachte; sie lernte, Weingläser mit kochend heißem Wasser auszuwaschen, ohne Spülmittel; sie lernte, den Chefkoch nie zu fragen, ob er den Gästen Sonderwünsche erfüllen könne, es sei denn, er hatte innerhalb der vergangenen Stunde einen Joint geraucht; sie lernte, die Bouillabaisse so aufzutragen, dass sie nicht auf die Gäste schwappte; sie lernte, »versehentlichen« Grapschern an den Hintern und Berührungen der Brust auszuweichen, lüsterne, betrunkene Blicke zu ignorieren und lächelnd die Angebote von Männern abzuweisen, die alt genug waren, um ihre Großväter zu sein; und sie lernte, den Hass zu zügeln, der durch ihre Adern strömte und in ihr den Wunsch auslöste, den Gästen ihr Essen ins Gesicht zu klatschen, die Kellnerinnen gegen die Wand zu schubsen und auf die Hand des Sous-Chefs, der ihr in die Brustwarze gezwickt hatte – *kleiner Scherz* –, immer wieder mit der Kühlhaustür einzuschlagen, bis seine Finger abbrachen.

Das Sawtooth gehörte der gesamten Familie Gunderson, inklusive Direktor Gunderson, dessen Vater den Betrieb seinen sechs Söhnen vermacht hatte. Hawley lieferte die Venus- und Miesmuscheln, aber Fisch, Hummer und Krebse wurden von den Gunderson-Brüdern selbst gefischt, die ihren Fang lebend zur Hintertür hereintrugen und ihm mit einem Knüppel zu Leibe rückten. Anschließend gingen sie nach Hause zu ihren Familien. Nur Direktor Gunderson hatte keine Familie. Seine Frau hatte ihn für einen Erlebnispädagogen verlassen, und so fungierte er als Geschäftsführer des Sawtooth, schloss das Restaurant jeden Morgen auf und kehrte nach der Schule zur Abendschicht zurück. An den Wochenenden saß er in einer Ecknische, trank Kaffee und erledigte die Buchhaltung.

Die Hilfskellner und das Thekenpersonal bekamen ihren Anteil des Trinkgelds von den Kellnern. Am Ende jedes Abends, wenn die letzten Gäste zum Gehen überredet worden waren und Direktor Gunderson die Kreditkartenbelege eingab, wenn sämtliche Service- und Küchenkräfte erschöpft an der Bar saßen, mit Essen beschmiert und auch so riechend, die Finger voller Öl und Fett, rauchend und zu viel trinkend, um noch fahren zu können, wartete Loo darauf, dass die Kellnerinnen ihr Geld zählten und entschieden, wie viel sie an sie abtraten. Üblich waren zehn Prozent, manchmal auch ein wenig mehr, wenn sie ihnen besonders unter die Arme gegriffen hatte. Normalerweise bekam Loo den ihr zustehenden Anteil. Es sei denn, sie arbeitete mit Mary Titus.

Die Fischerwitwe sah noch genauso aus wie damals, als sie blutend in Loos Badewanne gelegen hatte: klein und kindlich, trotz der Falten in ihrem Gesicht, glänzend vor Patschuli-Öl und mit Perlenschmuck behängt, bekleidet mit einem Hippierock und einem trägerlosen Oberteil ohne BH, unter dem dunkle Haarbüschel hervorquollen. An dem Tag, an dem Loo als Hilfskellnerin anfing, marschierte Mary Titus schnurstracks zu Direktor Gunderson. Später kam sie mit einer Handvoll Gabeln an Loo vorbei und zischte: »Ihn kannst du vielleicht zum Narren halten, mich nicht.« An der Kaffeestation zeigte sie den anderen Kellnerinnen die Narbe an ihrem Hinterkopf.

»Mary behauptet, du hättest versucht, sie umzubringen«, sagte Agnes, als Loo ihr den Brotkorb auffüllte. Agnes war eine groß gewachsene Frau mit oben rosa und an den Seiten orange gefärbten Haaren. Ihre Unterlippe zierte ein Metallstecker.

»Es war ein Unfall«, rechtfertigte sich Loo.

Agnes stibitzte eine Garnele von dem Teller in ihrer Hand. Sie roch nach Vaseline und Farbverdünner. »Das hat mein Freund auch gesagt. Jetzt bin ich wieder schwanger.«

»Junge oder Mädchen?«, fragte Loo.

Agnes stieß mit ihrem Metallstecker klackernd gegen ihre Zähne.

»Keins von beidem«, sagte sie.

Loo kehrte zu ihrer Aufgabe zurück, die gerade darin bestand, Servietten zu falten. Mit gesenktem Kopf ging sie ihrer Arbeit nach, während Agnes die Teller halb leer aß, die sie servierte, und Mary Titus wie eine Elster auf die Tische herabstürzte, um sich das Trinkgeld zu schnappen, das die Gäste dort liegen ließen. Am Ende des Abends zahlte Direktor Gunderson alle Mitarbeiter aus, und Loo verließ das Sawtooth mit einer Rolle Geldscheinen in der Tasche. Ihr erstes selbst verdientes Geld. Darüber vergaß sie fast den Gestank der Schürze, das Frittieröl, das sie nicht aus ihren Haaren bekam, die vollkommene Erschöpfung, die sie am Ende ihrer Schicht verspürte. Und dass das mit dem Job die Idee ihres Vaters gewesen war.

Als Loo nach Hause kam, breitete sie ihren Lohn – einen Haufen Fünf-, Zehn- und Eindollarscheine – auf dem Bett aus und zählte und stapelte, zählte und stapelte, bevor sie das Geld in einen Briefumschlag schob und in ihrer Unterwäscheschublade versteckte. Am nächsten Morgen warf Hawley ihr den Umschlag beim Frühstück auf den Schoß.

»Du musst dir bessere Verstecke ausdenken. In der obersten Schublade guckt jeder zuerst nach.«

»Meinst du, jemand könnte bei uns einbrechen?«

Hawley zog die Gummistiefel an, die er zum Muschelgraben trug. Dann nahm er den Revolver aus dem

Brotkasten und steckte ihn hinten in seine Hose. »Heute jedenfalls nicht.«

Loo schnappte sich den Umschlag, und als sie ihn das nächste Mal versteckte, verstaute sie ihn zusätzlich in einem Frischhaltebeutel und schob ihn hinter das Dämmmaterial auf dem Dachboden. Später, nachdem Hawley seine Ausrüstung eingepackt hatte und davongefahren war, um in Ipswich Sandklaffmuscheln auszugraben, entnahm sie dem Plastikbeutel einen Zwanziger für Benzin, zog ihre Turnschuhe an und joggte fünfzehn Häuserblocks zu der Stelle, an der sie den Firebird geparkt hatte.

Loo hatte Mabel Ridges Auto noch immer nicht zurückgebracht, auch wenn sie es die ersten paar Male, als sie in den Firebird gestiegen war, vorgehabt hatte. Am Tag nach der Party war sie nach Dogtown gefahren, hatte den Firebird jedoch an Mabel Ridges Haus vorbeigesteuert und war die ganze Route 127 abgefahren, eine kurvenreiche Straße, die sich an der felsigen Küste entlangschlängelte. Sie war immer schneller gefahren, bis der Fahrtwind ihr die Haare in den Mund geweht hatte und der Nervenkitzel immer größer geworden war.

Jetzt setzte sie sich wieder ins Auto und drehte den Zündschlüssel. Sie brauchte Zeit zum Nachdenken. Nach dem Tanken fuhr sie zum entlegensten Punkt von Olympus, wo die Asphaltstraße zur Schotter- und schließlich zur Sandpiste wurde, bis sie inmitten eines Labyrinths aus Dornbüschen, Brombeersträuchern und Felsen einfach aufhörte.

Loo parkte und stieg zum Strand hinunter. Die Wellen brachen sich tosend am Ufer, und die Gischt schoss hoch in die Luft und landete mit lautem Klatschen in den Gezeitenbecken. Loo rollte ihre Hose bis zu den Oberschenkeln hoch und erklomm einen schrägen Felsbrocken, der schlüpfrig war vor Flechten. Je weiter sie auf den Felsen nach vorn kletterte, desto stürmischer wurde das Meer. Sie sah die Strömungen, Strudel und Wellen, die gegen den Gezeitensog ankämpften. Loo griff sich einen Stein – flach, löchrig und mit Katzensilber gesprenkelt, das im Sonnenlicht schimmerte –, klemmte ihn mit dem Daumen fest und schleuderte ihn von sich, ließ ihn über die Wasseroberfläche hüpfen, bis er ins Meer hinabsank.

Einen Umschlag mit Geld zu verstecken war eine Sache, ein ganzes Auto zu verstecken eine vollkommen andere. Wenn sie keinen sicheren Ort fand, um den Firebird abzustellen, würde ihr nichts anderes übrig bleiben, als ihn Mabel Ridge zurückzubringen. Allein der Gedanke, das Freiheitsgefühl zu verlieren, das ihren Körper jedes Mal durchströmte, wenn sie hinter dem Lenkrad Platz nahm, löste in ihr den Wunsch aus, jemanden zu überfahren.

Sie hielt sich die Hände vors Gesicht, formte eine Maske, wie es ihr Vater ihr beigebracht hatte, sperrte die Welt aus und lauschte. Jede Welle brandete mit einem Donnern heran, bevor sie wieder zurückwich und am Strand saugte und zerrte. Das Ganze klang wie Bäume, die in einem Sturm gefangen waren. Loo spreizte die Finger und erwartete, dass ihr Blick sich scharf stellte. Dass sie Klarheit erlangte in der Frage, die sie beschäftigte, oder zumindest eine Richtung erkannte. Stattdessen sah sie ein Spritzen. Etwas, das ungefähr zehn Meter vom Ufer entfernt im Wasser zappelte.

Zuerst dachte Loo, es sei ein Stück Treibgut. Dann kam ein Kopf an die Wasseroberfläche. Durch den Tunnel ihrer Finger erspähte sie das dazugehörige Gesicht, ein Gesicht, das sie nur aus dem Badezimmer kannte, und von den Zeitungsausschnitten, über die sie jeden Abend nachgrübelte. So oft hatte sie sich Lilys Tod in Gedanken ausgemalt, und nun fand er hier vor ihren Augen statt. Schwarze, im Wasser ausgebreitete Haare. Augen so grün wie das Meer. Eine Hand, die sich aus der Tiefe erhob und ihr zuwinkte.

Loo ließ ihre Maske sinken, aber die Gestalt im Wasser war immer noch da und wurde in den Strudeln herumgeschleudert. Eine große Welle zog sie unter die Oberfläche und spie sie tosend und schäumend in einem Knäuel aus Armen und Beinen im Flachwasser am Ufer wieder aus. Nur dass es jetzt nicht mehr ihre Mutter war.

Es war Marshall Hicks.

»Alles okay?«, rief Loo zu ihm hinunter.

Marshall hustete und würgte und spuckte Wasser. Seine Kleider klebten an seiner Haut, aus seiner Nase sickerte das Salzwasser und seine Schuhe hinterließen Furchen, als er sich rückwärts vom Wasser wegschob. Er schüttelte als Antwort den Kopf, bevor er auf einem Haufen Seetang zusammenbrach und das Gesicht in die gummiartigen Blätter drückte.

Loo spähte Richtung Horizont, bevor sie von ihrem Felsen zu dem schwer atmenden Jungen hinunterkletterte. »Bist du von einem Boot gefallen?«, fragte sie, obwohl Marshall nicht die richtige Kleidung zum Fischen trug. Er sah aus, als wollte er in die Kirche gehen – das Hemd bis zum Hals geknöpft, die Lederschuhe ordentlich geschnürt, eine Krawatte wie ein Stück Seil um den Hals geschlungen. Er rollte sich zur Seite und blickte zu ihr hoch. Dann berührte er ihren Fuß.

»Deine Knie sind schmutzig«, sagte er.

Ihre Knie waren tatsächlich schmutzig, aber es war nur Sand, der an ihr kleben geblieben war, als sie sich auf den nassen Strand gekniet hatte. Marshalls Blick wanderte von den beiden dunklen, runden Abdrücken zur blassen Haut ihrer Oberschenkel hinauf. Einen Moment lang wirkte er, als wäre er noch immer unter Wasser, würde noch immer von den tosenden, schäumenden Fluten hin und her geworfen. Loo griff nach unten und klopfte sich die Knie ab. Der Sand rieselte auf Marshalls Gesicht, bestäubte ihn wie Puderzucker.

Während sie ihm über den Strand half, erinnerte sie sich an den Biergeschmack seiner Lippen, an das Gefühl, als er sich in der Dunkelheit von Dogtown an sie gedrückt hatte. Seit der Party im Wald hatte sie nicht mehr mit ihm gesprochen, hatte ihn jedoch in der Schulmensa von Weitem gesehen, einmal auch im Treppenhaus, und ein paarmal, als sie durchs Fenster des Biologieraums gespäht und sich gefragt hatte, wie es dieser Junge geschafft hatte, die Angst in ihr neu zu entfachen. Jetzt verfrachtete sie ihn in den Firebird und überlegte, ob er sich wohl auch an ihren Kuss erinnerte, doch das Einzige, wofür sich Marshall zu interessieren schien, war die Petition seiner Mutter. Er hatte am Anleger gesessen und in seinem Notizbuch gezeichnet, als eine Riesenwelle gekommen war und das Klemmbrett mit den Unterschriften ins Meer gespült hatte.

»Und du bist hinterhergesprungen?«

»Das Wasser sah nicht besonders tief aus, aber nachdem ich einmal drinnen war, bin ich nicht mehr rausgekommen.« Ein brauner Algenstrang hatte sich in Marshalls Gürtel verfangen, und sein Hemd war so durchnässt, dass es durchsichtig geworden war. An den Stellen, an denen der Stoff seine Ellbogen berührte, schimmerte seine Hautfarbe durch.

Loo schloss fest ihre Finger um das Lenkrad. Zum ersten Mal hatte sie einen Mitfahrer im Firebird, was das Fahren noch viel aufregender machte. Sie nahm alles intensiver wahr: wie das Getriebe reagierte, wie die Reifen auf der Straße Halt fanden.

Sie warf einen Blick auf Marshalls Lederschuhe. »Nicht mal deine Schuhe hast du vorher ausgezogen.«

»Auf dem Klemmbrett waren alle Unterschriften, die wir hatten«, erklärte Marshall. »Alle Namen, die wir bisher gesammelt haben. Eigentlich sollte ich jetzt gerade von Haus zu Haus ziehen und Klinken putzen.« Er blickte auf seine Hose hinunter. »Ich mache deinen Sitz ganz nass.« Marshalls Gesicht hatte etwas Verhärmtes an sich. Seine Augen waren blutunterlaufen und trüb, und zwischen seinen Augenbrauen hatten sich Falten eingegraben, als wäre er in den letzten zwei Monaten um zehn Jahre gealtert.

»Fahr mich nicht zu mir nach Hause«, bat er.

»Okay«, sagte Loo. Da sie nicht wusste, wo sie ihn sonst hinbringen sollte, nahm sie ihn mit zu sich nach Hause.

Loo setzte Kaffeewasser auf und gab Marshall ein Handtuch und ein paar Kleidungsstücke ihres Vaters. Als er mit seinem Bündel durchweichter Kleider in der Hand wieder aus dem Badezimmer trat, sah er aus wie ein kleiner Junge: Die Ärmel von Hawleys Hemd waren ihm zu lang, und oben guckte sein Schlüsselbein aus dem Ausschnitt. Seine Füße steckten in einem Paar Socken von Loo. Sie waren orange-blau gemustert und hatten ein Loch in einem Zeh.

»Wer ist die Frau an den Wänden?«, fragte Marshall.

»Meine Mutter«, antwortete Loo und bereute, dass sie Marshall mit zu sich genommen hatte. Unten am Strand war sie in Sorge um ihn gewesen, aber jetzt kam es ihr falsch vor, dass er in den Kleidern ihres Vaters herumlief. Sie wusste nicht mehr, warum sie ihn ins Haus gelassen hatte. Er betrachtete alles viel zu genau, entblößte gnadenlos ihr Leben. Sein Blick ruhte mit neugieriger Erwartung auf jedem Gegenstand – dem Sessel, dem Bücherregal, dem Bild an der Wand – und nahm alles wahr, nur nicht Loos Beklommenheit.

»Schönes Bärenfell.«

»Das haben wir schon ewig.«

Marshall bückte sich und streichelte den Kopf des Bären. »Sieht echt gefährlich aus.«

»Mein Dad nennt ihn unseren Wachhund.« Als sie noch durchs Land gefahren waren und nachts im Pick-up geschlafen hatten, hatte Hawley das Fell immer wie eine Decke um Loo herumgewickelt, und sie hatte beim Aufwachen in die starren Glasaugen des Bären geblickt.

Marshall machte einen Schritt zurück, als befürchte er, die Erwähnung von Loos Vater könnte den Bären wieder zum Leben erwecken. Doch er hatte sich schnell wieder unter Kontrolle und schlenderte in die Küche hinüber, wo er sich an dem kleinen Holztisch auf Loos üblichen Platz setzte, wie ein Restaurantgast, der darauf wartet, dass man ihn bedient. Loo war das Bedienen mittlerweile gewohnt und schenkte ihm Kaffee ein, bevor sie seine nassen Kleider nahm und in den Trockner warf. Sie selbst setzte sich auf Hawleys Stuhl. Als sie Marshalls Blicke auf sich spürte, breitete sich ein Kribbeln von ihrem Nacken über ihren ganzen Körper aus, als wäre sie in kaltem, nassem Sand vergraben gewesen und läge plötzlich im grellen Licht der Sonne.

»Du bist deiner Mutter sehr ähnlich.«

»Nur, wenn ich brav bin.«

Marshall brauchte einen Moment, bis ihm klar wurde, dass das kein Scherz war. Dann sagte er: »Anscheinend bist du immer brav.«

Loo drehte ihren Becher auf dem Tisch, genau auf dem Abdruck von Hawleys Becher.

»Soll ich lieber gehen?«, fragte Marshall.

»Nein«, antwortete Loo. »Aber rede bitte nicht über sie.«

»Okay«, sagte Marshall. Loo merkte ihm trotzdem an, dass er an nichts anderes mehr denken konnte als an die Frau mit den dunklen Haaren und grünen Augen, an das Badezimmer mit all den Zetteln und Fotos, den alten Knöpfen und getrockneten Blumen. Ihr Blick fiel auf Marshalls Schuhe, die sie zum Trocknen aufs Fensterbrett gestellt hatte.

»Trägst du immer Lederschuhe, wenn du zum Strand gehst?«

»Meine Mutter zwingt mich sogar, eine Krawatte umzubinden, wenn wir auf Stimmenfang gehen. Ich klopfe an die Türen der Republikaner und sie an die der Demokraten.« In der Mitte des Küchentischs stand ein Schälchen mit Muscheln. Es waren Miesmuscheln, Pantoffelschnecken und ein paar kleine Meeresschnecken, die Loo über die Jahre gesammelt hatte. Marshall nahm sich das lila schimmernde Gehäuse einer Pantoffelschnecke und drehte es zwischen den Fingern. Das Innere war dick ausgekleidet und cremefarben, wie Sahne.

»Du hast keine Ahnung, wie das ist«, fuhr Marshall fort. »Die Leute versuchen nicht mal, höflich zu sein. Sie knallen dir einfach die Tür vor der Nase zu.«

»So wie ich.«

»So wie du«, nickte Marshall. »So wie jeder. Ich würde viel lieber zeichnen oder draußen auf dem Wasser sein, aber die Sache ist nun mal wichtig für meine Mutter.«

Loo verstärkte den Druck auf den Becher zwischen ihren Fingern. Obwohl sie Mary Titus nicht mochte, löste diese Frau eine gewisse Neugierde in ihr aus, genau wie alle Mütter. Sie beobachtete sie auf der Straße, am Strand oder im Supermarkt, wie sie Windeln wechselten, Münder abwischten, Haare in Ordnung brachten, Schnürsenkel banden, Sonnencreme auftrugen, Streitigkeiten schlichteten und Trotzanfälle über sich ergehen ließen. Manche reagierten mit Küssen und Umarmungen, andere schimpften, schlugen ihre Kinder oder ignorierten sie vollständig. Selbst wenn die Mütter gar nicht reagierten, kamen sie Loo unendlich mächtig vor.

»Was wird sie wohl tun? Wenn sie herausfindet, dass du die Unterschriften verloren hast, meine ich.«

»Ich weiß es nicht.« Marshall legte das Schneckenge-häuse zurück in das Schälchen. »Als ich noch klein war, sind wir oft mit meinem Stiefvater auf Protestaktionen gewesen, aber nachdem er weg war, war meiner Mom plötzlich alles egal. Sie hatte schlimme Depressionen und ist sogar eine Weile freiwillig in eine Klinik gegangen. Ich musste in der Zeit zu meiner Tante. Irgendwann kam das mit der Sendung *Wal-Helden*. Als meine Mutter meinen Stiefvater im Fernsehen sah, war sie so sauer, dass sie wie-der ganz die Alte wurde. Sie rief die Petition ins Leben und machte sich an die Arbeit. Weil sie selbst etwas bewir-ken und sich einen Namen als Aktivistin machen wollte.«

»Und was ist mit deinem richtigen Vater?«

»Was soll mit ihm sein?«

»Deine Mutter hat mir erzählt, dass er Fischer war.«

»Er ist gestorben, als ich noch klein war«, sagte Mar-shall.

»Erinnerst du dich an ihn?«

»Ja«, antwortete Marshall und warf einen Blick Rich-tung Badezimmer. »Allerdings machen Erinnerungen die Sache nicht unbedingt besser.«

»Wie meinst du das?«

»Ich glaube nicht, dass er wirklich eine Familie wollte. Irgendwie liebte er meine Mom schon, aber er hat stän-dig einen Vorwand gefunden, uns wochenlang allein zu lassen.«

Marshalls Blick wanderte zu Loos Planisphäre, die als Untersetzer unter der Zuckerdose lag. »Ist das eine Stern-karte?«

Loo nickte.

Marshall griff nach der Karte und drehte das Einstellrad auf den richtigen Tag und den richtigen Monat. Loo wusste noch genau, wie sie die Sternkarte das erste Mal benutzt hatte. Damals hatte sie vom Balkon eines Motels aus einen Meteorschauer beobachtet, eine Symphonie aus Lichtern am Wüstenhimmel. Manche Sternschnuppen waren dünne, weiße, durch die Dunkelheit schießende Linien gewesen, andere große, lodernde Feuerschweife, die bis zum Horizont hinunterzuckten. Sie erinnerte sich an das überwältigende Gefühl, im Einklang zu sein mit anderen Epochen, als könnte sie durch die Zeiten hindurchgreifen, weil sie etwas in der Hand hielt, das ihrer Mutter gehört hatte. *Irgendetwas verursacht das alles*, hatte sie gedacht. *Die ganze Welt lebt und bewegt sich, und ich bin dazu bestimmt, genau hier zu stehen und genau dies zu tun.*

Marshall hob die Planisphäre ans Fenster. Winzige Sonnenpunkte leuchteten durch das Plastik und fielen auf den Küchentisch. Loo berührte seinen Arm, und ihre Hand ruhte für einen Moment auf dem dunkelblau karierten Hemd ihres Vaters. Sie wusch dieses Hemd seit Jahren und hatte es nie weiter beachtet, aber jetzt fiel ihr auf, dass es die gleiche Farbe hatte wie Marshalls Augen. Vom Ende des Ärmels hing ein loser Faden herunter, nach dem sie nun griff. *Das hier ist richtig, das hier ist richtig*, dachte sie und zog an dem Faden, bis er sich vom Hemd löste.

Marshall beugte sich näher heran. Loo spürte seinen Atem an ihrer Wange, sah, wie sich seine Lippen öffneten. Dann blieb sein Blick an etwas hinter ihrer Schulter hängen. Er hob den Arm, an dessen Ärmel sie gerade gezupft hatte, und zeigte auf die Küchenablage, auf der zwischen Brotkasten und einer Schüssel Obst ein Revolver Kaliber 357 Magnum lag.

»Ist der echt?«, fragte er.

»Oh«, entfuhr es Loo. »Ja. Willst du ihn mal sehen?« Sie ging zur Küchenablage und nahm den Revolver in die Hand, um zu sehen, ob er geladen war, und legte ihn vor Marshall auf den Tisch. Der Junge starrte die Waffe einen Moment an, griff dann danach und wog sie in den Händen.

»Schwer.«

»Alle Waffen sind schwer.«

Marshall drehte den Kopf und sah sie an. »Ist das deiner?«

Loo schüttelte den Kopf. »Ich schieße mit einem Gewehr.« Sie ging ins Wohnzimmer, öffnete die Truhe in der Ecke und nahm das M14 heraus. Mit dem Lauf nach unten brachte sie es zu Marshall zurück und legte es behutsam auf den Tisch. Das Holz glänzte vom jahrelangen Polieren, und der Abzug hing lose herunter. Loo strich mit den Fingern seitlich über den Lauf. »Da steht der Name meines Großvaters. Er hat dieses Gewehr im Krieg getragen. Siehst du diese Markierungen? So viele Feinde hat er umgebracht.«

Sie wies auf die fünfzehn Kerben. Auch wenn Loo mit Waffen aufgewachsen war – Waffen in der Küche, Waffen im Badezimmer, Waffen im Auto –, war dieses Gewehr etwas Besonderes. Wenn ihr Vater damit schoss, schien es geradezu mit ihm zu verschmelzen. Es war die älteste Waffe in seiner Sammlung, die Waffe, die ihn am längsten durch seine Vergangenheit begleitet hatte. Die Vergangenheit, über die er nicht sprach. Das M14 war der eindrucksvollste Gegenstand im Haus, das Beste, was Loo zu bieten hatte.

»Willst du es mal ausprobieren?«

»Ich hatte noch nie eine Schusswaffe in der Hand«, gestand Marshall. »Die einzigen Waffen, mit denen ich je geschossen habe, waren die auf dem Boot meines Stiefvaters, wenn wir versucht haben, Walfangschiffe aufzuhalten. Und das waren nur Stinkbomben und Wurfseile, um die Schiffsschraube lahmzulegen.«

Das Gewehr bildete eine Verbindung zwischen ihnen auf dem Tisch. Loo beobachtete, wie Marshall es eingehend musterte.

»Ich könnte dir das Schießen beibringen«, sagte sie.

Marshall strich mit den Fingern über die Kerben, genauso, wie er vorher das Schneckengehäuse berührt hatte. Dann zog er seine Hand wieder weg.

»Ich weiß nicht.«

»Komm schon.« Loo ging noch einmal zur Waffenkiste, schob ein paar Magazine und eine Schachtel Munition in die Tasche ihrer Shorts und marschierte mit dem Gewehr zur Tür. Marshall blieb am Tisch sitzen. Als sie sich im Eingangsflur zu ihm umdrehte, stand er auf und folgte ihr, als wäre sie ein Magnet, der ihn entgegen alle Vernunft mitzog.

Sie gab Marshall ein Paar Stiefel ihres Vaters, und sie gingen hinter dem Haus in den Wald hinein. Das Licht schien durch die Blätter der Bäume und legte eine grüne Schicht über die andere. Nach etwa fünfzig Metern wurde es merklich dunkler und kühler. Loo führte Marshall einen steilen Abhang hinunter, immer dem Plätschern des Wassers nach, bis sie den Bach erreicht hatten, an dem Hawley seine Schießübungen durchzuführen pflegte.

»Hier.« Loo gab Marshall das Gewehr, zog die Munitionsschachtel aus der Tasche und begann, eins der Magazine zu laden. Marshall hielt das Gewehr so, als könnte es jeden Moment losgehen, obwohl es gesichert und ungeladen war.

»Stimmt was nicht?«

Er errötete.

»Hast du Angst?«

»Nein«, behauptete er.

Loo erwiderte nichts, bedeutete ihm nur, dass er ihr das Gewehr wiedergeben sollte. Marshall reichte es ihr mit angespanntem Gesicht. Sie fragte sich, ob es ein Fehler gewesen war, ihn mit hierher zu nehmen, aber das Magazin war bereits eingelegt, das Gewehr entsichert und der Schaft hoch und fest gegen ihre Schulter gepresst. Mit leicht schräg gelegtem Kopf spähte sie durchs Visier, nahm das Gewehr noch ein paar Millimeter höher, atmete ein und zur Hälfte wieder aus. Und drückte ab.

Der Knall war so laut, dass er jeden Gedanken aus Loos Kopf verdrängte, alles auslöschte wie ein Radiergummi. Für einen kurzen Moment war sie ein Mensch ohne Vergangenheit oder Zukunft. Es gab nur diesen einen Augenblick, und sie fühlte sich wach und lebendig. Als der Knall nur noch ein schwaches Echo war und schließlich ganz verhallte, kehrte Loo zu ihrem alten Ich zurück. Von dem vorherigen Moment blieb nur ein pulvriger Geruch in der Luft, wie von einem entzündeten und rasch wieder ausgeblasenen Streichholz.

Sie zeigte auf die Stelle, an der sie in einiger Entfernung einen Baum getroffen hatte. Die Rinde war vom moosbewachsenen Stamm des Baums weggesprengt worden und lag verstreut auf dem Waldboden. Sie gab das Gewehr an Marshall weiter. »Es geht darum, die gleiche Stelle zu treffen.« Sie legte ihre Hände auf Marshalls Schultern und stellte sich hinter ihn, richtete seinen Körper aus wie den einer Marionette – Beine, Hüften, Schultern, Finger. Dann schob sie das Gewehr in Position, bis sich der hölzerne Schaft in seine Armbeuge schmiegte.

»Es wird einen Rückstoß geben«, warnte sie. »Die meiste Energie fliegt mit der Kugel davon, aber ein Teil wandert auch nach hinten in deinen Körper.«

»Kinetische Energie«, sagte Marshall.

»Genau«, bestätigte Loo. »Siehst du? Du machst das schon.«

Marshall hielt vollkommen still, als sie ihren Kopf beugte, bis ihre Wange fast den Gewehrlauf berührte. »Schau«, forderte sie ihn auf, und er lehnte ebenfalls den Kopf zur Seite, sodass er direkt neben ihrem war. Sie roch seine Haare, feucht und erdig, wie Gras nach dem Regen.

»Die Kugel wird nicht in gerader Linie fliegen«, erklärte Loo. »Sie wird nach unten gezogen, daher solltest du immer ein Stückchen höher zielen. Du zitterst«, sagte sie. »Hör auf zu zittern.«

»Sorry.«

»Das ist dein Instinkt. Du hast Angst vor dem, was jetzt kommt. Dabei ist es das Beste.« Sie legte die Arme um ihn.

»Luft holen«, forderte sie ihn auf. Sie hörte Marshall tief einatmen, und auch sie füllte ihre Lunge mit Luft. Durch das Visier war ihr Einschuss am Baumstamm zu sehen. Sie schob ihre Hand durch den Abzugsbügel, legte sie auf seinen gebrochenen Finger. Die ganze Welt wartete.

»Jetzt«, sagte sie.

Kugel Nummer vier

Der Diner lag direkt am Highway, genau wie Jove versprochen hatte. Auf dem Parkplatz ragte ein Leuchtschild auf, auf dem unter dem Namen des Lokals ein großer haariger Eber mit langen Hauern abgebildet war, der sich über ein Stück Blaubeerkuchen hermachte. Es handelte sich um einen altmodischen Diner mit Sitznischen an einer Seite, einer langen verchromten Theke, einer Tür mit Klingel und einer großen Neonuhr an der Wand. Eine Kellnerin bediente, hinter dem Küchenfenster briet ein Koch Speck und trat gelegentlich nach vorn, um die Kasse zu bedienen. Während der Frühstücksandrang bereits vorbei war, hatte der Mittagsansturm noch nicht begonnen, daher war der Gastraum fast leer. Außer Hawley war nur eine Gruppe älterer Trucker da, die ihren Kaffee in einer Ecknische tranken. Sie schienen es nicht eilig zu haben, wieder auf die Straße zu kommen.

Hawley setzte sich an die Theke und bestellte Eier. Er hatte gerade mehrere Aufträge in Florida erledigt – zwei, die gut verlaufen waren, und einen in Gainesville, der in die Hose gegangen war. Nun fuhr er mit einem gestohlenen Wagen die Ostküste entlang zurück Richtung Norden. Obwohl er schon bis North Carolina gekommen war, machte ihm die Hitze des Südens immer noch zu schaffen. Hawley hatte keine Ahnung, wohin es ihn verschlagen würde, nachdem er Jove diesen Gefallen getan hatte. Sein Bauchgefühl riet ihm, weiter Richtung Norden zu fahren, vielleicht ganz bis nach Nova Scotia in Kanada. Er war noch nie dort gewesen, hatte jedoch Fotos gesehen und träumte schon von kaltem Wasser und felsigen Küsten.

Aber vorher würde er endlich Ed King kennenlernen, Joves alten Freund aus dem Gefängnis. Seit King draußen war, sorgte er für die Sicherheit diverser hochrangiger Gangster und wickelte selbst Geschäfte ab, meist Rückholaktionen für abhandengekommene Ware. Als Tarnung besaß er ein Boxstudio und manipulierte nebenbei Kämpfe, wobei er auf die Boxhandschuhe setzte, die er selbst in früheren Jahren getragen hatte. Damals hatte King den Ruf gehabt, so fest zuzuschlagen, dass seine Gegner schwere Nervenschäden im Gehirn davontrugen. Die Männer, die gegen King gekämpft hatten, erkannten hinterher ihre Frauen nicht mehr und mussten alles neu lernen – laufen, sprechen, essen. Irgendwann hatte King in einer Bar einen Mann totgeprügelt und war wegen Totschlags ins Gefängnis gewandert. Und dort hatte er Jove kennengelernt. Hawley selbst war noch nie im Knast gewesen, wusste jedoch, dass Männer, die zusammen ihre Haftstrafen absaßen, wie Soldaten waren, die im selben Regiment dienten – lebenslang miteinander verbunden, selbst wenn sie sich nicht besonders gut leiden konnten.

Jove war gerade wieder im Gefängnis und saß zwei

Jahre wegen Besitzes einer gestohlenen Schusswaffe ab. Er war verhaftet worden, nachdem er im Anschluss an die Übergabe von Talbots Taschenuhr in der Innenstadt von Seattle über eine rote Ampel gefahren war. Natürlich war er selbst schuld, weil er nicht vorsichtiger gewesen war. Hawley hatte trotzdem ein schlechtes Gewissen und deshalb zugesagt, als ihn durch Joves Anwalt die Information erreicht hatte, wo er den Schlüssel zu einem gewissen Bankschließfach fand, mit der Bitte, dessen Inhalt in diesem Diner abzuliefern. Es ging um eine große Wette – Jove setzte fast seine ganzen Ersparnisse auf einen von Ed King organisierten Kampf. Wenn der Kampf so ausging wie geplant, würde die Gewinnsumme reichen, um sich endlich das Segelboot auf dem Hudson zu kaufen. Und der Kampf würde so ausgehen wie geplant, das Ganze war eine todsichere Sache. Jove ermutigte Hawley, ebenfalls Geld zu investieren, aber Hawley setzte nur auf Spiele, bei denen er selbst die Karten in der Hand hielt.

Der Koch stellte einen Teller mit Eiern und Toast in die Durchreiche, worauf die Kellnerin ihn zu Hawley brachte. Sie versorgte ihn mit Besteck, einer Serviette und einem Becher.

»Möchten Sie Milch und Zucker?«, fragte sie, nachdem sie ihm Kaffee eingeschenkt hatte.

»Danke, ich bin süß …«

Ihm fiel ein, wie er diesen Satz zu Talbots Frau gesagt hatte, und bevor er sich's versah, musste er an ihr milchiges Auge denken. Die Sache mit ihr hing ihm immer noch nach, zudem machte er sich nach wie vor manchmal Sorgen, Talbot könnte ihn aufspüren. Aber seither war fast ein Jahr vergangen, und er hatte zumindest aufgehört, ständig über die Schulter zu blicken.

Nach dem Auftrag auf Whidbey Island war er fest entschlossen gewesen, sein Leben zu ändern – nachdem sie dem Wal entkommen waren, den Motor gestartet und sich auf den Rückweg nach Seattle gemacht hatten. Doch sobald sie das Boot am Anleger festgemacht, die Uhr abgeliefert und ihre Bezahlung erhalten hatten, waren sie am Bahnhof getrennte Wege gegangen. Hawley hatte wie geplant sein Ticket gekauft, um für den nächsten Auftrag nach Oklahoma zu gelangen. Es war eben einfacher, auf Bewährtes zurückzugreifen, als zu versuchen, sich grundlegend zu ändern. Trotzdem, sein Leben war aus den Fugen geraten. Nachts hatte er eigenartige Träume, und Maureen Talbot schlich sich immer wieder in seine Gedanken, so wie jetzt, als die Kellnerin mit einem metallenen Milchkännchen über seiner Tasse verharrte und von ihm wissen wollte, ob er Milch oder Zucker brauchte.

»Ich trinke ihn schwarz.«

Sie stellte ihr Kännchen ab und ging wieder dazu über, die Tische abzuwischen, während Hawley sich über seine Eier hermachte. Er hoffte, dass King bald auftauchte. Er wollte wieder auf die Straße, und es war schon fast elf Uhr vormittags. Von der Wand leuchtete die Neonuhr zu ihm herunter, deren großer Zeiger unaufhaltsam von Ziffer zu Ziffer wanderte.

Mit einem Klingeln ging die Tür auf, und eine junge Frau betrat das Lokal. Sie war etwa Mitte zwanzig, hatte dunkle Haare, eine schmale Taille und Hüften, die so ausladend waren, dass sie sich fast zur Seite drehen musste, um durch den Eingang zu kommen. Zu einem schwarzen Kleid und hohen Absätzen trug sie kurze Handschuhe und ein Hütchen mit einem kleinen schwarzen Schleier, der ihre Augen verdeckte. Mit wiegendem Schritt ging sie durch den Gastraum und schob ihre Hüften dann über den Rand eines Barhockers an der Theke, direkt neben Hawley.

Sie zog ihre Handschuhe aus, nahm ihren Hut ab und legte ihn neben ihre Handtasche. Ihre Haare waren dicht und zerzaust, sie sah aus, als wäre sie gerade erst aufgestanden. Hawley musste sich zwingen, den Blick zurück auf seinen Teller zu richten, statt sich ihre langen Haare auf einem Kissen auszumalen, ihren nackten Rücken und diese wunderschönen Pfirsichhüften unter einem sauberen weißen Laken.

Weil die Kellnerin gerade draußen war und rauchte, steckte der Koch seinen Kopf durchs Küchenfenster und fragte die junge Frau, was sie essen wollte. Sie bestellte einen Hamburger und ein Glas Wasser, und er versprach, dass beides gleich komme. Während sie wartete, las sie die Speisekarte, streifte dazu ihre Absatzschuhe ab und fing an, sich auf dem Barhocker um die eigene Achse zu drehen, Runde um Runde. Hawley versuchte nicht hinzusehen, konnte aber nicht anders. Bei jeder Drehung berührten ihn beinahe ihre Knie, deshalb rutschte er ein kleines Stück in ihre Richtung, und beim nächsten Mal trafen sie ihn.

»Oh, tut mir leid«, sagte sie, sah jedoch überhaupt nicht aus, als würde es ihr leidtun. Und sie hörte auch nicht auf, sich zu drehen.

»Ihnen wird Ihr Mittagessen wieder hochkommen.«

»Das habe ich doch noch gar nicht gegessen«, erwiderte sie und wechselte die Richtung. Sie stieß sich mit den Zehen ab und wirbelte im Kreis herum, gleichmäßig wie ein Karussell.

»Ich liebe solche Hocker«, sagte sie. »Vor allem, dass man sie nicht vom Fleck bewegen kann.«

Darüber hatte Hawley noch nie nachgedacht, musste jedoch zugeben, dass die knallroten, auf dem Boden verschraubten Barhocker entlang der verchromten Theke einen gewissen Charme besaßen.

»Wohin sind Sie unterwegs?«, fragte er.

»Nirgendwohin.«

»Also wohnen Sie hier?«

»Nein«, sagte sie. »Raten Sie noch mal.«

»Raten ist nicht gerade meine Stärke.« Hawley schob die Reisetasche mit seinen wenigen Habseligkeiten und die kleinere Tasche mit Joves Geld zwischen seinen Stuhl und die Theke, nahm einen Schluck Kaffee und aß von seinen Eiern. In allen Ecken des Diners waren Spiegel angebracht, einer über dem Küchenfenster und zwei weitere an beiden Enden der Theke, damit die Kellnerin die Tische und die Tür im Auge behalten konnte, wenn sie ihnen den Rücken zukehrte. Die meisten Diner waren so eingerichtet, genau deshalb aß Hawley so gern in ihnen. Und weil er allein an der Theke sitzen konnte, ohne dass jemand das merkwürdig fand.

Der Koch brachte Hamburger und Wasser der jungen Frau, und die setzte sich wieder richtig hin. Der Koch war ein alter Mann mit faltiger Stirn, der eine Schürze und ein

Haarnetz trug, obwohl er keine Haare mehr hatte. Nachdem er Senf und Ketchup auf die Theke gestellt hatte, verschwand er wieder in der Küche, nur um nach einer Minute den Kopf durchs Fenster zu stecken und zu fragen, ob das Essen in Ordnung sei. Mehr als das, antwortete sie, es schmecke hervorragend. Sie war eine langsame Esserin und schnitt den Burger zuerst in Viertel, bevor sie darauf herumkaute und zwischendurch an ihrem Wasser nippte.

»Heute Nacht findet angeblich ein Meteorschauer statt«, sagte sie.

»Ach ja?«, fragte Hawley. Er griff nach seinem Kaffeebecher, trank jedoch nicht daraus. »Ich habe in Wyoming mal einen gesehen.«

»Waren es Geminiden?«

»Keine Ahnung, wie der Fachausdruck lautet. Es waren einfach massenweise Sternschnuppen.«

»Meteorschauer sind nach ihrem Radianten benannt. Das ist das Sternbild, aus dem sie kommen. Sie selbst sind allerdings keine Sterne, sondern Überreste von Kometen, die sich um die Sonne bewegen. Weltraumschrott.« Sie bestreute ihre Pommes frites einzeln mit Salz und steckte sie anschließend in den Mund. Mit dem Salzstreuer in der Hand arbeitete sie sich so durch den ganzen Teller. »Die für heute Nacht angekündigten Meteore nennen sich Perseiden, weil es so aussieht, als würden sie dem Sternbild Perseus entspringen. Perseus war der, der die Gorgone Medusa getötet hat. Der griechische Held.«

»Woher wissen Sie das alles?«

»Aus dem Radio. Außerdem habe ich das hier.« Sie

streckte ihren Fuß aus und zeigte ihm ihren Fußknöchel, um den herum eine Ansammlung winziger Sterne tätowiert war.

Bei Gesprächen wie diesem fühlte sich Hawley normalerweise schnell in die Enge getrieben, aber diese Frau machte ihn neugierig. Er stellte sich vor, wie die Tätowiernadel die Haut ihres Beins durchstochen hatte, stellte sich vor, wie er ebendieses Bein anhob, es auf seine Schulter legte und die Sterne küsste. Und er dachte an die Sternschnuppen, die er in Wyoming gesehen hatte. Für Weltraumschrott hatten sie ganz schön hell geleuchtet.

Die Kellnerin kam von ihrer Raucherpause zurück, griff nach der Kaffeekanne und ging damit zu den Truckern. Danach begann sie, die Theke abzuwischen.

»Haben Sie auch Milchshakes?«, fragte die junge Frau.

»Klar«, antwortete die Kellnerin.

Sie strahlte. »Dann hätte ich gern einen, wenn es nicht zu viel Arbeit macht.«

»Harry!«, rief die Kellnerin nach hinten. »Milchshake.«

Das Gesicht des alten Kochs tauchte im Fenster auf. »Was für einen?«

»Schoko«, sagte die junge Frau.

»Geht klar«, antwortete er und verschwand wieder.

»Sind Sie fertig?«, fragte die Kellnerin Hawley.

Er war fertig, wollte seiner Sitznachbarin aber dabei zusehen, wie sie ihren Milchshake trank. »Ich hätte gern noch einen Kaffee.«

Die Kellnerin räumte seinen Teller ab und füllte seinen Becher bis oben hin. In der Küche wurde der Mixer angeworfen. Dann stellte der Koch einen hohen Metallbecher und ein kleines Glas ins Küchenfenster, und die Kellnerin brachte beides zur Theke, zusammen mit einem Strohhalm, der noch in seiner Papierhülle steckte. Anschließend ging sie ans andere Ende des Gastraums und fing an, einen Stapel Speisekarten abzuwischen.

Die junge Frau goss eine Portion Milchshake in das Glas, packte den Strohhalm aus, steckte ihn in den Metallbecher, fing an zu trinken und schob das Glas zu Hawley hinüber.

»Nein, danke«, wehrte er ab.

»Milchshakes muss man teilen«, protestierte sie. »Das ist eine feste Regel.«

»Na gut«, lenkte Hawley ein. Er konnte sich nicht erinnern, wann er das letzte Mal Eis gegessen hatte. Das Getränk war kalt und rutschte langsam an der Rückseite seiner Kehle hinunter, ein großer, cremiger Klumpen.

»Einen Versuch haben Sie noch«, kam sie auf ihr vorheriges Ratespiel zurück.

»Ich sagte doch schon, dass Raten nicht meine Stärke ist.«

»Gut, ich erlöse Sie.« Sie trank einen langen Schluck, wobei sie die Wangen einsog und die Lippen um den Strohhalm schloss. Danach nahm sie ihre Hände von dem eiskalten Metallbecher, beugte sich zu ihm und berührte seinen Ellbogen mit ihren frostigen Fingern. »Ich werde den Laden hier ausrauben.«

Hawley warf sofort einen Blick in die Spiegel und durchs Küchenfenster. Die Kellnerin säuberte immer noch die Speisekarten, die Trucker unterhielten sich laut in ihrer Ecknische, und der Koch war nirgendwo zu sehen. Hawley spähte nach unten zu seiner Reisetasche und Joves Umhängetasche mit dem Geld. Beides war sicher zwischen seinem Hocker und der Theke eingeklemmt. Er wandte den Kopf und nahm den Atem der jungen Frau wahr, der nach Milch und Eiscreme roch.

»Das war ein Witz«, stellte er fest.

Sie lachte und ließ seinen Arm los, woraufhin Hawley noch einen Schluck aus seinem Glas nahm und den Schokoladensirup auf der Zunge schmeckte. Er wischte sich mit dem Handrücken den Mund ab.

»Sie haben mir geglaubt!«, bemerkte sie.

»Nein.«

»Doch.«

In diesem Moment standen die Trucker auf und gingen zur Kasse. Weil sie einzeln bezahlen wollten, brauchte die Kellnerin eine ganze Weile, bis sie alle abkassiert hatte. Die Trucker gaben ihr Trinkgeld, rückten ihre Baseballkappen gerade und verabschiedeten sich, bevor sie auf die Toilette verschwanden, anschließend aus dem Diner auf den Parkplatz hinausschlenderten, in ihre Fahrerkabinen stiegen, die Motoren starteten und mit ihren Sattelschleppern davonfuhren. Unterdessen errötete Hawley unter dem lächelnden Blick der Unbekannten.

»Das war der beste Milchshake, den ich je getrunken habe«, behauptete sie. »Ich glaube, ich möchte noch einen.«

»Wir haben auch Erdbeere«, teilte die Kellnerin ihr mit.

»Fantastisch!«

Der Koch warf wieder den Mixer an, und die Kellnerin

betrachtete die junge Frau genauer. »Kommen Sie von einer Party oder so was?«

»Nein«, antwortete sie. »Von einer Beerdigung.«

»Oh. Das tut mir leid.«

»Schon in Ordnung. Ich kannte den Toten nicht wirklich gut.«

Der Koch war mit dem Milchshake fertig und klingelte, woraufhin die Kellnerin das Glas und den Metallbecher vor die Frau stellte, diesmal mit zwei Strohhalmen. Daraufhin sammelte sie die Zuckerstreuer von den Tischen ein und begann, sie in der Ecke des Lokals neu zu befüllen.

Die junge Frau schälte beide Strohhalme aus ihrer Papierhülle, steckte einen in den Becher und den anderen ins Glas, goss einen Teil des Milchshakes um und schob das Glas zu Hawley hinüber.

»Danke«, sagte er, »ich bin satt.«

»So ist aber die Regel, das sagte ich doch schon.« Sie nahm einen Schluck. »Echte Erdbeeren! Mit echten Erdbeeren hatte ich nicht gerechnet.« Sie legte den Kopf auf die Theke und schloss genießerisch die Augen. Ihr Lippenstift war in der Mitte verwischt vom Essen und vom Saugen am Strohhalm. An den Rändern leuchtete er immer noch knallrot.

»Wer war denn der Verstorbene?«, erkundigte sich Hawley.

»Mein Vater.« Sie behielt den Kopf auf der Theke und die Augen geschlossen. »Ich wusste nicht, wo ich nach der Beerdigung hinsollte. Also dachte ich, entweder hierher oder in eine Bar.«

»Brauchen Sie einen Drink?«

»Ja und nein. Ich bin seit einem Jahr trocken. Für mich gibt es nur noch Milchshakes.«

Hawley schob seine Reisetasche mit dem Fuß beiseite, damit mehr Platz zwischen ihnen beiden war. Dabei spürte er die Flasche Whiskey, die er darin aufbewahrte, unter der Fußsohle. »Und Sie haben Ihren Vater nie kennengelernt?«

»Er hat uns verlassen, als ich noch klein war. Aber er hat mir jedes Jahr zum Geburtstag ein singendes Telegramm geschickt, das hat er nie vergessen. Damit hat er meine Mutter in den Wahnsinn getrieben. Ich dachte früher immer, dass ich mich besser mit ihm verstehen würde als mit ihr. Ich bin sogar ein paarmal abgehauen, um ihn zu suchen. Und jetzt gehört mir sein fahrbarer Untersatz. Ein riesiger Schneepflug mit Schaufel, Blaulicht und allem Drum und Dran.«

Hawley wusste nicht, was er dazu sagen sollte. Sein eigener Vater war an einem Schlaganfall gestorben, als er fünfzehn Jahre alt gewesen war. Seither war er auf sich allein gestellt, und inzwischen war er genauso alt wie sein Vater bei seiner Geburt. Dreißig. Das kam ihm weder jung noch alt vor, auch wenn die Hälfte seines Lebens nach seinen Schätzungen hinter ihm lag. Mindestens.

Er nahm einen großen Schluck aus dem Glas. Sie hatte recht: Der Koch hatte echte Erdbeeren verarbeitet. Er spürte die Körner auf der Zunge, durchdringend, frisch und voller Geschmack. Als hätte er einen Garten betreten, Spinnen beiseitegefegt und die perfekte Beere gefunden: unbeschadet und sonnengereift.

»Ein Schneepflug könnte ein gutes Fluchtfahrzeug abgeben«, sagte er. »Falls Sie immer noch das Restaurant ausrauben wollen.«

Die junge Frau öffnete die Augen. Einen Moment lang befürchtete Hawley, sie würde in Tränen ausbrechen, aber stattdessen fing sie an zu lachen. Es klang, als würde ein Baby lachen. Sie hob den Kopf von der Theke, wischte sich die Augen trocken und legte wieder ihre Hand auf seinen Ellbogen. Diesmal waren ihre Finger warm. »Danke«, sagte sie.

Da wusste Hawley, dass er genau das Richtige gesagt hatte. Ein gutes Gefühl. Schon bald würden sie von diesen Barhockern steigen und sich nie wiedersehen, doch vorerst saßen sie schweigend nebeneinander und schlürften ihren Milchshake. Nur sie beide. Bis die Klingel über der Tür läutete und ein Mann das Lokal betrat.

Er trug einen glänzenden dunkelbraunen Anzug in Übergröße. Seine Haare waren kurz geschoren, und seine Nase erinnerte an eine Tür, die nur noch an einer Angel hing. Ed King. Er war älter als Hawley, fast so alt wie Jove, trat jedoch immer noch auf wie ein Boxer.

»Bist du Sam Hawley?«

»So ist es.«

King kam und stellte sich neben ihn an die Theke. Sie schüttelten sich die Hände, und Hawley spürte die Kraft des Mannes. Dabei starrte King die ganze Zeit die junge Frau an. Sein Augenwinkel zuckte. »Sieht aus, als hättest du schon gegessen.«

Hawley überlegte, ob er seine Sitznachbarin und King einander vorstellen sollte, um so ihren Namen herauszufinden. Aber er wollte nicht, dass sie Ed King kennenlernte. Sie sollte nicht sehen, mit welchen Leuten er sich herumtrieb, sollte nichts von den scheußlichen Dingen erfahren, die er getan hatte. Hawley nahm die Reisetasche und Joves Umhängetasche und bedeutete der Kellnerin, dass er mit King in eine der Sitznischen umziehen würde.

»War nett, mit Ihnen zu plaudern«, sagte die junge Frau.

»Gleichfalls«, erwiderte Hawley.

King und er setzten sich in eine Ecknische, und Hawley positionierte sich mit dem Rücken zum Gastraum, damit er nicht in Versuchung kam, seine neue Bekanntschaft anzustarren. Stattdessen konzentrierte er sich auf Kings gebrochene Nase, stupste die Geldtasche mit dem Fuß an und trank einen Schluck Wasser, um den süßen Geschmack des Milchshakes wegzuspülen. Die Kellnerin kam und brachte ihnen eine Speisekarte.

»Was können Sie empfehlen?«, fragte King.

»Das Schwein. Wir rösten es jeden Tag frisch hinten im Hof. Und Kuchen. Wir haben acht verschiedene.« Ed King bestellte den Schmortopf mit gezupftem Schweinefleisch, dazu eine Tasse Kaffee und ein Stück Kuchen.

»Welchen Kuchen hätten Sie denn gern?«, erkundigte sich die Kellnerin.

»Bringen Sie mir, was gerade frisch ist.«

»Unsere Kuchen sind alle frisch.«

»Dann bringen Sie mir von jedem ein Stück.«

Nachdem die Kellnerin gegangen war, nahm Ed King die Umhängetasche von Hawley entgegen und stellte sie neben sich auf die Sitzbank. Er öffnete sie, schob die Hand hinein und bewegte sie hin und her, als würde er die Temperatur seines Badewassers prüfen. »Alles da?«

»Alles, was Jove mir aufgetragen hat.«

King klappte die Tasche wieder zu. Die Kellnerin erschien mit dem geschmorten Schweinefleisch und dem Kaffee und brachte kurz darauf eine Serviette, einen Teelöffel, einen Suppenlöffel sowie Milch und Zucker. King drehte den Zuckerstreuer über seinem Kaffee auf den Kopf. Es war ein Glasbehälter mit Metalltülle, aus der der Zucker in einem Schwall herausschoss.

»Wie gehts Jove?«

»Ganz gut«, antwortete Hawley. »Er kann es nicht erwarten, endlich rauszukommen.«

King stellte den Zucker beiseite und nahm einen großen Schluck Kaffee. Hawley taten allein vom Zuschauen die Zähne weh. »Ich wünschte, er könnte sich den Kampf ansehen.«

»Vielleicht kann er das ja«, sagte Hawley.

»Der Aufenthaltsraum in seinem Knast ist nur bis sechs geöffnet, und um zehn geht überall das Licht aus. Ich hab selbst mal achtzehn Monate dort abgesessen.« King machte sich über seinen Eintopf her und blickte alle paar Bissen über Hawleys Schulter. Hawley war klar, dass er die junge Frau anstarrte, und bereute es, sich nicht selbst auf die hintere Bank gesetzt zu haben.

Nachdem sie über Joves Chancen auf Bewährung diskutiert hatten, kam King auf den Kampf zu sprechen; den einen Boxer habe er selbst trainiert, und der andere schulde ihm Geld. Hawley nickte, hörte jedoch nur mit halbem Ohr zu, weil er den Geräuschen der Frau lauschte. Er hörte ihr Schlürfen, als sie mit dem Strohhalm das Ende ihres Milchshakes erreichte. Das Klicken, als sie ihre Handtasche öffnete. Das Rascheln von Papier, als die Kellnerin ihr die Rechnung über die Theke schob. Das Klingeln der alten Kasse und das Auswerfen der Geldschublade. Das Klappern, als sie ihre Füße zurück in die hochhackigen Schuhe schob. Dann das leise Klimpern einer zu Boden fallenden Haarnadel, an dem Hawley erkannte, dass sie gerade den kleinen schwarzen Hut wieder auf ihrem Kopf befestigte. Danach würde sie weg sein.

Die Kellnerin kam mit einer großen Platte, auf der sich acht Kuchenstücke drängten. Es gab Blaubeer-, Kirsch-, Ananas-, Pfirsich-, Limetten, Pekannuss-, Schokoladen- und Bananenkuchen. Jedes Stück zierte ein Klecks Schlagsahne. »Bitte sehr«, sagte die Kellnerin, während sie eine Kuchengabel und eine weitere Serviette auf den Tisch legte. Aber Ed King hatte keine Augen für seinen Kuchen. Er starrte quer durchs Lokal, und sein Augenwinkel zuckte wie verrückt.

»He!«, rief er. »Habe ich dich nicht vorhin bei Gus' Beerdigung gesehen?«

Hawley drehte sich um. Die junge Frau wollte gerade gehen und hatte bereits die Tür geöffnet. Das schwarze Hütchen hockte wie ein kleines Tier auf ihrem Kopf. Hawley spürte, wie er innerlich in Aufruhr geriet, eine Mischung aus Nervenkitzel und Angst. Die Frau ließ unterdessen den Türknauf wieder los, woraufhin sich die Glastür leise schloss. Sie blinzelte zweimal, bevor sie antwortete. »Ich bin Gus' Tochter.«

»Ich wusste es!«, sagte King. »Die ganze Zeit habe ich überlegt, woher ich dich kenne. Aber der Hut hat gefehlt.«

Sie kam an ihren Tisch. »Das sind ja viele Kuchen«, sagte sie.

»Iss doch ein Stück mit uns«, lud King sie ein.

Sie stand da und überlegte. Dann warf sie Hawley einen Blick zu und lächelte. »Also gut.«

Hawley rutschte zur Seite, und sie setzte sich neben ihn und legte ihre Handtasche auf den Schoß. Sie war ganz nah, ihre Hüften breiteten sich auf dem Sitz aus. King verlangte mehr Gabeln, die Kellnerin brachte ihnen zwei und ging hinaus für ihre nächste Zigarettenpause. Hawley war noch satt von seinen Eiern und den Milchshakes, aber die Frau griff nach einer Gabel und spießte damit die Spitze des Bananenkuchens auf.

»Mein Beileid wegen Gus«, sagte King.

»Schon gut«, sagte sie. Wieder wanderte ihr Blick zu Hawley. »Woher kennen Sie beide sich?«

»Dieser Trottel hier arbeitet manchmal für mich.«

»Wirklich?« Sie leckte die Kante der Gabel ab. »Und sind Sie hier aus der Gegend oder kannten Sie meinen Dad aus Phoenix?«

»Ich kannte ihn aus New York«, antwortete King. »Eine lustige Geschichte, aber ich glaube nicht, dass du sie hören willst.«

»Erzählen Sie ruhig«, sagte sie.

»Wie du willst. Ich wünschte nur, ich hätte einen Drink. Normalerweise trinke ich, wenn ich diese Geschichte erzähle. Dann klingt sie gleich viel besser.« Er kratzte sich die Nase. »Ich habe Gus auf der Rennbahn kennengelernt, beim Platzieren einer Dreierwette. Danach hat er hin und wieder für mich gearbeitet. Er war ein ulkiger kleiner

Kerl und fast immer pleite, weil er seine ganze Zeit auf der Rennbahn verbrachte. Ich mochte ihn, weil er mehr trank als jeder andere, den ich kannte, und es nie bereute. Komisch, dass er nie etwas von einer Tochter erzählt hat. Dabei bist du so ein hübsches Ding. Da hätte er doch eigentlich stolz sein müssen.

Wenn er betrunken war, war er ein anderer Mensch und machte total verrückte Sachen. Wenn beispielsweise jemand zu ihm gesagt hat: ›Wetten, dass du dem Türsteher dort drüben keine runterhaust‹, ist er schnurstracks zu dem Kerl hinmarschiert und hat ihm eine gepfeffert. Und wenn es hieß: ›Wetten, du wirfst deine Brieftasche nicht weg‹, hat er seine Kreditkarten an fremde Leute verschenkt. Manchmal hat er seine gesamten Kleider von einem Balkon gekippt oder seinen Schlüssel in ein Kanalgitter geworfen. Daraufhin haben alle gelacht, und er sagte: ›Das wird dem nüchternen Gus aber gefallen!‹ Am nächsten Tag kam er einem mit zertrümmertem Gesicht entgegen oder kniete am Straßenrand vor einem Kanalgitter und angelte mit einem an einer Schnur befestigten Haken darin herum. ›Das habe ich dem betrunkenen Gus zu verdanken‹, lautete sein Kommentar.

Vor ein paar Monaten – er war gerade nüchtern –, bat er mich um einen Kredit zur Tilgung seiner Schulden. Ich gab ihm das Geld, doch der betrunkene Gus setzte es auf ein Pferd und verlor. Als ich das Geld zurückverlangte, brach der nüchterne Gus in Tränen aus, und ich musste an das Häufchen Elend denken, das vor dem Kanalgitter gekauert und nach seinem Schlüssel geangelt hatte. Also gewährte ich ihm einen Aufschub. Und wisst ihr, was der betrunkene Gus getan hat? Er ging noch am selben Abend in mein Boxstudio, sprengte meinen Safe und stahl meine Einnahmen der ganzen Woche. Damit fuhr er nach Atlantic City und gab dort jeden Cent aus. Und plötzlich starb er, und ich blieb auf den Schulden sitzen, genau wie alle anderen. Daher kenne ich ihn also.«

Die junge Frau legte ihre Gabel beiseite.

»Das hättest du ihr nicht erzählen müssen«, sagte Hawley.

»Habe ich aber«, erwiderte King. »Jetzt weiß sie alles über ihren alten Herrn.«

Die Kuchenfüllungen verliefen allmählich auf der Servierplatte, und die Farben vermischten sich. Hawley spürte die Hitze, die die junge Frau neben ihm ausströmte.

»Warum waren Sie bei der Beerdigung?«, fragte sie.

»Weil er mir fünftausend Dollar geschuldet hat.«

»So viel ist das jetzt auch wieder nicht«, warf Hawley ein, obwohl er wusste, dass es nicht allein ums Geld ging. Was King ärgerte, war, dass der Kerl ihn hintergangen hatte.

»Oh doch, das ist eine Menge Geld.«

Gus' Tochter zog die Nase kraus. »So viel habe ich nicht. Außerdem weiß ich ja gar nicht, ob die Geschichte wahr ist.«

King gabelte ein Stück Kuchen auf und steckte es in den Mund. »Ist sie, glaub mir.«

Das Einschussloch an Hawleys Rücken begann zu schmerzen, sein erstes aus den Adirondack Mountains. Unwillkürlich fing er an, Inventur zu machen: Das M14-Gewehr seines Vaters befand sich mitsamt Ersatzmunition in der Reisetasche zu seinen Füßen, und ein geladener Smith-&-Wesson-Revolver steckte hinten in seinem Gürtel. Hawleys Körper war bereit, jeder Muskel angespannt.

Die junge Frau rutschte aus der Sitznische. Die Handschuhe, die sie zuvor aus ihrer Tasche genommen hatte, hielt sie zerknüllt zwischen den Fingern. Sie war aufgewühlt, dachte aber immer noch, sie könnte einfach gehen. »Danke für den Kuchen.«

Blitzschnell fuhr King einen seiner Boxerarme aus und packte sie am Handgelenk. Hawley zuckte erschrocken zusammen.

»Lassen Sie mich los!« Sie sträubte sich und sah sich nach der Kellnerin um.

»Setz dich«, befahl King.

Die junge Frau öffnete ihre Finger, woraufhin die Handschuhe auf den Tisch fielen. Sie hörte auf, sich zu wehren, und King lockerte seinen Griff, ließ jedoch nicht los. Das kleine schwarze Hütchen hatte sich gelöst, und Hawley sah, wie ihre Augen unter dem Schleier aufblitzten. Sie tat so, als wollte sie sich wieder hinsetzen, beugte sich stattdessen vor und vergrub ihre Zähne in Kings Handgelenk.

Der ehemalige Boxer schrie auf und ließ die Hand der jungen Frau los, woraufhin diese sich ihre Handschuhe schnappte und zur Tür rannte. King schob sich aus der Sitznische, um sie zu verfolgen, doch Hawley stand ebenfalls auf und blockierte ihm den Weg.

»Lass sie gehen«, sagte er.

»Verdammte Furie!« Ihre Zähne hatten Kings Haut

durchbohrt, und das Blut tropfte bereits auf den braunen Anzug. Hawley hörte, wie sich die Absätze entfernten, dann ertönte die Türklingel.

»Du brauchst das Geld doch gar nicht«, redete Hawley auf King ein.

»Die Sache hat nichts mit dir zu tun.«

»Doch, hat sie«, stieß Hawley hervor. Sobald er die Worte ausgesprochen hatte, wusste er, dass sie stimmten. Dieses Wissen war anders, als wenn sein Körper wieder einmal die Kugeln vorausahnte, die ihn treffen würden. Mehr wie der Meteorschauer, von dem er der jungen Frau erzählt hatte, eine Ansammlung kalter Felsbrocken, die plötzlich glühend erwachten. Hawley hatte die Tür zu einer ganz neuen Möglichkeit aufgestoßen.

Ed Kings Auge zuckte, und die Nasenlöcher seines gebrochenen Riechorgans waren weit gebläht. Er lehnte sich zurück, und seine Faust schoss nach vorn, so rasant, wie er zuvor den Arm der Frau gepackt hatte. Aber Hawley war vorbereitet und wich gerade weit genug aus, dass King ihn verfehlte und schwankend nach vorn auf den Tisch kippte. Das Geschirr fiel klirrend zu Boden, und die Kuchenstücke flogen in alle Richtungen.

Der Koch steckte seinen Kopf durchs Küchenfenster. »Was ist da draußen los?«

Seine Frage lenkte Hawley kurzzeitig ab, und so traf ihn Kings nächster Hieb in die Brust, gefolgt von einem schnellen Kinnhaken. Noch bevor Hawley reagieren konnte, lag er auf dem Boden des Diners, und King stieg mit der Umhängetasche über ihn hinweg. Hawley streckte die Hände aus, packte Kings Beine, warf den Boxer ebenfalls zu Boden, rollte sich auf ihn und fing an, mit aller Kraft auf ihn einzuprügeln.

Hawley spürte, dass er für diesen Kampf bestimmt war.

Sein Körper erkannte jede Wegbiegung wie einen oft gegangenen Pfad – das Adrenalin, die Hitze in seinen Schultern, das Verlagern seines Gewichts, das Durcheinander aus Haut und Haaren, die Schläge in die Rippen, den Schmerz des Atmens, das vertraute Gefühl seiner knirschenden Fingerknöchel. Es war wunderbar, wie ihn das alles überflutete, wie sanfte, dunkle Luft, die aus einer tiefen Höhle aufstieg. Er griff nach dem Revolver in seiner Hose und stopfte ihn King in den Mund.

Der Koch trat mit einer Schrotflinte aus der Küche. Er trug immer noch sein Haarnetz. »Das reicht jetzt!«, rief er. »Hören Sie auf!«

Hawley zog langsam den Revolver zwischen Kings Zähnen hervor. Seine Finger zitterten. Er war so kurz davor gewesen, diesen Mann zu töten. Dies war nicht der Weg, den er hatte einschlagen wollen, und nun wich er erschrocken vor dem Abgrund zurück. Sein Herz schlug heftig, und das Blut rauschte durch seine Hände, obwohl er sie über den Kopf hob. Der Koch umrundete die Theke, hielt die Schrotflinte auf ihn gerichtet und ging rückwärts zur Tür. Er öffnete sie einen Spalt.

»Barbara! Komm sofort rein!«

Die Kellnerin betrat nach Zigarettenqualm riechend das Lokal. Ihre Augen weiteten sich, als sie das Chaos auf dem Boden sah. »Du lieber Himmel!«, sagte sie.

»Ruf die Polizei«, forderte der Koch sie auf.

»Das müssen Sie nicht«, wehrte Hawley ab. »Es ist niemand verletzt.«

»Sie waren drauf und dran, diesen Kerl umzubringen«, sagte der Koch und ließ sich von Hawley den Revolver aushändigen. Die Kellnerin schickte er zum Münztelefon bei den Toiletten, damit sie die Polizei anrief. Da sie keine Münzen hatte, musste sie sich aus der Kasse bedienen.

Hawley stand auf, und der Schmerz wanderte von seinen Fingerknöcheln in seine Handgelenke. Zu seinen Füßen rollte sich King stöhnend auf die Seite. Überall auf dem Boden lagen verstreute Kuchenteile, und Kings Anzug war mit Pfirsichen, Äpfeln, Blaubeeren und Sahne beschmiert. Seine hängende Nase zeigte nun in die andere Richtung. Hawley ließ den Koch nicht aus den Augen. Seine Nerven waren bis aufs Äußerste gespannt. Er machte einen Schritt auf seine Reisetasche zu.

Die Kellnerin hängte den Hörer auf. »Die Polizei ist unterwegs«, verkündete sie und suchte hinter der Theke Zuflucht. Der Koch blieb im Gang zwischen Theke und Tischen stehen, die Schrotflinte im Anschlag.

»Ich will keinen Ärger«, sagte Hawley, »aber ich werde jetzt abhauen. Ich werde ganz langsam hinausgehen, ohne jemanden zu behelligen.«

»Nichts da. Sie bleiben hier und unterhalten sich mit der Polizei«, widersprach der Koch.

»Tut mir leid, das geht nicht«, entgegnete Hawley. Er warf einen raschen Blick in die Spiegel und spähte auf den Parkplatz hinaus. Mit einem Griff hob er die Reisetasche und die Umhängetasche mit Joves Geld auf und machte einen Schritt auf den alten Mann zu.

»Bleiben Sie, wo Sie sind«, befahl der Koch.

»Ich werde jetzt an Ihnen vorbeigehen und verschwinden«, kündigte Hawley an. »Sie werden mich nie wiedersehen. Ich will einfach nur durch diese Tür.« Er bewegte sich langsam den Gang entlang und roch, dass irgendetwas im Ofen verbrannte. Die Neonuhr flackerte über ihm und spiegelte sich im Chrom der Theke. Es war so still, dass Hawley den surrenden Luftstrom des Uhrzeigers hörte, der sich von Strich zu Strich und von Ziffer zu Ziffer bewegte.

Der Koch ließ die Flinte nicht sinken, zog sich jedoch rückwärts in eine der Sitznischen zurück und ließ Hawley vorbei. Von diesem Moment an kam ihm alles vor wie ein Traum, als hätte er das alles schon einmal in einem früheren Leben getan und wüsste daher, dass der Koch ihn gehen lassen würde. Noch nie war er sich einer Sache so sicher gewesen, noch nie hatte er so klar vorhergesehen, was als Nächstes passieren würde. Er griff nach der Tür und zog sie auf. Die Glocke läutete. Draußen spürte er, wie die Sonne den Asphalt wärmte, roch das Benzin, schmeckte die Abgase des Highways auf der Zunge. Und er hörte ein Rauschen. Hinter dem Diner lag ein Kiefernwäldchen, und dahinter folgte dichterer Wald, der einen felsigen Höhenzug hinaufwuchs und sich über die umliegenden Hügel erstreckte. Hawley hatte die Bäume bei seinem Eintreffen überhaupt nicht wahrgenommen, aber jetzt schienen sie ihm etwas zuzuraunen, mit ihren Nadeln, durch die der Wind fuhr. Und er hörte noch etwas. Hawley drehte sich einen Zentimeter zur Seite, gerade genug, um Ed Kings Faust auf sich zufliegen zu sehen.

Der Schlag war von der Sorte, für die der Boxer bekannt

war, von der Sorte, die einem Gegner das Gehirn spalten konnte. Hawley spürte, wie die einzelnen Teile seines Ichs auseinanderdrifteten, wie der Mann, der er war, sich von dem Mann trennte, der er hätte werden können. *Ich war schon fast da*, dachte er. *Ich hätte es fast geschafft.* Flirrender Lärm explodierte um ihn herum, und die Welt entfernte sich, als würde er rückwärts ins Wasser fallen. Über der Wasseroberfläche wurde das Licht immer schwächer, war nicht mehr zu erreichen, bis sich Dunkelheit herabsenkte und auch noch den letzten Rest Helligkeit auslöschte.

Als Hawley wieder zu sich kam, lag er im Eingang des Diners. Die Glastür war zertrümmert, offensichtlich war er hineingestürzt. Als er sich bewegte, spürte er, wie kleine, glitzernde Scherben von seiner Brust rutschten. In seinem Kopf hämmerte es, und aus seinem Ohr tropfte Blut. Irgendwo hinter ihm brüllte King den Koch an. Hawley hatte keine Ahnung, wie lange er bewusstlos gewesen war. Er blickte durch die zersplitterte Tür zum leuchtend blauen Himmel empor. Der Wind hatte aufgefrischt und trieb die Wolken vor sich her.

Hawley versuchte aufzustehen. Vor seinen Augen drehte sich alles, also konzentrierte er sich auf die Barhocker vor der Theke – rot bezogen, an Ort und Stelle fixiert, unbeweglich. Neben der Kasse rangen King und der Koch um die Schrotflinte. Der alte Mann versuchte den Boxer abzuwehren, aber King duckte sich blitzschnell und rammte ihm die Faust in die Eingeweide. Die Flinte ging los und schlug ein Loch durch eines der Fenster, woraufhin noch mehr Glas auf die Tische und auf den Asphalt vor dem Diner prasselte. Obwohl sich Hawley wegzudrehen versuchte, wurde er von einigen Schrotsplittern am Oberschenkel getroffen.

Die Kellnerin schrie auf und ging hinter der Theke in Deckung. Mit einer Hand entwand King dem Koch die Flinte, drehte sie um und knallte ihm den Lauf gegen den Kopf. Hawleys Bein brannte. Er drückte seine Finger gegen die Wunde. Obwohl es feiner Schrot gewesen war, blutete er heftig. Er hörte die Kellnerin schluchzen. Der alte Mann lag stöhnend auf dem Boden, das Haarnetz war ihm vom Kopf gerutscht. King lehnte schwer atmend an der Theke. Sein Anzug war mit Blut und acht verschiedenen Sorten Kuchen bekleckert, und seine Zunge bewegte sich in seinem Mund, als habe er auf etwas Saures gebissen. Er zog den Schaft der Flinte nach hinten. Die leere Patronenhülse wurde ausgeworfen, fiel zu Boden und rollte quer durch den Gastraum auf Hawley zu.

Schließlich fluteten blinkende Lichter in Rot und Blau die Fenster, und eine Sirene heulte auf. King fluchte, ließ die Schrotflinte sinken und kauerte sich hinter die Theke, während Hawley sich auf Hände und Knie erhob. In seinem Kopf drehte sich immer noch alles, und unter seinen Händen knirschten die Glasscherben. Das Auto, das er in South Carolina gestohlen hatte, stand am anderen Ende des Parkplatzes. Dorthin schaffte er es auf keinen Fall an der Polizei vorbei. Er versuchte trotzdem, zur Tür hinauszukriechen und zugleich Reise- und Geldtasche hinter sich herzuschleifen.

Genau in diesem Moment hielt ein Schneepflug vor dem Eingang, mit eingeschaltetem Blaulicht, heulender Sirene und einer riesigen Schneeschaufel am Kühlergrill.

Die Fahrertür ging auf, und die junge Frau sprang heraus. Ihre Füße waren nackt, aber sie trug immer noch das schwarze Kleid und das mit Nadeln befestigte Hütchen. Eilig rannte sie zu Hawley, packte ihn unter den Armen und stemmte ihn hoch.

»Steh auf, du Arschloch!«, rief sie.

Hawley musste sich auf sie stützen, um es bis zum Führerhaus des Schneepflugs zu schaffen. Ihre breite Hüfte drückte sich gegen ihn, während er so schnell er konnte über den Parkplatz humpelte. Hawley warf einen Blick zum Diner zurück und sah, dass King durchs Fenster hindurch die Räder des Schneepflugs ins Visier nahm.

»Er schießt dir die Reifen platt.«

»Da sind Ketten drüber«, entgegnete sie.

Ein Schuss prallte gegen das Führerhaus, drang jedoch nicht durch das dicke Metall. Die Frau legte den ersten Gang ein und lenkte den Schneepflug vom Parkplatz. Hawley drehte sich um und sah King hinter ihnen herrennen, bis er stolperte. Die Schrotflinte fiel ihm aus den Händen und landete klappernd auf der Straße. Das Gebäude des Diners und das Leuchtschild mit dem Schwein wurden langsam kleiner, die Fahrerin schaltete die Sirene aus. Nach einigem Rangieren bog sie auf den Highway ab und fuhr in gemäßigtem Tempo davon, während ihnen zwei Polizeiautos mit eingeschaltetem Blaulicht entgegenkamen.

»Ich dachte, du wärst abgehauen«, sagte Hawley.

»Nein, ich habe darauf gewartet, dass du auch rauskommst – bis ich gesehen habe, wie dieser Kerl dich k. o. geschlagen hat. Du sahst aus, als wärst du tot.«

»Ich dachte auch, ich wäre tot.«

Hawleys Gesicht begann anzuschwellen, und sein Auge wurde von Minute zu Minute dicker. Er betrachtete die Hände der jungen Frau, die sich auf dem Lenkrad bewegten, ihren nackten, von Sternen gesprenkelten Fuß, mit dem sie die Kupplung trat. »Warum hast du auf mich gewartet?«

»Ich weiß auch nicht.« Sie warf einen prüfenden Blick in den Rückspiegel und in beide Seitenspiegel, bevor sie zu ihm hinüberspähte. »Du blutest.«

»Er hat auf mich geschossen«, sagte Hawley.

»Tut es weh?«

»Klar tut es weh.«

Sie setzte den Blinker, fuhr auf die rechte Spur und nahm die nächste Ausfahrt. Sie kamen vom Highway in ein vorstädtisches Viertel mit Schulen, Kirchen und Supermärkten, normalen Straßen, normalen Häusern und Familien. Sie bog rechts ab und parkte unter einem Ahornbaum am Straßenrand.

»Lass mich mal sehen.«

Als Hawley die Hand hob, ergoss sich ein Schwall Blut über seine Jeans.

»Du musst ins Krankenhaus.«

»Geht nicht.«

»Mach dich nicht lächerlich.« Sie griff nach seinem Gürtel und zog so energisch an der Schnalle, dass sie seine Hüfte mitriss. Nachdem sie den Ledergürtel aus den Schlaufen seiner Jeans befreit hatte, wickelte sie ihn um sein Bein und zurrte ihn oberhalb der Wunde fest. Diese junge Frau war kaum halb so groß wie Hawley und konnte trotzdem eisern zupacken. Er war allein von ihren Fingern auf seinem Oberschenkel vollkommen benommen. Während sie an seinem Bein herumhantierte, blickte er auf ihren Hinterkopf, auf ihren Haaransatz, der im Nacken spitz zulief. Er nahm noch immer einen Hauch von Erdbeere an ihrem Atem wahr.

Als sie fertig war, waren ihre Hände blutverschmiert. Sie wischte sie kurzerhand an ihrem Kleid ab und hinterließ rote Streifen auf dem Stoff. Dann lehnte sie sich auf ihrem Sitz zurück und sah ihn eindringlich an.

»Was ist in diesen Taschen?«, fragte sie ihn.

Hawley hatte das Gefühl, sich gleich übergeben zu müssen. »Lass es«, bat er.

Aber sie hatte bereits die Reisetasche geöffnet und wühlte in seinem Leben herum, zog einen Teil seiner Kleider heraus, seine Zahnbürste, die Zeitung, die er gerade las. Schließlich fand sie das Gewehr seines Vaters samt Munition.

»Dafür habe ich eine Lizenz.«

»Na klar.« Sie griff wieder in die Tasche und schloss ihre Finger um ein Glas Lakritz. Nachdem sie den Deckel aufgeschraubt hatte, zog sie ein Bündel Geldscheine hervor, dicht gepackte, mit Gummibändern verschnürte Hunderter. Sie schraubte ein zweites Glas auf und machte darin den gleichen Fund. Dabei blieb ihr Gesicht völlig ungerührt, als würde sie jeden Tag so viel Geld sehen. Sie legte das Geld zurück, schraubte die Gläser zu und verstaute sie wieder in der Tasche. Als sie den Reißverschluss zuzog, stieß sie einen Seufzer aus. Sie hatte eine Lakritzstange in der Hand behalten und saugte sie nun flutschend in den Mund wie eine schwarze Spaghetti-Nudel.

»Ich stand schon immer auf Lakritz.«

Hawley spürte, wie ihn seine ganze Kraft verließ. Sein geschwächter Zustand war ihm offenbar anzusehen, denn sie streckte die Hand aus und berührte ihn unterhalb des Kinns, suchte nach seinem Puls. Sie strich über seinen Hals und drückte plötzlich zu, und in diesem Moment tat sich der Neuanfang vor ihm auf, nach dem er gesucht hatte. Die Frau hatte ihn mit ihren Fingerspitzen gefunden, den Lebensfaden, der sich die ganze Zeit unter Hawleys Haut versteckt hatte.

Er starrte auf ihre Lippen, die leise zählten.

Dann ließ sie los.

Draußen waren sie von Bäumen, Gehwegen und Palisadenzäunen umgeben. Drinnen tickte der Motor. Die Frau griff über Hawleys Schulter hinweg, zog den Gurt heraus und schnallte ihn fest. Auch sich selbst schnallte sie an und drehte den Schlüssel im Zündschloss. Der Schneepflug sprang rumpelnd und wackelnd an. »Ich bringe dich jetzt ins Krankenhaus. Okay?«

»Okay«, sagte Hawley. Ihre Augen waren grün mit goldenen Sprenkeln. Er versuchte, sich ganz auf sie zu konzentrieren, damit er ihren Anblick nie wieder vergaß.

Sie schaltete die Warnleuchte des Schneepflugs ein, woraufhin rote und blaue Lichtblitze über die Fenster zuckten, und fuhr los.

»Jetzt sollten wir wohl eine Entscheidung treffen«, sagte sie.

»Was für eine Entscheidung?«, fragte Hawley.

»Was für ein Unfall das hier war. Damit wir es im Krankenhaus angeben können. Die Polizei sucht vielleicht nach dir, deshalb sollten wir zuerst den Bundesstaat verlassen.«

Ihre Hand lag auf dem Schaltknüppel. Sie schaltete und schaltete gleich noch einmal. Ein paar Häuserblocks fuhren sie schweigend dahin.

»Wie heißt du eigentlich?«, fragte Hawley.

»Ich bin mir nicht sicher, ob ich dir das verraten soll. Du bist wahrscheinlich kriminell.«

»Tja«, erwiderte Hawley. »Das bist du jetzt auch.«

»Also gut.« Sie räusperte sich. »Ich heiße Lily.«

»Lily«, wiederholte Hawley und ließ den Namen auf seiner Zunge rollen. »Lily.«

»Das bin ich«, sagte Lily. Dann schaltete sie die Sirene ein, und alle Autos wichen ihnen aus und fuhren an den Straßenrand. Sogar die roten Ampeln wurden grün.

Wetterfahnen

Jeden Sonntag holte Loo Marshall mit dem Firebird ab. Sie genoss es, am Straßenrand auf ihn zu warten und zu wissen, dass er sich nur ein kurzes Stück entfernt in dem weißen Haus an der Ecke befand, sich die Haare kämmte, die Schuhe zuband, die Zähne putzte. Während sie an ihrem Pappbecher mit Kaffee von Dunkin' Donuts nippte, hatte sie das Gefühl, die Welt würde etwas Großes, Geheimnisvolles, Verblüffendes für sie bereithalten.

Nach dem Highschool-Abschluss hatten sie beide ihre Eltern davon überzeugt, dass sie ein Jahr Auszeit brauchten, bevor sie mit dem Studium begannen. Marshall, weil er vorhatte, sich als Freiwilliger bei Greenpeace zu melden, und Loo, weil sie ein Schuljahr übersprungen hatte und erst sechzehn war. Hawley war mehr als dankbar für den Aufschub. Er war so stolz auf Loo, als sie in ihrer Robe und dem Doktorhut über die Bühne ging, dass er sie fotografierte und das Bild an die Badezimmerwand klebte, neben die Fotos ihrer Mutter. Mit Direktor Gundersons Hilfe hatte sich Loo für ein Praktikum im wissenschaftlichen Museum in Boston beworben, das sie im Januar des folgenden Jahres antreten würde. In der Zwischenzeit würde sie kellnern, und Marshall würde Unterschriften für die Petition seiner Mutter sammeln. Verheißungsvoll erstreckten sich die Sommermonate vor ihnen.

Jetzt ging die Haustür auf, und Marshall trat in Hemd und Krawatte heraus. Hinter ihm stand seine Mutter und trug bereits ihre Sawtooth-Schürze. Loo hatte Direktor Gunderson gebeten, ihnen unterschiedliche Schichten zuzuteilen. Diese Woche hatte Mary Titus die Mittagsschicht, während Loo am Vorabend bis Mitternacht Tabletts und Eiskübel gestemmt hatte. Agnes war mittlerweile im sechsten Monat und brauchte zunehmend Unterstützung. Sie hatte angefangen, weite hawaiianische Kleider aus dem Secondhand-Laden zu tragen und zwischendurch im Kühlhaus die Füße hochzulegen. Loo hatte einen Teil ihrer Tische übernommen, und im Gegenzug hatte Agnes ihr gezeigt, wie man flüssigen Eyeliner auftrug. Sie hatten nebeneinander vor dem Spiegel der Damentoilette gestanden und sich die Ellbogen abgestützt, damit ihre Hände nicht zitterten. Genauso hatte Loos Vater ihr beigebracht, eine Waffe zu halten.

»Du siehst toll aus«, hatte Agnes gesagt und den Stecker in ihrer Lippe aufblitzen lassen.

Die schwarzen Umrandungen verliehen Loos Augen ein vollkommen anderes Aussehen, aber sie war sich nicht sicher, ob sie sich damit gefiel. Es war eher so, als würde sie eine Fremde im Spiegel betrachten, eine Fremde, die den Köchen widersprach, die ungezwungener mit den Gästen scherzte und härter arbeitete, als Loo je zuvor gearbeitet hatte. Tänzelnd umrundete sie das wie Glühwürmchen durcheinanderschwirrende Wochenendpublikum, glitt durch es hindurch, begleitete es bis zum Ende des Abends. Dementsprechend erschlagen fühlte sie sich am Morgen, und nur Kaffee und die Aussicht darauf, Marshall zu sehen, hielten sie wach.

Vom Auto aus beobachtete sie, wie Mary Titus ihrem Sohn einen Stapel Flugblätter übergab und mit nachdrücklichem Gesichtsausdruck etwas zu ihm sagte. Daraufhin küsste sie ihn auf die Wange und schloss die Tür. Er eilte die Treppe hinunter, den Skizzenblock unter dem Klemmbrett versteckt, und klapperte mit seinen Lederschuhen den Gehweg entlang. Während er sich dem Firebird näherte, breitete sich langsam ein Lächeln auf seinem Gesicht aus. Bei Loo angekommen warf er einen Blick zurück, um sich zu vergewissern, dass seine Mutter ihn nicht vom Haus aus beobachtete, bevor er die Autotür auf- und wieder zumachte. Nun waren sie im Innenraum des Firebird und miteinander allein.

Loo reichte Marshall den Kaffee, den sie ihm mitgebracht hatte. »Hast du den Stadtplan?«

Marshall schob die Hand in die Jackentasche und wedelte mit einem gefalteten Stück Papier. »Telefonbuch?«

Sie wies mit dem Kinn zur Rückbank. Marshall

schnappte sich das Telefonverzeichnis und blätterte durch die dünnen weißen Seiten. Jeden Namen, den sie bereits auf der Unterschriftenliste hatten, strichen sie durch. Sie gingen Straße für Straße vor, schrieben Personen hintereinander, deren Adressen möglichst nah beieinanderlagen. Es war Loos Idee gewesen, die verloren gegangene Petition zu rekonstruieren. Marshall steuerte die Einzelheiten bei, schätzte Datum und Zeit, die Kilometer, die er zurückgelegt hatte, die Türen, die sich für ihn geöffnet hatten, die möglichen Namen. Die Unterschriften fälschten sie gemeinsam. Das Ganze war wie ein Biologieprojekt für sie, zu dem jeder seinen Teil beitrug.

Sie fuhren nach Dogtown, schlängelten sich auf Seitenstraßen ans Ziel, damit sie nicht an Mabel Ridges Haus vorbeikamen. Loo war immer noch nicht bereit, ihr wieder unter die Augen zu treten. Sie hatte Marshall zwar von ihrer Großmutter erzählt, jedoch gewisse Informationen über das Auto (geliehen) und die Spitzenhandschuhe (gestohlen) unterschlagen. Marshall hatte die Handschuhe sexy gefunden, als sie sie einmal zum Fahren über die Finger gestreift hatte, doch sie hatte ihm nicht sagen wollen, dass sie einmal ihrer Mutter gehört hatten.

Der Wald war ihr regelmäßiger Zufluchtsort geworden, ein Ort, an dem es unwahrscheinlich war, dass sie jemandem von ihrer Schule über den Weg liefen, ein Ort, an dem sie miteinander allein sein konnten, ohne dass dieses Alleinsein etwas Gezwungenes bekam, ein Ort, an dem es immer etwas gab, das man sich gegenseitig zeigen konnte – Vogelnester oder riesige Pilze, Biberdämme oder wilde Farnwedel. Ein Ort, der Gesprächspausen mit den Geräuschen des Waldes füllte, ein Ort mit Vergangenheit, der gefährlich genug war, dass sie jedes Mal, wenn sie den Pfad betraten und die Bäume sich hinter ihnen schlossen, das Gefühl hatten, ein gewisses Risiko einzugehen und ein Abenteuer zu erleben.

Sie schlenderten Babsons Felsbrocken entlang, von WAHRHEIT über MUT und TREUE und bis zu Peters Kanzel, einem der größten Findlinge mit einer breiten, flachen Oberfläche und senkrechten Seitenwänden – ein großes, unvollkommenes, abschüssiges Stück Felsen. Es gab nur eine Möglichkeit, es zu erklimmen, und zwar über einen schmalen Spalt an der Seite und einen kleinen Vorsprung, den sie überwanden, indem sie sich gegenseitig schoben oder zogen. Einmal oben, waren sie vom Pfad aus nicht mehr zu sehen – eine steinerne Insel hoch über den Büschen. Loo breitete eine Decke für das mitgebrachte Picknick aus: Käsebrote, eine Tüte Salzbrezeln, Cola, eine Packung Oreo-Kekse und einen Apfel, den Loo an ihrer Jeans sauber rieb und mit ihrem Messer in Schnitze zerteilte.

Nachdem sie zu Mittag gegessen hatten, zogen sie den Stadtplan und das Telefonbuch hervor und begannen, der Petition Unterschriften hinzuzufügen. Marshall las einen Straßennamen vor, und Loo fuhr mit den Fingern die Seiten des Telefonbuchs entlang, bis sie die jeweilige Straße gefunden hatte.

»Vielen Dank, Mrs Paula Hayden, für Ihre Unterstützung.«

»Der Kabeljau dankt Ihnen ebenfalls, John Pane.«

»Hören Sie die Fische, Robert L. Kendrick?«

»Blub, blub, Miss Beam. Blub, blub.«

Marshall kopierte mit seiner schrägen Druckschrift die Adressen, anschließend unterschrieben sie abwechselnd, erst mit der linken, dann mit der rechten Hand – schnörkelige oder kritzelige Namen, lang gezogene Striche oder sorgfältige Bögen –, bis sie Krämpfe in den Fingern bekamen.

»Lass uns eine Pause machen«, schlug Marshall vor.

»Warte. Ich habe dir was mitgebracht.«

Er griff in seine Jacke und holte ein Buch hervor, das voller Fotos und Schaubilder des Sonnensystems war. Auf der Rückseite stand ein Zitat von Carl Sagan: *Irgendwo wartet etwas Unglaubliches darauf, entdeckt zu werden.*

»Wow«, sagte Loo. »Danke.«

»Ich dachte, das würde gut zu deiner Planisphäre passen.« Er beugte sich vor und blätterte die Seiten um, bis er bei Neptun angekommen war, einem blauen Wirbel aus Wasserstoff, Helium und Eis. »Schau dir das an.« Er fuhr mit dem Finger die Umlaufbahn des Planeten nach. »Ein Jahr auf dem Neptun entspricht hundertfünfundsechzig Jahren hier auf der Erde.«

»Schwer vorstellbar, dass die Zeit so unterschiedlich vergeht«, sagte Loo.

Marshall drehte die Seite um. »Das hier nennt man das Perihel. Das ist der Punkt, an dem ein Planet der Sonne am nächsten kommt. Bei Neptun beträgt der Abstand dort 4,45 Milliarden Kilometer.«

Loo zeigte auf einen Punkt der Umlaufbahn. »Es sieht aus, als würden sich sein Weg und der von Pluto kreuzen.«

»Ja, alle zweihundertachtundvierzig Jahre«, bestätigte

Marshall. »Pluto ist zu dem Zeitpunkt sogar näher an der Sonne als Neptun. Allerdings befinden sie sich auf unterschiedlichen Umlaufebenen und werden sich deshalb nie wirklich begegnen.«

»Wie romantisch.«

»Ja«, sagte Marshall. »Wie auch immer, ich dachte, das Buch gefällt dir vielleicht.«

»Es gefällt mir sogar sehr«, versicherte sie wahrheitsgemäß. Das Buch enthielt Kapitel über schwarze Löcher, den Urknall, Asteroiden, Kometen, Satelliten, Kleinplaneten und Monde. Ganz hinten befand sich ein Diagramm, das von jedem Planeten die Masse und die Gravitationskonstante angab, sowie eine Gleichung, mit deren Hilfe man sein eigenes Gewicht an verschiedenen Orten des Universums bestimmen konnte. Loo lieh sich ein Blatt Papier von Marshall und begann zu rechnen, während er seinen Zeichenblock aufschlug.

Auf dem Jupiter würde Loo 128,6 Kilo wiegen, auf dem Pluto nur 3,6. Auf dem Merkur würde sie immerhin 20,5 Kilo auf die Waage bringen, und wenn sie sich auf einen Weißen Zwerg wagen würde, würde sich ihr Körper auf 71 Millionen Kilo aufblähen. Wenn man den Ort wechselte, veränderte sich also auch das eigene Gewicht. Loo streckte die Beine aus. Ihre Muskeln schmerzten vom Kellnern. Der Fels fühlte sich hart an, war aber auch warm von der Sonne. Sie legte sich hin und schloss die Augen – vielleicht nur eine Minute, vielleicht eine ganze Stunde.

Als sie aufwachte, waren ihre Glieder steif, und ihre Wange lag auf der Rückseite ihres neuen Buchs. Sie hörte das Rascheln von Flugblättern, das Kratzen eines Stifts auf Papier. Marshall zeichnete immer noch, seine andere Hand ruhte in ihrem Kreuz. Sie drehte den Kopf zu ihm, und er zog die Hand weg.

»Ich hatte Angst, dass du vom Felsen rollst«, erklärte er.

»Was zeichnest du?«

Er drehte den Skizzenblock um. Quer über die Seite zog sich ein Raumschiff, mit runden Lüftungslöchern entlang der Unterseite, zwei rostig aussehenden, mit Metallbolzen an den Seiten befestigten Triebwerken, einer geschwungenen Frontscheibe und einer Wetterfahne, die die Himmelsrichtungen anzeigte.

»Ich wünschte, ich könnte auch so zeichnen«, sagte Loo.

»Meine Mom findet, ich vergeude nur meine Zeit.« Marshall hielt den Stift fest zwischen seinen tintenbefleckten Fingern. Loo beobachtete, dass Daumen und Zeigefinger eine Linie bildeten, während sich seine Hand gleichmäßig vor- und zurückbewegte. Dann änderten sich der Winkel und die Position der Finger, fließend und geschmeidig.

»Sie versucht gerade, mich bei *Wal-Helden* unterzubringen. Das Team folgt inzwischen der Buckelwal-Wanderung und hat gerade eine Folge draußen an der Stellwagen Bank abgedreht. Sie wurde noch nicht ausgestrahlt, aber das Team hat auch ein paar Umweltschützer vor Ort mit einbezogen und ein Telefoninterview mit meiner Mutter über die Petition geführt. Jetzt glaubt sie, dass sie noch mehr Aufmerksamkeit für ihre Sache bekommt, wenn mein Stiefvater mich bei der Sendung mitmachen lässt.«

»Willst du denn ins Fernsehen?«

»Nicht wirklich«, gestand Marshall. »Mein Stiefvater ist ein ziemliches Arschloch.«

»Warum hat sie ihn dann geheiratet?«

»Weil sie nicht mehr allein sein wollte, sagt sie.« Marshall wischte sich die Nase ab. »Hatte dein Vater eigentlich nie wieder eine Freundin?«

»Nein.«

»Vielleicht hatte er ja irgendwann eine, und du hast es nur nicht mitgekriegt.«

Loo dachte an all die Frauen, die ihrem Vater im Laufe der Jahre Avancen gemacht hatten – Kellnerinnen und Lehrerinnen, Bibliothekarinnen und Kassiererinnen –, und wie er immer bei der kleinsten Annäherung sofort auf Abstand gegangen war. »Ich glaube nicht.«

Marshall sah sie an und blickte gleich wieder auf seinen Block. Er griff nach seinem Radiergummi und rubbelte auf der Seite herum. »Vielleicht hat er deswegen so viele Waffen.«

»Was soll das denn heißen?«

»Als Ersatz für irgendetwas.«

»Du hast keine Ahnung, wovon du sprichst.«

»Bei meinem Vater war es genauso, nur dass es bei ihm Fische waren statt Waffen. Ständig war er mit seinem Boot unterwegs. Bis er draußen an den Bitter Banks ertrunken ist, weil er unbedingt bei Sturm hinausfahren wollte. Wegen der Fische, sagt meine Mom. Aber der Kerl hat einfach gemacht, was er wollte. Danach wurden wir aus unserer Wohnung geworfen, und meine Mom brauchte über ein Jahr lang Beruhigungsmittel. Er hat nicht einen Gedanken daran verschwendet, was er uns damit antut.«

Der Wind frischte auf und wehte einen Teil der Flugblätter, die Marshall eigentlich verteilen sollte, über die Felskante. Loo und Marshall beobachteten, wie sie auf den Boden flatterten. Marshall schnappte sich auch noch den Rest, holte aus, als würde er einen Baseball werfen, und schleuderte den ganzen Stapel vom Felsen. Die Flugblätter entfalteten sich in der Luft und segelten mit der Brise davon. Ein paar landeten im Gras, andere verfingen sich in den Ästen eines Ahorns und wieder andere wurden vom Wind quer durch den Wald geweht, bis sie irgendwann von Vögeln, Streifenhörnchen, Eichhörnchen oder Murmeltieren zerfetzt und zum Auspolstern von Höhlen oder Nestern verwendet wurden.

Marshall stand schwer atmend auf dem Felsen und schirmte Loo vor der Sonne ab.

»Zeichne doch das Bild fertig«, forderte sie ihn auf.

»Ich habe kein Papier mehr.«

Loo ließ ihren Kopf wieder auf ihre verschränkten Arme sinken. Sie zog ihr T-Shirt hoch und entblößte ihren unteren Rücken, die Stelle direkt über ihrer Jeans, auf der vorhin Marshalls Hand gelegen hatte. »Du kannst auf mir zeichnen«, sagte sie und schloss die Augen. Sie wollte sein Gesicht nicht sehen, falls er Nein sagte.

Über ihnen flog ein Gänseschwarm vorbei, sie hörte die Schreie der Vögel.

»Und was soll ich zeichnen?«, fragte Marshall.

»Wie wäre es mit Neptun?«, schlug sie vor. Jeder Muskel ihres Körpers war in Alarmbereitschaft, und ihr lief ein Schauder über die Haut. Seit sie aufgewacht war und gespürt hatte, wie seine Hand von ihrem Rücken glitt, hatte sie sich gewünscht, dass er sie wieder berührte, und nach einem Vorwand dafür gesucht.

Der Stift fühlte sich an wie eine Nadel, die über ihre Haut kratzte. Marshall begann in der Mitte ihrer Wirbelsäule, erst zögerlich, aber bald schon mit erhöhtem Druck. Vorsichtig glitt er über jeden Rückenwirbel. Die Linien wanderten ihren Rücken hinauf und begannen sich auszubreiten, mal in die eine, mal in die andere Richtung. Er zeichnete Neptun, Saturn und den Rest der Planeten, schob ihren Ärmel hoch, um einen Sternhaufen zu zeichnen, und zog den Kragen ihres Shirts herunter, um einen Asteroiden zu platzieren. Danach kroch er über sie und streifte flüchtig ihre Beine, bevor sein Stift seitlich an ihren Rippen entlangfuhr.

»Versuch mal, einen Moment nicht zu atmen«, bat er.

Loos Kopf ruhte immer noch auf ihren Armen. Der Felsen war durchsetzt mit Katzensilber und Quarz, kleinen Punkten, die in der Sonne glitzerten. Sie starrte direkt auf diese Lichtsprenkel, bis sie merkte, dass ihr Körper immer leichter wurde unter Marshalls Stift. Ein verwirrendes Schwindelgefühl überkam sie, genau wie wenn sie nachts auf ihrem Vordach lag und zu lange in die Sterne hinaufstarrte. Ihr Körper stieg auf in die Weiten eines samtenen Himmels, bis es kein Oben und Unten mehr gab, bis sie kein kleines, unbedeutendes Wesen mehr war, sondern die Erde, die durchs Weltall brauste, in Schräglage an Kometen und Meteoren vorbeischoss, an Eisblöcken, die zu Kristallen zerbrachen und helle Streifen in der Dunkelheit hinterließen. Irgendwann fiel dieses Empfinden, schwerelos durchs All zu fliegen, wieder von ihr ab, und sie kehrte nach und nach zu sich selbst zurück, bis sie nur noch ein auf einem Felsbrocken ausgestrecktes Mädchen war, gegen dessen Rippen ein Stift drückte.

Schließlich war auch der Stift verschwunden.

Marshall verlagerte sein Gewicht auf die Knie, legte ihr links und rechts eine Hand an die Taille – seine Fingerspitzen unter ihrem Shirt, seine Handflächen am Rand ihrer Jeans – und beugte sich vor, um die Tinte trocken zu pusten. Sein Atem traf als lang gezogener Luftstrom auf ihre Haut, kühl und direkt. Er folgte ihrer Wirbelsäule nach oben und wanderte in Kreisen über ihre Haut, bis alle Linien getrocknet waren. Loo spürte, wie Marshalls Lippen über dem untersten Punkt ihrer Wirbelsäule verharrten, bis sie ihre Haut berührten und küssten.

»Fertig«, verkündete Marshall und zog ihr T-Shirt über seine Zeichnung.

Als sie den Wald verließen, wurde der Himmel bereits dunkel. Loo lenkte den Firebird vom Parkplatz und fuhr langsam die Straße entlang. Ihre Lippen waren geschwollen und ihre Wangen zerkratzt von Marshalls Bartstoppeln. Sie hatte geglaubt, alles über ihn zu wissen, und war überrascht gewesen, dass er überhaupt Bartwuchs hatte und dass sein Körper so viele Möglichkeiten fand, ihren zu bedecken. Alles, was sie selbst auf dem Felsen getan hatte, war, sich umzudrehen, nachdem sie seinen warmen Kuss in ihrem Kreuz gespürt hatte. Alles andere war von allein passiert. Jetzt saßen sie nebeneinander im Auto und grinsten vor sich hin, als wären sie bei etwas erwischt worden, was sie nicht bereuten und jederzeit mit Begeisterung wiederholen würden.

Marshall hatte nicht ein einziges Mal seine Hände von ihr gelassen. Während sie vom Felsen geklettert und durch den Wald zurückgegangen waren, hatte er immer wieder ihren Arm, ihr Handgelenk, ihren Hals, ihre Taille berührt, hatte sich entschuldigt und es sofort wieder getan. Jetzt klemmte seine Hand unter ihrem Bein, und sein Daumen drückte gegen den Außensaum ihrer Jeans.

»Ich weiß nicht mal deinen Namen«, sagte Marshall. »Deinen richtigen Namen, meine ich.«

»Louise.«

»Wirklich?«, fragte er.

»Mein Dad war derjenige, der angefangen hat, mich Loo zu nennen. Ich glaube, er wollte lieber einen Jungen.«

»Ach was. Loo ist doch schön.«

»Das sagst du nur so.«

Marshall kurbelte das Fenster auf der Beifahrerseite herunter, kletterte auf den Sitz und streckte den Oberkörper ins Freie. Übermütig klopfte er von oben gegen die Windschutzscheibe und rief ihren Namen, während das Auto die Straße entlangsauste.

»Looooooooooooooooooo!«

Er drückte seine Nase an der Scheibe platt, und sein Hemd wehte wie eine Fahne hinter ihm her. Mit zerzausten Haaren und gerötetem Gesicht kam er wieder herein und drückte Loo seine kalten Finger gegen den Hals.

»Du bist verrückt.«

»Und du bist hübsch.«

»Bin ich nicht«, widersprach Loo, war jedoch insgeheim entzückt darüber, dass jemand sie für hübsch hielt.

Marshall stopfte sein Hemd zurück in die Hose, band sich die Krawatte neu und schob den Knoten bis zum Hals hoch. Wieder stahl sich seine Hand über den Sitz, tippte gegen ihren Gürtel, legte sich um ihre Taille. Loo war noch nie so glücklich gewesen. Bis sie in den Rückspiegel blickte und das Blaulicht sah.

Das Polizeiauto folgte ihnen seit einem, vielleicht auch seit zwei Häuserblocks. Die Sirene war nicht eingeschaltet, aber das Blaulicht zuckte durch die Dunkelheit. Loo verlangsamte das Tempo und hielt sich rechts, in der Hoffnung, dass der Streifenwagen vorbeifuhr, doch er blieb hartnäckig hinter ihr, und als sie schließlich am Straßenrand zum Stehen kam, stoppte er direkt hinter dem Firebird und leuchtete mit seinen Fernlichtern ins Innere des Wagens.

Loo kurbelte das Fenster herunter und legte ihre Hände auf zehn und zwei Uhr aufs Lenkrad. Im Außenspiegel beobachtete sie, wie der Polizist ausstieg, langsam seitlich am Firebird entlangging und mit seiner Taschenlampe die Rückbank absuchte. Seine andere Hand lag auf seinem Pistolenhalfter. Er war ungefähr so alt wie Loos Vater, hatte kurz geschorene Haare und trug eine eng sitzende Uniform.

»Führerschein und Fahrzeugpapiere.« Inzwischen war er am Fenster angekommen und spähte zu ihnen herein. Loo lehnte sich zur Seite und öffnete das Handschuhfach, in der Hoffnung, dass sich darin der Fahrzeugschein befand. Und dort war er tatsächlich, fleckig und zerrissen in seiner Plastikhülle.

»Meinen Führerschein habe ich zu Hause vergessen«, behauptete sie und gab dem Polizisten den Fahrzeugschein. Er musterte ihn prüfend und leuchtete Loo dann mit der Taschenlampe in die Augen.

»Haben Sie getrunken?«

»Nein, Sir«, antwortete Loo.

»Wir haben nur herumgealbert«, sagte Marshall.

»Mit Ihnen habe ich nicht gesprochen«, stellte der Polizist klar.

Ich könnte anfangen zu weinen, überlegte Loo. Vielleicht lässt er uns gehen, wenn ich weine.

Der Polizist wies sie an, sich nicht vom Fleck zu rühren, und ging zurück zu seinem Wagen. Loo biss sich von innen auf die Wange, schmeckte jedoch statt Tränen nur Rost auf ihrer Zunge.

»Hast du überhaupt einen Führerschein?«, fragte Marshall.

»Nein.«

»Vielleicht ist das nicht so schlimm. Vielleicht verwarnt er uns nur.«

Sie saßen schweigend nebeneinander. Die Verbundenheit, die sie gerade noch gespürt hatten, verflüchtigte sich allmählich. Marshall berührte sie nicht mehr. Stattdessen saß er an die Beifahrertür gedrückt da, die Finger am Türgriff. Loo behielt unterdessen den Rückspiegel im Blick. Nach einigen Minuten sah sie den Polizisten zurückkommen. Er blieb einen Moment hinter dem Auto stehen, überprüfte ein weiteres Mal das Nummernschild und hob sein Funkgerät, um etwas hineinzusagen. Schließlich zog er seine Waffe aus dem Halfter und richtete sie auf Loo.

»Kommen Sie aus dem Wagen.«

In all den Jahren mit Hawley, der unzählige Waffen mit sich herumtrug und sie im ganzen Haus verteilte – die Deringer-Pistolen und Colts und Revolver und Gewehre –, hatte Loo es kein einziges Mal erlebt, dass jemand eine Waffe auf sie richtete. Übelkeit stieg in ihr auf. Sie fühlte sich, als wäre sie auf dem Jahrmarkt in einem Fahrgeschäft eingesperrt, das nicht aufhören wollte sich zu drehen. Die Glock-Pistole des Polizisten war geladen. Loo malte sich den Knall aus, wenn er den Abzug betätigte. Die Geschwindigkeit der Kugel. Sie öffnete die Tür und stieg aus dem Auto.

»Bitte legen Sie Ihre Hände aufs Armaturenbrett und lassen sie dort«, sagte der Polizist zu Marshall. »Und Sie«, fuhr er an Loo gewandt fort, »legen Ihre Hände auf die Motorhaube.«

Sie drehte ihm den Rücken zu und presste ihre Hände gegen den Wagen. Ihr war, als würde sie einen Film schauen, als würde das alles jemand anderem passieren. Bis der Polizist seine Waffe zurück ins Halfter schob und anfing, ihren Körper abzutasten, ihren Rücken, ihre Arme, die Seiten ihrer Brüste und schließlich die Beine. Als er damit fertig war, bog er ihr einen Arm auf den Rücken. Sie spürte, wie die Handschelle zuschnappte und sich um ihr Handgelenk schloss.

»Ich bin nicht betrunken«, protestierte sie mit bebender Stimme.

»Gut möglich«, erwiderte der Mann, »aber dieses Auto ist gestohlen.« Er packte sie an ihrem anderen Arm und führte sie wie eine Verbrecherin zum Streifenwagen, wo er sie auf den Rücksitz schubste und die Tür zuknallte. Durch das Metallgitter, das die Rückbank von den Vordersitzen trennte, beobachtete Loo, wie der Polizist Marshall aus dem Firebird zerrte und mit ihm genauso verfuhr, ihn erst abtastete und ihm anschließend Handschellen anlegte. Nachdem er auch Marshall auf die Rückbank des Streifenwagens verfrachtet hatte, stieg er auf der Fahrerseite ein, schaltete das Blaulicht aus und fuhr los. Der Firebird blieb hinter ihnen am Straßenrand zurück.

»Sie irren sich«, sagte Loo, »das Auto gehört meiner Großmutter. Sie weiß, dass ich es habe.«

»Warum hat sie es dann als gestohlen gemeldet?«

»Keine Ahnung.«

»Wie heißt Ihre Großmutter?«

»Mabel Ridge.«

»Auf dem Fahrzeugschein steht, dass das Auto Lily Ridge gehört.«

Loo schluckte. »Das ist meine Mutter.«

»Also kann sie das Ganze sicher aufklären.«

»Meine Mutter ist tot.«

»Na klar.« Der Polizist meldete sich über Funk in der Zentrale und gab seinen Standort durch. Die Antwort war laut und vor lauter Knistern und Rauschen kaum zu verstehen.

»Es wird bestimmt alles gut«, sagte Marshall. »Ich bin schon einmal verhaftet worden.«

»Echt?«, fragte Loo.

»Ja, wegen einer Protestaktion mit meiner Mom. Wir hatten uns auf einen kommerziellen Fischtrawler geschlichen und die Netze aufgeschlitzt.«

Der Polizist grunzte verächtlich.

»Meine Mutter ist *wirklich* tot«, sagte Loo.

Der Mann drehte das Radio lauter.

Auf der Polizeiwache versuchte der diensthabende Lieutenant Mabel Ridge anzurufen, aber so lange er es auch klingeln ließ, sie nahm nicht ab. In der Zwischenzeit trennten die Beamten die beiden Teenager voneinander, ließen Loo in ein Alkoholmessgerät pusten und brachten sie daraufhin in ein kleines, enges Zimmer ohne Fenster, das nach fettigen italienischen Sandwiches roch und mit einer Bank und einem ramponierten Klapptisch ausgestattet war. Ein schmales Fenster in der Tür war mit Drahtgeflecht bespannt, die Wände durch Wasserflecken verunstaltet, und am Lüftungsschlitz an der Decke klebte ein alter Kaugummi. Loo wusste, dass die Polizisten sie nur einzuschüchtern versuchten, konnte jedoch nicht umhin, den Raum als deprimierend zu empfinden. So sehr sie sich auch dagegen wehrte: Sie *war* eingeschüchtert, genau wie diese Leute es beabsichtigten.

Als Hawley eintraf, war er außer Atem, als sei er die ganze Strecke von ihrem Haus zur Wache gerannt. Loo erwartete, dass er sie anschrie, aber er sah sie nicht mal an, setzte sich nur auf die Bank, legte ein Formular auf den Tisch und bat um einen Kugelschreiber. Der Beamte, der ihn hereingeführt hatte, gab ihm einen, und er bedankte sich. Als der Polizist für einen Moment auf den Flur hinaustrat, waren sie allein.

»Dad …«, begann Loo.

»Sag lieber nichts«, unterbrach Hawley.

Der Polizist, der sie verhaftet hatte, kam herein, klemmte einen Keil in die Tür und setzte sich auf den Tisch. Das blank polierte Leder seines Waffenhalfters knarrte, und die Glock, die er bei der Verhaftung auf Loo gerichtet hatte, ruhte unter dem Riemen.

»Ich bin Officer Temple.« Er schüttelte Hawley die Hand. »Sind wir uns schon einmal begegnet?«

»Ich glaube nicht«, antwortete Hawley.

»Der Freund Ihrer Tochter behauptet, nichts davon gewusst zu haben, dass das Auto gestohlen ist.«

»Sie hat keinen Freund«, erwiderte Hawley.

»Wie Sie meinen«, sagte der Mann. »Der Junge ist jedenfalls vorbestraft. Aber am Steuer saß Ihre Tochter. Vielleicht sollten Sie lieber Ihren Anwalt anrufen.«

»In Ordnung«, sagte Hawley.

Aber es war überhaupt nicht in Ordnung. Es würde nie wieder in Ordnung sein.

Loo legte die Hand auf den Arm ihres Vaters.

»Können wir uns eine Minute allein unterhalten?«

Der Officer nickte und trat gegen den Keil, damit er fest unter der Tür klemmte und sie offen hielt. »Die Tür ist von innen nicht zu öffnen. Falls sie zufällt, klopfen Sie einfach.«

Sobald Officer Temple im Flur verschwunden war, stand Hawley auf, zog den Keil heraus und steckte ihn in seine Tasche. Die Tür fiel langsam zu, das Schloss rastete ein. Hawley nahm die Kappe vom Kugelschreiber. Er schwitzte, hatte Flecken unter beiden Armen und einen dunklen Streifen in der Mitte seines T-Shirts.

»Nach allem, was ich dir beigebracht habe«, sagte er kopfschüttelnd.

»Tut mir leid.«

»Du musst erst gründlich nachdenken, bevor du etwas tust. Und du musst schlau sein.« Er spreizte die Finger über das Formular auf dem Tisch und schrieb ihre Adresse, seine Handynummer und ihren Namen in die entsprechenden Felder. »Vielleicht ist es meine Schuld, vielleicht habe ich dich zu sehr behütet«, fuhr er fort. »Die Welt ist ein niederträchtiger Ort, und man muss selbst lernen, niederträchtig zu sein, um in ihr zu überleben. Doch das reicht nicht. Man muss auch schlau sein.«

»Ich habe das Auto nicht gestohlen«, sagte sie.

Hawley schrieb weiter. »Habe ich dir nicht gesagt, dass du deinen gottverdammten Mund halten sollst?«

Also hielt Loo den Mund. Sie schwieg, während ihr Vater den Rest des Formulars ausfüllte, an die Tür klopfte und den Beamten seinen Führerschein zeigte. Auch, als die Männer ihre Handtasche durchsuchten und Geldbeutel, Kleingeld, Papiertaschentücher und Tampons auf den Plastiktisch kippten. Und sie schwieg, als Officer Temple zurückkam und verkündete, dass er Mabel Ridge endlich erreicht habe. Die alte Dame werde keine Anzeige erstatten, sie wolle nur ihr Auto zurück. Sobald Hawley die Geldbuße für Loos Spritztour bezahlt und versprochen habe, sie bei der Fahrschule anzumelden, könnten sie gehen.

Hawley sprang auf und schüttelte dem Officer die Hand. Er dankte ihm für seine Hilfe und entschuldigte sich für die Unannehmlichkeiten. Dann zwang er Loo, sich ebenfalls zu entschuldigen, und dafür hasste sie ihn, genauso wie den Polizisten, der mit einem stumpfsinnigen Lächeln dastand, als sie die Worte hervorstieß.

Beim Hinausgehen hielt sie nach Marshall Ausschau. Er war nirgendwo zu sehen, doch im Eingangsbereich der Wache entdeckte sie seine Mutter auf einem Stuhl. Mary Titus hob den Kopf, als sie an ihr vorbeigingen. Ein Ausdruck der Überraschung huschte über ihr Gesicht, und in diesem kurzen Moment sah Loo die Frau durchschimmern, die sie einmal gewesen war – bevor ihr erster Mann gestorben war und ihr zweiter sie verlassen hatte, bevor sie aus ihrer Wohnung vertrieben worden war und sich selbst in eine psychiatrische Klinik eingewiesen hatte. Als sie einfach nur ein Mädchen wie Loo gewesen war, das zur falschen Zeit das Falsche tat und hinterher zwar voller Scham und Reue war, doch auch den Nervenkitzel in sich spürte. Der Moment war jedoch nicht von Dauer, denn schon verengte Mary Titus die Augen zu Schlitzen und funkelte Loo an, als wäre sie nur ein weiterer Nagel im Sarg ihres unglücklichen Lebens.

»He!«, rief sie.

Sie hatte noch die Sawtooth-Schürze um die Taille gebunden. Offensichtlich war sie direkt vom Restaurant gekommen, was bedeutete, dass Direktor Gunderson ebenfalls über Loos Verhaftung Bescheid wusste, genau wie Agnes, sämtliche Köche und wahrscheinlich sogar die Hilfskellner. Loos Wangen brannten. Sie versuchte, einen großen Bogen um Mary Titus zu machen, doch Hawley war auf ihren Ruf hin stehen geblieben.

»Ich verlange eine Entschuldigung«, herrschte ihn die Witwe an. »Und einen Scheck über zweihundert Dollar.«

»Die Anschuldigungen wurden fallen gelassen«, erwiderte Hawley. »Die beiden sind frei und können wieder nach Hause.«

»Die Entschuldigung verlange ich, weil Ihre Tochter meinen Sohn in eine schwere Straftat verwickelt hat. Und das Geld ist für mein Meeresschutzgebiet.« Mary Titus roch genauso, wie Loo am Ende jeder Schicht roch – wie ein fetttriefender Teller Fish and Chips. Sie griff in ihre Handtasche und zog eins ihrer Flugblätter hervor, um es Hawley in die Hand zu drücken. Er überflog es und gab es ihr zurück.

»Den Leuten ist die Zukunft egal«, sagte er. »Und die Fischer müssen nun mal irgendwie ihren Lebensunterhalt verdienen. Lassen Sie die Sache auf sich beruhen, Sie machen sich nur Feinde.«

»Irgendjemand muss die Welt retten, statt sie nur immer weiter zu zerstören.« Mary Titus verzog sorgenvoll ihr kleines Gesicht. »Wenn eines Tages der ganze Fischbestand aus dem nördlichen Atlantik verschwunden ist und Sie abgelaufenen Thunfisch aus der Dose essen müssen, werden Sie sich an dieses Gespräch erinnern.«

Während Hawley und Mary Titus diskutierten, tat Loo krampfhaft so, als wäre alles in Ordnung, und lächelte die Leute an, die sich ebenfalls im Eingangsbereich aufhielten – einen Landstreicher, der mit Handschellen an einen Stuhl in der Ecke gekettet war, und den Beamten am Empfangstresen, der sie von seinem Posten hinter der Panzerglasscheibe misstrauisch beäugte. Loo wusste, dass es nur eine Frage der Zeit war, bis Hawley die Beherrschung verlor.

»Dad«, drängte sie. »Lass uns gehen.«

Sie machte sich kurzerhand auf den Weg zum Ausgang, doch noch bevor sie außer Reichweite war, hielt Mary Titus sie hinten am T-Shirt fest. Rasch und bestimmt hob die Witwe mit ihrer kleinen Faust den Stoff an und legte das Sonnensystem auf Loos Haut frei, ihre von Asteroiden gesäumten Rippen, ihre unteren Rückenwirbel, um die Merkur und Venus kreisten.

»Sieht ganz so aus, als hätte mein Sohn auf Ihrer Tochter herumgekritzelt. Vielleicht interessiert Sie *das* ja, Sam Hawley.«

Hawley starrte auf die Ansammlung von Sternen auf Loos Haut. Auf den Kometen, dessen Schweif in ihrer Jeans verschwand. Jetzt trat es doch noch ein, das Beben auf dem Gesicht ihres Vaters, auf das Loo gewartet hatte. Sie riss ihr T-Shirt wieder nach unten und schubste die Witwe unsanft von sich weg. Mary Titus geriet ins Taumeln und fiel gegen den Verkaufsautomaten.

In diesem Moment kam Marshall von der Toilette zurück.

»Was ist denn hier los?«, fragte er.

Sie starrten sich alle vier gegenseitig an. Dann packte Hawley den Jungen und schleuderte ihn gegen die Wand. Marshall prallte ab, kam auf der Kante des Trinkwasserspenders auf und sank zu Boden. Mary Titus schrie, und die Polizisten eilten von ihren Schreibtischen herbei. Nachdem die Beteiligten voneinander getrennt waren, wurden noch mehr Formulare hervorgeholt, die sie ausfüllen mussten. Es dauerte weitere vierzig Minuten, bis sie endlich entlassen wurden. Hawley hatte sich inzwischen beruhigt und wieder in sein Schneckenhaus zurückgezogen. Er hatte sich für seinen Wutausbruch entschuldigt, eine Geldbuße wegen Unruhestiftung beglichen und sogar die zweihundert Dollar an Mary Titus gespendet. Beim Hinausgehen nahm er Loos Arm, führte sie zum Pick-up, öffnete die Beifahrertür und schob sie genauso hinein, wie Officer Temple es ein paar Stunden zuvor getan hatte.

»Kann ich jetzt was sagen?«, fragte Loo.

Hawley antwortete erst, nachdem er zur Fahrerseite herumgegangen und eingestiegen war. Er schloss die Tür hinter sich und legte die Hände aufs Lenkrad. »Ich kann nicht glauben, dass dieses Stück Scheiße dich angefasst hat.«

»Er ist kein Stück Scheiße.«

»Er hat der Polizei erzählt, du hättest das Auto gestohlen. Wenn Mabel dich angezeigt hätte, wärst du ins Gefängnis gewandert, und er wäre ungeschoren davongekommen.«

Das war Loo vollkommen egal. Sie machte sich nur Sorgen, ihr Vater könnte Marshall vergrault haben und er würde nie wieder ihren Namen in die Nacht hinausbrüllen oder ein Universum auf ihren Rücken zeichnen.

»Ich habe es nicht ...«, setzte sie an. Hawley unterbrach sie.

»Du bist zwar noch minderjährig, aber für schweren Diebstahl hätten sie dir mindestens zwei Jahre aufgebrummt. Und du warst noch nicht mal vorsichtig. Ich meine, Himmelherrgott noch mal! Musstest du von allen Menschen dieser Welt ausgerechnet Mabel Ridge abzocken?«

»Ich habe das Auto nicht geklaut!«, rief Loo. »Außerdem ist es gar nicht ihrs. Es gehört Mom.«

Die Lichter der Polizeiwache schienen durch die Windschutzscheibe zu ihnen herein und warfen einen bläulichen Schimmer auf Hawleys Gesicht. Zum ersten Mal seit seinem Eintreffen sah er Loo wirklich an.

»Bist du dir sicher?«

»Der Fahrzeugschein ist auf ihren Namen ausgestellt.«

Die Muskeln in den Schultern ihres Vaters spannten sich an. Er drehte den Kopf und ließ seinen Blick über das Gebäude schweifen, die anderen Autos auf dem Parkplatz, den Zaun. »Ist der Wagen hier?«

»Nein«, antwortete Loo. »Er steht noch auf der Route 127.«

Hawley ließ den Motor aufheulen, trat auf die Kupplung und legte den ersten Gang ein. »Zeig mir wo«, forderte er Loo ungeduldig auf.

Auf kleinen Seitenstraßen gelangten sie zur Route 127, wo ihr Vater das Fernlicht einschaltete und auf dem gewundenen Sträßchen dahinraste. Der Gegenverkehr hupte, dennoch behielt Hawley das Fernlicht an und rutschte auf dem Fahrersitz immer weiter nach vorn.

»Wir hätten eigentlich schon daran vorbeikommen müssen«, sagte Loo irgendwann.

»Was ist es für ein Auto?«

»Ein Firebird.«

»Ein Firebird.« Hawley stierte nachdenklich vor sich hin und schüttelte den Kopf.

»Was ist?«

»Nichts. Ich hätte nur nicht gedacht, dass deine Mutter mal einen Pontiac besessen hat.«

Als sie in Beverly Farms ankamen, fuhr Hawley an den

Straßenrand. Im Licht der Warnblinkanlage sah Loo, dass er auf seiner Lippe herumkaute. Ein Nachtfalter flatterte durchs offene Fenster herein und flog gegen das Armaturenbrett, das Dach, das schwach leuchtende Autoradio.

»Das Auto ist weg«, stellte Loo fest.

Hawley beobachtete den Nachtfalter, fuhr blitzschnell seine Faust aus und zerschmetterte das Insekt am Armaturenbrett. Nachdem er sich die Flügel an seiner Jeans abgewischt hatte, blinkte er und wendete. Dann schaltete er hoch und drückte erneut aufs Gas.

»Es ist nicht weg«, widersprach er.

Es war schon nach Mitternacht, und sie waren die Einzigen, die noch auf der Straße unterwegs waren. Sämtliche Ampeln waren auf gelbes Blinklicht gestellt. Nach einer Weile bog Hawley auf eine Seitenstraße ab. Sie kamen an einem Mietlager vorbei, einer Garage, vor der mehrere Abschleppwagen parkten, und einer Werkstatt, bevor sie ein Grundstück voller Fahrzeuge erreichten. Es war von einem hohen Maschendrahtzaun umgeben, über dem Stacheldrahtrollen für zusätzlichen Schutz sorgten. Hawley fuhr abseits der Straßenlaterne, die ihr helles Licht auf den Asphalt warf, auf den dunkeln Seitenstreifen und schaltete den Pick-up aus. Der Motor tickte noch eine Weile nach, bis er verstummte.

»Wo sind wir?«, fragte Loo.

»Auf dem Abschlepphof.«

Hawley stieg aus dem Wagen und begann, auf der Ladefläche herumzuhantieren. Er nahm eine lange dünne Metallstange, einen Schraubenzieher und eine Drahtschere aus seinem Werkzeugkoffer, schloss das Seitenfach auf und griff nach seinem Präzisionsgewehr, einem Schalldämpfer und einem Zielfernrohr. Er klappte das Seitenfach wieder zu, verschloss es und verschwand in dem Wäldchen, das an den Abschlepphof angrenzte. Loo blieb auf dem Beifahrersitz sitzen und starrte auf die Stelle, an der er verschwunden war.

»Scheiße«, sagte sie. »Scheiße. Scheiße. Scheiße.« Sie klammerte die Finger um das Armaturenbrett und packte zu, als hätte sie genügend Kraft, um es aus der Verankerung zu reißen. Dann stieg sie aus dem Pick-up.

Ihr Vater stand zwischen den Bäumen, etwa zehn Meter vom Maschendrahtzaun entfernt. Das Gewehr lag an seiner Schulter. Er hatte inzwischen den Schalldämpfer aufgeschraubt. Als er Loo sah, gab er das Gewehr an sie weiter.

»Siehst du ihn?«

Sie legte ein Auge ans Zielfernrohr. Durchs Fadenkreuz sah sie etwa dreißig Fahrzeuge hinter dem Zaun. Die meisten waren mehr oder weniger verwahrlost, hatten eingeworfene Windschutzscheiben oder zusammengeschobene Hecks. Bei einem alten Chevy fehlte die Motorhaube. Am entgegengesetzten Ende des Grundstücks standen ein glänzender schwarzer BMW, ein Pick-up mit neuen Felgen, ein kleiner Sportwagen mit maßgefertigter Abdeckplane und dahinter – der Firebird ihrer Mutter.

»Da hinten in der Ecke.«

Hawley nahm das Gewehr zurück und spähte durchs Zielfernrohr. »Was sagt man dazu?«, murmelte er, verharrte eine Weile unbeweglich und starrte das Auto an. Sein Mund zuckte.

»Okay«, sagte Loo. »Jetzt hast du es gesehen.«

Langsam bewegte ihr Vater den Lauf des Gewehrs nach links.

»Was suchst du?«, fragte Loo.

»Kameras.«

»Kameras?«

»Dort drüben«, antwortete Hawley und schoss. Ein kleiner schwarzer Kasten am vorderen Tor zersplitterte. Übrig blieben ein paar Kabel und ein lose baumelndes Kunststoffgehäuse. Hawley veränderte seine Position, richtete das Gewehr neu aus und drückte ein zweites Mal ab. Die Waffe vibrierte in seinen Armen, und schon krachte eine auf dem Dach der angrenzenden Werkstatt angebrachte Kamera zu Boden. Schließlich musste eine dritte Kamera daran glauben, die in der Nähe des hinteren Tors montiert war. Jeder Schuss löste ein leises Verpuffen der aus dem Schalldämpfer entweichenden Luft aus, das Loo wie eine Unterwasserexplosion in der Brust spürte.

»Was *machst* du da?«

»Diese Sicherheitssysteme bestehen immer aus vier Kameras«, erklärte er. Wieder erbebte das Gewehr, und Loo sah Funken aufsprühen, als ihr Vater die letzte, direkt über dem kleinen Sportwagen am Zaun angebrachte, Kamera ausschoss. Das schwarze Gehäuse prallte an der Motorhaube ab und knallte auf den Asphalt.

Hawley ließ das Gewehr sinken, sicherte es und hängte es sich über die Schulter, hob die Patronenhülsen vom Boden auf, schob sie in seine Tasche, schnappte sich die Drahtschere und ging eilig zum Zaun. Loo stolperte

durch Büsche und Ranken hinter ihm her. Als sie am
Zaun ankam, hatte er bereits begonnen, ein Loch hinein-
zuschneiden.

»Lass uns gehen«, drängte sie, »hauen wir lieber ab, bevor jemand auftaucht.«

»Glaubst du, ich würde mich an diesem Zaun zu schaffen machen, wenn jemand hier wäre?«, fragte Hawley.
Er klappte das durchtrennte Stück Maschendraht auf, als
handle es sich um den Eingang zu einem Tipi, stieg hindurch und hielt die Öffnung bereit für Loo.

Im grellen Schein der Flutlichter überquerten sie den
Parkplatz. Loo behielt argwöhnisch die dunklen Fenster
der angrenzenden Werkstatt im Auge und wartete darauf,
dass ein Licht anging oder ein Alarm ausgelöst wurde,
doch alles blieb still.

Hawley marschierte auf direktem Weg zum Firebird,
begutachtete alle Beulen und Kratzer und schob einen
Finger in eine Delle am linken Radkasten. Auf der Fahrerseite blieb er einen Moment mit der Hand auf dem Dach
stehen, legte dann das Gewehr beiseite und zog die aus
seinem Wagen mitgebrachte Metallstange sowie den Tür-
keil hervor, den er auf der Polizeiwache eingesteckt hatte.
Er klemmte den Keil in den Türspalt des Autos, schob die
Stange in den so entstandenen Zwischenraum und hatte
das Auto in weniger als einer Minute aufgestemmt. Mit
dem Schraubenzieher löste er die Abdeckung unter dem
Lenkrad, stellte den Schalthebel auf Leerlauf und entfernte
mit der Drahtschere den Außenmantel mehrerer Kabel. Er
fügte zwei rote Drähte zusammen, nahm einen schwarzen Draht und stieß ihn gegen das freigelegte Kupfer. Ein

Funken sprühte, noch einer, und schließlich sprang rumpelnd der Motor an.

»Wäre es nicht leichter gewesen, den Schlüssel zu suchen?«

»Das Gebäude ist alarmgesichert. Außerdem ist das hier doch der halbe Spaß«, sagte er und sah sie über die Schulter hinweg an.

Loos Blick wanderte zur Werkstatt. In der Ecke eines Fensters hing der Aufkleber eines privaten Sicherheitsdienstes, und im Inneren des Gebäudes blinkte gleichmäßig ein kleines rotes Licht. Als sie sich wieder zu Hawley umdrehte, stand er da und starrte zum Tor. Er entsicherte sein Gewehr und nahm die Mitte des Türschlosses ins Visier. Das Surren des Schalldämpfers ertönte, gefolgt vom dumpfen Knall des gesprengten Schlosses. Nachdem Hawley die Metallreste vom Zaun entfernt hatte, bückte er sich, um die Patronenhülse aus dem Dreck zu klauben.

Sein Blick wanderte bereits über den Maschendrahtzaun hinaus auf die von Bäumen gesäumte Straße, den Kreisverkehr, in den sie mündete, und danach die Brücke. Für einen kurzen Moment schien alles miteinander verbunden zu sein. Hawleys Schatten erstreckte sich vom Tor bis zum Highway, vorbei an den Stadtgrenzen von Olympus, zu einem anderen Ort und einer anderen Zeit, als Loo sieben oder acht gewesen war und Hawley sie mitten in der Nacht geweckt hatte. Er hatte sie in das Bärenfell gewickelt und aus dem Motelzimmer getragen, hinein in einen nagelneuen Kombi. An diesen Kombi erinnerte sie sich noch so genau, weil er ausgesehen hatte wie das Familienauto in einer ihrer Lieblingsserien. *Der gehört jetzt uns*, hatte ihr Vater gesagt. Sie war furchtbar aufgeregt gewesen und hatte sich gewünscht, dass alle Menschen sie in diesem Wagen sahen, die Lehrer der Schule, die sie gerade verlassen hatte, die Kinder, die sie auf dem Spielplatz gehänselt hatten. Umso erschütternder war es für sie, als sie ein paar Tage später an einem Schrottplatz hielten, wo Hawley den Kombi gegen einen Pick-up eintauschte. Das Einzige, was sie von ihrem Kummer ablenken konnte, war der Anblick des Kombis in der Schrottpresse, seine Fenster, die glitzernd zersprangen, das Metall, das auf Koffergröße zusammengefaltet wurde.

Hawley zog das Tor des Abschlepphofs auf, ging zurück zum Firebird und strich mit der Hand über sein Dach. »Wir müssen auch den Rest klauen.«

»Wie meinst du das?«

»Wenn nur der Firebird fehlt, wird die Polizei dich verdächtigen. Wenn dagegen noch mehr Fahrzeuge weg sind, denkt sie, jemand hätte den ganzen Abschlepphof ausgeraubt. Ein Profi«, fügte Hawley hinzu.

Als Loo sah, wie er das Gewehr schulterte, verstand sie plötzlich, dass ihr Vater genau das war: ein Profi. Die vielen Waffen bei ihnen zu Hause, die Narben an seinem Körper, seine ständige Vorsicht in allen Belangen – alles hing damit zusammen.

Er schob die Patronenhülse, die er noch in der Hand hielt, zu den anderen in seine Tasche. Sein Blick schweifte flüchtig über das Gelände. Er ging auf den abgedeckten Sportwagen zu und löste die Plane. Darunter kam ein himmelblaues Coupé zum Vorschein, das nur aus geschwungenen Kurven zu bestehen schien. Die Radkappen glänzten. Hawley stemmte abermals die Tür auf, griff nach Schraubenzieher und Drahtschere und hielt sie Loo hin.

»Du bist dran«, sagte er.

Während sie sich an die Arbeit machte, gab er ihr Anweisungen. *Mehr Druck. Dorthin drehen. Nur die Enden der Ummantelung entfernen.* Er klappte das Handschuhfach auf, holte einen Umschlag heraus und warf ihn auf den Beifahrersitz. »Fahrzeugschein«, sagte er. »Den kannst du mit einem Computer kinderleicht ändern. Sogar mit einem Kopierer. Du übernimmst einfach die Daten eines Fahrzeugscheins, den du gerade dabeihast. Die Bullen achten nur auf den Namen und die Zahlen. Und du solltest immer zusätzliche Nummernschilder dabeihaben. Damit kommst du erst einmal aus. Als Nächstes werden die Seriennummern interessant, eine auf dem Motor und eine links vom Lenkrad, aber um die musst du dich nur kümmern, wenn du ein Auto länger als einen oder zwei Tage behalten willst. Und das sollte man ohnehin nie tun. Mitnehmen und wieder abstoßen. So macht man das.«

»Warum erzählst du mir das alles?«, fragte Loo.

»Damit du nächstes Mal weißt, wie es richtig geht.«

Loo zwirbelte die Kupferenden der Drähte zusammen. Sie hielt jetzt den schwarzen Draht und die zwei roten Drähte in den Händen und warf Hawley einen fragenden Blick zu.

»Weiter«, forderte er sie auf.

Loo stieß die Drähte gegeneinander und erzeugte einen kleinen Funken, der ihr in den Fingern kribbelte.

»Noch einmal«, sagte Hawley.

Loo strich die Drähte fest gegeneinander, als würde sie

ein Streichholz anzünden. Der Motor sprang an, die Be-
dienelemente am Armaturenbrett leuchteten auf, und das
Radio erwachte zum Leben. Ein Oldie-Sender war eingestellt, und irgendein Schnulzenbarde aus den Fünfzigern
trällerte in voller Laustärke über die Liebe. Loo drehte das
Radio aus.

»Was jetzt?«

Hawley verstaute sein Gewehr und das Werkzeug im
Kofferraum des Firebird, stieg vorne ein und fuhr den
Fahrersitz ganz nach hinten, bis er gegen die Rückbank
stieß. Der Motor brummte vor sich hin. Hawley berührte
gedankenversunken das Lenkrad, den Schalthebel, den
Drehknopf des Radios. Wieder anwesend sah er Loo an
und kurbelte das Fenster ein Stück herunter.

»Fahr mir nach.«

Die Scheinwerfer des Pontiac klappten auf, als sei er
gerade aus einem tiefen Schlaf erwacht. Hawley lenkte ihn
rückwärts aus der Parklücke, schaltete und fuhr aufs Tor
zu. Der Firebird glitt mit quietschenden Reifen auf die
dunkle Straße hinaus.

Loo zog die Tür des Coupés zu, saß einen Moment
da und atmete den Ledergeruch der Sitze ein. Das Lenkrad bestand aus glänzendem, glattem Mahagoniholz. Der
Rahmen des Rückspiegels war in der gleichen Bernstein-
farbe gehalten, genau wie der Kompass auf dem Armaturenbrett, dessen Nadel reglos herunterhing. Loo umklammerte das Steuer, bis ihr die Fingerknöchel wehtaten.
Der Firebird ihrer Mutter war eine Schrottmühle, aber
dieses Auto roch nach Geld. Es war bestimmt sechzig-
tausend Dollar wert. Oder siebzigtausend? Wanderte man

für so einen teuren Wagen länger ins Gefängnis? Ihr Fuß rutschte von der Kupplung, und der Motor erstarb. Loo trat auf die Bremse.

Es war erst ein paar Stunden her, dass sie ausgestreckt auf einem Findling gelegen hatte und mit dem Universum vollgezeichnet worden war. Sie spürte immer noch die Planeten unter ihrer Kleidung, die Kometen auf ihrem Rücken, die sie mit hinaufgenommen hatten ins Weltall, ihr eine neue Art der Existenz gezeigt hatten. Und hier war noch eine. Achthundert Meter die Straße hinunter sah sie zwei rote Lichtblitze, die auf sie warteten – die Warnleuchten des Firebird, die regelmäßig vor sich hin blinkten. Wie ein Puls. Wie ein Paar blinzelnder Augen.

Also tat Loo, was sie gelernt hatte. Sie griff unters Armaturenbrett und fügte erneut die Drähte zusammen. Später würde noch Zeit genug sein, sich Sorgen zu machen und Angst zu haben. Jetzt gab es nur ihren Fuß auf der Kupplung. Den wummernden Motor. Den Kompass, dessen Nadel von einer Richtung zur anderen schoss. Und ihren sternenbedeckten Körper.

Kugel Nummer fünf

Mabel Ridge sollte eigentlich mit dem Zehnuhr-Zug eintreffen. Aber der Zehnuhrzug war gekommen und wieder abgefahren, genau wie der Zug um elf Uhr fünfzehn. Also aßen Hawley und Lily ein Stück die Straße hinunter zu Mittag und fanden sich für den Zug um halb eins wieder am Bahnhof ein. Lily stieg aus dem Auto und stand auf den Zehen wippend auf dem Parkplatz, während die Leute mit ihren Koffern an ihr vorbeieilten. Hawley stützte sich aufs Lenkrad und beobachtete sie beim Warten. Hin und wieder sah er auf die Uhr am Armaturenbrett. *2. 40. 12.45. 12.51.* Die Minuten verstrichen, und es fing an zu regnen, doch Lily blieb draußen, obwohl ihre Haare von der Nässe immer dunkler wurden. Erst als der Bahnsteig menschenleer war und der Zug wieder aus dem Bahnhof rollte, stieg sie zu ihm in den Pick-up und schlug die Tür zu.

»Wir können gern auf den nächsten Zug warten«, bot Hawley an. »Ich hole uns noch einen Kaffee.«

»Nein«, sagte Lily. »Lass uns zurück in den Wald fahren.«

Erleichtert lenkte er den Wagen vom Parkplatz. Es ehrte ihn, dass Lily ihn ihrer Mutter vorstellen wollte, nur war ihm jetzt schon klar, dass es nicht einfach werden würde mit dieser Frau. Wenn Lily mit ihr telefonierte, klang sie ganz eingeschüchtert, und wenn ein Brief von Mabel Ridge eintraf, blieb er tagelang ungeöffnet. Hawley blinkte und bog auf den Highway ab, nahm Ausfahrt Nummer neunzehn und fuhr Richtung Wald. Der Regen wurde immer stärker. Obwohl er die Scheibenwischer auf die schnellste Stufe gestellt hatte, musste er das Tempo drosseln, um die Straße erkennen zu können.

Lily zog ihren Tabak hervor, rollte sich eine Zigarette, leckte über das Papier und klebte es zu, bevor sie die Enden zwirbelte. Sie ließ das Rädchen ihres Zippo-Feuerzeugs schnalzen, legte ihre Stiefel aufs Armaturenbrett und öffnete das Fenster ein wenig. Während der Regen an beiden Seiten der Glasscheibe hinunterlief, stippte sie ihre Asche in den Luftspalt hinaus. Die Glut am Ende ihrer Zigarette leuchtete auf, wenn sie daran zog. Hawley hatte Zigarettenqualm nie gemocht, doch jetzt war der Rauch für ihn gleichbedeutend mit Lily, weshalb er bei jeder Zigarette mit inhalierte.

»Du bringst dich noch ins Grab mit den Dingern«, sagte er.

»Ja«, gab ihm Lily recht. »Aber ganz langsam.«

Sie hatten den Morgen damit verbracht, an einem Schießstand, den Hawley mitten im Wald aufgebaut hatte, Gewehre abzufeuern. Lily war wortkarg gewesen und hatte heißen Kaffee aus einer Thermoskanne getrunken, während er geschossen hatte. Sie selbst schoss nur, wenn er ihr eine Waffe in die Hand drückte. Genau das hatte er an diesem Morgen getan, in der Hoffnung, dass sie auf diese Weise ein wenig Anspannung abbaute. Aber Lily hatte danebengetroffen und schnell wieder aufgegeben. Mittlerweile konnte sie mit der gleichen Geschwindigkeit laden und nachladen wie er. Ihre Treffsicherheit hatte sich hingegen kaum verbessert, so viele Stunden er auch versuchte, ihr das Zielen beizubringen. Sie hielt sich mit Kleinigkeiten auf, statt sich auf ihr Gefühl zu verlassen, und Hawley hatte keine Ahnung, wie er daran etwas ändern sollte.

Die ganze letzte Woche hatte Lily ihre gemeinsame Wohnung auf Hochglanz gebracht und alles für die Ankunft ihrer Mutter vorbereitet. Sämtliche Flächen waren blank gescheuert, die Fenster geputzt, die Blumenkästen bepflanzt, neue Vorhänge gekauft und aufgehängt. Einmal war Hawley um drei Uhr morgens aufgestanden und hatte Lily in der Badewanne vorgefunden, wo sie mit einer Zahnbürste die Kacheln schrubbte.

»Was glaubst du, was deine Mutter alles sieht?«, hatte er gefragt.

»Absolut alles«, hatte Lily geantwortet.

Jetzt fuhren sie eine kleine Straße entlang und bogen auf einen Schotterparkplatz ab, der den Ausgangspunkt eines Wanderwegs bildete. Der Parkplatz war leer und voller Schlaglöcher. Hawley parkte unter einigen Kiefern, deren Baumkronen das Prasseln des Regens dämpften. Er schaltete den Motor aus, und die Lichter des Armaturenbretts erloschen.

»Im Moment bin ich ganz froh, dass du keine Eltern hast«, gestand Lily.

»Ich auch«, sagte Hawley, was gelogen war. In den letzten sechs Monaten hatte er sich mehr als einmal gewünscht, jemanden zu haben, dem er Lily vorstellen könnte.

Für weitere Schießübungen war es zu nass, deshalb saßen sie nebeneinander im Auto und lauschten dem Regen und dem Sturm. Hin und wieder bog sich der Ast eines Baums durch und peitschte gegen die Windschutzscheibe. Hawley griff nach Lilys Hand. Er hielt ständig ihre Hand. Wenn er ihre Finger in seinen hielt, fühlte er sich sofort besser.

»So schrecklich kann deine Mutter gar nicht sein«, sagte er.

»Ist sie auch nicht. Aber in ihrer Nähe bin ich irgendwie nicht mehr ich selbst, sondern fühle mich wieder wie mein altes Ich.«

»Irgendwann würde ich dieses alte Ich gerne kennenlernen.«

»Willst du nicht, glaub mir.«

Lilys altes Ich schien dem betrunkenen Ich ihres Vaters Gus zu ähneln. Sie hatte Hawley nicht viele Einzelheiten verraten, doch was er gehört hatte, genügte. Alkoholvergiftung. Alkohol und Drogen am Steuer. Zerbrochene Freundschaften. Abgebrochenes Studium. Kündigung bei der Arbeit. Als Jugendliche habe sie geglaubt, etwas Besseres zu sein, hatte ihm Lily erzählt, vielleicht, um nicht wahrhaben zu wollen, dass umgekehrt auch niemand etwas mit ihr zu tun haben wollte. Zumindest nicht mit ihrem alten Ich.

Mabel Ridge hatte getan, was sie konnte, um ihrer Tochter zu helfen. Sie hatte Lily ins Krankenhaus gebracht, ihr den Magen auspumpen lassen und ihre Entgiftung in einer teuren Entzugsklinik bezahlt. Als das nicht von Erfolg gekrönt gewesen war, hatte sie versucht, sie in die Psychiatrie einweisen zu lassen, und nachdem auch das nicht funktionierte, ging sie zur Polizei und zeigte ihre Tochter an. Irgendwann ließ sie die Anklage gegen sie fallen, und Lily fing an, zu den Anonymen Alkoholikern zu gehen. Zu dem Zeitpunkt war die Beziehung zwischen den beiden Frauen längst vergiftet.

Anfangs fiel es Hawley schwer, mit einem Menschen zusammen zu sein, der nicht trank, zumal ihn der Whiskey seit so vielen Jahren wärmte. Nachdem er jedoch einmal damit aufgehört hatte, stellte er fest, dass das Trinken eher eine Gewohnheit gewesen war als ein Bedürfnis und dass er diese Gewohnheit gern für Lily aufgab. Sie war eine bessere Begleiterin als jede Flasche. Und er wünschte sich so sehr, sie nicht zu enttäuschen.

»Ich muss vielleicht heute Abend zu einem Treffen«, sagte Lily.

»Ich begleite dich«, bot Hawley an. »Wenn du willst.«

Statt ihm zu antworten, nieste Lily. Und noch mal und noch mal. Zu Beginn ihrer Beziehung hatte sie Hawley vor ihren Niesanfällen gewarnt – sie seien wie Schluckauf, nur in der Nase. Manchmal nieste sie zwanzig oder dreißig Mal am Stück, bevor der Niesreiz wieder aufhörte. Das Ganze war ihr furchtbar peinlich, Hawley machte es nichts aus. Wenn sie mit dem Niesen fertig war, hatte sie rote Flecken im Gesicht und sah mit ihren feuchten Augen aus, als würde sie gleich in Tränen ausbrechen, was Hawley jedoch noch nie bei ihr erlebt hatte.

Er drehte den Schlüssel im Zündschloss. Die Beleuchtung des Armaturenbretts ging an, warme Luft strömte aus den Lüftungsschlitzen. Lily zog ein Taschentuch hervor und putzte sich die Nase.

»Wann kommt der nächste Zug an?«, fragte sie.

»Um drei.«

Lily öffnete den Reißverschluss ihrer Jacke, streifte sie ab und kletterte auf seinen Schoß. Sie roch nach Rauch, herb und kalt. Ihre Haut war klamm, und ihre Haare kräuselten sich um die Ohren. Hawley knöpfte seine Jacke auf und legte sie um sie beide, zog Lily zu sich heran. Er spürte ihre dünnen Arme auf seinem Rücken und hoffte, dass Mabel Ridge niemals kommen würde. Dann konnten sie den ganzen Nachmittag eng umschlungen im Auto sitzen und dem Regen lauschen.

»Manchmal glaube ich, ich wäre fähig, sie zu töten.«

»Du würdest sowieso danebenschießen.«

Lily schmiegte ihr Gesicht an seinen Hals. Er spürte ihre Wimpern an seinem Kinn. »Was ist das Schlimmste, was du je getan hast?«

»Dich zu heiraten«, antwortete Hawley.

»Sehr witzig.«

Am Anfang hatte er sich gefühlt, als wäre er in das Leben eines anderen Menschen hineingestolpert.

Nachdem Lily ihn in den Schneepflug gezerrt und über die Grenze in den nächsten Bundesstaat gebracht hatte, nachdem sie in der Klinik in South Carolina sich bekreuzigend und betend behauptet hatte, sie habe bei der Beerdigung ihres Vaters versehentlich dessen geliebte Schrotflinte fallen gelassen und so einen Schuss ausgelöst, nachdem sich der Kleinstadtarzt bereit erklärt hatte, den Vorfall nicht der Polizei zu melden, und Hawley endlich verarztet und wieder entlassen worden war, hatten sie zusammen einen anderen Diner angesteuert, einen, in dem es Torte gab statt Kuchen. Dort hatten sie sich noch einen Milchshake geteilt und sich ineinander verliebt. So einfach war das. Sie hatten geredet, bis der Diner zumachte, hatten ihre Rechnung bezahlt und der Kellnerin Trinkgeld gegeben. Dann hatten sie sich ein Zimmer im Motel auf der anderen Straßenseite genommen.

Auf dem Parkplatz hatte sie seine Hand genommen. Dieser Moment würde ihm noch länger in Erinnerung bleiben als der Sex in der darauffolgenden Nacht: wie er auf ihre verschränkten Finger hinunterstarrte und sein Glück kaum fassen konnte.

Sie hatten eine ganze Woche in dem Motel verbracht, morgens die Zeitung gelesen, sich Essen liefern lassen, sich gegenseitig Geschichten erzählt und Karten gespielt. Und sich geliebt, bis sie müde genug waren, um zu schlafen. Lily hatte seinen Verband gewechselt und darauf geachtet, dass sich seine Wunde nicht entzündete, und nach Sonnenuntergang war Hawley jeden Abend zum Pool hinausgehumpelt und hatte ihr dabei zugesehen, wie sie in Unterwäsche in dem blau beleuchteten Becken ihre Bahnen zog. Ihre Beine waren lang und kräftig, und auf ihrem Rücken spielten die Muskeln. Wenn ihr Gesicht kurzzeitig zum Atmen auftauchte, war es nichts als ein verschwommener Fleck.

Wenn Lily fertig war, stemmte sie sich mit einer fließenden Bewegung aus dem Wasser und kam triefend auf ihn zu. Er hielt ein Handtuch für sie auf, wickelte sie hinein und spürte die Kälte ihres Körpers durch den Stoff hindurch.

»Was machst du hier bei mir?«, fragte er.

Sie drückte ihre kalten Lippen auf seine Haut.

»Ich wärme mich«, sagte sie.

Nach Ablauf der Woche fuhren sie nach Norden, bis sie nach Maryland kamen, wo sie eine Heiratserlaubnis beantragten und sich standesamtlich das Jawort gaben – Hawley in einem neuen Hemd und Lily in ihrem Kleid von der Beerdigung, mit am Straßenrand gepflückten Gänseblümchen am Schleier ihres Huts.

Und hier saßen sie nun, frisch verheiratet, die Körper aneinandergeschmiegt und die Hände in die Hose des jeweils anderen geschoben, während der Regen aufs Dach des Pick-ups trommelte und die Bäume im Sturm wankten. Wenn Lily ihn küsste, saugte sie ihm erst die Luft aus und stieß sie dann zurück in seine Lunge, als hätte sie das Atmen für ihn übernommen. Mit jedem Atemzug fühlte sich Hawley stärker. Schlauer. Besaß plötzlich sämtliche Eigenschaften, die er sich immer vergeblich gewünscht hatte.

Das Klopfen am Fenster erschreckte sie beide. Lily kletterte zurück auf ihren Sitz und knöpfte sich die Bluse zu, während Hawley rasch seine Jacke über den Schoß breitete. Die Fensterscheibe war so beschlagen, dass sie nicht nach draußen blicken konnten. Hawley wischte mit den Fingern das Kondenswasser weg. Draußen im Regen stand ein etwa fünfzehnjähriger Junge. Hawley kurbelte das Fenster ein Stück herunter, und der klatschnasse Teenager beugte sich vor und legte die Finger auf die Fensterkante, wodurch Wasser zu ihnen hereintropfte.

»Habt ihr zufällig einen Hund gesehen?«

»Was für einen?«, fragte Hawley.

»Mischling«, antwortete er. »Aber sie sieht aus wie ein Labrador.«

»Ist uns nicht begegnet, nein«, sagte Lily.

»Mein Dad bringt mich um«, stöhnte der Junge. »Ich war mit ihr spazieren, und sie ist aus dem Halsband geschlüpft.«

In einer verschlossenen Metallkiste, die mit Schraubbolzen am Boden von Hawleys Ladefläche befestigt war, lagen zwei Präzisionsgewehre mit Zielfernrohren, eine SIG-Sauer-Pistole, zwei Deringer-Pistolen, die er als Überraschung für Lily aufbewahrt hatte, das M14-Gewehr seines Vaters sowie Munition für sämtliche Waffen und ein Satz Zielscheiben. Hawley sah dem Teenager prüfend in die Augen. Er wirkte nicht so, als hätte er Drogen genommen. Der Regen hatte immer noch nicht nachgelassen, und der Junge behielt Kopf und Finger im Fenster.

»Brauchst du Hilfe beim Suchen?«, fragte Lily.

»Das wäre toll«, sagte der Jugendliche, dessen Gesicht sich sofort aufhellte.

Hawley hatte eigentlich keine Lust, das Auto zu verlassen, aber Lily hatte bereits die Jacke angezogen und war dabei, sich die Stiefel zuzubinden. Ehe er reagieren konnte, war die Tür offen und sie stand draußen im Regen. Hawley griff unter den Sitz, wo er seinen Colt aufbewahrte. Er schob ihn in seine Tasche und stieg ebenfalls aus dem Pick-up.

»Wie heißt du?«, fragte er den Jungen.

»Charlie.«

»Und wie heißt dein Hund?«

»Auch Charley. Aber mit *ey*.«

»Wurde der Hund nach dir benannt oder du nach dem Hund?«, fragte Hawley.

»Sie hieß schon so, als wir sie bekommen haben.«

»Lustiger Zufall.«

»Ja«, sagte Charlie. Er war mager und trug eine zerfetzte Jeans, lila Turnschuhe, einen Ledermantel, der ihm zu groß war, und darunter ein Sweatshirt, dessen Kapuze er sich als Regenschutz über den Kopf gezogen hatte. Der

Stoff glänzte vor Nässe. Die Hundeleine war mehrmals um seine Hand gewickelt, und das leere Lederhalsband baumelte wie ein überdimensionales Armband an seinem Handgelenk.

Lily machte erneut die Tür zum Pick-up auf und zog einen Regenschirm unter dem Beifahrersitz hervor. Der Schirm war ein Werbegeschenk von der Bank, bei der Hawley eins seiner Schließfächer hatte. Lily drückte auf den Knopf am Griff, woraufhin der Schirm ein Eigenleben entwickelte, auf die doppelte Länge heranwuchs und seine mechanischen Arme ausfuhr. Der Nylonüberzug straffte sich mit einem leisen Knall, und schon stand Lily unter der leuchtend gelben Stoffkuppel, die rundherum mit dem Logo der Bank bedruckt war – einem Bienenstock aus Dollarscheinen. WIR VERWALTEN IHR GELD WIE FLEISSIGE BIENCHEN.

»In welche Richtung ist dein Hund denn verschwunden?«, fragte Lily.

»In diese«, antwortete Charlie und zeigte in den Wald hinein.

»Dann geh du doch den Pfad entlang«, schlug Hawley vor, »und wir suchen seitlich davon.«

Der Junge zögerte.

»Willst du deinen Mischling nun finden oder nicht?«

»Doch, klar«, sagte Charlie und verschwand nach seinem Hund rufend im Wald.

»Ich glaube, du hast ihn eingeschüchtert«, bemerkte Lily.

Hawley zog den Kopf ein und gesellte sich zu ihr unter den Schirm. Unter der Stoffkuppel klang der Regen wie ein rauschendes Autoradio. »Was machen wir eigentlich hier draußen?«

»Wir helfen ihm«, antwortete Lily. »Was, wenn es unser Hund wäre?«

»Möchtest du einen Hund?«

»Nein. Aber wenn unser Hund weggelaufen wäre, würde ich auch wollen, dass uns jemand beim Suchen hilft.«

Hawley nahm ihr den Schirm aus der Hand und hob ihn höher, damit er aufrecht darunter stehen konnte. Um sie herum goss es in Strömen, und Lilys grüne Augen wirkten noch grüner als sonst.

»Gib mir die Waffe«, sagte sie.

Seit sie verheiratet waren, hatte er keinen zwielichtigen Auftrag mehr angenommen. Sie lebten von dem Geld, das er beiseitegeschafft hatte. Es würde reichen, um Hawley mindestens ein Jahr lang von schmutzigen Geschäften fernzuhalten. Dennoch trug er nach wie vor eine Waffe bei sich. Zum ersten Mal im Leben hatte er etwas zu verlieren, und es erstaunte ihn, wie sehr sich dadurch alles änderte. Er konnte sich seither tatsächlich ein Leben über den nächsten Tag, die nächste Woche, das nächste Jahr hinaus vorstellen. Er hatte sogar angefangen, sich im Auto anzuschnallen und sich regelmäßig die Zähne zu putzen. Manchmal verschwand er so vollständig in seinem neuen Leben, dass er das Gefühl hatte, sich an den Rändern allmählich aufzulösen. Doch dann kamen die vielen Jahre zurück, die er allein verbracht hatte, und umschlossen ihn wie undurchdringliche Dunkelheit. An solchen Tagen ertappte ihn Lily bei alten Gewohnheiten – dass er immer wieder kontrollierte, ob er auch wirklich abgeschlossen hatte, oder plötzlich auf der Straße kehrtmachte, wenn er glaubte, dass sie verfolgt würden.

Er zog den Colt aus seiner Innentasche und händigte ihn aus. Lily überprüfte den Lauf und steckte ihn in ihre Jacke.

»Nun lass uns mal diesen Hund finden.«

Sie gingen in verschiedene Richtungen davon, jeder nahm eine Abzweigung vom Hauptpfad, auf dem der Junge verschwunden war. Hawley war froh, dass Lily den Schirm dabeihatte. So konnte er die durch die Äste hüpfende gelbe Kuppel zumindest am Anfang im Blick behalten. Doch der Wald wurde bald dichter, und er verlor Lily aus den Augen.

Die Luft roch nach Moos und Pilzen, nach allem, was aus der feuchten Erde des Waldbodens wuchs. Überall um Hawley herum spritzte das Wasser nur so von den triefend nassen Ästen. Es regnete immer noch in Strömen, und er war bereits bis über die Knie durchnässt. Während er Lily laut nach dem Hund rufen hörte, stach er sich an einem Dornbusch. Wasser rann in den Ausschnitt seiner Jacke.

Wenn dieser Hund schlau ist, sucht er irgendwo Schutz und irrt nicht ziellos im Wald herum, dachte Hawley. Allerdings gab es hier kilometerweit keinen festen Unterschlupf – von seinem Pick-up einmal abgesehen. Genau unter den hätte sich Hawley gerettet, wäre er ein Hund gewesen.

Nachdem er noch einmal den Blick über die vor ihm liegenden Büsche hatte schweifen lassen, um zu sehen, ob sich dort etwas bewegte, drehte er um und machte sich auf den Weg zurück zum Parkplatz. Er hoffte, dass er mit seiner Vermutung recht behielt und der Hund unter dem Motor Zuflucht gesucht hatte. In seiner Vorstellung kauerte ein brauner, übergewichtiger Labrador japsend im Schlamm. Nach ein wenig gutem Zureden würde er herauskommen und ihm die Hand lecken, und Hawley würde ihn den Pfad hinuntertragen und Lily beweisen, dass er ein Mann war, der verlorene Tiere wiederfinden konnte.

Als er den Parkplatz erreichte, kauerte jedoch nicht der Hund unter, sondern Charlie neben dem Wagen. Zuerst glaubte Hawley, der Junge habe die gleiche Idee gehabt und sehe gerade unter dem Fahrgestell nach, doch in dem Moment entdeckte er das eingeworfene Rückfenster und die offene Fahrertür. Charlie hatte ihn nicht bemerkt und schaute nicht hoch. Um den Pick-up herum prasselte der Regen auf die Bäume und den Boden und übertönte Hawleys Schritte, als er aus dem Wald trat und sich hinter den Jungen stellte.

»Du hättest einsteigen und die Tür hinter dir zumachen sollen, bevor du die Drähte freilegst«, sagte er. »So kriegst du den Motor nie kurzgeschlossen.«

Die Augen des Jungen waren so voller Panik, dass Hawley ihn beinahe verschont hätte. Dennoch schlug er zu, verpasste ihm einige heftige Fausthiebe in den Bauch und machte anschließend mit seinem Gesicht weiter. Er spürte, wie der Kieferknochen des Jungen unter seinen Fingerknöcheln splitterte, und sah einen Zahn in den Schlamm fliegen. Der Junge schluchzte und versuchte wegzukriechen, doch Hawley zog ihn zurück und trat ihm zweimal in die Rippen.

Ein Auto zu klauen war eine Sache. Dessen Besitzer mit einer herzzerreißenden Geschichte über einen entlaufenen Hund aus dem Wagen zu locken ging eindeutig zu weit. Der Hund war das Argument gewesen, das Hawley schließlich überzeugt hatte, und an diesen Hund dachte er nun, während er den Jungen verprügelte – Charley, die Mischlingshündin, die in Wirklichkeit überhaupt nicht existierte.

Er holte gerade mit dem Bein aus, um den Jungen ein drittes Mal zu treten, als er den Schuss hörte. Die Kugel streifte seinen Unterschenkel, riss ein Stück Fleisch heraus und flog gleich weiter, direkt in den Vorderreifen des Pick-ups. Hawley taumelte und fiel hin. Während er auf dem Boden aufkam, hörte er die Luft aus dem Reifen herausströmen, sah, wie das schwarze Gummi um das Loch herum zusammensackte und die Achse des Wagens zur Seite kippte.

Lily kam aus dem Wald und hielt den Colt genauso, wie Hawley es ihr beigebracht hatte: mit abgestütztem Arm und verschränkten Fingern. In drei Metern Entfernung blieb sie stehen, ohne die Waffe herunterzunehmen.

»Bist du verletzt?«, fragte sie.

»Du hast auf mich geschossen.«

»Tut mir leid«, sagte sie. »Es tut mir so leid.«

Hawley hob sein Hosenbein an.

»Halb so wild«, sagte er. »Aber ich glaube, du hast den Reifen kaputt geschossen.«

Lily ließ den Arm mit dem Colt sinken und wischte

sich mit dem Jackenärmel übers Gesicht. Sie wirkte gleichzeitig erleichtert und erschöpft. Der Regen prasselte vom Himmel herab, und Hawley spürte plötzlich den Schmerz, ein starkes Brennen, als würde jemand sein Bein übers Feuer halten. Er beugte sich hinunter und drückte die Hand gegen die Wunde, um die Blutung zu stoppen, während Lily zur Ladefläche des Pick-ups eilte, die Abdeckung öffnete und den Verbandskasten holte. Sie sank im Schlamm auf die Knie, krempelte Hawleys Hose hoch, säuberte seine Wade mit Alkohol und umwickelte sie mit Verbandsmull.

»Das sieht gar nicht gut aus.«

»Es war ein Unfall.«

»Ich habe den Schirm fallen gelassen.«

»Wir holen ihn später.«

Lily befestigte das Ende des Verbands und stand auf. Mit dem Rücken zu Hawley lehnte sie sich ans Auto. Hawley musste an ihr Kennenlernen im Diner denken. Damals hatte er das Richtige gesagt, aber jetzt fand er keine Worte. Als sie den Kopf hob und ihn ansah, wusste er, dass noch etwas nicht stimmte.

»Wo ist Charlie?«, fragte sie.

Hawley fuhr herum und suchte den Waldrand ab. Von dem Jungen war nichts zu sehen. Das Einzige, was von ihm übrig geblieben war, war sein Zahn, ein schimmernder weißer Punkt im Matsch. Hawley kniete sich auf sein unverletztes Bein, um ihn näher zu betrachten. Als er von der Seite her eine Bewegung wahrnahm, spähte er unters Auto und fand Charlie da vor, wo er ursprünglich Charley vermutet hatte: zusammengerollt neben der Hinterachse.

»Komm da raus«, befahl Hawley.

»Lassen Sie mich in Ruhe!«, rief der Junge.

»Meine Frau wollte nur, dass wir aufhören uns zu streiten«, sagte Hawley. »Sie wollte niemanden verletzen. Es tut ihr leid. Stimmt doch, oder, Schatz?«

»Ja«, sagte Lily mit gepresster Stimme.

»Bist du getroffen?«, fragte Hawley den Jungen.

»Was?«

»Hast du eine Kugel abbekommen?«

»Ich glaube nicht.«

Lily kniete sich auf den Boden und duckte sich unters Heck des Pick-ups. »Heißt du wirklich Charlie?«

»Ja«, antwortete er.

»Hör mal, Charlie«, sagte Lily. »Ich verspreche dir, dass dir nichts passiert. Er wird dir nicht wehtun, und ich werde nicht auf dich schießen. Und es wird auch keiner die Polizei rufen. Okay?«

Er dachte einen Moment darüber nach, bevor er unter dem Auto hervorkroch, genau wie der Labrador es in Hawleys Vorstellung getan hatte. Allerdings sah Charlie nicht besonders dankbar aus, als er vor ihnen stand. Nicht einmal besonders eingeschüchtert – nur mager, hungrig und müde. Seine Jeans war triefend nass, sein Ledermantel voller Dreck. Aus seiner Nase und seinem Mund sickerte Blut, die Haut um sein Auge herum war aufgeplatzt und seine Unterlippe geschwollen. Er drückte die Hand auf den Kiefer, als müsste er die Knochen mit den Fingern zusammenhalten.

»Lass mich mal sehen.« Lily untersuchte sein Gesicht. Als sie sein Kinn berührte, schrie er auf. »Schschsch«, machte sie beruhigend, als würde sie ein Kind nach einem Albtraum trösten. »Wir müssen dich ins Krankenhaus bringen.« Sie zog ein Papiertuch aus der Tasche und gab es dem Jungen. »Weißt du, wie man einen Reifen wechselt, Charlie?«

Er presste sich das Papiertuch gegen die Nase und schüttelte den Kopf.

»Dann lernst du es jetzt.« Sie marschierte zum Heck des Pick-ups und machte sich an dem dort befestigten Ersatzreifen zu schaffen.

Hawley trat neben die Heckklappe. Lily zitterte, aber als er sie berühren wollte, schob sie ihn von sich weg.

»Was ist?«

»Du hast gerade ein Kind zusammengeschlagen, Hawley.« Sie zog den Reifenmontierhebel aus seiner Halterung.

»Er wollte unser Auto klauen.«

»Na und? Er kennt unsere Gesichter und unser Nummernschild.«

»Ach, er weiß doch gar nicht, was er tut. Als *ich* in seinem Alter war, habe ich Tankstellen ausgeraubt und jede Nacht in einem anderen Auto geschlafen.«

Hawley nahm ihr den Montierhebel aus der Hand. Der Wind frischte wieder auf und blies ihnen den Regen ins Gesicht. Lily hielt sich schützend die Hand vor die Augen. Als sie ihre Finger wieder herunternahm, war ihr Gesicht blass und tropfte vor Nässe. Sie sah Hawley kopfschüttelnd an, rollte sich eine Zigarette und ließ das Rädchen ihres Feuerzeugs schnipsen, doch das Papier war zu feucht, um Feuer zu fangen. Lily warf die Zigarette in den Schlamm.

»Ich brauche mal kurz eine Minute«, sagte seine Frau, ließ ihn stehen und verschwand im Wald.

Hawley sah ihr hinterher, bevor er den Ersatzreifen nahm und damit zu Charlie ging.

Dieser wich vor ihm zurück.

»Ich habe ihr versprochen, dass ich dich nicht mehr schlage«, sagte er. »Lust dazu hätte ich allerdings. Du tust also besser, was ich dir sage.«

»Sprechen tut weh«, murmelte Charlie.

»Halt einfach den Mund.« Hawley warf Montierhebel und Kreuzschlüssel neben dem Ersatzreifen auf den Boden. »Hol ein paar Steine. Große Steine. Die legst du hinter die Räder. Damit der Wagen nicht vom Wagenheber rollt.«

Der Junge hinkte zum Waldrand und hielt sich die Seite. »Atmen tut auch weh.«

»Lass das Atmen eben auch bleiben.«

Charlie stemmte zwei große Steine vom matschigen Boden hoch, warf sie hinter die Hinterräder und schob sie mit dem Fuß in die richtige Position. Hawley nahm unterdessen die Radkappe ab, löste mit dem Kreuzschlüssel die ersten vier Radmuttern und steckte sie in die Tasche. Er schob den Wagenheber unter den Fahrzeugrahmen und fing an, das Auto hochzupumpen.

»Ich dachte, man bockt das Auto erst auf und schraubt die Muttern danach ab«, sagte Charlie.

»Wenn man sie oben in der Luft löst, hat man keinen Widerstand, und der Wagen fällt leicht vom Heber. Eine Mutter sollte man allerdings dranlassen, damit das Rad nicht abspringt. So geht es am schnellsten.«

»Sind Sie Mechaniker oder so was Ähnliches?«

»So was Ähnliches.« Hawley legte sich mit vollem Gewicht in den Wagenheber, bis der Pick-up in der Luft hing. Dann löste er die letzte Mutter und stemmte den kaputten Reifen mit dem Montierhebel vom Rad. Er hörte das Projektil im Reifen herumrollen, als er ihn hinter dem Wagenheber unters Auto schob.

Der Junge blickte zum Reifen und wieder zurück zu Hawley.

»Falls das Auto doch runterfällt. Der Reifen hält es hoch genug, dass man den Wagenheber wieder unter die Karosserie bekommt.«

»Aha.«

Dieser unwissende kleine Mistkerl ist nicht in der Lage, ein Auto zu klauen, dachte Hawley. Dabei war ein Ford eigentlich leichte Beute. Hawley erinnerte sich noch genau an Marke und Modell seines ersten gestohlenen Wagens – ein Buick Skylark. Er war erst fünfzehn gewesen, als er den Skylark kurzgeschlossen hatte und mit diesem schwerfälligen Schiff von einem Auto die ganze Strecke nach Tennessee gefahren war.

»Woher hast du eigentlich die Hundeleine?«, fragte er. Die Sache mit dem Hund beschäftigte ihn immer noch.

»Ach die«, sagte der Junge. »Mein Vater hat Charley letztes Jahr in unserer Einfahrt überfahren.«

»Hat diese rührselige Geschichte je funktioniert?«

»Meistens«, antwortete Charlie. »Vor allem bei Mädchen.«

Der Sturm legte sich ein wenig, und der Platzregen ging in Sprühregen über. Hawley versuchte, sich die Wagenschmiere von den Fingern zu wischen. »Gib mir mal den Ersatzreifen.« Der Junge rollte den Reifen zu ihm hin, und Hawley richtete ihn auf der Radnabe aus, fischte die Muttern aus seiner Tasche und schraubte sie mit den Fingern fest.

»Das mit dem Auto tut mir leid«, sagte Charlie. »Ich wollte einfach nur hier weg.«

Hawley hockte sich auf seine Fersen. Er nahm den platten Reifen und drückte einen Finger gegen das Einschussloch. Dabei sah er, dass er sich beim Schrauben einen Fingernagel abgerissen hatte. Als er den Finger in den Mund steckte, schmeckte er Öl, Blut und Dreck.

»Tja«, sagte Hawley. »Das kenne ich irgendwoher.«

Zwischen den Bäumen blitzte etwas Gelbes auf, dann trat Lily mit dem Schirm aus dem Wald. Ihr Gesichtsausdruck war resigniert. So sah sie aus, wenn sie die Gummihandschuhe überstreifte und das Putzmittel hervorholte.

»Ist sie sauer auf Sie?«, fragte der Junge.

»Sag ihr das mit dem Hund lieber nicht«, riet Hawley.

Lily überquerte den Parkplatz, und der Regenschirm schwebte über ihrem Kopf wie eine Gedankenblase in einem Comic. Als sie beim Pick-up ankam, hatte es aufgehört zu regnen. Sie streckte prüfend die Hand aus und drückte auf den Knopf, woraufhin die Arme des Schirms einklappten und der Griff sich verkürzte.

»Seid ihr fertig?«

»Fast«, sagte Hawley.

»Ich muss mit Charlie sprechen.«

Der Junge schien vor Lily fast noch mehr Angst zu haben als vor Hawley. Er stand widerwillig vom Boden auf und verzog vor Schmerz das Gesicht. Lily ging mit ihm ein paar Schritte weg, bis sie außer Hörweite waren. Hawley beobachtete, wie Lily etwas sagte und der Junge nickte. Und wie sie ihm etwas in die Hand schob.

Hawley pumpte den Pick-up mit dem Wagenheber wieder herunter, und der Wagen ließ sich mit einem Ächzen auf dem neuen Reifen nieder. Mit dem Kreuzschlüssel zog Hawley die Muttern fest. Als er damit fertig war, hatten auch Lily und Charlie ihr Gespräch beendet. Gemeinsam luden sie das Werkzeug zurück auf die Ladefläche und stiegen ein. Hawley brauchte ein paar Minuten, bis die Drähte, die der Junge freigelegt hatte, wieder an Ort und Stelle waren. »Das sind übrigens die Kabel fürs Radio, nicht die für den Anlasser«, sagte er kopfschüttelnd.

Der Junge saß neben einem Haufen Glasscherben auf der Rückbank. Er umklammerte immer noch seinen Kiefer und hielt sich mit der anderen Hand die Rippen. Jetzt spähte er am Fahrersitz vorbei auf die Kabel. »Welche hätte ich nehmen müssen?«

»Das rote Kabel ist für die Batterie«, erklärte Hawley. »Und das gelbe hier ist der Anlasser. Außerdem brauchst du noch die Zündleitung.«

»Bring ihm doch so was nicht bei«, sagte Lily.

»Er macht es sowieso, also kann er es genauso gut richtig machen.«

»Können wir bei McDonald's halten?«, fragte Charlie. »Ich sterbe vor Hunger.«

Hawley drehte den Zündschlüssel und startete den Motor. Die Zeitanzeige am Armaturenbrett war zurückgesetzt und blinkte wie eine Bombe, die gleich hochgehen würde. *12.00, 12.00, 12.00.*

»Weiß jemand, wie viel Uhr es ist?«

»Halb vier«, antwortete der Junge.

»Deine Mutter«, sagte Hawley zu Lily.

Lily zog den Colt aus der Tasche, klappte die Trommel auf und nahm die Patronen heraus. Sie verstaute die Munition im Handschuhfach und legte den Colt zurück unter den Sitz.

»Kein McDonald's«, entschied sie.

Als sie vor dem Bahnhof hielten, saß Mabel Ridge wartend auf einer Bank, neben einem riesigen Rollkoffer, den ein Namensschild und eine leuchtend violette Schleife zierten. Ihre Haare waren offen und wild, und im Kragen ihres Pullovers steckten Nähnadeln in verschiedenen Größen, wie die Tressen einer Armeeuniform.

»Mein kleines Mädchen«, begrüßte Mabel ihre Tochter.

»Mom«, sagte Lily. Die beiden Frauen umarmten sich.

»Das ist Samuel Hawley«, stellte Lily vor. »Mein Mann.«

Mabel Ridge ergriff seine Hand. Sie hatte lange Finger und einen eisernen Griff. Als Hawley ihren Koffer auf die Ladefläche des Pick-ups hievte, zog sie die Brille herunter, die auf ihrer Stirn geklemmt hatte, und betrachtete zielsicher sein verletztes Bein. Hawley verbarg es rasch hinter seinem anderen Bein, woraufhin Lilys Mutter ruckartig das Kinn hob. Sie hatte grüne Augen, genau wie ihre Tochter. Unter ihrem festen Blick fühlte er sich entblößt, freigelegt bis auf die Knochen.

»Und wer ist das?« Mabel spähte durchs Fenster ins Innere des Wagens.

Lily öffnete die Tür und schob die Glasscherben vom Sitz. »Das ist Charlie. Wir bringen ihn ins Krankenhaus.«

Lilys Mutter betrachtete prüfend den Jungen und sein geschwollenes Gesicht. »Und was ist mit Charlie passiert?«

»Ihm ist sein Hund abgehauen«, sagte Hawley.

Der Junge seufzte und rutschte näher an das kaputte Fenster heran. Mabel Ridge stieg neben ihm ein. Hawley zog seine Jacke aus und band sie sich um die Hüfte, um das Blut auf seiner Hose zu verbergen.

»Warum wart ihr nicht hier, als ich angekommen bin?«, fragte Mabel, während sie vom Parkplatz fuhren.

»Du hast gesagt, du würdest um zehn kommen«, sagte Lily.

»Es stand von Anfang an fest, dass ich um drei komme«, widersprach Mabel. »Du hast es dir wahrscheinlich nicht aufgeschrieben.«

»Doch, habe ich.«

Sie fuhren ein paar Minuten schweigend durch die Stadt, bis sie auf den Highway abbogen. Der Wind peitschte durch den Wagen, als Hawley beschleunigte. Die rechten Reifen erwischten eine Pfütze auf dem Seitenstreifen, und eine Welle spritzte seitlich ans Auto.

»Warum macht ihr nicht das Fenster zu?«, fragte Mabel Ridge.

»Weil es kaputt ist«, antwortete Lily.

Ihre Stimmen ähnelten sich, beide besaßen eine gewisse Musikalität, die Hawley bei Lily immer für einzigartig gehalten hatte. Während sie und Mabel miteinander diskutierten, beobachtete er seine Frau. Sie wirkte verändert durch die Anwesenheit ihrer Mutter. Kleiner, herabgesetzt. Er fragte sich, gegen welche Erinnerungen sie wohl anzukämpfen hatte. Sein Beschützerinstinkt erwachte, obwohl er wusste, dass Mabel Ridge diejenige war, die Lily vor dem völligen Absturz bewahrt hatte.

Er nahm die nächste Ausfahrt. Der Fahrtwind ließ nach, als sie langsamer wurden und schließlich an einer Ampel hielten. Bis zum Krankenhaus würden sie noch ungefähr zwanzig Minuten brauchen. Hawley spähte immer wieder auf die Uhr am Armaturenbrett und wünschte sich, dass die Zeit schneller verging, aber auf der Leuchtanzeige blinkten nach wie vor dieselben Ziffern, wie bei einer hängen gebliebenen Schallplatte. Die Fahrt zog sich unerträglich in die Länge. Hawley hatte das Gefühl, dass sie schon seit einer Ewigkeit zu viert im Pick-up saßen.

»Also.« Mabel Ridge nahm ihre Brille ab und säuberte sie an ihrem Halstuch. »Ich habe bisher noch nicht viel von Ihnen gehört, Samuel Hawley.«

»Aber ich von Ihnen«, gab Hawley zurück.

»Da bin ich mir sicher.« Mabel stützte je einen Ellbogen auf die Rückenlehnen der Vordersitze. »Wie habt ihr beide euch noch mal kennengelernt?«

»In einem Café«, antwortet Lily.

»Wirklich?«

»Das habe ich dir doch schon erzählt.«

»Muss ich wohl vergessen haben«, sagte Mabel Ridge. »So wie du vergessen hast, mich zu eurer Hochzeit einzuladen.«

Hawley war im Laufe der Jahre einigen taffen Frauen begegnet, aber bei allen war die Abgebrühtheit auf ihr hartes Leben zurückzuführen gewesen. Bei Mabel lag der Fall anders. Ihre Unnachgiebigkeit war Teil ihres Charakters, und sie walzte ihre Mitmenschen damit nieder wie ein Öltanker, der durch eine Flotte Ruderboote pflügt. Hawley musste an Lilys Vater denken. Soweit er wusste, war Gus ein ziemlicher Nichtsnutz gewesen. Allerdings gehörte eine gehörige Portion Mumm dazu, sich mit einer Frau wie Mabel Ridge einzulassen.

»Mom!«, sagte Lily.

»Ich habe es ja wohl verdient, bei deiner Hochzeit dabei zu sein. Und zu wissen, was in deinem Leben passiert. Findest du nicht auch?«

»Was möchten Sie denn über mich wissen?«, fragte Hawley, um seiner Schwiegermutter ein wenig entgegenzukommen.

Mabel Ridge lehnte sich vor. »Lily hat mir nie erzählt, woher Sie kommen.«

»Ich bin in Galveston Bay aufgewachsen.« Als sie ihn nur blinzelnd ansah, fügte er hinzu: »Texas.«

»Und womit verdienen Sie Ihr Geld?«

»Er ist Automechaniker«, meldete sich Charlie zu Wort.

Hawley warf dem Jungen im Rückspiegel einen Blick zu. »Im Moment bin ich arbeitslos.«

»Was für ein Pech.« Mabel umfasste die Kopfstütze des Fahrersitzes, sodass ihre Finger dicht neben Hawleys Gesicht lagen. »Na ja«, sagte sie. »Irgendetwas können Sie bestimmt.«

»Er kann gut Leute verprügeln«, versicherte Charlie

und wischte sich die blutige Nase am Ärmel seines Ledermantels ab.

Diese Aussage brachte Mabel Ridge eine Weile zum Schweigen. Hawley beobachtete ihr Gesicht. Sie schien vor sich hin zu grübeln und die Informationen über ihn zu verarbeiten. Unterdessen wurde Lily auf dem Beifahrersitz immer kleiner, weil sie Stück für Stück nach unten rutschte. Wenn sie so weitermachte, kauerte sie bald im Fußraum. Hawley wusste, dass seine Frau und er in Schwierigkeiten steckten, hatte aber keine Ahnung, was er dagegen tun konnte. Sie hatten kaum eine Viertelstunde hinter sich gebracht, und Mabel Ridge wollte eine ganze Woche bleiben.

Als sie das Krankenhaus erreichten, hatte das Schweigen im Auto sein ganz eigenes Gewicht entwickelt. Hawley hielt neben dem Eingang zur Notaufnahme. Er konnte es nicht erwarten, aus dem Wagen zu kommen. »Ich bringe ihn rein«, sagte er.

Lily legte die Hand auf sein unverletztes Bein und drückte es fest. Das hieß, dass er sich beeilen sollte.

»Viel Glück. Denk daran, was ich dir gesagt habe.«

Charlie nickte stirnrunzelnd, als falle es ihm bereits jetzt schwer, sich an Lilys Worte zu erinnern. Er presste immer noch die Hand gegen seinen geschwollenen Kiefer. Nachdem er sich mit dem Türgriff abgemüht hatte, stieg er aus und zog einige Glasscherben mit sich nach draußen. Sie landeten klirrend auf dem Asphalt.

»Hat mich gefreut, dich kennenzulernen«, verabschiedete sich Mabel Ridge, deren Gesichtsausdruck etwas ganz anderes besagte.

Das Krankenhaus war ein flaches Backsteingebäude mit Rollstuhlrampen auf beiden Seiten des Eingangs. Nachdem er mit Charlie durch die Schiebetür getreten war, sah Hawley ein halbes Dutzend Personen auf Metallstühlen warten. Ein Fernseher in der Ecke zeigte die Nachrichten ohne Ton. Obwohl die Eingangshalle gefliest war, roch es nach modrigem Teppichboden. Auf einer Seite des Wartebereichs drängten sich eine Frau mittleren Alters mit einem Arm in der Schlinge, ein alter Mann, der ein weinendes Kleinkind festhielt, und eine Asiatin, die den Rücken ihres Sohns tätschelte, der sich gerade in einen Eimer übergab. Ein Stück entfernt von den anderen Wartenden saß ein Obdachloser mit einer Burger-Schachtel auf dem Schoß, dessen Habseligkeiten in Mülltüten um ihn herum gestapelt waren. Hinter einer Glasscheibe raschelte eine Krankenschwester mit Papieren herum.

»Was soll ich sagen?«, fragte Charlie.

»Sag einfach, dass du in der Schule in eine Prügelei geraten bist«, antwortete Hawley.

Der Junge ging zum Empfang und redete mit der Krankenschwester. Hawley überlegte, ob er sich verdrücken sollte, bis ihm einfiel, dass Mabel Ridge im Auto saß und wahrscheinlich gerade seine Frau ausfragte. Er beschloss zu warten, bis der Junge aufgenommen war, sank auf einen der leeren Sitze neben dem Obdachlosen und hielt die Luft an, um den verbrauchten, ungewaschenen Geruch des Mannes nicht einatmen zu müssen. In der Burger-Schachtel lag auf einer Papierserviette ein Ohr.

»Was ist passiert?«, fragte Hawley.

»Oh«, erwiderte der Obdachlose. »Das ist nicht meins, es gehört einem Freund von mir. Ich bewahre es nur für ihn auf.«

»Ist er hier im Krankenhaus?«

»Noch nicht«, sagte der Mann.

Das Ohr war nur ein halbes Ohr – das Ohrläppchen und ein Teil des äußeren Knorpelgewebes. Das Messer war offenbar scharf gewesen, denn es war ein glatter Schnitt, an dem kaum Blut zu sehen war.

Die Krankenschwester gab Charlie einen Eisbeutel, ein Klemmbrett und einen Stift mit. Er kam mit den Sachen zu Hawley und drückte den Eisbeutel vorsichtig an seinen Unterkiefer.

»Sie müssen das hier unterschreiben.«

»Was ist das?«, fragte Hawley.

»Die schriftliche Einverständniserklärung der Eltern.«

»Auf keinen Fall.«

»Doch«, beharrte der Junge. »Sonst rufen sie meinen Dad an.«

»Das ist vielleicht gar keine schlechte Idee.«

»Das ist sogar eine sehr schlechte Idee«, erwiderte Charlie. »Glauben Sie mir.«

Hawley hob den Kopf und begegnete dem Blick des Obdachlosen. Er dachte über das abgetrennte Ohr in der Pappschachtel nach, über den Mann, der jetzt ohne es herumlief, während sein Freund hier auf ihn wartete, für den Fall, dass er im Krankenhaus auftauchte.

»Was wollte meine Frau vorhin von dir?«

»Sie hat mir hundert Dollar gegeben«, antwortete Charlie. »Und mir gesagt, dass ich den Mund halten soll.«

»Was noch?«, fragte Hawley. Er wusste, dass da noch mehr war.

Der Junge schob das Formular von einer Hand in die andere, befestigte es wieder am Klemmbrett. »Sie hat gesagt, dass ich aufhören soll, Autos zu klauen und Dummheiten zu machen. Weil ich sonst ende wie Sie.«

Da war es.

Hawley unterschrieb das Formular.

Nach einer Weile rief die Krankenschwester Charlies Namen auf, und er folgte ihr hinter eine Glastrennwand. Hawley ging auf die Toilette und wusch sich mit ein paar Papierhandtüchern erneut das Bein aus. Die Wunde sah eher aus wie ein Messerstich als wie eine Schusswunde. Die Haut war sauber abgetrennt, und das Blut hatte den Verband vollkommen durchtränkt. Es war bis auf seine Stiefel hinuntergelaufen und hatte die Schnürsenkel verfärbt. Die Wunde musste genäht werden, und er brauchte Antibiotika. Sobald sie zu Hause waren, würde er die Wunde irgendwie zunähen oder sie mit Sekundenkleber verschließen (ein Trick, den Jove ihm gezeigt hatte). Jetzt zog er erst einmal seinen Gürtel aus, wickelte Papiertücher um sein Bein, zurrte das Ganze mit dem Gürtel fest und rollte sein Hosenbein wieder nach unten.

Als er von der Toilette zurückkam, stand Lily am Empfang und redete mit der Krankenschwester. »Wo warst du?«, fragte sie.

»Es dauert nicht mehr lange«, sagte Hawley.

»Wir sitzen draußen und warten.« Was auch immer Mabel Ridge im Pick-up zu ihrer Tochter gesagt hatte, es hatte seinen Zweck erfüllt, das sah Hawley sofort. Lily wirkte angespannt und blinzelte ihn müde an – bis sie erschrocken die Augen aufriss.

»Deine Stiefel sind ja voller Blut.«

Sie wird mich verlassen, dachte Hawley. Vielleicht nicht heute, aber irgendwann. Er konnte sein altes Ich nicht einfach verstecken oder eine Entgiftungskur machen und zu Alkoholiker-Treffen gehen, um es loszuwerden. Nachdem er die Jacke von seiner Hüfte geknotet hatte, hielt er sie auf und zeigte seiner Frau, was sich darunter verbarg.

»Warum hast du denn nichts gesagt?«, rief Lily und nieste. Es war ein gewaltiges, feuchtes Niesen, das wie eine Explosion durch den Wartebereich hallte. Lily riss die Hände vors Gesicht, nieste und nieste und nieste. Sie schwankte, und Hawley packte sie am Arm. Auf ihrem Gesicht erblühten rote Flecke, und ihre Augen wurden glasig. Sie nieste und nieste und nieste, bis jeder im Raum, sogar der Obdachlose mit dem Ohr auf dem Schoß, Hawley anstarrte, als ob es seine Schuld wäre. Und das war es wohl auch, dachte er.

Er führte sie hinaus, zurück in den Regen. Die automatischen Schiebetüren glitten auf und schlossen sich hinter ihnen. »Es tut überhaupt nicht weh«, versuchte er sie zu beruhigen.

»Ich dachte, du würdest ihn umbringen«, stammelte Lily.

»Das hätte ich niemals getan«, sagte Hawley.

»Aber es sah so aus.« Sie nieste noch einmal.

Hawley dachte daran, wie Lily aus dem Wald gekommen war und die Waffe genauso gehalten hatte, wie man sie halten musste – mit abgestütztem, festem Arm, den

Blick genau auf ihr Ziel gerichtet. Die vielen Übungs-
stunden im Wald hatten offenbar doch gefruchtet.

»Du hast mich *absichtlich* getroffen?«, fragte er.

»Natürlich«, sagte sie.

Aus ihrer Nase flossen zwei klare Rinnsale, liefen ihr
über die Lippen und das Kinn hinunter. Sie war trotzdem
wunderschön. Er starrte in ihr gequältes Gesicht. Sie hatte
Angst, genauso viel Angst wie er. Nicht wegen Charlie
oder ihrer Mutter, auch nicht, weil Hawley vielleicht irgendwann im Gefängnis landete. Sie hatte Angst vor der
Frage, ob sie es als Paar schaffen würden oder nicht.

»Der Schuss war perfekt.«

»Bis auf den Reifen«, widersprach Lily.

»Ja«, sagte Hawley. »Der Reifen.« Seine Frau lehnte
sich gegen ihn und packte den Rücken seines Hemds.
Ihre Wange lag warm an seiner Brust, und ihre Haare
waren gekräuselt vom Regen. Er drückte seine Lippen an
ihren Hals und atmete den Geruch ihrer Haut ein. Plötzlich hatte er das Gefühl, es mit tausend Mabel Ridges
aufnehmen zu können.

Sie machten kehrt und gingen zurück ins Krankenhaus.
Hawley erzählte der Krankenschwester, dass er sich das
Bein mit dem Rasenmäher aufgeschlitzt habe. Kurz darauf
lag er auf einer gepolsterten Liege und hielt die Hand seiner Frau, während der Arzt seine Wunde nähte und ihm
eine Tetanusspritze gab. Nachdem er fertig war, beugte
sich Lily über Hawleys Bein und küsste den schwarzen
Faden, der seine Haut zusammenhielt.

»Diese Narbe wird immer meine sein«, sagte sie.

»Sie gehören alle dir«, beteuerte er. »Jede einzelne.«

Es war bereits nach sieben, als sie endlich wieder auf den Krankenhausparkplatz traten. Hawley erkannte sein Auto schon von Weitem, denn der Pick-up war so hell erleuchtet wie eine Bar. Mabel Ridge saß auf dem Fahrersitz und hatte sämtliche Lichter eingeschaltet, sogar die Frontscheinwerfer. Das Radio war voll aufgedreht.

»Was macht *er* noch hier?«, fragte sie, als Hawley die Tür öffnete.

Lily stieg auf der Beifahrerseite ein. »Er muss irgendwie zurückkommen.«

Charlies Rippen waren verbunden, sein Kiefer links mit Draht fixiert, und über seiner Nase lag eine Metallschiene. Er war stark betäubt, hielt eine Tüte mit verschreibungspflichtigen Medikamenten in der Hand und stieg wortlos hinten ins Auto. Der Junge war zur selben Zeit entlassen worden wie Hawley, und als sie ihm angeboten hatten, ihn mitzunehmen, hatte er nur genickt.

»Ich sitze seit *Stunden* hier draußen«, beschwerte sich Mabel.

Lily schaltete das Radio aus. Sie entschuldigte sich nicht bei ihrer Mutter.

»Am besten, Sie steigen wieder hinten ein«, sagte Hawley.

»Ich war drauf und dran wegzufahren.« Mabel Ridge schloss die Finger ums Lenkrad und hielt sich beim Aussteigen daran fest. Sie setzte sich auf die Rückbank neben Charlie und knallte die Tür hinter sich zu.

»Geh das son wier los«, nuschelte Charlie.

»Was hat er gesagt?«, fragte Mabel Ridge. »Ich verstehe kein Wort.«

Sie fuhren vom Parkplatz. Kurz darauf waren sie wieder auf dem Highway, und der Wind peitschte durch die eingeworfene Fensterscheibe. Hawley kam die Fahrt nun viel schneller vor als auf dem Hinweg. Er warf einen Blick auf die Uhr, aber die zeigte immer noch 12.00 Uhr an. Es war wie immer, wenn er mit Krankenhäusern zu tun hatte: Tage wurden zu Nächten und Nächte zu Tagen.

»Ich will jetzt wissen, wer dieser Junge ist!«, rief Mabel Ridge, bemüht darum, den Wind zu übertönen.

Lily drehte den Kopf. »Ein Freund von uns.«

»Und wohin bringt ihr ihn?«

»Ma Auwe!«, rief Charlie.

»Er meint nach Hause.« Der Junge hatte ihnen eine Adresse in der Nähe des Waldes genannt. Als Hawley nun in den Rückspiegel blickte und die Hundeleine aus Charlies Tasche hängen sah, fragte er sich, ob es eine gute Idee war, ihn dorthin zurückzubringen. Zu Hause warteten ganz offensichtlich Probleme auf den Jungen, Probleme, die groß genug waren, dass er versucht hatte, im strömenden Regen ein Auto zu klauen, obwohl er überhaupt keine Ahnung davon hatte.

Hawley drehte sich zur Rückbank um. »Wir können dich auch woanders rauslassen, wenn du willst. Falls du immer noch darauf aus bist, die Stadt zu verlassen, könnte ich dir ein Ticket kaufen.«

»Das ist doch lächerlich.« Mabel Ridge erhob die Stimme. »Der Junge ist verletzt. Er gehört jetzt in seine Familie.«

»Die Entscheidung kann er selbst treffen.«

Charlie nahm den Eisbeutel vom Gesicht und starrte

eine Weile aus dem Fenster, auf die Ausfahrten, die sie hinter sich ließen. Plötzlich setzte er sich gerade hin und suchte Hawleys Blick im Rückspiegel. »Fug!«

»Wie bitte?« Mabel brüllte jetzt regelrecht.

»Zug!« Hawley setzte den Blinker, kreuzte zwei Fahrspuren und erwischte gerade noch die Ausfahrt zum Bahnhof. Der Wind legte sich, als sie langsamer wurden und vom Highway abbogen, Haare und Kleider hörten auf zu flattern.

Mabel Ridge beugte sich vor und packte ihre Tochter beim Ärmel. »Lily«, sagte sie. »Ich werde dir das nicht erlauben.«

Lily machte das Fenster einen Spalt auf. »Das geht dich überhaupt nichts an.«

»Oh doch«, widersprach Mabel Ridge und umklammerte den Ärmel ihrer Tochter noch fester. »In diesem Auto sind Waffen. Eine habe ich unter dem Sitz gefunden, und im Handschuhfach liegen die Kugeln. Ich habe keine Ahnung, worauf du dich eingelassen hast, aber ich werde dich da rausholen.«

»Ich habe einen Waffenschein«, merkte Hawley an.

Mabel rutschte immer weiter nach vorn. Es fehlte nicht mehr viel, und sie saß zwischen ihnen. »Ich lasse nicht zu, dass du schon wieder dein Leben zugrunde richtest. Wir werden diese Ehe annullieren lassen, und du kommst zurück zu mir nach Hause, wo du in Sicherheit bist.«

»Bei mir ist sie in Sicherheit.«

Lilys Mutter ignorierte ihn. »Wenn er uns nicht gehen lässt, rufe ich die Polizei.«

»Idde nich!«, nuschelte Charlie erschrocken.

Lily schnallte sich los, kniete sich auf den Sitz und legte Mabel Ridge die Hand auf die Schulter, um sie zurück auf die Rückbank neben Charlie zu schieben. »Du rufst gar niemanden.«

Die Ampel wurde grün. Hawley wartete zunächst ab, ob Lily ihre Mutter losließ und sich wieder anschnallte. Als sie es nicht tat, schob er seinen Arm um ihre Taille, bevor er die scharfe Linkskurve zum Bahnhof nahm. Lily kletterte in ihren Sitz zurück, behielt Mabel Ridge jedoch im Auge. Wage es ja nicht, dich vom Fleck zu bewegen, sagte ihr Blick. Sobald der Pick-up vor dem Bahnhofsgebäude hielt, sprang Charlie schnell hinaus und fing an zu rennen.

»Jetzt warte doch mal!«, rief Hawley und öffnete die Tür.

Charlie war bereits zwei Autos weiter, aber als er sah, dass Hawley die Verfolgung aufnahm, blieb er stehen. »Lagen fie mi nich.«

»Natürlich schlage ich dich nicht.« Hawley zog seine Brieftasche hervor. »Ich habe dir versprochen, dass ich dir ein Ticket bezahle. Du kannst es entweder jetzt gleich kaufen oder das Geld für später aufheben.« Er gab dem Jungen etwas Bargeld. Zusammen mit der Summe, die Lily ihm in die Hand gedrückt hatte, würde es reichen, um den Bundesstaat zu verlassen.

Nachdem Charlie das Geld eingesteckt hatte, streckte er die Hand aus. Erst als er resigniert mit den Schultern zuckte, merkte Hawley, dass der Junge sich von ihm verabschieden wollte. Seine Hand war knochig und mager.

Während Hawley sie schüttelte, fragte er sich, wie lange dieser Kerl wohl dort draußen in der Welt überleben würde.

»Ange«, bedankte sich Charlie.

»In ein paar Wochen ist dein Kiefer wieder in Ordnung. Teil dir die Schmerztabletten gut ein. Notfalls schneidest du sie durch. Und organisier dir ein paar Strohhalme, die helfen enorm. Du kannst an einem Imbissstand welche mitgehen lassen.«

Charlie nickte und drückte die Tüte mit den Medikamenten an seine Brust. Es fing wieder an zu regnen, und er machte mit seinen lila Turnschuhen ein paar Schritte von Hawley weg. In der Ferne tutete ein Zug. Sie hörten beide, wie er näher kam. Der Junge wirkte nervös. Sein Blick wanderte zum Gleis und zurück zu Hawley.

»Du packst das schon. Als Reifenwechsler findest du immer einen Job.«

»Haha«, machte Charlie und humpelte auf den Bahnhof zu.

Als Hawley zum Pick-up zurückkam, saß Lily auf der Motorhaube. Mabel Ridge hatte den Autoschlüssel an sich genommen und sich in der Fahrerkabine eingeschlossen. Hawley dachte an den Vormittag zurück, als er seine Frau beim Warten auf dem Bahnsteig betrachtet hatte.

»Ich habe keine Ahnung, warum ich sie zu uns eingeladen habe«, gestand Lily.

»Du wirst noch ganz nass«, sagte Hawley.

»Bin ich doch längst.«

Hawley ging um den Pick-up herum und steckte seinen Kopf durch die zerbrochene Scheibe.

»Vielleicht sollten Sie besser wieder abreisen«, sagte er.

Mabel Ridge drückte sich in ihren Sitz hinein. »Ich bin gekommen, um meine Tochter zu besuchen.«

»Sie sind gekommen, um mich kennenzulernen. Jetzt kennen Sie mich.« Hawley griff durchs Fenster, entriegelte die Tür und machte sie auf. Dann öffnete er die Abdeckung der Ladefläche, zog den riesigen Koffer herab und stellte ihn auf den Asphalt.

Einen Moment lang verharrten sie beide an Ort und Stelle und starrten sich unerbittlich in die Augen. Mabels Blick verriet ihre rasende Wut, aber Hawley hatte schon weit Schlimmeres erlebt als Lilys Mutter. Er packte sie am Arm.

»Wagen Sie es ja nicht, mich anzufassen!«, fauchte sie und schüttelte seine Hand ab. Hawley merkte dennoch, dass sie Angst vor ihm hatte. Mit Angst kannte er sich aus. Mabel Ridge stieg aus dem Pick-up und schloss ihre langen Finger um den Griff ihres Koffers.

»Sie wissen gar nichts über meine Tochter«, sagte sie.

»Ich weiß genug«, entgegnete Hawley. »Genug, um sie nicht zu verlieren.«

Mabel Ridge warf ihm den Autoschlüssel vor die Füße und zog ihren Rollkoffer nach vorn zur Motorhaube, wo sie sich vor Lily aufbaute.

»Du hättest diesen netten Gunderson-Jungen heiraten können. Der hätte dich so behandelt, wie du es verdienst. Und du wärst zu Hause geblieben, wo du hingehörst.«

»Ich gehöre nicht nach Olympus, habe noch nie dort hingehört.«

»Da irrst du dich.«

Mabel Ridge sagte es mit so viel Überzeugung, dass

Hawley es fast geglaubt hätte. Er sah seine Frau an, aber Lilys Gesicht war undurchdringlich. Sie kletterte von der Motorhaube und umarmte ihre Mutter. Mabels Finger lösten sich vom Koffer, sie umschlang ihre Tochter, streichelte ihr die Haare. Lily legte ihre Hände auf die Schultern ihrer Mutter, genau wie sie es im Auto getan hatte, und schob sie von sich weg.

»Um neun fährt ein Zug Richtung Norden.«

Mabel Ridge griff nach ihrem Koffer. »Das wird dir noch leidtun.«

»Ich weiß«, sagte Lily.

Hawley zog den gelben Regenschirm unter dem Sitz hervor und ging damit ums Auto herum. Plötzlich kam Bewegung in Lilys Mutter. Mit einer raschen Kehrtwende drehte sie ihnen den Rücken zu und eilte Richtung Bahnhofsgebäude davon, den Koffer hinter sich herziehend.

Der Regenschirm klappte auf, die Metallarme strafften das Logo, und der Bienenstock aus Dollarscheinen war wieder einsatzbereit. Hawley hielt den Schirm über Lily, die jetzt auf der Stoßstange hockte und ihrer Mutter hinterhersah.

»Ich habe mir den Zugfahrplan angesehen, bevor wir heute Morgen wieder gefahren sind«, sagte sie. »Ich muss gewusst haben, dass etwas passieren würde.«

»Ich kann hinterherlaufen und ihr zumindest den Schirm mitgeben«, bot Hawley an.

»Nein«, sagte Lily. »Das ist unser Schirm.«

Zusammen saßen sie unter der gelben Stoffkuppel, während Mabel Ridge in die Dunkelheit davonmarschierte. Einmal verfing sich ihr Koffer zwischen zwei eng geparkten Autos, aber es gelang ihr, ihn durch gewaltsames Ruckeln zu befreien. Sie nahm den Behindertenaufgang und stapfte im Zickzack die Rampe hoch, den Koffer rumpelnd hinter sich herziehend. Im überdachten Bereich angekommen blieb sie stehen und schüttelte sich den Regen von der Jacke. Der Eingang war beleuchtet, und so konnten Hawley und Lily gut erkennen, dass sie sich noch einmal umdrehte und ihnen einen bösen Blick zuwarf.

Hawley spürte, wie seine Frau zusammenzuckte. Er legte den Arm um sie, zog sie an sich und senkte den Schirm, bis Mabel Ridge nicht mehr zu sehen war. Jetzt waren sie wieder allein. Der Stoff vibrierte unter den Regentropfen, aber Lilys Gesicht strahlte in dem kleinen Hohlraum, den er bildete. Hawley küsste sie, und nach kurzem Zögern erwiderte sie den Kuss und zog voller Verlangen an seinen Haaren.

»Ich verspreche, dass ich nie wieder auf dich schießen werde«, sagte sie.

Das Netz

Marshall Hicks kam um acht Uhr morgens während Loos Frühschicht ins Sawtooth und bestellte Kartoffelpuffer und das Tagesgericht für Fleischliebhaber in der Vegetarier-Variante: Maisbrot, Bratenfüllung und Kartoffelbrei. Und für hinterher einen Bananensplit.

»Ich habe auf dich gewartet«, sagte er, als Loo ihm sein Maisbrot brachte.

Es war zwei Wochen her, dass sie im Firebird verhaftet worden waren. Seither hatte Loo jeden Tag an Marshall gedacht und ihn trotzdem nicht angerufen, auch nicht, nachdem sie die zerknitterten und verdreckten Seiten der Petition seiner Mutter hinten im Auto gefunden hatte. Jetzt lag das Klemmbrett unter Loos Matratze – Hunderte Unterschriften, die auf der Welt nicht das Geringste bewirken würden.

»Ich muss mit dir reden«, fuhr Marshall fort. »Kannst du kurz Pause machen oder so?«

Er sah aus, als hätte er seit Tagen nicht mehr geschlafen. Zwar trug er Hemd und Krawatte, aber seine Hosenbeine waren schlammbespritzt. Er streckte die Hand nach ihr aus, und Loo hätte sie gern ergriffen, schob jedoch beide Hände in ihre Schürzentasche. Sie ertastete die gefalteten Geldscheine, die sie dort aufbewahrte, ihr ganzes Trinkgeld, und hörte Hawleys Stimme im Kopf: *Du wärst ins Gefängnis gewandert, und er wäre ungeschoren davongekommen.* Der Koch klingelte, es gab Essen, das abgeholt werden musste. Außerdem verlangte eine Gruppe Fischerwitwen, dass sie ihnen Kaffee nachschenkte. Joe Strand und Pauly Fisk frühstückten zusammen mit ihren Söhnen und winkten Loo, weil sie die Rechnung wollten. Sie wandte Marshall den Rücken zu, dankbar für einen Vorwand, von ihm wegzukommen. Ein paar Gäste an der Bar tuschelten bereits, und die Zeitungsleser unter ihnen warfen ihm angesichts der Schlagzeilen böse Blicke zu: NATIONALE WETTER- UND MEERESKUNDEBEHÖRDE LEGT NEUE FANGQUOTEN FEST. Und: CAPTAIN TITUS SCHLÄGT WIEDER ZU.

Die in New England gedrehte Folge von *Wal-Helden* war endlich im Fernsehen gelaufen. Loo hatte eingeschaltet, in der Hoffnung, Marshall auf dem Bildschirm zu sehen, aber es war nur um seinen Stiefvater, den Kapitän der *Athena* gegangen, einen drahtigen ehemaligen Hippie, dessen gesalzene Flüche mit einem Piepton zensiert wurden und dessen Bart ihm bis auf die Brust hinabreichte. Flankiert von einer Crew aus Biologiestudentinnen mit üppiger Oberweite sprach Captain Titus neben dem Kadaver eines gestrandeten Wals über den Rückgang der Kabeljau-Bestände. Daraufhin sezierte er den Wal und illustrierte anhand seines Mageninhalts den Kollaps des örtlichen Ökosystems. Ein Meeresschutzgebiet, so seine Argumentation, würde nicht nur die nordatlantische Kabeljaupopulation wiederbeleben, sondern auch ein lebensnotwendiges Nahrungsangebot für durchziehende Buckelwale sichern. Mit einem Satellitentelefon rief er drei Senatoren an und verlangte eine wissenschaftliche Untersuchung der Überfischung rund um die Bitter Banks. Zudem spürte er einen Trawler auf, der gerade Kabeljau fing, und sprang ins Wasser, um dessen Schleppnetz mit einem Jagdmesser aufzuschlitzen und bergeweise Rochen, Flundern, Algen und Krebse zurück ins Meer zu entlassen. Die Folge endete damit, dass der Kapitän und sein Team von einer Horde einheimischer Fischer mit Wasserwerfern beschossen wurden. Viele ebenjener rotgesichtiger Fischer waren an diesem Morgen im Sawtooth, wo sie sich Frühstücksspeck und Eier schmecken ließen.

Agnes stoppte Loo an der Kaffeestation. Ihr Bauch drückte gegen ihr hawaiianisches Kleid, und ihr Körper war so aufgedunsen, dass sie ihre Piercings hatte herausnehmen müssen. Ohne ihren Stecker in der Lippe sah sie viel älter aus, trotz der pinken Haare und der schwarz umrandeten Augen. Sie gestikulierte mit einem Päckchen Süßstoff in der Hand.

»Der Junge sieht aus, als hätte er Hunger.«

»Ich versuche gerade, ihn loszuwerden.«

»Er ist wegen dir hier?« Agnes riss das Papiertütchen in der Mitte auf. »Hoffe besser, dass seine Mutter nichts davon erfährt.«

»Sie weiß es schon«, sagte Loo.

Agnes hob ihre nachgezogenen Augenbrauen. »Mary behauptet, er wäre wegen dir verhaftet worden und dein Vater hätte ihn auch noch verprügelt.«

»Das war ein Missverständnis.«

»Die scheint es bei dir öfter zu geben.« Agnes rieb sich mit der flachen Hand über den Bauch. »Wusstest du, dass Gundersons Brüder sie feuern wollen?«

»Wegen uns?«

»Wegen so etwas«, antwortete Agnes und zeigte quer durchs Lokal.

In dem Bereich, für den Loo zuständig war, standen Jeremy Strand und Pauly Fisk junior an Marshalls Tisch. Jeremy roch immer noch nach Sauerkraut, und Pauly junior dachte immer noch, dass er mal ein Rockstar werden würde. Nach dem Highschool-Abschluss hatten sie zunächst als Fischer angefangen, waren nun jedoch wegen der Fangbeschränkungen entlassen worden und wohnten in den Kellern ihrer Väter, um Geld zu sparen. Die beiden Jungen sagten leise etwas, und Marshall schüttelte den

Kopf, woraufhin ihm Jeremy das vegetarische Tagesgericht in den Schoß schubste. Zwei alte Männer an der Bar blickten von ihren Tellern auf, ein weiterer Senior legte seine Zeitung beiseite und stellte seine Kaffeetasse ab. Auch der Rest der Kundschaft starrte Marshall Hicks an, während Jeremy und Pauly junior zur Tür hinausmarschierten, in die Autos ihrer Väter stiegen und davonfuhren.

Agnes schnappte Loo die Rechnung für Marshall aus der Hand.

»Überlass das mir«, sagte sie. »Ich weiß, wie man Männer in die Flucht schlägt.«

Aber Marshall ging nicht, trotz des Essens auf seinem Schoß und trotz der unfreundlichen Behandlung von Agnes. Er säuberte sich auf der Toilette und kehrte an seinen Platz zurück. Die bösen Blicke der Fischer ignorierend bestellte er sich French Toast und aß seinen Teller bis auf den letzten Bissen leer. Als der Frühstücksansturm abflaute und Loos Schicht vorbei war, folgte er ihr nach draußen.

»Was *willst* du von mir?«, fragte sie.

»Dass du mich mit zu dir nach Hause nimmst«, sagte er.

Sie drehte das Zahlenschloss ihres Fahrrads auf die richtige Kombination. »Ich bin zu müde, um mich zu unterhalten.«

Marshall ließ den Blick über den Parkplatz schweifen, als rechnete er jederzeit mit einem Angriff aus dem Hinterhalt. »Tut mir leid, dass ich dir Ärger eingebrockt habe.«

»Ich habe keinen Ärger«, widersprach Loo.

»Nein?«

»Mein Dad ist sogar ganz froh.«

»Oh Mann, ich dachte wirklich, er bringt mich um«, sagte Marshall.

»Ach so«, erwiderte Loo. »Nein. *Darüber* ist er nicht froh. Über dich ist er ganz und gar nicht froh.«

Marshall fegte ein paar Maisbrotkrümel von seiner Krawatte. »Einer mehr auf der Liste.«

»Was wollten Pauly und Jeremy von dir?«

»Mir zeigen, was für Arschlöcher sie sind.«

Loo zog ihr Fahrrad vom Ständer und dachte an das alte gelbe Fahrrad zurück, das Hawley ihr geschenkt hatte und das ihr in Dogtown gestohlen worden war, nachdem Marshall sie geküsst hatte. Ihr neues Fahrrad war schwarz und robust, mit Reifen, die dick genug waren für unwegsames Gelände. Sie hatte es von ihrem eigenen Geld gekauft. Ihr war klar, dass sie einfach hätte aufsteigen und davonfahren sollen, doch sie tat es nicht.

»Ich habe *Wal-Helden* gesehen. Deine Mom ist bestimmt total glücklich.«

»Sie haben die Szene mit ihr herausgeschnitten.«

»Trotzdem hat die Sendung Aufsehen erregt.«

»Mein Stiefvater hat den ganzen Ruhm für ihre Arbeit eingeheimst. Sie versucht trotzdem, möglichst viel aus der öffentlichen Aufmerksamkeit herauszuschlagen, bevor die Filmcrew in die Antarktis weiterzieht.«

»Du brauchst die Petition also noch.«

»Ich brauche dich«, sagte Marshall.

Die Augustsonne brannte auf den Parkplatz herab und wurde von den Autodächern reflektiert. Es war, als würde man durch den unscharfen Rand eines Kameraobjektivs blicken, ein leerer Kreis, der sich plötzlich scharf stellte.

Erst völliges Nichts – und auf einmal war da etwas. Marshalls Hose war fleckig, seine Krawatte verrutscht und seine Haare so verwuschelt wie immer. Er roch nach Ahornsirup-Bonbons.

»Mein Vater ist beim Angeln«, sagte Loo.

Marshall griff nach dem Lenkrad. »Das ist alles, was ich wissen muss.«

Sie fuhren zusammen auf ihrem Fahrrad – Loo thronte auf dem Sitz und Marshall trat im Stehen in die Pedale. Jedes Mal, wenn sie langsamer wurden, gerieten sie ins Trudeln. Loo schlang die Arme um seine Taille und behielt die Fußspitzen auf der Radachse. Sie hoffte, dass niemand sie sehen würde. Sie hoffte, dass alle sie sehen würden.

Kaum hatten sie die Tür hinter sich zugemacht, begann er, sie zu küssen. Seine Hände packten ihre Schultern, ihre Haare, ihr Gesicht.

»Ich rieche nach Essen«, sagte sie.

»Ich auch.«

Alles war anders als draußen im Wald. Unter der Bettdecke in ihrem abgedunkelten Zimmer war Loo weniger gehemmt. Eher bereit, Dinge auszuprobieren. Sie streifte ihre Turnschuhe ab. Hakte seinen Gürtel auf. Marshalls Hals war schweißnass und schmutzig, und er zerrte an ihren Kleidern, als suche er etwas, was sie ihm gestohlen hatte. Er fühlte sich noch genauso an. Er fühlte sich an wie ein Fremder. Sie zog sein Hemd hoch, und es blieb an seinem Kinn hängen. Für einen kurzen Moment war er kopflos und konnte seine Arme nicht mehr bewegen, wand sich wie ein Fisch im Netz. Dann löste sich der Stoff und fiel ihr aus den Händen, und es gab nichts mehr, was sie ihm hätte abstreifen können – nur noch Haut, jede Menge Haut.

Zum Schluss lagen sämtliche Kissen und die Decke auf dem Boden. Sogar das Spannbetttuch war ans Fußende gerutscht und entblößte die Knöpfe der Matratze und das zerknitterte Plastikschild. Es war nichts mehr da bis auf ihre glitschigen, salzigen Körper, und bis auf das Betttuch, das Loo sich schnappte und über ihre Brust zog. Marshall war so still, dass sie glaubte, er würde schlafen. Vielmehr hoffte sie es, denn sie hatte Angst, dass die Wahrheit hervorsprudelte, wenn sie jetzt den Mund öffnete: dass sie ihn vermisste, obwohl er direkt neben ihr lag.

Als plötzlich seine Stimme ertönte, wurde sie von der Matratze gedämpft. »Die Planeten sind nicht mehr da.«

»Ich musste tagelang schrubben.«

Marshall setzte sich auf und sah sich in ihrem Zimmer um. Sein Blick verharrte auf jedem Möbelstück und jedem Gegenstand auf der Kommode – einer Schale Muscheln, einem Streifen Skee-Ball-Tickets vom Jahrmarkt, einem Stapel Comic-Heften, Romanen und Astronomiebüchern, einigen halb heruntergebrannten Kerzen vom Stromausfall im letzten Winter, einem Knäuel benutzter Taschentücher von ihrer letzten Erkältung und einem kleinen Bündel Kormoranfedern, die sie gefunden und behalten hatte, weil ihr das schillernde Schwarz so gut gefiel. Über jedes Objekt schien Marshall eine Weile nachzugrübeln, als versuchte er, sich einen Reim auf Loos Leben zu machen.

»Meine Mutter hält dich für verrückt. Dich und deinen Vater.«

Loo umklammerte das Laken und wünschte sich, sie könnte die Worte zurück in seinen Mund stopfen. Zusammen waren sie am Rand einer anderen Welt entlanggeflogen, doch nun holte Marshall die banale Realität zurück. Sie küsste ihn, und für einen Moment verschmolzen sie wieder miteinander. Er berührte ihre Schulter, strich mit seinen Fingern über ihren Rücken, über all die Flächen, die er mit seinem Stift erobert hatte. Einerseits erregte es sie, und andererseits wäre sie am liebsten zurückgewichen.

Er griff nach ihren Händen und hielt sie über ihrem Kopf fest, küsste ihren Hals. Dann hielt er inne, lehnte seine Stirn gegen ihre, und so verharrten sie und atmeten ineinander hinein. Doch plötzlich war er weg, ließ ihre Hände los, kroch zum Bettrand und fing an, den Deckenberg auf dem Boden nach seinen Kleidern zu durchwühlen.

»Ich kann nicht mehr lügen.«

»Was mich angeht oder die Petition?«

Marshall schnappte sich seine Boxershorts und schlüpfte hinein. Als Nächstes hob er seine Hose vom Boden auf. Münzen fielen aus den Taschen und rollten in die Ecken ihres Zimmers.

»Beides«, antwortete er.

»Sag deiner Mutter doch die Wahrheit.«

»Ich glaube, das kann ich nicht«, gestand Marshall. »Was auf der Polizeiwache passiert ist, war echt schräg. Ich musste ihr versprechen, mich nicht mehr mit dir zu treffen.«

»Mein Dad wollte mich nur beschützen.«

»Es geht nicht um deinen Dad. Es geht um dich«, sagte Marshall. »Du hast sie gegen den Automaten geschubst.«

»Sie hat mein T-Shirt hochgerissen.«

»Völlig egal, was dazu geführt hat. Du kannst nicht einfach gewalttätig werden gegen sie. Sie ist meine Mutter.«

Loo starrte zur Decke hoch. Direkt über dem Bett war ein Riss im Putz. Wenn sie den Kopf nach rechts lehnte, sah er aus wie ein Monster, und wenn sie den Kopf nach links lehnte, wie ein Alien. Je mehr Marshall redete, desto einsamer fühlte sie sich, und je mehr sie sich davon abzuhalten versuchte, den Riss anzustarren, desto weniger gelang es ihr. Sie schob ihr Kinn hin und her. Alien. Monster. Monster. Alien. Beide Bilder behielten nicht lange die Form, sondern lösten sich sofort wieder auf. Mit den Erinnerungen an ihre Mutter war es genauso. Manchmal wusste Loo nicht, ob es sie überhaupt gab. Vielleicht waren es Hawleys Erinnerungen oder ein Fantasiegespinst, zusammengesetzt aus alten Fotos und Zetteln und den Zeitungsberichten aus Mabel Ridges Album.

»Du musst mir versprechen, dass du ihr nicht mehr wehtust«, sagte Marshall.

Es wäre so einfach gewesen, Ja zu sagen, aber Loo war bereits dabei, die weichen Stellen in ihrem Inneren, die Marshall freigelegt hatte, wieder zu verschließen. Sie dachte an den Wal, den Marshalls Stiefvater im Fernsehen seziert hatte, an die riesige Leber und den Darm, die Lunge und das Herz, die danach verstreut am Strand gelegen hatten. Er hatte diese Kreatur aufgeschlitzt und ihr Innenleben in die Welt hinausgekippt.

Genauso fühlte sie sich, wenn sie in Marshalls Nähe

war. Aufgeschlitzt. Manchmal hielt sie es kaum aus. Er wollte sie küssen, obwohl sie ihm den Fingerknochen gebrochen hatte. Obwohl sie Mary Titus den Kopf zerschmettert hatte und das Blut auf den Badezimmerboden getropft war.

»Du solltest froh sein, dass du noch eine Mutter hast.«

Marshall setzte sich wieder aufs Bett. »Mein Vater ist genauso ertrunken wie deine Mutter«, sagte er. »Man ist nichts Besonderes, weil ein Elternteil tot ist. Man ist nur traurig.«

Loo hätte ihm gern zugestimmt, doch alles in ihr sträubte sich dagegen. Sie zog das Laken unter ihm hervor. »Sie fressen zuerst die Augen«, sagte sie. »Fische. Und Aale. Da dein Dad im Meer ertrunken ist, hat ihn vielleicht auch ein Hai aufgespürt. Dann ging es bestimmt schneller.«

Marshall sah so bestürzt aus, dass Loo ihm ersparte, was ihr sonst noch durch den Kopf ging. Sie behielt die Fakten für sich, die sie zusammengetragen hatte, die Informationsschnipsel aus Mabel Ridges Zeitungsartikeln – dass es eine Woche gedauert hatte, bis man die Leiche ihrer Mutter gefunden hatte, dass die Polizei den See mit einem Schleppnetz durchkämmt hatte. Sie sagte nicht: *Überleg mal. Stell dir deine Mutter am Grund eines Sees vor.* Sie verschwieg die Tiefe des Sees: mehrere Hundert Meter. Und sie verschwieg die Liste der in ihm vorkommenden Fischarten, die sie angelegt hatte, damit sie wusste, welche Tiere sich an der Leiche ihrer Mutter vergangen hatten.

»Ich hätte nichts sagen sollen, tut mir leid.« Marshall griff nach seiner Uhr, die er ausgezogen hatte, als sich die

Aufzugkrone in ihren Haaren verfangen hatte, und band sie fest um sein Handgelenk.

Loo blieb unter dem Laken liegen und überlegte, wie sie sich anziehen sollte, ohne dass er sie nackt sah. Dabei hatte er vor nicht einmal einer halben Stunde jeden Zentimeter ihres Körpers mit seiner Zunge erkundet.

»Ich glaube …«, begann Marshall und brach ab. Er stand auf und zog mit dem Rücken zum Bett hastig seine Hose hoch. Nachdem er seinen Gürtel festgeschnallt hatte, suchte er auf dem Boden nach den Münzen, die ihm aus den Taschen gefallen waren.

Über seinen Rücken zog sich ein deutlich sichtbarer dunkler Bluterguss, der an den Rändern gelblich verfärbt war. Er stammte von Marshalls Aufprall auf den Trinkbrunnen, gegen den ihn Hawley auf der Polizeiwache geschleudert hatte. Während Marshall die eingesammelten Vierteldollar- und Fünf-Cent-Münzen zurück in seine Taschen schob, fielen Loo außerdem Striemen an seinen Unterarmen auf, die in Größe und Form genau Hawleys Händen entsprachen.

»Ich wünschte, du hättest mir nie meine Schuhe geklaut«, sagte sie.

»Ich war in dich verknallt.«

Ganz hinten in ihrer Kehle schmeckte sie Salzwasser. »Warst du nicht.«

»Das mit den Schuhen war hart für dich, stimmts?« Marshall hob seinen krummen Finger. »Das weiß ich, weil du mir den hier verpasst hast.«

Loo errötete, als sie sich daran erinnerte, wie der Knochen unter seiner Haut nach hinten weggeknickt war und wie viel Befriedigung sie dabei empfunden hatte. Sie wollte zu gerne ein guter Mensch sein, wusste aber nicht, ob ihr das jemals gelingen würde. »Du hast keine Ahnung, wovon du sprichst.«

»Also gut.« Marshall zog sein Hemd an und ging zur Tür. »Nur fürs Protokoll: Ich hatte nicht vor, mit dir Schluss zu machen, als ich hierhergekommen bin.«

Sie drehte sich weg. Starrte zu dem Monster nach oben, das sich hinter der Zimmerdecke verbarg.

»Loo.«

Er sagte ihren Namen wie etwas, was er bereits hinter sich gelassen hatte. Sie spürte, wie sich ihr Herz in ihrer Brust verkrampfte.

»Warte«, bat sie. »Warte eine Minute.«

Nachdem sie das Bettlaken wie ein Handtuch um sich gewickelt hatte, ging sie ins Wohnzimmer hinunter und öffnete die Truhe. Sie nahm die Beretta-Pistole mit Verschluss-Arretierung heraus, eine der Waffen, mit denen Hawley und sie im Wald geübt hatten, warf das Magazin aus und befüllte es. Dann vergewisserte sie sich, dass die Pistole gesichert war.

»Hier, nimm.«

»Ich brauche keine Waffe.«

»Nur für Notfälle. Damit diese Kerle dich in Zukunft in Ruhe lassen«, sagte sie und trat von ihm weg, damit er ihr die Beretta nicht zurückgeben konnte. Als er weiterhin zögerte und auf die Waffe in seinen Händen starrte, fügte sie hinzu: »Nur wer versucht, gewinnt.«

Nachdem er gegangen war, drehte Loo das Wasser auf, kippte Badesalz in die Wanne und versuchte sich Marshall von der Haut zu waschen. Sie tauchte den Kopf unter Wasser und fuhr sich mit den Fingern durch die Haare. Am Badewannenrand standen Shampoo und Spülung ihrer Mutter. Die Etiketten waren so wellig und die Schrift so verschwommen, dass sich die Marke nicht mehr bestimmen ließ. Die klebrige Flüssigkeit hatte eine blassrosa Farbe und roch nach Beeren. Als Kind hatte Loo manchmal unter Wasser die Augen aufgemacht und die beiden Flaschen angestarrt, während sie ausprobierte, wie lange sie die Luft anhalten konnte. Im Laufe der Jahre war sie immer besser geworden, und heute konnte sie fast zwei Minuten unter Wasser bleiben, bevor ihre Lunge zu brennen begann.

Loo hörte Hawley die Verandatreppe heraufkommen. Sie hob den Kopf aus dem Wasser und blinzelte sich die Tropfen von den Wimpern. Er stellte etwas Schweres auf der Veranda ab, betrat das Haus und öffnete die Truhe im Wohnzimmer, um seine Waffen darin zu verstauen. Wie immer hatte er den Colt und das Präzisionsgewehr dabeigehabt. Als Loo zusätzlich das vertraute Klappern des Remington- und des Winchester-Gewehrs hörte, fragte sie sich, wozu man beim Angeln derart viele Waffen brauchte.

»Loo?«

»Ich bin in der Badewanne!«, rief sie.

Ihr Vater kam in den Flur und blieb vor der Tür stehen. Loo dachte an den Abend, an dem sie sich mit Mary Titus im Badezimmer eingeschlossen hatte. An das Blut auf den Kacheln. Die Bisswunde an ihrer Hand.

»Alles okay bei dir da drinnen?«

Loo drückte die Shampooflasche ihrer Mutter. »Alles super.«

»Schwimm nicht zu weit raus.«

Er ging zurück ins Wohnzimmer und schloss den Deckel der Truhe. Dann entfernten sich seine Schritte nach draußen, und Loo hörte, wie er das neue Vorhängeschloss aufschloss, das rumpelnde Garagentor aufschob und es wieder hinter sich zumachte.

Hawley und Loo hatten Stunden gebraucht, um in der Garage Platz für den Firebird zu schaffen. Jetzt stand das Auto dort eingezwängt zwischen dem Rasenmäher und dem gestapelten Feuerholz. Die Zeit, die Hawley zuvor im Badezimmer mit den Sachen seiner verstorbenen Frau verbracht hatte, verbrachte er jetzt mit ihrem Pontiac, an dem er stundenlang herumschraubte, auch wenn der Wagen nie wieder das Tageslicht erblicken sollte. Loo blieb normalerweise im Haus, wenn er mal wieder unter der Motorhaube herumhantierte. Sie war eifersüchtig. Monatelang hatte das Auto ihr allein gehört, auch wenn ihr nicht klar gewesen war, wie sehr sie es brauchte. Durch den Firebird hatte sie sich Lily ganz nah gefühlt, auf eine Weise, die nichts mit Hawley und seiner endlosen Trauer zu tun hatte.

Den Rest der Autos vom Abschlepphof – das Coupé, den BMW, den Geländewagen und einen Kombi – hatten sie nach Ipswich gefahren und dort auf einer unbefestigten Straße in der Nähe des Vogelschutzgebiets abgestellt. Es hatte ewig gedauert, bis alle Fahrzeuge dort gewesen waren. Als sie endlich fertig waren, hatte es bereits gedämmert, und die Rotkehlchen und Kardinäle hatten in den Bäumen gezwitschert. Hawley hatte einen Anruf getätigt, und als sie eine Stunde später nach dem Frühstück noch einmal an der Stelle vorbeigefahren waren, waren die gestohlenen Autos verschwunden gewesen.

»Jemand war mir noch einen Gefallen schuldig«, hatte ihr Vater lapidar erklärt.

Seither hatte sich Hawleys Laune merklich verändert. Er war nicht direkt glücklich, wirkte aber irgendwie zufrieden, als hätte sich durch die Aktion ein Problem gelöst. Nachdem sie die Garage leer geräumt und den Firebird hineingefahren hatten, war er mit dem Präzisionsgewehr, mit dem er die Kameras ausgeschossen hatte, zum Küchentisch gegangen und hatte Loo gezeigt, wie man bei Waffen die Seriennummer entfernte, genauso wie er ihr zuvor gezeigt hatte, welche Drähte man aneinanderhalten musste, um einen Automotor kurzzuschließen.

Jenseits der Badezimmertür klingelte das Telefon. Loo wartete ab, ob Hawley ins Haus kam und dranging. Sie überlegte, ob es vielleicht Marshall war. Plötzlich war sie sich sicher, dass es Marshall war, und schnappte sich ein Handtuch vom Handtuchhalter. Hastig wickelte sie es um sich und rannte triefend ins Wohnzimmer.

»Hallo?«, meldete sie sich und presste erwartungsvoll den Hörer ans Ohr.

»Das Auto deiner Mutter wurde erneut gestohlen. Ich dachte, das solltest du wissen.«

Mabel Ridges Tonfall war so beiläufig, so gleichgültig gegenüber dem Ärger, den sie mit ihrer Diebstahlmeldung verursacht hatte, dass Loo zunächst nicht wusste, wie sie reagieren sollte. Seit der Verhaftung vor zwei Wochen wünschte sie sich nichts sehnlicher, als der alten Frau ihre Meinung zu sagen, aber jetzt brachte sie kein Wort heraus.

»Du hast mir doch selbst den Schlüssel gegeben«, stieß sie schließlich hervor. »Du hast gesagt, ich könnte das Auto haben.«

»Nicht für immer. Nicht geschenkt.«

Loo ging zur Haustür und öffnete sie. Es waren keine Polizeiautos und auch sonst nichts Ungewöhnliches zu sehen. Nur Hawleys Kühlbox auf der Fußmatte. Sie zerrte sie ins Haus und öffnete den Deckel. Darin lagen auf einem Bett aus Eis zwei große Fische mit wilden Augen und braun-gelb gesprenkelten, schimmernden Schuppen.

»Tja«, sagte Mabel mit einem Seufzen. »Jedenfalls ist Lilys Auto jetzt weg. Laut Polizei vermutlich für immer. Ausgeschlachtet, um die Einzelteile zu verscherbeln. Wenn du mich noch einmal besucht hättest, wäre das alles nicht passiert.«

»Ich wollte dich nicht sehen«, sagte Loo wahrheitsgemäß.

Mabel räusperte sich. »Du hältst mich für eine verbitterte alte Frau, oder? Du hältst mich für hasserfüllt. Aber ich habe meine Gründe für das, was ich tue.«

»Mich verhaften zu lassen, zum Beispiel?«

»Die Wahrheit zu sagen«, korrigierte Mabel Ridge.

Die Fische in der Kühlbox hatten weit geöffnete Kiemen. Über ihre gesprenkelte Haut zog sich seitlich ein heller Streifen, und unter ihren fleischigen Lippen bau-

melte wie ein Köder eine Kinnbartel. Atlantischer Kabeljau. Loo kannte ihn von den Flugblättern, die jetzt überall
in Dogtown verstreut waren. Sie machte den Deckel wieder zu und setzte sich auf die Kühlbox.

»Hast du dir das Album angesehen, das ich dir gegeben
habe?«, fragte ihre Großmutter.

»Da waren keine Fotos drin. Wenigstens eins hättest du
mir überlassen können.«

Mabel Ridge stieß einen tiefen, bellenden Laut aus.
»Deine Mutter war eine ausgezeichnete Schwimmerin.
Sie konnte durchs offene Meer schwimmen, von der
Landzunge quer durch den ganzen Hafen. Das sind gut
sieben Kilometer.«

»Das hast du mir schon erzählt.«

»Am Tag des Unglücks war herrliches Wetter – das
schrieben alle Zeitungen übereinstimmend. Kein Wellen-
gang. Der See sei flach wie ein Spiegel gewesen. Außerdem waren es nur achthundert Meter von Ufer zu Ufer.
Deine Mutter wäre niemals in einem *See* ertrunken.«

Loo hörte sich selbst diese Worte sagen, nicht jetzt,
aber in zwanzig, dreißig Jahren. Das Handtuch rieb an
ihren Kniekehlen, und auf dem Boden war eine Pfütze.
Sie wusste nicht, ob sie von ihr stammte oder von der
Kühlbox mit den Fischen. Jedenfalls standen ihre Füße
mitten in der Lache.

»Er hat sie umgebracht«, sagte Mabel Ridge. »Dein Vater. Ich weiß es. Und jetzt weißt du es auch.«

Loo knallte den Hörer aufs Telefon. Er rutschte ab und
löste ein halbes Klingeln aus, als hätte jemand angerufen
und schnell wieder aufgelegt, bevor die Verbindung zu-

stande kam. Aus Loos Haaren liefen Rinnsale über ihren Rücken. Sie griff nach dem Telefon und zog es zu sich heran, nahm den Hörer ab und hob ihn langsam an ihr Ohr. Zwiegespalten lauschte sie dem Freizeichen. Einerseits wollte sie wissen, was Mabel Ridge ihr noch zu erzählen hatte, andererseits auch wieder nicht.

Als sie den Kopf hob, stand Hawley in der offenen Tür, still wie ein Geist.

»Wer war das?«, fragte er.

»Niemand«, antwortete Loo.

Hawleys Hände waren voller Wagenschmiere. Sie stellte sich die offen stehende Motorhaube des Pontiac vor, ihren Vater, wie er all das kalte Metall betastete, wie er das Auto ihrer Mutter auf die gleiche umsichtige Art berührte wie seine Waffen, wenn er sie abends auseinandernahm und reinigte. Mit derselben Vorsicht beobachtete er nun Loo, die den Hörer zurück aufs Telefon sinken ließ.

»Ich habe uns Fisch fürs Abendessen mitgebracht. Wir müssen ihn nur noch ausnehmen.«

»Habe ich schon mitgekriegt«, sagte Loo. »Sieht lecker aus.«

Hawley kam auf sie zu. Es machte den Anschein, als wollte er noch etwas hinzufügen, aber dann griff er stattdessen mit seinen schmierigen Händen nach der Kühlbox. »Zwanzig Minuten«, kündigte er an und marschierte zur Tür hinaus.

Loo zog das Handtuch enger und tappte quer durchs Wohnzimmer, wobei sie nasse Fußspuren auf dem Holzboden hinterließ. Sie schloss die Badezimmertür hinter sich ab. Das Bad hatte so lange offen gestanden, dass der ganze Wasserdampf verschwunden und der Spiegel wieder klar war. Sie starrte sich an.

Draußen vor dem Haus schlitzte Hawley bestimmt gerade den Kabeljau auf, schnitt mit dem Messer unterhalb der Rippen entlang, genau wie es Captain Titus bei dem Wal gemacht hatte. Er würde Darm, Magen und Leber entfernen – eine Mischung aus Grau und Rosa, die vor ihm ins Gras klatschte. Als Nächstes würde er den Kopf der Fische abschlagen und anfangen, sie zu entschuppen. Normalerweise kamen die Möwen und trugen die Eingeweide davon, aber die Schuppen blieben liegen und flimmerten in der Einfahrt, kleine schillernde Plättchen, die zu faulen und zu stinken begannen, bis Loo sie mit dem Schlauch wegspülte.

Obwohl sich das Badewasser abgekühlt hatte, kletterte sie zurück in die Wanne und blieb fröstelnd und grübelnd darin liegen, bis ihre Fingerspitzen runzelig wurden und anschwollen. Noch einmal tauchte sie unter und öffnete die Augen. Das Shampoo und die Spülung ihrer Mutter spähten vom Badewannenrand zu ihr herunter, zwei in die Jahre gekommene Wachtposten. Loo konzentrierte sich ganz auf ihre fernen, unscharfen Umrisse und fing an zu zählen.

Während sie zählte, stellte sie sich ihre Mutter am Grund des Sees vor, ihr Fleisch, das sich nach und nach von den Knochen löste. Es war bestimmt friedlich dort unten, und dunkel und still. Durch das Gewicht des vielen Wassers war nirgendwo mehr Platz für Luft – nur Druck, der in ihre Ohren eindrang und ihre Nase hinaufwanderte, der ihre Lunge zusammendrückte, bis sie ganz flach war. Loo blieb noch eine Minute liegen und fühlte sich lebendiger als je zuvor, während sie sich fest gegen den Wannenboden presste. Als sie Hawleys Faust gegen die Tür hämmern hörte, krümmte sich ihre Wirbelsäule, und sie brach keuchend und nach Luft schnappend durch die Wasseroberfläche. Dabei holte sie den tiefsten Teil des Wassers mit sich nach oben und spritzte ihn hinaus auf die Badezimmerkacheln.

Kugel Nummer sechs

Die weißen Nächte von Alaska begannen im späten Frühling, wenn die Tage immer länger und länger wurden und die Sonne nur noch für fünf, vier oder drei Stunden unterging und einen Himmel von einem beunruhigenden, jenseitigen Grau hinterließ. Je weiter sich die Tage ausdehnten, desto schlechter schlief Hawley. Nichts schien zu helfen – keine warme Milch, keine heißen Bäder, keine Tabletten, nicht einmal die Verdunklungsjalousien, die Lily gekauft hatte. Er warf sich auf dem Bett hin und her, streifte durchs Haus, zog schließlich seine Stiefel an und ging draußen spazieren.

Die Straßen waren unnatürlich still und leer. Hawley überlegte, ob er zum Cook Inlet wandern sollte, schlenderte jedoch stattdessen an der Grundschule vorbei und den Old Sterling Highway entlang. Es war ihr erster Sommer in Anchor Point, und im Großen und Ganzen gefiel es ihnen hier. Lily erinnerten die Strände an Olympus, und Hawley angelte und sammelte Austern, was er nicht mehr getan hatte, seit sein Vater gestorben war. Hier in Alaska brauchten sie nicht viel zum Leben, weshalb Hawleys letztes Geld eine ganze Weile gereicht hatte. Aber jetzt war das Bankschließfach so gut wie leer, und Lily und er erwarteten ein Baby.

Hawleys Vater hatte für das Leben in der Wildnis eine Reihe von Regeln parat gehabt, die alle mit der Zahl drei zu tun hatten: Ein Mann kann drei Minuten ohne Luft auskommen. Drei Stunden ohne einen Unterschlupf. Drei Tage ohne Wasser. Drei Wochen ohne Nahrung. Und drei Monate, ohne einen anderen Menschen zu sehen, bevor er anfängt, verrückt zu werden. Hawley hatte Letzteres sogar noch länger geschafft, ein oder zwei Mal, wenn er sich nach einem Auftrag in den Wäldern versteckt hatte. Das war vor der Zeit mit Lily gewesen. Er erinnerte sich, was für ein Schock es jedes Mal gewesen war, in die Stadt zurückzukehren und von plaudernden Leuten umringt in einem Diner zu sitzen. Vermutlich war er doch ein wenig wunderlich geworden durch das lange Alleinsein, denn er hatte immer ein paar Tage gebraucht, bis er sich wieder normal mit jemandem unterhalten konnte. Und es hatte sogar noch länger gedauert, bis er das Gefühl abgeschüttelt hatte, das ihn im Wald heimgesucht hatte – dass außer ihm niemand mehr auf der Welt war und man ihn allein in dieser Leere zurückgelassen hatte.

Das gleiche Gefühl überkam ihn nun auch wieder, als er in der Mitternachtssonne durch die Straßen schlenderte. Irgendwann kam er zu der Brücke, die über den Anchor River führte. Dort stand er mit den Händen in den Taschen, sah zu, wie seine Atemwolken sich mit dem

Dunst vermischten, der vom Fluss aufstieg, und dachte an sein Telefonat mit Jove am Vortag. Hawley hatte seinem Freund erzählt, dass er Arbeit suchte, und Jove hatte ihm einen Job in Cordova vorgeschlagen. Das Problem war nur, dass Ed King der Auftraggeber war.

Der ursprünglich mit dem Job Beauftragte, ein Buschpilot, hatte das Geld, das er abliefern sollte, für sich behalten, woraufhin King ihn eines schönen Morgens aus dem Verkehr gezogen hatte. Die Freundin des Piloten – sie war gerade dabei gewesen, Pfannkuchen zu backen – hatte ebenfalls dran glauben müssen. Hawley war in der Zeitung darauf gestoßen. Eine Riesensauerei – das Frühstück, das auf dem Herd verbrannte, und die junge Frau zusammengebrochen vor dem Kühlschrank, wo sich ihr Blut mit der Milch vermischte. Für Hawley war die Sache dennoch ein Glücksfall, weil jetzt ein Ersatzmann gebraucht wurde, und dieser Mann würde er sein.

»Die Übergabe darf auf keinen Fall ein zweites Mal schiefgehen«, hatte Jove am Telefon gewarnt. »Ich brauche jemanden, auf den ich mich verlassen kann.«

»King will garantiert nicht, dass ich dieser Jemand bin.« Hawley sah den alten Boxer immer noch mit kuchenverschmiertem Anzug hinter Lilys Schneepflug herrennen.

»Ich soll für ihn jemanden finden, der den Auftrag zur Zufriedenheit erledigt«, hatte Jove erklärt. »Wir verraten ihm einfach nicht, dass du das bist.«

Der Auftrag bestand in einem simplen Austausch: Cash gegen Ware. Hawley würde nur ein paar Tage weg sein. Er hatte Lily noch nichts davon gesagt, sie sollte sich keine Sorgen machen. Aufträge wie diesen hatte er seit ihrem

Kennenlernen nicht mehr angenommen, aber er war rast-
los, und sie brauchten das Geld. Zumindest redete er sich
das ein, während er sich vom Fluss abwandte und den
Heimweg antrat. Auch Jove hatte er diesen Grund genannt, als er ihm für den Job zugesagt hatte.

Die Tür gab kein Geräusch von sich, als er zurück in
die Blockhütte schlüpfte. Er streifte seine Stiefel ab, hängte
seine Jacke auf und ging ins Schlafzimmer. Lily schlief
noch, die schwarzen Haare auf dem Kopfkissen ausgebreitet, die Daunendecke bis unter ihren runden Bauch
hinuntergeschoben. Das immerwährende Tageslicht störte
sie nicht. Seit sie schwanger war, besaß sie die Fähigkeit,
überall sofort einzuschlafen, ob tagsüber oder nachts, im
Auto oder auf dem Sofa. Sogar beim Essen. Sie ließ dann
ihren Kopf auf den Arm sinken und verschwand für ein
paar Minuten ins Reich der Träume, mit offenem Mund.

Hawley setzte sich aufs Bett. Er strich ihr die Haare
glatt und küsste sie auf den Nacken. Lily machte die
Augen auf, rieb sich das Gesicht und begann, mit dem
Fingernagel die Kruste von ihren Lippen zu kratzen. Sie
sabberte beim Schlafen.

»Hol mir mein Notizbuch«, bat sie.

Hawley öffnete den Schrank und suchte darin herum,
bis er Lilys Handtasche gefunden hatte. Darin befanden
sich ihr Geldbeutel und ihre Schlüssel, ein Päckchen Taschentücher, einige Muscheln vom Strand und ein kleines,
schwarzes, mit einem Gummiband verschlossenes Notizbuch, in dem ein kleiner Stift steckte. Er nahm das Notizbuch und brachte es zum Bett. Lily gähnte, als er es ihr
reichte. Sie schlug es auf und fing an zu zeichnen. Früher

hätte sie sich nach dem Aufwachen eine Zigarette gedreht, aber sie hatte mit dem Rauchen aufgehört, sobald sie von der Schwangerschaft erfahren hatte. Ohne Nikotin war sie reizbar, vor allem morgens. Um sich von ihrer Sucht abzulenken, hatte sie ein Traumtagebuch begonnen.

»Was war es dieses Mal?«, fragte er.

»Ein Vogelschwarm. Es waren so viele Vögel, dass ich den Himmel nicht mehr sehen konnte.«

Sie ergriff seine Hand und legte sie auf ihren prallen Bauch. Seit Kurzem bewegte sich das Baby. Wann immer Hawley das Zucken tief im Inneren seiner Frau spürte, erwachte in ihm die Lust, ins Auto zu steigen und loszufahren.

»Ich glaube, es schläft.«

»Warte, es meldet sich bestimmt gleich.« Lily blätterte eine Seite um und zeichnete Federn und Flügel. »Ich wache immer zu früh auf«, beklagte sie sich.

Zu früh wofür?, hätte Hawley gern gefragt. Er kam sich dämlich vor, weil er eifersüchtig auf das Baby war, das diese lebhaften Träume herbeigeführt hatte, genau wie alles andere, was ihr gemeinsames Leben neuerdings durcheinanderbrachte: Arztbesuche, Windelpackungen, winzige Kleidungsstücke, Dehnungsstreifen auf Lilys Haut. Er erinnerte sich noch an den Tag im März, als sie vom Arzt nach Hause gekommen war. Hawley hatte gerade in der Küche gesessen und Rührei gegessen, als sie ihm die Neuigkeit überbrachte. Er hatte sie in den Arm genommen, dabei jedoch nur gedacht, dass seine Eier kalt wurden.

»Da!«, sagte Lily. »Hast du es gespürt?«

Etwas rumorte unter Hawleys Fingern. Wie eine Muschel, die sich durch stark komprimierten Sand wühlte. Er schüttelte den Kopf. »Ich glaube, ich habe es verpasst.«

Irgendwann ging die Mitternachtssonne in einen richtigen Morgen über, und Hawley schloss die Augen. Bevor er wegdämmerte, bekam er mit, wie seine Frau aufstand und sich anzog, wie sie in ihre Schwangerschaftshose schlüpfte und ihre Brüste in einem Still-BH verstaute. Als sie ihn aufzuwecken versuchte, drehte er sich zur Seite und stöhnte.

Lily rasselte mit dem Autoschlüssel vor seiner Nase. »Ultraschall-Termin«, sagte sie.

»Muss ich mit?«

Sie ließ die Hand mit dem Schlüssel sinken und strich sich mit der anderen Hand über den Bauch, als müsste sie einen Muskel massieren, den sie sich gerade gezerrt hatte. »Nicht unbedingt.«

Sie wandte sich von ihm ab und ging aus dem Schlafzimmer. Er hörte sie in der Küche das Geschirr spülen. Dann suchte sie ihre Sachen zusammen, stieg ins Auto und fuhr davon. Sobald sie weg war, öffnete er die Augen und griff nach ihrem Notizbuch, das noch auf dem Bett lag. Die Vögel hatten seltsam verdrehte Schwanenhälse, spitze Schnäbel und gespreizte Klauen.

Seit Lily schwanger war, wimmelte es in ihrer Fantasie von Monstern, aber ihre Träume schienen sie nie zu beunruhigen – weder die dreiköpfigen Hunde noch die rotäugigen Stiere oder menschenfressenden Pferde. Sie zeichnete sie in ihr Notizbuch, und damit waren sie aus ihrem Leben verschwunden. Hawley hingegen hatte jedes

Mal, wenn er heimlich einen Blick auf die vollgezeichneten Seiten warf, das Gefühl, seine eigene Zukunft vor sich zu sehen. *Ich sage ihr die Wahrheit*, nahm er sich vor. *Sobald sie zurückkommt.*

Schlussendlich gab Hawley vor, einen Jagdausflug machen zu wollen, bei dem er über Nacht weg sein würde, vielleicht auch länger. Lily zupfte nur an ihrem geflochtenen Zopf und sagte nichts dazu. Sie ging in die Küche und richtete ihm ein Lunchpaket mit belegten Broten, Limonade und einer Thermoskanne Kaffee her. Unterdessen holte Hawley seine Reisetasche und suchte sein Waffenversteck im Keller auf. Er packte den Colt, das Gewehr seines Vaters und eine SIG-Sauer-Pistole ein. Dann kam die Munition an die Reihe. Er nahm Hornady Interlocks, A-Square Dead Toughs und Winchester Silvertips mit. Als er wieder nach oben kam, saß Lily auf der Eingangstreppe, das Lunchpaket auf den Knien.

»Du bist nicht glücklich«, sagte sie zu ihm.

»Natürlich bin ich glücklich«, widersprach Hawley.

Lily griff nach dem Kragen seines Hemds und zog ihn zu sich herunter. Er beugte den Kopf und atmete ihren Duft ein. Für einen kurzen Moment überlegte er, ob er bei ihr bleiben sollte. Sie schob ihre Hände in die Gesäßtaschen seiner Jeans, kniff ihn in den Hintern, ließ wieder los und gab ihm seine Jacke.

»Versprich mir, dass du heute Abend anrufst.«

»Ich versprechs.«

»Meinst du das auch ernst?«

»Hab ich doch gesagt.«

Lily beobachtete, wie er einen Schlafsack, Campinggeschirr, das Lunchpaket und die Waffen samt Munition ins Führerhaus des Pick-ups lud. Plötzlich hob sie einen Stein auf und warf diesen nach ihm. Obwohl Hawley auszuweichen versuchte, traf er ihn mit voller Wucht unterhalb des Brustkorbs. Er zog sein Hemd hoch und berührte den knallroten, brennenden Abdruck.

»Wehe, du bist nicht glücklich, wenn du zurückkommst«, warnte ihn Lily, ging ins Haus und schloss die Tür hinter sich.

In Anchorage angekommen betrat Hawley die Bank, die ihm genannt worden war, und ließ sich von einem Mitarbeiter in den verschlossenen Raum mit den Schließfächern führen. Dort wartete das abzuliefernde Geld bereits in einem kleinen rollbaren Alukoffer auf ihn. Er öffnete den Reißverschluss des Koffers und betrachtete den Inhalt. Die Geldscheine rochen nach frischer Druckfarbe und den Abenteuern seines früheren Lebens. Ihm kam der flüchtige Gedanke, sich den Koffer zu schnappen, Lily abzuholen und nach Mexiko abzuhauen. Doch ihm fielen der Pilot und seine Freundin wieder ein. Er klappte den Deckel zu, ließ das Schloss einrasten und zog den Koffer aus der Bank.

In Whittier nahm er die Fähre nach Cordova. Inzwischen war es früher Abend, aber die Sonne schien immer noch hell vom Himmel. Das Schiff war voller saufender, Karten spielender Bohrinsel-Arbeiter. Hawley ließ sich in einer Sitznische nieder und packte das Lunchpaket aus, das Lily ihm mitgegeben hatte. Darin fand er zwei Do sen Gingerale, ein Weißbrotsandwich mit Roastbeef, ein Roggensandwich mit Schinken und Käse, in Alufolie gewickelte saure Gurken und einen Zettel, auf dem stand: *Es ist ein Mädchen.*

Den Zettel hatte Lily aus ihrem Traumtagebuch gerissen und in der Mitte gefaltet, sodass *Es ist* auf einer Seite des Knicks stand und *ein Mädchen* auf der anderen. Hawley klappte den Zettel mehrmals auf und zu, als würde sich dessen Inhalt verändern, wenn er das nur oft genug tat. Aber die Schrift blieb unveränderlich, verkündete unauslöschlich ihre Botschaft. Er verstaute die Sandwiches, die sauren Gurken und das Gingerale wieder in der Tüte und ging zur Cafeteria, um ein Bier zu bestellen. Die Fähre geriet ins Kielwasser eines kreuzenden Tankers, und um Hawley herum hielten sich die Leute an ihren Sitzen fest und stöhnten.

Für ihn war es der erste Alkohol seit über einem Jahr. Obwohl Lily ihn nie darum gebeten hatte, das Trinken aufzugeben, fühlte es sich einfach nicht richtig an, ohne sie zu trinken. Jedes Mal, wenn sie an einer Bar vorbeikamen, sagte sie: »Dank mir hat sich dein Leben gerade um ein Jahr verlängert.« In den vergangenen Monaten hatte ihm der Gedanke an all die zusätzlichen Jahre mit Lily immer genügt, um weiterzugehen und die Bar nicht zu betreten.

Als die Fähre in Cordova ankam, hatte Hawley vier Bier und eine halbe Flasche Whiskey intus, die er bei einem Bohrinsel-Arbeiter gegen Lilys saure Gurken eingetauscht hatte. Er holte sich noch einen Kaffee zum Mitnehmen, bevor die Cafeteria zumachte, und stieg auf wackeligen

Beinen die Treppe hinunter, um in seinem Pick-up zu warten, bis die Crew die Autos von der Fähre winkte. Nachdem er die Rampe hinuntergerollt war, fuhr er direkt durch den Ort auf den Copper River Highway, der ihn am Eyak Lake vorbeiführte. Nach dem Militärstützpunkt verwandelte sich die asphaltierte Straße in eine Schotterpiste, die sich durch einen sumpfigen Wald aus Fichten und Hemlocktannen schlängelte. Hawleys Pick-up schlingerte hin und her und wirbelte Staub auf. Es war fast neun Uhr abends, aber so hell, dass es auch mitten am Nachmittag hätte sein können.

Er kam an einer Elchkuh mit Kalb vorbei, die in einem Teich stand und Gras kaute. Dann sah er vor sich etwas Totes auf der Straße liegen. Ein Karibu oder Wapiti vielleicht – der Kadaver war zu zerfetzt, um ihn eindeutig zuordnen zu können. Ein junger Adler pickte am Bauch des toten Tiers herum, aus dem die Eingeweide auf die Straße quollen. Als sich der Pick-up näherte, ergriff er die Flucht. Im Rückspiegel beobachtete Hawley, wie der Raubvogel mit seinen wie Finger gespreizten Schwingen einen Kreis durch die Luft flog, erneut auf dem Kadaver landete und seine Mahlzeit fortsetzte.

Hawley fuhr eine Stunde durch den Wald, ohne einem anderen Auto zu begegnen. Zweimal döste er ein und schreckte gerade noch auf, bevor der Pick-up seitlich ins Gebüsch ausscherte. Er trank noch mehr Kaffee und aß eins von Lilys Sandwiches. Schließlich kam er zu der Brücke, an der der Highway endete. Bevor er hinüberfuhr, sah er das Schild zum Childs Glacier. Er bog links ab und folgte einer schmalen unbefestigten Straße am Südufer des Flusses entlang, bis er an einen Parkplatz kam. Dort parkte nur ein einziges Auto unter den Bäumen, ein alter Chevy Silverado. Hawley drosselte das Tempo und hielt ein Stück entfernt mit laufendem Motor. Der Silverado war leer, sein Heck voller Autoaufkleber. ES HEISST DOCH TOURISTENSAISON, WARUM DÜRFEN WIR SIE DANN NICHT ERSCHIESSEN? JESUS IM ANMARSCH – TU SO, ALS WÄRST DU BESCHÄFTIGT. WAS WENN DAS LEBEN WIRKLICH NUR EIN KOSMISCHER WITZ WÄRE?

Hawley parkte, tastete nach der Whiskeyflasche unter dem Sitz und nahm noch ein paar Schlucke, während er erneut die Autoaufkleber las. Falls bei der Übergabe etwas schiefging und er den Mann umbringen musste, dem der Silverado gehörte, konnte er die Ware abliefern, sich von Jove bezahlen lassen und den Alukoffer trotzdem behalten. Mit jedem Schluck Whiskey nahm diese Idee konkretere Formen an, bis er sich sämtliche Details ausgemalt hatte, von dem zwielichtigen Alten, den niemand vermissen würde, bis zu Lilys begeistertem Lachen, wenn Hawley das Geld aufs Bett kippte.

Er vergewisserte sich, dass seine Waffen geladen waren, und nahm den Zettel aus der Lunchtüte. Er hatte ihn auf der Fähre so oft aufgeklappt und wieder zusammengefaltet, dass das Papier entlang des Knicks ganz weich geworden war und nun in zwei Teile zerfiel. Hawley stellte sich vor, wie Lily die Worte auf den Zettel geschrieben hatte. Er schob die Hälfte mit *Es wird* zurück in die Tüte, steckte den Teil mit *ein Mädchen* in seine Tasche und stieg aus dem Wagen.

Der Parkplatz war menschenleer, deshalb ging Hawley zu einem Pfad, der offenbar hinunter zum Flussufer führte. Mehrere Schilder informierten über Grizzlybären, eins warnte vor Flutwellen. Hawley folgte dem Pfad aus dem Wald hinaus und stieg einen steilen Abhang hinunter. Am gegenüberliegenden Ufer ragte der Gletscher auf. Seit er mit Lily nach Alaska gezogen war, hatte Hawley schon mehrmals Eisberge vorbeischwimmen sehen, aber das hier war etwas vollkommen anderes. An einem Ort wie diesem *entstanden* Eisberge. Der Gletscher war eine riesige, wogende Zunge aus blauem Eis, fast hundert Meter hoch und fünf Kilometer lang – ein Wunderwerk der Natur, geschaffen von Schwerkraft, Druck und Zeit. Es bewegte sich jeden Tag ein Stück vorwärts, kroch Meter für Meter über die Berge, bis Teile von ihm abbrachen und in den schäumenden Copper River stürzten – der Gletscher kalbte und löste dadurch unmittelbare Tsunamis aus. Hawley hatte von ein paar Geisteskranken gelesen, die versucht hatten, auf den gewaltigen Wellen zu surfen, woraufhin zwei von ihnen von einem Eisbrocken erschlagen worden waren. Die Forstbehörde hatte den Fluss stromabwärts abgeriegelt, doch die Leichen waren nie gefunden worden.

Am felsigen Flussufer warteten zwei Frauen, die wie zum Wandern gekleidet waren. Sie trugen Bergschuhe, Rucksäcke und Wanderstöcke und standen neben einem Zelt. Eine der Frauen hatte eine Kamera mit Zoom-Objektiv auf einem Stativ aufgebaut, und die andere trug die Haare zu zwei Zöpfen geflochten und beobachtete den Gletscher mit einem Fernglas. Durch die Zöpfe wirkte sie von Weitem wie ein junges Mädchen, doch als Hawley näher kam, erkannte er, dass sie schon zwischen vierzig und fünfzig sein musste. Sie war ein Muskelpaket, hatte breite Schultern und kräftige, sehnige Arme. Ihre Haut war wettergegerbt und gebräunt, sie sah aus, als hätte sie ihr ganzes Leben im Freien verbracht. Die andere Frau war jünger, etwa zwanzig, und hatte militärisch kurz geschorene Haare und eine tätowierte Krähe im Nacken.

»Sind Sie hier, um die Aussicht zu genießen?«, fragte die Frau mit den Zöpfen.

»Nein«, antwortete Hawley.

»Dann vermute ich mal, wir sind verabredet.«

Beide Frauen waren bewaffnet. Bei der Tätowierten steckte die Waffe in ihrer Jeans, was Hawley an der Wölbung ihres Sweatshirts erkannte, und die Ältere griff nach einem Gewehr, das am Stativ gelehnt hatte, und legte es so selbstverständlich in ihre Armbeuge, als wäre diese genau dafür gedacht.

Hinter ihnen donnerte es, ein Bersten und Splittern erfüllte die Luft. Hawley spürte es in seiner Brust wie ein herannahendes Gewitter. Er hob den Kopf, doch der Himmel war klar. Keine Wolke, weder über ihnen noch in der Ferne.

»Wir sind schon seit einer Stunde hier«, sagte die Kurzhaarige. »Es sind ein paar Lawinen heruntergekommen, aber der Gletscher hat noch nicht gekalbt.«

»Es wird bald ein Stück abbrechen«, prophezeite die ältere Frau.

»Davon will ich unbedingt ein Foto haben«, meinte die Jüngere.

»Kriegst du«, versprach ihre Begleiterin.

Sie legte die Hand auf die Krähentätowierung der jungen Frau und streichelte ihr den Nacken. Hawley ging auf, dass die beiden ein Paar waren. Nach kurzem Zögern entzog sich die Jüngere der Berührung. Sie tat es, als wollte sie es eigentlich nicht, könne jedoch nicht anders, genauso wie Hawley sich am Morgen von Lily verabschiedet hatte.

Er tastete nach der Pistole in seiner Tasche und fragte: »Steller?«

»So ist es«, antwortete die Ältere.

»Ich habe Ihr Geld.«

»Das höre ich gern.«

Hawley kehrte noch einmal zum Pick-up zurück und holte den Koffer. Zuerst zog er ihn über den Kies des Parkplatzes, aber weil er so viel Lärm machte, nahm er ihn am Griff und trug ihn die restliche Strecke zum Flussufer. Dort legte er ihn vor den Frauen auf einen Felsen. »Sie können gerne nachzählen«, sagte er.

»Warum nicht?«

Steller lehnte ihr Gewehr wieder ans Stativ und trat nach vorn, um den Reißverschluss des Koffers zu öffnen. Ihre Begleiterin blieb unterdessen beim Zelt und behielt Hawley im Blick, die Hand locker auf ihre Waffe gelegt. Sie hatte ein hübsches Gesicht, war jedoch für seinen Geschmack zu mager. Zwischen ihrem Daumen und ihrem Zeigefinger prangte ein weiteres Vogel-Tattoo. Als sie sich am Kinn kratzte, sah der Vogel aus, als würde er fliegen.

Hin und wieder war ein Krachen zu hören, das an entfernte Schüsse erinnerte. Jedes Mal hörte Steller auf zu zählen und blickte zu der gewaltigen Eiswand, und auch Hawley ertappte sich dabei, wie er hinüberspähte.

»Die Tlingit nennen es ›weißes Donnern‹«, sagte Steller.

»Den Gletscher?«, fragte Hawley.

»Nein. Das Geräusch, das er macht, wenn ein Stück abbricht«, erklärte sie.

Während sie vor Hawley auf dem Boden hockte und die Geldbündel zählte, blickte er auf ihren Scheitel hinab und entdeckte eine kleine kahle Stelle an ihrem Hinterkopf. Dort war die Haut rot von der Sonne und mit braunen Flecken übersät. Hawley stellte sich vor, er würde den Lauf seiner Waffe auf diese Stelle drücken. Er versuchte den Gedanken abzuschütteln, aber er ließ ihm keine Ruhe.

Steller klappte den Koffer zu, verschloss ihn und versuchte, ihn am Griff über das felsige Ufer Richtung Zelt zu ziehen. Die Aluminiumschalen schlugen scheppernd gegen die Steine, bis sich der Koffer schließlich zwischen zwei Felsbrocken verklemmte. Hawley fühlte sich an Mabel Ridge und ihren riesigen Rollkoffer erinnert, der am Bahnhof zwischen den Autos hängen geblieben war.

Er half ihr, den Koffer zu befreien. »Wo kommt der Name Steller her?«

»Mein Vater war Wissenschaftler. Er hat mich nach Georg Steller benannt. Dem Typen mit den Riesenseekühen. Schon von ihm gehört?«

Hawley schüttelte den Kopf.

»Der erste Weiße, der Alaska betreten hat. Berühmt geworden ist er allerdings durch die Seekühe. Weil er die letzten entdeckt hat, bevor sie ausgestorben sind.«

»Wer Steller war, interessiert ihn einen Scheiß«, sagte die junge Frau.

Steller warf ihrer Freundin einen Blick zu und zog an einem ihrer Zöpfe.

»Würde ich so nicht sagen«, erwiderte Hawley.

Die Kurzhaarige kratzte sich immer noch am Kinn. Ihre Haut rötete sich bereits, und die Vogeltätowierung schlug mit den Flügeln. »Können wir die Sache endlich hinter uns bringen? Das wäre mir sehr recht.«

Steller trat an sie heran und streichelte wieder ihren Nacken. Hawley wartete darauf, dass die junge Frau sie abschüttelte. Er wünschte sich, sie würde es nicht tun, aber sie tat es. Dieses Mal legte sich etwas über Stellers Züge, wie Haut, die über einer alten Wunde spannt.

»Benimm dich«, warnte sie ihre Freundin und kroch ins Zelt. Als sie wieder herauskam, hielt sie eine viereckige Holzkiste in der Hand, die etwa die Größe eines kleinen Fernsehers hatte. Sie stellte sie auf dem Boden ab, stemmte mit der Rückseite eines Hammers den Deckel auf und fing an, büschelweise Stroh herauszuziehen.

Darunter verbarg sich eine alte sandfarbene Keramikschüssel, die mit Gravuren verziert war – Abbildungen von Menschen und einer Art Schrift. Außerdem zogen sich Rillen bis zum Boden. Am oberen Rand waren kleine Stücke abgesplittert, und durch den Boden der Schüssel war ein Loch gebohrt. Sie sah aus wie ein verkrusteter alter Blumentopf.

»Was ist das denn?«, fragte Hawley entgeistert.

»Eine Klepsydra«, sagte Steller.

»Ich dachte, ich soll eine Uhr abholen.«

»Das ist eine Uhr.« Sie fuhr mit den Fingern die Rillen nach. »Man füllt die Schüssel mit Wasser und erkennt am abnehmenden Pegel, wie viel Zeit vergangen ist. Ähnlich wie bei einer Sanduhr«, erklärte sie.

Hawley nahm die Klepsydra in die Hand und drehte sie. Er dachte an das viele Geld im Alukoffer. »Eine Schüssel«, sagte er ungläubig.

»Eine Klepsydra«, korrigierte Steller.

Er stellte das antike Stück wieder zurück. »Woher weiß ich, dass das keine Fälschung ist?«

»Es gibt nur noch sieben Stück von diesen Wasseruhren«, sagte Steller. »Die übrigen befinden sich in Museen. Diese hier gehört eigentlich auch in ein Museum.«

»Und wie sind Sie darangekommen?«, fragte Hawley.

»Das wollen Sie nicht wissen, glauben Sie mir«, antwortete die junge Frau.

Die eingravierten Symbole auf der Schüssel wiederholten sich in unterschiedlicher Abfolge und schienen eine gewisse Bedeutung zu haben. Ein Zeichen sah aus wie ein doppeltes Kreuz, ein anderes glich einem auf der Seite liegenden Berg. Hawley spähte in die Schüssel, fuhr mit dem Finger die Rillen entlang. Er fragte sich, was diese Uhr wohl schon alles gemessen hatte. Stunden. Wochen. Jahre. Vielleicht ganze Leben.

Die Frauen standen links und rechts von ihm. Er sah plötzlich zwei Schüsseln vor sich, eine für Steller und die andere für das Mädchen, sah ihre Lebenszeit darin verrinnen. Er berührte den harten Ton am Boden der Schale, schob dann einen Finger durch das Loch in der Mitte. Es fühlte sich kühl und glatt an, tief wie die Austrittswunde einer Kugel. Als er die Hand wieder hervorzog, war sie mit einer dünnen Staubschicht bedeckt.

»Nächstes Mal sollten sie jemanden schicken, der Keilschrift lesen kann«, sagte Steller und betrachtete ihn kühl. Hawley ging auf, dass sie seine mordlustigen Gedanken schon während ihres ganzen Gesprächs am Flussufer durchschaut hatte.

»Er bricht ab!«, rief die junge Frau aufgeregt.

Sie drehten sich zum Gletscher um. Ein Eisschauer ergoss sich die blaue Wand hinunter und stürzte in den Fluss. Er glich einem Wasserfall aus Schnee, schwoll kurzzeitig an und versiegte wieder. Etwa dreißig Meter darüber entsprang in einer dunklen Furche ein zweiter Eisschauer, der in einem schimmernden Bogen in den Fluss regnete.

Hawley spürte, dass die Luft dünner wurde.

Die junge Frau war zu ihrer Kamera zurückgekehrt und stand geduckt vor dem Sucher. Sie drehte am Objektiv, schweifte mit der Kamera über den Gletscher. Eine letzte Schneewolke spritzte in den Fluss, unterhalb eines riesigen überhängenden Eisblocks von der Größe eines dreistöckigen Gebäudes. Langsam endete der Eisschauer, und der Fluss wurde wieder flach und ruhig.

Hawley und die Frauen warteten. Wieder ertönte ein Bersten und Splittern, gefolgt von einem lauten Grollen. Kleinere Eisbrocken brachen vom Gletscher, einer nach dem anderen, bis schließlich der ganze riesige Block in Bewegung geriet. Sie standen wie angewurzelt da. Die Zeit schien sich zu verlangsamen, während der Eisblock fiel, und als er krachend im Fluss landete, ging ein Zittern von unten nach oben durch die Gletscherwand. Dann löste sich die gesamte Front des Gletschers und rutschte ins Wasser.

Es war, als würde die Erde in sich zusammenstürzen, als hätte jemand einen Wolkenkratzer von einer Klippe geworfen. Beim Anblick der in Bewegung geratenen Eiswand wurde Hawley übel. Er hatte das Gefühl, ein Teil von ihm würde mit dem Eis in den Fluss fallen. Dieses uralte gefrorene Wasser hatte so viel gesehen, hatte das Verstreichen von Jahrtausenden erlebt, die Entstehung der Kontinente, und nun war es hier am Ende seiner Reise angelangt. Als die Eisplatte auf den Fluss traf, explodierte dieser in einer gewaltigen braunweißen Fontäne. Säulen aus Eis und Wasser wurden so hoch in die Luft geschossen, dass sie sich in gläsern schimmernde Wolken verwandelten, bevor sie splitternd und glitzernd auf den Strand zukamen.

Hawley strauchelte rückwärts, fiel über die Holzkiste und schrammte sich die Rippen auf. Entlang des Ufers sank der Pegel des Flusses. Das Wasser zog sich zurück, als hätte jemand einen Stöpsel gezogen, und die auf dem Fluss treibenden Eisbrocken wurden unter die Oberfläche gesaugt. Plötzlich änderte das Wasser seine Richtung und begann sich aufzutürmen. Steller und die junge Frau hatten bereits die Flucht ergriffen. Die Kamera hing über der Schulter der Jüngeren, und den Alukoffer trugen sie klappernd zwischen sich. Hawley schnappte sich die Klepsydra und folgte ihnen. Die Frauen schrien etwas, aber das Tosen des Wassers übertönte alles. Zu dritt hasteten sie über die Felsen auf den Abhang zu, um zu ihren Autos hinaufzuklettern. Hawley strauchelte und stürzte erneut zu Boden. Vor ihm hatte die junge Frau bereits den Parkplatz erreicht. Sie drehte sich um und streckte die Arme aus. Steller ließ den Koffer fallen, und die beiden Frauen umklammerten sich gegenseitig, während die Welle über sie hinwegspülte.

Hawley traf die ganze Wucht des Wassers von hinten. Es war so eiskalt, dass ihm die Luft wegblieb. Keuchend und prustend wurde er mitgerissen, schien zunächst auf eine höhere Ebene hinaufgeschoben zu werden, bevor er den Boden unter den Füßen verlor und in den weißen, schäumenden Fluten versank. Sein Körper drehte sich, und das Gewicht des Wassers drückte ihn hinunter auf den felsigen Grund, bevor es ihn an den Füßen nach hinten zerrte. Er atmete Wasser ein, Sand, Erde und Salz. Die Klepsydra füllte sich, ein Anker, der ihn an Ort und Stelle hielt. Dann riss der Fluss sie aus seinen Händen.

Sein einziger Gedanke war, dass er nicht atmen konnte. Er kämpfte gegen die Strömung an, konnte die Wasseroberfläche nicht finden. Sein Vater hatte so große Angst vor dem Ertrinken gehabt, dass er Hawley verboten hatte, mit dem Kopf unterzutauchen. Er hatte seinen Sohn beschützen wollen, doch während eine weitere Eiswelle gegen Hawley prallte, verstand dieser, dass sein Vater ihm durch sein Verhalten nur geschadet hatte. Und dass er selbst kein Vater sein wollte, der sein Kind derart im Stich ließ.

Seine Hand glitt über etwas Festes, einen Baum, der abgeknickt war und in den Fluss hing. Er packte die Zweige und klammerte sich lang genug daran fest, um sein Gesicht aus dem Wasser stemmen zu können. Mühsam schnappte er nach Luft. Alles um ihn herum bewegte sich. Etwas Schweres verfing sich in seinen Beinen und zog ihn erneut nach unten. Er zerrte daran und trat danach, bis er ein Stück violetten Nylonstoff aufblitzen sah. Stellers Zelt.

Nachdem Hawley es abgeschüttelt hatte, sah er sich um und stellte fest, dass er sich etwa zweihundert Meter flussabwärts befand. Die Welle hatte ihn von hinten erfasst und am Flussufer entlanggeschleift. Das Wasser war immer noch aufgewühlt und toste um ihn herum, blauer Schneematsch hüpfte auf den Wellen. Hawley krallte sich an den Baum und zog sich an seinem Stamm entlang. Seine Gliedmaßen schmerzten in der arktischen Kälte. Das ganze Ufer war überflutet gewesen, aber nun floss das Wasser bereits durch die Felsen ab und kehrte nach und nach in das ursprüngliche Flussbett zurück. Hawley erreichte die Wurzeln des Baums, die Stelle, an der dieser umgeknickt war. Seine Fingernägel schabten über die nasse Rinde. Mit einer letzten Kraftanstrengung gelang es ihm, sich aus den eisigen Fluten zu stemmen.

Trübe, rostfarbene Lachen säumten das Ufer. Hawley befühlte seine schmerzenden Rippen. Seine Wange war aufgerissen von den Felsen, gegen die ihn der Fluss geschleudert hatte. Er hatte seine Waffe und seinen Geldbeutel verloren, war völlig durchnässt und zitterte am ganzen Leib. Nachdem er sich umgedreht hatte, betrachtete er die veränderte Front der Gletscherwand, den Hohlraum, wo das Eis abgebrochen war.

Seine Jacke war so schwer vor Nässe, dass er das Gefühl hatte, einen Menschen auf dem Rücken zu tragen. Hawley schüttelte die Jacke ab, zog sein Hemd über den Kopf und wrang es aus. Seine Muskeln zitterten, und er hatte am ganzen Körper eine Gänsehaut. Als er das Hemd wieder zuknöpfte, war ihm noch kälter als vorher. Er steckte die Hand in die Brusttasche. Lilys Zettel war noch da, aber die Tinte war aufgeschwemmt und jeder Buchstabe dreimal so groß wie vorher. EIN MÄDCHEN. Hawley hielt das Stück Papier zwischen den Fingern, faltete es vorsichtig und schob es wieder in die Tasche.

Seine Stiefel quietschten, als er wankend Richtung Parkplatz stapfte. Nachdem er die Uferböschung erklommen hatte, sah er die Frauen, durchnässt und glitschig wie Bisamratten. Sie hatten den Alukoffer neben sich und zogen gerade Decken aus ihrem Silverado, der mit geöffneter Motorhaube dastand. Hawley blickte zu seinem Pick-up. Die Ladefläche war voll mit Wasser.

»Sie haben es geschafft«, sagte die jüngere Frau, als sie ihn entdeckte.

»Sieht so aus«, erwiderte Hawley.

»Die Motoren sind nass geworden.« Steller hielt eine Taschenlampe in der Hand, mit der sie drohend in ihre andere Hand klopfte, aber ihre Begleiterin gab Hawley eine Decke.

»Haben Sie Ihr Foto im Kasten?« Er fragte sich, ob die beiden sich überhaupt die Mühe gemacht hatten, nach ihm zu suchen.

»Nein«, antwortete die junge Frau.

»Ich habe noch nie ein so großes Stück abbrechen sehen«, sagte Steller.

»Ich dachte, das war es jetzt mit uns«, fügte ihre Freundin lachend hinzu. Auch Steller lachte. Die beiden Frauen waren trunken vor Erleichterung, ihre Stimmen hoch und schrill. Sie hatten sich aneinander festgeklammert und waren dadurch schwer genug gewesen, um nicht weggespült zu werden. Über dieses Erlebnis würden sie noch viele Jahre sprechen und es irgendwann – wenn sie sich längst nicht mehr liebten – vergessen.

Hawley hingegen würde es niemals vergessen.

»Wo ist die Klepsydra?«, fragte Steller.

Hawley blickte auf seine Hände hinab. Er spürte immer noch, wie das Gewicht der vollen Schüssel ihn auf den Grund des Flusses zog. »Weg.«

»Sie haben sie verloren?«, fragte die junge Frau.

»Ich glaube, sie ist zerbrochen«, sagte Hawley. Er erinnerte sich an ein splitterndes Geräusch, nachdem ihm die Schale aus den Händen gerissen worden war.

Steller eilte Richtung Pfad davon, schreckte jedoch davor zurück, die Böschung hinunterzuklettern. Sie blieb auf der Anhöhe stehen und ließ den Blick über das Flussufer schweifen. Hawley und die junge Frau folgten ihr mit um die Schultern gewickelten Decken und liefen suchend den Rand des Parkplatzes ab. Das Ufer war mit Rückständen der Flutwelle übersät, mit Ästen und an Land geworfenen Lachsen, die zuckend auf den Felsen lagen. Ein großer Vogelschwarm aus Falken, Möwen und Staren machte sich bereits gierig über die Fische her, riss Stücke heraus und trug sie zwischen den Klauen davon. Hawley entdeckte die zerfetzten Überreste des violetten Zelts in der Ferne, wo es weiter flussabwärts trieb. Aber keine Spur von der Klepsydra oder der Holzkiste.

»Vielleicht wird sie irgendwann angeschwemmt«, mutmaßte die junge Frau.

»Wissen Sie, was ich auf mich genommen habe, um an diese Schale zu kommen?«, fragte Steller. »Sie war über dreitausend Jahre alt, verdammt noch mal!«

Hawley würde das Geld zurück zu der Bank in Anchorage bringen müssen. Er würde Jove anrufen und ihm von dem Reinfall berichten müssen, und es würde weder eine Bezahlung für ihn geben noch ein glückliches Wiedersehen mit Lily. Nur eine lange Rückfahrt mit reuevoll eingezogenem Schwanz. Seine Hand wanderte an seinen Gürtel. Erst als er dort nichts fand, fiel ihm ein, dass auch seine Waffe verschwunden war.

»Sie werden mir den Koffer zurückgeben müssen«, sagte er zu den Frauen.

Steller trat näher an ihre Freundin heran. »Wieso? Wir haben die Uhr ausgehändigt, genau wie vereinbart. Unser Teil der Abmachung ist erfüllt.«

»Dass die Schüssel verloren gegangen ist, ist allein Ihre Schuld«, fügte die junge Frau hinzu.

»Für mich zählt nur, dass ich nicht erhalten habe, wofür ich hergekommen bin.«

»Glauben Sie, wir geben Ihnen das Geld einfach so zurück?«, fragte sie.

Die beiden wussten nicht, dass er seine Waffe verloren hatte. Andererseits konnten sie es sich vielleicht denken. Hawley war zu keinem klaren Gedanken fähig, das Adrenalin und das eisige Wasser hatten seinen Verstand vollkommen entleert. Trotz der Decke, die die junge Frau ihm gegeben hatte, drohte ihm eine gefährliche Unterkühlung. Sein Körper fing bereits an, den Dienst einzustellen, seine Schultern zitterten, seine Zähne klapperten, doch mit leeren Händen zurückkommen konnte er unmöglich. Entweder er brachte die Uhr mit oder das Geld.

»Tja, tut mir leid«, sagte er.

»Mir tut es auch leid«, erwiderte Steller und zog unter ihrem Sweatshirt einen Ruger-Revolver mit kurzem Lauf hervor. Es war die Art von Waffe, die ein alter Mann besitzen würde, jemand, dem nicht mehr wichtig war, wie etwas aussah, nur noch, wie es sich anfühlte. Hawley war immer schon der Ansicht gewesen, dass die kurzläufigen Ruger-Revolver wie Spielzeug aussahen. Doch es waren robuste, ernst zu nehmende Waffen. Er hatte schon erlebt, dass eine Ruger von einem Lastwagen überfahren wurde und danach noch problemlos schoss.

»Ich gebe Ihnen fünf Sekunden, in Ihren Wagen zu steigen und von hier zu verschwinden«, drohte Steller.

»Sie erschießen mich nicht«, sagte Hawley.

»Eine Sekunde«, zählte Steller. Sie spannte den Hahn, woraufhin sich die Trommel ihres Revolvers drehte. Hawley sah, dass sich noch mindestens drei Kugeln darin befanden. »Stopp, warten Sie einen Moment«, bat er.

»Zwei Sekunden«, zählte Steller.

Hawley stand mit seinen nassen Kleidern auf dem Parkplatz und versuchte abzuschätzen, ob die Frau es ernst meinte. Es machte ganz den Anschein. Er sah sich nach Deckung um, fand jedoch nicht viel, was ihm weiterhelfen konnte. Da waren nur der Silverado und sein Pick-up. Und die junge Frau. Er konnte mit wenigen Schritten bei ihr sein und ihr die Hände um den Hals legen.

Ein Grollen ertönte, und sie spürten alle, wie sich der Gletscher erneut verlagerte. Stellers Blick blieb starr auf ihr Gegenüber gerichtet, aber Hawley drehte sich zum Fluss um. Er sah keinen Wasserfall aus Schnee, keine Anzeichen für Risse an der Vorderseite der Eiswand. Trotzdem merkte er die Veränderung. Eine Verdichtung tief im Inneren des Gletschers begann sich zu lockern, eine Stelle, auf der schon seit Langem so viel Druck lastete, dass die Moleküle geschrumpft waren. Jetzt regte sich etwas an dieser Stelle, in dieser Höhle voller Geheimnisse, die kurz davor war aufzuklaffen.

»Drei«, zählte Steller.

»Also gut.« Er hob die Hände, und die Decke rutschte von seinen Schultern. Langsam bewegte er sich rückwärts auf sein Auto zu. »Ich gehe.«

Steller entfernte sich vom Silverado und folgte ihm, ohne ihn aus den Augen zu lassen. »Durchsuch bitte erst sein Auto«, sagte sie zu ihrer Freundin. »Er hat bestimmt noch irgendwo ein Gewehr.«

Hawley wartete, während die junge Frau herbeieilte und auf der Fahrerseite die Tür öffnete. Er sah zu, wie sie die Kühlbox durchwühlte, und berechnete, wie viele Stunden ihm noch blieben, bevor die Ware fällig wurde. Sobald die Frist ablief, würde King Kontakt zu Jove aufnehmen, dem angesichts der Höhe der Summe keine andere Wahl bleiben würde, als Hawley preiszugeben. Und schon würde jemand unterwegs nach Anchor Point sein.

Die junge Frau nahm sein Gewehr vom Armaturenbrett, sah unter dem Sitz nach und fand den Colt. »Ich glaube, das wars«, sagte sie.

»Vier«, zählte Steller.

Hawley stieg ein, saß mit offener Tür im Wagen und kam sich wie ein Idiot vor. Die Sonne stand kurz über dem Horizont, und der Himmel begann sich grau zu färben. In einer Stunde würde ein neuer, strahlend heller Morgen anbrechen. Zu Hause in Anchor Point schlief Lily vermutlich noch, aber bald würde sie aufwachen, ihre Hausschuhe anziehen und in die Küche gehen, um nachzusehen, was der Kühlschrank hergab. Sie würde ihn öffnen, und die Innenbeleuchtung würde ihr ins Gesicht scheinen. Und dann würden sich Blut und Milch auf dem Boden vermischen, und auf dem Herd würden die Pfannkuchen verbrennen.

Er durfte nicht ohne das Geld wegfahren, das Risiko war zu groß. Also stieg er wieder aus dem Pick-up und baute sich vor Steller und dem Mädchen auf. »Meine Frau«, erklärte er. »Sie bekommt ein Baby.«

»Scheiße«, sagte die junge Frau.

»Fünf«, zählte Steller. Und schoss.

Am Ende war es sein Vater, der ihn fand. Hawley sah den alten Mann über den Parkplatz auf sich zukommen, in der verwitterten braunen Wathose, die er immer beim Brandungsangeln getragen hatte. Die Hose ging ihm bis zur Brust und hatte grüne Träger. Jedes Mal, wenn er vom Strand gekommen war, hatte er sie abgestreift wie eine zweite Haut und draußen vor dem Haus mit dem Schlauch abgespritzt, aber egal, wie oft er sie ausspülte, die Hosenbeine rochen immer faulig und nach Fischinnereien. Danach wurde die Hose an die Wäscheleine gehängt, und wenn der Wind auffrischte und in die Beine fuhr, sah sie aus wie ein tanzender Geist.

»Alles in Ordnung?«, fragte sein Vater nun.

»Ich wurde angeschossen.« Hawleys Stimme klang leise. Er fragte sich, ob der alte Mann ihn überhaupt hören konnte.

»Scheiße«, sagte sein Vater. »Wie lange ist das her?«

Hawley wusste es nicht genau. Er erinnerte sich nur, dass er mit dem Gesicht im Kies erwacht war. Und dass kleine Steine an seinen Augenlidern geklebt hatten, als er den Kopf gehoben hatte. Ein paar Steinchen waren immer noch da, hafteten an seiner Wange wie Seepocken. Er spürte sie, konnte jedoch nicht den Arm heben, um sie abzustreifen.

Sein Vater stellte Kühlbox und Angelrute ab und presste seine Finger gegen Hawleys Hals. »Und wer war der Schütze?«

»Eine Frau.« Hawley bekam keine Luft. Er hatte das Gefühl, die Worte lautlos mit den Lippen zu formen.

»Ist es nicht immer so?« Der Mann hob Hawleys Hemd an. »Die Wunde ist ganz gut tamponiert. Kompliment.«

Langsam kehrte die Erinnerung zu Hawley zurück. Daran, wie die Frauen sich gegenseitig angeschrien hatten, wie sie seine Waffen weggeschleudert hatten und in ihrem Silverado vom Parkplatz gefahren waren. Wie er zu seinem Pick-up gekrochen war, ein Handtuch gefunden und es in sich hineingestopft hatte, wie er anschließend versucht hatte, das Ganze mit Klebeband zu befestigen. Bis er keine Luft mehr bekommen hatte und ihm schwindelig geworden war.

»Okay«, sagte sein Vater. »Einen Moment, ich bin gleich wieder da.«

Während Hawley wartete, betrachtete er die Angelrute, mit der sein Vater gekommen war. Es war nicht die vier Meter lange Kilwell-Rute, die er früher immer benutzt hatte. Diese hier war zierlicher und nur zweieinhalb oder drei Meter lang. Und sie hatte ein Schwungrad und keine Spinnrolle. Außerdem besaß die Angelschnur die falsche Tragkraft. Hawley kam der Gedanke, dass dieser Mann vielleicht doch nicht sein Vater war. Aber er hatte ihn seit über fünfzehn Jahren nicht mehr gesehen, und in dieser Zeit konnte er natürlich seine Angelausrüstung gewechselt haben. Plötzlich war sein Vater wieder da und stellte einen Verbandskasten neben ihm ab. Hawley beschloss, dass es keine Rolle spielte, ob dieser Mann sein Vater war oder nicht.

»War das Handtuch sauber?«

Hawley nickte.

»Dann lassen wir die Eintrittswunde erst einmal, wie sie ist«, sagte sein Vater. Er zog mehrere Mullbinden und Kompressen aus einem knallorangefarbenen Kasten mit einem roten Kreuz auf dem Deckel. »Ich glaube, die Kugel hat die Lunge punktiert. Daher die Atemprobleme.« Mit einer Schere schnitt er den Rücken von Hawleys Hemd auf. Er trennte eine Plastiktüte auf, säuberte die Austrittswunde, trocknete sie mit einigen Mullbinden und fing an, ein Stück Plastik auf Hawleys Rücken festzukleben. Er fixierte es auf drei Seiten und ließ eine Seite offen. Hawley atmete ein, und diesmal füllte sich seine Lunge mit Luft.

»Oh Gott«, sagte er.

»Besser?«, fragte sein Vater.

»Ja.« Hawley atmete aus und spürte, wie das Plastik an seinem Rücken flatterte.

»Womit hat sie geschossen?«

»Mit einem Ruger-Revolver.«

»Ah«, sagte sein Vater. »Ich hatte auch überlegt, mir so einen zuzulegen.« Er griff in den Verbandskasten, zog ein Glas Cayennepfeffer daraus hervor und schraubte den Deckel ab. »Das brennt jetzt ein bisschen«, kündigte er an, hob das Handtuch hoch und schüttete das ganze Glas in Hawleys Wunde. Sofort legte er wieder das Handtuch darauf und drückte es fest nach unten. Hawley spürte, wie sich der Pfeffer durch das Loch in seinem Inneren brannte. Er konnte ihn in seiner Lunge fast schmecken. Jede Bewegung löste unglaubliche Schmerzen aus.

»Scheiße«, fluchte er.

»Gleich geschafft«, sagte sein Vater, riss noch ein paar Kompressen auf, drückte sie auf das Handtuch, nahm einige Kühlelemente aus seiner Kühlbox und verteilte sie um Hawleys Bauchgegend herum. »Festhalten«, ordnete er an. Hawley gehorchte, und der Mann umwickelte ihn mehrfach mit Klebeband, bis alles festsaß.

»Das müsste uns noch einmal vierzig Minuten Aufschub verschaffen, bis wir in Cordova sind. Es sei denn, es treten innere Blutungen auf.«

»Ich brauche Wasser«, keuchte Hawley.

»Kein Wasser, das ist nicht gut bei einem derart hohen Blutverlust. Na los, hier ist mein Arm. Wir müssen irgendwie zu meinem Auto kommen.«

Es gab so vieles, was Hawley ihn gern gefragt hätte, aber vorerst reichte seine Kraft nur dazu, sich gegen den alten Mann zu lehnen und zu versuchen, sich vor lauter Schmerzen nicht zu übergeben. Sein Vater roch nach Kautabak und dem Gummi seiner Wathose. Hawley nahm noch einen Geruch an ihm wahr – das schwache Aroma von Ring Dings, jenen in Zellophan verpackten Schokoladentörtchen, die früher einzeln an Tankstellen verkauft wurden und für die er als kleiner Junge heimlich schwärmte. An seinem achten Geburtstag hatte sein Vater ihn mit einem ganzen Teller davon überrascht, und in jedem Törtchen hatte statt einer Kerze ein Streichholz gesteckt. Das hatte Hawley nie vergessen. Danach hatte er einen Monat lang geglaubt, sein Vater könne hellsehen.

»Meine Waffen«, stieß er jetzt hervor und zeigte auf die Büsche, in der Hoffnung, dass ihn sein Vater ohne weitere Worte verstand. Und tatsächlich: Nachdem dieser es endlich geschafft hatte, Hawley ans andere Ende des Parkplatzes zu bugsieren und an den dort geparkten Jeep zu lehnen, ging er noch einmal zurück und durchstöberte das Gebüsch. Innerhalb kürzester Zeit hatte er Hawleys Gewehr und den Colt gefunden. Bewundernd betrachtete er den Colt, bevor er die Heckklappe seines Jeeps öffnete und beide Waffen in der am Boden der Ladefläche verschraubten Metallkiste einschloss.

»Vertrauen ist gut«, sagte er, »Kontrolle ist besser.«

Sobald er Hawley auf den Beifahrersitz verfrachtet hatte, kramte er erneut in seinem Verbandskasten. Hawley sah nun, dass es sich um einen alten Werkzeugkasten aus robustem orangefarbenem Kunststoff handelte. Das rote Kreuz war von Hand auf den Deckel gepinselt, genau wie die Aufschrift: DIESE AUFGABEN WERDEN WIR ERFÜLLEN, DAMIT ANDERE WEITERLEBEN KÖNNEN. Schließlich zog der alte Mann einen versiegelten Beutel voller Lutscher hervor. Er packte einen rosafarbenen aus, gab ihn Hawley und erklärte: »Der enthält Fentanyl. Müsste gegen die Schmerzen helfen.«

Hawley schob sich den Lolli in den Mund. Er schmeckte nach Kirschen.

Das Auto war ein alter Jeep Wrangler mit einem tellergroßen Loch im Boden. Der verschwommene Anblick der unter ihm vorbeiziehenden Straße löste ein eigenartiges Gefühl in Hawley aus, als würde die Zeit sich gleichzeitig beschleunigen und verlangsamen. Immer wenn sie eine Strecke mit viel Kies passierten, prasselten Steine gegen das Fahrgestell des Jeeps und wurden durch das Loch nach oben geschleudert, um anschließend im Fußraum herumzukullern.

Hawley spürte schnell, wie das Fentanyl seine Wirkung entfaltete. Ganz langsam hob sich der Schmerz von seiner Brust. Sein Körper begann zu glühen, als ob er in einen Lichtkreis hineinfallen würde, in dem es mit jedem Lecken wärmer und heller wurde. Hawley zog den Lutscher aus dem Mund.

»Wo hast du diese Dinger her?«, fragte er.

»Ich habe im Vietnamkrieg Verwundete mit dem Flugzeug evakuiert. Diese Lollis sind toll bei Schusswunden.«

»Ich dachte, du warst bei der Marine.«

»Nein. Air Force. Sechsundfünfzigstes Geschwader.«

»Wie kommt es, dass du mir das nie erzählt hast?«, fragte Hawley.

»Ich kenne dich doch nicht mal, junger Mann«, sagte sein Vater.

Hawley nahm an, dass er recht hatte. Er war so jung gestorben, dass sein Sohn nie die Chance gehabt hatte, ihn richtig kennenzulernen. Wahrscheinlich hatte er jede Menge Geheimnisse mit ins Grab genommen, Dinge, die er nie jemandem erzählt hatte. Aber er war ein guter Vater gewesen. Er hatte Hawley beigebracht, wie man angelte und Austern aus der Schale löste. Und er hatte auf seine ruhige Art vieles beobachtet, zum Beispiel, wie sehr sich sein Sohn Ring Dings wünschte, obwohl er nie ein Wort darüber verloren hatte.

»Du bist schon so lange tot«, murmelte Hawley. »Deshalb ist es mir wohl entfallen.«

Für einen kurzen Moment befürchtete er, sein Vater würde ihn aus dem Auto werfen. Aber dann spannte der alte Mann seine Kiefermuskeln an und starrte durch die Windschutzscheibe auf die Straße hinaus. Sie fuhren über einen steinigen Streckenabschnitt, und eine Handvoll größerer Kiesel kam durch das Loch im Boden geflogen und traf Hawleys Beine.

»Ein Glück, dass ich noch angle«, sagte sein Vater. »Sonst hätte ich dich nie gefunden.«

Als er den Lolli fertig gelutscht hatte, sank Hawley benommen in seinen Sitz. Es hätte ihn nicht gewundert, wenn er durch das Dach des Jeeps davongeschwebt wäre.

Er war fünfzehn gewesen, als sein Vater gestorben war. Seine lebhafteste Erinnerung an diese Zeit war die Angst –

die Angst vor dem Alleinsein, die Angst, mit fremden Leuten zu reden. Er war vor dem Jugendamt davongelaufen, zurück zu seinem alten Haus, hatte ein Fenster eingeworfen und war hindurchgekrochen. Im Haus hatte er eine Tasche gepackt und das Gewehr seines Vaters und ein wenig Munition mitgenommen. Zuerst hatte er vorgehabt, seine Mutter zu suchen, aber ihm war das Geld ausgegangen, noch bevor er Texas hinter sich gelassen hatte. Also hatte er überlegt, das Gewehr zu verkaufen, doch die Waffe war alles, was ihm noch blieb, deshalb raubte er stattdessen einen Spirituosenladen damit aus. Siebenhundertzweiundfünfzig Dollar. Sein erstes krummes Ding. Ganz allein.

Und jetzt war sein Vater plötzlich wieder da. Damit hätte er niemals gerechnet. Der alte Mann beugte sich übers Lenkrad, als wäre der Jeep ein Pferd, das er zu Höchstleistungen anspornen musste. An seinem angespannten Gesicht erkannte Hawley, dass er etwas falsch gemacht hatte.

»Tut mir leid«, sagte er. Es fühlte sich an wie all die anderen Male, die er sich entschuldigt hatte – für Dinge, die er gleichzeitig bedauert und nicht bedauert hatte, für alles, was er nicht getan hatte.

Hawleys Vater antwortete nicht. Nachdem sie die nächste Brücke hinter sich hatten, räusperte er sich. »Die Frau, die auf dich geschossen hat, war das deine Frau?«

»Nein. Ich habe sie vor dem heutigen Tag noch nie gesehen.«

»Warum hat sie dann versucht, dich umzubringen?«

Hawley dachte an die Klepsydra, an den Gletscher, der in den Fluss gerutscht war. Sein Körper glühte immer noch, und seine Hände hatten angefangen zu zittern. Seine Zähne schmerzten, als würde jemand Löcher hineinbohren.

»Du siehst gar nicht gut aus.« Sein Vater griff mit einer Hand nach hinten zur Rückbank. Der Jeep schlingerte und kam beinahe von der Straße ab. Der alte Mann zog eine mexikanische Decke voller Hundehaare nach vorn und warf sie Hawley auf den Schoß. »Ich glaube, bei dir macht sich der Schock bemerkbar. Wickle die Decke um dich. Aber schlaf nicht ein.«

Die Decke kratzte. Hawleys Herz klopfte wie verrückt. Er wollte die Kühlelemente von seinem Körper reißen, aber jedes Mal, wenn er den Verband berührte, drang der Cayennepfeffer tiefer in seine Wunde ein. Mühsam zog er die Decke um sich. Bei jeder Bewegung wanderte ein Kribbeln seitlich an seinem Körper entlang. Es war kein direkter Schmerz, sondern der Widerhall davon, als würde er ihn aus weiter Ferne wahrnehmen. Hawley holte tief Luft und atmete wieder aus, spürte, wie der Plastikstreifen an seinem Rücken flatterte.

»Du musst mir nicht erzählen, wie es passiert ist, erzähl mir einfach irgendwas, damit du wach bleibst.«

»Ich bin verheiratet«, sagte Hawley.

»Liebst du deine Frau?«

»Natürlich.«

»Glaubst du, die Schützin hat es auch auf sie abgesehen?«

Hawley brauchte eine Weile, bis er verstand, dass sein Vater Steller meinte. »Nein«, antwortete er. »Aber vielleicht jemand anders.«

Sobald die Worte seinen Mund verlassen hatten, spürte Hawley die Wahrheit in sich hineinsickern wie Eiswasser in einen Felsspalt. Kein Geld, keine Ware. Selbst wenn er eine Möglichkeit fand, die Rechnung mit King zu begleichen, würden sie höllisch aufpassen müssen. Sie würden abhauen müssen.

»Sie ist schwanger.«

»Dann stirbst du wohl besser nicht.«

Vor ihnen tauchte dasselbe überfahrene Tier auf wie auf Hawleys Hinfahrt zum Gletscher. Auch der Adler war noch da und riss Stücke aus dem Bauch des Kadavers. In der Nähe lungerten einige Möwen und ein paar Seeschwalben herum und warteten darauf, dass sich der Greifvogel verzog. Als der Jeep näher kam, flogen die Vögel auseinander und beschimpften sich gegenseitig laut kreischend. Dann rumpelte der Jeep über das tote Tier hinweg, und Hawley erhaschte durch das Loch im Boden einen kurzen Blick auf das Fell.

Er musste daran denken, wie ihn damals diese junge Frau – wie war noch ihr Name gewesen? – in Arizona durch die Wüste gefahren hatte, während das Baby neben Hawley im Kindersitz festgeschnallt gewesen war. Auch dort hatten totgefahrene Tiere auf der Straße gelegen, und Hawley hatte das Gefühl gehabt, an seinem eigenen geschundenen Körper vorbeizufahren. Und jetzt saß er wieder hier in einem fremden Auto und drohte zu verbluten. Nur die Landschaft hatte sich verändert. Er kam sich vor, als hätte er bei einer Aufzeichnung seines Lebens auf die Vorspultaste gedrückt. Aber er war nicht mehr derselbe Mann wie damals in der Wüste. Jetzt gab es jemanden, der auf ihn wartete, jetzt spielte es eine Rolle, ob er starb oder nicht.

Es fühlte sich an, als wären dreihundert Jahre vergangen, seit Hawley von der Flutwelle in den Fluss gezogen worden war.

»Ich brauche ein Telefon«, sagte er.

»Unter dem Sitz ist eins.«

Hawley beugte sich vor, mit schmerzender Körperseite und feuchtkalter, verschwitzter Haut. Er ertastete einen Stoffriemen und zog eine Umhängetasche hervor. Darin befand sich ein altes Feldtelefon. »Funktioniert das Ding?«

»Dreh einfach an der Kurbel. Das Signal ist verschlüsselt. Ich habe es für ZORG manipuliert.«

»Was bedeutet ZORG?«

»Zeiten ohne Rechtsgrundsatz.«

»Bezieht sich das auf das Ende der Welt?«

»Nein, nur auf das Versagen der Regierung.«

Hawley hob den Hörer ab und legte ihn in seinen Schoß. Mit der Hand seiner unversehrten Seite kurbelte er den Generator an und begann, die Telefonnummer einzugeben. Es rauschte gehörig in der Leitung, aber die Verbindung schien zustande zu kommen. Hawley wartete. Unterhalb seiner Rippen prangte unübersehbar inmitten all der Verbände und Klebebänder der blaue Fleck, den Lily ihm gestern mit dem Stein verpasst hatte. Er drückte mit dem Finger darauf, spürte jedoch nichts.

»Wo bist du? Bist du verletzt?« Obwohl Lily in normaler Lautstärke sprach, klang sie, als hätte sie stundenlang herumgeschrien, so abgehackt stieß sie jedes Wort hervor. Hawley war derart froh, ihre Stimme zu hören, dass er eine Zeit lang überhaupt nichts sagte. Er lehnte nur sein Gesicht gegen den Hörer. Der Kunststoff roch wie in Öl getaucht, als könnte er jeden Moment Feuer fangen.

»Mir gehts gut.«

»Du solltest anrufen. Aber du hast nicht angerufen.«

»Mir gehts gut, habe ich gesagt.«

Lily nieste. Sie nieste und nieste und nieste.

»Hör zu«, sagte Hawley. »Ich möchte, dass du eine Tasche mit unseren Sachen packst, nach Anchorage fährst und dir ein Zimmer in der Nähe des Flughafens nimmst. Dort wartest du auf mich.« Die Verbindung wurde schwächer, und die Stimme seiner Frau war nur noch ein leises Knistern. »Lily«, sagte er. »Lily.«

»Ich bin da«, erwiderte sie.

»Wir sind da«, sagte sein Vater.

Durch die Staubwolke, die den Jeep umgab, kam Eyak Lake in Sicht, und dahinter erkannte Hawley den Ortsrand von Cordova. Der alte Mann schaltete herunter, als die Schotterpiste in den asphaltierten Highway überging, und die Räder des Jeeps blockierten einen Moment, bevor sie auf dem plötzlich wieder glatten Belag Halt fanden. Statt Steine einzusaugen, schien das Loch im Boden nun darauf erpicht zu sein, sie wieder loszuwerden. Hawley beobachtete, wie ein Stein nach dem anderen die Sicherheit des Fußraums verließ und auf die Straße hinunterfiel. Und auch er ertappte sich dabei, wie er von dem Loch angezogen wurde. Seine Beine waren schwer geworden, und sein Körper glitt langsam vom Sitz. Sein Vater sagte etwas. Hawley versuchte ihm zuzuhören, wusste jedoch, dass es nicht mehr viel nutzen würde.

»Sag ihr, dass du nach Hause kommst«, drängte sein Vater. »Sag ihr, dass du sie liebst.«

Hawley umklammerte den Hörer, in dem sich die Stimme seiner Frau befand. Er dachte an all die Dinge, die seine Tochter niemals über ihn erfahren würde, an die vielen Leerstellen in ihrer Erinnerung. Dann holte er Luft und spürte, wie der Plastikstreifen angesaugt wurde und die Öffnung in seinem Rücken verstopfte. Seine Lunge füllte sich. Die Luft schmeckte nach Pfeffer und Blut.

»Lily«, sagte er. »Ich bin glücklich. Ich bin glücklich, dass es ein Mädchen wird.«

Das Feuerwerk

So sehr sie es auch versuchte, Loo wurde Marshall Hicks nicht los. Jeden Morgen wachte sie auf, streckte die Arme über den Kopf und stellte sich vor, seine Hände wären mit ihren verschränkt. Sie sah die kleinen weißen Narben an seinen Fingerknöcheln vor sich, den Höcker des Fingers, den sie ihm gebrochen hatte. Wenn sie die Augen schloss, spürte sie für einen Moment sein Gewicht auf sich, seinen Mund, der über ihrem schwebte, seine Finger, die an ihren Haaren zogen. Sie lauschte seiner Stimme, seinem leisen Stöhnen. Immer wieder durchlebte sie diese Empfindungen, bis sie am ganzen Körper zitterte. Hörte sie ihren Vater auf dem Flur, kostete sie das Gefühl noch einen Moment aus, bevor sie die Augen öffnete und aus dem Bett stieg.

Hawley klopfte an die Tür.

»Zeit zu gehen.«

Loo zog sich an, ging hinunter und holte die Eimer, Drahtkörbe und Schaufeln aus der Garage. Ihr Vater füllte unterdessen eine Kühlbox mit Eis. Auf der Veranda schlüpften sie in ihre Sachen, Hawley in seine Wathose mit integrierten Stiefeln und Loo in ein altes Paar Gummistiefel. Schweigend gingen sie durch den Wald zum Meer hinunter. Es war Ebbe. Der Strand war nass, von den Wellen geriffelt und mit winzigen Luftlöchern übersät.

Hawley stellte die Eimer ab, machte einige Schritte auf den festen Sand hinaus und sprang in die Luft. Er landete schwer mit beiden Füßen, woraufhin überall um ihn herum kleine Wasserfontänen aus dem Boden spritzten. Mit erwartungsvollem Gesicht drehte er sich zu Loo um, aber sie tat so, als hätte sie nichts mitbekommen, und hob ihren Spaten vom Boden auf, um mit dem Graben zu beginnen. Sie ertrug es kaum noch, ihren Vater anzusehen.

Mabel Ridges Anruf war eine Woche her, und sie war immer noch dabei, die Worte ihrer Großmutter zu verdauen. Nachts, wenn Hawley ins Bett gegangen war, blätterte sie durch das Album mit den Zeitungsausschnitten und suchte nach Antworten. Nach einem Zusammenhang. Loo hatte das Album mit in der Bibliothek recherchierten Informationen ergänzt, mit Dokumenten, die sie dort kopiert hatte. Einer Karte von Wisconsin, einer Skizze der Wanderwege im angrenzenden State Forest, den Adressen der umliegenden Häuser und weiteren Einzelheiten über den See – die Uferlänge, die maximale Tiefe, die Größe seines Wassereinzugsgebiets, seine genauen geografischen Koordinaten. Keiner der Fakten, die sie zusammengetragen hatte, überzeugte sie von der Behauptung ihrer Großmutter. Sie bewirkten nur, dass sie sich noch einsamer fühlte.

Hawley rammte neben ihr seine Schaufel in den Sand. »Gehst du heute Abend zum Labor-Day-Feuerwerk?«

»Ich glaube nicht«, antwortete Loo.

»Wir könnten uns das Feuerwerk zusammen ansehen. Ein Picknick mit an den Strand nehmen.«

Ein Stück Seetang hatte sich im Bart ihres Vaters verfangen. Sie starrte den kleinen grünen Fleck an.

Deine Mutter wäre niemals in einem See ertrunken.

Hawley drückte die Schaufel mit dem Stiefel nach unten. »Du hattest früher schreckliche Angst vor Feuerwerken, vor allem vor dem Finale. Dann hast du dich immer unter dem Bärenfell verkrochen.«

»Daran kann ich mich gar nicht erinnern.«

Aber sie erinnerte sich sehr wohl. An den Geruch der Tierhaut. Wie sie sich trostsuchend an den Krallen festgehalten hatte. An das Gefühl, das jeder explodierende Feuerwerkskörper tief in ihrer Brust ausgelöst hatte, ein Gefühl, als wäre ihr Herz kurz davor, zu zerbersten.

»Weißt du«, begann Hawley und warf eine Schaufel voll Sand in den Drahtkorb. »Wenn du lieber mit diesem Jungen hingehen willst, ist das auch okay.«

Loo wandte sich hustend ab, damit er ihr Gesicht nicht sah. Ihr Vater schien immer zu wissen, was sie gerade dachte. In letzter Zeit gab es kein Entkommen vor ihm. Wenn sie im Sawtooth arbeitete, nahm er seine Mahlzeiten dort ein, und sogar wenn er schlief, spürte sie seine Anwesenheit. Es war, als wäre zwischen ihnen eine Schnur gespannt. Manchmal hing sie locker herunter, um sich, so wie jetzt, bald wieder ruckartig zu straffen.

»Wir haben uns getrennt.«

Hawley legte die Schaufel beiseite, griff nach dem Korb und schüttelte ihn hin und her, um seinen Inhalt durchzusieben. Ein Haufen kleiner weißer Cherrystones blieb zurück, jede Muschel von der Größe eines Silberdollars.

»Ach, deshalb schmollst du die ganze Zeit.« Hawley ging mit dem Korb dem Meer entgegen, bis ihm das Wasser um die Waden plätscherte. Er beugte sich vor und spülte die Muscheln ab, um anschließend zurückzukommen, die Kühlbox zu öffnen und sie hineinzulegen.

»Sein Vater sorgt für mächtig Ärger in der Stadt.«

»Stiefvater«, korrigierte Loo.

»Wie auch immer. Die Sache wird kein gutes Ende nehmen.«

»Das ist nicht Marshalls Schuld.«

»Nein«, sagte Hawley. »Aber die seiner Familie. Und die hat er nun mal am Hals. Genauso wie du mich am Hals hast.«

Als sie zurück zum Haus kamen, stand ein großer Karton auf der Veranda. Hawley stellte die Kühlbox ab und ging die Treppe hoch. Nachdem er einen Blick auf die Paketaufschrift geworfen hatte, zog er sein Messer aus der Tasche und reichte es Loo.

Das Paket war an sie adressiert. Für einen kurzen Moment dachte sie, es sei von Marshall. Ihr Herz machte einen kleinen Sprung, bis sie den Ausdruck auf dem Gesicht ihres Vaters sah.

»Ich habe doch erst nächsten Monat Geburtstag.«

»Mach es einfach auf.«

In dem Karton war ein Profi-Teleskop, genauso eins, wie es ihr Physiklehrer zu Demonstrationszwecken benutzte. Ein Schmidt-Cassegrain-Teleskop mit parallaktischer Montierung. Es musste mindestens zweitausend Dollar gekostet haben. Bestimmt hatte es Hawley zusammen mit Direktor Gunderson ausgesucht.

»Und was soll ich damit?«

»Etwas lernen, von dem ich keine Ahnung habe«, antwortete Hawley.

Also tat sie genau das.

Während ihr Vater die morgendliche Ausbeute zum Fischmarkt trug, verbrachte Loo den Mittag und den Nachmittag damit, ihr neues Teleskop zusammenzubauen und es auf dem Vordach vor ihrem Zimmer aufzubauen. Sie wusste, dass das Geschenk eine Art Bestechung war und ihre schlechte Laune vertreiben sollte, aber das war ihr egal. Für mehrere Stunden weilte sie mit ihren Gedanken in einer vollkommen anderen Welt. Sie las in den Anweisungen nach, wie man die Achse des Teleskops parallel zur Erdachse ausrichtete und die Teilkreise auf den korrekten Monat und Tag einstellte. Dann kramte sie ihre Planisphäre und Marshalls Buch über das Sonnensystem hervor. Hinten im Buch waren die Koordinaten der jeweiligen Planeten aufgelistet. Sie spähte durch den Sucher und blinzelte in die Sonne. Erst in vielen Stunden würde es dunkel genug sein, um etwas am Himmel erkennen zu können.

Loo kletterte in ihr Zimmer zurück und nahm ihr

einziges Kleid aus dem Schrank. Sie hatte es nur einmal anlässlich ihres Highschool-Abschlusses getragen und es danach sofort wieder in der Plastiktüte verstaut. Jetzt knotete sie die Tüte auf, schob ihre Hand unter den Rock des Kleids, vorbei am Reißverschluss, und trennte den Umschlag ab, den sie von innen an den Stoff geheftet hatte – ihr neues Versteck, nachdem Hawley ihr Geldversteck auf dem Dachboden gefunden hatte. In dem Umschlag war alles, was ihr Vater nicht sehen sollte: die schwarzen Spitzenhandschuhe, das Album mit den Zeitungsausschnitten zum Tod ihrer Mutter und das Klemmbrett mit den Unterschriften für die Petition.

Sie nahm das Klemmbrett, den Stadtplan von Olympus und das Telefonverzeichnis mit nach unten an den Küchentisch und fing an, Namen abzuschreiben. Dafür verwendete sie alle möglichen verschiedenen Stifte – Kugelschreiber, Gelschreiber, Füller, Stifte mit feinen Minen, mit dicken Minen, mit blauer, schwarzer, roter, violetter, sogar grüner Tinte –, damit jede Unterschrift anders und einzigartig aussah. Dabei beschränkte sich Loo längst nicht mehr nur darauf, die Namen zu rekonstruieren, die im Meer verloren gegangen waren, sondern schuf eine ganz neue Umweltbewegung. In der Bibliothek hatte sie recherchiert, was sie für eine Vervollständigung der Petition brauchte: Beschreibung und Karten des schützenswerten Areals, Erfüllung der Kriterien für ein Meeresschutzgebiet und, am allerwichtigsten, die Unterstützung von fünftausend Gemeindemitgliedern. Bei jeder Unterschrift, die Loo fälschte, dachte sie an Marshall. Jeder Harry, jede Jane, jeder Archibald und Rocco schuf eine Verbindung zwischen ihnen. Nachdem sie eine ganze Nacht lang Autos kurzgeschlossen und von einem Abschlepphof entwendet hatte, erschien ihr Unterschriftenfälschung als ein vergleichsweise harmloses Verbrechen.

Sie schrieb, bis ihre Schultern schmerzten. Sie schrieb, bis ihre Hände brannten. Sie schrieb, bis die Sehnen in ihren Fingern so steif waren, dass sie Pausen einlegen und ihre Hände mit gespreizten Fingern auf den Tisch legen musste. Sie war gerade dabei, die Adresse 756 East Main Street, Apartment 5 abzuschreiben – nach 3678 gefälschten Unterschriften fehlten ihr nun nur noch 1322 –, als es an der Tür klopfte.

Der Mann, der auf der Veranda stand, hatte graue schulterlange Haare und eng stehende haselnussbraune Augen. Um sein Kinn wucherten Bartstoppeln, die etwa eine Woche alt waren, und er trug eine braune Lederjacke, Jeans und Cowboystiefel. Die Stiefelenden liefen spitz zu, wodurch seine Füße lang und schmal aussahen.

»Ich suche Samuel Hawley.« Der Mann hatte eine abgewetzte armeegrüne Reisetasche über der Schulter. Sie glich der Tasche ihres Vaters – der Tasche, die voller Waffen und Munition war und die er deshalb eingeschlossen in seinem Kleiderschrank aufbewahrte. Der Fremde stellte seine Reisetasche auf der Veranda ab, und Loo hörte, wie Metall gegen Metall klirrte.

»Er ist gerade nicht da.« Sie wich einen Schritt zurück.

»Du bist seine Tochter, oder?« Der Mann musterte sie von oben bis unten und schüttelte ungläubig den Kopf. »Mein Gott.«

Mit seinem Gesicht stimmte etwas nicht. Entlang seiner

Wange bestand seine Haut aus kleinen, knotigen Narben und Hautarealen, die röter waren als der Rest seines Gesichts. Seine Hände wiesen die gleichen roten Flecken auf, vor allem an den Handgelenken und Fingerknöcheln.

»Ich bin Jove.« Er hob eine seiner vernarbten Hände. »Ein alter Freund von deinem Vater.«

»Loo.«

Jove nahm ihre Hand zwischen seine Hände, sodass sie kurzzeitig darin gefangen war. Seine Finger waren rau und warm.

»Du bist wirklich entzückend, Loo«, sagte er. »Aber dein Vater ist ein echter Hurensohn.« Der Mann stieß ein Prusten aus, als hätte er gerade einen Witz gemacht.

Sie zog ihre Hand weg.

»Er kommt bald nach Hause«, sagte sie. »Müsste jede Minute da sein.«

»Dann warte ich hier auf ihn«, erklärte Jove und marschierte an ihr vorbei ins Haus.

Etwas an dem lädierten Gesicht des Mannes erinnerte sie an die Fischerwitwen, die einen Sommer lang an ihre Tür geklopft hatten. Auch in seinen Zügen war ein Verlangen zu lesen, das gleichzeitig verzweifelt und gefährlich wirkte. Der Mann schleppte seine Reisetasche ins Wohnzimmer, wo er einen kurzen Freudenschrei ausstieß, sich auf die Knie niederließ und die Arme um das Bärenfell schlang.

»Unfassbar, dass er das Ding immer noch hat.« Jove tippte dem Bären auf die Schnauze. »Das letzte Mal, als ich diesen Kerl hier gesehen habe, habe ich deinem Vater eine Kugel aus dem Rücken operiert.«

»Wovon reden Sie?«, fragte Loo.

»Ach, damals waren wir noch Kinder, die jede Menge Blödsinn im Kopf hatten«, antwortete Jove. »Sind in ein fremdes Grundstück eingedrungen, bis uns irgend so ein alter Knacker verscheucht hat. Hat ewig gedauert, bis ich die Kugel rausgepult hatte. Hawley hat die ganze Zeit nach einem Mädchen geschrien, als würde die Welt untergehen.«

»Nach was für einem Mädchen?«

»Weiß ich nicht mehr.«

»Lily?«

Jove streichelte den Bären. »Nein, die kannte er damals noch nicht.«

Loo wusste, welche Narbe die Kugel hinterlassen hatte, von der der Mann sprach – den quallenförmigen Krater unter Hawleys rechtem Schulterblatt. Als sie jetzt erfuhr, welche genauen Umstände dazu geführt hatten, kauerte sie sich ebenfalls auf den Boden und berührte den Bären. Sie war ihr ganzes Leben lang über ihn hinweggelaufen, ohne je über seine Herkunft nachzudenken. Ihr war nie der Gedanke gekommen, ihren Vater danach zu fragen.

»War wahrscheinlich keine gute Idee, dir von seiner Schussverletzung zu erzählen.« Jove ging mit seiner Reisetasche Richtung Küche. »Ich konnte noch nie meine Klappe halten. Deshalb sind Hawley und ich immer so gut miteinander ausgekommen – weil *er* nie etwas sagt.« Er marschierte zum Kühlschrank, öffnete ihn, nahm sich einen Apfel heraus, schnappte sich ein kleines Gemüsemesser vom Abtropfgestell und fing an, den Apfel in Schnitze zu zerteilen, die er sich direkt mit der Messerklinge in den Mund schob.

»He, Sie sind hier nicht bei sich zu Hause.«

»Ich gewöhne mich überall schnell ein.« Joves Blick wanderte zum Küchentisch, zu dem aufgeschlagenen Telefonbuch und Loos Stiften. Er schnappte sich einen der Zettel, auf dem sie die Unterschriften geübt hatte.

»Nicht schlecht«, sagte er und hielt das Papier ans Licht. »Fälschst du Schecks?«

»Nein, es geht um eine Petition.«

Jove griff nach dem Klemmbrett und las die Erklärung ganz oben auf dem ersten Blatt, bevor er durch die Seiten blätterte. »Du bist also so eine Art Umweltschützerin?«

»Mein Freund ist Umweltschützer.«

»Dein Freund!«, rief Jove. »Ha! Der arme Hawley. Hat er den Kerl schon verprügelt?«

Loo nahm ihm das Klemmbrett aus der Hand und schob es in einen Küchenschrank, zusammen mit dem Telefonbuch, dem Stadtplan und den Stiften.

»Das werte ich mal als ein Ja«, sagte Jove.

Loo sah zu, wie er seinen Apfel verspeiste. »Woher kennen Sie noch mal meinen Vater?«

»Wir haben früher zusammengearbeitet.«

»Er hat nie etwas von Ihnen erzählt.« Loo blickte auf die Reisetasche hinunter. Der Mann behielt sie die ganze Zeit dicht bei sich.

Jove folgte ihrem Blick. Er bückte sich und machte den Reißverschluss auf. »Schau mal, was ich Tolles in meiner Tasche habe.« Er schob die Seitenlaschen auseinander, als würde er den Brustkorb eines Menschen aufklappen.

Die Reisetasche war voll mit Uhren. Es waren schwere Uhren mit breiten Lederarmbändern, die neben der Uhrzeit auch das Datum sowie die Zeitzonen von Paris, New York, Rom und Tokio anzeigten. Wasserfest, mit Gläsern, die dick genug waren, dass man damit tauchen gehen konnte. Uhren mit Ziffernblättern aus Gold, Silber und Platin, die man von Generation zu Generation vererbte.

»Wunderschön, nicht wahr?« Jove schob seine Finger in die Tasche und zog eine Uhr an ihrem Armbandverschluss heraus. »Hör mal, wie sie tickt.«

Loo blickte auf die offene Tasche hinunter. So viele durcheinandergewürfelte Zahlen. Sie musste an Marshalls Uhr denken, die sich in ihrem Haar verfangen hatte, daran, wie fest er sie um sein Handgelenk gezogen hatte, bevor er wieder gegangen war.

»Sind Sie so was wie ein fliegender Händler?«

»Könnte man sagen, ja. Ich handle hauptsächlich mit Antiquitäten. Auf dem Gebiet bin ich ein ziemlicher Fachmann«, sagte Jove. »Die Ägypter hatten beispielsweise ein ganz anderes Zeitverständnis als wir. Sie glaubten, dass Tag und Nacht zwei verschiedene Welten seien. Zwölf Stunden Licht, zwölf Stunden Dunkelheit. Tagsüber benutzten sie Sonnenuhren, und zwischen Abenddämmerung und Morgengrauen beobachteten sie die Sterne. Sie zählten keine Sekunden, wie wir es tun. Für sie war Zeit etwas …« – er wedelte mit den Fingern – »… Flexibleres. Manchmal hatte eine Stunde sechzig Minuten und manchmal eben nur vierzig. Trägst du eine Armbanduhr?«

»Nein«, antwortete Loo.

Jove schnaubte missbilligend und griff noch einmal in

die Tasche. »Uhren waren früher unheimlich wichtig. Es war etwas Besonderes, wenn man seine erste Uhr bekam. Sie tickte am Arm und erinnerte einen an die Tage, die einem noch blieben.«

Er zog eine Männeruhr hervor, hielt das Zifferblatt zwischen zwei Fingern und ließ das Armband in der Luft baumeln. »Das hier ist eine Automatikuhr. Sie funktioniert ohne Batterie. Man braucht sie nicht einmal aufzuziehen, die eigenen Armbewegungen reichen, um sie am Laufen zu halten. Man muss so eine Uhr nur an einen lebenden Menschen schnallen, und schon erwacht auch sie zum Leben.«

Er ergriff Loos Handgelenk und legte die Uhr darum. Das Armband war ihr viel zu weit. Als sie die Hand hob, rutschte das Zifferblatt nach unten.

»Wenn man still steht, funktioniert es nicht.«

Loo stand vom Tisch auf und ging ins Wohnzimmer hinüber. Von dort marschierte sie durch den Flur, passierte das Badezimmer und erreichte wieder die Küche. Jove saß immer noch auf seinem Stuhl. Als sie zurückkam, griff er nach ihrem Handgelenk und drückte die Uhr an sein Ohr. Er runzelte die Stirn.

»Hast du deinen Arm geschwungen?«

»Ja.«

Jove zog sie ins Wohnzimmer, schüttelte ihr Handgelenk und lauschte dann erneut. »Verflucht noch mal!«

Loo hob die Uhr an ihr Ohr. Sie tickte nicht. Aber von draußen drang ein anderes Geräusch herein – das eines Autos, das in die Einfahrt bog. Die Tür des Pickups wurde zugeschlagen, und Hawley stapfte die Treppe herauf. Loo blickte zwischen Jove und dem Bärenfell hin und her. Sie lauschte, während ihr Vater seine Sachen abstellte und den Schlüssel ins Schloss steckte.

Jove legte einen Finger an die Lippen und versteckte sich im Schatten des Bücherregals.

»Ich bin wieder da!«, rief Hawley.

Loo sah ihren Vater in der Tür innehalten. Sein Blick fiel auf seine Tochter und glitt zu der riesigen Uhr an ihrem Handgelenk.

Jove sprang lachend hinter dem Regal hervor, erhielt jedoch keine Gelegenheit, auch nur ein Wort zu sagen, weil Hawley schon quer durchs Zimmer gerannt war und sich auf ihn gestürzt hatte. Die beiden Männer warfen sich gegen die Wände, zwei Riesen, die in einem Puppenhaus miteinander rangen. Ineinander verkeilt taumelten sie gegen das Bücherregal, das umkippte und auf sie fiel. Bücher prasselten auf den Boden. Loo eilte herbei und hievte das Bücherregal zurück nach oben. Darunter drückte ihr Vater den anderen Mann auf den Boden. Das Messer, mit dem Jove seinen Apfel gegessen hatte, steckte tief in Hawleys Arm.

»Ich bin es doch, du Arschloch!«, schrie Jove. »Ich bin es!«

Hawley atmete schwer. »Jove.«

»Hast du zugenommen? Geh sofort von mir runter, ich kriege keine Luft mehr!« Jove stemmte die Hände gegen Hawleys Brust. Loo sah zu, wie ihr Vater von dem Mann herunterkroch und gegen die Wand sank. Er schluckte und schloss die Augen.

»Ich tue dir einen Gefallen, und das ist nun der Dank.«

Jove setzte sich auf und presste die Hand gegen seine Nase. Aus seinem linken Nasenloch floss Blut. »Siehst du, zu was du mich gezwungen hast?«

Hawley öffnete die Augen und spähte zu dem Messer in seinem Arm hinunter. Er holte tief Luft, biss die Zähne zusammen und zog es am Griff heraus. Dahinter sprudelte Blut hervor, der rote Fleck breitete sich rasend schnell auf seinem Hemd aus. Hawley presste die Hand auf die Wunde und drehte sich zu seiner Tochter um.

»Hol den Verbandskasten.«

Loo rannte ins Badezimmer und öffnete hastig den Schrank unter dem Waschbecken. Darin stand der orangefarbene Werkzeugkasten mit dem roten Kreuz. Sie packte seinen Griff und wäre auf dem Flur fast gegen Jove gestoßen, der sich die Nasenflügel zudrückte und den Kopf nach hinten gelegt hatte.

»Hast du was für meine Nase?«

»Vielleicht im Arzneischrank im Bad.«

Sie eilte an ihm vorbei und kniete sich auf den Boden neben ihren Vater. »Dad«, sagte sie. Mehr brachte sie nicht hervor. Sie bereute es, dass sie seinen Sprung am Strand nicht mit einem Lächeln quittiert hatte.

Hawley klappte den Werkzeugkasten auf. Er war bis oben hin voll mit Kompressen, Klebeband, einer Schere, Einweghandschuhen, Reinigungsalkohol, Tablettenfläschchen, Ampullen und Nadeln. Es gab OP-Besteck, ein Hautklammergerät und eine Dose mit einem blutstillenden Pulver. Danach griff ihr Vater und kippte eine Ladung gelbes Puder auf seinen Arm.

»Wie lange ist er schon hier?«

»Ungefähr eine halbe Stunde«, antwortete Loo. »Tut es weh?«

»Das hier?« Hawley tat die Wunde mit einem Achselzucken ab, als wäre sie gar nichts. Er bürstete sich das überschüssige Pulver vom Arm und gab Loo die Dose.

»Ist er wirklich ein Freund von dir?«

»War er mal.«

Jove kam aus dem Badezimmer zurück, die Nasenlöcher voll mit Toilettenpapier, ein Pflaster quer über der Nase. In seiner Armbeuge klemmte eine Flasche Wasserstoffperoxid, als würde er etwas servieren. »So ein Badezimmer habe ich noch nie gesehen«, sagte er.

Loo erwartete, dass Hawley Jove packte und ihn hinaus auf die Veranda warf, aber ihr Vater ignorierte den Kommentar einfach und presste sich eine Kompresse gegen den Arm. Jove stellte das Wasserstoffperoxid auf dem Boden ab, zog ein Paar Einweghandschuhe aus dem Verbandskasten über und inspizierte Hawleys Wunde. Zu Loos Überraschung ließ der ihn gewähren und streckte mit einem Grunzen den Arm aus. Jove durchstöberte das Verbandszeug und griff nach dem Hautklammergerät und einigen Kompressen. Dann goss er Wasserstoffperoxid über Hawleys Arm. Während die Flüssigkeit blubberte und brannte, zwinkerte er Loo zu.

»Keine Angst«, sagte er. »Ich bin Arzt.«

Nachdem Hawley versorgt war, half Jove Loo dabei, das Regal wieder richtig hinzustellen und die Bücher zurückzuräumen. Dabei ließ er sich Zeit, las Buchrücken und klappte Cover auf. »Ich könnte garantiert was Besseres schreiben als diesen Mist hier.«

Hawley wischte unterdessen das Blut vom Boden auf. »Was zur Hölle willst du hier, Jove?«

»Kann ein Mann denn nicht mal mehr einen alten Freund besuchen?«

Hawleys Blick wanderte zu der Reisetasche.

»Er verkauft Uhren«, sagte Loo.

»Ich dachte, du wärst im Ruhestand.«

»Ich trete von meinem Rücktritt zurück.« Jove stellte das letzte Buch ins Regal, klatschte in die Hände und verwandelte sich schlagartig von einem Eindringling in einen Gast. »Was gibt es zum Abendessen?«

In der Küche wusch Loo eine Ladung von den Muscheln, die sie am Morgen gesammelt hatten, und entfernte ihre Bärte. Jove putzte unterdessen Salat und schnitt mit flinken Fingern Karotten und Sellerie. In seiner malträtierten Nase steckten immer noch zwei gezwirbelte Papiertücher. Hawley lehnte an der Arbeitsfläche, befühlte die Klammern an seiner Armwunde und trank ein Bier, während Jove ununterbrochen redete. Seine Stimme dröhnte durch den kleinen Raum und zählte einen Namen nach dem anderen auf, von denen Loo noch nie gehört hatte. Trotz aller Unterschiede hatte Jove auch etwas an sich, das ihrem Vater ähnelte. Sie war noch nie jemandem begegnet, der Ähnlichkeiten mit Hawley hatte.

»Rodriguez sitzt noch ein, aber Thompson ist seit ungefähr einem Jahr draußen, ich habe ihn in Detroit getroffen. Eaton fliegt Helikopter in Südamerika, Stein ist nach Memphis gezogen, und Blago hat aufgehört und ist jetzt Farmer. In Vermont, glaube ich. Irgendwas mit Ziegen. Und Frederick Nunn – erinnerst du dich an Nunn?«

»Wie könnte ich ihn vergessen?«

»Tja, Nunn ist tot.«

Hawley trank einen Schluck Bier.

»Hat mir Parker erzählt. Er arbeitet jetzt für Miller.«

Aus dem Topf auf dem Herd begann es zu dampfen. Loos Vater vergewisserte sich, dass alle Muscheln aufgegangen waren, und schaltete die Herdplatte aus. »Ich weiß echt nicht, wie du es schaffst, mit all diesen Typen in Verbindung zu bleiben.«

Jove schob die Karotten mit dem Fleischermesser in die Salatschüssel. »Weihnachtskarten«, sagte er und hackte einem Brokkoli den Kopf ab.

Alles, was Hawley langsam machte, machte Jove schnell, sogar das Trinken. Auf jede leere Dose von Hawley kamen vier von Jove. Als Loo die Muscheln servierte, hatten die Männer ein Sixpack hinter sich, und als sie fertig waren mit dem Essen, war ein weiteres Sixpack leer. Jove griff in seine Tasche und zog ein Bündel Papiere hervor. Er schob sie über den Tisch zu Hawley.

»Du weißt, wie lange ich gesucht habe. Tja, jetzt habe ich sie gefunden. Sie ist absolut perfekt.«

»Wie heißt sie?«, fragte Hawley.

»Pandora«, antwortete Jove.

»Ich dachte, sie soll Cassandra heißen.«

»Das war, bevor ich mit einer Frau namens Cassandra zusammen war, die dann in meiner Abwesenheit mit einem anderen Kerl geschlafen hat. Sie soll sich auf keinen Fall einbilden, dass ich mein Boot nach ihr benannt habe.«

»Woher sollte sie denn davon erfahren?«

»Glaub mir«, sagte Jove. »Diese Schlampe erfährt es irgendwie.«

Das Boot, das Jove kaufen wollte, war eine zwölf Meter lange Schaluppe mit einer anständig bemessenen Kombüse, einem Kühlaggregat und einer Toilette. Die Bauweise basierte auf alten Frachtsegelbooten, die ursprünglich Versorgungsgüter auf dem Hudson transportiert hatten. Sie waren ideal für die wechselnden Strömungen und schmalen Fahrrinnen dieses Flusses, die schnelle Kursänderungen erforderlich machten.

»Ich kann nicht glauben, dass es nun doch noch dazu kommt«, sagte Hawley.

»Nach schlappen dreißig Jahren«, fügte Jove hinzu. »Ich muss nur noch ein altes Geschäft zu Ende bringen, damit ich keine offenen Rechnungen hinterlasse.«

Hawley zog seinen Tabakbeutel hervor und fing an, sich eine Zigarette zu drehen. Er baute den Filter ein, leckte über den Rand des Papiers, klebte es zu und ließ das Zippo-Feuerzeug gegen seine Handfläche schnipsen.

»Die Dinger bringen dich noch irgendwann um«, sagte Jove.

»Ich weiß«, erwiderte Hawley.

Loo stand auf und begann, die Teller zusammenzuräumen, aber ihr Vater stoppte sie. »Wir kümmern uns um den Abwasch. Such du doch in der Zwischenzeit Bettzeug fürs Sofa heraus.«

Während des gesamten Abendessens war nicht von einer Übernachtung die Rede gewesen, aber Hawley und Jove schienen sich in einer Art Geheimsprache zu unterhalten, an der Loo keinen Anteil hatte. Sie fragte sich, worauf die Vertrautheit zwischen den beiden Männern gründete. Und warum der Mann, der ihrem Vater gerade noch ein Messer in den Arm gerammt hatte, nun in der Küche stand und Geschirr in der Spüle stapelte.

Sie stieg die Treppe hoch und holte eine Decke und ein Kissen aus dem Wäscheschrank in ihrem Zimmer. Vor ihrem Fenster stand einsam das Teleskop, das Hawley ihr geschenkt hatte, und zeigte in den Himmel. Loo schob das Fenster auf und kletterte aufs Dach hinaus. Sie drückte ein Auge gegen das Teleskop. Oben am Firmament gingen die Sterne und Planeten ihrer Wege. Der Mond stand als Sichel am Himmel, dreihundertvierundachtzigtausend Kilometer von der Erde entfernt. Loo lauschte in die Dunkelheit hinein und fühlte sich diesem Brocken aus Eis und Fels näher als den Männern, die sich unten in der Küche bei laufendem Wasserhahn unterhielten. Leise drangen ihre Stimmen zu ihr herauf.

»Hattest du nicht gesagt, dass Pax sich um die Autos kümmert?«

»Hat er ja auch. Wie gesagt, Pax ist super. Arbeitet immer sauber. Er hat mich noch mal angerufen, wegen eines Auftrags hier oben in der Gegend. Eine große Übergabe. Es geht um Ware, mit der wir vorher schon mal zu tun hatten. Der Käufer ist bereit, die Hälfte jetzt gleich zu zahlen. Außerdem lässt er eine Zusatzprämie springen, wenn wir die Ware für ihn prüfen.«

»Ich bin nicht interessiert.«

»Es geht um eine Stange Geld, Hawley. Mit diesen Armbanduhren kann ich den Kaufpreis für das Boot begleichen, aber Pax' Auftrag bringt genug, um mich wirklich zur Ruhe setzen zu können. Mich aus dem Geschäft zurückzuziehen und nie wieder einen Blick zurückzuwerfen. Offiziell hat er uns beide angefragt, deshalb wollte ich dich wenigstens informieren. Die Hälfte gehört dir, wenn du sie willst. Loo hielt die Luft an und beugte sich über den Rand des Dachs. Unten in der Küche hatten die Männer das Spülen eingestellt, nur das Wasser lief und lief.

»Ganz wie du möchtest. Ich habe dich gefragt, mein Gewissen ist rein. Ach ja: Ich habe übrigens deinen Anteil für die Autos dabei.«

»Ich will ihn nicht haben, das sagte ich doch schon.«

»Geht es dir so gut?«

»Ich komme über die Runden.«

»Dieses tragische Sammelsurium im Bad spricht eine andere Sprache.«

Loo hörte, wie einer der Männer energisch eine gusseiserne Pfanne mit Stahlwolle bearbeitete.

»Das ist nun mal meine Art, mich an sie zu erinnern.«

»Du erinnerst dich nicht, du begräbst dich lebendig.«

Geschirr klapperte. Es hörte sich an, als wäre etwas zu Bruch gegangen.

»Ist nicht das erste Mal, dass ich lebendig begraben bin.«

Ein Lichtblitz zuckte über den Himmel, gefolgt von einer Explosion, die das Dach des Hauses erschütterte. Loo spürte den Nachhall in ihrer Brust. Sie kroch zurück durchs Fenster und eilte die Treppe hinunter.

Hawley wischte gerade die Arbeitsflächen ab, und Jove stand an der Spüle und zog die Handschuhe aus, mit denen er vorhin den Arm ihres Vaters geklammert hatte.

»Klingt wie ein Gewitter.«

»Nein, es ist das Feuerwerk«, sagte Loo. »Wir können es uns vom Strand aus ansehen, wenn ihr wollt.«

Die Männer sahen sie an.

»Wo ist die Picknickdecke?«, fragte Hawley.

Loo ging noch einmal nach oben, um sie zu holen, und die Männer suchten eine Flasche Whiskey und Gläser zusammen. Während sie zu dritt durch den Wald zum Strand gingen, hörten sie deutlich das Knattern der Raketen. Als sich die Bäume lichteten, lag ein Himmel vor ihnen, der golden und silbern glitzerte und über den sich lange Rauchspuren zogen.

Am Strand angekommen breitete Loo die Decke aus, und sie streiften ihre Schuhe ab. Jove wischte sorgfältig seine Cowboystiefel sauber, stellte sie nebeneinander auf einen Haufen Seetang und schenkte sich und Hawley Whiskey ein. Loo beobachtete, wie ihr Vater den Kopf in den Nacken legte und trank.

»Mein Gott, Hawley, was ist denn mit deinem Fuß passiert?«

»Ich bin auf etwas getreten.«

»Auf was, eine Mistgabel?«

Loos Vater wackelte mit den Zehen. Der große und der kleine Zeh bewegten sich, aber die dazwischenliegenden waren starr. Über seinen Fuß zog sich ein Spinnennetz aus rosa Linien, wo die Haut aufgeplatzt und wieder zusammengewachsen war.

»Funktioniert noch. Das ist die Hauptsache.«

Jove schenkte sich selbst noch ein Glas ein und prostete Loo zu. »Darauf, dass du deinen Dad von Ärger fernhältst.«

Eine Rakete schoss über den Hafen und explodierte in einer Fontäne aus kleinen weißen Sternen. Sie hoben alle die Köpfe zum Himmel. Als Loo kurz darauf wieder zu ihrem Vater zurückblickte, hatte dieser seinen kaputten Fuß im kalten, dunklen Sand vergraben.

»Ich hätte nie gedacht, dass du mal derart sesshaft wirst.«

»Die Dinge ändern sich eben«, sagte Hawley.

»Stimmt«, gab ihm Jove recht. »Ich bin sogar dem YMCA beigetreten.«

»Glaub ich dir nicht«, sagte Hawley.

»Pfadfinderehrenwort. Ich beweise es dir.« Jove salutierte und fing an, sein Hemd aufzuknöpfen. Er rannte in vollem Tempo aufs Meer zu, stürzte sich johlend und schreiend in die Fluten und tauchte unter. Nach einer Minute kam er wieder an die Oberfläche und ließ sich mit aus dem Wasser ragenden Zehen treiben.

»Wer ist dieser Kerl?«, fragte Loo ihren Vater.

»Er ist ein Nehmer«, antwortet Hawley. »Er nimmt sich gewisse Dinge einfach.«

»Und du hast mit ihm gearbeitet?«

»Das ist ewig her.«

»Kommt rein!«, rief Jove ihnen zu. »Das Wasser ist herrlich!«

»Was für ein Idiot«, murmelte Loo.

Hawley stand auf und zog sich sein T-Shirt über den Kopf. Selbst im Dunkeln konnte sie seine Narben erkennen. Die Haut war anders beschaffen an diesen Stellen – runzelig und irgendwie gespenstisch. Jetzt kannte Loo die Geschichte hinter einem dieser Gespenster aus Hawleys Vergangenheit. Sie stellte sich Joves Hände vor, wie sie am Rücken ihres Vaters herumhantierten, die Kugel fanden, sie herausholten. Womit? Seinen Fingern? Einem Messer? Einem Löffel? Nichts davon erschien ihr zweckmäßig.

Zusammen mit Hawley ging sie zum Wasser nach vorn. Eine Welle kam und spritzte sie beide bis zu den Knien nass.

»Ganz schön kalt«, sagte Loo.

»Ein bisschen«, gab ihr Hawley recht.

»Man muss sich nur bewegen!«, rief Jove.

»Es gibt übrigens Haie dort draußen!«, rief Loo zurück.

Jove hörte sofort auf zu planschen.

»Das war ein Witz«, beruhigte ihn Hawley. Er stapfte ins Wasser, ging immer weiter, bis es ihm bis zur Taille reichte, langsam, aber ohne stehen zu bleiben. Schließlich ließ er sich unter die schwarze Oberfläche des Ozeans sinken und verschwand.

»Ich glaube es nicht!«, sagte Jove, nachdem Hawley neben ihm wiederaufgetaucht war. Er spritzte seinem Freund Wasser ins Gesicht. »Seit wann kannst du schwimmen?«

»Ich habe es zusammen mit Loo gelernt, als sie klein war.«

»Er war der einzige Erwachsene im Schwimmkurs«, fügte Loo vom Strand aus hinzu.

Jove grölte vor Begeisterung. »Das hätte ich zu gerne gesehen!«

Ein weiteres Leuchtgeschoss stieg vom Abschussbereich jenseits des Hafenbeckens auf. Es fächerte sich pfeifend zu einer Reihe von Spiralen auf, die quer über den Himmel rotierten und das plätschernde Wasser und die Gesichter der Männer in blaues Licht tauchten. Loo ging zur Decke zurück, setzte sich und rieb die Füße gegeneinander. Der Boden war voller Sandflöhe, die sie in die Beine bissen.

Sie erinnerte sich daran, wie Hawley ihre Haare in einer engen Bademütze verstaut hatte, an den Chlorgeruch, den das Wasser des beheizten Beckens auf ihrer Haut hinterlassen hatte. Vor dem Unterricht hatten sie zusammen am Beckenrand gesessen und die Beine ins Wasser gehängt. Manchmal hatten sie heftig strampelnd einen Sturm heraufbeschworen, und Hawleys kaputter Fuß war direkt neben ihrem Fuß durchs Wasser geschossen. Zusammen hatten sie gelernt, wie man unter Wasser Luftblasen machte, und er hatte sie überredet, sich aufs Sprungbrett zu wagen. Sie wiederum war an seiner Seite gewesen, als er zum ersten Mal ohne Schwimmhilfe hundepaddelnd das ganze Becken durchquert hatte. Alle Kinder hatten ihn angefeuert, aber als ihr Vater sich auf der anderen Seite schwer atmend an den Beckenrand geklammert und zurückgeblickt hatte, war keine Freude in seinem Gesicht zu sehen gewesen.

Loo trug immer noch die Uhr am Handgelenk, doch es war zu dunkel, um die Ziffern lesen zu können. Das Feuerwerk sollte bis zehn Uhr gehen. Nach dem großen Finale würden die Leute ihre Stühle zusammenklappen und einen Stau auslösen, weil sie alle gleichzeitig nach Hause wollten. Loo wartete auf die nächste Rakete. Die Pause schien eine halbe Ewigkeit zu dauern. Sie beobachtete die Männer beim Schwimmen und dachte an das Album, das in ihrem Kleiderschrank versteckt war, an all die Informationen und Zahlen und Landkarten. Sie hatte gedacht, dass die Fakten alles ändern würden. Aber ihr Vater war immer noch ihr Vater.

Sie hörte die Menge am Hafen vor Vorfreude johlen und mit ihren Signalhörnern tröten. Ein Leuchtgeschoss wurde abgefeuert, dann noch eins und noch eins. Loo sah, wie sich die Rauchsäulen am Himmel miteinander verflochten. Erst jetzt ging es richtig los, mit Raketen und Feuerrädern, Drachen und mehrköpfigen Schlangen, die unter lautem Knallen aufleuchteten und wieder erloschen. Jove schrie und applaudierte. Die Explosionen schienen gar nicht mehr enden zu wollen. Loo kämpfte gegen den Impuls an, sich die Ohren zuzuhalten oder unter der Decke Schutz zu suchen. Tapfer stellte sie sich dem immer lauter werdenden Lärm und schaute dabei zu, wie sich das Licht am Himmel ausbreitete und in der nassen Haut ihres Vaters spiegelte, bis sie rot und orange gesprenkelt war und sein Rücken aussah, als stünde er in Flammen.

Sieben, acht, neun

Als Loo im Krankenhaus in Hawleys Arme gelegt wurde, spürte er überhaupt nichts. Nur die Angst, das Baby fallen zu lassen, es irgendwie zu verletzen oder seinen Kopf falsch zu halten. Es war ein so weicher Kopf, noch dazu auf einem wackeligen Hals. Die schwarzen, flaumigen Haare streiften seine schwieligen Finger. Loos Haut war rot und fleckig und ihre Gliedmaßen noch unproportioniert. Er berührte ihren Arm und ertastete die Knochen unter dem molligen Fleisch – Knochen, die noch so jung waren, dass sie sich wie Plastik anfühlten, nachgiebig und leicht zu brechen. Hawley unterdrückte den Drang, herauszufinden, wie weit sich der Arm des Babys verbiegen ließ. Sobald er konnte, gab er es Lily zurück. Dann holte er die Kamera hervor, drückte auf den Auslöser und hielt das Polaroidfoto zwischen den Fingern. Gemeinsam beobachteten sie, wie es sich entwickelte, wie die Umrisse seiner Frau und seiner Tochter sichtbar wurden.

»Schau mal«, sagte Lily, »deine Familie.«

Sie waren von Alaska nach Wisconsin gezogen – weit weg von beiden Küsten – und hatten sich am Rand des Chequamegon-Nicolet National Forest niedergelassen, in einer kleinen Hütte, von der aus ein Pfad durch ein Balsamtannenwäldchen zum Ufer eines Privatsees führte. Ihr neues Zuhause war vollgestopft mit Babysachen – mit Decken und Spielzeug, einem Kinderbettchen, Babynahrung und Windeln, einer kleinen Badewanne, winzigen Socken und Kleidungsstücken, einem Schaf-Mobile, das von der Decke hing, Stillkissen und einer Babytrage, einem Kinderwagen, bunten Bauklötzen und Bilderbüchern, Cremes gegen Hautausschlag, Babypuder und warmen, uringetränkten Pampers, die sich im Windeleimer neben der Toilette türmten.

Anfangs war Lily zu müde, zu sehr auf das Baby fixiert, zu beschäftigt damit, zu schlafen und zu stillen, zu hormonselig, um Hawleys Gleichgültigkeit ihrer Tochter gegenüber zu bemerken. Aber als die Monate vergingen und das Baby wuchs und lernte, sich allein auf den Bauch zu

drehen, als es seinen ersten Zahn bekam und zum ersten
Mal feste Nahrung zu sich nahm, begann Lily zu seufzen,
wenn er wieder einmal unter einem Vorwand das Haus
verließ. Sie seufzte, wenn er einen Spaziergang machte,
seufzte, wenn Windeln gewechselt werden mussten und
er sich aus dem Zimmer schlich, seufzte, wenn er sich um
zwei Uhr morgens, wenn das Baby aufwachte und Hunger hatte, schlafend stellte. Ihre Seufzer nahmen an Länge,
Lautstärke und Tonhöhe zu, bis der Tag von Louises Taufe
gekommen war. Lily fütterte ihre Tochter mit Erbsenpüree, badete sie anschließend und zog ihr ein weißes
Taufkleid und ein Hütchen an, bevor sie sich in ein altes
Sommerkleid zwängte, sich die Haare bürstete, Lippenstift
auftrug und an der Tür auf Hawley wartete. Der jedoch
erklärte, er habe vor, angeln zu gehen.

Lily verlagerte Louise auf die andere Hüfte, holte so
tief Luft wie noch nie vor einem Seufzer, sog die Luft
so geräuschvoll ein wie ein Staubsauger und stieß sie in
einem gewaltigen Luftschwall wieder aus. »Oh nein, du
gehst heute ganz sicher *nicht* angeln«, sagte sie. »Du gehst
jetzt nach oben, ziehst dir ein gottverdammtes Hemd an
und fährst uns in die gottverdammte Kirche, damit deine
Tochter getauft werden kann.«

Hawley hatte keine Ahnung, warum ihr das mit der
Taufe so wichtig war. Lily war nicht religiös. Allerdings
behauptete sie, sie habe gute Erinnerungen an die Got-
tesdienstbesuche ihrer Kindheit, und gute Erinnerungen
seien nun mal wichtig. Sich hinzuknien, Kerzen anzuzün-
den, Gebete zu sprechen – das alles verleihe ihr ein Gefühl
der Sicherheit und Zugehörigkeit, deshalb wolle sie ihrer

Tochter nun das Gleiche ermöglichen, ob Hawley und sie nun an Gott glaubten oder nicht.

»Wir sind jetzt Eltern, und es gehört zu unseren Aufgaben, unser Kind zu taufen«, erklärte sie. »Wir schließen sozusagen eine Versicherung ab.«

»Was denn für eine Versicherung?«

»Eine Versicherung für den Fall, dass es Himmel und Hölle doch gibt. Ich will nicht, dass unser Baby irgendwann im Fegefeuer schmort. Dort ist es wie in einem Wartezimmer, in dem der eigene Name nie aufgerufen wird.«

Bei der Taufzeremonie waren nur sie drei und der Priester anwesend, der Englisch mit französisch-kanadischem Akzent sprach. Sie hatten keine Taufpaten vorzuweisen, aber der Geistliche kannte Lily von den Treffen im Gemeindehaus, zu denen sie regelmäßig ging, und schrieb ihren und Hawleys Namen einfach zweimal auf die Taufurkunde. Anschließend zog er ein lila Gewand über die Schultern und band es auf Taillenhöhe mit einer goldenen Kordel zu. Er schwenkte Weihrauch, sprach mehrere Gebete und bedeutete Lily, ihre Tochter über eine Steinschale zu halten. Dann goss er Wasser über die Stirn des Babys, gefolgt von Öl.

Die Kirche roch wie die Unterseite eines kalten, feuchten Steins. An den Wänden waren Buntglasfenster eingelassen, die das Licht von draußen eher trübten als färbten. Auf den getönten Scheiben erkannte Hawley menschliche Gestalten und Symbole – Kreuze und Lämmer, einen abgetrennten Kopf auf einem Teller, ein Herz, in dessen Mitte sieben Schwerter steckten, und einen Mann, der aus einer Höhle trat und über einen Haufen Skelette hinwegstieg.

»Heiliger Vater«, sagte der Priester. »Bereits am Anfang der Schöpfung schwebte dein Geist über dem Wasser und schenkte ihm die Kraft, zu retten und zu heiligen. Verleihe dem Wasser dieses Taufbeckens durch die Macht deines Geistes die Gnade deines Sohnes. Du hast den Mensch nach deinem Vorbild erschaffen. Reinige ihn von aller Sünde und lasse ihn durch das Wasser und deinen Geist in Unschuld neu geboren werden. Mögen alle, die mit Christus begraben sind, mit ihm zusammen wiederauferstehen zu neuem Leben.«

Der Priester bat Hawley, das Baby zu halten, und Lily legte ihm Louise in die Arme. Lichtstrahlen in Rot und Orange fielen durch die Fenster herein. Hawley musste an die Signallichter von Lilys Schneepflug denken, die über seinen Körper geflackert waren, während er über den Boden des Diners gekrochen war, an das Knirschen der Glasscherben unter seinen Händen. Das Baby zitterte, als der Priester noch mehr kaltes Wasser über sein Gesicht goss. Im nächsten Moment spuckte es Erbsenpüree quer über Hawleys sauberes Hemd.

Während der restlichen Zeremonie wartete Hawley nur mit seinem Unterhemd bekleidet auf der hintersten Kirchenbank. Das Button-down-Hemd, das er auf Lilys Wunsch hin angezogen hatte, lag zusammengeknüllt im Müll. Der Priester verabschiedete sich und zog sich hinter den Altar zurück, und Lily kam mit dem Baby und dem Kindersitz den Mittelgang herunter. Ihr Kleid war verrutscht, und das Babymützchen hing um ihr Handgelenk.

»Du hättest mir ruhig helfen können.«

»Tut mir leid«, entschuldigte sich Hawley. Wenn er ehrlich war, war er erleichtert gewesen, einen Vorwand zu haben, sich zurückzuziehen, auf der Kirchenbank zu sitzen und die Farben zu betrachten, die die Fenster auf die Decke malten. Er zeigte auf den Mann, der über die Skelette hinwegstieg. »Was hat es damit auf sich?«

Lily schob das Baby auf ihre andere Hüfte und drehte sich zum Fenster um. »Lazarus. Oder die Auferstehung. Sieht aus wie Jesus, der von den Toten erwacht ist.«

»Und unser Kind darf jetzt zusammen mit ihm wiederauferstehen zu neuem Leben.« Hawley schnaubte verächtlich. »Glaubst du etwa an diesen Mist?«

Seine Frau presste die Lippen zusammen, nahm ihm den Autoschlüssel aus der Hand, marschierte auf den Parkplatz hinaus und setzte sich auf den Fahrersitz. Auf der Heimfahrt sagte sie kein Wort. Er selbst verbrachte die Fahrt damit, darüber nachzugrübeln, wie er die Sache wiedergutmachen konnte, aber das Baby schrie, und er konnte keinen klaren Gedanken fassen. Als sie vor ihrer Hütte ankamen, hielt Lily zwar an, ließ jedoch den Motor des Pick-ups laufen.

»Nimm Louise mit«, sagte sie. »Nimm sie und steig aus.«

»Wo fährst du hin?«, fragte Hawley.

»Ich muss fahren. Ich muss fahren, bis mir nicht mehr nach Fahren zumute ist«, antwortete Lily. »Ich habe es satt, Mutter zu sein. Und ich habe es satt, Ehefrau zu sein.«

Hawley schnallte den Kindersitz los, nahm das Baby und schlug die Autotür zu. Louise vibrierte jetzt regelrecht, weil sie so heftig brüllte, er spürte es an den Händen. »Was soll ich denn mit ihr machen?«

»Denk dir was aus«, sagte Lily und fuhr davon.

Das Baby sah nicht aus, als hätte es eine nasse Windel. Bestimmt ist sie hungrig, beschloss Hawley und trug den Babysitz mit seiner Tochter in die Küche. Er durchsuchte die Wickeltasche und fand neben einem leeren Fläschchen die Taufurkunde, die in der Mitte gefaltet in der seitlichen Reißverschlusstasche steckte. Nachdem er die Urkunde ins Wohnzimmer geworfen hatte, stöberte er in der Küche eine Packung Milchpulver auf und vermischte das Pulver mit Wasser. Er schüttelte das Fläschchen, bis die Flüssigkeit schäumte, stellte es in einen Topf mit Wasser und schaltete den Herd ein. Louise saß weiterhin brüllend in ihrem Babysitz. Hawley ging zwischen ihr und dem Wassertopf hin und her. Jedes Mal, wenn ihn das Baby näher kommen sah, fing es an, mit den Beinchen zu strampeln.

»Du bist nicht die Einzige, die sich schlecht fühlt«, sagte Hawley.

Es dauerte eine Ewigkeit, bis das Fläschchen warm war. Er hatte beobachtet, dass Lily die Temperatur der Milch an ihrem Handgelenk prüfte, aber dort war Hawleys Haut rau und vernarbt. Deshalb streckte er die Zunge heraus und presste ein paar Tropfen aus dem Sauger. Die Milch schmeckte eigenartig fad. Er hatte erwartet, dass sie süß war, doch der Geschmack ähnelte eher dem von Naturjoghurt – herb, mit einem weizenartigen Aroma.

Als die Milch warm genug war, schaltete er den Herd aus und ging mit dem Fläschchen zu seiner Tochter. Er beugte sich über sie und versuchte, ihr den Sauger in den

Mund zu schieben. Vergeblich, er war eindeutig zu groß. Das Baby brüllte weiter, mit rotem Gesicht und heruntergezogenen Mundwinkeln. Es kaute ein wenig auf dem Gummi des Saugers herum, die Tränen hörten jedoch nicht auf zu fließen. Als es doch Milch in den Hals bekam, musste es würgen, hustete mit weit aufgerissenen Augen und fing wieder an zu schreien, diesmal noch lauter als vorher.

Hawley stellte die Flasche ab, ging zur Haustür und öffnete sie, um nach Lily Ausschau zu halten. Er war überzeugt davon, dass sie ein Stück entfernt im Auto saß und wartete. Doch sie war nirgendwo zu sehen.

Wieder drinnen schnallte er Louise vom Babysitz los. Ihr Köpfchen mit der Hand stützend hob er sie aus der Sitzschale und drückte sie sanft an seine Brust. Sie krümmte sich und brüllte, und er fand, dass sie sich heiß anfühlte. Hawley setzte sich aufs Sofa und legte sie vor sich auf die Knie. Nachdem er noch einmal erfolglos versucht hatte, ihr die Flasche zu geben, holte er stattdessen ein Gläschen Babybrei aus dem Kühlschrank. Als er sie damit füttern wollte, spuckte sie den Brei auf den Boden. Er beugte sich über sie und roch an ihrer Windel. Sie schien sauber zu sein. Louise streckte die Ärmchen nach oben und packte ihn mit ihren scharfen Fingernägeln am Ohr. Sie erwischte eine Haarsträhne und riss mit ihren kleinen Fingern daran, um die ausgerissenen Haare anschließend wie einen welken Blumenstrauß in der Faust zu halten.

»Du hältst dich wohl für knallhart, was?«

Er drehte das Baby auf den Bauch. Drehte es wieder zurück. Ließ es auf seinen Beinen hüpfen. Legte es erst über die eine Schulter, dann über die andere. Ging mit ihm durchs Zimmer. Streckte sich mit ihm auf dem Boden aus. Wiegte es in seiner Armbeuge. Versuchte, ihm seinen kleinen Finger in den Mund zu schieben. Nichts davon half. Das Brüllen ging einfach immer weiter.

Irgendwann war Hawley vollkommen verzweifelt. Er marschierte erneut zur Haustür und öffnete sie, diesmal mit dem Baby auf dem Arm. Draußen war es inzwischen dunkel geworden. Er starrte in die Finsternis, als könnte er Lily aus dem Nachthimmel herbeizaubern, als würde sie jeden Moment zwischen den Sternen und dem Mond hervorkommen. Aber nirgendwo eine Spur von ihr.

Er machte die Tür wieder zu und ging mit dem immer noch schreienden Baby in den Keller hinunter. Dort zog er eine Metallkiste aus dem Regal über seiner Werkbank, fischte den Schlüssel aus seinem Versteck hinter dem Heizungskessel, schloss die Kiste auf und entnahm ihr einen Flachmann.

Nachts träumte Hawley immer noch von der Klepsydra, davon, wie sie sich mit Wasser gefüllt hatte und ihm aus den Händen gerissen worden war. Wenn er morgens mit dem gleichen Gefühl der Angst erwachte, das er beim Anblick des berstenden Gletschers und des herabstürzenden blauen Eises empfunden hatte, war Alkohol das Einzige, was sein Gemüt wieder beruhigen konnte. Also hatte er angefangen, Flaschen im Haus zu verstecken, an Orten, von denen er hoffte, dass Lily dort nie nachsehen würde. Nach der missglückten Übergabe in Alaska hatte Jove nach Kräften zu vertuschen versucht, dass Hawley involviert gewesen war. King hatte es trotzdem herausgefunden und war nun hinter ihnen beiden her, um sich sein Geld wiederzuholen.

Hawley nahm den Flachmann mit nach oben und goss sich einen Whiskey ein. Er leerte ihn mit einem Zug und atmete geräuschvoll aus. Louises Schluchzer wurden leiser, ihr Blick schien sich kurzzeitig auf ihn zu richten. Hawley betrachtete ihr rot geflecktes Gesicht, schenkte sich noch einen Whiskey ein, tauchte den kleinen Finger ins Glas und steckte ihn in den offenen Mund seiner Tochter. Sie hörte sofort auf zu weinen, nuckelte an seinem Finger und ließ ihn dabei nicht aus den Augen. Ihre kleine Hand legte sich auf seine, während sie den Whiskey von seinem Finger saugte und ihn dabei eingehend betrachtete.

Die plötzliche Stille im Raum war ohrenbetäubend. Hawley holte zweimal tief Luft und ließ sich auf einen Küchenstuhl sinken. Das Whiskeyglas behielt er in der Nähe. Jedes Mal, wenn das Baby erneut zu wimmern begann, tauchte er seinen kleinen Finger ins Glas, und sobald dieser Finger im Mund seiner Tochter war, fing sie an zu saugen und presste ihre Zunge gegen seinen Nagel.

Sie saugte kräftig, schien ein dunkles, animalisches Verlangen zu befriedigen.

Als er Lily zur Tür hereinkommen hörte, griff er nach dem Glas, trank es hastig aus und warf den Flachmann in den Abfalleimer. Seine Tochter schlief inzwischen tief und fest, lag schwer in seinen Armen. Über eine Stunde hatte er den Finger in ihrem Mund gelassen, aus Angst, sie könnte aufwachen und wieder zu schreien anfangen. Jetzt war ihr Gesichtsausdruck friedlich, und Hawley fühlte sich, als hätte *er* diesen Frieden herbeigeführt, als hätte er sämtliche Geister vertrieben, die ihn und seine Tochter gequält hatten.

Er wischte das Glas mit seinem kleinen Finger aus und schob ihn wieder in den Mund des Babys. Es holte Luft und schloss dann reflexartig die Lippen um seinen Finger. Sie teilten ihr erstes Geheimnis miteinander.

Lily kam vom Wohnzimmer in die Küche und hielt ihre Schuhe in der Hand. Ihr Gesicht war müde, ihr Make-up verblichen, und ihre Haare hingen ihr offen über die Schultern. Sie blieb in der Tür stehen und betrachtete Hawley und das Baby.

»Du riechst nach Zigaretten«, sagte er.

»Ich habe welche gekauft. Aber sie schmecken nicht mehr so gut, wie ich sie in Erinnerung hatte.«

»Wo warst du?«

»Bei einem Treffen in der Kirche. Danach bin ich herumgefahren und habe ein Eis gegessen.«

»Hast du mir eins mitgebracht?«

»Nein.«

»Sie hat stundenlang geschrien«, erzählte er. »Da hättest du mir wenigstens ein Eis mitbringen können.«

Lily ging zum Tisch, griff nach dem Glas und hob es an die Nase.

»Es ist nicht so, wie du denkst«, sagte Hawley.

»Dann sag mir, wie es ist.«

Er wusste nicht, was er darauf antworten sollte. Er wusste nur, dass der Whiskey funktioniert hatte. Sein ganzer Stolz darauf, dass er etwas richtig gemacht hatte mit seiner Tochter, löste sich in Luft auf.

»Wenn du Vater sein willst, musst du dir ein bisschen

mehr Mühe geben. Du kannst nicht einfach dein altes Verbrecherleben weiterführen.«

»Haben dir das die anderen Teilnehmer deines Treffens gesagt?«

»Nein. Die Gruppe besteht aus ganz normalen Leuten aus der Gegend. Einem Priester, einer Bibliothekarin, einer Ballettlehrerin und einem Typen, der Radiowerbung macht. Ich kann ihnen nicht die Wahrheit darüber sagen, warum wir hergezogen sind. Generell kann ich nicht über unser echtes Leben reden, darüber, dass du einfach verschwindest und irgendwo draußen in der Wildnis angeschossen wirst und fast daran stirbst. Das zu verkraften war verdammt hart. Ich habe mich trotzdem um dich gekümmert, erinnerst du dich? Und jetzt kümmere ich mich um Louise. Ich bin so müde, dass ich manchmal vergesse, wer ich bin.«

Sie setzte sich an den Tisch, beugte sich vor und roch an Loos Kopf.

»Das mache *ich*, wenn ich Lust auf einen Drink habe.«

Lily nahm das Glas, ging damit zum Waschbecken und drehte den Hahn auf. Sie spülte es mit einem Schwamm aus und stellte es aufs Abtropfgestell.

»Du bereust es«, sagte Hawley. »Du bereust, dass du damals vor dem Diner auf mich gewartet hast. Dass du mich geheiratet hast.«

Lily drehte den Wasserhahn wieder zu.

»Du gefällst dir in deiner Rolle als Bösewicht. Aber in dieser Geschichte geht es nicht nur um dich, Hawley.«

Sie trocknete sich die Hände an einem Geschirrtuch ab und setzte sich wieder neben ihn.

»Ich verrate dir jetzt, was ich heute Abend bei dem Treffen erzählt habe. Was ich erzählen konnte«, sagte sie und wischte sich über die Lippen. »Als du in Alaska wegen dieses Auftrags verschwunden bist und nicht angerufen hast und auch nicht nach Hause gekommen bist, dachte ich, du hättest mich verlassen. Ich dachte, du willst kein Baby und kommst deshalb nicht mehr zurück. Also bin ich in eine Bar gegangen. In zwei Bars. Keiner wollte mir Alkohol servieren, weil ich schwanger war. Als du aus dem Wagen dieses Mannes angerufen hast, habe ich gerade darauf gewartet, dass der Spirituosenladen aufmacht.« Sie beugte sich vor und ergriff seine Hand. »Du denkst, du bist ganz allein. Du denkst, du bist der Schlimmste von uns. Tja, das bist du nicht.«

Hawley schüttelte den Kopf. Es gab keine Worte, die er hätte sagen können, ohne dass sie ihm im Hals stecken geblieben wären.

»Na los, sag«, forderte ihn Lily auf.

Er beugte sich über das Baby. Vergrub das Gesicht in seinen weichen schwarzen Haaren. Es roch nach Orangenblüten und süßer, frischer Butter.

»Ich dachte, sie hört nie mehr auf zu schreien.«

»Hat sie aber.«

»Du darfst nie wieder einfach so wegfahren.«

Er versuchte, ihr das Baby in den Arm zu legen. Lily weigerte sich.

»Du hast nur Angst«, lautete ihr Urteil. »Die habe ich auch.«

Gemeinsam betrachteten sie ihre schlafende Tochter. Schließlich lehnte sich Lily an seine Schulter und schloss die Augen. Hawley spürte, wie auch er schläfrig wurde. Er zog seinen Finger aus dem Mund des Babys, stand vorsichtig auf und trug es ins Wohnzimmer, wo er es in seine Wiege legte. Als es sich bewegte, erstarrte er. Es hob die Arme über den Kopf und drehte das Gesicht zur Wand. Er deckte seine Tochter mit einer Decke zu und sammelte die Taufurkunde vom Boden auf.

»›Louise‹ klingt so alt«, sagte er.

»Hast du einen anderen Vorschlag?«

Hawley blickte auf seine schlafende Tochter hinab. Ihre Lippen formten einen perfekten kleinen Schmollmund, und ihre winzigen Hände waren zu Fäusten geballt.

»Lou.«

»Ist das nicht ein Männername?«

»Machen wir ihn doch einfach ein bisschen spezieller«, schlug Hawley vor. »Tauschen das u durch ein o aus.«

»Loo«, sagte Lily. »Gefällt mir.«

Hawley setzte sich, zog Lily zu sich aufs Sofa und hielt ihre Hand. Oberhalb ihres Eherings hatte sie eine kleine Schwiele am Finger, eine vom Druck des Rings verursachte raue Stelle. Auch wenn es schien, als sei dieser verhärtete Teil von ihr schon immer da gewesen, wusste Hawley, dass das nicht stimmte.

»Willst du überhaupt noch Mutter sein?«

»Mir bleibt keine andere Wahl, würde ich sagen.«

»Und Ehefrau?«

Lily wuschelte ihm mit den Fingern durch die Haare. Sie seufzte, doch es lag nicht mehr so viel Schwermut darin. Ihre Wut war so gut wie verraucht. Hawley legte sich hin und zog sie neben sich. Sie pressten ihre Körper aneinander, und Lily vergrub ihren Kopf unter seinem Kinn. Hawley streichelte ihren Nacken, spürte die Knochen unter seinen Fingern, die Wölbungen der Rückenwirbel, die seine Frau zusammenhielten.

»Bist du nicht mehr sauer, weil ich dir kein Eis mitgebracht habe?«, fragte Lily.

Hawley nahm ihr Gesicht zwischen seine Hände und küsste ihre Stirn, ihre Augen, ihre Lippen, langsam und dankbar und mit dem übermächtigen Verlangen, sie auf hundert verschiedene Arten zu berühren.

Am Morgen wachte Hawley vom Jammern des Babys auf. Es war noch kein richtiges Weinen, nur kurz davor. Sein Bein hing vom Sofa und hatte sich in dem Kleiderbündel auf dem Boden verheddert. Lily lag nackt neben ihm, Haut an Haut. Ihr Atem wärmte seine Brust, und ihre Arme waren unter der dünnen Decke fest um seine Taille geschlungen. Hawley schloss die Augen und wartete ab. Das Wimmern begann erneut. Er löste sich von seiner Frau, schlüpfte in seine Jeans und beugte sich über die Babywiege. Loo trug einen Schlafanzug. Lily musste in der Nacht wach gewesen sein, musste sie umgezogen, gefüttert und wieder hingelegt haben, während er geschlafen hatte.

»Unruhestifterin.«

Das Baby sah ihn an und fuchtelte mit den Ärmchen.

»Ja, genau du.«

Er nahm seine Tochter hoch und ging mit ihr in die Küche. Dort stand noch das Fläschchen vom Vorabend. Er wärmte es auf dem Herd auf, und dieses Mal fing Loo an zu trinken, sobald er den Sauger in ihren Mund steckte. Mit ihrem Händchen berührte sie die Kunststoffflasche, krümmte ihre kleinen Finger und ließ wieder los. Nachdem sie die Hälfte der Milch getrunken hatte, wurde sie schwer in Hawleys Armen und schloss flatternd die Augen.

Lily kam in die Sofadecke gewickelt in die Küche. Wenn sie überrascht darüber war, dass Hawley Loo fütterte, ließ sie es sich nicht anmerken.

»Wie viel Uhr ist es?«

»Ungefähr sechs.«

»Lass uns zum See gehen.«

»Jetzt?«

»Ja, jetzt«, antwortete sie. »Memorial Day ist erst nächstes Wochenende, die meisten Sommerhäuser müssten also noch leer stehen. Ich bin gern am Ufer, wenn sonst niemand da ist. Dann habe ich das Gefühl, dass der ganze See nur uns gehört.«

Sie holten Handtücher und ihre Badesachen, die zum Trocknen im Badezimmer hingen. Lily packte alles, was sie brauchten, in die Wickeltasche, und Hawley bestückte die Kühlbox mit Getränken, belegten Broten, Chips, ein paar Äpfeln und zwei Stücken von dem Pfirsichkuchen, den Lily am Vortag gebacken hatte. Es war schönes Wetter, deshalb beschlossen sie, zu Fuß zu gehen. Sie legten das Baby in den Kinderwagen, den Lily schob, während Hawley die Kühlbox trug. So gingen sie die Straße hinunter und ein Stück durch den Wald bis zum Ufer des Sees.

In der Früh war der Strand menschenleer. Der Sand war warm und die Luft ungewöhnlich drückend, eher wie im August als wie Ende Mai. Am Bootssteg war ein Aluminium-Kanu ohne Paddel vertäut. Jemand hatte am Vorabend ein Lagerfeuer am Waldrand gemacht, innerhalb eines Rings aus Steinen stapelten sich verkohlte Holzreste. Daneben war ein Campingstuhl zurückgeblieben, auf dem sich Lily sofort niederließ. Sie grub die Füße in den Sand, lehnte sich zurück und schloss die Augen.

»Der Stuhl gehört jetzt mir.«

Hawley nahm Loo aus dem Kinderwagen und half Lily dabei, sie mit Sonnenschutzlotion einzucremen. Lily setzte ihr einen Hut auf und ging mit ihr ins Wasser. Das Baby trug einen winzigen gepunkteten Badeanzug und hatte großen Spaß daran, sich hinunterzubeugen und mit seinen Händchen auf die sonnengesprenkelte Wasseroberfläche zu klatschen. Lily wiederum war in einen grünen Neckholder-Badeanzug geschlüpft, mit dem sie sich nicht gern in der Öffentlichkeit zeigte, weil sich ihr Körper seit der Geburt verändert hatte. Hawley fand, dass sie toll aussah.

»Ist das Wasser kalt?«, fragte er.

Lily schüttelte den Kopf, aber er sah die Gänsehaut auf ihrem Rücken. Sie gab nie zu, wenn das Wasser kalt war, nicht einmal bei eisigen Temperaturen. Seit über einem Monat nahm sie das Baby schon mit in den See. Anfangs hatte Loo gejammert, doch inzwischen hatte sie sich an die Kälte gewöhnt. Hawley streckte sich auf der mitgebrachten Decke aus und verschränkte die Hände im Nacken. Er lauschte der Brise, die durch die Blätter der Bäume strich, spürte, wie die Sonne des frühen Morgens seine Haut wärmte. Er drehte den Kopf und beobachtete

Lily dabei, wie sie sich vorbeugte und zusammen mit dem Baby ins Wasser eintauchte. Die beiden verwandelten das Ganze in ein Spiel. Lily pfiff erst tief und dann immer höher, je weiter sie untertauchten, und Loo quiekte und klammerte sich fest an den Hals ihrer Mutter.

Hawley stand von der Decke auf und schlenderte zum Bootssteg. Er blieb einen Moment davor stehen und betrachtete die Holzplanken, die auf den See hinausführten, das Kanu, das am Ende seines Seils trieb, das Wasser, das sich glatt wie eine Glasscheibe vor ihm erstreckte. Lily drehte sich zu ihm um. An ihren Hüften kräuselte sich das Wasser, sie hielt immer noch das Baby im Arm. Hawley legte zwei Finger an die Stirn und salutierte in ihre Richtung. Dann ging er auf dem Steg bis zum Ende, setzte sich hin und tauchte die Füße ein.

Das Wasser war eiskalt. Er blickte an Schwärmen größerer und kleinerer Fische vorbei zum Grund des Sees, wo zwischen den Ranken der Wasserpflanzen dunkle Schatten lauerten. Hawley hielt sich am Rand des Stegs fest und ließ sich neben dem Kanu ins seichte Wasser gleiten. An den Unterbau des Stegs geklammert streckte er die Beine hinter sich aus und übte die verschiedenen Schwimmbewegungen, die Lily ihm gezeigt hatte.

»Du wirst immer besser!«, rief sie.

»Findest du?«

»Ja«, antwortete sie. »Guck mal.« Sie ließ das Baby los.

Loo tauchte unter, und Lily machte einen Schritt zurück und ließ ihre Tochter auf sich zuschwimmen, bevor sie sie wieder hochnahm. Loo wirkte kein bisschen verängstigt. Sie strampelte mit den Beinchen und rollte ihre Zunge im Mund, während ihr das Wasser von den Wimpern tropfte.

»Ich kann nicht glauben, dass du das gerade getan hast«, sagte Hawley.

»Jeder Mensch kann von Geburt an schwimmen«, erklärte Lily. »Man vergisst es nur wieder.«

Seit sie an den See gezogen waren, gab sie Hawley regelmäßig Schwimmunterricht. Die ersten Male war er so nervös gewesen, dass sie ihn nur mit den Füßen ins Wasser bekommen hatte. Nach und nach hatte er sich bis zur Brust hineingewagt. Je mehr Luft in seiner Lunge sei, desto höher treibe er auf der Oberfläche, hatte sie ihm erklärt. Sie hatte sich neben ihn ins Wasser gestellt, die Arme ausgestreckt und ihm gesagt, er solle sich nach hinten lehnen. Obwohl er doppelt so groß war wie sie, hatte sie ihn auf den Armen gehalten wie ein Kind, so wie sie jetzt das Baby hielt. Hawley machte nur langsam Fortschritte, konnte aber mittlerweile immerhin unter Wasser die Luft anhalten und selbstständig auf der Wasseroberfläche treiben.

Lily ließ das Baby noch ein paarmal schwimmen und stieg schließlich mit ihm aus dem Wasser. Sie wickelte ein Handtuch um Loo und ein zweites um sich selbst, bevor sie ihrer Tochter die Windel wechselte. Hawley beobachtete, wie sie die Arme und Beine des Babys erneut mit Sonnencreme einrieb, sich auf den Campingstuhl setzte und ihm das Fläschchen gab. Danach ging sie mit Loo am Strand auf und ab, legte sie schließlich in den Kinderwagen und zog die Abdeckung nach vorn, um sie vor der Sonne zu schützen. Offensichtlich war sie eingeschlafen.

Lily streckte sich nun selbst neben dem Kinderwagen auf der Decke aus.

Nachdem seine Frau den Kopf auf die Decke gelegt hatte, wandte sich Hawley wieder dem Steg zu, drehte sich auf den Rücken und versuchte, auf dem Wasser zu treiben, wobei er zunächst eine Hand am Rand des Stegs behielt. Am Seeufer sickerte das Sonnenlicht durch die Wipfel der Tannen und sprenkelte das Wasser. Hawley holte tief Luft und spürte, wie sein Körper Auftrieb bekam. Er atmete aus und sank ein Stück nach unten, bis das Wasser in seine Ohren eindrang. Jetzt konnte er das Rauschen der Bäume nicht mehr hören. Die einzigen Geräusche, die er wahrnahm, stammten aus seinem Körper – sein eigener Herzschlag, seine sich füllende Lunge, das leise Plätschern, das seine Hände und Füße verursachten. Das Plätschern verstärkte sich bei jeder kleinen Welle, die herannahte, seinen Körper umspülte und ihren Weg fortsetzte, sanft und zielstrebig wie bei allen anderen Hindernissen, dem Steg, den Fischen, den Steinen am Grund.

Plötzlich hörte Hawley durch die Geräusche des Wassers hindurch seinen Namen. Eine Stimme rief nach ihm, wieder und wieder. Es war Lily.

Hawley richtete sich auf und tastete mit den Füßen nach dem Boden, aber er war zu weit abgetrieben. Wasser drang in seine Nase ein, und er hustete und schmeckte Algen und Rost. Er streckte die Hand nach dem Steg aus, bekam ihn schließlich zu fassen und stützte sich daran ab. Sein Blick ging zum Ufer.

Auf dem Campingstuhl saß ein Mann. Auf einem seiner Knie ruhte eine Pistole mit Schalldämpfer, und auf dem anderen saß, gestützt von seinem Arm, Loo. Der Mann trug eine dunkle, in die Stiefel gesteckte Jeans, ein Flanellhemd und eine Fischerweste, deren Taschen vollgestopft waren mit Munition. Es mussten mindestens fünfzehn geladene Magazine sein. Er sah aus wie ein alternder Biker, hatte struppige graue Haare und Koteletten bis zum Kinn. Sein Körper war schmal geworden unter der Fischerweste, und seine Haut spannte sich über den Knochen seines Gesichts, aber Hawley hatte ihn trotzdem sofort erkannt.

»Hat eine ganze Weile gedauert, bis ich dich gefunden habe!«, rief Talbot.

Hawleys einziger Gedanke war, dass er keine Waffe dabeihatte. Wie konnte es sein, dass er völlig unbewaffnet zum See gegangen war? Er sah, wie Talbot die Pistole auf seinem Bein vor- und zurückschob. Als sich über ihm die Blätter bewegten, wanderten Schatten über den Campingstuhl und das Gesicht des schlafenden Babys. Wenige Meter vom Stuhl entfernt kniete Lily in ihrem grünen Badeanzug auf der Decke. Ihre Schultern zuckten, und ihre Hände lagen vor ihr auf dem Sand, als wären sie dort festgenagelt. Sie ließ Loo nicht aus den Augen.

»Ich genieße die Situation jetzt einfach mal für eine Minute«, sagte Talbot. Er wiegte sich auf dem Stuhl hin und her und grub dessen Aluminiumbeine mit jeder Bewegung tiefer in den Sand. Das Baby schlief weiter in seinem Arm.

»Was willst du?«, fragte Hawley, obwohl er es bereits wusste.

Talbot kratzte sich mit dem Griff der Pistole am Knie,

und Hawley zog sich zentimeterweise am Steg entlang Richtung Ufer, blieb jedoch tief im Wasser und tastete weiter nach dem Grund des Sees. Da war er, weich und schlammig unter seinen Zehen. Er verankerte beide Füße fest im Sediment, stand auf und versuchte, Lilys Aufmerksamkeit auf sich zu lenken, aber sie starrte weiterhin Loo an. Er sah, wie sich ihre Lippen bewegten und ein Wort an das andere reihten: *Bitte, bitte, bitte, bitte, bitte, bitte, bitte.*

»Lass die beiden gehen, und wir regeln die Sache. Wie auch immer du sie geregelt haben möchtest.«

Talbot bewegte seine Stiefel im Sand. Er schien sich für einen kurzen Moment ganz auf Hawleys Aussage zu konzentrieren. Daraufhin blinzelte er zur Sonne hinauf und wischte sich mit der Rückseite des Arms, in der er die Pistole hielt, über die Stirn. »Haben Sie da drin was Kühles zu trinken?« Er zeigte auf die Kühlbox. Obwohl er eindeutig mit Lily sprach, antwortete sie nicht.

»Ich hole dir was«, bot Hawley an.

Talbot hob die Pistole und richtete sie auf ihn, während er gleichzeitig Lily anblickte, die immer noch mit in den Sand gestemmten Händen vor ihm kniete.

»Ich beobachte euch seit Wochen, beobachte, wie ihr euer Leben lebt. Ich schlafe in meinem Auto, beobachte euch und vermisse es, eine Frau zu haben, die mir ein kaltes Getränk serviert, wenn mir danach ist«, sagte Talbot. »Sie dürfen Ihre Hände jetzt wieder bewegen.«

Lily krallte ihre Finger in den Sand und lehnte sich langsam auf die Fersen zurück. Dann legte sie ihre Hände auf die Knie und blinzelte, als wäre sie gerade aus einer Trance erwacht. Die Kühlbox stand zwischen der Decke und dem Campingstuhl, auf dem Talbot saß. Lily rutschte auf den Knien nach vorn, klappte den Deckel auf und holte eine orangefarbene Limonade heraus, die sie öffnete und Talbot reichte.

Der alte Mann nahm genüsslich einen Schluck. »Ich habe seit Jahren keine Orangenlimonade mehr getrunken.« Als er den nächsten Schluck trank, tropfte ein wenig Limonade auf das Gesicht des Babys. Loo wachte auf, strampelte gegen die Elefantendecke an, in die sie gewickelt war, und fing an zu wimmern.

Irgendwo musste eine zweite Waffe sein. Zumindest hoffte Hawley, dass Talbot eine zweite oder sogar dritte Waffe dabeihatte. Er beobachtete, wie der alte Mann seine Limonade trank, und machte einen Schritt nach vorn. Und noch einen. Seine Zehen versanken im Schlick. Er sah Talbot an, dass ihm Loos Gejammer bereits auf die Nerven ging. So klang sie, wenn sie Hunger hatte.

»Sie ist noch ein Baby«, sagte er. »Sie hat niemandem etwas getan.«

»Glaubst du, Maureen hatte jemandem was getan?« Talbot blies die Backen auf und entließ die Luft wieder. »Und trotzdem musste sie so enden. Wegen einer verdammten Uhr.«

»Du bist derjenige, der sie erschossen hat.«

Talbots Blick wanderte zu Hawley, während er gleichzeitig die Mündung seiner Pistole auf das Baby richtete. Lily erhob sich von ihren Knien, als wäre an der Waffe ein Seil befestigt, das sie mit sich zog.

»Stopp«, sagte Hawley und nahm beschwichtigend die Hände über den Kopf. Er machte noch einen Schritt

Richtung Ufer. »Es ist dein gutes Recht, herzukommen. Ich werde dir keine Schwierigkeiten machen. Aber du musst die beiden gehen lassen.« Er wartete ab, wie Talbot reagierte und was er als Nächstes unternahm. Der alte Mann lehnte sich auf dem Stuhl zurück und trank noch einen Schluck von seiner Orangenlimonade.

»Sie heißt Louise«, sagte Lily eindringlich. »Sie wurde gestern erst getauft. Wir nennen sie Loo.«

Talbot antwortete nicht, schien Lily jedoch zuzuhören. Er stellte die Dose in den Sand und wischte sich das Kondenswasser an seiner Jeans ab.

»Heute ist sie zum ersten Mal geschwommen, kurz bevor Sie gekommen sind.« Während Lily redete, hob sie die Hände und rutschte zentimeterweise auf Talbot und das Baby zu. »Sie schläft jetzt nachts durch und hat angefangen, feste Nahrung zu essen. Reisbrei. Zerdrückte Bananen. Letzte Woche ist ihr erster Zahn durchgekommen. Und sie lacht. Wenn man ihr die Hand küsst, lacht sie.« Lily lehnte sich nach vorn und lächelte das Baby an. Loos Weinen wurde leiser und verstummte beim Anblick ihrer Mutter ganz. Talbot beobachtete es aus dem Augenwinkel, ohne richtig hinzusehen. Lily ergriff die Hand des Babys und beugte sich darüber. Ihr Gesicht war der Waffe so nah, dass Hawley Bauchschmerzen bekam. Sie drückte ihre Lippen auf Loos kleines Händchen und schmatzte laut und übertrieben.

Das Baby riss die Augen auf und gab ein helles, glucksendes Geräusch von sich, das Klischee eines Babylachens. Es hob von allein das Händchen, wie eine Königin, damit seine Mutter es noch einmal küsste.

Talbot schaute verlegen um sich und schob das Baby auf sein anderes Knie, als wäre Lily eine Fremde, die ihn und das Kind im Supermarkt belästigte. »Komm aus dem Wasser«, sagte er zu Hawley. »Aber lass die Hände oben, damit ich sie sehen kann.«

Während Hawley langsam den See verließ, überlegte er krampfhaft, welche Möglichkeiten es gab, Talbot die Waffe zu entwinden. Er verwarf sie alle wieder. Sie hätten zwangsläufig dazu geführt, dass das Baby oder Lily eine Kugel abbekamen. Als Nächstes kalkulierte er die Entfernungen der infrage kommenden Fluchtwege. Zu den Bäumen war es zu weit. Selbst wenn es ihm gelang, Loo aus Talbots Arm zu reißen, hatte der alte Mann genügend Zeit, sie alle drei zu erschießen, bevor sie den Wald erreichten. Hawleys Blick wanderte zurück zum Steg, zu dem Kanu, das daran festgebunden war. Dann fiel ihm ein, dass keine Paddel darin lagen. Triefend blieb er vor der Decke stehen. Vom Wald wehte eine Brise herunter und brachte ihn zum Frösteln.

Die Bäume bewegten sich.

»Du hast die Wahl«, sagte Talbot. »Deine Frau oder deine Tochter. Eine lasse ich am Leben.«

Die Worte des alten Mannes schienen alle Anwesenden noch enger aneinanderzubinden. Hawley spürte jedes Zittern und jeden Gedanken von Lily, die vor Panik erstarrt auf der Decke kauerte, jeden Atemzug ihres gemeinsamen Kindes auf Talbots Schoß, jedes Zucken von Talbots Finger an der Waffe.

Aber Hawley war geschaffen für Entscheidungen wie diese. Er zögerte nicht lang.

»Meine Frau«, sagte er. »Ich entscheide mich für meine Frau.«

Zum ersten Mal löste Lily den Blick von ihrem Baby. Sie starrte Hawley an, als hätte er sich gerade eine Maske vom Gesicht gerissen. »Nein!«, stieß sie hervor. »Nein!«

Talbot hingegen wirkte zufrieden mit der Antwort. Er rutschte an die Kante des Campingstuhls vor, ließ Loo auf seinen Knien hüpfen und zeigte mit der Pistole in Lilys Richtung.

»Sag ihr, sie soll nicht die Polizei rufen.«

»Ruf nicht die Polizei«, wiederholte Hawley.

»Wenn doch, muss sie auch daran glauben.«

»Sie sind ein schrecklicher Mensch«, stammelte Lily.

»Sag ihr, sie soll abhauen«, ordnete Talbot an. »Sonst überlege ich es mir anders.«

Sie durften keine Zeit verlieren. Die Gefahr war groß, dass der alte Mann seine Meinung änderte. Hawley packte Lily am Arm und riss sie von der Decke hoch. Als sie sich sträubte, gab er ihr eine Ohrfeige und stieß sie Richtung Pfad. Lily wirbelte herum und rannte gegen ihn an, und er schlug fester zu, diesmal mit der ganzen Faust. Sie taumelte und fiel in den Sand, starrte fassungslos zu ihm nach oben.

»Mach, dass du endlich wegkommst, verdammt«, sagte Hawley.

Langsam schien sie zu kapieren, was er von ihr wollte. Hawley musste sie nicht noch einmal schlagen. Sie rappelte sich auf, rannte quer über den Strand und raste in den Wald hinauf, nahm Kurs auf ihre Hütte und Hawleys Waffen. Wenn Lily den ganzen Weg rannte, konnte sie es in einer Viertelstunde hin- und zurückschaffen. Als sie die Anhöhe erreicht hatte, blieb sie für einen Moment stehen und sah sich um. Hawley hätte ihr liebend gern zu verstehen gegeben, wie leid ihm das alles tat, aber er wusste nicht, wie. Er konnte nur seine Stirn berühren, als würde er sich an einen nicht vorhandenen Hut tippen. Seine Frau stand da und sah elend aus. Dann wandte sie sich ab und war verschwunden.

Hawley kehrte zur Decke zurück und baute sich vor Talbot auf.

»Und was jetzt?«

Der alte Mann zeigte zur Kühlbox. »Ist da auch was zu essen drin?«

»Belegte Brote und Kuchen.«

»Brote mit Schinken und Käse?«

»Mit Fleischwurst.«

Talbot tat grunzend seine Zustimmung kund und bedeutete Hawley, die Kühlbox zu ihm zu schieben und sie zu öffnen. Er verlagerte das Baby von seiner Armbeuge auf seinen Schoß, damit er weiter die Pistole gegen Loos Bauch drücken konnte, während er in der Box herumwühlte. Ohne Hawley aus den Augen zu lassen, zog er zwei in Alufolie gewickelte Brote und die kleine Kunststoffdose mit dem Kuchen hervor und warf alles auf die Decke. Dann forderte er Hawley auf, eins der Sandwiches auszuwickeln und es ihm zu geben. Als er hineinbiss, tropfte Senf aus dem Brot und landete auf seiner Fischerweste. Er schien es nicht zu bemerken.

»Ich habe Maureen damals zur Klinik in Oak Harbor gebracht«, erzählte er. »Da die Kugel aus meiner Waffe stammte, dachten alle, es handle sich um einen Ehekrach. Die Polizei sperrte mich ein, und ich war nicht bei ihr, als sie starb. Später fanden sie euer Auto am Tor und das Blut von dir im Haus. Danach haben sie mich gehen lassen, aber da wäre es mir bereits lieber gewesen, sie hätten es nicht getan.« Talbot trank schlürfend von seiner Limonade. »Gib mir ein Stück von dem Kuchen.«

Hawley öffnete die Kunststoffdose, in der auch eine Gabel lag. Er malte sich aus, wie er ihre Zinken in Talbots Hals bohrte. Der alte Mann nahm ihm die Dose und die Gabel aus der Hand und aß den Pfirsichkuchen mit trägem, erschöpftem Gesicht, als handelte es sich um den letzten Gang eines gewaltigen Menüs, als wäre der Kuchen etwas, was er nicht brauchte und worauf er keine Lust hatte, das er jedoch aus Pflichtgefühl verzehrte.

»Maureen und ich haben eine lange Zeit miteinander verbracht«, fuhr er fort. »Ich hatte keine Ahnung, wie ich ohne sie atmen und weiterleben sollte. Wo ich auch hinsah, war ein Teil von ihr, und ich hätte fast den Verstand darüber verloren, an sie zu denken und in Gedanken meine vielen Fehler aufzulisten. Und dann das Kleid. Das verdammte Brautkleid. Eines Nachts bin ich damit zu den Klippen gegangen und habe es hinuntergeworfen. Und wäre beinahe hinterhergesprungen.«

Talbot ließ die Gabel wieder in die Dose fallen und stellte sie auf den Boden. »Du bist noch jung und weißt gar nichts«, sagte er zu Hawley, »aber eines Tages wird sich Gott an alles erinnern, was du getan hast, und sein Urteil über dich fällen und dich mehr lehren, als du jemals lernen wolltest.«

»Es war nur ein Auftrag«, rechtfertigte sich Hawley und sah Talbots Frau vor sich, ihr veilchenblaues Auge, das langsam trüb wurde, während sie im Auto ihren Brautschleier umklammerte.

Talbot nippte an der Orangenlimonade.

»Ich bin übrigens nicht der Einzige, der dich sucht.«

Am Ende des Stegs zerrte das Kanu an seinem Seil, schwang zurück und prallte gegen das alte, morsche Holz.

»Wie ich gehört habe, hast du in Alaska ziemlichen Mist gebaut.«

»So ähnlich, ja.«

»Du hast Glück, dass ich dich zuerst gefunden habe«, sagte Talbot. »King hätte dir bestimmt keine Wahl gelassen.«

Hawley wusste nicht, was er dazu sagen sollte. In Gedanken zählte er die Minuten. Jede verstrichene Sekunde brachte Lily näher an die Waffen. Er versuchte, unauffällig an den Stuhl heranzurücken, Stück für Stück, in der Hoffnung, dass Talbot so sehr in seine Ausführungen vertieft war, dass er es nicht merkte. Der alte Mann kippte den Rest der Limonade aus. Die Flüssigkeit zischte und schäumte und färbte den Sand dunkel. Talbot starrte auf die nasse Stelle hinunter.

»Weißt du, wo wir unsere Flitterwochen verbracht haben?«

»Nein«, antwortete Hawley.

»In Rom«, sagte Talbot. »Maureen wollte allerdings nicht die normalen Touristenattraktionen wie den Vatikan oder das Kolosseum besuchen, sondern eine Kirche voller menschlicher Gebeine. Das war das Gruseligste, was ich je gesehen hatte, aber Maureen fand es toll. Die Knochen waren zerstückelt und zu Mustern angeordnet. Sie meinte, dass diese Muster die Schönheit der Kirche ausmachten, weil sie zeigten, dass alles im Leben miteinander verbunden sei und sich wiederhole und widerspiegle. Und dass ein Hüftknochen oder Rückenwirbel genauso reizvoll aussehen könne wie eine Blume. Sie fühlte sich dadurch in ihrem Glauben an Gott bestärkt.«

Talbot fuhr sich mit den Fingern durch die Koteletten, wieder und wieder, als würde er darin etwas suchen. Sein Gesicht war verhärmt und seine Schultern gebeugt über dem Baby in seinem Schoß. Trotzdem verströmte er noch dieselbe düstere, gewalttätige Energie wie auf Whidbey Island. Die Zeit, die er damit verbracht hatte, Hawley aufzuspüren, hatte sie sogar noch verstärkt. Seine Augen blickten mit noch größerer Härte in die Welt, als würde er einerseits ihre Gerüche und Geräusche in sich aufnehmen und sich andererseits davor verschanzen. Loo begann sich auf seinem Schoß zu winden und mit den Beinchen zu strampeln. Sie streckte die Hand aus und berührte damit die Mündung des Schalldämpfers. Talbot blickte auf das Baby hinunter, griff jedoch nicht ein. In diesem Moment verstand Hawley, dass der alte Mann vorhatte, sich umzubringen, sobald er mit ihnen fertig war. Deshalb zögerte er die Sache hinaus: weil er sich die ganze Zeit schon mental auf seinen Tod vorbereitete.

»Du hast ihr die Nase gebrochen«, fuhr Talbot fort. »Sie hatte so eine schöne Nase.«

Hawley schob seine Hand noch ein letztes Stück über die Decke, packte die Gabel und schloss die Finger da-

rum. Ihm lief die Zeit davon, er durfte nicht länger warten. Also atmete er ein, behielt die Hälfte der Luft in der
Lunge. Im nächsten Augenblick holte er aus und rammte
die Gabel mit aller Gewalt in Talbots Bein. Der alte Mann
schrie und sprang vom Campingstuhl auf. Er ließ das Baby
fallen, jedoch nicht die Pistole.

Hawley fing seine Tochter auf, bevor sie im Sand landete, und rannte mit ihr den Steg entlang. Sie kam ihm
leicht vor, als hätte er gar nichts auf dem Arm. Loos Mund
stand offen, aber sie weinte nicht. Ihr nach Milch riechender Atem streifte feucht seine Wange, und ihre Finger
kniffen in seinen Hals. Eilig legte er sie in das Kanu hinein,
zog den Knoten auf und schob das Boot so fest er konnte
aufs Wasser hinaus. Es schoss etwa zehn Meter vom Steg
weg, wurde von der Strömung erfasst und trieb auf den
See hinaus. Hawley sah, wie Loos pummelige Beinchen
unter der Elefantendecke strampelten. Er hatte ohne
nachzudenken gehandelt, hatte sich nicht einmal dabei
umgedreht. Jetzt hörte er Talbot hinter sich auf dem Steg.

Wegen des Schalldämpfers knallte es nicht – nur ein
leises Zischen war zu hören und sofort das Pfeifen der
Kugeln, die an ihm vorbeiflogen. Hawley kauerte sich auf
den Boden und klammerte sich am Steg fest. Obwohl eine
Waffe auf ihn gerichtet war, schreckte er davor zurück, ins
Wasser zu springen, mit dem Ergebnis, dass ihn Talbot
zweimal erwischte. Zack, zack. Direkt in den Hintern.

Wenn es nicht so wehgetan hätte, hätte Hawley vielleicht die Komik der Situation erkannt, aber der Schmerz
explodierte regelrecht in seinen Gesäßbacken und schoss
seine Wirbelsäule hinauf. Seine Knie knickten unter

ihm ein, und er spürte, wie sein Körper fiel, fiel und fiel. Der Sturz schien ewig zu dauern, und er hätte das Wasser am liebsten herbeigeschrien. Mit der Schulter voran durchbrach er schließlich die Oberfläche, umgeben von weißem Schaum und Luftblasen. Er versuchte tiefer zu tauchen, versuchte, sich an Lilys Unterricht zu erinnern, die Finger beim Schwimmen zusammenzulassen, die Luft nicht auf einmal, sondern nach und nach auszustoßen.

Er blieb so lange unter Wasser, wie er konnte. Als ihm seine Lunge den Dienst versagte, tauchte er unterhalb des Stegs auf und schnappte nach Luft. Seine Oberschenkel schmerzten bei jeder Bewegung. Mit einer Hand hielt sich Hawley von unten am Steg fest, und mit der anderen presste er die Wunden zu und versuchte, die Blutung zu stoppen. Über ihm schleifte Talbot sein verletztes Bein über die Bretter.

»Ich weiß, dass du da unten bist.«

Hawley bemühte sich, sich weder zu bewegen noch ein Geräusch von sich zu geben. Er sah kaum etwas unter dem Steg und starrte deshalb in das Licht, das durch die Ritzen auf ihn herunterschien. Der Unterbau des Stegs war schleimbedeckt und roch nach fauligem Schaum und Spinnweben und den leeren Panzern toter Insekten, nach den Jahren, die seit dem Bau des Stegs vergangen waren, und den Wellen, die unter ihm hindurchgespült waren. Er roch nach Gefangenschaft und Einsamkeit, und er roch nach Vergessen.

Hawley fand keinen festen Halt auf dem Grund des Sees – Schilf hatte sich um seine Knie gewickelt, und der Sand war voller Schlick und angeschwemmter Überreste tierischen und pflanzlichen Lebens. Plötzlich verstummte das schleifende Geräusch von Talbots Bein, und Hawley hörte, wie er ein neues Magazin in seine Pistole schob. Der erste Schuss ging daneben und durchschlug etwa eineinhalb Meter von Hawley entfernt eine Holzplanke. Der zweite und der dritte Schuss kamen bis auf einen halben Meter heran und hinterließen Löcher im Holz, durch die Lichtkreise auf Hawleys Haut fielen. Er holte tief Luft, stieß sich vom Steg ab und tauchte so tief nach unten, wie er konnte, in der Hoffnung, dass Talbot ihn weiterhin verfehlte, wenn er in Bewegung blieb. Bis das Magazin erneut leer war, würde ihm vielleicht ein Ausweg einfallen.

Aber Talbot verfehlte ihn nicht – der vierte Schuss streifte Hawleys Gesicht und trennte den unteren Teil seines linken Ohrs ab. Die Wunde blutete so stark, dass es noch schwieriger wurde, im trüben Wasser irgendetwas zu erkennen, und die Kugeln in seinem Hintern gruben sich mit jedem Schwimmzug weiter in sein Steißbein hinein, bis er sich vor lauter Schmerzen kaum noch bewegen konnte. Hinzu kam, dass seine Lunge erneut nach Luft verlangte. Hawley wusste, dass er an die Oberfläche musste und dass Talbot ihn umbringen würde, sobald er auftauchte.

Während die Strömung das Wasser golden und rot um Hawley herumwirbelte, begann seine Brust zu krampfen. Um ihn herum wogte das Schilf, und er packte kurzerhand ein Büschel davon und hielt sich daran fest. Die Halme legten sich schleimig um seine Handgelenke, als wären sie Lebewesen, und es wurde zunehmend unklar, ob Hawley sich am Grund des Sees verankerte oder ob die Pflanzen ihn in die dunkle Tiefe hinunterzogen.

Seine Hände berührten Steine und Algen, Müll und Bierflaschen und etwas, das sich wie ein Stück von einem Grillrost anfühlte. Auch die Kadaver toter Fische und Vögel ertastete er, halb zersetzt und auf dem Weg, wieder zu Erde zu werden. Eisiges Wasser umspülte Hawleys Finger, und er dachte an Loo und hoffte, dass er sie gerettet hatte.

Das Schilfbüschel, an das er sich klammerte, brach ab, und er packte ein neues und noch eins, aber keins hielt dem Auftrieb seines Körpers stand. Hawley spürte, wie er aufstieg, wie er zurück zur Wasseroberfläche gezogen wurde, wie die Kälte allmählich nachließ. Ein dumpfes Trommeln hallte durchs Wasser – Schritte auf dem Steg –, im nächsten Moment krachte es, als wäre plötzlich ein Gewitter heraufgezogen. Hawley spürte den Knall mehr, als dass er ihn hörte. Das Wasser über ihm verwandelte sich in einen Strudel aus Luftbläschen, und er drehte den Kopf nach oben und sah im trüben Licht den Körper eines Mannes auf sich zukommen.

Einen Moment lang schien er sich selbst entgegenzublicken, vielmehr einer älteren Version seiner selbst. Breite Schultern und graue Haare, ein Flanellhemd und Arbeitsstiefel. Während Hawley weiter nach oben trieb, sank der andere nach unten, und so war es unvermeidbar, dass sie sich in der Mitte trafen. Jetzt erkannte Hawley das Loch in der Brust des Mannes, groß genug, dass er hindurchsehen konnte. Sonnenlicht fiel glitzernd hindurch, erhellte das blutige Wasser. Hawley erkannte den Rand des Stegs, das sich blähende Flanellhemd, die Eingeweide des Mannes, die er wie den Schwanz eines Drachen hinter sich herzog.

Talbots Augen waren offen und starrten an Hawley vorbei, vorbei auch am Schilf und dem Grund des Sees. Er sah eher überrascht aus als wütend über das Loch in seinem Körper. Sein Mund stand offen und ließ das Wasser herein, seine Fischerweste war vollkommen zerfetzt. Hawley drückte gegen Talbots Schultern, und für einen Augenblick verhedderten sich ihre Gliedmaßen. Talbots Koteletten streiften Hawleys Wange, und die Fischerweste verhakte sich in ihnen beiden, verstrickte die Männer miteinander, verband Metall mit Haut. Endlich sank Talbot in die Dunkelheit des Schilfs hinunter, während Hawley weiter zur Oberfläche aufstieg.

Sein erster Atemzug bestand halb aus Wasser, halb aus Luft. Seine Lunge krampfte von der Anstrengung, die sie hinter sich hatte, und er stieß mit dem Kopf gegen den Steg. Während sich Galle seine Kehle hinaufschlängelte, spuckte er Wasser und schlug um sich. Er versuchte es noch einmal, und diesmal fiel ihm das Atmen leichter. Der Druck gegen seine Rippen ließ nach, aber seine Sicht trübte sich, und er sank wieder unter die Oberfläche.

Die Kugeln in seinem Hintern brannten, er konnte kaum noch die Beine bewegen. Noch einmal streckte er verzweifelt den Arm nach oben und tastete nach dem Steg, bis sich dünne, starke Finger um ihn schlossen. Lilys Finger. Hawley hätte sie überall erkannt.

Da sie ihn nicht auf den Steg wuchten konnte, zog sie ihn diesen entlang zum Ufer. Er spürte den Grund des Sees am Rücken, und sein ganzer Körper krümmte sich vor Schmerzen. Lily zerrte ihn auf den Sand hinauf und legte die Lippen auf seinen Mund. Sie küsste ihn nicht, sondern hielt ihm die Nase zu und blies Luft in seine Lunge. Hawley hustete, drehte sich zur Seite und würgte.

»Alles okay«, keuchte er, und die Luft zerriss ihm fast die Kehle. »Es geht mir gut.«

Lily begann, auf ihn einzuprügeln, ihn gegen die Schultern und ins Gesicht zu schlagen. Ihr grüner Badeanzug, ihr Gesicht, ihre Schultern und ihre Beine waren mit Blut bespritzt. Hawley vermochte nicht zu sagen, ob sie schrie oder weinte. Sein rechtes Ohr war verstopft, und sein linkes dröhnte noch immer von der Kugel, die es zerfetzt hatte.

»Louise!«, brüllte sie. »Wo ist Louise?«

Hawley rollte sich auf den Bauch und stützte sich auf die Ellbogen, während qualvolle Schmerzen seine Wirbelsäule hinaufschossen. Er spähte auf den See hinaus. Das Kanu war nirgendwo zu sehen.

»Sie ist im Boot«, stieß er hervor.

Lily stand auf und humpelte auf den Steg hinaus. Sie hielt sich die rechte Seite und suchte den Horizont ab, während Hawley hinter ihr herkroch. Die Schmerzen waren zu groß, um aufzustehen, in seinem Kopf drehte sich alles. Sie wankten beide wie Betrunkene, und Lily zitterte am ganzen Körper. Ihre Hände waren voller Blut, als sie ihre Augen damit vor der Sonne abschirmte. Zu ihren Füßen lag seine Schrotflinte Kaliber 12.

»Du bist verletzt.«

Sie blickte auf ihre eigenen zitternden Finger, auf den dunklen Fleck, der sich auf ihrem Badeanzug ausbreitete.

»Seine Waffe ging los, als ich abgedrückt habe. Ich glaube nicht, dass er auf mich schießen wollte. Es war ein Reflex«, sagte Lily. »Ich spüre nichts.«

»Das ist das Adrenalin.« Hawley streckte seine Hand aus und presste die Finger gegen das Einschussloch. Er sah keine Austrittswunde. Voller Sorge überlegte er, wie groß die Kugel gewesen war, was sie in Lilys Inneren angerichtet hatte, ob sie eine Niere oder die Leber punktiert oder einen Magenriss verursacht hatte. Wenn sie eine Arterie oder ein großes Blutgefäß getroffen hatte, würde Lily direkt hier am Strand verbluten. Er drückte stärker gegen die Wunde. Lily schrie.

»Hör auf!«

»Du stehst unter Schock. Ich muss dich ins Krankenhaus bringen.«

Lilys Augen schossen unkoordiniert von links nach rechts.

»Ich bin einfach zu ihm marschiert, habe ihm den Lauf der Flinte in die Brust gerammt und abgedrückt. Er hat sich nicht einmal gewehrt.«

»Du musstest es tun.«

»Nein, ich *wollte* ihn umbringen«, widersprach sie. »Die Schrotflinte hat ein riesiges Loch in ihn hineingerissen. Ich hätte meine Hand durchstecken können.«

Jede ihrer Bewegungen wirkte gleichzeitig hektisch und stark verlangsamt. Der Steg war mit Gedärmstücken und Knochenfragmenten übersät. Über ihnen am Himmel war ein knatternder Motor zu hören. Eine Cessna flog irgendwo über den Wolken dahin, und der Pilot blickte vermutlich gerade auf das blaue Wasser des Sees hinunter.

»Was, wenn sie ertrunken ist? Was, wenn das Boot untergegangen ist?«

»Es ist ein gutes Boot. Ein stabiles Kanu.«

Hawley drückte weiterhin die Hand gegen die Taille seiner Frau. Lilys Atemzüge waren kurz und abgehackt.

»Du hättest sie retten können. Statt mich hättest du *sie* retten können. Aber du hast es nicht getan.«

»Ich habe versucht, uns alle zu retten«, sagte Hawley.

Die Sonne tauchte hinter einer Wolke auf, und der See begann zu schimmern. Hawley hörte immer noch das Flugzeug. Vor seinem inneren Auge sah er es abstürzen, mit geneigten Tragflächen und schlingerndem Propeller. Plötzlich war er sich sicher, dass es zu diesem Absturz kommen würde, als hätte er von diesem See, diesem Flugzeug und diesem Himmel geträumt und verstünde erst jetzt, wie das alles zusammenhing. Er packte Lilys Arm und wartete auf eine Rauchwolke, auf stechenden Benzingeruch, den Blick fest auf den Horizont gerichtet. Wie ein Zeichen blitzte es dort silbern auf.

»Da drüben!«, sagte er und zeigte quer über den See.

Das Kanu schmiegte sich am gegenüberliegenden Ufer unter die Baumkronen eines kleinen Wäldchens. Ein großer Ast verdeckte die Spitze des Boots, und über seinen Rand hing ein Zipfel der Elefantendecke und saugte sich mit Wasser voll.

Lily riss sich von ihm los und rannte strauchelnd den Rest des Stegs entlang, vorbei an der Schrotflinte und an Talbots Blut, das die Holzplanken durchweichte. Sie sprang von der Kante, stieß sich mit den Füßen am splitternden Holz ab und tauchte mit dem Kopf voran in die Wellen. Lange blieb sie unter Wasser, bis sie nach knapp zehn Metern wieder auftauchte und mit schnellen Zügen zu kraulen begann. Ihre Arme wühlten sich mit gekrümmten Ellbogen durchs Wasser, und hin und wieder erschien zum Luftholen seitlich ihr Gesicht. Hawley starrte ihr verzweifelt hinterher. Das silberne Kanu, in dem ihre Tochter lag, trieb in der Ferne auf dem Wasser, und seine Frau schwamm darauf zu, begleitet von ihrem eigenen Spiegelbild. Sie bewegte sich mit derartiger Geschwindigkeit von Hawley und dem Steg weg, dass sie ein sprudelndes V hinter sich herzog, eine sich verbreiternde Spur, die die Form einer nach Süden ziehenden Vogelformation hatte.

Auf halbem Weg wurde sie plötzlich langsamer und drehte immer öfter den Kopf zur Seite, um Luft zu holen. Ihre Arme sanken tiefer und hoben sich kaum noch aus dem Wasser. Sie wechselte zum Bruststil und schwamm schließlich auf der Seite, bevor sie ganz anhielt, um sich auszuruhen. Ihr Kopf kippte nach hinten, mit offenem Mund.

Hawley sprang vom Steg. Versuchte zu ihr zu kommen.

Er schlug um sich.

Er sank nach unten.

Er bekam keine Luft mehr.

Er versuchte es.

Er sank nach unten.

Er bekam keine Luft mehr.

Er musste aufgeben und klammerte sich keuchend am Steg fest. Blickte auf den See hinaus. Seine Frau verharrte immer noch Wasser tretend auf der Stelle.

»Lily!«, brüllte er. »Komm zurück!«

Statt umzukehren begann sie, sich erneut von ihm fortzubewegen. Die Spur, die sie zog, verbreiterte sich zu einem plätschernden Kreis, der sie bald von allen Seiten umschloss. Sie wurde wieder langsamer, reckte den Hals, konnte den Mund kaum noch über Wasser halten. Ihre Hände bewegten sich auf der Stelle, als wollte sie eine unsichtbare Leiter hinaufklettern. Sie blickte zum Himmel empor. Und dann verschwand ihr Kopf unter Wasser.

»Lily!« Hawley stieß sich vom Steg ab, ließ alles hinter sich zurück. Er hustete und spuckte, zwang seine Arme und Beine vorwärts, aber er schaffte es nicht, ihr näher zu kommen. Sein Körper war wie Blei, zog ihn gnadenlos unter die Oberfläche. Er bekam Wasser in die Lunge, während um ihn herum sein eigenes Blut schäumte. Seine Brust zog sich immer enger zusammen, bis er das Gefühl hatte, entzweigerissen zu werden. Als er endlich wieder durch die Wasseroberfläche brach, war die Stelle, an der er Lily gesehen hatte, leer und der See so flach wie ein Spiegel.

Hawleys Gedanken rasten zurück zu dem Moment, als er an diesem Morgen die Augen geöffnet und Lilys Haut an seiner gespürt hatte. Nein, zurück zu dem Moment, als sie ihn gestern aus dem Auto geschubst hatte und weitergefahren war – wenn sie doch nur wirklich immer weitergefahren und nicht mehr zurückgekommen wäre! Nein, zurück zu dem Moment, als Lily in der Kirche am Taufbecken gestanden und er daneben das Baby gehalten und der Priester im bunten Licht der Fenster seinen Segen gesprochen hatte. Ein Gebet, dachte Hawley. Wenn ihm doch nur die Worte eingefallen wären. Genau das brauchte er jetzt, eine Signalrakete, die er zum Himmel schießen konnte, ein Blumenbouquet aus Knochenstücken, ein Muster mit versteckter Bedeutung. Hawley trug es irgendwo in sich, konnte es jedoch nicht entschlüsseln. Über ihm kreiste die Cessna als einzige Zeugin, glitt durch den Himmel wie ein metallener Vogel, und zwischen den knatternden Stößen ihres Motors vernahm Hawley keine Antworten und keinen Grund zu leben, bis auf die Schreie seiner Tochter, die von den Aluwänden des Kanus widerhallten.

Pandora

»Ich habe schon darauf gewartet, dass du auftauchst«, sagte Mabel Ridge, als sie die Tür öffnete. Ihre Hände waren wieder blau getönt, aber sie trug keine Schutzbrille und hatte keine schwere Schürze umgebunden. Sie trug eine Strickjacke über ihrem Rollkragenpullover, und ihre grauen Haare waren zu einem ordentlichen Knoten gebunden. Loos Erscheinen schien sie nicht zu überraschen, genauso wenig wie der Anblick des Firebird in der Einfahrt.

Auf Mabels Veranda drängten sich vorzeitig ausgehöhlte Halloweenkürbisse, obwohl es erst Anfang Oktober war. Schon jetzt waren die Zähne eines zornigen Kürbisgesichts eingesunken, während aus einem fröhlichen Kürbisgesicht eine klebrige Flüssigkeit über die Stufen sickerte. Loo streifte ihre Turnschuhe auf der Fußmatte ab. Der Schraubenzieher, mit dem sie die Abdeckung unter dem Armaturenbrett geöffnet hatte, war in der Tasche ihres Sweatshirts. Sie drehte ihn zwischen den Fingern. »Ich bringe dir dein Auto zurück.«

Mabel klopfte auf das Geländer der in düsterem Grau gehaltenen Veranda. Dann machte sie kehrt, ging zurück ins Haus und ließ die Tür offen. »Ich koche gerade Tee«, sagte sie. »Trink doch einen mit, Louise.«

Loo verharrte einen Moment auf der Türschwelle, bevor auch sie das Haus betrat. Mabel Ridges Wohnzimmer sah genauso aus wie beim letzten Mal. Die Ecken eines Beistelltischs waren noch mit Schutzkappen versehen, für irgendein Kleinkind, das hier vor langer Zeit gelebt haben musste, und die Armlehnen des Sofas waren von einer längst vergessenen Katze zerkratzt. Der Läufer war auf einer Seite abgetreten, und in der Ecke stand unverändert der riesige Webrahmen.

Loo folgte der alten Frau den Flur entlang in die Küche, die genauso klein und beengt war, wie sie sie in Erinnerung hatte. Die großen Töpfe, in denen die Wolle gefärbt wurde, standen auch diesmal auf dem Herd. Mabel Ridge nahm einen davon herunter und stellte ihn auf den Boden. Dann füllte sie den Wasserkessel an der Spüle mit Wasser und schaltete die freie Herdplatte ein.

Auf dem Tisch lag eine Ausgabe der Lokalzeitung. Loo griff danach und las die Schlagzeilen. PETITION SETZT POLITIKER UNTER DRUCK. EINHEIMISCHE FISCHER VERHAFTET. KÜSTENWACHE VERDOPPELT PATROUILLENFAHRTEN AN DEN BITTER BANKS.

»Auf welcher Seite stehst du?«

»Auf keiner«, antwortete Loo.

»Ist dein Vater nicht mit diesen Fischern befreundet?«

»Ist er auch.«

»Tja«, sagte Mabel Ridge. »Diese Fernsehsendung war ja schön und gut, aber wenn die Bitter Banks wirklich zum Meeresschutzgebiet erklärt werden, bedeutet das große Veränderungen für die Gegend.«

Loo legte die Zeitung wieder weg. »Da hast du wahrscheinlich recht.«

Sie hatte fast einen Monat gebraucht, um die Unterschriften zusammenzubekommen. Auch Mabel Ridges Namen hatte sie hinzugefügt, genau wie Tausende andere. Die Petition hatte sie per Post an die Nationale Wetter- und Meereskundebehörde, die Umweltschutzbehörde, das Rathaus von Olympus, den Gouverneur, die Abgeordneten und Senatoren des Bundesstaats und an die regionalen Zeitungen und Fernsehsender geschickt. Sie hatte die Unterlagen vervielfältigt, in große braune Umschläge gesteckt, sie zur Post gebracht und abgesendet wie selbst gebastelte Briefbomben. Jetzt begannen diese Bomben allmählich hochzugehen, aber sie hatte immer noch nichts von Marshall gehört.

Loo setzte sich auf einen knarrenden Küchenstuhl und presste die Hand fest gegen den Schraubenzieher in ihrer Tasche.

»Willst du denn nicht wissen, wie ich wieder an das Auto gekommen bin?«

»Lieber nicht.« Mabel öffnete einen Küchenschrank, nahm zwei Teetassen mitsamt Untertassen heraus und stellte sie auf den Tisch.

»Wirst du die Polizei einschalten?«

»Nur, wenn du willst, dass ich das tue.«

Mabel griff erneut in den Schrank, entnahm ihm eine Teekanne und fing an, nach Teebeuteln zu kramen. Die Porzellantassen waren filigran und weiß und hatten einen Goldrand. Auf den Seiten waren Blütenblätter angedeutet, die Untertassen hatten die Form eines großen grünen Blatts, und die Henkel waren mit kleinen Porzellandornen besetzt. Loo schob die Finger durch den Henkel ihrer Tasse und hob sie hoch. Sie war leicht und zart, und die Dornen fühlten sich eigenartig tröstlich an. Loo drückte mit dem Daumen dagegen.

Der Wasserkessel begann zu pfeifen. Mabel nahm ihn mit einem Ofenhandschuh vom Herd.

»Ich würde gern wissen, was du über den Tod meiner Mutter zu wissen glaubst«, sagte Loo.

»Mir scheint, das hast du selbst schon herausgefunden«, erwiderte Mabel. »Sonst wärst du nicht hier.« Sie goss das heiße Wasser aus dem Kessel in die Teekanne. Dampf stieg um ihre Schultern herum auf. »Dein Vater hat dich angelogen.«

Sie schob den Deckel zurück auf den Kessel und stellte ihn wieder auf den Herd.

»Das macht ihn noch nicht zu einem Mörder.«

Mabel Ridge seufzte. »Deine Mutter hat mich auch immer so angesehen wie du gerade. Als wüsste sie bereits sämtliche Antworten. Aber sie wusste gar nichts. Und du auch nicht.«

Loo rutschte auf ihrem Stuhl herum und drückte ihre Fingernägel gegen den Schraubenzieher.

»Er ist dein Vater. Ein guter Mensch ist er deshalb noch lange nicht. Das müsstest du mittlerweile wissen.« Die alte Frau nahm einen Milchkarton aus dem Schrank und füllte das kleine weiße Milchkännchen auf. »Ich war mit einem Mann verheiratet, der genauso war. Gus war in dieselbe zwielichtige Welt verstrickt wie dein Vater. Deshalb habe ich Lily genommen und uns in Sicherheit gebracht.« Ihre Hände zuckten. Sie trug das Milchkännchen zum Tisch und stellte es auf einen Untersetzer. »In einem Jahr wirst du achtzehn sein. Alt genug, selbst zu entscheiden, was für ein Leben du führen willst«, sagte sie. »Dann kannst du dich genauso in Sicherheit bringen.«

»In Sicherheit vor was?«

»Vor Problemen.« Mabel Ridge schenkte sich und ihrer Enkelin Tee ein. »Dein Vater tut so, als hätte er nichts zu verbergen, aber Probleme sind ein fester Bestandteil von ihm. Solange du bei ihm lebst, bist du in Gefahr.« Sie goss Milch in beide Tassen und löffelte Zucker hinein.

»Ich trinke meinen Tee ohne Zucker«, sagte Loo.

Die alte Frau lächelte müde. »Probier ihn trotzdem.«

Loo schloss die Finger um die Porzellantasse, hob sie an ihre Lippen und nahm einen Schluck. Der Tee hatte die Farbe eines Sahnebonbons, und die Süße des Zuckers und der Milch umhüllte ihre Zunge. Die Tasse war warm in ihrer Hand. Sie trank noch einen Schluck, fuhr mit dem Daumen den Henkel entlang. In diesem Moment spürte sie sie – eine kleine raue Stelle, an der ein Dorn vom Henkel abgebrochen war.

Auf einmal kam die Erinnerung zurück: *Sie* hatte den Dorn abgebrochen.

Obwohl Loo die Tasse fest in der Hand hielt, sah sie das Porzellan auf den schwarz-weiß gekachelten Boden zu ihren Füßen fallen, sah den Dorn abbrechen und in einen Spalt an der Wand rutschen. Sie sah sich selbst unter den Tisch krabbeln und versuchen, den abgebrochenen Dorn mit dem Finger herauszubekommen. Loo stellte die Teetasse ab, spähte unter die Tischdecke. Tatsächlich: In einem schiefen Spalt entlang der Sockelleiste war ein weißer Punkt zu sehen, nicht größer als ein Reiskorn. Es war, als hätte sie ihn in einem anderen Leben dort platziert, damit sie ihn nun wiederfand.

Plötzlich schmeckte der Tee in Loos Mund zu süß, so süß, dass sie fast würgen musste. Sie stand auf und goss den Rest in die Spüle.

»Als du klein warst, hast du nur Tee getrunken, wenn er richtig süß war«, sagte Mabel Ridge. »Mit viel Milch und Zucker.« Sie griff nach der Teekanne. »Komm, ich schenke dir einen neuen ein.«

Loos Beine fühlten sich schwach an. Sie sah Mabel dabei zu, wie sie ihre Tasse wieder auffüllte. Der Tee war heiß und dampfte, kleine dunkle Partikel wirbelten in der Tasse herum, bis sie sich schließlich absetzten.

»Ich war schon einmal hier.«

»Ich dachte, du hättest dich schon damals erinnert, als ich dir das Auto mitgegeben habe. Dann wurde mir klar, dass es nicht so war. Und dass dein Vater dir nie etwas davon erzählt hat.«

Mabel nahm schlürfend einen Schluck und stieß einen Seufzer der Befriedigung aus, bevor sie die Tasse auf die Untertasse zurückstellte. »Ich wollte dich nicht verschrecken, deshalb habe ich beschlossen, zu warten. Aber ich wollte, dass du wiederkommst. Damit ich dir irgendwann die Wahrheit erzählen kann.«

»Ich verstehe nicht ganz«, sagte Loo.

»Dein Vater hat dich verlassen. Nach Lilys Tod. Er hat dich hierher zu mir gebracht. Du hast deine ersten Wörter in diesem Haus gesprochen, deine ersten Schritte auf diesem Boden gemacht.«

Loo starrte zur Sockelleiste hinunter, zu dem kleinen weißen Fleck. Was Mabel Ridge gerade gesagt hatte, war unmöglich. Und dennoch spürte sie, wie die Vergangenheit an den Rändern ihres Verstands zupfte. Es war, als würde man versuchen, sich an einen Traum zu erinnern, während man gleichzeitig einen anderen Traum träumte.

Mabel verengte die Augen zu Schlitzen und beobachtete ihre Enkelin genau. Während Loo immer verwirrter wurde, breitete sich ein Ausdruck der Freude auf ihrem faltigen Gesicht aus. »Du erinnerst dich.«

»Nein. Das ist eine Lüge.«

»Ich habe Beweise.« Die alte Frau stemmte sich vom Tisch hoch. »Warte hier, ich zeige sie dir.«

Sobald sie aus der Küche geschlurft war, zog Loo den Schraubenzieher aus der Tasche, kroch unter den Tisch und schob die flache Kante des Werkzeugs in den Spalt. Mit einer schnellen Bewegung hatte sie das weiße Porzellanstück auf den Küchenboden hinausgeschnippt. Sie befühlte es mit dem Finger. Der Dorn war echt.

»Was machst du da unten?« Mabel Ridge kam in die Küche zurück und legte etwas Schweres auf dem Tisch ab.

»Nichts«, antwortete Loo. Sie steckte den Dorn und

den Schraubenzieher in ihre Tasche und kroch unter dem Tisch hervor. Die alte Frau strich liebevoll über die Kanten eines ledernen Fotoalbums. Sie klappte es auf und blätterte knisternd die mit Folie versehenen Seiten um. Loo sah Gesichter vorbeihuschen, roch Staub und Klebstoff.

»Moment«, sagte sie. »Ist das Direktor Gunderson?«

Unter der Plastikfolie steckte ein Hochglanzfoto von zwei für den Abschlussball gekleideten Jugendlichen. Der Junge war dünn und trug einen zu großen Smoking, aber sein Gesicht strahlte und seine weißblonden Haare hoben sich wie ein Signalfeuer von dem künstlichen, mit Luftballons geschmückten Bildhintergrund ab. Und das Mädchen war Lily, mit Zahnspange und dickem schwarzem Eyeliner. Sie trug ein kurzes Kleid mit dazu passenden Spitzenhandschuhen.

»Er hat mir gesagt, sie wären nur Freunde gewesen.«

»So war es auch, aber er hat es immer wieder bei ihr versucht.« Mabel Ridge schüttelte den Kopf. Sie nahm das Foto aus dem Album und strich mit dem Finger über Direktor Gundersons Rüschenhemd. »Ich finde, sie hätten ein süßes Paar abgegeben.«

Loo betrachtete das Bild genauer. Sie dachte daran, wie oft ihr Direktor Gunderson schon aus der Patsche geholfen hatte, und entdeckte den Grund dafür in seinem pickeligen Teenagergesicht, im Strahlen seines Lächelns. Er hatte Lily geliebt. Und sie hatte seine Gefühle nicht erwidert.

Mabel Ridge legte das Foto beiseite und blätterte weiter durch das Album. Sie hielt inne, drehte das Buch zu Loo und zeigte auf ein Foto.

Darauf war Lily in einem Krankenhausbett zu sehen,

mit gerötetem Gesicht und zerzausten dunklen Haaren. Ihr grüner Kimono – es war der Seidenbademantel, den Hawley auf die Rückseite jeder Badezimmertür hängte –, hatte die gleiche Farbe wie ihre Augen, und sie blickte mit dem breitesten Lächeln, das Loo je gesehen hatte, auf das Baby in ihren Armen hinunter.

»Das bist du.« Mabel Ridge zeigte mit ihrem runzeligen blauen Finger auf das Foto, zog die Plastikfolie beiseite und nahm es heraus. »Das hat sie mir geschickt, als du auf die Welt kamst.«

Es war ein Polaroidfoto mit breitem weißem Rand – wie das Foto von Lily vor den Niagarafällen, das im Badezimmer hing. Die Farben waren üppig und leicht verschwommen. Loo dachte daran, dass ihre Mutter dieses Bild direkt nach der Aufnahme in den Händen gehalten haben musste, so wie sie es jetzt in den Händen hielt.

Langsam blätterte Mabel weiter. Die nächsten Seiten waren voller Schnappschüsse von demselben Baby, aufgenommen in Mabel Ridges Haus. Das Baby, wie es auf einer Decke schlief. Das Baby mit Schokoladenpudding im ganzen Gesicht. Das Baby am Strand mit den Händen voller Sand. Das Baby, wie es älter wurde. Wie es laufen lernte. Wie es Schuhe trug. Das Baby, wie es allmählich ein kleines Mädchen wurde. Das kleine Mädchen, wie es mit einem Handtuch um die Schultern und Tränen in den Augen die Haare geschnitten bekam. Das kleine Mädchen auf einer Schaukel. Das kleine Mädchen in einem Halloweenkostüm aus silbern angesprühtem Karton.

»Als was war ich da verkleidet?«

»Als elektrische Zahnbürste«, antwortete die alte Frau.

»Aus irgendeinem Grund konntest du nicht genug von diesen Dingern bekommen. Ich habe wirklich keine Ahnung, warum.«

Loo und Hawley hatten früher immer die Gratiszahnbürsten benutzt, die man beim Zahnarzt bekam. Als Loo kleiner gewesen war, hatten sie im Badezimmer nebeneinandergestanden und die Zähne zusammen geputzt. Sie erinnerte sich an das Geräusch ihres Vaters, wenn er mit Listerine gurgelte. Und sie erinnerte sich an ihre Wettkämpfe, wer den längsten weißen Zahnpastafaden spucken konnte. Aber an das Kostüm auf dem Foto erinnerte sie sich nicht. Auch nicht an das Kind, das es trug, oder den Plastikkürbis, den es in der Hand hielt, um Süßigkeiten bei den Nachbarn einzusammeln.

»Wie lange habe ich hier gelebt?«, fragte Loo.

»Bis du vier Jahre alt warst«, antwortete Mabel Ridge.

In Loos Handfläche lag der Dorn. Sie schloss ihre Finger darum. Das winzige Stück Porzellan war das Einzige, was ihr real vorkam, die einzige Verbindung zwischen ihr und dieser Geschichte.

»Ich habe dich aufgezogen wie meine eigene Tochter. Und dann ist er eines Nachts gekommen und hat dich gestohlen.« Mabel Ridge drehte ihre Tasse auf der Untertasse. »Ich habe zu ihm gesagt: Wenn du sie jetzt mitnimmst, ist es endgültig. Komm nicht auf die Idee, sie zurückzubringen, wenn dir danach ist. Er hat es trotzdem getan. Und Jahre später ist er wieder aufgetaucht, ohne einen Anruf oder Brief, um mich vorzuwarnen, und hat erwartet, dass ich mich klaglos füge.« Sie schüttelte den Kopf und klappte das Fotoalbum zu. »Ich bin inzwischen eine alte Frau und nicht bereit, zuzulassen, dass er schon wieder mein Leben zerstört.«

Loo dachte an den ersten Tag in Olympus, als sie nach Dogtown gefahren waren und an Mabels Tür geklopft hatten. Daran, wie Hawley das Radio mit der Faust zertrümmert hatte. An das Blut auf seinem Ärmel.

»Aber dann hast du den Weg zu mir gefunden. Ganz allein. Und du sahst deiner Mutter so ähnlich.« Die alte Frau berührte sanft Loos Arm. Ihre Finger waren dick, die Haut spröde. »Du bist jetzt erwachsen, Louise, und kannst deine eigenen Entscheidungen treffen. Du kannst dich von ihm lossagen.«

Loos Zunge schmeckte nach Metall – als hätte sie auf ein Stück Alufolie gebissen. Sie riss ihren Arm los und fegte ihre Tasse und Untertasse vom Tisch. Porzellan zerschellte auf dem Boden, Tee spritzte an die Wand. Die Tasse zerbrach in weiße Einzelteile. Jetzt waren alle Dornen fort.

»So heiße ich nicht«, stellte Loo klar.

Als sie zurück nach Hause kam, begann sie mit den Waffen, von denen sie wusste: Den Deringer-Pistolen in der untersten Schublade von Hawleys Kommode. Den Hochleistungsgewehren, die er hinten in seinem Kleiderschrank aufbewahrte. Dem Revolver mit dem kurzen Lauf, der in ein Handtuch gewickelt unter seinem Bett lag. Dem Beretta-Revolver, dem Smith & Wesson, dem Kaliber 38, dem Ruger, die je in ihrem eigenen Waffenkoffer in der Truhe im Wohnzimmer lagen.

Der Colt fehlte, was bedeutete, dass er ihn bei sich trug.

Alle diese Waffen hatte Loo schon unzählige Male in

der Hand gehalten, wusste von jeder den Namen. Indem sie Hawleys Schießeisen nun nebeneinanderlegte, hoffte sie, eine Landkarte zu erstellen, ein Muster zu erkennen, das bewies, ob er ein Verbrecher war oder ein Fischer, ein Vater oder ein Mörder. Also versammelte sie sämtliche Pistolen und halbautomatischen Waffen, Revolver und Gewehre auf seiner Bettdecke. Hawley hatte die Vergangenheit konsequent gelöscht, nicht nur seine eigene, sondern auch die seiner Tochter. Aber irgendwo musste eine Spur zu finden sein, eine Möglichkeit für Loo, die verlorenen Geschichten in die Gegenwart zurückzuholen. Sie berührte das kalte Metall der Waffen. Schloss die Augen und lauschte. Doch sie gaben ihre Geheimnisse nicht preis.

Loo band sich die Haare zurück und fing an, tiefer zu graben. Sie sah unter seiner Matratze nach. Durchsuchte seine Socken- und Unterwäscheschublade. Stülpte die Taschen seiner Jeans nach außen. Kontrollierte das Innere seiner Stiefel. Alles, was sie fand, legte sie neben die Waffen aufs Bett: sechs verschiedene Jagdmesser; einen Schlagring aus Messing; einen Karton voller Feldrationen; eine Pfeilpistole, eine Tasche mit Kleidung zum Wechseln; Munition, die hinter dem Wäschekorb versteckt gewesen war; ein Kurbelradio; einen Polizeiscanner; einen Schlagstock. Sie entdeckte nichts wirklich Überraschendes, nicht einmal ein schmuddeliges Magazin. Falls Hawley solchen Dingen frönte, bewahrte er sie außerhalb des Hauses auf.

Sie sah ganz hinten im Kleiderschrank nach und schob sogar Hawleys Schuhe beiseite, um den Boden des

Schranks nach einem losen Brett abzusuchen. Sie tastete das Innere seiner Kissen ab, durchblätterte seine Krimis auf der Suche nach losen Blättern und ging, als sie nichts fand, ins Wohnzimmer, um sich Joves Sachen vorzuknöpfen.

Jove hätte eigentlich nur eine Nacht bleiben sollen, schlief aber seit mehr als drei Wochen bei ihnen auf dem Sofa. Seine Socken und T-Shirts waren im ganzen Wohnzimmer verteilt, genau wie seine Zeitungen, seine halb vollen Wassergläser sowie zahlreiche kleine weiße Daunenfedern, die aus einem Loch in seinem Tarnschlafsack quollen, der außen mit Isolierband geflickt war und ein mit Enten bedrucktes Innenfutter hatte. Über allem lag der Geruch seines Aftershaves, das er sich statt Deo unter die Arme spritzte.

Jeden Morgen wachte Loo von den Stimmen der Männer auf, die in der Küche redeten und scherzten, während sie sich gewaltige Mahlzeiten zum Frühstück brutzelten – Hummer und Steaks und gebratenen Schinken und einmal sogar einen Truthahn, den Jove mitten in der Nacht in den Ofen geschoben haben musste. Als sie morgens in die Küche gekommen war, hatte er mit einer Bratenspritze vor dem Ofen gekauert, den Bratensaft vom Boden des Bräters aufgesaugt und ihn über die Haut des Vogels gespritzt. »Das da drin ist wie ein Baby«, hatte er mit einem Seufzen erklärt. »Ein kleines Baby, das wir uns gleich zu Gemüte führen werden.«

Nach dem Frühstück arbeiteten die Männer seit einiger Zeit an Joves neuem Boot. Er hatte die Uhren aus seiner Tasche gegen einen hölzernen Schiffsrumpf mit einem Kiel voller Blei eingetauscht, der auf einem großen Anhänger vor der Garage aufgebockt war. Dort kratzten und schliffen die beiden nun jeden Tag und dichteten das Boot ab. Sie arbeiteten, bis es zu dunkel wurde, um noch etwas zu sehen, und schalteten nach dem Abendessen die Flutlichter ein und arbeiteten weiter.

Nach einer ihrer Schichten im Sawtooth war Loo auf ihr Vordach hinausgekrabbelt und hatte so getan, als würde sie durch ihr Teleskop spähen, in der Hoffnung, das eine oder andere Geheimnis aufzuschnappen. Aber ihr Vater und sein Freund hatten nur über Joves Pläne gesprochen, hatten Landkarten ausgebreitet und seine Route abgesteckt, die von Olympus bis zum Hudson, von dort nach North und South Carolina, weiter bis zu den Florida Keys und schließlich nach Kuba führen sollte. Im Laufe der nächsten Wochen füllten Hawley und Jove die Garage mit Bestandteilen für die Bootsausrüstung: einem Satz Segel aus dem Laden für Fischerei- und Segelbedarf, einem Fünfzehn-PS-Motor, den Hawley für zu schwach hielt, auf den Jove jedoch bestand, weil er den Wasserwiderstand so klein wie möglich halten wollte, mehreren Kanistern Benzin, Bootshaken, einem Anker, Schwimmwesten, Schöpfgefäßen, Sturmlaternen, einer Signalrakete und einem Navigationssystem.

An diesem Morgen war der Schiffsrumpf trocken und somit bereit zum Aufbruch. Die Männer hatten den Anhänger an Hawleys Pick-up gekoppelt und waren zum Jachthafen gefahren, um das Boot ins Wasser zu lassen. Es war das erste Mal, dass Loo seit Joves Ankunft allein im Haus war. Sie hatte Hawley versprochen, später zur Bootstaufe nachzukommen, hatte ihm und Jove von der Veranda hinterhergewinkt und dann die Garage aufgeschlossen, um sich mit einem Schraubenzieher am Firebird zu schaffen zu machen.

Jetzt durchwühlte sie im Wohnzimmer Joves wenige Habseligkeiten: zwei ungültig gemachte Kartenspiele aus einem Casino in Colorado; ein Paar müffelnde Turnschuhe; mehrere Garnituren Kleidung; einen Waschlappen und eine Seife in einem Plastikbeutel; ein Ledersäckchen voller Quittungen; zwei längst überfällige Büchereibücher – *Große Erwartungen* und *David Copperfield* –, deren Deckel vom Buchrücken abplatzten und deren fleckige Seiten von den Essgewohnheiten unzähliger Menschen zeugten; und einen Katalog für Segelbekleidung – wasserfeste Hosen, kratzfeste Sonnenbrillen und Kapitänsmützen mit goldener Kordel.

Loo sah sich die Quittungen genauer an. Sie stammten von Tankstellen, Dinern, Motels, Bars und Schnellrestaurants und waren nach Datum sortiert, als wäre Jove ein Geschäftsmann, der eine Reisekostenabrechnung einreichen wollte. Loo fand eine handschriftliche Liste mit Uhrenherstellern, einzeln aufgeführt wie die Posten auf einem Einkaufszettel. Sie fand eine Seekarte der Nordküste. Und eine herausgerissene Seite aus einer Motelzimmer-Bibel. Quer über den Bibeltext war mit schwarzem Filzstift der Name der Straße geschrieben, an der Hawley und Loo die gestohlenen Autos abgestellt hatten.

Loo zerriss die Bibelseite, ging mit den Fetzen ins Badezimmer, warf sie in die Toilette und zog ab. Die Schrift quoll auf und verschwamm, bevor sie wirbelnd im Abfluss und aus Loos Leben verschwand. Loo wusch sich die Hände am Waschbecken. Als sie den Hahn wieder zudrehte, hörte sie ein Pfeifen, das von der Toilette kam. Die Spülung hatte gerade noch wunderbar funktioniert, aber nun schien ein dünnes Rinnsal weiter in die Toilettenschüssel zu laufen. Loo ruckelte an der Spültaste. Das Pfeifen ging weiter. Erneut versuchte sie es mit der Spültaste. Das Pfeifen hörte nicht auf, es war gleichmäßig, schrill und irritierend hartnäckig. Nachdem sie die Toilette zugeklappt hatte, nahm sie den schweren Porzellandeckel vom Spülkasten.

Irgendetwas reflektierte im Wasser – es sah aus, als würden unterhalb des Schwimmers mehrere Gläser auf dem Boden des Spülkastens stehen. Loo griff in das kalte Wasser, zog ein Glas daraus hervor und stellte es neben dem Waschbecken ab. Das Glas war milchig, und der Metallverschluss setzte am Rand bereits Rost an. Noch drei Gläser folgten, dann schraubte sie eins davon auf. Der Deckel hinterließ rote Spuren an ihren Fingern, und der Geruch von Lakritz breitete sich in dem kleinen Raum aus.

Die Lakritzstangen waren lang und dünn, wie schwarze Schnürsenkel. Ihre Finger schoben sich in das klebrige Nest hinein, ertasteten darunter etwas. Nachdem sie die Lakritzstangen kurzerhand ins Waschbecken gekippt hatte, kamen darunter dicke, von Gummibändern zusammengehaltene Rollen mit Hundertdollarscheinen zum Vorschein. Sie öffnete eine Rolle und zählte zehntausend Dollar. Das Geld war glatt und steif, als wäre es noch nie benutzt worden, und der untere Teil jedes Geldscheins war rötlich braun verfärbt – genau wie Loos Finger nach dem Aufschrauben des Deckels. Auch aus den anderen Gläsern kippte sie noch mehr Lakritz und Geldbündel. Dann zählte sie das Geld. Zählte es noch einmal. Im Waschbecken lagen mehr als vierhundertfünfzigtausend Dollar.

Loo setzte sich auf den Badewannenrand. Sie versuchte sich zu erinnern, wann sie das letzte Mal den Spülkasten geöffnet hatte. Vor zwei Monaten? Drei? Nie war etwas anderes darin gewesen als trübes Wasser. Eine der Rollen in die Hand nehmend betrachtete sie das Geld genauer, fuhr mit dem Finger daran entlang. Die Verfärbung stammte weder von Staub noch von Rost. Es war Blut, das die Geldscheine bis zur Mitte durchtränkt hatte. Während Loo die Geldbündel zurücklegte, sie mit Lakritz bedeckte und die Gläser wieder in den Spülkasten stellte, ließ ihr die Frage keine Ruhe, wessen Blut das wohl gewesen war. Mit einem Griff ins Wasser justierte sie den Schwimmer und machte dem Pfeifen ein Ende.

Sie fand Hawley am Jachthafen vor, umringt von Motorbooten, Katamaranen, Jollen und Segeljachten in sämtlichen Formen und Größen, die entweder im Trockendock lagen oder an Liegeplätzen des Hafens vertäut waren. Der Kranführer saß hoch oben in seiner Kabine, und Hawley befestigte nach seinen Anweisungen Ketten und Gurte am Rumpf von Joves Segelboot, das noch immer auf dem Anhänger stand. Der Hafenkran war zu dieser Jahreszeit normalerweise damit beschäftigt, Fischkutter und Luxusjachten aus dem Meer zu heben und für den Winter auf Lageböcke zu hieven. Loo schloss ihr Fahrrad am Zaun an und ging quer über den Parkplatz auf ihren Vater zu, bis sie mit Jove zusammenstieß, der gerade aus dem Büro des Hafenmeisters kam.

»Sehr gut – du bist da!«, begrüßte er sie und schob seinen Geldbeutel vorne in seine Hose. »Du kannst gleich das Boot taufen und mir deinen Segen mit auf den Weg geben. Bestimmt hast du die Nase voll davon, dass ich bei euch zu Hause herumhänge.«

»Ich bin aber kein Priester«, wandte Loo ein.

»Du bist eine Frau«, sagte Jove. »Das ist fast das Gleiche.«

Er trug Kleider aus dem Katalog, den Loo zu Hause gefunden hatte – schicke lederne Bootsschuhe und eine reflektierende Windjacke, die bei schlechtem Wetter auch als Zelt zu benutzen war. Auf seinem Kopf thronte eine Kapitänsmütze mit Goldkordel, an die er nun die Finger legte, bevor er davoneilte, um mit dem Kranführer zu sprechen.

Am Dock hob Hawley den Kopf, als er die Stimme seiner Tochter hörte. Er verzurrte die Seile, mit denen er unter dem Boot hantiert hatte, und winkte Loo zu sich.

»Was ist los?«, fragte er.

»Ich habe etwas für dich.« Loo streckte ihm das Polaroidfoto von Lily im Krankenhaus entgegen, das Foto, auf dem sie strahlend ihr neugeborenes Baby im Arm hielt.

Hawley wischte sich die Finger an seinem T-Shirt ab und griff nach dem Bild. Es dauerte einen Moment, bis er erfasst hatte, was darauf zu sehen war. Auf einmal trat ein Ausdruck in sein Gesicht, den Loo nach kurzem Überlegen als unbändige Freude identifizierte. Es war, als wäre die Sonne plötzlich hinter einer Wolke hervorgekommen und würde jeden Zentimeter seiner Haut erhellen.

»Ich habe Mabel Ridge den Firebird zurückgebracht«, erklärte sie.

So schnell, wie sie gekommen war, verschwand die Glückseligkeit wieder aus Hawleys Gesicht. Seine Finger krümmten sich um das Foto. »Was hat sie gesagt?«

»Dass du mich verlassen hast, nachdem Mom tot war.«

Loo sah ihrem Vater an, dass das nicht der Satz war, mit dem er gerechnet hatte. Sein Blick wurde starr und wanderte zum Bild zurück. Als er schließlich den Mund aufmachte, schien er nicht mit Loo, sondern mit Lily und dem Baby zu sprechen. »Ich wollte nicht, dass du denkst, du wärst mir damals egal gewesen«, sagte er. »Deshalb habe ich dir nie etwas davon erzählt.«

»Es stimmt also.«

»Ja«, antwortete Hawley. »Aber ich bin zu dir zurückgekommen.«

»Nach vier Jahren?«, fragte Loo. »Was hast du in der Zwischenzeit gemacht?«

Hawley sah sie nicht an, starrte stattdessen weiter auf das Foto und schob es schließlich kurzerhand in seine Tasche. Loo kam der Gedanke, dass er wahrscheinlich derjenige gewesen war, der es aufgenommen hatte, der den Bildausschnitt gewählt, den Blitz eingestellt und auf den Auslöser gedrückt hatte.

»Hast du sie umgebracht?«

»Was?«

»Hast du meine Mutter umgebracht?«

Hawley machte einen Schritt nach hinten, als hätte sie

ihn mit ihrem Stein in der Socke geschlagen. Obwohl sie unendlich wütend auf ihn war, weil er sie verlassen hatte, obwohl sie die Wahrheit über ihn aus dem Spülkasten der Toilette hatte fischen müssen, tat er ihr beinahe leid. Seine Kieferpartie verspannte sich. Sie wusste, dass er krampfhaft über eine Antwort nachdachte. Bald wurde sein Gesicht wieder glatt. So sah er aus, wenn er kurz davor war, jemanden vom Pier zu stoßen.

»Sie wäre noch am Leben, wenn sie mich nicht getroffen hätte«, sagte Hawley. »Insofern: Ja. Es ist meine Schuld, dass sie tot ist.«

In Loo stieg Übelkeit auf. Ihr Vater weigerte sich immer noch, ihr in die Augen zu sehen. Er vergrub seine Hände in den Taschen, und seine Stimme war fest und kalt und hart, als er Loo den Rest der Geschichte erzählte, auf die sie schon so lange wartete. Er erzählte von einer jungen Familie, die einen Tag am See genoss, von einem Schatten, der plötzlich auftauchte, von einem Baby und einer Waffe und einem Vater und einer Mutter, von einem menschlichen Körper, der im See versank. Hawleys Stimme klang hohler als sonst, als hätte er eine unbeteiligte Version von sich selbst geschaffen, eine leere Hülse, die an die Stelle seines Körpers getreten war.

»Talbot war hinter uns her, weil ich ihm vor Jahren etwas angetan hatte. Ich hatte einen Menschen verletzt, den er geliebt hatte, und deshalb wollte er nun mir wehtun. Deine Mutter hat mich beschützt. Sie hat uns beide beschützt.«

»Also hat er sie umgebracht.«

»Ja.«

»Und ich war auch dabei?« Loo wäre nie in den Sinn gekommen, dass sie Teil dieser Geschichte sein könnte. Dass sich unter dem blauen Punkt auf der Landkarte, den sie mit ihrem Finger abdecken konnte, nicht nur ihre Eltern verbargen, sondern auch sie selbst. Irgendwo tief in ihrem Unterbewusstsein waren ihre eigenen Erinnerungen an die Ereignisse vergraben. Ein Dorn von einer Teetasse, der abgebrochen und in einen Spalt gerutscht war. Wenn sie das richtige Werkzeug fand, um ihn wieder hervorzuholen, würde jener Tag nicht mehr allein ihrem Vater gehören, und sie würde endlich wissen, wie sich der Atem ihrer Mutter an ihrer Wange angefühlt hatte.

»Ja«, antwortete Hawley. »Aber wir haben dafür gesorgt, dass dir nichts passiert. Wir beide zusammen.«

Der Kran fuhr hoch, und die Ketten spannten sich klirrend. Mit einem Ächzen erhob sich das Segelboot vom Anhänger.

»Da kommt sie!«, rief Jove.

Hawley legte die Hand auf Loos Schulter. »Tut mir leid, dass du es auf diese Weise erfahren musstest.«

»Ich dachte, man soll nicht sagen, dass einem etwas leidtut.«

»*Du* sollst das vor allem nicht sagen«, erwiderte er. »Diese Worte sind nichts für dich.«

Der Schiffsrumpf stieg immer weiter nach oben, bis er über ihren Köpfen baumelte und vorwärts durch die Luft schwebte, als würde er fliegen. Hawley ließ Loo stehen und ging zum Dock. Er half Jove, das Boot in Empfang zu nehmen und es zu seinem Platz zu lenken. Es sah wunderschön aus, wie es da über dem Wasser hing, mit seinem frischen Anstrich, der in der Nachmittagssonne glänzte, und dem stolz in die Luft ragenden Mast. Schließlich kam der Rumpf auf der Oberfläche auf, und der mit Blei beschwerte Kiel verschwand.

Die Männer eilten hin und her und schlossen die elektrischen Pumpen an. Das Holz musste erst ein oder zwei Tage quellen. Bis dahin drang das Meer durch die Fugen ein, sammelte sich im unteren Teil des Boots an und sorgte dafür, dass es tief im Dock lag. Jove platzierte die Schläuche, und Hawley zog am Starterseil der Pumpen. Sie sprangen an, begannen Wasser anzusaugen und es wieder auszuspucken.

Jove stellte sich an den Bug und winkte Loo zu sich. Er griff in seinen Rucksack und zog eine Flasche Champagner heraus. »Na los, komm her!«

Loo kletterte über die Alurampe aufs Schwimmdock. Sie fühlte sich benommen. Die Flut war im Anmarsch, sie hörte die Wellen gegen die Stützpfeiler schlagen. Das Boot hüpfte gegen die Wand. Es war so voll mit Wasser, dass es aussah, als würde es sinken.

»Wenn die Flasche nicht zerbricht, bringt das Pech«, warnte Jove und gab Loo die Champagnerflasche. Er zeigte auf eine große Messing-Klampe an der Spitze des Bugs.

Loo schluckte. »Muss ich dabei was sagen?«, fragte sie.

»Wie wäre es mit einem Gebet?«, schlug Jove vor.

Loo schloss die Hände fest um den Hals der Flasche. Die Alu-Manschette begann sich bereits zu lösen.

»Segne dieses Boot«, begann sie. Selbst diese wenigen Worte fühlten sich komisch an. Sie war nie in einer Kirche gewesen, hatte keine Ahnung, was man dort sagte. Hilfesuchend blickte sie Jove an, der seine Kapitänsmütze ausgezogen hatte.

»Sag doch was über einen gelungenen Neuanfang.«

»Okay«, nickte Loo.

»Und dass ich keine Haie will. Und keine Lecks. Und keine schlimmen Stürme.«

»Okay«, sagte Loo. »Das alles natürlich auch.«

»Und keine Piraten. Und keine Ex-Frauen.«

»Gibt es irgendwas, was du *willst*?«, fragte Loo.

Jove schüttelte den Kopf. »Dieses Boot ist das Einzige, was ich mir je gewünscht habe.«

Eine Welle von einem Öltanker rollte heran. Mit der schweren Champagnerflasche in der Hand ging Loo in die Knie, um auf dem Schwimmdock die Balance zu halten. Als der Boden unter ihr anstieg, fühlte sie sich, als gäbe es plötzlich keine Schwerkraft mehr, als würde sie in den luftleeren Raum hineingeschleudert und sich rasend von der Erde entfernen, vorbei an den anderen Planeten, auf dem Weg zu einem weit entfernten, einsamen Orbit. Pluto. Sie war Pluto. Loo versuchte sich an das Diagramm von der letzten Seite ihres Astronomiebuchs zu erinnern. An die Zahlen, die ihr verrieten, wie viel sie an welchem Ort wog. Sie spürte Hawleys Anwesenheit neben sich, sah jedoch nur seine Hände an, nicht sein Gesicht.

Das sinkende Boot hob sich und fiel wieder ab.

»*Irgendwo wartet etwas Unglaubliches darauf, entdeckt zu werden*«, zitierte Loo.

Sie standen schweigend nebeneinander auf dem Dock und lauschten dem Geräusch der Pumpen, ihrem Saugen und Spucken. Loo hob die Flasche hoch über ihre Schulter.

»Wie soll das Boot noch mal heißen?«

»Pandora«, antwortete Jove.

»Was, wenn die Flasche nicht zerbricht?«

»Alles zerbricht, wenn man es fest genug irgendwo dagegenschlägt.«

Ihr Vater ging in die Hocke und hielt das Boot fest, damit Loo besser zielen konnte. Sie starrte seinen Hinterkopf an. Zum ersten Mal in ihrem Leben war es Hawley, den sie verletzen wollte. Am liebsten hätte sie die Flasche an ihm zertrümmert statt am Boot. Einerseits hatte er in ihrem gemeinsamen Badezimmer einen Schrein errichtet, in dem er betrauerte und anbetete, was ihm von ihrer Mutter geblieben war, und andererseits versteckte er vierhundertfünfzigtausend blutbefleckte Dollar im Spülkasten der Toilette, Geld aus ebenjenem Verbrecherleben, das Lily das Leben gekostet hatte. Loo wollte gar nicht wissen, von wem das Blut stammte. Sie hatte vorerst genügend Geheimnisse gelüftet.

Es war an der Zeit, dass sie ihre eigenen Entscheidungen traf und ihre eigenen Lügen schuf. Loo visierte die Klampe am Bug an, an der später der Anker befestigt werden würde. Und schlug die Flasche mit voller Kraft dagegen.

Kugel Nummer zehn

Hawley fuhr bis Denver, nahm eine Propellermaschine nach Wyoming und landete in Sheridan. Das Flugzeug hatte nur acht Sitze, und Hawleys Sitz befand sich direkt über der Tragfläche und war so eng, dass er sich hineinzwängen musste. Seine Knie stießen gegen den Vordersitz, und seine äußere Schulter wurde gegen die Außenwand gedrückt, als die Maschine steil über den Rocky Mountains eindrehte. Durch die fleckige Kunststoffscheibe beobachtete er, wie sich die Propellerflügel drehten und die Luft durchwalkten. Der Lärm übertönte alles, drinnen wie draußen.

Nachdem sie gelandet waren, griff Hawley nach seiner Tasche, in der sich ein Satz Kleider zum Wechseln und der orangefarbene Werkzeugkasten mit Verbandsmaterial befanden, den er noch von dem alten Mann in Alaska besaß. Er stahl ein Auto und nach hundertfünfzig Kilometern noch eins. In einem Pfandhaus erstand er einen Revolver Kaliber 357 mit Sechs-Zoll-Lauf. In einem weiteren kaufte er sich eine anständige Schrotflinte und ein Gewehr sowie Munition für beide. Als Nächstes hielt er bei einem Agrarhandel in der Stadt, schlenderte mit Cowboys und Rinderfarmern durch die Gänge und suchte sich eine rudimentäre Campingausrüstung zusammen – einige Dosen Brenngel, zwei blaue Abdeckplanen, zusätzliche Socken, ein neues Paar Stiefel, ein paar Rollen Plastikplane, Klebeband, Seil und Mülltüten sowie eine Drahtschere, ein Messer, einen Hammer und eine Metallfeile. Er zahlte alles in bar.

Er wurde das Auto los, nahm sich ein Motelzimmer und verbrachte den Nachmittag damit, die Seriennummern von den Waffen zu entfernen. Im Nebenzimmer weinte ein Baby. Hawley hatte fast vergessen, wie das klang. Zweimal wachte er mitten in der Nacht vom Schreien auf. Beim ersten Mal hastete er aus dem Bett und stieß im Glauben, in Loos Zimmer hinüberzugehen, gegen die Wand. Beim zweiten Mal blieb er liegen, starrte zu den Lichtstreifen hinauf, die durch die Ritzen der Jalousien auf die Zimmerdecke fielen, und kratzte sich am Bart, bis es Morgen war.

Er hatte aufgehört sich zu rasieren, und seine Gesichtsbehaarung wucherte wild seinen Hals hinunter und seine Wangen hinauf. Zwölf Monate lang hatte er gebraucht, um es so weit zu schaffen, und jeden Tag bedeckte der Bart ein Stück mehr von ihm. Ihm war aufgefallen, dass über die Hälfte der Männer hier in Wyoming genauso aussah.

Um sechs Uhr zündete er Brenngel an und kochte sich im Badezimmer eine Dose Bohnen. Als der braune Saft zu brodeln begann, stellte er die Badezimmerlüftung aus und löschte die Flammen, schaltete den Fernseher ein und aß die Bohnen auf dem Bett. Anschließend spülte er die Dose aus und warf sie weg, wusch auch den Löffel und räumte ihn zurück zu seinen Sachen. Er öffnete seinen Tabakbeutel und nahm ein Heftchen Zigarettenpapier heraus. Hawley rauchte eigentlich nicht, aber nach Lilys Beerdigung hatte er den Tabak gefunden, den sie sich am Abend vor ihrem Tod gekauft hatte. Er hatte sich eine Zigarette gedreht und dabei an ihre Hände gedacht, sich vorgestellt, wie sie sich bei dieser Tätigkeit bewegten. Danach hatte er einfach weitergeraucht, bloß um ihren Geschmack im Mund zu haben. Hawley zündete die fertig gedrehte Zigarette an. Inhalierte. Schnipste die Asche auf den Boden. Als die Glut seine Fingerspitzen erreichte, drückte er den Stummel aus und zog seine Liste hervor.

Es war lediglich eine Aneinanderreihung von Wörtern. *Wäscherei, Lebensmittel, Apotheke, Eisenwarenladen.* Er war vorsichtig mit dieser Liste, so wie mit allem. Wenn jemand den Zettel fand oder Hawley über die Schulter blickte, würde er glauben, es handle sich um eine Liste mit Besorgungen. Aber jeder Posten auf der Liste stand für jemanden, den Hawley aus dem Weg räumen musste, bevor er für ihn oder seine Tochter zur Gefahr wurde. Er würde nichts mehr dem Zufall überlassen, würde überhaupt niemandem mehr irgendetwas überlassen.

Am See hatte er einen Cleaner einschalten müssen, der ihn das gesamte Geld in den Lakritzgläsern gekostet hatte. Der Cleaner räumte gründlich auf. Beseitigte Talbots Leiche. Besorgte einen diskreten Arzt. Bestach den Gerichtsmediziner, der mit Lilys Obduktion beauftragt war. Bereinigte den Polizeibericht. Nur Hawley konnte er nicht reinwaschen. Nachdem die Beerdigung vorbei war und er Loo bei Mabel Ridge abgeliefert hatte, war Hawley zur nächsten Bar gefahren und hatte sich zwei Wochen lang besoffen. Zu sich gekommen war er erst wieder auf einem Boot, in Begleitung von Jove. Sein Freund behauptete, Hawley habe ihn angerufen, aber Hawley konnte sich nicht daran erinnern. Jove hatte ihn bewusstlos auf einem Haufen Müll gefunden, der kurz davor war, zur Deponie abtransportiert zu werden. Das war, bevor Hawley beschlossen hatte, seine Feinde umzubringen. Da war er noch in der Selbstmitleidsphase gewesen.

Im Laufe der letzten Jahre hatte Jove endlich segeln gelernt, und nun war er damit beauftragt, das Boot, auf dem sie sich befanden, von Boston zu den Virgin Islands zu bringen. Unterwegs hielten sie mehrmals an und lieferten Ware ab, die unter den Holzplanken des Boots versteckt war. Es handelte sich um eine zweimastige Bermuda-Ketsch mit drei Segeln: einem Besansegel, einem Großsegel und einer Fock. Jove war ein guter Steuermann und zeigte Hawley nicht nur, wie man mit einem Boot umging, sondern half ihm auch bei der Bewältigung seiner Trauer. Er gab seinem Freund Whiskey, wenn der einen Drink brauchte, und nahm ihm die Flasche wieder weg, wenn er es übertrieb. Und er redete ihm sein Vorhaben aus, sich bei bewegter See ins Wasser zu stürzen. »Denk an deine Tochter«, sagte er. »Soll sie zur Vollwaise werden?«

Ihre Route führte an der Küste entlang, über Newport und Little Creek, Virginia, nach Saint Thomas. Die Reise dauerte zwölf Tage, und am Ende war Hawley nüchtern genug, um zu verstehen, dass jetzt allein Loo zählte. Er musste für die Sicherheit seiner Tochter sorgen, und der erste Schritt bestand darin, sich Ed King vom Hals zu schaffen. Hawleys Gedanken gingen in die gewaltsame Richtung, aber Jove überredete ihn, den alten Boxer stattdessen hinter Gitter zu bringen. Seit der Sache in Alaska wusste Jove genug, um King den Mord an dem Piloten und dessen Freundin unterzuschieben, wobei von Unterschieben eigentlich keine Rede sein konnte, da King den Mord ja wirklich begangen hatte.

»Bist du sicher?«, wollte Hawley von Jove wissen. »Ich weiß, dass er dein Freund ist.«

»War«, korrigierte Jove. »Nach dieser Nummer nicht mehr.«

Auf Saint Thomas händigten sie die letzte Lieferung und das Boot aus. Hätte es nicht ununterbrochen geregnet, hätten sie vielleicht ein neues Boot gestohlen und wären damit den gleichen Weg zurückgesegelt. Stattdessen nahmen sie den Flieger zurück in die Vereinigten Staaten. Jove flog nach Alaska, um sich um King zu kümmern, und Hawley beschloss, dass es noch andere Leute gab, die er loswerden musste.

Ursprünglich hatte er seine Tochter nur eine Woche bei Mabel Ridge lassen wollen, aber inzwischen waren mehr als zwei Jahre vergangen. Ohne ihn war sie besser dran, das wusste Hawley. Er wusste allerdings auch, was er ihr schuldig war: ein Leben ohne ständige Angst. Und er war fest entschlossen, die Liste vollständig abzuarbeiten, um ihr ein solches Leben zu ermöglichen, auch wenn er manchmal merkte, dass er von seinem Weg abwich. In diesen Momenten fragte er sich, ob er bis zum Ende durchhalten würde, und kratzte sich den Bart. Stunden vergingen, der Himmel wurde dunkel, hell und wieder dunkel. Manchmal belog er sich selbst.

Er dachte: *Eines Tages komme ich darüber hinweg.*

Er dachte: *Morgen wird es schon weniger wehtun.*

Anschließend kratzte er noch ein wenig seinen Bart, und ein weiterer Tag verstrich.

Er war schon einmal eine Zeit lang in Wyoming gewesen, zusammen mit Jove, mit Mitte zwanzig. Nach der Sache mit dem Indianer-Casino hatten sie beide genügend Bargeld gehabt und in einen Grundstücksdeal mit drei Parteien investiert – zusammen mit Frederick Nunn, dessen Haus sie ausgeraubt hatten, als sie noch halbe Kinder gewesen waren und sich mit Tafelsilber begnügt hatten.

Das Grundstück, um das es ging, befand sich in der Nähe des Bighorn National Forest. Hawley und Jove hatten ihre Anteile gewinnbringend an ein Erdgasunternehmen weiterverkauft, mithilfe von Banken und Mittelsmännern, damit man den Deal nicht zu ihnen zurückverfolgen konnte. Frederick Nunns Parzelle war hingegen zum geschützten Lebensraum für eine vom Aussterben bedrohte Art erklärt worden: den Schwarzschwanz-Präriehund. Das FBI war auf Nunn aufmerksam geworden und hatte ihn wegen Geldwäsche hochgenommen und ins Gefängnis gesteckt. Nunn hatte bei der Sache alles verloren, selbst sein prachtvolles Haus in den Adirondack Mountains. Als er wieder entlassen worden war, war ihm nichts geblieben als sein Präriehund-Grundstück, ein durchlöchertes Stück Land, auf dem die großen Nager in riesigen Kolonien lebten, jegliche Vegetation vernichteten und mit ihren Gängen den Boden zerstörten, bis er weder für die Viehzucht noch für sonstige landwirtschaftliche Zwecke mehr taugte.

Das Grundstück war damals in drei gleich große Parzellen aufgeteilt worden. Sie hatten eine Münze geworfen, um zu bestimmen, wer welche Grundstücksurkunde bekam. Hawley hatte den ersten Wurf gewonnen und dementsprechend zuerst gewählt, Jove hatte den zweiten Wurf für sich entschieden. Keiner von ihnen hatte geglaubt, dass es einen Unterschied machte, wer welche Parzelle bekam. Sie hatten noch eine Runde Whiskey an der Bar bestellt, und Jove hatte Nunn sogar erzählt, wie sie damals vor all den Jahren sein teures Besteck geklaut hatten und wie Hawley vom Hausmeister angeschossen worden war. Sie hatten Witze darüber gerissen und fühlten sich von der Aussicht auf Wohlstand wie benebelt. Nunn hatte sich großzügig und versöhnlich gegeben, und Jove und Hawley hatten am nächsten Tag zusammengelegt und ihm ein edles neues Bestecksset aus mexikanischem Silber gekauft. Später warf Nunn ihnen vor, von den Präriehunden gewusst zu haben – Hawley und Jove hätten die Münze irgendwie getürkt und seien ihm deshalb etwas schuldig. Weil Jove kurz darauf ins Gefängnis wanderte, fing Nunn an, Hawley spätnachts anzurufen und zu behaupten, die Präriehunde würden ihn auslachen. Sie könnten miteinander sprechen und wüssten, was Hawley getan hätte. Das Ganze war so weit gegangen, dass Hawley überlegt hatte, Frederick Nunn umzubringen. Stattdessen hatte er seine Zelte abgebrochen und war nach Oklahoma weitergezogen und von dort nach Arkansas, Louisiana, New Mexico und Florida. Nach den Aufträgen in Florida hatte er dann Lily kennengelernt.

Als er jetzt in einer gestohlenen Limousine auf der Route 14 unterwegs war, fiel ihm wieder ein, wie sehr ihm das Leben hier im Westen gefallen hatte. Der Himmel war weit und offen, und so weit das Auge reichte, war niemand und nichts zu sehen. Schnee schmiegte sich um die Spitzen der mit trockenem Gras und Salbei bewachsenen Hügel, über die wilde Truthühner, Wapitis, Pferde und Rinder zogen. Bäume wuchsen hier so spärlich, dass man schon aus kilometerweiter Entfernung erkannte, wo es Wasservorkommen gab, denn die halb toten Gewächse drängten sich entlang der Flussbetten und streckten ihre verwitterten Äste in den Himmel wie zu Stein gewordene Riesen.

In der Ferne erkannte Hawley die Gasfackeln, die vor der untergehenden Sonne loderten und dunklen Rauch in den Himmel entsandten. Methan und Schwefeldioxid. Von den Unterbauten, die die Bohrer an Ort und Stelle fixierten, erhoben sich metallene Gerüste wie Kräne, die auf einem Wolkenkratzer balancierten. Das viele Metall wirkte fehl am Platz inmitten dieser wilden Landschaft, genau wie die Männer, die gerade Feierabend machten – Arbeiter mit Helmen, die keinerlei Ähnlichkeit mit den Schafhirten aufwiesen, die Hawley aus seiner Zeit als Aushilfe auf einer hiesigen Ranch kannte, wortkarge Menschen, die von Ort zu Ort zogen, mit ihren Herden in den Bergen lebten und so dick verkrustet waren mit Dreck und Schweiß, dass sich sogar die Schlangen von ihnen fernhielten.

Hawleys ehemaliges Grundstück war von einem meterhohen Maschendrahtzaun mit Stacheldrahtverstärkung umgeben. Er verlangsamte das Tempo, um sich umzuschauen. Es war der einzige Maschendrahtzaun, den er auf seiner Fahrt gesehen hatte. Selbst an der Interstate 90, auf der Sattelzüge mit hundertsechzig Sachen entlangdonnerten, wurde das Vieh nur mit ein paar Holzpfosten und einem dazwischengespannten Elektrodraht von der Straße ferngehalten. Das Unternehmen, das auf Hawleys Land nach Gas bohrte, hatte das Grundstück abgeriegelt wie ein Gefängnis.

Als Nächstes entdeckte er ein an einen Telefonmast genageltes Schild am Straßenrand. Darauf war ein Präriehund innerhalb eines Fadenkreuzes abgebildet, und darunter stand: SCHIESSÜBUNGSGELÄNDE! Und: NÄCHSTE LINKS! Und: BENUTZEN SIE UNSERE WAFFEN ODER BRINGEN SIE IHRE EIGENEN MIT AUF DIE PRÄRIEHUND-RANCH!

Hawley bog links ab. Er rollte durch ein offenes Tor und fuhr etwa achthundert Meter eine kleine Straße entlang. Das Gelände war zunächst eben, stieg jedoch bald zu einer steilen, von struppigen Büschen bewachsenen Anhöhe an, die oben abflachte wie eine Hochebene. Von hier hatte man freien Blick auf den gewaltigen Zaun und die brennenden Gastürme auf Hawleys ehemaligem Grundstück.

Neben einem Schild mit der Aufschrift PARKPLATZ standen ein Jeep mit Überrollbügel und eingerissenem Verdeck und ein ramponierter Geländewagen, und dahinter war ein Wohnwagen auf Betonklötzen aufgebockt. Der Wohnwagen sah aus, als wäre er vom Ende der Welt hergeschleppt worden. Er war klein und verbeult und hatte löchrige Fliegengitter vor den Fenstern. Unter der Tür diente ein umgedrehter alter Holztrog als Eingangsstufe. Statt einer Satellitenschüssel war eine altmodische, in Alufolie gewickelte Antenne auf dem Dach befestigt.

Hawley schaltete den Motor aus und wartete. Er hörte einen Gewehrschuss. Und noch einen. Sein Revolver

Kaliber 357 Magnum lag neben ihm auf dem Sitz. Die Schrotflinte war geladen und ruhte auf dem Armaturenbrett, und sein Gewehr war in eine Decke gewickelt unter dem Vordersitz versteckt. Er griff nach keiner dieser Waffen, sondern wartete ab, ob jemand auftauchte.

Eine mit Bademantel und einer orangefarbenen Jagdmütze bekleidete Frau öffnete die Wohnwagentür einen Spalt und spähte zu ihm hinaus, bevor sie die Tür ganz aufmachte und auf den Holztrog hinuntertrat. Sie war jung und hatte einen üppigen, von billigem Fast Food geformten Körper. Die Jagdmütze hatte sie über die Ohren gezogen. Ihre Fußknöchel waren elegant, ihre Füße nackt und ihre Zehennägel knallgrün lackiert. Der Bademantel klappte auf und entblößte ein Footballtrikot und eine auf Kniehöhe abgeschnittene Jogginghose. Die Frau winkte Hawley, und er schob den Revolver samt Ersatzmunition in seine Jackentasche, öffnete die Autotür und steckte den Kopf ins Freie.

»Die anderen haben schon angefangen«, sagte sie. »Einfach nach hinten durchgehen.«

»Danke«, antwortete Hawley. Er ließ die Autotür unverschlossen, den Schlüssel im Zündschloss stecken und ging in die Richtung, die ihm die junge Frau gezeigt hatte.

Etwa hundert Meter hinter dem Wohnwagen waren sechs Tische und Stühle für Distanz-Schießübungen aufgebaut, dazu Sandsäcke, Stative und Sucher. Zwei Männer saßen auf Stühlen und schossen, ein weiterer stand daneben und starrte mit einem Feldstecher in die Ferne. Hawley beobachtete, wie der aufrecht stehende Mann einem der Schützen auf den Rücken klopfte, sich umdrehte und ein Bier vom Tisch nahm. Frederick Nunn hatte immer noch den gleichen Schnurrbart, so dicht, dass er wie ein unter der Nase gekrümmter Finger aussah. Auch seine mit feinen schwarzen Härchen bewachsenen Hände hätte Hawley überall erkannt. Mit seinen Pranken hatte Nunn früher die Leute eingeschüchtert, hatte beim Sprechen vielsagend die Fingerknöchel knacken lassen. Jetzt griff er damit nach der Bierdose, führte sie zum Mund, schluckte und sah Hawley auf sich zukommen. Er schluckte erneut. Hielt sich das Fernglas vors Gesicht. Hawley bemühte sich um einen neutralen Gesichtsausdruck und ging auch dann noch weiter, als Frederick Nunn das Fernglas weglegte und nach einem Gewehr griff.

»Sam Hawley«, begrüßte ihn Nunn. »Fast hätte ich dich nicht erkannt.«

Die Schützen nahmen ihren Gehörschutz ab. Einer von ihnen war etwa Mitte zwanzig und trug passend zu seinen Camouflage-Kopfhörern eine Armeejacke in Wüsten-tarnfarben. Der andere war mindestens zehn Jahre älter, hatte mit Kratern übersäte Wangen und war mit einer fransenbesetzten Lederweste im Western-Stil bekleidet. Beide waren betrunken. Nunn nicht.

»Was willst du hier?«, fragte er.

»Ich habe dein Schild am Straßenrand gesehen.«

Nunn hob die Nase, wie ein Jagdhund, der Witterung aufnahm.

»Alles in Ordnung?«, fragte der Mann mit der Leder-weste.

»Ja, Hawley ist in Ordnung«, sagte Nunn. »Das hier sind Mike und Ike.«

»Mike und Ike? Klingt nach Fruchtbonbons«, sagte Hawley.

Die Männer nickten, standen jedoch nicht auf. Ihre Hände ruhten weiterhin auf ihren Gewehren.

»Lasst euch nicht von mir aufhalten.«

»Oh«, entgegnete Mike. »Uns kann keiner aufhalten.« Er setzte seinen Gehörschutz wieder auf und beugte sich über den Tisch, um ein Auge an den Sucher zu legen. Ike fummelte an einem Reißverschluss seiner Tarnjacke herum und behielt Nunn und Hawley dabei im Auge.

»Alle in Deckung!«, rief Mike und drückte ab. Die drei Männer drehten sich um. In der Ferne sah Hawley ein kleines Bündel aus Fell und Tierinnereien explodieren.

»Ich dachte, die Präriehunde stünden unter Artenschutz«, sagte er.

»Nicht mehr«, klärte ihn Nunn auf. »Jetzt sind sie lebende Zielscheiben.«

»Das sind doch gute Neuigkeiten für dich«, bemerkte Hawley.

»Es ist immerhin etwas. Die Leute bezahlen dafür, dass sie hier ihre Waffen ausprobieren können, bevor die Jagdsaison beginnt.«

Hawley ließ den Blick über das Gelände schweifen. Es war völlig vegetationslos, bestand nur aus Erdhügeln, Löchern und Kratern, in die man hineinstürzen konnte. Eine tote Landschaft.

»Wer ist das Mädchen im Wohnwagen?«

»Nur ein Mädchen.«

»Was ist sie für dich, meine ich«, präzisierte Hawley.

Nunn musterte ihn genauer. Dann spuckte er auf den

Boden. »Das ist ja mal ein Bart, den du dir da gezüchtet hast.«

Mike und Ike wechselten sich unterdessen mit dem Schießen ab. Meist verfehlten sie ihr Ziel und wirbelten nur kleine Staubwolken auf, die wie Rauchzeichen in die Luft aufstiegen. Hin und wieder trafen sie auch, woraufhin Blut und Innereien über die ausgedörrte Erde spritzten. Zwischen den Schüssen hörte Hawley die Präriehunde rufen, ein Chor aus wehklagenden, zwitschernden Klängen, die so laut waren, dass sie alles bis auf das Knallen der Gewehre übertönten.

»Lass uns irgendwo hingehen, wo wir uns besser unterhalten können«, schlug Hawley vor.

»Okay«, stimmte Nunn zu.

Sie gingen zum Wohnwagen, wo ihn Nunn jedoch nicht hineinbat. Hawley sah, dass die junge Frau sie durchs Fenster beobachtete. Er sagte zunächst nichts, stand einfach da, betastete den Revolver in seiner Tasche und wartete darauf, dass etwas passierte, etwas, was ihm Gelegenheit gab, zu Ende zu bringen, wozu er gekommen war.

»Bist du hier, weil du einen Auftrag hast?«

»Ja«, antwortete Hawley.

Nunn krümmte und streckte eine seiner großen Hände, was Hawley verriet, dass er nervös war. Nunn war nie der Typ gewesen, der nervös wurde, und hier stand er nun und starrte Hawley an, als wäre dieser ein wildes Tier. Und vielleicht war er das auch.

»Wer ist das Mädchen?«, wiederholte er seine Frage, hob das Gewehr und richtete es auf ihn.

»Was zum Teufel willst du hier, Hawley?«

»Sag ihr, sie soll rauskommen.«

»Erst, wenn du mir geantwortet hast.«

»Dich«, sagte Hawley. »Ich bin wegen dir hier.«

Er war sich nicht sicher, ob er es wirklich laut ausgesprochen hatte, so gewöhnt war er daran, allein zu sein und nicht zu reden. Dieses Gespräch war schon jetzt das längste, das er seit fast drei Monaten geführt hatte. Zumindest glaubte er, dass es drei Monate gewesen waren. Auch diesbezüglich war er sich nicht sicher.

Nunn senkte das Gewehr wieder, setzte sich auf den Holztrog und starrte in den Dreck. Überrascht schien er nicht zu sein. »War es Rodriguez?« Er rieb sich mit der Hand den Schnurrbart. »Oder Manley? Ich wette, es war Manley.«

»Manley war es nicht.«

»Also Parker. Der konnte mich noch nie ausstehen.«

»Es war keiner von diesen Typen«, versicherte Hawley. »Ich habe eine Liste, das ist alles. Und du stehst drauf.« Jetzt roch er sie, die Luft von seinem ehemaligen Grundstück. Sie war voller Kohlenstoffmonoxid und Chemikalien. Der Gestank von Substanzen, die man eigentlich nicht verbrennen sollte.

»King«, sagte Nunn. »Ist der auch auf deiner Liste?«

»Der sitzt im Knast.«

»Stimmt, ich habe gehört, dass ihn jemand verpfiffen hat.« Nunn berührte wieder seinen Schnurrbart. Er wirkte eher nachdenklich als verängstigt, als hätte er seit Langem mit so etwas gerechnet. »Tja, wie auch immer. Ich hatte recht. Sie können wirklich sprechen.«

»Wer?«

»Die Präriehunde«, antwortete Nunn. »Ein Wissen-schaftler von der University of Oklahoma war hier, um die Population zu zählen. Danach wurden sie von der Liste der bedrohten Arten gestrichen. Er hat mir Geld dafür gegeben, dass ich die Tiere beobachte und die Laute ana-lysiere, die sie von sich geben. Sie haben Wörter und eine Grammatik, das ganze Programm. Eine richtige Sprache.«

»Warum erzählst du mir das?«, fragte Hawley.

»Weil ich damals dachte, ich würde den Verstand verlie-ren, als ich auf diesem toten Land sitzen blieb. Ich ging die Böschung hoch, hörte ihnen beim Reden zu und dachte darüber nach, mir eine Kugel durch den Kopf zu jagen. Tja, und plötzlich stellt sich heraus, dass sie tatsächlich sprechen können, die Viecher. Irgendwie ein gutes Ge-fühl, diesbezüglich recht gehabt zu haben. Sie sind sogar ziemlich intelligent.«

Hawley hörte, wie Mike und Ike in der Ferne ihre Schüsse abfeuerten. Und wie im Wohnwagen ein Telefon klingelte. Es klingelte und klingelte. Hawley wartete ab, ob Nunn drangehen würde, aber er blieb, wo er war.

»Warum benutzt ihr sie dann als Zielscheiben?«

»Auf irgendwas muss man ja schießen«, erwiderte Nunn.

Die Fliegengittertür ging auf, und die junge Frau kam heraus. Sie hatte den Bademantel ausgezogen, trug jedoch immer noch die abgeschnittene Hose, das Footballtrikot und die Jagdmütze. Ihre Füße mit den grünen Zehennä-geln steckten in mit Kunststoff-Gänseblümchen besetzten Flip-Flops.

»Telefon«, sagte sie.

»Alles klar«, antwortete Nunn. Zu Hawley sagte er: »Warte kurz.« Er stieg auf den Trog und von dort in den Wohnwagen.

Die Sonne verschwand langsam hinter den Bergen und färbte den Himmel rosa, während Mike und Ike johlend die Eingeweide eines weiteren Präriehunds über den ausgedörrten Boden pusteten.

»Ist er nicht ein bisschen alt für dich?«, fragte Hawley.

Das Mädchen zuckte mit den Schultern und zupfte an ihrer Jagdmütze.

»Warum machst du nicht, dass du hier wegkommst?«

»Weil wir einen Deal haben, er und ich«, antwortete die junge Frau.

»Was auch immer der Deal ist, er spielt keine Rolle mehr«, sagte Hawley und zeigte ihr den Revolver.

Sie starrte erst ihn an und anschließend die Waffe. Dann öffnete sie die Fahrertür des Geländewagens, stieg ein und startete den Motor. Sie ließ das Fenster herunter.

»Er hat eine spezialangefertigte Weatherby da drinnen. Halbautomatik, mit Laser.«

»Ach du lieber Himmel, danke.«

»Warten Sie, bis ich auf der Straße bin«, bat sie und zog die Jagdmütze vom Kopf, unter der ihre Haare zum Vorschein kamen. Sie waren grün, genau wie ihre Zehennägel. Sie lächelte Hawley zu, und obwohl ihre Lippen spröde und rissig waren, war es das Netteste, was ihm seit Langem passiert war.

Sie schaltete und fuhr davon.

Hawley wusste, dass Nunn ihn vom Wohnwagen aus beobachtete. Wahrscheinlich war die Halbautomatik be-

reits auf seinen Rücken gerichtet. Er schob den Revolver wieder in seine Jeans, ging zur Fliegengittertür und
klopfte.

»Du klopfst? Ist das dein verdammter Ernst?«, rief
Nunn von drinnen.

»Ich denke schon«, antwortete Hawley und betrat den
Wohnwagen. Er war klein und eng, aber überraschend
aufgeräumt. Das Bett war mit einer Steppdecke zugedeckt,
und in der kleinen Küche gab es einen Gasherd, über dem
fein säuberlich Becher an der Wand hingen. Auf einem
Tisch in der Ecke stapelten sich alte Country-Platten –
Lefty Frizzell und Kitty Wells – neben einem tragbaren
Koffer-Plattenspieler. An jeder Wand hing eine Uhr, und
alle vier zeigten dieselbe Zeit an. Zwei Uhren kannte
Hawley noch aus Nunns prunkvollem Haus in den Bergen: eine mit römischen Ziffern und eine Kit-Cat-Uhr
neben der Tür, deren Augen sich im Sekundentakt hin-
und herbewegten.

Nunn stand neben dem Herd und hielt die Weatherby
in der Hand. Die junge Frau hatte recht gehabt. Es war
eine beeindruckende Waffe wie aus einem Film, ausgestattet mit Laser und Zielfernrohr.

»Ganz ruhig«, sagte Hawley.

»Gib mir deine Waffe, dann bleibe ich ruhig.«

Hawley drehte sich um, und Nunn stieß ihm die Weatherby zwischen die Schulterblätter und zog ihm den
Revolver aus dem Hosenbund. Er öffnete die Trommel,
entnahm ihr die Patronen und legte alles hinter sich auf
die Küchenablage. Anschließend zeigte er aufs Bett, auf
das sich Hawley gehorsam setzte.

»So«, sagte Nunn. »Und was passiert jetzt?«

»Du versuchst es mir auszureden«, antwortete Hawley.

»Was auszureden?«

»Dass ich dich umbringen will.«

Nunn schürzte die Lippen und schob seinen Schnurrbart unter der Nase vor und zurück, als würde es ihn jucken und als wollte er die Hände nicht von der Waffe nehmen, um sich zu kratzen. »Ich dachte, du hättest geheiratet und wärst sesshaft geworden.«

Einen Moment lang saß Hawley einfach nur da. Es überraschte ihn nicht, dass Frederick Nunn von Lily wusste. Dieser Umstand verstärkte nur noch seine Gewissheit, dass er sein Vorhaben durchziehen musste. Im Oktober würde seine Tochter drei Jahre alt werden. Drei kurze Jahre, die sie auf dieser Welt gelebt hatte.

»Du hast vorhin gesagt, die Sache hier wäre ein Auftrag«, fuhr Nunn fort. »Ich glaube, es geht um etwas ganz anderes.«

»Meine Frau ist tot.«

»Das ist es also.« Nunn senkte die Waffe und legte sie auf seinen Schoß. »Du suchst nach einem Ausweg. Nach jemandem, der dich ebenfalls umlegt. Ist es das?«

Hawley fragte sich, ob Nunn mit seiner Vermutung recht hatte. Er schloss die Augen und versuchte, in sich hineinzuhören und die Wahrheit auszugraben, doch sein Körper war vollkommen taub. »Erst muss ich noch ein paar Dinge erledigen.«

Die Wohnwagentür ging auf. Der Mann mit der Fransenweste steckte den Kopf herein, das Gewehr hing über seiner Schulter. »Wir haben kein Bier mehr.«

Hawley konnte sich nicht mehr erinnern, ob es Mike oder Ike war.

»Hoppla«, sagte der Mann mit Blick auf die Weatherby. »Hübsches Zielfernrohr, Kumpel.«

»Wir haben uns gerade über Präriehunde unterhalten«, behauptete Nunn.

Der Mann blinzelte. Einmal, zweimal. Dann grinste er. »Oh, Scheiße, bei dem Thema findet er kein Ende.« Er wankte herein, riss den kleinen Kühlschrank auf und nahm ein Sixpack heraus. Hawley roch den Alkohol, den er ausdünstete, ein widerlich süßes Aroma, das ihn an seine Mutter erinnerte, bevor sie auf Wodka umgestiegen und nach Phoenix gezogen war, um sich dort zu Tode zu saufen.

»Wird langsam dunkel da draußen, oder?«, fragte er.

»Stört uns nicht. Außerdem hört man die kleinen Scheißviecher«, antwortete der Mann. Er stellte das Sixpack ab und nahm Hawleys Revolver 357 Magnum von der Küchenablage. »Nett.« Er klappte die Trommel auf. »Schön altmodisch.«

»Nimm ihn mit«, sagte Hawley.

»Ist das dein Ernst?«

»Ich hab den gleichen noch mal.«

Nunn verlagerte die Weatherby auf seinem Schoß. »Bedank dich lieber anständig, Mike, sonst nimmt er es dir übel.«

»Scheiße, Kumpel. Danke.«

»Kein Problem.«

Mike lud den Revolver, schob jede Patrone in ihr Lager zurück, steckte sich die Waffe in den Hosenbund und gab

Hawley ein Bier. Die Aluminiumdose war kalt und feucht und lag schwer in der Hand. Miller High Life. Hawley trank einen Schluck.

»Was ist mit dir?«, fragte er Nunn. »Du hast doch bestimmt schon einen ganz trockenen Mund, wenn du den ganzen Tag über Präriehunde faselst.«

»Haha«, erwiderte Nunn.

»Komm schon«, sagte Mike. »Trink mit uns.« Er öffnete eine Dose und hielt sie Nunn hin.

Der hatte inzwischen seine Waffe entsichert. Hawley sah ihm an, dass er fieberhaft überlegte, ob er ihn gleich erschießen oder noch warten sollte. Nunn musterte Mike, versuchte einzuschätzen, wie gefährlich er als Zeuge war. Ein Bier. Mehr würde er nicht brauchen, um seine Entscheidung zu fällen.

Hawley atmete ein. Atmete zur Hälfte wieder aus. Und warf Nunn sein Miller High Life so fest er konnte ins Gesicht. Die Dose klatschte gegen sein Kinn, prallte ab und traf die Weatherby, die losging und neben der Kit-Cat-Uhr ein Loch in die Wand sprengte. Der Knall dröhnte ihnen in den Ohren, und die Dose fiel zu Boden und spritzte Schaum und Bier durch die winzige Küche. Hawley schnappte sich seinen Revolver aus Mikes Hosenbund.

»He, Kumpel!«, beschwerte sich Mike.

»Glaubst du, du kannst einfach so in mein Haus kommen und mich umbringen?«, brüllte Nunn. »Glaubst du, ich lasse das zu? Ich habe das *Recht* zu leben. Das gottverdammte *Recht*.«

»Sie hat noch mehr das Recht«, erwiderte Hawley und

schoss Frederick Nunn in den Kopf. Ein sauberer Schuss. Gründlicher ging es nicht. Der Hinterkopf des Mannes platzte auf und spritzte eine dunkle Fontäne an die Wände. Mike fing an zu schreien und schlug Hawley mit dem Kolben seines Gewehrs den Revolver aus der Hand. Hawley stürzte zur Wohnwagentür hinaus und bog gerade rechtzeitig um die Ecke, um Ike vom Schießstand herbeirennen zu sehen.

Es gelang ihm, seine Autotür aufzureißen, doch bevor er einsteigen konnte, hatte Mike ihm mit der Weatherby die Windschutzscheibe weggeschossen und den Rest des Autos mit Löchern überzogen. Auch die Reifen hatte er getroffen. Hawley schnappte sich seine Schrotflinte, richtete ihren Doppellauf auf den Wohnwagen und feuerte das Magazin ab. Mike und Ike suchten im Inneren des Wohnwagens Deckung, was Hawley Zeit verschaffte, zu Fuß die Flucht zu ergreifen.

Er wählte die einzige mögliche Richtung: auf sein ehemaliges Grundstück zu. Aber zuerst musste er das Präriehund-Gelände durchqueren. Nach fünfzig Metern pfiff in der Dunkelheit eine Kugel über seinen Kopf hinweg. Er warf sich auf den Boden und verlor dabei die Schrotflinte. Auf die Ellbogen gestützt robbte er weiter, zog sich mühsam über die Erdlöcher.

Die Präriehunde waren in ihre Tunnel verschwunden, ließen jedoch weiterhin von sich hören. Hunderte kleine Kehlen stießen Laute aus, spielten Stille Post über Kilometer hinweg. Plötzlich spürte Hawley, wie die Erde unter ihm nachgab. Er brach mit dem Arm in ein Loch ein, hing bis zur Schulter darin fest und versuchte sich zu befreien.

In diesem Moment pfiff ein weiterer Schuss über seinen Kopf hinweg. Die Erde geriet erneut ins Rutschen, und unterhalb seines Körpers tat sich ein Spalt im Boden auf. Überall um ihn herum waren Erde und Sand, in seinen Augen und Ohren, in seiner Nase und seinem Mund.

Als sein Sturz am Fuß der Erdspalte endlich gebremst wurde, wischte er sich den Dreck aus dem Gesicht. Er war in einen gut zwei Meter unter der Erdoberfläche angelegten Präriehund-Bau hineingefallen. Irgendetwas bewegte sich um ihn herum, wühlte sich seitlich und unterhalb von ihm aus der Erde, beißend und kratzend. Präriehunde. Mindestens ein Dutzend von ihnen. Aus der Ferne sahen die pelzigen Nager klein und süß aus, aber von Nahem betrachtet waren es stattliche Tiere, vor allem, wenn sie sich auf die Hinterbeine erhoben. Sie hatten starre Schwänze, dicke Bäuche, kurze Schnauzen, schwarze Augen und bewegliche, handähnliche Pfoten mit langen Zehen und noch viel längeren Krallen. Über seinem Kopf erkannte Hawley den immer dunkler werdenden Abendhimmel. Einige Präriehunde kletterten den Abhang hinauf, andere versuchten, den regulären Ausgang durch den Tunnel zu finden, und wieder andere krabbelten über seinen Rücken und seinen Kopf. Hawley stemmte sich hoch, schüttelte die Tiere ab und rutschte rückwärts von ihnen weg, bis er auf einer Seite des Baus an der Wand lehnte, während die Präriehunde auf der anderen Seite hin und her wuselten. Sie schienen alle gleichzeitig das Gleiche zu tun, und alle bellten sie, schrill und unaufhörlich.

Wenn Mike und Ike auf den Erdspalt stießen, war Hawley ein toter Mann. Er musste es vorher zurück zur

Oberfläche und anschließend bis zum Zaun schaffen. Also erhob er sich erst auf die Knie und anschließend auf die Füße, doch als er sich an den Wänden hochziehen wollte, bröckelten die Kanten ab. Er kam so wenig voran, als würde er versuchen, aus einer glatten, rutschigen Gletscherspalte zu klettern. Hawley stemmte seine Stiefel in die Erde und krallte sich mit den Fingern fest, bis er es schließlich schaffte, den Kopf aus der Erdhöhle zu heben. Er sah gerade noch, dass Mike und Ike etwa zweihundert Meter westlich das Gelände nach ihm absuchten, bevor die gesamte Seitenwand einstürzte und er wieder zu Boden fiel. Erde prasselte auf ihn ein und begrub ihn unter sich.

Der lose Untergrund breitete sich wie eine Decke über ihn, bis er nicht mehr atmen konnte. Er grub die Finger vor sich in den Dreck und ertastete eine Öffnung, einen Tunnel, den die Präriehunde hinterlassen hatten. Es gelang ihm, sich an einigen alten Wurzeln festzuklammern, den Kopf in die Höhle zu stecken und in die übel riechende Luftblase hineinzuatmen. Die Wände des Tunnels waren eng, aber er zwängte seine Schultern hindurch, buddelte wie wild und vergrößerte so die Öffnung, bis er zur Hälfte in dem engen Bau steckte. Gedämpft hörte er hinter sich Männerstimmen näher kommen.

»Ich glaube, hier habe ich vorhin was gesehen.«

»Oh Mann, Kumpel, schau dir das an.«

Hawley krümmte mühsam den Kopf nach links und erkannte die Schatten der Männer an der Kante des Kraters, der im Boden entstanden war.

»Meinst du, er ist da reingefallen?«

»Ich kann noch nicht mal den Boden sehen.«

Hawley hörte einen der Männer spucken. Es folgte das Klimpern einer Patrone, die ins Lager geschoben wurde, und dann legten beide Männer ihre Waffen an und feuerten nacheinander in das Loch hinein. Die erste Kugel ging daneben. Die zweite durchstieß die Erdschicht, die Hawley bedeckte, spaltete ihm die Wade und sprengte ein Stück vom Knochen weg. An der Wucht und den enormen Schmerzen erkannte er, dass der Mann mit seinem Revolver geschossen hatte.

Er biss sich in den Arm, um nicht zu schreien, obwohl ein Teil von ihm sich danach sehnte, die beiden Männer auf sich aufmerksam zu machen. Sie hätten nicht einmal ein Grab für ihn ausheben müssen. Ein Schuss, und alles wäre vorbei gewesen. Hawley biss fester in seinen Arm. Er hatte noch mehr Punkte auf seiner Liste abzuarbeiten. Also lag er schweigend im Dreck und blutete.

Über ihm lauschten die Männer aufmerksam in die Dunkelheit hinein.

»Hier draußen finden wir nirgendwo Deckung.«

»Hast du Schiss?«

»Ich seh kaum noch die Hand vor Augen. Lass uns zurück zum Wohnwagen gehen.«

»Wir machen dich platt, du Dreckskerl!« Mikes Ruf hallte über die Prärie. Hawley hörte, wie sich die Männer über ihm in Bewegung setzten. Ihre Stimmen entfernten sich. Als die Präriehunde ihr Bellen wieder aufnahmen, wusste er, dass er fürs Erste in Sicherheit war.

Wie in seinem eigenen Grab blieb Hawley unter der Erde liegen und wartete darauf, dass die Männer zurückkamen. Stunden schienen zu vergehen. Er harrte bei den Käfern und Würmern, den Tausendfüßlern und Ameisen aus, nach Luft ringend und sich danach sehnend, die Nacht auf seinen Lippen zu schmecken. Irgendwann waren seine Schmerzen keine Schmerzen mehr, sondern ein Monster, das sich in ihn hineinfraß, so sehr er es auch abzuschütteln versuchte. Immer wieder grub es seine spitzen Reißzähne in sein Fleisch. Hawley schob und boxte und zog sich durch die Erde, während er verzweifelt nach dem Schmerz an seinem Bein trat, und es war, als wäre er wieder am trüben Grund des Sees, der ihm Lily genommen hatte. Immer fester und schneller buddelte er, bis seine Fingernägel abbrachen und bluteten und er Schmutz und Sand einzuatmen begann. Die Erde war in ihm und überall um ihn herum, aber er konnte sich bewegen, spürte, wie sein Körper vorankam, und endlich berührte er trockene Gräser und rollte aus dem Tunnel hinaus ins Freie, verdreckt von Kopf bis Fuß.

Es war nicht so dunkel, wie er erwartet hatte. Am wolkenlosen Himmel funkelten so viele Sterne, dass sie die Umgebung bis zum Horizont erhellten. Hawley presste die Hand vor den Mund, um sein Husten zu unterdrücken, versuchte Speichel zu sammeln und den Sand zwischen seinen Zähnen loszuwerden, schob seine schmutzigen Finger in die Nase, um seine Nasenlöcher freizubekommen, und kratzte sich anschließend den Dreck aus den Ohren, bis er wieder etwas hörte.

In Nunns Wohnwagen brannte Licht. Die Fenster waren offen, und die Männer schienen miteinander zu streiten. Sie lallten noch mehr als vorher. Hawley riss einen

Streifen aus seinem Hemd, band ihn um sein Bein und kroch langsam über den trockenen Boden, vorbei an den Gängen der Präriehunde, bis die Stimmen der Tiere und die Stimmen der Männer sich miteinander vermischten. Er erreichte den Wohnwagen, verharrte direkt unterhalb eines Fensters. Jetzt war er so dicht dran, dass er das verschüttete Bier roch.

»Meinst du, mein Bewährungshelfer glaubt mir diese Scheiße? Dass da einfach so ein Kerl aus dem Nichts auftaucht und Nunn den Kopf wegpustet? Wir müssen hier aufräumen. Die ganze Sauerei.«

»Scheiße, Kumpel. Guck ihn dir doch an.«

»Ich will ihn mir nicht angucken.«

»Was willst du machen? Ihn irgendwo verbuddeln?«

»Verbrennen ist besser. So ein Feuer kann schließlich immer und überall ausbrechen.«

»Okay, aber vorher spiele ich noch ein bisschen Musik für ihn. Er stand voll auf Musik, oder?«

Sie legten eine von Nunns alten Country-Platten auf. Hawley hörte die Slide-Gitarre und eine näselnde Stimme, die sang: *If you've got the money honey, I've got the time.*

Hawley humpelte zu Mikes und Ikes Jeep. Er hätte einsteigen und davonfahren können, bevor sie es merkten und aus dem Wohnwagen kamen. Er hätte abhauen und nie wieder zurückkommen können. Allerdings hätte es in diesem Fall Spuren gegeben, die vielleicht zu ihm geführt hätten – noch mehr ungelöste Probleme. Und ungelöste Probleme konnte er sich nicht mehr leisten. Hawley ging zu seinem eigenen Wagen weiter. Die Schrotflinte lag irgendwo draußen in der Prärie, aber sein

Gewehr war da, wo er es zurückgelassen hatte, versteckt unter dem Vordersitz. Er klappte den orangefarbenen Werkzeugkasten auf und verabreichte sich eine Morphiumspritze. Anschließend legte er einen Druckverband um seinen Unterschenkel an, überprüfte sein Gewehr, belud ein paar zusätzliche Magazine und platzierte sie auf der Motorhaube. Er nahm sein Messer, eine Zange und zwei Leuchtfackeln, wartete einen Moment, um sich zu vergewissern, dass die Männer ihn nicht gehört hatten, und kroch auf dem Rücken liegend unter den Wohnwagen. Zwischen Wohnwagenboden und Erde war es feuchtkalt, überall hingen Spinnweben. Hawley lauschte der Musik und dem Gespräch der Männer, während er sich langsam bis zum Gastank voranschob. Er zwickte die Leitungen durch, lenkte sie um und öffnete das Ventil bis zum Anschlag. Zum Schluss zündete er die Leuchtfackeln an und steckte sie in die Lüftungsschlitze. Er kroch wieder unter dem Wohnwagen hervor, stellte sich zwischen die beiden Autos, von wo aus er die Wohnwagentür frei im Blick hatte, und griff nach seinem Gewehr.

Durchs Fenster sah er die Flammen vom Gasherd nach oben züngeln. Die Männer schienen sie nicht zu bemerken. Kurz darauf knisterte es laut, und der Gastank explodierte. Die Beleuchtung erlosch, und der Wohnwagen fing Feuer. Hawley hörte die beiden schreien. Der erste, Ike, kam durch die Tür gestürmt, und Hawley schoss ihm sauber durch den Kopf. Sein Körper sackte auf dem Holztrog zusammen. Als Hawley ein Rascheln und Kratzen vernahm, ging ihm auf, dass Mike aus dem hinteren

Fenster zu klettern versuchte. Er umrundete den Wohnwagen und sah ihn vor sich, wie er im Fenster feststeckte, weil seine Lederweste an der zerbrochenen Scheibe hängen geblieben war. Sein Gesicht war seitlich verbrannt, und er hatte Hawleys Revolver in der Hand und schoss wild um sich, verfeuerte sämtliche Patronen. Hawley drehte sein Gewehr um und schlug Mike die Waffe weg, um sie anschließend vom Boden aufzuheben und nachzuladen. Mike mühte sich weiter schreiend im Fenster ab.

»Oh Gott, nein, bitte, Kumpel, Gott, bitte nicht!«

Mike redete immer weiter, rief unaufhörlich Gottes Namen in die kalte Nachtluft hinaus, während Hawley den Revolver anlegte und abdrückte. Wieder und wieder schoss er auf den Mann im Fenster und dachte dabei an die Wucht, mit der die Kugel sein eigenes Bein durchschlagen hatte. Er zählte die Patronen und lauschte darauf, wie sie auf Knochen und Fleisch und die Metallwand des Wohnwagens trafen, bis die Trommel leer und alles still war.

Hawley stopfte Mikes Körper durch das Fenster zurück in den Wohnwagen, ging außen herum, öffnete die Tür, hob Ike hoch und hievte auch ihn in den Qualm hinein. Das Feuer war inzwischen auf die Vorhänge übergesprungen. Nunns Leiche lag auf dem Bett, über sein Gesicht war eine Decke gebreitet. Auf dem Tisch drehte sich noch immer der Plattenspieler. Hawley warf die Tür zu, schloss die Zündung des Jeeps kurz, lenkte ihn rückwärts an den Wohnwagen heran und schob diesen an den Rand der Böschung. Er kuppelte die brennende Blechdose ab und stemmte sich dagegen. Das Morphium hatte angefangen zu wirken, er spürte die Schmerzen in seinem Bein nicht mehr.

Die Deichsel hing niedrig, und Hawley musste in die Knie gehen und die Schulter gegen die Metallwand des Wohnwagens stemmen, die immer heißer wurde vom Feuer. Der Wagen war schwerer als erwartet, und er hatte das Gefühl, die ganze Welt auf seinen Schultern zu tragen. Er verbannte Frederick Nunn, Mike, Ike und sogar Lily aus seinen Gedanken. Und dachte an Loo. Nur an Loo. Drei Jahre alt und noch am Leben, noch am Atmen.

Die Hinterräder des Wohnwagens wippten am Rand des Abhangs. Für einen kurzen Moment war Hawley alles, was den Anhänger noch hielt, die Kugelpfanne der Anhängerdeichsel zog an seinen Fingern. Schließlich verrutschte ein Erdklumpen unter den Rädern, das Gewicht des Wohnwagens verlagerte sich, und Hawley stand plötzlich allein am Rand der Hochebene und spürte den Wind im Rücken. Seine Hände stanken nach Wagenschmiere und Ruß. Der Wohnwagen rollte zunächst langsam los, hüpfte über Bodenunebenheiten und nahm allmählich an Fahrt auf. Die restlichen Glasscheiben zerbarsten von der Hitze, und Rauch quoll aus den Fenstern. Der Wagen donnerte den Abhang hinunter wie Cinderellas Kürbiskutsche, ein loderndes, qualmendes Gefährt.

Auch als der Boden wieder eben wurde, raste der Wohnwagen weiter, ein Leuchtgeschoss, das die letzten Ausläufer der Präriehund-Stadt überrollte und schließlich gegen den Maschendrahtzaun von Hawleys ehemaligem Grundstück prallte. Die Flammen erhellten den Rand des Gasfelds, und blaue Funken sprühten, als der Wohnwagen einen Kurzschluss verursachte und die Stromversorgung der Anlage zusammenbrach. Die Flutlichter erloschen, und das Grundstück wurde dunkel. Nur der brennende Wohnwagen blieb zurück, tobend und brüllend wie ein wildes Tier im Käfig.

Der Kühlraum

Polizeiautos drängten sich auf der Main Street, die regionalen und überregionalen Behörden waren in Alarmbereitschaft, und die Küstenwache verstärkte ihre Patrouillenfahrten. Der Bürgermeister hielt eine Pressekonferenz ab, auf welcher der Leiter der Jagd- und Fischereibehörde einige Äußerungen machte, die er später zurücknehmen musste. Sogar vom *Boston Globe* war ein Reporter erschienen, um über die Geschichte zu berichten, und die einheimische Tageszeitung brachte die fett gedruckte Schlagzeile: KAMPF UM DIE BITTER BANKS FÜHRT ZU SCHIESSEREI.

In Wahrheit handelte es sich um einen einzigen Schuss, den jemand in Mary Titus' Haustür abgefeuert hatte. Ein verärgerter Fischer, munkelte man, oder vielleicht ein von Nova Scotia oder Japan angeheuerter Gangster. Wer auch immer für die Kugel verantwortlich war, sie richtete genügend Medienaufmerksamkeit auf den Rückgang der Fischpopulation und die illegalen Fangmethoden – sogar in den überregionalen Nachrichten lief ein Beitrag –, um die Umweltschutzbehörde und die Nationale Wetter- und Meereskundebehörde zu der Ankündigung zu bewegen, man wolle Teile der Bitter Banks vorübergehend abriegeln, bis weiterführende Untersuchungen Klarheit gebracht hätten. Jeden Tag gingen der Fischfangindustrie auf diese Weise Millionen Dollar verloren. Im Sawtooth gab es kein anderes Gesprächsthema mehr.

»Die Täter hatten Glück, dass keiner verletzt wurde«, sagte Agnes.

»Sie hatten vor allem Glück, dass sie nicht erwischt wurden«, erwiderte Loo.

Mary Titus sagte nichts, weil sie nicht da war. Sie hatte sich einen Tag freigenommen. Direktor Gunderson saß in seiner üblichen Sitznische und war einem Nervenzusammenbruch nahe.

»So etwas passiert doch nicht«, murmelte er. »Nicht in unserer Stadt.«

»Doch«, widersprach Agnes. »So etwas passiert überall.«

Gunderson aß noch einen Bissen von seinen geräucherten Heringen. Er frühstückte jeden Morgen geräucherte Heringe und Eier auf Toast. Normalerweise machten Mitarbeiter und Gäste wegen des Geruchs einen Bogen um seinen Tisch, aber heute drückten sich alle in seiner Nähe herum. Direktor Gunderson ging nämlich seit Neuestem mit Mary Titus aus (sie hätten sich erst drei Mal getroffen, sagte er – genau genommen zweieinhalb Mal), und sie war gerade bei ihm gewesen, als man auf ihr Haus geschossen hatte. Er habe sie zum Abendessen zu sich nach Hause eingeladen, erzählte er, doch geräucherten Hering habe es nicht gegeben, weil Mary Titus Vegetarierin sei.

Was ist mit Marshall?, hätte Loo gern gefragt, während

Gunderson von der Blumenkohlsuppe berichtete, die er extra für den Abend zubereitet hatte, von dem Tofu-Curry als Hauptgang und der gegrillten Ananas zum Dessert.

»Mary hat sie nicht einmal probiert. Die Suppe, meine ich. Wir hatten erst ein Glas Wein getrunken und Grünkohlchips dazu gegessen, als der Anruf der Polizei kam«, sagte Direktor Gunderson. »Unfassbar, dass jemand wegen dieser Petition versucht hat, sie umzubringen. In Umweltschützerkreisen ist sie dadurch allerdings sehr populär geworden. Sogar ihr Ex-Mann hat angerufen.«

»Der Typ aus *Wal-Helden*?«

»Genau der«, antwortete Direktor Gunderson, bevor er sich noch ein paar Gabeln von seinem Frühstück zu Gemüte führte. Er kaute fest und langsam, als würde er sich Mary Titus' Ex-Mann zwischen seinen Zähnen vorstellen. »Er hat sich von seinem Schiff aus gemeldet und wollte ihr gratulieren.«

»Was ist dann passiert? Nachdem die Polizei kam?«

»Mary konnte nicht aufhören zu lachen«, erzählte Direktor Gunderson. »Ich musste auch lachen, weil uns das alles so surreal vorkam. Nachdem sie sich beruhigt hatte, verkündete sie, dass sie ihren Kampf auf keinen Fall aufgeben würde. Ich finde das wirklich bewundernswert.«

»Ihre Brüder wären da sicher anderer Meinung«, merkte Agnes an.

Direktor Gunderson machte ein besorgtes Gesicht und schob eine weitere Gabel in seinen Mund. »Ihr Sohn war zum Zeitpunkt des Attentats zu Hause. Die Polizei nahm gerade seine Aussage auf, als ich Mary dort absetzte. Ich hatte den beiden das Abendessen in Tupperdosen verpackt, aber gehört habe ich noch nichts. Ob ihnen die Suppe geschmeckt hat, meine ich.«

»Weiß man schon, wer geschossen hat?«, fragte Loo.

Direktor Gunderson lächelte befangen. »Ich glaube, es gibt noch keine offiziellen Verdächtigen.«

»Wer auch immer es getan hat, er wird es bereuen«, sagte Loo.

»Oh ja, ganz bestimmt, Liebes.« Gunderson rülpste leise, als wäre ihm plötzlich Loos Stein in der Socke wieder eingefallen.

Nach dem Mittagsansturm schlich sich Loo in den Kühlraum, den einzigen Ort im Sawtooth, wo die Mitarbeiter für kurze Zeit ungestört sein konnten. Sie schlang die Arme fest um ihren Körper und starrte die Regalfächer mit dem Gemüse an. Ihr Atem bildete Wölkchen vor ihrem Gesicht, und das war zunächst alles, worauf sie sich konzentrieren konnte: auf die gefrorene Luft, die von ihrem eigenen Mund aufstieg.

Es war zehn Tage her, dass Jove sein Boot zu Wasser gelassen hatte und davongesegelt war. Loo hatte erwartet, dass sie erleichtert sein würde, wenn er weg war, aber sie hatte ihn mit den Wochen lieb gewonnen – seine Art, die Küche in Beschlag zu nehmen und darin üppige Mahlzeiten zu zaubern, die Selbstverständlichkeit, mit der er ihr den Löffel hingehalten hatte, damit sie probieren konnte. Jove hatte Leben ins Haus gebracht und dafür gesorgt, dass ihr Vater sich mehr wie ein normaler Mensch verhielt. Jetzt war das Haus wieder still, und Hawley und Loo gingen sich gegenseitig aus dem Weg. Wenn sich ihre Wege doch einmal kreuzten, in der Küche oder vor dem Bade-

zimmer, sah ihr Vater sie an wie ein geprügelter Hund –
nervös und kleinlaut –, und sie musste sich zusammenrei-
ßen, um ihn nicht zu treten.

Loo nahm so viele zusätzliche Schichten im Sawtooth
an wie möglich. Sie arbeitete, sparte Geld, trug die Handschuhe ihrer Mutter und versuchte, die Wut in ihrem Inneren zu zügeln. Und sie wartete darauf, dass die Petition
Erfolg zeigte, weil sie unbedingt beweisen wollte, dass sie
nicht wie ihr Vater war. Dass sie ein Mensch war, der nicht
zerstörte, sondern rettete. Und nun hatte dieser Plan Marshall beinahe das Leben gekostet.

Agnes öffnete die Tür und steckte ihren Kopf in den
Kühlraum. »Alles okay bei dir?« Sie schob ihren Baby-
bauch durch den Plastikvorhang. »Werd bloß nicht krank –
jetzt, wo Mary auch nicht da ist.«

»Gib mir nur eine Minute«, bat Loo.

»Eigentlich ganz angenehm hier«, sagte Agnes und
schloss die Tür hinter sich. »Ich wünschte, ich könnte
eine Zigarette rauchen.«

Um sie herum roch es nach kaltem Fleisch. Die Küh-
lung brummte.

»Er hat mit dir Schluss gemacht, stimmts?«, fragte
Agnes. »Das sehe ich dir an. Du hast diesen Blick drauf,
als würdest du mit kaputter Windschutzscheibe fahren.«

»Kannst du mich heute Nachmittag kurz vertreten?«

»Ach, Süße«, sagte Agnes. »Nein.«

»Was?«

»Geh nicht zu ihm. So ein Mädchen willst du nicht
sein. Glaub mir.«

»Ich will nur sehen, ob es ihm gut geht.«

»Nein, willst du nicht.« Agnes rieb sich seitlich den Bauch. »Außerdem denkt sowieso die halbe Stadt, dass dein Vater der Schütze war, auch wenn es bisher niemand laut ausspricht.«

»Warum sollte er auf Marshall schießen?«

»Er hat ihn doch auch schon auf der Polizeiwache verprügelt. Und Mary zeigt immer noch ständig die Narbe an ihrem Hinterkopf herum. Die Fischer hassen zwar Hippies wie sie und ihren Sohn, aber dein Vater ist der Einzige, der je handgreiflich gegen sie geworden ist.«

Loo dachte an die blauen Flecken an Marshalls Rücken. An Mary Titus, wie sie damals mit ihren kleinen Fäusten an ihre Haustür gehämmert hatte.

»Mir ist irgendwie ganz komisch.«

Agnes trieb eine Papiertüte auf und hielt sie ihr hin, bevor sie Loo ein paar Salzcracker aus ihrer Tasche anbot. Loo drückte ihr Gesicht an die Öffnung der Tüte, die leicht nach Zwiebeln roch. Sie atmete ein und aus, blähte das Papier immer wieder auf, während Agnes ihr den Rücken tätschelte. Im Licht der Neonröhre sah Loo die Falten auf Agnes' Stirn, die zu Beginn des Sommers noch nicht da gewesen waren. Agnes war so alt, wie Loos Mutter jetzt wäre, hätte sie weitergelebt.

»Vielleicht hat es gar nichts mit dir zu tun. Vielleicht wollte er Mary und Marshall nur von ihrer Petition abbringen. Schließlich ist er dick mit Strand und Fisk befreundet, und den beiden traue ich alles zu.«

Loo ließ die Tüte auf den Boden fallen. Sie wusste nicht mehr weiter. Die Salzcracker zerbröselten in ihren geballten Fäusten. »Das ist alles so dumm.«

»Ah!«, sagte Agnes, als wäre ihr plötzlich die Antwort auf eine wichtige Frage eingefallen. Sie packte Loos Hand und drückte sie. Loo hätte fast angefangen zu heulen, weil sie sich so verloren fühlte und sie Agnes so dankbar war. Ihre Kollegin nahm ihre Hand und presste sie gegen ihren Bauch. Zuerst war nichts zu spüren, aber dann bewegte sich etwas, ein angespanntes, verzweifeltes Zucken.

»Merkst du das?«, fragte Agnes. »Er strampelt!«

Loo hatte zwar schon oft im Firebird vor Marshalls Tür gesessen und auf ihn gewartet, aber sie war noch nie in seinem Haus gewesen. Allerdings hatte sie sich ausgemalt, wie es wohl darin aussah, und Marshall hatte ihr ein paar Details beschrieben, zum Beispiel das Greenpeace-Poster, das seine Mutter in der Küche hängen hatte, und die unförmigen Teller und Becher von dem Töpferkurs, den sie einmal besucht hatte. Aus der Ferne wirkte das Haus pittoresk, doch aus der Nähe betrachtet war es heruntergekommen, vom abblätternden Putz vor der Tür bis zu den Secondhand-Möbeln im Inneren.

»Du«, sagte Mary Titus spitz. Sie trug einen orangefarbenen Frotteebademantel und hatte nasse Haare. Der Blick, mit dem sie Loo musterte, ähnelte vermutlich dem, mit dem Loo sie bedacht hatte, als sie vor Jahren mit ihrer Petition und ihrer Flasche Wein bei Hawley und ihr geklopft hatte. Jetzt war Loo diejenige, die auf der Veranda stand und auf Einlass hoffte. Und Mary Titus oblag die Entscheidung, ob sie ihr die Tür vor der Nase zuschlug oder nicht.

»Ist Marshall da?«, fragte Loo.

»Mein Sohn hat dir nichts zu sagen.«

»Bitte. Nur eine Minute.«

Marshalls Mutter beäugte Loo so misstrauisch, als würde sie ihr alles zutrauen. »Die Polizei ist hier, also komm bloß nicht auf dumme Gedanken.« Sie zeigte auf eine schwarze Limousine, die vor dem Haus auf dem Gehweg parkte. Zwei Männer mit Sonnenbrillen saßen darin und tranken Kaffee. Als sie sahen, wie Mary Titus auf sie zeigte, winkte einer von ihnen.

Loo gab sich die größte Mühe, höflich zu bleiben und weiterzulächeln. »Direktor Gunderson würde gern wissen, ob Ihnen seine Suppe geschmeckt hat.«

»Was?«, fragte Mary Titus. Ihre Hand schoss zu ihren Haaren und strich sie glatt.

Mein Gott, dachte Loo. Welche Wirkung die Männer auf uns alle haben.

»Mom.« Marshall tauchte in einem T-Shirt, auf dem eine Walfluke abgebildet war, am oberen Ende der Treppe auf. Loo spürte, wie ihr Herz in ihrer Brust trommelte. Obwohl sie seit über einem Monat nicht mehr miteinander gesprochen hatten, fuhr ihr Körper bei seinem Anblick hoch, als hätte jemand einen Schalter umgelegt. Marshall lächelte schief. Sie hatte keine Ahnung, was er dachte und ob er sich freute, sie zu sehen.

»Das Kamerateam kommt in einer Stunde«, teilte Mary Titus ihrem Sohn mit.

»Ich weiß«, antwortete Marshall. »Mach dich ruhig weiter fertig.« Er kam die Treppe herunter und stellte sich zwischen Loo und seine Mutter.

»Bitte«, sagte er. »Für mich.«

Mary Titus sah ihren Sohn an. »Für dich«, wiederholte sie. »Für dich tue ich alles.«

Sie legte ihm die Hand auf die Schulter. Die ungezwungene Vertrautheit zwischen den beiden löste ein unbehagliches Gefühl in Loo aus, aber auch eine starke Sehnsucht.

»Lass bitte die Tür offen. Ich will, dass die Beamten alles im Blick behalten können.«

»Okay«, sagte Marshall.

Loo beobachtete, wie Mary Titus die Treppe erklomm und sich dabei am Geländer festklammerte, als wäre es eine Rettungsleine. Oben angekommen drehte sie sich noch einmal um und blickte mit ihrem orangefarbenen Bademantel und ihrem geröteten, glänzenden Gesicht triumphierend auf Loo herab.

»Du kannst deinem Vater ausrichten, dass sein Schuss danebengegangen ist.«

Nach diesen Worten verschwand sie im Badezimmer und schloss die Tür hinter sich.

Marshall zupfte am Ausschnitt seines Wal-T-Shirts und wich Loos Blick aus. »Ich habe etwas für dich«, sagte er. »Kannst du kurz hier warten?«

»Klar«, antwortete Loo.

Sie blieb auf der Türschwelle stehen, traute sich weder zurück auf die Veranda noch ins Haus hinein. Zaghaft spähte sie zu der schwarzen Limousine hinüber. Die Polizisten wirkten nicht besonders wachsam. Einer von ihnen löste ein Kreuzworträtsel, und der andere schien zu schlafen. Loo suchte nach dem Einschuss in der Tür und entdeckte unterhalb der Hausnummer ein klaffendes

Loch. Jemand hatte die Ränder ausgekratzt und die Ge-
schosssplitter entfernt.

Ihr Finger steckte tief im ausgehöhlten Einschussloch,
als Marshall wieder die Treppe herunterkam. Er hielt eine
oben umgeklappte braune Papiertüte in der Hand, wie
Loo sie sich vorhin im Kühlraum vors Gesicht gehalten hatte. Nachdem Marshall sie hereingewunken hatte,
nickte er den Männern in der Limousine zu, schloss die
Tür und verriegelte sie.

»Schön, dich zu sehen«, sagte er.

Loo begann zu schwitzen. »Ich wollte schauen, ob es
dir gut geht.«

Sie standen immer noch an der Tür. Loo wusste nicht,
ob sie ihn berühren sollte oder lieber nicht.

»Was hat es mit dem T-Shirt auf sich?«

»Mein Stiefvater hat mir doch noch einen Platz in seiner Sendung verschafft«, erklärte Marshall. »Mein Leben
ist jetzt anscheinend aufregend genug fürs Fernsehen.«

»Das Kamerateam ist also von *Wal-Helden*?«

»Ja. Die wollen filmen, wie ich mich von meiner Mom
verabschiede. Und heute Nachmittag gehts dann aufs
Schiff. Mein Stiefvater sagt, dass er an den Bitter Banks
bleibt, bis das Meeresschutzgebiet genehmigt wird. Er hat
ein ganzes Team an Wissenschaftlern zusammengetrom-
melt, um Daten zu sammeln.«

»Wann kommst du wieder zurück?«, fragte Loo.

»Ich weiß es nicht. Vermutlich, wenn die Sendung ab-
gesetzt wird. Hör zu«, sagte er. »Das mit der Petition …«

»Keine Sorge«, unterbrach sie ihn. »Es weiß niemand,
dass ich es war.«

Marshall schüttelte den Kopf. Er ging zum Wohnzimmertisch und legte die Papiertüte ab. »Meine Mom bekommt für ihre Petitionen nie die erforderliche Anzahl an Unterschriften. Die Namen, die wir zusammen in Dogtown rekonstruiert haben, hätte also kein Mensch je zu Gesicht gekriegt. Sie sollten nur die Unterschriften ersetzen, die ich im Meer verloren hatte. Unglaublich, dass du einfach so fünftausend Unterschriften fälschst und sie auch noch abschickst. Keine Ahnung, was du dir dabei gedacht hast.«

Gar nichts, wollte Loo antworten. Sie hatte nur wieder bei ihm sein wollen. Auch jetzt noch wünschte sie sich, dass er sie auf das alte Sofa von der Heilsarmee legte, ihr die Jeans herunterzog und ihre Oberschenkel küsste. Aber Marshall verschränkte nur die Finger im Nacken und dehnte sie. Nichts lief so, wie Loo es sich vorgestellt hatte. Sie hatte niemanden in Gefahr bringen wollen. Die Petition war als Geschenk an ihn gedacht gewesen.

»Ich dachte, du würdest dich freuen.« Sobald sie die Worte ausgesprochen hatte, ging ihr auf, wie armselig sie klangen. Wie hatte sie nur so traurig und verzweifelt sein können, all die Nächte wach zu bleiben, Namen herauszusuchen und Adressen abzuschreiben? Mit ihren bunten Stiften hatte sie alle ausgetrickst, sich selbst eingeschlossen.

»Meine Mom freut sich. Du hast keine Ahnung, wie sehr«, versicherte Marshall. »Ich dagegen fühle mich wie ein Arschloch, weil nichts davon wahr ist. Ich musste so tun, als hätte ich die Petition als Überraschung für sie eingereicht. Sie denkt, ich hätte all diese Leute von unserer Sache überzeugt. Aber irgendwann wird jemand die

Unterschriften nachprüfen, dann fliegt alles auf, und die Petition wird abgewiesen.«

Marshall griff nach der Tüte, die er auf dem Wohnzimmertisch abgelegt hatte. Er schob die Hand hinein, zog ein Handtuch heraus und klappte es auf. Darin lag die Waffe, die Loo ihm gegeben hatte. Die Beretta mit Verschluss-Arretierung. Er übergab sie ihr wie ein Baby, dessen Kopf man stützen musste. Das Metall der Pistole fühlte sich kalt an in ihren Händen.

»Du solltest sie behalten«, schlug sie vor. »Falls die Angreifer noch einmal zurückkommen.«

»Sie kommen nicht zurück«, erwiderte Marshall. »Wenn die Waffe hierbleibt, könnte meine Mom sie finden.«

Loo spielte am Sicherungshebel herum, schob ihn vor und zurück.

»Hat die Polizei die Kugel mitgenommen?«

Marshall nickte. »Die Patronenhülse hat sie auch gefunden.«

»Dann kann sie sie doch abgleichen und den Waffentyp feststellen«, argumentierte Loo. »Und auf diese Weise vielleicht den Täter finden.«

Wieder wich er ihrem Blick aus. »Na ja ... Öffentliche Aufmerksamkeit ist nun mal das Einzige, was wirklich funktioniert. Zumindest damit hat mein Stiefvater recht. Selbst wenn die Petition nicht durchgeht, hat das Meeresschutzgebiet jetzt eine echte Chance.«

»Du hast auf dein eigenes Haus geschossen?«

»Ich habe eine Kugel abgefeuert«, räumte Marshall ein. »Und plötzlich nennen uns alle Helden, nachdem uns die

Leute jahrelang die Türen vor der Nase zugeschlagen haben.«

»Du kannst doch nicht einfach lügen und behaupten, es wäre jemand anders gewesen!«, protestierte Loo.

»Aber was die Unterschriften angeht, soll ich lügen?«

»Das ist etwas ganz anderes. Diese Waffe gehört meinem Vater.«

»Er hat nichts getan. Keiner wird ihm Ärger machen deswegen.«

Marshall drehte das Handtuch zwischen den Händen und warf es dann aufs Sofa. »Wenn das mit dem Meeresschutzgebiet nichts wird … ich glaube nicht, dass meine Mom das ertragen würde.«

Loo dachte an das blutgetränkte Geld im Spülkasten ihrer Toilette. Sie berührte Marshall am Arm. »Sag einfach, es war ein Unfall.«

»War es aber nicht.« Marshall nahm die braune Tüte vom Tisch und gab sie ihr. »Es ist meine Schuld, dass das alles passiert ist. Ich bin derjenige, der die Unterschriften verloren hat, also musste ich die Sache auch wieder in Ordnung bringen. Und ich werde weitermachen, bis alles in trockenen Tüchern ist.«

Die Papiertüte war immer noch schwer, auch ohne Waffe. Loo griff hinein und zog ein Glas selbst gemachten, wie Bernstein schimmernden Ahornsirup daraus hervor.

»Ich würde mir wünschen, dass zwischen uns wieder alles okay ist«, murmelte er.

»Okay«, sagte Loo. »Okay.« Als ob es etwas bringen würde, das Wort zweimal zu sagen. Denn es war eindeutig *nicht* okay. Sie konnte sich nur mit Mühe davon abhalten, ihm sämtliche Finger zu brechen. Nachdem sie die Waffe zurück zum Sirupglas in die Tüte geschoben hatte, verließ sie das Haus. Als sie an den Polizisten vorbeikam, umklammerte sie fest den Papierbeutel, wie ein Geheimnis, wie ein totes Herz.

Kugel Nummer elf

Hawley schoss sich selbst in den Fuß, als er in dem Motelzimmer, das er für längere Zeit gemietet hatte, seinen Colt reinigte. Er hatte zu viel getrunken und blieb am Abzug hängen, woraufhin sich die Patrone, die er in der Trommel vergessen hatte, löste und seinen linken Fuß durchschlug. Nach ausgiebigem Fluchen und Brüllen zog er seinen Stiefel aus, schälte sich aus seiner Socke und betrachtete den angerichteten Schaden: ein sauberes Loch im Mittelfuß, auf halber Strecke zwischen Knöchel und Zehen. Auf der Unterseite war die Kugel zwischen Ballen und Ferse wieder ausgetreten und hatte eine zerfaserte Wunde hinterlassen, aus der das Blut auf den Boden strömte. Anschließend hatte die Kugel die Gummisohle seines Arbeitsstiefels durchschlagen und klemmte nun vor dem Minikühlschrank zwischen den bröckelnden Fliesen.

Hawley jaulte auf, als er den verletzten Fuß zu belasten versuchte. Er boxte gegen die Wand und hüpfte dann ins Badezimmer, um sich zu verarzten. Dort setzte er sich auf den Badewannenrand, riss ein Handtuch vom Halter, befeuchtete es, wickelte es um seinen Fuß und verknotete es fest. Einmal mehr wühlte er in seinem orangefarbenen

Werkzeugkasten herum. In den vergangenen Jahren hatte er das Verbandszeug des alten Mannes immer wieder aufgefüllt und ergänzt, um auf das Schlimmste vorbereitet zu sein. Und das Schlimmste schien sich unwiderstehlich von ihm angezogen zu fühlen. Weil er kein Morphium und keine Fentanyl-Lutscher mehr hatte, schraubte er eine neue Flasche Percocet auf und fing an, die Wunde zu säubern, zu desinfizieren und zu verbinden. Er kletterte in die leere Badewanne und legte sein verletztes Bein auf dem Rand ab.

Das Blut sickerte durch den Verband und befleckte die Wanne. Wie konnte man so dumm sein? Er lehnte sich zurück, spürte die harten Kacheln am Nacken und angelte sich das Fläschchen mit dem Schmerzmittel vom Boden. Während er wartete, bis die Tabletten wirkten, stellte er sich vor, wie sie seine Speiseröhre hinunterrutschten, seinen Magen erreichten, dort von den Magensäften zersetzt und in ihre chemischen Bestandteile zerlegt wurden, um anschließend in seinen Blutkreislauf zu gelangen und durch die Adern bis in seine Zehenspitzen vorzudringen. Sobald die Schmerzen nachließen und er der Welt gegenüber taub genug geworden war, würde er sich aus der Wanne bewegen. Vorher nicht.

Lilys Tod war inzwischen über dreieinhalb Jahre her. Hawley hatte seine Liste abgearbeitet, hatte jeden Namen gestrichen bis auf King. Dank Jove saß der alte Boxer für immer hinter Gittern, hatte wegen Mordes an dem Buschpiloten und seiner Freundin lebenslänglich bekommen. Die Welt schien vorerst wieder einigermaßen sicher zu sein, zumindest sicher genug, um beruhigt schlafen zu können. Und Hawley schlief viel, so viel, dass seine Träume immer mehr Raum einnahmen in seinem Leben. Er träumte von den Wasserpflanzen am Grund des Sees, von einem Auto mit Scharnieren, das sich zu einem Koffer zusammenfalten ließ, von Lily, die in sein Bett gekrochen kam, ihr Gesicht an seinem Hals vergrub und ihre Beine um seine Hüfte schlang. Stück für Stück wurde die Traumwelt, in die er regelmäßig abtauchte, realer als die Welt vor seiner Tür. Wenn er aufwachte, wollte er sofort an jenen anderen, strahlenden Ort zurückkehren, und die Stunden bis zum nächsten Traum kamen ihm tot und sinnlos vor. Verließ er doch einmal sein Zimmer, fühlte er sich unwohl, und so wurden ihm alltägliche Verrichtungen immer fremder. Die Kassiererinnen im Supermarkt, die anderen Kunden in den Gängen, die Leute, die auf dem Parkplatz ihre Autos abstellten, die Menschen, an denen er auf der Straße vorbeifuhr – sie alle schienen ihn anzustarren, als wüssten sie, dass er nicht in diese Welt gehörte.

Er fühlte sich erst wieder wie er selbst, wenn er zurück in seinem Motelzimmer war, die Tür hinter sich abgeschlossen hatte und träumend im Bett lag. Oder in seinem vor Mabel Ridges Haus geparkten Auto saß, mit einem halben Dutzend geladenen Waffen neben sich und einem weiteren Schwung Waffen im Kofferraum – man wusste schließlich nie. Seit sechs Wochen wohnte er in einem Motel an der Küste von Olympus und fuhr so oft er konnte nach Dogtown. Zwei- oder dreimal hatte er schon mit seiner Tochter Kontakt aufgenommen, hatte ihr geholfen, bei Chuck E. Cheese's die Kerzen auf ihrer Geburtstagstorte auszublasen, war mit ihr zum Strand und in den Zoo gefahren. Aber meistens blieb er draußen in seinem Auto sitzen und hielt Wache, von der Abenddämmerung bis zum nächsten Morgen. Manchmal vergaß Mabel, die Jalousien herunterzuziehen, und er konnte Loo drinnen herumlaufen sehen. Das waren die besten Abende. Dann beobachtete er seine Tochter, wie sie von Zimmer zu Zimmer rannte, wie sie am Tisch saß und zu Abend aß, oder wie ihr Gesicht stundenlang im trüben blauen Licht des Fernsehers flackerte. Waren die Jalousien zugezogen, drang das Licht immerhin an den Rändern und durch die Schlitze nach draußen, und er konnte hin und wieder einen Schatten vorbeihuschen sehen. Es genügte ihm zu wissen, dass Loo da war, nur hundertfünfzig Meter und eine Hauswand von ihm entfernt.

Am Tag, nachdem sich Hawley in den Fuß geschossen hatte, kam sie nach draußen und brachte ihm etwas zu essen. Sein Herz stockte, als die Tür aufging und die kleine Gestalt den Fußweg entlangkam. Er schnappte sich das Bärenfell von der Rückbank und warf es über die Waffen auf dem Beifahrersitz. Sie steuerte direkt auf sein Auto zu und klopfte ans Fenster. Er kurbelte es herunter.

»Hallo, Dad«, sagte sie und reichte ihm einen mit Alufolie abgedeckten Teller nach drinnen. Er war noch warm. Hawley stellte ihn auf seinen Schoß und erhielt von ihr Besteck und eine Serviette. In der Haustür erkannte er Mabel Ridges Silhouette. Sie beobachtete die Szene, die Arme fest vor der ausladenden Brust verschränkt.

»Danke«, sagte Hawley.

»Grandma will nicht, dass du immer hier draußen bist.«

Loo lehnte sich ans Fenster. Sie war ihm so nah, dass er ihre Haare riechen konnte. Sie rochen genau wie die von Lily.

»Da hat sie Pech gehabt, sag ihr das.«

Er hatte sich genauestens über seine Elternrechte informiert und viel Geld für einen diskreten, mit allen Wassern gewaschenen Spitzenanwalt ausgegeben. Jedes Mal, wenn Mabel Ridge vor Gericht zog, um das alleinige Sorgerecht zu beantragen, schob er der Sache einen Riegel vor. Er war großzügig mit Unterhaltszahlungen, hatte jedoch das meiste Geld, das für Loo gedacht war, an einem sicheren Ort gebunkert. Er wollte nicht, dass die alte Schachtel es in die Finger bekam oder versuchte, ihn aus dem Leben seiner Tochter zu drängen.

»Bist du krank?«, fragte Loo. »Du siehst krank aus.«

»Mir geht es gut.« Er spürte die Wärme des Tellers auf seinen Knien. Die Wirkung des Percocet ließ allmählich nach, und unterhalb der Feststellbremse hatte sich eine Blutlache gebildet. Loos Blick wanderte zum Beifahrersitz, zu dem Bärenfell, unter dem sich die Waffen verbargen. Normalerweise brachte er bei seinen Besuchen Geschenke mit, und jetzt versuchte sie offenbar herauszufinden, ob dort etwas für sie versteckt war.

»Als was verkleidest du dich dieses Jahr an Halloween?«

»Als Hexe.«

Hawley überlegte, was er noch zu ihr sagen könnte, damit sie bei ihm blieb. Aber er spürte bereits, wie sich seine Andersartigkeit zwischen ihn und seine Tochter schob, so wie sie jedes Mal auftauchte, wenn er das Motelzimmer verließ – ein Eisblock zwischen ihm und der Welt.

»Komm wieder rein, Louise!«, rief Mabel Ridge.

»Ich könnte morgen vorbeikommen und mit dir von Tür zu Tür ziehen«, schlug Hawley vor.

»Ich glaube nicht, dass Grandma das gut findet.«

Hawley blickte auf den Teller auf seinem Schoß hinab und fragte sich, was wohl unter der Alufolie war. Es roch nach Nudeln mit irgendeiner Soße. Vielleicht Spaghetti mit Fleischbällchen.

»Bitte, bitte«, sagte er.

Loo strich mit den Händen über seinen Wagen, als würde sie den Lack prüfen. Es sah aus, als würde sie nach Scharnieren suchen, Scharnieren zum Zusammenfalten des Autos. In Hawleys Hinterkopf blitzte etwas auf, eine Erinnerung, die plötzlich ins Rutschen geriet. Er hatte ein flaues Gefühl in der Magengrube, als würde er am Rand von etwas entlangbalancieren, am Rand zum Verständnis eines der großen Geheimnisse dieser Welt. Doch im nächsten Moment entglitt ihm die Erinnerung wieder.

»Okay.« Loo seufzte, machte kehrt und ging zurück zum Haus. Sie schlüpfte durch die offene Tür und schloss sie hinter sich, während Mabel Ridge zu sämtlichen Fenstern ging und jede einzelne Jalousie herunterzog.

Am nächsten Abend um halb sechs war Hawley wieder in Dogtown. Die Sonne begann gerade unterzugehen. Er parkte seinen Wagen, stieg aus und ging den Fußweg entlang. Obwohl ihn Mabel Ridge noch nie hereingebeten hatte, kannte er jeden Zentimeter ihres Hauses. Er wusste, dass man vom Wohnzimmer in die Küche gelangte, dass die Treppe hinter dem Kaminschacht nach oben führte. Dass es im ersten Stock zwei Schlafzimmer mit je zwei Fenstern gab, getrennt durch einen Flur und ein Badezimmer. Dass die Waschküche im Keller war und dass von dort eine mit einer Kette verschlossene Luke in den Garten hinausführte.

Damit Mabel Ridge keinen Alkohol an ihm riechen sollte, hatte er den ganzen Tag nichts getrunken. Stattdessen hatte er eine zusätzliche Schmerztablette genommen, um ohne allzu starkes Humpeln laufen zu können. Er hatte die Wunde noch einmal gesäubert und verbunden, aber sein Fuß war so geschwollen, dass er mit der Bandage nicht in den Stiefel passte. Also hatte er den Großteil des Verbands wieder entfernt und die Wunde mit einer Socke verstopft. Er hatte sich rasiert und ein neues Hemd gekauft. Sogar seine Fingernägel waren sauber.

Hawley hob den schweren Ananas-Türklopfer an und schlug ihn dreimal gegen die Tür. Er hörte kleine Füße herantippeln, und schon stand Loo vor ihm. Sie trug ein weißes T-Shirt, auf das ein roter Kreis geklebt war, und hatte eine silbern angesprühte Pappröhre auf dem Kopf. Ganz oben war ein Knäuel Luftpolsterfolie festgeklebt. Im Arm trug sie einen Korb mit Äpfeln.

»Süßes oder Saures«, sagte Hawley.

Loo gab ihm einen Apfel.

»Hast du keine Milky Ways?«

»Keine Süßigkeiten, sagt Grandma.«

»Das finden die anderen Kinder bestimmt super«, lautete Hawleys Kommentar. »Was bist du, ein Sehrohr?«

»*Nein*«, antwortete Loo. »Ich bin eine *Zahnbürste*.« Sie

drückte auf den roten Kreis auf ihrem T-Shirt und machte hinten in der Kehle ein surrendes Geräusch.

»Ich dachte, du wolltest als Hexe gehen.«

»Wollte sie auch«, sagte Mabel Ridge, die gerade aus der Küche kam und mit ihrer Schürze, ihrer Schutzbrille und den Gummihandschuhen wie eine verrückte Wissenschaftlerin aussah. »Ihre Kindergärtnerin hat ihr für eine Aufführung dieses Kostüm gebastelt, und jetzt will sie es nicht mehr ausziehen.«

Hawley hockte sich neben seine Tochter. Ihre dunklen Haare waren auf Kinnhöhe abgeschnitten, weil sie sich vor einem Monat Kaugummi in die Haare geschmiert hatte. Mabel Ridge hatte die klebrige Masse mit Eis, Erdnussbutter und allen möglichen Seifen zu entfernen versucht und Loo schließlich auf einen Küchenstuhl gesetzt, ihr ein Handtuch um die Schultern gelegt und ihr die Haare abgeschnitten. Hawley hatte jeden Schnitt der Schere durch sein Fernglas beobachtet. Loo hatte die ganze Zeit geweint.

»Piep«, machte Hawley und tippte mit dem Finger auf den roten Knopf an ihrem T-Shirt.

»Man muss dabei kein Geräusch machen«, protestierte Loo.

»Okay«, sagte Hawley.

»Drück noch mal«, forderte sie ihn auf. Dieses Mal gab sie wieder das surrende Geräusch von sich, als er sie berührte.

»Das ist für dich«, sagte Mabel Ridge und gab Hawley eine hohe, weiße, gerippte Papiermütze, wie sie Köche in feinen Restaurants tragen. Dann hielt sie ihm ein T-Shirt hin. Darauf hatte sie ein Stück roten Filz genäht, auf dem mit weißer Farbe COLGATE stand.

»Ich habe es eigentlich für mich gebastelt, aber es müsste dir auch passen.« Mabel stand da und wartete darauf, dass er einen Rückzieher machte. Erst als er ihr eiskaltes Grinsen sah, ging ihm auf, wie sehr ihn diese Frau immer noch hasste.

»Gib her, ich ziehe es an«, sagte er schnell.

»Komm, Louise, wir lassen deinen Dad kurz allein.«

Hawley zog sich um, blickte in den Spiegel im Eingangsflur und überlegte, wie er sich bei Mabel rächen konnte. Er unterdrückte den Impuls sofort wieder. Eins musste man der alten Schachtel lassen – die Mütze sah wirklich aus wie der Deckel einer Zahnpastatube. Ihm reichte es, dass er überhaupt im Haus war. Und dass Loo lächelte.

»Du siehst lustig aus«, sagte sie.

»Ich weiß«, antwortete Hawley. Wie lustig er tatsächlich aussah, wurde ihm jedoch erst bewusst, als er mit Loo nach draußen ging und die Nachbarhäuser abzuklappern begann. Das Lächeln, mit dem die Leute die Türen aufmachten, erstarb schnell, wenn sie ihn auf ihrer Veranda herumlungern sahen. Er war der Einzige unter den begleitenden Eltern, der ein Kostüm trug. Keiner verstand, was er darstellte. Auch Loos Verkleidung erkannte niemand.

»Vielleicht brauchen wir eine kleine Choreographie«, schlug Hawley vor.

Aber Loo interessierte sich nur für die Süßigkeiten. Mit jedem neuen Haus wuchs ihr Selbstvertrauen, bis sie schließlich vorausstürmte und Hawley auf dem Gehweg zurückließ. Er war seit Monaten nicht mehr so vielen Menschen begegnet und reagierte nervös auf die kostümierten Kinder, die kreischend im Dunkeln an ihm vorbeirannten. Hexen, Feen, Clowns, Skelette und jede Menge Comicfiguren, die Hawley nicht kannte. Die anderen Eltern fanden sich zu Grüppchen zusammen, lächelten und nickten. Auf den Eingangsstufen der Häuser leuchteten finster dreinblickende Kürbisse. Loos kleine Hand schob sich in seine, und ihre Finger umfassten seinen Daumen, während sie gemeinsam die Straße entlanggingen. Zahnpasta und Zahnbürste.

Als sie sich nach einiger Zeit auf den Rückweg machten, pulsierte es in Hawleys Fuß. Er spürte die durchtränkte Socke, und an der Seite seines Arbeitsstiefels begann sich ein roter Fleck abzuzeichnen.

»Du tropfst«, sagte Loo.

»Das ist nur ein bisschen Farbe, die ich verschüttet habe«, behauptete Hawley. Als sie weiterhin seinen Fuß anstarrte und unsicher ihren Eimer mit Süßigkeiten umklammerte, sagte er »Guck mal«, knickte seinen Fuß ab und schleifte ihn über den Asphalt, erst hoch und dann zur Seite, bis ein rotes L auf dem Gehweg zu sehen war.

»L für Loo?«, fragte sie begeistert.

»Genau«, antwortete Hawley, obwohl er ursprünglich an Lily gedacht hatte. »Komm, es ist Zeit, dass wir uns auf den Heimweg machen. Ich habe deiner Grandma versprochen, dass du um acht zu Hause bist.«

»Noch eine Tür«, bettelte Loo.

»Du hast genug Süßigkeiten«, sagte Hawley.

»Aber da sind so viele Kürbisse.« Loo zeigte auf einen Bungalow an der Straßenecke. »Bitte? Bitte!«

Hawley wusste, dass es ihr um die Süßigkeiten ging und nicht um ihn. Trotzdem fühlte es sich gut an. »Einverstanden«, sagte er. »Ein letztes Haus noch.«

Vor der Tür des Bungalows stand bereits ein Grüppchen Kinder – ein Gespenst, ein Punk-Mädchen und ein Hotdog. Als sie näherkamen, sah Hawley, dass es Jugendliche von vierzehn, vielleicht auch fünfzehn Jahren waren. Ihre Kostüme waren lieblos, ihre Tüten prall gefüllt. Sie grapschten nach der Süßigkeitenschüssel, als wollten sie sie leer räumen.

»Schluss jetzt«, sagte der Mann an der Tür.

Das Punk-Mädchen hievte ihre Tüte auf die Schulter, aber das Gespenst und der Hotdog griffen weiter zu.

»Das meine ich ernst.« Der Mann machte einen Schritt auf die Jugendlichen zu. Er war als Polizist verkleidet und hatte seine Mütze tief in die Stirn gezogen. An seiner Brust prangte ein Abzeichen, und auf der Nase trug er eine verspiegelte Sonnenbrille. Der Hotdog blickte zu ihm auf und schnappte sich unter dem Johlen des Gespensts eine letzte Handvoll Süßigkeiten, bevor sich die Gruppe davonmachte.

Loo stieß sofort in die Lücke vor, die die Teenager hinterließen, und hielt ihren Plastikkürbis hoch. »Süßes oder Saures!«, rief sie. In diesem Moment bemerkte Hawley die Waffe, die im Halfter des Polizisten steckte, sowie den Schlagstock und den Pfefferspray an seinem Gürtel. Und den Streifenwagen in der Einfahrt.

Der Polizist stand mit seiner Glasschüssel da und starrte

den Jugendlichen hinterher, die lachend die Straße hinunterrannten. Dann drehte er sich zu Loo und Hawley um.

»Und was sind Sie?«, fragte er Hawley. »Irgendein Superheld?«

»Zahnpasta«, antwortete Hawley.

Loo strahlte den Polizisten an. »Du sollst auf meinen Knopf drücken«, forderte sie ihn auf.

»Davor habe ich ein bisschen Angst«, sagte der Polizist und betrachtete die Luftpolsterfolie, die am Ende der Pappröhre befestigt war. »Passiert irgendetwas Schlimmes, wenn ich drücke?«

»Dann putze ich dir die Zähne«, antwortete Loo.

»Ich habe heute ziemlich viele Süßigkeiten gegessen, also ist das vielleicht gar keine schlechte Idee«, erklärte sich der Polizist bereit und sah Hawley an. Hinter der verspiegelten Sonnenbrille war nicht zu erkennen, was er dachte. Er beugte sich vor und drückte auf den roten Kreis auf Loos T-Shirt. Sie fing sofort an zu brummen.

»Das ist ja toll«, lobte der Polizist. »Wer hat denn das Kostüm gebastelt?«

»Ihre Großmutter«, antwortete Hawley.

Loo machte einen Schritt auf den Polizisten zu und nahm mit ihrem Papprohr Kurs auf seinen Mund, als wollte sie ihm die aufgeklebte Folie hineinstopfen.

»Das reicht jetzt, Schatz.«

Loo gehorchte und hielt lieber wieder ihren Plastikkürbis hoch.

»Diese verdammten Halbstarken haben sich fast alles unter den Nagel gerissen«, sagte der Mann und warf einen Schokoriegel in Loos Kürbis. Er beugte sich über sie. »Werde bloß nie ein Teenager.«

»Bist du ein echter Polizist?«, fragte Loo.

Der Mann lachte. »Ja. Ich habe meine Uniform nach der Arbeit angelassen, weil ich gehofft hatte, dass das die Eierwerfer abschreckt. Die haben es jedes Jahr auf mein Auto abgesehen.«

»Diese kleinen Arschlöcher«, sagte Hawley.

Der Polizist musterte Hawley misstrauisch. »Sind doch nur Kinder! Ich habe früher viel schlimmere Sachen gemacht.«

»Dad«, sagte Loo. »Du tropfst schon wieder.«

Sie hatte recht. Während des Gesprächs war Blut aus Hawleys Stiefel gequollen und hatte eine kleine Lache auf der Veranda des Polizisten gebildet.

»Ist das Farbe?«, fragte der Polizist.

»Kunstblut«, antwortete Hawley. »Wir haben vorhin damit herumgealbert. Dabei ist wahrscheinlich auch was auf meinem Schuh gelandet.«

»Eine blutige Zahnbürste?«

»Wurzelbehandlung«, erklärte Hawley.

»Das hätte ich ja zu gerne gesehen.« Der Polizist legte die Arme um die Glasschüssel und blickte auf die rote Pfütze auf seiner Veranda. Seine Sonnenbrille schien die ganze Dunkelheit der Welt zu reflektieren.

»Ein schönes Halloween noch«, sagte Hawley. »Und entschuldigen Sie die Sauerei.«

»Danke für die Schokolade«, fügte Loo hinzu.

»Gern geschehen«, sagte der Polizist. Er stand auf seiner Veranda und sah ihnen hinterher, während sie zurück zur Straße gingen. Hawley versuchte nicht zu humpeln und blickte erst zurück, als sie an der Straßenecke angekommen waren. Im Licht der Straßenlaterne sah er, dass er Fußabdrücke hinterlassen hatte, die die Eingangstreppe des Polizisten hinunter und von dort den Gehweg entlangführten. Daneben verliefen die kleinen Fußabdrücke seiner Tochter, deren Turnschuhsohlen mit seinem Blut beschmiert waren.

Als Hawley zurück ins Motel kam, nahm er sich ein Bier mit ins Badezimmer und fing an, seinen Stiefel aufzuschnüren. Vielleicht war das schon genug, dachte er. Loo hin und wieder zu sehen und sich am Rand ihres Lebens aufzuhalten. Allein das war schon ein großes Glück. Er hatte keine Ahnung, wie man sich um ein Kind kümmerte. Nach dem, was er in Wyoming, Texas und New Orleans getan hatte, glaubte er auch nicht, dass er es verdient hatte, sich um ein Kind zu kümmern.

Sein Fuß sah entzündet aus. Er bekam seine Zehen kaum aus dem Stiefel und musste die Schnürsenkel erst ganz herausziehen. Die Wunde hätte vermutlich genäht oder zumindest kauterisiert werden müssen. Hawley hielt seinen Fuß unter den Wasserhahn der Badewanne, leerte eine Flasche Wasserstoffperoxid über das Einschussloch und sah zu, wie die Hautränder weiß schäumten und verbrannten.

Dieses Mal verband er die Wunde richtig, schichtete Kompressen übereinander und bandagierte alles fest. Am Ende sah sein Fuß aus wie der einer Mumie. Er versuchte gar nicht erst, wieder einen Schuh anzuziehen. Stattdessen schnitt er das Bein einer alten Jogginghose ab, schob es über den Fuß, band die Enden zu, stülpte eine Plastiktüte darüber und versiegelte das Ganze mit Klebeband.

Das Motelzimmer war voller Blutspritzer. Was für eine Sauerei, dachte Hawley. Er wünschte sich, sein ganzes Leben ausradieren zu können, angefangen beim Tod seines Vaters. Jeden Schritt, der ihn hierher in dieses Scheiß-Motelzimmer geführt hatte, jede Kugel, jede falsche Abzweigung, die er genommen hatte – sogar Lily. Und Loo. Hawley wollte, dass alles verschwand.

Er nahm noch eine Schmerztablette, spülte sie mit Bier hinunter und suchte unter dem Waschbecken herum, bis er einen Eimer gefunden hatte. Den füllte er mit Seife, Schwämmen und Papiertüchern, ging zur Küchenspüle, stöberte darunter eine Flasche Terpentin, eine Flasche Bleichmittel und ein Paar Gummihandschuhe auf und nahm alles mit zum Auto. Dann fuhr er zurück nach Dogtown.

Die Verandabeleuchtung vor Mabel Ridges Haus war aus, aber neben der Tür brannte noch eine Kerze in einem Kürbis und beleuchtete sein gezacktes Lächeln. Hawley parkte auf der Straße. Mit dem Eimer und den Putzmitteln schlich er den Fußweg zum Haus entlang und zog seinen bandagierten Fuß hinter sich her.

Dabei tilgte er einen blutigen Fußabdruck nach dem anderen, vom Gehweg bis zum Haus, immer erst seinen, danach Loos. Es war schwierig, die Flecken vom Asphalt und von den Steinplatten zu entfernen. Noch schwieriger wurde es auf den Holzstufen zur Veranda. Er spritzte Bleichmittel in das Wasser im Eimer, nahm eine Scheuerbürste und stemmte sich mit seinem ganzen Gewicht dagegen, schrubbte vor und zurück. Kurz hielt er inne, begutachtete sein Werk mit einer Taschenlampe und begann von Neuem.

Er war seit ungefähr zwanzig Minuten vor dem Haus, als das Licht auf der Veranda eingeschaltet wurde und die Haustür aufging. Mabel Ridge stützte sich mit einem gestreiften Pyjama bekleidet auf den Türknauf. Hawley hörte auf zu schrubben.

»Was zum Teufel machst du da draußen?«

»Ich putze deine Veranda.«

»Ich hätte fast die Polizei gerufen.«

»Lass mich das nur kurz fertig machen«, bat Hawley. »Es dauert nicht mehr lange.« Er bewegte die Scheuerbürste weiter vor und zurück.

»Ist das Blut?«

»Nein, Farbe«, sagte Hawley. »Ich habe gestrichen und dabei Farbe auf den Schuh bekommen, die ich versehentlich hier verteilt habe. Ich wollte sie heute noch wegputzen, bevor sie ganz getrocknet ist.«

Mabel Ridge beugte sich vor. »Das sieht aber aus wie Blut.«

Hawley trug noch immer das Zahnpasta-Shirt, das Mabel genäht hatte. Obwohl seine Pupillen starr waren von den Schmerzmitteln, fühlte er sich nicht high. Er fühlte gar nichts.

»Ich glaube, dein Auto wurde mit Eiern beworfen.«

»Verflucht noch mal!« Mabel Ridge trat auf die Veranda heraus, verschwand wieder im Haus, schaltete noch mehr Außenlichter ein und ging zum Auto, um den Schaden zu begutachten. Hawley waren beim Putzen entlang der Einfahrt ein paar kaputte Eierschalen aufgefallen. Jetzt sah er, dass der alte Pontiac über und über mit rohem Ei bedeckt war, allein auf der Windschutzscheibe klebten mindestens zwei Dutzend Eigelbe.

Mabel marschierte zur Seitenwand ihres Hauses, rollte einen Schlauch aus und begann, das Auto abzuspritzen. »Was für Putzmittel hast du dabei?«

»Alles Mögliche«, antwortete Hawley. »Ich wusste nicht, mit welchem ich die Farbe wegkriege.«

»Falls du Spülmittel dahast, her damit.«

Hawley ging mit seinem Eimer, seinen Schwämmen und der Flüssigseife zu ihr, füllte den Eimer mit neuem Wasser und half ihr, das Auto zu waschen. Geplant hatte er diese zusätzliche Anstrengung nicht, aber er besaß für nichts mehr wirklich einen Plan.

»Ist Loo auch wach?«

»Es ist mitten in der Nacht«, antwortete Mabel.

»Sie schläft also?«

Die alte Frau beäugte Hawleys bandagierten Fuß, die mit Klebeband versiegelte Plastiktüte. »Ich habe keine Ahnung, in welchen Schwierigkeiten du steckst«, sagte sie. »Aber schleppe sie bitte nicht mit hierher.«

»Ich stecke nicht in Schwierigkeiten.«

Mabel starrte ihn an. »Bist du betrunken?«

»Nein«, antwortete Hawley.

Sie ging ins Haus und kam mit dem Korb voller Äpfel zurück, den Loo ihm am Nachmittag angeboten hatte.

»Iss erst mal was.«

»Danke«, sagte Hawley. Er nahm sich einen Apfel und biss hinein. Die Frucht war knackig und saftig. Die Haut blieb zwischen seinen Zähnen stecken, und die Säure umhüllte seine Zunge.

Eine Gruppe Teenager ging mit Rucksäcken auf dem Gehweg vorbei. Die Gesichter der Jugendlichen verbargen sich hinter grausigen Gummimasken mit hängenden Augäpfeln und verwesendem Fleisch. Einer der Jungen griff in seinen Rucksack, und Hawley sah das Ei in seiner Hand schimmern, weiß und zerbrechlich. Der Junge warf es durch die Luft in ihre Richtung.

»Von uns gibts nur Saures!«, rief er.

Mabel Ridge richtete den Schlauch auf ihn und seine Freunde. Die Jugendlichen fluchten und rannten davon.

»Sehr effektiv.«

»Ich kann heute Nacht keinen Unfug mehr gebrauchen«, sagte sie. »Ich will nur die Sauerei hier beseitigen und zurück ins Bett.«

»Ich schrubbe noch schnell den Rest der Einfahrt«, verkündete Hawley und ließ sich wieder auf die Knie nieder, um den Asphalt mit seinem Schwamm zu bearbeiten.

Mabel Ridge sah ihm bei der Arbeit zu. »Du tust ihr nichts Gutes damit, dass du ständig hier draußen herumlungerst«, sagte sie. »Zieh lieber woanders hin und lebe dein Leben weiter. Sie hat hier ein Zuhause. So hätte es Lily gewollt.«

Hawley hörte auf zu schrubben. Er blickte zu Loos Fenster hinauf. Das Zimmer war dunkel, aber er sah die mit Giraffen bedruckten Vorhänge, die Mabel Ridge ihr zum dritten Geburtstag genäht hatte, dem dritten Geburtstag, den er verpasst hatte. Seine Tochter war hinter diesen Vorhängen. Sie schlief, träumte und war in Sicherheit.

Die alte Frau drehte das Wasser ab und begann, mithilfe ihres Ellbogens den Schlauch aufzuwickeln. »Ich denke, du solltest jetzt gehen.«

»Werde ich auch.«

Mabel stieß einen Seufzer der Erleichterung aus. Sie räumte den Schlauch weg, stieg die Verandatreppe hoch und drehte sich noch einmal zu ihm um. Er kniete immer noch in der Einfahrt. »Gute Nacht.«

»Gute Nacht.«

Hawley ging mit dem Eimer und den Schwämmen zu seinem Auto und fuhr zum Motel zurück. Als er dort ankam, zog er die Fußmatten aus dem Wagen, spülte und schrubbte sie ab und reinigte anschließend auch das Innere des Autos, bis jede Spur seines Bluts verschwunden war. Dann nahm er sich den Fußweg vor, der zu seinem Zimmer führte. Er arbeitete sich bis zur Türschwelle voran und schloss anschließend die Zimmertür hinter sich. Seine Finger rochen nach Desinfektionsmittel, seine Kleider waren nass und der Schwamm schwarz.

Draußen war jetzt nichts mehr von Hawley zu sehen. Keine Fußspuren, die zu seinem Zimmer führten. Aber ihn erwartete immer noch die Sauerei im Inneren des Zimmers. Er holte sich einen frischen Schwamm aus dem Schrank unter der Spüle, goss das schmutzige Wasser aus und füllte den Eimer neu, bis die Lauge über den Rand hinausschäumte. Seinen Fuß spürte er kaum noch. Auch seine Hände fühlten sich taub an, und sogar seine Finger kamen ihm fremd vor, als würde er gar nicht den Boden putzen, sondern am anderen Ende des Zimmers auf dem Bett sitzen und sich selbst beim Putzen zusehen.

Drinnen schrubbte es sich leichter. Der Teppichboden und die Kacheln des Motels schienen geradezu für die Nachwirkungen von Gewalt gemacht zu sein. Im Handumdrehen hatte Hawley die letzten Reste entfernt. Das Blut war weg. Jeder Spritzer davon war aus seinem Leben verschwunden, bis auf das Blut, das noch durch seine Adern pulsierte.

Hawley ging zum Bett und zog den Karton darunter hervor, in dem er Lilys Sachen aufbewahrte, die Papierfetzen und Überreste, die ihm geblieben waren, nachdem Mabel Ridge den Rest eingepackt hatte und mit Loo im Babysitz davongefahren war. Er wollte sich ein bestimmtes Foto ansehen. Das Flitterwochen-Foto, das er an den Niagarafällen aufgenommen hatte und auf dem Lily lächelnd vor dem schäumenden Wasserfall stand. Es steckte in einem Umschlag, ein Polaroidfoto mit dickem weißem Rand und ineinanderlaufenden Farben.

Ihm drohten Einzelheiten der Vergangenheit zu entgleiten, er brauchte die Fotos. Wie Lilys Taille sich in seine Armbeuge geschmiegt hatte, wie er immer den Pulsschlag an ihrem Hals gespürt hatte, wenn er seine Lippen auf ihre Haut gedrückt hatte. Während der letzten Monate war er in der Lage gewesen, diese Erinnerungen abzurufen und sich so vollständig in sie hineinzuwühlen, dass er jedes Detail seiner verstorbenen Frau heraufbeschwören konnte. Wie sie aussah, roch, schmeckte, sich anfühlte, sogar den Klang ihrer Stimme. Er hatte sich stundenlang darin verloren und sich ausgemalt, Lily würde neben ihm im Bett liegen. Allmählich verschwammen die Fantasiebilder jedoch von den Rändern her, wie in einem alten Film, der aus einer Szene herausblendete, in die Hawley unbedingt noch hineingelangen wollte.

Er drehte den Hahn auf und füllte die Badewanne mit Wasser. Dann durchsuchte er die Badezimmerschublade, bis er eine Rolle Isolierband fand, die er gekauft hatte, um die Abflüsse abzudichten. Nachdem er ein Stück abgerissen hatte, klebte er das Niagara-Foto damit an die Badezimmerwand, unter den Duschkopf, wo er es gut sehen konnte. Er zog sein T-Shirt aus, schlüpfte mit dem unverletzten Bein aus seiner Jeans und griff nach einer Schere aus dem Arzneischränkchen, um das andere Hosenbein aufzuschneiden. Auf keinen Fall wollte er die Verbände um seinen Fuß schon wieder erneuern. Er schnappte sich den Colt, den er auf der Toilette abgelegt hatte, und ließ sich ins Badewasser sinken. Den verletzten Fuß stützte er auf den Wannenrand.

Hawley klappte die Trommel des Revolvers auf und kontrollierte die eingelegten Patronen, obwohl er die Waffe erst vor wenigen Stunden geladen hatte. Er schloss sie wieder und öffnete sie erneut. Die Messing-Enden der Kugeln bildeten einen schimmernden Ring. Einen Ring aus sechs Kreisen.

Er blickte zu dem Foto hinauf – es kam ihm schief vor. Hing es wirklich schief? Er rutschte nach vorn und streckte die Hand aus, machte die Wandkacheln nass, als er mit den Fingern abmaß, ob das Bild gerade hing. Dabei fiel ihm ein anderes Foto ein, das ihm sogar noch besser gefiel als dieses. Ja, *das* war das Bild, das er gerne anschauen wollte.

Hawley stieg aus der Wanne und humpelte ins Schlafzimmer, wo er noch einmal den Karton öffnete und den Fotostreifen fand. Er stammte aus ihrer ersten gemeinsamen Woche, aus einem Fotoautmaten an der Strandpromenade von Myrtle Beach. Hawleys Gesicht war auf den Bildern kaum zu sehen, nur ein Auge und ein Teil seines Barts. Lily versuchte, ihn zum Lachen zu bringen. Auf der ersten Aufnahme steckte sie sich einen Finger in die Nase, auf dem zweiten hatte sie die Wangen aufgeblasen, und auf dem dritten war Hawley gar nicht mehr im Bild, und Lily machte ein erstauntes Gesicht. Ihr Mund wirkte weicher, weil Hawley zwischen dem zweiten und dem dritten Foto ihre Hand genommen und seine Finger mit ihren verschränkt hatte. Genau in dem Moment, als es im Automaten geblitzt hatte, hatte auch Hawley einen Blitz in seinem Körper gespürt, einen Funken, der das eingerostete Getriebe seines Herzens wieder angeschoben hatte. Dieses Getriebe war so lange verklemmt gewesen, dass Hawley seine Existenz völlig vergessen hatte, bis die Zahnräder in seiner Brust ächzend ihren Dienst wiederaufnahmen.

Hawley klebte den Fotostreifen ebenfalls an die Badezimmerwand und holte auch alles andere aus Lilys Karton. Einen rosa Rasierer, den kleinen Beutel mit Schminksachen, den sie überall mit sich herumgetragen, aber kaum je benutzt hatte, ein paar alte braune Arzneiflaschen, die der Arzt ihr für ihre damalige Halsentzündung verschrieben hatte, ihren Kamm und ihre Bürste, in denen noch Haare von ihr hingen. Alle diese Sachen nahm er mit in das schäbige Motel-Badezimmer, stellte sie um das Waschbecken herum auf oder verstaute sie in den Schubladen. Ihren grünen Kimono hängte er an einen Haken, und ihre

Zahnbürste schob er neben seine in den Zahnputzbecher. Er legte ihren Lippenstift neben den Spiegel und platzierte ihr Shampoo und ihre Spülung auf dem Badewannenrand. Anschließend stieg er zurück in die Wanne. Schloss die Augen. Öffnete sie wieder und sah sich um.

Es war, als wäre sie gerade erst aus dem Badezimmer gegangen.

Das Wasser hatte sich abgekühlt, war jedoch immer noch warm genug. Er tauchte seine Haare unter, nahm ein wenig von Lilys Shampoo und massierte es mit den Fingern ein, bis sein Kopf weiß war vor Schaum. Lily hatte gern abends geduscht und war frisch gewaschen und nach Beeren riechend ins Bett gestiegen. Hawley verharrte einen Moment und inhalierte ihren Duft. Dann verschwand er unter Wasser und blieb dort, bis seine Lunge brannte.

Keuchend und Wasser spuckend kam er an die Oberfläche zurück, voller Scham, Schuldgefühle und Selbstekel. Noch einmal betrachtete er die Fotos, die er an die Wand geklebt hatte. Lilys Bürste auf der Ablage, die halb aufgebrauchte Mandelmilchseife neben dem Waschbecken, die Drachen auf dem Rücken ihres Bademantels, ihren Parfumflakon mit seinem kleinen Glasstöpsel.

Jetzt war er bereit. Er griff nach der Waffe. Drückte den Lauf gegen die weiche Stelle unter seinem Kinn.

Das Telefon klingelte. Hawley saß in der Badewanne und lauschte. Er hatte Lily so vollständig heraufbeschworen, dass er fast ihre nackten Füße auf dem Teppichboden hinter der Badezimmertür hören konnte, das Klicken, als sie den Hörer abnahm.

Hallo?, meldete sie sich. *Hallo?*

Das Telefon klingelte weiter. Drängend und schrill. Vielleicht war Lily nicht an diesem, sondern am anderen Ende der Leitung. Endlich nahm sie Kontakt zu ihm auf, nachdem er sie so oft vergeblich angefleht hatte, zu ihm zurückzukommen. Hawley legte den Colt beiseite. Kletterte aus der Wanne und ging ins Schlafzimmer hinüber. Nahm das Telefon ab.

»Tut mir leid, wenn ich dich aufwecke«, sagte Mabel Ridge, klang jedoch kein bisschen zerknirscht. »Louise hatte einen Albtraum. Zu viele Süßigkeiten, vermute ich. Und jetzt will sie nicht mehr zurück ins Bett.« Mabels Stimme klang wie Lilys oder zumindest so, wie Lily vielleicht eines Tages geklungen hätte, wenn sie weitergelebt und die Jahre ihren Tribut von ihr gefordert hätten. Mabel räusperte sich. »Sie wollte mit dir sprechen. Ich habe ihr gesagt, dass es zu spät ist, um noch jemanden anzurufen, und dass du bestimmt längst schläfst.«

»Nein, noch nicht«, sagte Hawley.

Ein gedämpftes Rascheln, leise Stimmen, wieder Rascheln, als würde der Hörer über ein Stück Stoff gezogen. Und dann war sie am Apparat.

»Hallo«, sagte Loo.

»Was ist denn los?«, fragte Hawley.

»Du bist nicht draußen.«

»Heute nicht.«

»Aber du bist *immer* draußen.«

Hawley wusste nicht, was er darauf antworten sollte. Während der ganzen vielen Stunden, in denen er ihr Fenster beobachtet hatte, war ihm nie in den Sinn gekommen, dass sie auch nach ihm Ausschau halten könnte. Er hörte

Loos Atem, schwer und erwartungsvoll. Sie blies ihn laut in den Hörer hinein, und er musste an das Geräusch der Walfontäne denken – an die Explosion aus Luft und Wasser, als das riesige Tier an die Oberfläche gekommen war, an den salzigen Sprühregen, der im Puget Sound vor Whidbey Island auf ihn niedergegangen war und ihn mit panischer Angst und Sehnsucht und dem Gefühl erfüllt hatte, die Richtung, die er im Leben eingeschlagen hatte, korrigieren zu können. Ihm war damals nicht bewusst gewesen, dass er auf dieses Geräusch gewartet hatte – nur, dass er auf *irgendetwas* gewartet hatte – etwas, das nie eingetreten war, das ihn im Stich gelassen und dazu gebracht hatte, in der Stille, die dadurch in seinem Leben war, zu wüten und zu morden. Aber hier war es wieder, das Geräusch. Seine Tochter, die noch atmete, genau wie er.

»Ich komme jetzt.«

»Jetzt sofort?«

»Ja«, sagte Hawley. »Zieh deine Jacke an. Und pack deine Zahnbürste ein. Deine echte Zahnbürste.«

Hawley wickelte sich das Telefonkabel immer enger um den Arm, während er darauf wartete, was sie sagen würde. Statt einer Antwort hörte er Schritte. Eine Tür, die auf- und zuging, ein Poltern, als das Telefon zu Boden fiel. Hawley rief Loos Namen. Er drückte fest das Ohr gegen den Hörer und lauschte angespannt. Irgendetwas wurde über den Boden gezogen. Ein Rascheln, dann ein dumpfer Schlag. Ein Geräusch, als würde ein Klettverschluss aufgezogen. Schließlich kam sie wieder zu ihm zurück.

»Ich habe meine Schuhe an«, sagte Loo. »Die Süßigkeiten habe ich auch.«

Alles, was passiert ist und gerade passiert und noch passieren wird

Als Loo das Klopfen an der Tür hörte, galt ihr erster Gedanke Marshall. Sie hasste sich dafür, aber es war so. Dabei hatte er schon vor einer Woche Olympus verlassen, um auf dem Schiff seines Stiefvaters anzuheuern. Trotzdem, heute war ihr Geburtstag. Sie wurde siebzehn. Und sie fühlte sich beschwingt und erregt, als sie die Treppe hinunterrannte und sich mit jeder Stufe eine romantischere Geschichte ausmalte: dass Marshall mit einem Geschenk vor der Tür stehen würde, dass er ihr sagen würde, er habe seine Meinung geändert, die Petition spiele keine Rolle, sie sei ihm wichtiger als seine Mutter. Stattdessen fand sie zwei Polizisten mit mürrischen Gesichtern auf der Veranda vor. Einer davon war Officer Temple, der Mann, der Loo mit dem Firebird angehalten hatte. Der andere hatte rote Haare. Obwohl es ein milder Tag war, sahen die beiden aus, als wäre ihnen kalt, mit ihren bis oben hin zugeknöpften Uniformen.

»Ist dein Vater zu Hause?«, fragte Officer Temple.

Loo hätte wissen müssen, dass es nur eine Frage der Zeit war, bis die Gerüchte über Hawley die Polizei zu ihnen führten. Die Patrone, dachte sie. Konnte es sein, dass sie mit ihrer Hilfe auf die Beretta gekommen waren? Loo schluckte. »Er ist gerade beim Angeln.«

Die Polizisten sahen sich an.

»Wir müssen dir ein paar Fragen zu Thomas Jove stellen«, sagte Officer Temple.

»Oh.« Loo war erleichtert. »Was ist denn mit ihm?«

»Es gab einen Unfall«, antwortete Officer Temple.

»Was für einen Unfall?«

»Die Küstenwache hat gerade sein Boot an Land ge-schleppt. Es trieb draußen an den Bitter Banks im Wasser. Die Crew von *Wal-Helden* hat es entdeckt und gemeldet. Die Segel waren gehisst, aber es war niemand an Bord«, erklärte der rothaarige Polizist.

»Ich verstehe nicht ganz«, sagte Loo. »Und wo ist Jove hin?« Sie stellte sich Marshall vor, wie er auf offenem Meer in die *Pandora* kletterte, um nach dem Rechten zu sehen.

»Vielleicht ist er über Bord gefallen.« Der Rothaarige hustete. »Oder ihn hat eine Welle erwischt.«

Loo brauchte einen Moment, ehe sie verstand, was die beiden ihr mitteilen wollten: dass Jove tot war.

»Aber er konnte doch schwimmen«, wandte sie ein.

Officer Temple stieß seinen rothaarigen Kollegen mit dem Ellbogen an. »Man verliert leicht die Orientierung im Wasser, vor allem nachts.«

Und schon sah sie ihn in Gedanken vor sich, bereits zur Erinnerung geworden: Joves lebloser Körper, wie er im Wasser trieb und sich in einem Schleppnetz voller Hum-mer, Langusten, Aale und Rochen verfing, wie er mit dem Netz aus dem Wasser gehoben wurde, während die Tiere um ihn herum mit den Flossen schlugen, mit weit aufgerissenen Mäulern und Kiemen, die sich öffneten und schlossen.

»Im Flying Jib haben wir erfahren, dass er hier gewohnt hat«, sagte der Rothaarige.

»Er ist mit meinem Vater befreundet.«

»Wann hast du ihn das letzte Mal gesehen?«

»Vor drei Wochen. Bei der Schiffstaufe.« Sie geriet ins Stocken. »Ich habe sein Boot für ihn getauft.«

»Abgesehen von seiner Anmeldung beim Hafenmeister finden wir nicht viele Informationen über ihn«, sagte Officer Temple. »Weißt du, wo er früher gelebt hat? Wie lange er deinen Vater schon kannte?«

»Das hat er nie gesagt«, antwortete Loo. Sie hörte den Pick-up auf der Straße heranfahren. Sein unverkennbares Rasseln war ihr so vertraut wie Hawleys Stimme. Ihr Vater rollte langsam in die Einfahrt. Er war am Morgen aufgebrochen, als Loo noch geschlafen hatte. Sie sah, wie er den Streifenwagen und die Männer auf der Veranda registrierte und quer am Ende der Einfahrt parkte, wodurch er dem Polizeiauto die Ausfahrt blockierte.

»Es geht um Jove!«, rief sie ihm zu, als er ausstieg.

Die Polizisten gingen auf den Pick-up zu. Loo beobachtete Hawleys Gesicht, während sie ihm erklärten, warum sie da waren. Er hörte ihnen zu und fuhr sich mit den Fingern durch die Haare. Officer Temple fragte ihn etwas, und er schüttelte den Kopf. Dann fragte er noch etwas, und diesmal nickte Hawley.

Die Beamten kehrten zu ihrem Streifenwagen zurück und stiegen ein. Hawley öffnete die hintere Tür seines Wagens und nahm drei Tüten mit chinesischem Essen heraus. Er trug sie die Eingangstreppe hoch und stellte sie auf der Veranda ab.

»Ich fahre mit auf die Wache«, verkündete er.

»Ich komme auch.«

»Den Teufel wirst du tun.« Doch er wurde gleich ein

wenig nachgiebiger. »Keine Angst, die Polizei stellt mir nur ein paar Fragen.«

Loo packte ihn am Ärmel. Sie wollte nicht schon wieder diejenige sein, die zurückgelassen wurde. Die Polizisten hatten ihre Wagenfenster geöffnet und beobachteten sie. Loo hörte das Knistern des Funkgeräts, das Krächzen unbekannter Stimmen.

Ihr Vater löste sanft ihre Finger von seinem Arm. Er drückte ihre Hand, bevor er sie losließ. »Bleib hier«, bat er. »Und fang an zu packen.« Er ging die Einfahrt entlang und stieg in seinen Pick-up. Nachdem er auf die Straße abgebogen war, folgten ihm langsam die Polizisten, mit eingeschaltetem Blaulicht, aber ohne Sirene.

Fang an zu packen. Das hatte Loo seit über fünf Jahren nicht mehr von Hawley gehört. Der Satz war dennoch so fest in ihrem Nervensystem verankert, dass der Schock ihr in die Wirbelsäule schoss, als hätte sie einen Stromschlag abbekommen. Sie brachte das chinesische Essen in die Küche, ging zum Schrank im ersten Stock und holte ihre alten Reisetaschen heraus, die Taschen, mit denen ihr Vater und sie kreuz und quer durchs Land gereist waren. Eine Reisetasche stellte sie auf Hawleys Bett, die andere auf ihr eigenes. Sie öffnete den Reißverschluss. Als sie noch regelmäßig unterwegs gewesen waren, hatten die beiden in weniger als einer Stunde ihre Zelte abbrechen können. Sie hatten sich ein Spiel daraus gemacht, wer schneller packen konnte. Hawley hatte grundsätzlich gewonnen, bis er Loo seinen Trick gezeigt hatte: immer genau dasselbe mitzunehmen und alles andere radikal zurückzulassen. Von dem Zeitpunkt an war auch sie beim Packen mit einer festen

Liste herumgerannt: Zahnbürste, Kamm, Unterwäsche, Socken und ihre Planisphäre. Aber das war Jahre her, und Loo war aus der Übung. Jetzt erschien ihr alles wichtig genug, um es mitzunehmen.

Würde es kalt sein an dem Ort, an den sie fuhren? Oder warm? Kalt, beschloss sie und füllte ihre Tasche mit langer Unterwäsche. Dadurch war kein Platz mehr für Hosen, T-Shirts oder Schuhe. Also kippte sie die Reisetasche wieder aus und begann noch einmal von Neuem. Sie nahm Bügel aus dem Schrank und verstreute ihre Kleider auf dem Bett, schaffte es nicht, sich zwischen ihnen zu entscheiden. Am Ende packte sie nur eine Jeans, ein T-Shirt, einen Pulli, ihr neues Teleskop, die Handschuhe ihrer Mutter, das Carl-Sagan-Buch, Mabel Ridges Album und die Planisphäre ein. Sie trug die fertig gepackte Tasche nach unten und stellte sie neben die Tür.

Erst als sie ihre Habseligkeiten auf der Türschwelle sah, kamen ihr Zweifel. Sie hatte sich an ihr Leben in Olympus gewöhnt. Daran, den Strand direkt vor der Tür zu haben, jahrein, jahraus dieselben Menschen zu sehen. Loo liebte das Haus, in dem sie die letzten Jahre gewohnt hatten, und sogar das Sawtooth war ein Ort geworden, an dem sie sich zu Hause fühlte. Dort hätte sie eigentlich genau jetzt zur Mittagsschicht antreten sollen.

Sie überlegte, ob sie sich krankmelden sollte. Die Sommertouristen hatten die Stadt inzwischen verlassen, weshalb das Restaurant vermutlich ohnehin halb leer war. Aber in Gundersons Büro wartete noch ein Gehaltsscheck auf sie. Wenn sie sich beeilte, konnte sie es mit dem Fahrrad in einer halben Stunde hin und zurück schaffen. Sie

zog also einen Pullover über, schrieb Hawley eine Nachricht, fuhr in die Stadt und schloss ihr Fahrrad vor der
Wirtschaft am Zaun an. Als sie die Tür zum Gastraum
öffnete, erblickte sie zuerst Mary Titus.

Marshalls Mutter wischte gerade einen Tisch im hinteren Bereich des Restaurants ab. Loo beobachtete, wie sie
anschließend Besteck und Servietten auslegte. Mit ihrer
Schürze sah sie weniger triumphierend aus als in ihrem
orangefarbenen Bademantel. Keiner der Fischer wollte an
den von ihr bedienten Tischen essen. Die Männer drängten sich alle um die Bar.

»Wo ist Agnes?«, fragte Loo.

»Bei ihr haben die Wehen eingesetzt, deshalb hat Gunderson sie ins Krankenhaus gefahren«, antwortete Mary
Titus. »Ich springe für sie ein.«

»Hat jemand ihren Freund benachrichtigt?«

»Brian?« Mary Titus zupfte eine Gabel aus dem Be-
steckstrauß in ihrer Hand. »Der hat sie vor zwei Monaten
sitzen gelassen.«

Loos Blick wanderte zu Agnes' Tischen hinüber. Sie
war zu sehr in ihrem eigenen Elend gefangen gewesen,
um das Unglück anderer zu bemerken. Dafür schämte sie
sich jetzt. In all den Wochen und Monaten, die sie zusammengearbeitet hatten, hatte Agnes ihre eigenen Probleme
mit sich herumgeschleppt und trotzdem nicht eine einzige
Schicht versäumt. Das Kind, das sie gerade ganz allein zur
Welt brachte, würde am gleichen Tag Geburtstag haben
wie Loo. Ich werde ihm eine Karte schreiben, nahm sich
Loo vor. Jedes Jahr eine.

»Du machst dich besser schnell an die Arbeit«, unterbrach Mary Titus ihre Gedanken. »Keiner hier will, dass ich ihn bediene.«

»Ich kann nicht bleiben«, erwiderte Loo. »Ich bin nur hier, um einen Scheck abzuholen.«

Mary Titus faltete eine Serviette und schob sie unter eine Gabel. »Dann wirst du dich wohl gedulden müssen.«

Um die Bar scharten sich hauptsächlich arbeitslose Fischer, die darauf warteten, dass das Fangverbot an den Bitter Banks wieder aufgehoben wurde. Auch Joe Strand und Pauly Fisk waren da und winkten Loo zu sich.

»Der Direktor hat gerade angerufen«, verkündete Fisk. »Er ist auf dem Rückweg und hat Zigarren dabei.«

»Es ist ein Junge«, fügte Strand hinzu.

»Ich weiß«, sagte Loo.

Fisk nippte an seinem Bier und betrachtete die vielen leeren Tische. »Wir müssen eine Möglichkeit finden, der Beziehung zwischen Gunderson und dieser verdammten Öko-Tante ein Ende zu machen.«

»Er mag sie nun mal«, sagte Loo.

»Vielleicht kann uns dein Dad dabei helfen«, fuhr Strand ungerührt fort. »Im Kaputtmachen ist er ziemlich gut.«

»Das ist noch stark untertrieben«, seufzte Loo.

»Meinst du?«, fragte Strand und rieb sich das Kinn.

»Ach, jetzt sei nicht sauer«, sagte Fisk zu Loo. »Er hat nur getan, was jeder Vater tun würde, nämlich deinem Kerl einen kleinen Schrecken eingejagt. Ihm und seiner Mutter gezeigt, was Prinzipien sind.« Fisk tippte sich gegen den Schirm seiner »Hong Kong«-Kappe und formte dann mit den Fingern eine Pistole.

»Das war nicht er.«

»Na klar«, sagte Strand. »Richte Hawley bitte trotzdem aus, dass wir ihm was schuldig sind.« Auch er streckte nun seine Finger aus und tat so, als würde er Mary Titus erschießen.

»Das ist nicht lustig«, protestierte Loo, aber Strand erntete großes Gelächter von den restlichen Männern an der Bar, die bald selbst ihre Finger zu Waffen formten, hinter Speisekarten und Biergläsern Deckung suchten und sogar Soundeffekte hinzufügten. *Peng! Bumm! Pling! Du hast sie verfehlt! Zehn Punkte! Zwanzig!* Fisk griff nach einer imaginären Maschinenpistole und nahm Marys Tische unter Beschuss, als wäre er Rambo.

Während das muntere Zielschießen weiterging, deckte Mary Titus tapfer weiter, doch nachdem sie die letzte Serviette gefaltet hatte, schnappte sie sich eine Kanne heißes Wasser von der Heizplatte an der Kaffeestation und drohte, sie Fisk über den Kopf zu kippen. Loo ging dazwischen und nahm Mary beim Arm.

»Lass uns kurz nach hinten gehen«, schlug sie vor.

»Ihr zurückgebliebenen Höhlenmenschen!«, rief Mary.

»Wir müssen uns unterhalten. Komm.«

»Die Kanne nehme ich mit.«

»Wie du willst«, sagte Loo.

Mary Titus warf noch einen vernichtenden Blick Richtung Theke und marschierte dann hinter Loo durch die Küche zum Kühlraum. Die schwere Tür schloss sich hinter ihnen und sperrte den Lärm aus Küche und Gastraum aus. Jetzt waren sie unter sich, zwei Frauen, deren Atem zwischen dem gelagerten Fleisch für dichten Nebel sorgte.

»Sag mir bitte nicht, dass du schwanger bist«, warnte Mary Titus.

»Bin ich nicht«, beteuerte Loo.

»Gott sei Dank.« Marshalls Mutter ließ die Kanne sinken, aus der es immer noch dampfte.

Loo sah sich in dem engen Raum um. Sie hätte nirgendwo hin ausweichen können.

»Deine Petition für das Meeresschutzgebiet ist gefälscht«, sagte sie.

»Wovon redest du?«

»Die Unterlagen wurden nicht von Marshall eingereicht, sondern von mir.«

Mary Titus' Wangen röteten sich, als wäre sie diejenige, die gerade ein unangenehmes Geheimnis offenbart hatte.

»Du lügst«, sagte sie.

»Glaubst du wirklich, dass plötzlich so viele Menschen ihr Interesse für eine gefährdete Fischart entdeckt haben? Ich habe die Unterschriften gefälscht. Alle fünftausend.«

Mary Titus krallte sich an dem Regal mit der Butter fest. Es sah aus, als müsste sie sich übergeben, aber da Loo nun schon einmal angefangen hatte, wollte sie auch den Rest der Wahrheit loswerden, und ein Wort nach dem anderen sprudelte hervor.

»Marshall hat selbst auf eure Haustür geschossen. Um möglichst große Aufmerksamkeit zu erregen. Genau deshalb ist er jetzt auf diesem Schiff: weil er das Meeresschutzgebiet für dich verwirklichen will, selbst wenn die Petition abgeschmettert wird.« Loo räusperte sich. »Ich dachte nur, du solltest wissen, dass es keiner der Fischer war, der auf euer Haus geschossen hat. Und mein Vater auch nicht.«

»Du«, stieß Mary Titus hervor. Ihre Finger krampf-
ten sich um die Kanne mit dem heißen Wasser. »Du. Du.
Du.«

Blasen stiegen in der gläsernen Kanne auf. Loo sah den
Dampf und die Hitze bereits in ihre Richtung schwappen,
sah die Verbrennungen auf ihrer Haut und die Narben, die
sie hinterlassen würden, als hätte sie das alles schon einmal
erlebt. Sie wusste, dass das Wasser kam, noch bevor Mary
die Hand bewegte, und machte einen Schritt zur Seite.
Statt ihr das Gesicht zu verbrühen, landete die heiße Flüssigkeit auf dem Boden. Beide starrten den hellen Fleck auf
den Fliesen an, einen sauberen Kreis inmitten des Drecks.
Es sah aus, als hätte sich dort gerade eine Hexe in Luft
aufgelöst, als wäre nichts von ihr zurückgeblieben außer
einer heißen Dampfwolke.

Die Kühlraumtür ging auf.

»Was zum Teufel ist hier los?«, fragte Direktor Gunderson. »Wir haben gerade fünf Tische verloren, weil die
Leute wieder gegangen sind.«

»Wir brauchen nur noch eine Minute«, sagte Loo.

»George.« Mary Titus starrte ihren Arm mit der Kanne
an, als gehörte er nicht zu ihr.

Es war das erste Mal, dass jemand in Loos Anwesenheit
Direktor Gunderson beim Vornamen nannte. Er war in
der Tür stehen geblieben, umgeben von den Streifen des
Plastikvorhangs. Mary Titus' Augen glänzten. Sie war den
Tränen nahe, genau wie an jenem Abend vor langer Zeit,
als sie Loo von ihrem ersten Ehemann erzählt hatte. In
diesem Moment ging Loo der wahre Grund dafür auf,
dass die Witwe die Bitter Banks in ein Meeresschutzgebiet

verwandeln wollte. Nicht nur, um eine verschwindende Fischart zu retten, sondern auch, weil der Vater ihres einzigen Kindes dort ertrunken war.

Loo war, als würde sie in einen Spiegel blicken. Sie erkannte in Marshalls Mutter die gleiche flackernde Hoffnung wie in sich selbst, das gleiche verzweifelte Bedürfnis, geliebt zu werden. Sie erkannte es auch in Direktor Gunderson, der auf dem alten Abschlussball-Foto strahlend den Arm um Lilys Taille gelegt hatte. Und in Agnes, die erschöpft im Kreißsaal lag und dem ersten Schrei ihres Kinds lauschte. Und in Hawley mit seinen Papierfetzen und Fotos im Badezimmer, mit seiner niemals endenden Trauer. Ihre Herzen durchliefen alle den gleichen wahnwitzigen Kreislauf aus Entdeckung, Glückseligkeit, Verlust und Verzweiflung – wie Planeten, die um die Sonne kreisten. Jeder von ihnen besaß seine eigene, einzigartige Schwerkraft, seine eigene Anziehungskraft. Jeder schnappte sich, was auch immer in seine Atmosphäre eindrang, und klammerte sich daran fest. Selbst Loo, die mit ihren Tausenden gefälschten Unterschriften ganz außen am Rand des Universums dahintrieb, fühlte sich besser in dem Wissen, dass auch andere auf der gleichen elliptischen Bahn unterwegs waren, dass sie alle die Liebe finden und wieder verlieren, sich von der Liebe erholen und sie erneut finden würden. Sogar sie als Pluto würde alle zweihundertachtundvierzig Jahre die Chance haben, der Sonne ein wenig näher zu kommen.

Direktor Gunderson durchquerte den Kühlraum, vorbei an den Fleischvorräten und den Körben mit gekühltem Gemüse, und nahm Mary Titus in den Arm. »Schon gut«, tröstete er. »Was auch immer passiert ist, es wird alles wieder gut.«

Mary klammerte sich an ihm fest und weinte, als wäre ihr Mann gerade noch einmal gestorben. Direktor Gunderson strich ihr schweigend über die Haare. Als Loo sah, wie die beiden sich umarmten und gegenseitig Trost spendeten, stieg Neid in ihr auf, für den sie sich sofort schämte.

Irgendwann blickte Direktor Gunderson endlich über Marys Schulter hinweg zu ihr, das Gesicht voller Fragezeichen. Loo sagte das Einzige, was ihr einfiel, damit sich alle besser fühlten. »Wir verlassen die Stadt, mein Vater und ich. Also kündige ich meinen Job hier.« Sie trat aus dem Kühlraum und behielt die Uhr an der Küchenwand im Auge, während die Köche sich an ihr vorbeischoben, Muscheln und aus der Schale gelöste Austern dünsteten und die Glocke für die Bedienung läuteten.

Nach ein paar Minuten ging die Tür auf, und Direktor Gunderson und Mary Titus kamen händchenhaltend heraus. Ihre Gesichter waren gerötet. Während Mary Titus mitgenommen wirkte, machte Direktor Gunderson einen energiegeladenen Eindruck.

»Was auch immer zwischen euch beiden war, es ist vergessen und vergeben«, verkündete er. »Ihr solltet euch die Hände reichen.«

Mary Titus und Loo behaupteten stur ihre Positionen. Sie standen da und beäugten sich gegenseitig wie Kinder, die man zwang, sich beieinander zu entschuldigen. Irgendwann streckte Loo schließlich doch die Hand aus, und Marshalls Mutter berührte sie mit ihren kalten, feuchten Fingern.

»Du hast mein Leben zerstört«, sagte Mary Titus.

»Gern geschehen«, erwiderte Loo.

Direktor Gunderson rülpste leise. »Ich habe deinen letzten Gehaltsscheck«, sagte er zu Loo. »Komm doch bitte kurz mit. Mary, du kehrst inzwischen an deine Arbeit zurück.«

Die Witwe wischte sich mit dem Saum ihres Rocks die Augen, genau wie sie es an jenem Abend in Loos Küche getan hatte. Damals war es Loo so wichtig erschienen, ihr wehzutun, jetzt war ihr Unmut fortgespült wie der Schmutz am Boden des Kühlhauses. Sie sah Mary Titus hinterher, die die leere Kanne wieder auf die Heizplatte stellte und zu ihren leeren Tischen zurückkehrte.

»Langweilig wird es mit dir nie, das steht fest«, sagte Gunderson, während er in der Kasse herumsuchte. »Ich hoffe, du setzt deinen starken Willen für etwas Gutes ein. Er könnte dich noch mal weit bringen.« Er zog einen Umschlag hervor. »Wir bedauern es jedenfalls sehr, dass wir dich verlieren.«

»Wirklich?«, fragte Loo.

»Natürlich«, antwortete er. »Du bist ein intelligentes Mädchen, und mit der Arbeit im Sawtooth kommt auch nicht jeder zurecht. Sie ist körperlich wie mental sehr anstrengend. Die Frauen, die hier arbeiten, sind echte Amazonen.« Er schob noch ein wenig Bargeld in Loos Umschlag und gab ihn ihr. »Und genau das bist du auch.«

Das Papier des Umschlags fühlte sich dick und schwer an, wie eine wichtige Mitteilung oder eine Einladung. »Ich wollte nicht alles vermasseln.«

»Niemand will das.«

Loo steckte den Umschlag in ihre Jeans. »Dann sollte ich mich jetzt wohl bei Ihnen bedanken.«

Direktor Gunderson schloss langsam die Kasse, bis mit einem leisen Pling die Schublade einrastete. »Pass einfach auf dich auf.«

Loo trat von einem Fuß auf den anderen. Sie wusste nicht, was sie als Nächstes tun sollte, also streckte sie wieder die Hand aus. Gunderson schüttelte sie.

»Wisst ihr schon, wo ihr hinwollt?«

»Nein, noch nicht.«

»Ich dachte sowieso nie, dass du lange bleibst.«

»Wegen meinem Dad?«, fragte Loo.

»Nein.« Direktor Gunderson schüttelte den Kopf. »Wegen deiner Mutter. Sie hat von nichts anderem geredet als davon, dass sie von hier wegwolle.«

Loo fuhr noch einmal am Hafenbecken vorbei, über dem Hawley auf dem rutschigen Mast getanzt hatte, am Abschlepphof, an dem Strand, an dem Marshall ihr die Schuhe geklaut hatte. Als sie endlich nach Hause kam, stand der Pick-up ihres Vaters in der Einfahrt. Sie eilte nach drinnen und fand ihn in der Küche vor. Die Tüten mit dem chinesischen Essen standen immer noch ungeöffnet auf der Ablage, und Hawley saß mit finsterem Gesicht am Tisch.

»Was hat die Polizei gesagt?«

»Dass Jove über Bord gespült wurde. Sie haben sein Boot in den Jachthafen gezogen. Angeblich haben sie darin nichts Ungewöhnliches gefunden, aber ich wollte mich selbst vergewissern und habe mich an Bord geschlichen. Jove hatte einen Auftrag. Er sollte zu einer markierten Stelle vor der Küste segeln, wo ein Austausch stattfinden sollte. Ich habe den Frachtraum durchsucht, habe überall nachgesehen, sogar unter den Bodenplanken. Aber es war weder Ware in der Kajüte noch Geld. Dabei hätte eigentlich eine Menge Geld da sein müssen.«

Loo spürte, wie sich kaltes Unbehagen in ihr breitmachte. Ihr fiel das Gespräch wieder ein, das sie am ersten Abend nach Joves Auftauchen heimlich mit angehört hatte.

»Du vermutest, dass ihn jemand umgebracht hat?«

Hawley kaute auf seiner Lippe herum. »Sie suchen noch nach ihm. Die Küstenwache durchkämmt mit Schleppnetzen den Bereich um den Fundort seines Boots.«

»Das Ganze ist nicht deine Schuld, Dad.«

»Doch«, sagte Hawley. »Alles ist meine Schuld. Alles, was passiert ist und gerade passiert und noch passieren wird.«

Loo holte den Whiskey aus dem Wandschrank über der Spüle, schenkte ihrem Vater ein wenig davon ein und stellte das Glas neben ihn. Er nahm es und leerte es in einem Zug.

»Wir sollten rausfahren und nach ihm suchen«, schlug Loo vor.

»Er ist bereits tot.«

Hawley schenkte sich noch einen Whiskey ein.

»Wer auch immer ihm den Auftrag erteilt hat, er hat ursprünglich uns beide angefragt. Also kennt derjenige meinen Namen.« Er rieb sich das Gesicht, umschloss das Glas mit den Fingern und sah Loo direkt in die Augen, und sie musste an all die Nächte denken, in denen Hawley aus dem Fenster gestarrt und seine Waffen poliert hatte.

»Vielleicht ist gar kein Verbrechen passiert«, sagte sie angespannt. »Vielleicht war es wirklich nur ein Unfall.«

»Vielleicht.« Hawley stand auf, ging zur Arbeitsfläche und begann, die Schachteln mit dem chinesischen Essen aus den Tüten zu ziehen. »Wir sollten was essen. Ich habe alle unsere Lieblingsgerichte gekauft.«

»Die sind doch längst kalt.«

»Dann wärmen wir sie eben auf.«

Loo sah ihm dabei zu, wie er Teller aus dem Schrank und Besteck aus den Schubladen nahm, als wäre es ein ganz normaler Abend. Sie schluckte, versuchte gegen die erstickende Enge in ihrer Kehle anzukämpfen.

»Du befürchtest, dass der Täter auch hierherkommen könnte, oder?«

»Ich will einfach vorsichtig sein.« Hawley löffelte gebratenen Reis und Mu-Shu-Hühnchen in zwei Töpfe, drehte die Herdplatten auf, rollte sich eine Zigarette und zündete sie an. »Wir können morgen leider nicht auf den Jahrmarkt gehen. Aber wir suchen uns irgendwo einen anderen Rummelplatz und fahren mit dem Riesenrad.«

Loo riss eine der Glückskeks-Tüten auf, zerbrach die harte Schale des Kekses und zog den kleinen Papierzettel heraus.

»Was steht drauf?«, fragte Hawley.

»*Der fliegende Vogel hat stets den festen Boden im Sinn.*«

»Mach noch einen auf.«

Loo schlug einen Keks gegen den Tisch, um die Schale

aufzubrechen. *»Der frühe Vogel fängt den Wurm, aber die zweite Maus bekommt den Käse.«*

»Das passt schon eher.«

Sie beobachtete ihren Vater am Herd. Seine Haare waren mit silbergrauen Strähnen durchzogen, und die Haut an seinen Fingern war rau und rissig. Eines Tages würde er ein alter Mann sein, um den sie sich kümmern musste. Aber jetzt noch nicht. Der Geruch nach Hoisin-Soße und Kohl erfüllte den Raum. Sie fragte sich, wie lange es dauern würde, bis sie wieder eine richtige Küche hatten.

»Was ich früher getan habe, war falsch«, sagte ihr Vater unvermittelt. »Ich war jung und habe nicht verstanden, welche Bedeutung ein Leben in dieser Welt haben kann.« Hawley rührte in den Töpfen herum. Er stieß eine Rauchwolke aus. »Jetzt habe ich dich und weiß es besser. Aber meine Vergangenheit ist wie ein Schatten, der ständig versucht, mich einzuholen.«

»Und was machen wir dagegen?«, fragte Loo.

»Wir essen«, antwortete Hawley und stellte zwei volle Teller auf den Tisch. »Und dann hauen wir ab, bevor der Schatten hier ist.«

Ein Haus ist schwerer zurückzulassen als ein Motelzimmer, doch Hawley schien diese Flucht seit Jahren geplant zu haben. Er hatte einen Umschlag mit Loos Geburtsurkunde und ihren Pässen parat und beauftragte Joe Strand und Pauly Fisk damit, einen neuen Mieter für das Haus zu finden. Dann rief er Mabel Ridge an und fragte sie, ob Loo heute bei ihr übernachten könne. Seine Tochter hatte ihn noch nie so höflich erlebt.

»Ich gehe da nicht hin«, protestierte sie, nachdem er den Hörer aufgelegt hatte.

»Ich muss aber noch was erledigen«, erklärte Hawley. »Und das kann ich nicht, wenn ich mir Sorgen um dich mache.«

»Und was musst du erledigen?«

Hawley hob das Tischtuch an den Ecken an, raffte alles, was sich darauf befand, zusammen — Teller, Gläser und Besteck — und warf das ganze Bündel in den Abfalleimer. »Ich will dich nicht anlügen, also frag bitte nicht.«

»Ich bin kein kleines Mädchen mehr.«

»Ich weiß«, sagte Hawley. »Trotzdem musst du noch eine Nacht Kind sein. Tu es für mich. Ich hole dich gleich morgen früh ab, und dann gehen wir für ein paar Monate von hier weg. Betrachte es als Urlaub. Und wenn dann alles so läuft, wie ich es mir vorstelle, kommen wir wieder zurück.«

»Aber ich habe Mabel angeschrien. Und ihr Porzellan zertrümmert.«

»Sie ist deine Großmutter«, sagte Hawley. »Sie wird dir verzeihen.«

Er ging nach oben und packte in nur zehn Minuten. Nachdem er seine Reisetasche und den orangefarbenen Werkzeugkasten neben der Tür abgestellt hatte, fing er an, seine Waffen zusammenzusuchen. Den Colt, den Smith-&-Wesson-Revolver, die Luger-Pistole, die gewöhnlichen Faustfeuerwaffen, die Schrotflinten, Loos Gewehr und die Deringer-Pistolen. Hawley stapelte sie alle auf dem Küchentisch, neben dem Koffer mit den Schalldämpfern und den Schachteln voller Munition. Er überlegte hin und her, wie Loo es zuvor mit ihren Kleidern getan hatte, und ließ am Ende keine einzige Waffe zurück.

Während er noch über den Waffen grübelte, ging Loo nach oben in den ersten Stock. Die Schindeln auf ihrem Vordach waren kalt. Eine frische Brise zog direkt von der Küste herauf und roch nach Seetang und Sand. Nach Heimat. Loo zog die Arme in ihren Pullover hinein und schlang sie um ihren Körper. Sie musste ihr Haus auf der Landkarte finden, damit sie nach ihrer Abreise den Finger darauflegen und sich erinnern konnte.

Ihr Teleskop war schon eingepackt, da fiel ihr ein, dass sie in dem Buch von Carl Sagan gelesen hatte, wie man mithilfe einer auf Westeuropäische Zeit gestellten Uhr und dem Polarstern Längen- und Breitengrad bestimmen konnte. Sie streckte den Arm aus und zählte vom Horizont ausgehend, wie viele Fäuste in den Himmel passten, bis sie den hell leuchtenden Polarstern erreicht hatte. Jede Faust entsprach ungefähr zehn Grad, was bedeutete, dass sie sich irgendwo zwischen zweiundvierzig und dreiundvierzig Grad nördlicher Breite befanden.

Die Haustür ging auf, und sie sah, wie Hawley eine Kiste zur Straße trug und sie dort abstellte, wo Loo am Nachmittag schon den Abfall hingebracht hatte. Neben den Mülltonnen blieb er stehen und blickte zur Mondsichel empor. Das Licht, das aus den Fenstern schien, fiel quer über sein Gesicht, unterteilte seinen Körper in schattige Bereiche und gleißend helle Streifen, wie einen Gegenstand, den jemand auseinandergenommen und mit fehlenden Originalteilen wieder zusammengesetzt hatte.

Loo kroch zurück nach drinnen. Sie ging die Treppe

hinunter und spähte ins Badezimmer. Die Tür zum Hängeschrank über dem Waschbecken stand offen und spiegelte ihr Gesicht wider. Hawley hatte die Fächer leer geräumt. Der Lippenstift war genauso verschwunden wie die Puderdose, die Zahnbürste und die alten Arzneifläschchen ihrer Mutter. Auch ihr Parfumflakon fehlte, ebenso wie die Ananas- und Pfirsichdosen, das Shampoo und die Spülung vom Badewannenrand.

Hawley kam mit einer Mülltüte in der Hand zurück ins Haus. Er fing an, die Bilder von den Badezimmerwänden abzunehmen. Die Quittungen und Papierfetzen, die vollgekritzelten Strafzettel, die Einkaufslisten. Das Foto von den Niagarafällen.

»Du wirfst alles weg?«

»Nicht alles.« Hawley drehte sich zu ihr um. »Gibt es irgendetwas, was du haben möchtest?«

Loo ließ den Blick über das Waschbecken, die Badewanne, die leeren Handtuchhalter schweifen. Die Wände sahen furchtbar nackt aus ohne die Sachen ihrer Mutter. Aber der Raum wirkte auch größer und schien plötzlich voller Möglichkeiten zu stecken.

»Den Bademantel.«

Hawley nahm den Drachen-Kimono vom Haken und hielt ihn auf wie eine Jacke. Loo schlüpfte hinein, wie sie es als Kind Dutzende Male getan hatte, doch nun passte ihr der Bademantel zum ersten Mal. Die Fledermausärmel fielen über ihre Arme, und die grüne Seide leuchtete wie eh und je.

Sie griff nach dem Fotostreifen, der noch an der Wand hing. Die Aufnahmen waren die einzigen, auf denen

Hawley und Lily zusammen zu sehen waren – ihre Mutter, wie sie Grimassen schnitt, und ihr Vater, wie er langsam aus dem Bild rutschte. Loo zog am Klebeband. Die untere Ecke des Streifens riss ein, und ein kleiner Teil blieb an der Wand hängen. Fragend hielt Loo ihrem Vater den Streifen hin, doch er starrte nur auf das kleine schwarz-weiße Dreieck, das an der Kachel zurückgeblieben war.

»Behalt du es«, sagte er.

Loo zog ihren Umschlag aus dem Sawtooth hervor und legte den Fotostreifen hinein. Dann zählte sie das Geld. Direktor Gunderson hatte ihr zusätzlich hundert Dollar in den Umschlag geschoben. Als sie aufblickte, betrachtete ihr Vater noch immer das abgerissene Stück Foto an der Wand.

»Dad?«

»Hol bitte die Lakritzgläser«, bat Hawley. Er wandte sich ab, nahm die restlichen Sachen von der Wand, stopfte alles in die Mülltüte und brachte sie nach draußen.

Loo öffnete den Spülkasten, legte den schweren Keramikdeckel auf der Toilette ab, griff mit den Händen ins Wasser und zog die Lakritzgläser hervor. Sie stellte sie nebeneinander auf die Ablage neben dem Waschbecken und hielt nach etwas Ausschau, mit dem sie sie abtrocknen konnte, da Hawley bereits alle Handtücher weggeworfen hatte. Schließlich wischte sie die Gläser mit etwas Toilettenpapier trocken und ging mit ihnen ins Wohnzimmer.

Hawley kniete vor dem Bärenfell. »Gib her«, sagte er.

Sie dachte, er würde die Gläser öffnen und das Geld zählen, doch er legte sie Deckel an Deckel auf das Fell und begann, es vom Hinterteil des Bären her aufzurollen, sodass am Ende der Kopf des Raubtiers auf dem Bündel ruhte.

»Woher wusstest du, dass ich dein Versteck kenne?«, fragte sie.

»Ich hatte ein kleines Stück Tesafilm hinten an den Deckel geklebt.« Hawley band die Bärenklauen um das Bündel herum, damit es nicht aufging. »Okay, das wäre alles.« Er stand auf, kratzte sich am Bart und gab Loo die Karte, die Lily nach ihrer Geburt gekauft hatte, die Karte, die in so vielen verschiedenen Badezimmern gehangen hatte. Ein Törtchen mit einer Kerze darauf. Loo klappte die Karte auf. Sie war immer noch leer.

»Alles Gute zum Geburtstag«, sagte ihr Vater, nahm das Bärenfell mit dem Geld und legte es in Loos Arme.

Als sie in Dogtown ankamen, war es fast Mitternacht. Hawley hielt vor Mabel Ridges Haus, stieg jedoch nicht aus dem Auto.

»Ich kann nicht glauben, dass du mich einfach hierlässt«, sagte Loo.

»Nur für heute Nacht«, versicherte ihr Hawley.

Loo blickte zu der Ananas an der Tür und dachte an ihren Besuch vor all den Jahren, als sie gerade nach Olympus gezogen waren – Hawley in seinem neuen Hemd und Loo mit ihrem Kleid und den zerrupften Haaren. »Du wolltest, dass sie mich wieder zu sich nimmt«, sagte sie. »Damals, als du das Radio kaputt geschlagen hast.«

Ihr Vater schüttelte den Kopf. »Ich wusste noch nicht, was ich vorhatte.«

»Was, wenn sie uns reingelassen hätte?«

Hawley und Loo saßen nebeneinander auf ihren Sitzen. Nur ihre Atemzüge waren zu hören. Die Uhr am Armaturenbrett ging eine Stunde nach, sie hatten sie nie auf Sommerzeit umgestellt. Loo streckte die Hand aus und drückte auf die Knöpfe, holte die Ziffern aus der Vergangenheit in die Gegenwart. Diese Aufgabe kam ihr plötzlich ungeheuer wichtig vor.

»Ich wollte, dass du außer mir noch mehr Familie hast«, sagte Hawley. »Ein normales Leben.«

»Aber wir waren doch noch nie normal«, widersprach Loo. »*Ich* war noch nie normal.«

»Als ob ich das nicht wüsste.«

Loo zog ihre Tasche auf ihren Schoß.

»Du musst wieder zurückkommen, versprich es mir.«

Doch ihr Vater sagte nur ihren Namen.

Loo stieg aus und knallte die Tür zu. Kaum war der Knall verhallt, ging die Tür zu Mabel Ridges Haus auf. Sie hievte sich ihre Tasche auf die Schulter und ging den Fußweg entlang, während der Motor von Hawleys Pick-up hinter ihr im Leerlauf vor sich hin tuckerte.

Die alte Frau trat auf die Veranda heraus. Sie trug einen gestreiften Pyjama und hatte sich eine gewebte Wolldecke um die Schultern gewickelt. Loo brauchte nur einen Moment, um die Decke vom Webstuhl wiederzuerkennen. Das Overshot-Muster in verschiedenen Indigo-Tönen. Jetzt war die Decke fertig, und Mabel Ridge sah damit aus wie eine indianische Königin.

»Willkommen zu Hause.«

»Es ist nur für eine Nacht«, betonte Loo.

»Das hat er letztes Mal auch gesagt«, entgegnete Mabel. Sie betrachtete Loos Bademantel. »Schöne Drachen.«

»Hat meiner Mutter gehört.«

»Ich weiß«, sagte Mabel und umarmte Loo, so fest sie konnte, umhüllte sie beide mit ihrer gewebten Decke. Loo versuchte sich zu befreien, aber die alte Frau verstärkte nur ihre Umklammerung, bis ihre Enkelin nachgab und die Umarmung erwiderte.

»Also gut, machen wir dir mal dein Bett.« Mabel Ridge griff nach der Tasche. Doch Loo kam ihr zuvor und hob sie hoch. Erst in diesem Moment fuhr Hawleys Pick-up davon.

Loo drehte sich um und blickte den roten Rücklichtern auf der dunklen Straße hinterher. Gleich hält er an, dachte sie. Gleich hält er an der Ecke an und wartet auf mich, wie damals, als wir den Firebird gestohlen haben. Ihre Finger schlossen sich fester um die Henkel ihrer Tasche, sie war bereit, ihrem Vater hinterherzurennen. Aber Hawley verlangsamte nicht einmal seine Fahrt. Eher kam es ihr vor, als drückte er das Gaspedal nur noch mehr durch, der Auspuff stieß knatternd eine letzte Rauchwolke aus. Dann bog der Pick-up ab, ohne zu blinken, und ihr Vater war endgültig verschwunden.

Kugel Nummer zwölf

Hawley kaperte das Boot bei Tagesanbruch. Nachdem er sich mit Vorräten eingedeckt hatte, fuhr er zum Hafen, blieb in seinem Pick-up im Dunkeln sitzen und beobach-

tete die Fischer, die ihre Kutter, Trawler und Krebsfischer-
boote mit Ködern und Eis beluden, Taue von Klampen
lösten, Fender hochzogen und Motoren anwarfen, um im
trüben Licht der frühen Morgendämmerung aufs Meer
aufzubrechen. Nachdem alle Männer verschwunden waren, kletterte Hawley die Leiter zum Schwimmdock hinunter, an dem Joves Segelboot vertäut war. Er stieß sich
leise vom Dock ab, startete den Motor und fuhr ins große
Hafenbecken. Als die Sonne über den Rand des Horizonts spähte, war er bereits auf offener See.

Er hatte seinen orangefarbenen Werkzeugkasten und
die Waffen dabei. Das Gewehr seines Vaters, zwei Schrotflinten, das Präzisionsgewehr und zwei Faustfeuerwaffen.
Die Gewehre hatte er unter den Bänken verstaut und eine
Decke darübergebreitet, die Glock steckte in seinem Gürtel und der Colt war in seiner Jackentasche. Neben dem
Rettungsring und dem Schöpfeimer stand eine Tüte mit
Extra-Munition. Hawley trug eine schusssichere Weste,
die genauso schwer war wie die Waffen. Außerdem hatte
er Gummihandschuhe, große, feste Mülltüten, Klebeband,
ein Netz, einen Bootshaken, Atemmasken und eine Dose
Wick Vaporub dabei.

Entlang der Küste und der Untiefen von Thacher Island
sah Hawley, wie Hummerfischer algenbedeckte Seile vom
Meeresgrund heraufzogen, um nach ihren Hummerfallen
zu sehen. Er kam an einigen Charterbooten vorbei, die
nach Jeffrey's Ledge unterwegs waren, einer Luxusjacht
aus Boston und einem Whale-Watching-Boot voller gäh-
nender Touristen, das auf Stellwagen Bank zuraste. Drei
Meilen weiter wurden es weniger Boote. Hawley schal-

tete das Navigationssystem ein, das er mit Jove installiert
hatte, und bestimmte seine Position auf dem Radar.

Bis in internationale Gewässer waren es noch fünfzehn Seemeilen, aber wenn man Geschäfte tätigen wollte,
musste man neuerdings mindestens fünfzig Meilen oder
mehr hinausfahren. Die Küstenwache hatte ihre Patrouillenfahrten wegen der laufenden Untersuchung durch die
Umweltschutzbehörde verdoppelt, was für eine Menge
Probleme entlang der Küste sorgte – nicht nur für Fischer, sondern auch für jeden, der auf dem offenen Meer
mit Drogen, Waffen oder anderer illegaler Ware handelte.
Zumindest hatte Pax das erzählt, als Hawley ihn aufgespürt und um Einzelheiten zu Joves Auftrag gebeten hatte.
Der Käufer sei ein Sammler aus Reno gewesen. Soweit
Pax wisse, sei der Austausch über die Bühne gegangen. Er
selbst habe seine Bezahlung im Voraus erhalten, und es
habe weder vom Käufer noch vom Verkäufer Beschwerden gegeben. Auch von Jove habe er vor seinem Verschwinden kein Wort mehr gehört.

Der Treffpunkt war eine hunderzehn Meilen von der
Küste und etwa vierzig Meilen südöstlich der Bitter Banks
gesetzte Markierungsboje. *Leicht verdientes Geld*, hatte Jove
gesagt. Als Hawley nun das Ufer hinter sich verschwinden
sah und das Meer immer rauer und einsamer wurde, erschien es ihm gar nicht mehr so leicht. Weit und breit war
bis auf die Linie des Horizonts nichts zu sehen. Das sich
ständig bewegende Wasser glich einer Landschaft, die sich
mit jedem Windstoß veränderte, und Hawley hatte das
Gefühl, durch eine Wüste zu segeln. Joves Leiche würde
längst nicht mehr da sein, sie war entweder von Haien

gefressen oder von der Strömung davongetrieben worden. Aber Hawley hoffte, dass die Markierungsboje noch da war, und überprüfte die Koordinaten, die Pax ihm genannt hatte. Er musste den Ort mit eigenen Augen sehen. Vielleicht musste er seine Liste mit Feinden ergänzen, oder er musste sich Loo schnappen und so schnell wie möglich mit ihr flüchten.

Nach weiteren zehn Meilen kam er an einem Frachtschiff von der Länge eines Flugzeugträgers vorbei – ein Riese, der das Ende der Welt bewachte. Als ihn die Wellen des Kielwassers erreichten, stellte Hawley den Motor auf Leerlauf. Das Boot trieb mühelos dahin, hob und senkte sich sanft. Sobald der Frachter vorbei war, band Hawley die Pinne fest und kletterte Richtung Bug, um die Segel zu setzen. Der Wind zog die Latten straff, und die Segel blähten sich auf. Zurück im Heck schaltete er den Motor aus.

Hawley hatte ganz vergessen, wie schön es war, allein durch Windkraft voranzukommen. Nichts war zu hören als die Wellen, die gegen den Rumpf schwappten, und das leise Klappern der Fallen am Mast. Durch eine derartige Weite zu gleiten und unter dem zerbrechlichen Rumpf des Segelboots die schier endlose Tiefe zu wissen, erfüllte ihn mit Demut. Dort schwammen Lebewesen jeglicher Größe und Form, alle darauf aus, sich gegenseitig aufzufressen.

Von Backbord her näherte sich eine stattliche Dünung, Hawley lenkte das Boot in die Wellen hinein. Der Bug stieg hoch aus dem Wasser, landete dann mit einem Klatschen im Wellental. Unten im Frachtraum hörte Hawley etwas herumpurzeln und sich wieder aufrappeln. Er zog den Colt, spannte den Hahn. Die Luke öffnete sich. Heraus kletterte seine Tochter.

»Hi, Dad.«

»Das ist jetzt nicht dein Ernst.« Hawley löste den Hahn wieder und schob den Colt zurück in seine Tasche. Er drückte die Pinne nach Steuerboard, lenkte das Boot in den Wind, fierte die Schoten, bis die Segel erschlafften und die Seile wie Schlangen herumpeitschten. Das Boot trieb noch ein Stück dahin und stoppte schließlich. »Wie bist du hierhergekommen?«

»Ich bin aus Mabels Fenster geklettert, nachdem sie eingeschlafen war, und mit dem Firebird in die Stadt gefahren. Falls du nicht aufgetaucht wärst, wäre ich einfach am Morgen wieder zurückgefahren.« Der Wind blies ihr die Haare ins Gesicht. Wie sehr sie sie auch festzuhalten versuchte, die Spitzen landeten immer wieder in ihrem Mund. »Wusstest du, dass er da unten in seiner Koje jede Menge Pornos hat?«

Hawley hatte Loo zu ihrer Großmutter gebracht, um sie in Sicherheit zu wissen, und jetzt stellte sich heraus, dass alles umsonst gewesen war. Dabei hatte Mabel sich am Telefon sogar bei ihm bedankt. Endlich hatte er sich bemüht, das Kriegsbeil zu begraben, und nun würde die alte Frau doch wieder wütend auf ihn sein.

»Ich kann nicht glauben, dass du dir schon wieder einfach das Auto genommen hast.«

»Sie hat versprochen, es auf mich zu überschreiben, wenn ich an Thanksgiving und Weihnachten zu ihr komme. Also war es genau genommen kein Diebstahl.«

»Wir fahren zurück«, entschied Hawley.

»Aber wir müssten inzwischen ziemlich nah dran sein«, protestierte Loo. »Und ich habe belegte Brote dabei.«

»Wir kehren trotzdem um.«

»Nein. Noch nicht. Ich mache auch alles, was du sagst.« Loo raffte energisch ihre Haare zusammen, zog ein Gummiband aus der Tasche und band die widerspenstigen Strähnen zu einem straffen Pferdeschwanz. »Ich will bei dir sein, wenn du ihn findest.« Ihr Gesicht war fest entschlossen. Und ähnelte sehr dem ihrer Mutter.

Innerhalb des vergangenen Jahres hatte Hawley erlebt, wie seine Tochter rasant zu einer erwachsenen Frau heranreifte, die ihre eigenen Geheimnisse mit sich herumtrug. Er hatte versucht, sie zu beschützen. Jetzt hoffte er nur noch, dass sie nicht enden würde wie er. Er streifte seine Jacke ab und zog seine kugelsichere Weste aus. »Zieh die an.«

Loo schlüpfte hinein. Die Weste war ihr viel zu groß.

»Damit gehe ich im Wasser sofort unter.«

»Dann trägst du eben zusätzlich eine Schwimmweste darüber.«

Er wühlte eine orangefarbene Schwimmweste aus dem Stauraum unter der Sitzbank, öffnete sie und half seiner Tochter hinein.

»Ich sehe aus wie das Michelinmännchen.«

»So lautet der Deal«, sagte Hawley. »Schlägst du ein?«

»Geht klar«, antwortete Loo, kletterte auf den Bug und zog ihr Fernglas hervor. »Wonach halten wir Ausschau?«

»Nach allem, was auf dem Wasser treibt.«

Hawley drehte das Boot aus dem Wind und zog an den Schoten, bis die Segel wieder optimal gestrafft waren. Der Wind kam aus Südwest, und die Gischt der Wellen sprenkelte ihre Gesichter mit Salz. Loo räumte die Gewehre und die Munition in die Kajüte, damit sie trocken blieben. Wann immer eine stärkere Böe auf das Boot traf, krängte es und tauchte ins Wasser ein, woraufhin Hawley sich auf die andere Seite lehnte und es wieder stabilisierte.

Die Stunden vergingen, und sie wechselten sich mit dem Steuern ab. Ab und zu musste einer von ihnen die winzige Toilette mit Handpumpe unter Deck besuchen, in der es nach Chemikalien und Urin stank. In der Kombüse hatte alles Miniaturformat: das Spülbecken, die Töpfe und Pfannen, die mit Riegeln im Regal befestigt waren. Jede Tasse und jeder Teller war gesichert. Hawley öffnete den Vorratsschrank und fand Päckchen mit Asia-Nudeln, einen großen Eimer Erdnussbutter, Tüten mit Salzcrackern, eine Dose Eisteepulver und löslichen Kaffee. Unter der Spüle waren ein Kanister Trinkwasser, ein Signalhorn, ein Karton mit einer Leuchtrakete und drei Flaschen Whiskey verstaut.

Hawley nahm eine der Flaschen mit an Deck.

»Wo hast du die denn gefunden?«

»In der Kombüse.«

Der Wind war abgeflaut, weshalb Hawley den Motor wieder anwarf. Loo griff nach der Flasche und drehte sie um, als suchte sie nach dem Preisschild.

»Wir zwei haben zusammen getrunken, als du noch ein Baby warst«, sagte Hawley.

»Whiskey?«

»Nur ein paar Tropfen. Damit du mit dem Schreien aufhörst.«

Loo schraubte den Deckel ab und schnupperte daran. Es kam Hawley eigenartig vor, dass sie keinerlei Erinnerungen an die Hütte am See hatte. Was dort passiert war, war auch ihr passiert, aber er war der Einzige, der es für immer mit sich herumtragen musste. Er würde niemals das Saugen an seinem Finger vergessen, die plötzlich eintretende Stille, die Erleichterung darüber, dass sie endlich aufgehört hatte zu schreien. Ihre winzige Hand, die sich fest um seine schloss, ihre weit aufgerissenen, konzentrierten Augen, die ihn aufmerksam beobachteten.

»Ich muss dir was sagen.« Loo schraubte die Flasche wieder zu und verstaute sie unter der Bank. Sie wirkte plötzlich nervös. »Es geht um Mary Titus.«

»Was ist mit ihr?«

»Die Leute denken, dass du es warst«, sagte Loo. »Der auf ihr Haus geschossen hat, meine ich.«

»Ist das so?« Hawley bemühte sich um einen ernsten Gesichtsausdruck.

»Dabei ist es meine Schuld«, fuhr Loo fort. »Ich habe Marshall eine deiner Waffen gegeben, damit er sich verteidigen kann. Und er hat damit auf seine eigene Haustür geschossen.«

Hawley straffte das Großsegel. »Ein echter Siegertyp, dein Freund.«

Loo zog verlegen den Kopf ein, und Hawley bereute seinen Kommentar sofort. Er war erleichtert gewesen, als er gehört hatte, dass der Junge nicht mehr in Olympus war. Aber er wusste, dass Loo ihm immer noch nachtrauerte.

»Als die Polizei kam, dachte ich, sie wollen dich verhaften. Ich dachte, sie hätten die Kugel irgendwie zu dir zurückverfolgt.«

»Die Kugel aus der Beretta?«, fragte Hawley. Als sie ihn überrascht ansah, erklärte er: »Das war die einzige Waffe, die gefehlt hat.«

»Ich hätte es dir erzählen müssen«, sagte Loo. »Und ich hätte ihm nicht vertrauen dürfen.«

Hawley tat so, als müsste er über ihr Geständnis nachdenken. Dabei war nichts davon neu für ihn. Nur dass Marshall auf sein eigenes Haus geschossen hatte, hatte er nicht gewusst.

Hawley folgte Loo bereits seit ihrer Verhaftung und war die Sache angegangen wie einen seiner Aufträge. Er hatte ihre Kleider und Bücher durchwühlt, sich die Sohlen ihrer Schuhe angesehen, um herauszufinden, wo sie gerade herkam, war ihr zur Arbeit gefolgt, hatte beobachtet, wie sie den Männern auswich, die sie dort anglotzten, hatte den Schweiß auf ihrer Stirn registriert, wenn sie Servierplatten schleppte oder Geschirr spülte. Er hatte sie in Dogtown verschwinden und mit Blättern in den Haaren wieder herauskommen sehen, hatte sie auf dem Dach mit ihrem Teleskop beobachtet. Und er hatte das Album mit den Zeitungsausschnitten zu Lilys Tod gefunden, in einem Kleid in Loos Schrank, hatte beobachtet, wie seine Tochter nach Wegen suchte, schlau aus der ganzen Sache zu werden, genau wie er, wenn er im Badezimmer seinen Erinnerungen nachhing. Hawley hatte jeden Zeitungsartikel und Bericht gelesen, hatte jede Seite umgedreht und das Album wieder zurückgelegt.

»Die Polizei kann eine Kugel nur dann zum Täter zurückverfolgen, wenn sie die Waffe hat, mit der sie abgefeuert wurde«, sagte er schließlich. »Sie rekonstruiert den Schuss und vergleicht danach. Aber ich habe den Lauf der Beretta modifiziert, sobald du sie zurück in die Truhe gelegt hast. Glaub mir: Wenn ich vorhätte, deinen Freund zu erschießen, würde niemand je erfahren, dass ich es war.«

Es war nicht unbedingt als Witz gemeint gewesen, doch Loos Miene heiterte sich auf, und Hawley wusste, dass er das Richtige gesagt hatte. Sie griff unter die Sitzbank und holte erneut den Whiskey heraus. Dieses Mal nahm sie selbst einen Schluck, hustete und spuckte ins Meer.

»Ich verstehe nicht, wie du dieses Zeug trinken kannst.«

»Man gewöhnt sich daran.«

Sie schraubte den Deckel wieder zu und hielt die Flasche wie eine Keule in der Hand, als wolle sie sie am Boot zerschmettern und die *Pandora* erneut taufen. Als sich ihr Blick auf den Horizont richtete, veränderte sich ihr Gesichtsausdruck. »Ich sehe was!«

Hawley schnappte sich das Fernglas. Es dauerte eine Weile, bis er gefunden hatte, worauf sie zeigte. Etwa hundert Meter nördlich von ihnen trieb etwas Großes auf dem Wasser. Durch die Wellen war es schwer zu erkennen, aber es sah aus wie ein lebloser Körper.

Hawley holte aus dem Motor heraus, was er hergab. Er hielt direkt auf das im Wasser treibende Etwas zu, während Loo nach vorn zum Bug krabbelte und immer wieder das Fernglas scharf stellte. Gischt spritzte ihr entgegen, und sie wischte die Linsen an ihrer Jacke ab. Als sie näher kamen, erkannte Hawley eine algenbedeckte Masse mit Armen und einem Kopf, die mit dem Gesicht nach unten im Wasser trieb. Dann sah er das Fell.

Es war ein riesiger Bär von der Sorte, die Hawley früher auf Rummelplätzen für Loo geschossen hatte. Ein großer, fleischfarbener, mit geschreddertem Schaumstoff und Sägemehl gefüllter Plüschbär, wie er normalerweise ganz oben am Stand hing, um Opfer anzulocken. Hawley hatte einen Papierstern abgeschossen, vom Schausteller den Preis entgegengenommen und ihn an Loo weitergegeben, die unter dem Gewicht des Bären gewankt und sich dennoch geweigert hatte, ihn wieder aus der Hand zu geben. Und so war er mit ihnen Achterbahn und Riesenrad gefahren und auf der Fahrt nach Hause im Auto angeschnallt worden. Wenn sie mal wieder zum nächsten Ort weitergezogen waren, war nie genug Platz gewesen, um die Bären mitzunehmen, und Hawley hatte Loo versprechen müssen, auf dem nächsten Rummelplatz einen neuen für sie zu schießen. Und irgendwann war auch dieser irgendwo zurückgeblieben. All die zurückgelassenen Tiere schienen sich nun in diesem vollgesogenen Plüschbären zu manifestieren, der da hundertzehn Meilen von der Küste entfernt in internationalen Gewässern trieb, mitten im Atlantik, mit einem Seil um den Hals.

Hawley angelte das Stofftier aus dem Wasser und zog es ins Boot. Das billige, synthetische Fell hatte eine hässliche, fleischähnliche Farbe und war völlig durchnässt. Glänzende grüne Seetangstreifen und bräunlicher Schleim klebten an Armen und Beinen. Ein Auge fehlte, und das andere war eine transparente Plastikkugel mit einer kleinen schwarzen Scheibe darin, die sich wie die Iris eines echten Auges bewegte.

»Als wäre unser Bärenfell um die Häuser gezogen und hätte zu tief ins Glas geschaut«, sagte Loo.

Hawley nickte. Es war erst ein paar Stunden her, dass er ihr ganzes Erspartes in ihr Bärenfell eingerollt und sich gewünscht hatte, er könnte auch sich selbst und Loo darin einwickeln, um sich vor der Welt zu verstecken.

»Wie ist das Ding hierhergekommen?«

Hawley zeigte auf das Seil. Es war fest um den Hals des Stofftiers geknotet und hing über die Seitenwand des Segelboots ins Wasser hinunter. Er begann es hochzuziehen. Er zog und zog und zog. Je weiter er zog, desto dicker war die Algenschicht, die das Seil umgab, bis seine Hände mit grünem und schwarzem Schleim bedeckt waren und ein gespenstisches Gebilde durchs dunkle Wasser zu ihnen heraufstieg – eine alte, mit Unrat gefüllte Hummerfalle.

»Die muss sich bei einem Sturm losgerissen haben und hierhergetrieben sein«, mutmaßte Loo.

»Nein«, widersprach Hawley. »Das ist eine Markierungsboje.«

In der Falle zappelten zwei Hummer und einige Krebse. Der Rest war mit Flaschen, Metallteilen und Steinen vollgestopft. Inmitten dieses Füllmaterials befand sich etwas Eckiges, Glänzendes – eine silberne, vakuumversiegelte Kiste. Hawley zog zuerst die Hummer heraus. Die Schwänze der Tiere zuckten durch die Luft, ihre Zangen waren drohend erhoben, und sie hatten lange, glitschige Antennen auf dem Kopf. Obwohl sie stattlich genug waren, dass man sie hätte essen können, warf Hawley sie ins Meer, gefolgt von den Krebsen, die er ebenfalls einzeln durch das Kunststoffgeflecht der Hummerfalle zog. Schließlich waren nur noch die Steine und die zerbrochenen Bierflaschen übrig – und die Kiste.

Loo gab Hawley ihr Messer, damit er die Folie aufschneiden konnte, mit der die Kiste versiegelt war. Das Plastik war dick wie Haut und doppelt so hart, ließ sich jedoch mit einiger Mühe durchtrennen. Hawley zog vorsichtig die Kiste heraus. Sie war aus hartem Metall, wie es normalerweise für Waffenkoffer verwendet wurde, und hatte ein Schloss, aber Hawley brauchte nicht lange, um es mit dem Messer aufzubrechen. Er klappte den Deckel auf. Das Innere der Kiste war mit schwarzem Samt ausgekleidet und vollkommen trocken. In der Mitte lag eine goldene Taschenuhr.

Er nahm die Uhr in die Hand und drehte sie um. Das Edelmetall war kalt wie Eis. Auf dem Deckel war ein flüchtender Hirsch eingraviert, in dessen Flanke ein Pfeil steckte. Als Hawley auf die Aufzugkrone drückte, klappte das Gehäuse auf. In das Ziffernblatt waren vier kleinere Ziffernblätter eingelassen, die unter anderem das Datum anzeigten. Hawley holte tief Luft und war plötzlich wieder in Talbots Haus, schob seine Hand in Maureen Talbots Brautkleid und zog ebendiese Taschenuhr daraus hervor. Die Uhr beförderte ihn wie eine Zeitmaschine zurück in die Vergangenheit. Er berührte erneut die Aufzugkrone, und der Deckel spaltete sich. Da war sie wieder, die Sternkarte mit ihren winzigen Diamanten und Saphiren, die das schwindende Licht des Nachmittags reflektierten.

Hawley presste das Gehäuse ans Ohr. Die Uhr tickte. Der Boden öffnete sich unter ihm, und er stürzte durch die einzelnen Phasen seines Lebens in die Tiefe.

»Dad«, sagte Loo. »Dad.«

Endlich hörte er das Boot. Es war ungefähr eine halbe Meile entfernt – eine etwa zehn Meter lange Motorjacht, die mit ihrer breiten Schneise aus weiß schäumendem Kielwasser das Wellenmuster durchbrach. Sie hielt direkt auf Hawley und Loo zu. Und sie war schnell. An eine Flucht war nicht zu denken, nicht bei derart schwachem Wind.

»Geh runter und hol die Waffen«, ordnete Hawley an.

Loo stieg in die Kajüte und kam mit den Waffen und der Munitionstüte zurück. Gemeinsam begannen sie mit dem Laden.

»Wer ist das?«

»Ich weiß es nicht.«

»Und was machen wir jetzt?«

»Wachsam sein.«

Der fleischfarbene Bär lag immer noch mit dem Gesicht nach unten im Boot. Er war genauso groß wie Loo. Hawleys Hände begannen zu zittern. Er hätte umkehren und zurücksegeln sollen, hätte auf seinen Instinkt hören und mit Loo im Pick-up das Weite suchen sollen, nachdem er von der Polizeiwache zurückgekommen war.

Loo spähte durchs Fernglas. »Sieht aus, als wären zwei Personen an Bord.«

Hawley schob die Glock zurück in seinen Gürtel, griff nach dem Gewehr seines Vaters und versteckte es unter einer Decke. »Nimm die Schrotflinte und das Präzisionsgewehr und bleib unter Deck«, sagte er. »Schnell, bevor sie dich sehen.«

»Vielleicht sind es nur Hochseeangler«, merkte Loo an. Trotzdem zog sie den Kopf ein und verschwand durch die Luke in der Kajüte.

Die Motorjacht kam weiterhin in gleichmäßigem Tempo auf sie zu. Als sie nah genug herangekommen war, drosselte der Kapitän die Motoren, und der Schaum des Kielwassers reduzierte sich zu einzelnen Bläschen. Hawley nahm den salzigen Geruch der Wellen wahr, die gegen das Segelboot schwappten und es zum Schaukeln brachten. Er schaltete den im Leerlauf dahintuckernden Motor aus und verlagerte das Gewicht, um die Balance zu halten. Benzin entwich ins Wasser und zog sich in bunten Schlieren über die Oberfläche.

Einer der beiden Männer stand am Steuer. Er war älter als der andere und hatte militärisch kurz geschorene Haare, breite Schultern und ein Gesicht mit Dellen wie eine Kartoffel. Seine Nase hing schräg, wie eine kaputte Tür. Der Zweikampf im Diner war viele Jahre her, aber Hawley erkannte Ed King sofort. Da der alte Boxer keinen Hut aufhatte, waren sein Kopf, sein Gesicht und sein Hals knallrot von der Sonne. Hawley sah die Hautschuppen auf seiner schiefen Nase, die weiße Haut unter seinem Kragen.

Der andere Mann im Boot war Jove.

Hawleys Freund trug noch immer seine Kapitänsmütze und seine Bootsschuhe. Sein Gesicht war eingeschlagen, beide Augen blau, und er hielt sich die Seite, als hätte er gebrochene Rippen. Aber er war am Leben, immerhin.

Das Dröhnen des Motors erstarb. Jacht und Männer

trieben ein Stück weiter voran, bis sie auf der Steuerbordseite parallel zum Segelboot lagen.

»Sam Hawley!«, rief King. »Wir haben schon auf dich
gewartet!«

Der Wind frischte wieder ein wenig auf, und das Großsegel flatterte. Die beiden Boote hüpften zusammen auf
den Wellen.

»Solltest du nicht im Knast sitzen?«, fragte Hawley.

»Ich wurde wegen guter Führung vorzeitig entlassen.
Und weil ich jemandem ein oder zwei Gefälligkeiten er-
wiesen habe. Daran besteht immer Bedarf.« Der Boxer trat
an die Reling und lehnte sich dagegen. Dabei richtete er
weiter seine halbautomatische Waffe auf Jove. »Du hast
dich gar nicht verändert, Hawley.«

»Du schon.«

King legte die Hand auf seine runder gewordene Kör-
permitte und lachte. Es war kein ansprechendes Lachen,
und niemand stimmte mit ein. Hawley versuchte aus der
Situation schlau zu werden, aber sie war nur schwer zu
durchschauen.

»Bist du hergekommen, um deinen Freund zu suchen?«

Hawleys Blick wanderte zu Jove. »So ist es.«

»Ich auch«, sagte King. »Wobei ›Freund‹ in meinem
Fall vielleicht das falsche Wort ist. Bringt mich der Kerl
doch tatsächlich für fünfzehn Jahre hinter Gitter. Nur um
seine eigenen Fehler zu vertuschen. Und deine.«

»Es hat dich niemand gezwungen, dieses Paar aus Alaska
umzubringen. Du hast dafür bezahlt und deine gerechte
Strafe abgesessen.«

»So wie du deine abgesessen hast?«, fragte King.

Hawley antwortete nicht.

»Findest du nicht, dass du ein bisschen arrogant bist?«, fuhr King fort. »Dabei hast du mindestens genauso viel Dreck am Stecken. Ich musste nur diesen Auftrag als Köder vor euch baumeln lassen. Genügend Geld bieten. Und warten. Im Warten bin ich mittlerweile ziemlich gut.«

Jove spähte zu dem Bullauge, hinter dem sich Loo verbarg, hatte sich jedoch sofort wieder im Griff und blinzelte stattdessen in den orangeroten Abendhimmel hinauf. Beim Anblick seines zerstörten Gesichts fingen Hawleys Narben an zu jucken.

»Ich hätte nicht gedacht, dass ich dich noch einmal wiedersehen würde«, sagte Jove zu ihm.

King klopfte Jove auf den Rücken. »Dein Freund hier wollte mir weismachen, dass du nicht nach ihm suchen würdest. Aber ich hatte da so ein Gefühl. Also haben wir sein Boot in der Nähe der Bitter Banks ausgesetzt, damit diese Wal-Helden es der Küstenwache melden. Und dann sind wir hierher zurückgekehrt und hatten Gelegenheit, uns ausgiebig zu unterhalten.«

Die untergehende Sonne hatte inzwischen den Horizont erreicht, färbte den Himmel rosa und die Wolken dunkelviolett. Kings Auge zuckte. Hawley erinnerte sich, dass es genauso gezuckt hatte, als er im Diner Lily erblickt hatte. Damals, als Hawley noch nicht einmal ihre Hand berührt hatte.

Jetzt starrte King Hawley mit dem gleichen Gesichtsausdruck an, der offenbar bedeutete, dass er sein Glück kaum fassen konnte. So viele Jahre waren vergangen, und der Boxer hatte immer noch denselben Tick, der ihn verriet. Er drückte seine Waffe an Joves Hinterkopf. »Fangen wir doch am besten damit an, dass du mir deine Waffen aushändigst.«

Hawley zog die Glock aus seiner Hose und warf sie auf die Motorjacht hinüber.

»Und jetzt die in deiner Jacke.«

Hawley nahm den Colt heraus und schleuderte auch ihn auf das andere Boot. Nun blieben ihm noch das Gewehr unter der Decke und die Flinten, die Loo bei sich in der Kajüte hatte. Der Wind frischte weiter auf, und die Boote begannen auseinanderzudriften.

King befahl Hawley, eine Leine hinüberzuwerfen, die Jove am Bug der Jacht befestigte.

»Jetzt der Bär. Steck die Uhr hinein und schick sie mir rüber.«

Hawley legte die Taschenuhr zurück in die Metallkiste und verstaute diese wieder in ihrer Plastikhülle. Mit Loos Messer schnitt er ein Loch in die Brust des Bären und stopfte die Kiste an die Stelle, an der bei einem echten Tier das Herz gewesen wäre. Das Füllmaterial war überraschend weich, bestand aus Baumwollstreifen und Stofffetzen. Trotzdem war das Stofftier schwer, als er es hochhob. Er holte aus und ließ es los. Der Bär drehte sich in der Luft, prallte gegen den Bug der Motorjacht und landete spritzend im Wasser. Jove spießte ihn mit einem Bootshaken auf und zog ihn an Bord.

King schob sofort die Hand ins Plüschtier, tastete darin herum und beförderte das Plastikbündel zutage. Er klappte die Kiste auf, nahm die Uhr heraus und strich mit den Fingerspitzen über ihr Gehäuse.

»Der fetteste Köder, den ich jemals verwendet habe«, sagte er. »Aber das war es wert.« King schob die Uhr in seine Tasche und befahl Jove, an den Rand des Boots zu treten.

»Zeit, deinen Bären zu nehmen und nach Hause zu gehen, Jove.«

»Du meinst, ich soll springen?«

»Genau das meine ich.«

Jove zog das durchnässte Plüschtier hinter sich her, während er über die Reling kletterte. Mit seiner teuren Windjacke, seiner lächerlichen Mütze und den Lederslippern, auf die er so stolz gewesen war, stand er auf der Bootskante und blickte Hawley mit einer Mischung aus zerknirschter Abbitte und Erleichterung an. Doch King richtete die Waffe auf seinen Rücken und drückte ab. Die Kugel durchschlug erst Jove und danach den Bären, dessen Brust in einer Wolke aus Schaumstoff und Fell explodierte, bevor er gemeinsam mit Jove ins Wasser stürzte.

Aus der Kajüte erklang ein gedämpfter Schrei. King schaute zu Hawley, dann wanderte sein Blick zu den Bullaugen. Noch ehe er reagieren konnte, hechtete Hawley zwischen die Bänke und zog die Decke von seinem Gewehr.

King richtete unterdessen seine halbautomatische Pistole auf das Segelboot und nahm es unter Beschuss. Hawley hörte, wie die Kugeln das Holz der Seitenwand trafen und die Bullaugen zerschmetterten. Er zählte die Schüsse. Als das Magazin leer war, rannte King zu seiner Kajüte. Diesen Moment nutzte Hawley, um aufzustehen, das Gewehr anzulegen, einzuatmen, halb wieder auszuatmen und zu schießen. Er sah den Boxer zusammenbrechen und die Leiter zum Frachtraum hinunterstürzen.

Hawley kauerte sich wieder auf den Boden und wartete. Es waren keine Schüsse mehr zu hören.

Er beugte sich über die Seitenwand des Boots. »Loo!«, rief er. »Bist du verletzt? Loo?«

Seine Tochter schob die Schrotflinte aus dem zerbrochenen Fenster und fing an, auf den Rumpf der Motorjacht zu feuern. Nach einer kurzen Pause, in der sie nachlud, ging es weiter. Zwei ohrenbetäubende Schüsse rissen Löcher in die Fiberglaswand der Jacht, in die der Ozean hineinströmte.

Es war, als wären sie zu einer einzigen Person verschmolzen. Was Hawley dachte, führte Loo aus. Sie lud weiter nach und schoss Löcher in die sinkende Motorjacht, während Hawley mit dem Bootshaken nach Joves Windjacke angelte und seinen Freund auf die windabgewandte Seite des Segelboots zog. Dort griff er unter Joves Arme und hievte ihn mitsamt dem Bären an Bord. Joves Augen bewegten sich noch, aber er blutete heftig. Hawley drückte die Hand gegen die Eintrittswunde. Das Herz seines Freunds pumpte mit jedem Schlag mehr Blut zwischen seinen Fingern hindurch.

Die Tür der Kajüte ging auf, und Loo erschien mit Hawleys orangefarbenem Werkzeugkasten.

»Was brauchst du?«

»Einen Notfallverband«, antwortete Hawley.

Neben ihnen lief die Motorjacht immer weiter mit Wasser voll. Ein dumpfer Schlag war zu hören, als eine Welle gegen ihren Bug schlug und ihn gegen das Segelboot drückte. Das ganze Deck neigte sich zur Seite, und Loo sank auf die Knie und ließ den Werkzeugkasten fallen. Sie nahm ein versiegeltes Paket heraus und riss es auf.

»Wird er sterben?«

»Wahrscheinlich«, antwortete Hawley.

»Du kannst mich mal«, knurrte Jove.

»Ha!«, grinste Hawley. »Na bitte.«

Zusammen mit Loo legte er den Notfallverband an und zog ihn straff, so gut er konnte. Neben ihm glitzerte etwas im letzten Abendlicht. Er sah seine Tochter an.

»Du hast Glasscherben in den Haaren«, sagte er.

»Von den Kajütenfenstern.« Loo schüttelte den Kopf, kleine Splitter rieselten wie Kristalle auf den Boden.

»Ich muss nachsehen, was mit King ist. Bleib du hier und halte den Verband unter Druck«, instruierte Hawley.

»Ist gut«, sagte Loo. Sie übernahm den Druckstab des Notfallverbands und starrte wie gebannt auf das Blut, das überall hervorquoll, Joves Windjacke durchtränkte und auf die Bodenplanken rann.

Hawley zog den Kopf ein, um unter dem Großsegel hindurch auf die andere Seite zu gelangen. Die Motorjacht hatte deutlich Schlagseite, aber noch ragte ein guter Teil von ihr aus dem Wasser. Ihr durchlöcherter Rumpf ruhte am Bug des Segelboots, sodass Hawley problemlos hinübersteigen konnte. Der Fiberglasboden der Jacht hallte unter seinen Füßen. Er sah, dass die Luke, durch die King verschwunden war, noch immer offen stand. Er hob die Glock und den Colt auf, die nach seinen Würfen auf dem Deck gelandet waren, und kletterte die Leiter hinunter. Die Kajüte stand halb unter Wasser, Essen, Kleider und Müll trieben auf der Oberfläche. Es stank und war dunkel, bis auf das Licht, das durch eine zweite Luke ganz vorne am Bug hereinschien.

Hawley watete durch die Kajüte auf das Licht zu. Als er die Luke erreicht hatte, sah er, dass ein abgerissener Stofffetzen an ihrem Scharnier hing. Plötzlich hörte er Musik. Zuerst dachte er, sie käme aus einem Radio, bis er die Melodie wiedererkannte. Debussy. Jede Note gleichzeitig voller Hoffnung und Trauer, wiedergegeben von einer tief im Inneren eines Uhrengehäuses versteckten Spieluhr, die zu jeder vollen Stunde spielte.

Hawley kletterte vorsichtig durch die Luke und taumelte gegen die Reling, als das Deck noch ein Stück weiter abkippte. Der alte Boxer war auf das Kajütendach gekrochen. Sein Schatten zeichnete sich deutlich auf dem Großsegel der *Pandora* ab – ein Schatten in Gestalt jedes imaginären Ungeheuers, das je unter Loos Kinderbett gelauert hatte, jedes Albtraums, den Hawley tröstend und sein kleines Mädchen im Arm wiegend vertrieben hatte, um anschließend selbst im Schlaf davon heimgesucht zu werden. Kings Schatten zielte mit einer Waffe, das Donnern eines Schusses hallte übers Wasser. Hawley sah, wie sich Loo unterhalb des Segels zusammenkrümmte. Sie strauchelte und versuchte wieder aufzustehen, doch schon kam der nächste Knall und warf sie über die Seite des Boots. Hawley sah sie ins Wasser fallen. Seine Tochter. Seine Loo.

Fort.

Kings Hemd war zerrissen, weil er offenbar an der Luke hängen geblieben war, und seine Haare waren nass vom

Wasser, das in die Jacht eindrang, aber Hawley konnte keinen einzigen Blutstropfen an ihm entdecken. Er, der sonst nie danebenschoss, hatte King aus irgendeinem Grund verfehlt. Der Boxer hielt die Halbautomatik in der Hand, mit der er erst auf Jove und nun auf Loo geschossen hatte. Jetzt richtete er sie auf Hawley. Die Kugel traf ihn oberhalb des Herzens, und Hawley spürte sofort den Unterschied zu seinen bisherigen Schusswunden. Diese Kugel glitt nicht wie ein Besucher durch seinen Körper hindurch, sondern riss und zerrte und spaltete, als wollte sie sich in seinem Inneren häuslich einrichten, als hätte sie vor, zu bleiben und Wurzeln zu schlagen.

Hawleys Hände tasteten nach dem Colt, aber King sprang vom Dach herunter und kickte die Waffe weg, bevor er abdrücken konnte. Die Schieflage der Jacht verstärkte sich, als die Männer miteinander zu ringen begannen, wodurch beide Waffen ins Wasser rutschten. Hawley spürte die Hitze des alten Boxers, und schon legte dieser los. Er boxte Hawley in den Bauch, ins Gesicht und gegen die Schusswunde. Jeder Hieb brannte sich wie ein glühendes Stück Kohle in Hawleys vernarbten Körper hinein. Ihm fiel ein, was Jove ihm über die Männer erzählt hatte, gegen die King gekämpft hatte: dass ihr Verstand hinterher ein Ort des Vergessens gewesen sei, ein Ort, an dem sie nicht mehr wussten, wen sie liebten oder warum sie ihn liebten.

Hawley zwang sich auf die Knie, warf sich gegen King und stieß ihn zu Boden. Hastig kroch er zur Reling, um im Wasser nach Loo Ausschau zu halten, doch es war nichts zu sehen als plätschernde Wellen. Abermals war

King über ihm und versetzte ihm den letzten und entscheidenden Schlag gegen den Kopf. Hawley spürte, wie sein Schädel barst, und sah Sterne. Helle Funken, die sich in Flammen verwandelten und durch die Nacht blitzten, die sich über ihn herabsenkte.

Die Sterne begannen sich zu einer Gestalt zusammenzufügen, die in noch größerer Helligkeit erstrahlte, und aus dieser Helligkeit trat Lily heraus. Sie stand hinter King, mit langen, triefenden, schwarzen Haaren, als hätte sie all die Jahre nur auf den richtigen Moment gewartet, aus dem Wasser wiederaufzuerstehen.

»Weg von ihm«, befahl sie.

Wie durch ein Wunder hörten die Schläge auf. Kings Schatten entfernte sich von ihm, und Hawley spürte wieder Luft an seinem Gesicht. Er schmeckte das Blut, das ihm die Kehle hinunterlief. Hustete. Lauschte ihrer Stimme.

»Dort hinüber.«

Lily hielt das Gewehr von Hawleys Vater in der Hand und richtete es auf Kings Brust. Sie zwang ihn, rückwärts bis zum Bootsrand zu gehen, und hielt dabei genügend Abstand, dass er sich nicht auf sie stürzen und ihr das Gewehr entwinden konnte. Ihr Finger lag auf dem Abzug, ihr Ellbogen war dicht an den Körper gepresst, der Schaft ruhte an ihrer Schulter, und der Lauf war so ruhig, dass sie einen Vierteldollar darauf hätte balancieren können. Das alles hatte Hawley ihr beigebracht, und sie hatte es nicht vergessen. Sie weiß noch alles, dachte er. Sein Mädchen.

»Die Uhr.«

King zog die goldene Uhr aus der Tasche.

»Werfen Sie sie ins Wasser.«

»Was?«

»Sie haben mich schon verstanden.«

Der Boxer starrte sie ungläubig an. »Das ist ein unbezahlbares Stück. Ein Unikat.«

»Es ist nur eine dämliche Uhr.« Sie legte ihr Auge an die Zielvorrichtung.

King wandte den Kopf ab, als könnte er den Anblick nicht ertragen, und ließ die Uhr über die Reling fallen. Ihr Gold reflektierte das Licht und blitzte auf, ein klopfendes Herz, das in den Wellen versank, sich drehte und drehte, bis es in der Dunkelheit verschwunden war.

»Und jetzt sind Sie dran.«

»Ich kann nicht schwimmen.«

»Dann hoffen Sie besser, dass die Küstenwache Sie findet. Hier.« Sie warf ihm eine Schwimmweste zu. King schlüpfte hinein und zog den Gurt um seine Taille fest. Er starrte immer noch auf die Stelle, an der die Uhr versunken war. Hawley sah ihm an, dass er überlegte, ob er hinterhertauchen sollte, ob es eine Chance gab, nach dem goldenen Gehäuse zu greifen, bevor es für immer im Meeresgrund versank.

»Und was jetzt?«

»Jetzt das.«

Sie zielte und schoss King in den Arm. Seinen Schlagarm. Den Arm, mit dem er Hawley verprügelt hatte. Der alte Boxer schrie und umklammerte die Wunde mit den Fingern. Blut rann seinen Ellbogen hinunter und spritzte aufs Deck. »Was zum Teufel sollte das?«

»Das war für die Haie«, antwortete sie. Dann drehte

sie das Gewehr um, packte es beim Lauf, als wäre es ein Baseballschläger, und schlug den Kolben mit all seinen Kerben für getötete Feinde in Kings Gesicht, ein Hieb so stark wie ein rechter Haken. Der Boxer taumelte nach vorn, und sie trat ihm mit ihren Stahlkappenstiefeln in den Hintern, während er über die Reling hinweg ins Wasser stürzte.

Loo eilte zu ihrem Vater, legte seinen Arm um ihre Schulter, zog ihn auf die Beine und schleifte ihn zurück auf die *Pandora*. Dort schnitt sie das Verbindungsseil durch und schob die Jacht vom Bug des Segelboots weg. Während die beiden Boote auseinandertrieben, behielt sie das Gewehr auf King gerichtet und sah ihm dabei zu, wie er vergeblich auf die Motorjacht zurückzuklettern versuchte, die blubbernd immer tiefer sank. Als sie zwanzig Meter Abstand hatten, startete Loo den Motor und schaltete. Der Propeller begann sich zu drehen, und sie entfernten sich von der gekenterten Motorjacht. Loo schob den Gashebel ganz nach vorn. Jetzt gab es nur noch das Dröhnen des Motors, die Bewegung der Wellen und das Geräusch des hölzernen Bootsrumpfs, der das Wasser durchschnitt. Loo band die Pinne fest, um sie auf Kurs zu halten, und ging zu Hawley zurück.

»Du hast ihn verfehlt«, sagte sie. »Ich kann nicht glauben, dass du ihn verfehlt hast.«

»Such nach einer Austrittswunde«, bat Hawley.

Sie drehte ihn auf die Seite. Er hatte das Gefühl, dass ein enormes Gewicht gegen seine Lunge drückte. Loo strich mit den Fingern über seinen Rücken und seine Schulter. »Da ist so viel Blut.«

»Kugeln gehen normalerweise direkt durch mich hindurch«, sagte Hawley.

»Diese hier offenbar nicht.«

Sie kramte Kompressen aus dem Werkzeugkoffer, riss sie mit den Zähnen auf und presste sie gegen das Loch in seiner Brust. Er wusste inzwischen, dass sie nicht Lily war, aber wie Loo kam sie ihm auch nicht vor.

»Bist du wirklich nicht verletzt?«, fragte er.

Sie klopfte sich gegen die kugelsichere Weste, die er ihr gegeben hatte.

Hawley schloss erleichtert die Augen und kämpfte gegen den Schmerz an, der sich durch jeden Nerv seines Körpers schlängelte und tausend Nadeln in ihn hineinbohrte.

»Was ist mit Jove?«

Sie blickten beide zu Jove hinüber, der neben dem großen Plüschbären auf dem Boden lag. Sein Gesicht war bleich, aber er atmete noch. Loo überprüfte seinen Puls.

»Ich weiß nicht, was ich als Nächstes tun soll.«

»Das überlegen wir uns zusammen.« Hawley versuchte, nach ihrer Hand zu greifen, doch seine Finger rutschten an ihr ab. Sie war völlig durchnässt und zitterte. »Loo«, sagte er. »Du hast das so gut gemacht. Du hast alles richtig gemacht.«

»Ich konnte ihn nicht töten.«

Hawley nahm erneut ihre Hand und drückte sie. »Darüber bin ich sehr froh.«

Mit ihrem Gesicht stimmte etwas nicht. Zuerst wusste er nicht, was es war, aber dann verstand er.

»Hol die Flasche«, sagte er.

»Du stirbst«, stieß sie hervor.

»Nein, ich sterbe nicht.«

Loo drückte noch eine Kompresse gegen seine Brust. Dann griff sie unter die Bank. Der Whiskey war noch da. Sie schraubte den Deckel auf und hob die Flasche an seinen Mund. Er roch die Panik in ihrem Atem.

»Nein«, sagte Hawley. »Für dich.«

Loo trank einen kräftigen Schluck. Obwohl sie hustete, nahm sie gleich noch einen.

»Na also«, sagte er. »Weinst du immer noch?«

»Nein.«

»Gut. Und jetzt bring uns nach Hause.«

Das Boot schaukelte auf den Wellen, aber Hawley fühlte sich innerlich ruhig. Die Welt balancierte sich aus, Himmel wurde zu Wasser und Wasser zu Himmel. Sein ganzes Leben lang war er gegen den Strom geschwommen, hatte sich wie ein Fisch den Flusslauf hinaufgekämpft und dabei Wasserfälle und Staudämme bezwungen. Nun hatte er endlich aufgehört, sich mit seiner zerklüfteten Schwanzflosse voranzutreiben, und glitt stattdessen in die richtige Richtung davon. Bewegte sich mit der Welt, statt gegen sie. Warum habe ich nicht schon früher damit angefangen?, dachte er.

Loo schlug ihm ins Gesicht. »Hör auf zu *sterben*.«

»Du Unruhestifterin«, murmelte er. »Das würde deiner Mutter gar nicht gefallen.«

Loo

Die Nacht senkte sich herab. Nach einer knappen Stunde konnte Loo die Silhouette ihres Vaters auf dem Boot kaum noch erkennen. Der Himmel war voller Sterne, aber der Mond war nicht zu sehen.

Sie hatten Funkgerät und Navigationssystem eingebüßt, weil beides getroffen worden war, als Kings Kugeln die Bullaugen durchschlagen hatten. Mit Hawleys Hilfe hatte Loo das letzte Leuchten am Horizont für eine erste Peilung genutzt, doch nun waren sie schon viele Meilen im Dunkeln unterwegs, und Loo hatte das ungute Gefühl, dass sie vom Kurs abgekommen waren. In der Kajüte war eine Taschenlampe, die sich Loo eine halbe Stunde lang unters Kinn geklemmt hatte, um die Hände freizuhaben und zu versuchen, das Navigationssystem zu reparieren. Dann musste sie aufgeben, war wieder an Deck geklettert und hatte sich auf die Bank am Ruder gesetzt, ohne zu wissen, wohin sie steuern oder ob sie überhaupt den Kurs verändern sollte. Irgendeine Entscheidung musste sie treffen, denn außer ihr würde es niemand tun. Also fuhr sie weiter blindlings in die Dunkelheit hinein und hoffte, dass sie in die richtige Richtung unterwegs waren.

Loo deckte Jove mit einer Decke zu. Sie hatte seine Wunde tamponiert und ihm ein wenig Morphium gegen die Schmerzen gegeben. Seine Hände waren kalt, sie befürchtete, dass er sterben würde, bevor sie die Küste erreichten. Ihre eigenen Kleider waren immer noch nass. Als der Wind auffrischte, begann sie zu frieren. Immerhin war sie die Einzige an Bord, die keine Schusswunde hatte.

»Heb seine Schultern an«, sagte Hawley.

Loo holte noch eine Decke und schob sie unter Joves Rücken, damit er ein wenig erhöht ruhte. »Wie viel Zeit bleibt ihm noch, was glaubst du?«

»Nicht mehr viel.«

»Ich könnte eine Signalrakete abschießen.«

»Wir haben nur noch eine«, wehrte Hawley ab. »Heb sie auf, bis du irgendwo Lichter siehst. Früher oder später müssen wir auf die Küstenwache stoßen.«

»Wie fühlst du dich?«

»Mir geht es gut«, behauptete Hawley. Aber als sie den Strahl der Taschenlampe auf ihn richtete, sah er alles andere als gut aus. Sein Gesicht war fahl, und sein Blick ging ins Leere. Sie griff nach seiner Hand, die genauso kalt war wie Joves. In der Kajüte fand sie noch eine Decke, mit der sie ihn zudeckte, nachdem sie einen weiteren Kompressionsverband gefunden und seine Brust damit bandagiert hatte. Sie überprüfte seinen Puls. Er war schwach, aber vorhanden, ein leises Lebenszeichen unter seiner Haut.

»Ruh dich ein Weilchen aus.«

Er schloss ohne Einwände die Augen.

Loo holte das Fernglas aus der Kajüte und kletterte auf den Bug. Sie spähte nach links und nach rechts, aber es war, als würde sie ins Nichts blicken – nur schwarze Nacht um sie herum. Das Einzige, was zu sehen war, waren die Sterne.

Sie hatte noch nie so viele davon gesehen. Ohne Unterbrechung durch Bäume, Berge oder Häuser erstreckte sich über ihr die Himmelskuppel, über die Erde gestülpt wie eine Glasglocke, eine atemberaubende Vielfalt an Galaxien, Satelliten und fernen Sonnen, die so hell leuchteten, dass Loo den Polarstern nicht finden konnte. Selbst die Planeten verloren sich im dunstigen Lichtstreifen der Milchstraße. Loo wünschte, sie hätte ihre Planisphäre mit ihren Schaubildern und Drehscheiben dabei, aber die war in ihrer Reisetasche, die sie bei Mabel Ridge gelassen hatte. Jahrelang hatte sie die Planisphäre von Ort zu Ort mitgenommen, hatte sie in Motel- und Hotelzimmern studiert, in Restaurants und Büchereien, in Klassenzimmern und im Pick-up ihres Vaters, unter dem Bärenfell, in der Badewanne und schließlich auf dem Vordach ihres Hauses. Sie hatte die Sternbilder mit dem Finger nachgezeichnet, ihre Namen auswendig gelernt und Trost darin gefunden, dass dieses unendliche Weltall auf Papier gebannt und kartographisch erfasst werden konnte.

Loo schloss die Augen, ohne dass sich viel änderte. Der Himmel war immer noch da, kleine weiße Punkte tanzten hinter ihren geschlossenen Lidern. Sie roch das Salz des Meeres, spürte das Schaukeln des Boots. Lauschte den Wellen und den flachen Atemzügen ihres Vaters. Dann schob sie die Hände vors Gesicht. Die Sternkarte war in ihr, sie kannte alle diese Himmelskörper, ihr eigener Rücken war damit bemalt gewesen.

Als sie die Augen öffnete und durch den Rahmen ihrer Finger blickte, wirkte die Dunkelheit heller. Klarer. Sie sah nach hinten und beobachtete den weißen Schaum des Kielwassers. Dann hob sie das Kinn und suchte am Himmel nach dem ersten Sternbild, das sie als Kind kennengelernt hatte: dem Großen Wagen. Vier Sterne, die den Wagen bildeten, und drei, die als Deichsel von ihm abzweigten. Verband man die vorderen zwei Sterne des Wagens und folgte der Linie nach oben, fand man auch den besser versteckten Kleinen Wagen, der dem Großen glich wie ein Kind seinem Vater, eine kleinere Konstellation aus den gleichen Bestandteilen. Dieses leicht versetzte Spiegelbild hatte jedoch etwas Wichtigeres zu bieten als Größe oder Kraft, nämlich eine verlässliche Konstante, einen wichtigen Anhaltspunkt am Ende seiner Deichsel: den Polarstern.

Nachdem Loo den Nordstern im Visier hatte, wurde sie ruhiger und konzentrierte sich auf ihre Aufgabe. Es war wieder wie in Dogtown, als sie die riesigen, unbeweglichen Findlinge entdeckt hatte. Damals hatten die eingemeißelten Worte sie geleitet, jetzt waren die Sterne ihre Wegweiser. Sie konnte sich von einem dieser leuchtenden Wegweiser zum anderen bewegen, genauso, wie sie im Wald von WAHRHEIT über MUT zu NUR WER VERSUCHT, GEWINNT gewandert war.

Sie hob die Faust und streckte sie auf Höhe des Horizonts nach vorn. Bei null beginnend fing sie an zu zählen und nutzte ihren Körper als lebenden Kompass. Zehn Grad für jede Faust, die in den Himmel passte. Als sie beim Polarstern ankam, war sie bei neunzig. Sie befanden sich etwa dreiundvierzig Grad nördlicher Breite. Und mussten nach Westen. Loo schob das Ruder scharf nach Lee, bis der Große Wagen auf der Steuerbordseite des Boots funkelte.

Die Segel flatterten, bevor sie sich mit Wind füllten. Auf der Bank gegenüber bewegte sich Hawley.

»Ich weiß jetzt, wo wir sind«, erklärte sie. »Ich glaube

es zumindest.« Die Welt war zurück in Loos Fokus gerückt, und jetzt drängten sich ihr auch die anderen Sternbilder förmlich auf. Perseus und Pegasus. Cetus und Herkules.

Sie konnte das Gesicht ihres Vaters nicht sehen, nur seine Brust, die sich hob und senkte. Jede Minute, in der er nichts sagte, verstärkte ihre Angst. Sie zeigte in den Himmel hinauf. »Dieser Stern dort oben ist die Wega, glaube ich. Sie hat eine bläuliche Farbe und ist neben dem Polarstern einer der hellsten. Die Wega ist Teil der Lyra, der Leier, die Orpheus gehörte. Er hat darauf gespielt, um Hades zu bewegen, seine Frau aus der Unterwelt zu entlassen. Hörst du mir zu? Dad?«

»Ich kenne die Geschichte«, sagte Hawley. »Er hätte nicht zurückblicken dürfen.«

Sie hatte ihre kugelsichere Weste noch immer nicht ausgezogen. Darunter waren ihre Kleider so feuchtkalt, dass sie permanent eine Gänsehaut hatte. Ihr Körper war voller Prellungen und blauer Flecken, und bei jedem Einatmen taten ihr die Rippen weh. Die Wucht der Kugeln war von ihrem Körper absorbiert worden, sie spürte noch immer die Vibration tief in ihren Knochen, die Energie der Druckwelle, die sie über Bord geworfen und ihr den Atem geraubt hatte. Ihre Panik war so groß gewesen, dass sie die Kälte des Meers anfangs gar nicht gespürt hatte. Sie war von weißem, schäumendem Wasser umgeben gewesen, hatte nicht gewusst, wo oben und wo unten war. Bis die Schwimmweste ihres Vaters sie an die Oberfläche gezogen hatte. Dort hatte sie keuchend Luft geholt und gemerkt, dass sie sich alles andere als tot fühlte. Sie fühlte sich echt, voller Kraft, genau wie damals, als sie aus dem Meer gestrauchelt war und Marshall den Finger gebrochen hatte – als wäre ihre ganze Angst plötzlich in einer zugenagelten Tonne verschlossen.

»Deine Mutter«, begann Hawley. Sein Atem ging stoßweise.

»Erzähl mir von ihr«, bat Loo. »Etwas, was ich noch nicht weiß.«

Hawley zupfte an seinem Bart. »Einmal hat sie mich angeschossen«, sagte er schließlich.

»Was? Wo hat sie dich getroffen?«

»Hier.« Hawley zeigte auf seine Wade. »Es war ein perfekter Schuss. Dabei zielte sie normalerweise nicht besonders gut. Ich musste ihr erst Angst machen, damit sie sich konzentrierte. So wie bei dir am Anfang.«

»Toller Trick.«

»Hat aber funktioniert«, erwiderte Hawley. »Sonst wären wir jetzt nicht hier.«

Sie justierte die Pinne. Zog an den Seilen. »Ich sollte mal nach Jove sehen.«

»Loo«, sagte Hawley sanft und griff nach ihrer Hand. »Jove ist tot. Seit mindestens zwanzig Minuten.«

Loo befreite sich aus seinem Griff. »Und warum hast du mir nichts gesagt?«

»Ich wollte dir keine Angst machen.«

Sie kniete sich auf den Boden, tastete nach Joves Puls, presste ihre Finger gegen seinen Hals. Sein Körper fühlte sich kalt und fest an, als würde sie im Kühlhaus des Sawtooth ein Stück Fleisch berühren. Jove hatte seine Kapitänsmütze verloren, seine Haare waren zerzaust. Loo strich sie glatt und zog die Decke über sein vernarbtes Gesicht. Dann setzte sie sich wieder ans Ruder.

»Brauchst du noch einen Schluck Whiskey?«

»Nein.«

»Ich schon«, sagte Hawley.

Sie holte die Flasche und hob sie an seine Lippen, beobachtete, wie er schluckte. Hawley hustete und wischte sich mit dem Handrücken den Mund ab. Danach klebte Blut an seiner Hand.

»Wir sollten irgendetwas sagen«, schlug sie vor.

»Was denn?«

»Keine Ahnung. Einen Segen sprechen oder so. Wie bei der Schiffstaufe.«

»Das bringt ihm jetzt auch nichts mehr.«

»Nicht für Jove«, widersprach Loo. »Für uns.«

Hawley schob die Hand in seine Tasche und suchte darin herum. »Ich kenne keine Gebete.«

Loo dachte an Joves Schlafsack, an das mit Enten bedruckte Innenfutter und das Loch, aus dem die Federn entwichen waren und sich im ganzen Haus verteilt hatten. Noch Wochen nach seinem Aufbruch hatte sie die Daunen in den Verandaecken, im Gewebe der Teppiche, sogar in den Küchenschränken gefunden, zwischen Tellern und Kaffeetassen. Ebenjener Schlafsack lag nun unten in der Kajüte. Sie hatte auf ihm gekauert, als sie den Lauf der Schrotflinte aus dem Fenster geschoben hatte, und eine Wolke weißer Federn war aus ihm aufgestiegen.

»Hilf mir mal, bitte«, sagte Hawley.

Loo nahm ihm den Tabakbeutel aus der Hand. Sie zog ein Papier aus dem Heftchen, drückte eine kleine Portion dicker, süßlich riechender Tabakblätter hinein, rollte die Zigarette, klebte sie zu und zwirbelte die Enden.

»Wir können seiner gedenken, indem wir über ihn reden«, sagte Hawley. »Indem wir unsere Einnerungen mit anderen teilen. Und wenn wir sterben, reden diese anderen vielleicht weiter über ihn. Oder auch nicht. Vielleicht wird sich dann niemand mehr an ihn erinnern, und seine Geschichte endet an dem Punkt.«

»Das ist schrecklich.«

»Aber so ist es nun mal.«

Auf der Backbordseite hüpfte etwas auf den Wellen, ein Geist, der abtauchte, wieder zum Vorschein kam und seinen Schnabel schüttelte. Loo ging auf, dass es eine Möwe war, deren Gefieder im Licht der Sterne schimmerte. Eine zweite Möwe kreiste in der Nähe und kräuselte die Wasseroberfläche, als sie neben der ersten landete.

»Was machen Vögel so weit hier draußen?«, fragte Loo.

»Wahrscheinlich verfolgen sie irgendetwas, zum Beispiel einen Trawler.«

Loo stellte sich auf die Bank und suchte den Horizont ab. Es war nichts zu sehen. Keine Lichter, kein Land.

Hawley hustete und versuchte sich aufzurichten. »Da habe ich uns ganz schön was eingebrockt, was?«

»Schon gut.«

»Nein, ist es nicht«, widersprach Hawley.

Loo hielt immer noch die Zigarette in der Hand, die sie gerade gedreht hatte. Sie steckte sie zwischen seine Lippen, nahm sein Feuerzeug und zündete sie an. Die Spitze leuchtete rot auf. Er stieß den Rauch aus und blickte zu Jove hinüber, der versteckt unter seiner Decke lag.

»Ich will nicht, dass du dich verantwortlich fühlst, falls das hier nicht gut ausgeht.«

»Du bist mein Vater«, protestierte Loo.

»Ich weiß«, sagte Hawley. »Aber ich war auch schon an deiner Stelle. Man kann nicht jeden retten.«

Loo lauschte dem Brummen des Motors und stellte sich vor, wie sich die Zahnräder im Getriebe drehten, wie alle Teile zusammenwirkten, um das Boot voranzutreiben.

»Schau mal«, forderte sie ihren Vater auf.

Wieder maß sie mit der Faust den Himmel bis zum Polarstern ab, schob die Ruderpinne zur Seite und vollzog eine Halse. Der Wind wehte nun von der anderen Seite, und die Segel schwangen flatternd herum.

»Was machst du da?«, fragte Hawley.

»Ich nehme Kurs auf die Bitter Banks. Dorthin ist es näher als bis zur Küste. Die *Athena* hat sicher Ärzte an Bord. Oder zumindest Wissenschaftler. Und ein Funkgerät.«

»Und deinen Freund«, fügte Hawley hinzu.

»Er ist nicht mein Freund«, widersprach Loo. »Nicht mehr.«

Hawley warf den Zigarettenstummel über Bord. »Tja, ich hoffe, du versuchst es weiterhin.«

»Was soll ich weiterhin versuchen?«

»Mit jemandem eine Beziehung zu führen.«

Er schien ihre geheimsten Gedanken zu kennen, schien zu wissen, dass Loo Angst hatte, niemand würde sie je wieder lieben.

»Du hast gesagt, du stirbst nicht.«

»Tu ich auch nicht«, sagte er.

»Dann halt die Klappe.« Loo knipste die Taschenlampe an und überprüfte seine Verbände. Sie hielten nicht dicht. Also öffnete sie noch eine Mullbinde und wickelte sie wieder und wieder um seine Brust und seine Schulter. Daraufhin suchte sie im Verbandskasten herum, um vielleicht noch etwas zu finden, was beim Stoppen der Blutung helfen konnte. Dabei versuchte sie, nicht in Joves Richtung zu blicken, dessen Leiche neben Hawley lag und unter der Decke steif und kalt wurde.

»Dreh mir noch eine Zigarette.«

»Du solltest nicht so viel rauchen«, tadelte Loo, griff aber trotzdem nach dem Tabakbeutel. Wieder füllte sie ein dünnes Papierblättchen mit Tabak. Ihre Hände zitterten, genau wie damals, als Hawley zum ersten Mal ein Gewehr in ihre Hände gelegt hatte.

»In den Lakritzgläsern ist eine Liste mit meinen Bankschließfächern. Die Schlüssel habe ich auch hineingetan.«

Loo schnipste am Rädchen des Feuerzeugs und hielt schützend ihre Hand vor die Flamme. Für einen Moment tanzten Schatten über das Gesicht ihres Vaters und verliehen ihm das Aussehen einer zerbrochenen Maske. Als die Flamme erlosch, war seine Zigarette das Einzige, was leuchtete. Loo beobachtete, wie die Glut bei jedem Zug aufloderte. Sie inhalierte den Rauch und war plötzlich wieder im Wald hinter ihrem Haus, an jenem Tag vor fünf Jahren. Sie spürte das Gewehr in ihren Armen, drehte den Kopf und lauschte. Hawley lehnte in der Sonne an einem Stein und forderte Loo auf, ihm zu zeigen, auf was sie schießen würde.

»Der Rest des Geldes ist in einem Treuhandfonds angelegt. Du bekommst es, wenn du achtzehn wirst. Der Anwalt weiß Bescheid.«

»Halt die Klappe, halt die Klappe, halt die Klappe!«, schrie Loo.

In diesem Moment fiel der Motor aus, und die Welt wurde noch stiller. Loo sah nach, wie viel Benzin sie noch hatten. Nur noch einen Rest. Sie beschloss, ihn für später zu sparen. Der Wind war wieder stärker geworden und hatte die Segel gestrafft. Als das Boot krängte, lehnte sie sich auf die Steuerbordseite hinüber und achtete darauf, dass der Bug weiter nach Norden zeigte.

»Wir beide hätten uns auch so ein Boot kaufen sollen«, sagte Hawley. »Wir hätten rausfahren und Picknick mitnehmen können, das wäre schön gewesen.«

»Wir haben doch jetzt ein Boot«, erwiderte Loo.

»Da hast du auch wieder recht.«

Immer mehr Vögel versammelten sich, graue Schatten, die wippend auf dem Wasser schwammen oder am Himmel kreisten, wiederholt die Luftströme nutzten, um weiter aufzusteigen und sich danach langsam nach unten zu schrauben. Der Wind war jetzt anders, und die Luft hatte sich ebenfalls verändert. Sie roch nach Insel, Algen und Seepocken. Die Bitter Banks, dachte Loo. Offenbar rückten sie näher.

»Ich bin froh, dass du die Uhr weggeworfen hast«, sagte Hawley.

»Wie viel war sie wert?«

»Zu viel.«

Seine Aussprache wurde immer undeutlicher. Er zog an seiner Zigarette, nahm sie vom Mund und stieß den

Rauch aus, als würde er Jahre seines Lebens von sich stoßen. Asche fiel herunter, und die Papierspitze knisterte. Plötzlich flogen alle Vögel gleichzeitig vom Meer auf, kreischend und hektisch mit den Flügeln schlagend. Vor dem Boot bildete sich zwischen den Wellen eine glatte Fläche, aus der kurz darauf etwas emporstieg, ein verkrusteter, fahler Hügel, aus dem eine Fontäne aus geballter archaischer Luft hochschoss.

»Dad!« Loo stemmte sich gegen die Pinne. »Da vorne ist etwas!«

Hawley drehte den Kopf. Um was für eine Kreatur es sich auch gehandelt hatte, sie war wieder unter der Oberfläche verschwunden. Loo schluckte. Sie hatte so viel Zeit damit verbracht, sich auf die Sterne über ihnen zu konzentrieren, dass sie ganz außer Acht gelassen hatte, was sich womöglich unter ihnen befand. Jetzt stellte sie sich die unendliche Tiefe unter dem Rumpf des Segelboots vor, kilometerweit nichts als Wasser, die Lebewesen, die dort im Dunkeln hausten. Tiere, die kein Licht brauchten, keine Luft, die nur zum Fressen an die Oberfläche kamen.

Blasen stiegen um das Boot herum auf. Das saugende Geräusch verdrängten Wassers war zu hören, bis ein Wal direkt neben dem Segelboot durch die Oberfläche brach und auf der Backbordseite sein Blas in die Luft spritzte. Brackiges Wasser ergoss sich über ihre Köpfe, und Loo hob die Arme, um ihren Vater zu schützen. Als der Schauer endete, roch sie nach Algen und glitschigen Steinen, nach Hawleys Wathose und dem Inneren von Muscheln, die ihre Schalen fest zusammenhielten. Es war der Geruch von Wasser, das auf Land traf, und die Ursache für diesen Inselgeruch war der Wal.

An seinen großen Brustflossen unter den Wellen erkannte Loo, dass es ein Buckelwal war. Der Rest seines Körpers war nichts als eine riesige Silhouette, ein gewaltiger Schatten, der das Boot umkreiste und gegen den Rumpf stieß. Loo packte die Pinne. Sie wusste, dass Wale vierzig Minuten lang tauchen konnten, dass bei ihnen ganze Lebensabschnitte zwischen zwei Atemzüge passten. Aber dieser Wal blieb in der Nähe, als wollte er sich eine Meinung über Hawley und Loo bilden.

Sie atmete tief ein und entließ die Hälfte der Luft wieder. Dann wartete sie. Und wartete. Ihr fiel das Walherz ein, das Herz aus rotem und rosafarbenem Kunststoff, in das sie vor Jahren im Museum gekrabbelt war. Der Tunnel der Aorta hatte sie in eine ganz neue Welt entführt, und jede Kammer des Herzens war ein abgetrennter Raum gewesen, in dem sich Loo sicher und geschützt gefühlt hatte. Wie klein alles andere wirken muss, wenn das eigene Herz so groß ist, dass jemand hineinkriechen kann, dachte sie und legte die Hand auf ihre Brust. Spürte, wie sich das Leben in ihr gegen ihre eigene Haut drückte.

»Dad«, sagte sie. Sie hatte das Bedürfnis, ihm davon zu erzählen.

In diesem Moment stach das offene, mit Seepocken verkrustete Maul des Wals aus den Wellen wie die Galionsfigur eines vergessenen Schiffswracks, das aus der Tiefe zurückkehrte. Loo erkannte die Barten, die den Oberkiefer des Tiers säumten und aussahen wie der Kamm von Mabel Ridges Webrahmen. Der Wal drehte sich zur Seite, und da war sein Auge, schwarz und glänzend unter schweren Hautfalten, darunter die Furchen seines breiten Halses. Loo hätte nicht zu sagen vermocht, ob der Wal sie ansah, ob er überhaupt an etwas dachte. Das Tier fiel zur Seite wie ein kippender Schulbus, hob die Brustflosse hoch in die Luft und tauchte dann mühelos ab, wobei es die volle Länge seines glitschigen Rückens zeigte, bis nur noch die Fluke aus dem Wasser ragte. Ihr zerklüfteter Rand war weiß gesprenkelt. Sie bog sich und schien am Himmel zu kratzen, bevor auch sie in der Tiefe versank. Zurück blieb nichts als ein wogender, sich ausbreitender Kreis, der bald die *Pandora* erreicht hatte.

Die Möwen flogen Richtung Norden davon. Loo straffte das Großsegel, korrigierte ihren Kurs und folgte den Vögeln und dem Wal. Hundert Meter weiter vorne erkannte sie undeutlich den Blas des Wals im Licht der Sterne. Bei seinem nächsten Auftauchen konnte sie die Fontäne nur noch hören, das Geräusch druckvoll ausgestoßener Luft.

Hawleys Zigarette war unterdessen erloschen. Loo kroch zu ihm und drückte ihr Ohr auf seine Brust, tastete mit ihren Fingern an seinem Hals nach dem Puls. Sein Herz schlug noch, aber ihr Gesicht und ihre Hände waren blutig, als sie sie zurückzog.

Sie beugte sich über die Seite des Boots, berührte die Wasseroberfläche mit der Hand. Winzige Pünktchen leuchteten dort im Meer – vom Wal verursachte Biolumineszenz. Das ätherische, mattgrüne Licht des aufgewirbelten Phytoplanktons vermischte sich mit dem Spiegelbild der Sterne, all der Helden und Legenden am Himmel.

Das Licht war stark genug, um sich seinen Weg durch die Wogen zu bahnen, hell genug, dass Loo sehen konnte, wie das Blut von ihrer Haut gewaschen wurde. Sie hob den Kopf und sah eine Reihe von Lichtern in der Ferne blinken. Ein Boot. Und noch eins und noch eins.

»Wir sind da!«, sagte sie. »Wir haben es geschafft.«

Sie griff nach der Signalrakete. Die Plastik-Konstruktion fühlte sich unsolide und leicht an, lag wie ein Spielzeug in ihrer Hand, auch nachdem sie die Patrone hineingeschoben hatte. Loo erklomm den Bug des Boots, hielt sich am Vorstag fest und versuchte, so hoch wie möglich zu kommen.

Aus der Dunkelheit drang die Stimme ihres Vaters an ihr Ohr.

»Auf was wirst du schießen?«, fragte er.

»Auf alles«, antwortete Loo. Dann hob sie den Arm und drückte ab.

Dank

Es war eine lange Reise zu diesem Buch, und ich habe vielen Menschen zu danken. Meinen Eltern, Hester und William Tinti, die mich immer wieder inspirieren mit ihrer unbeirrbaren Unterstützung und ihrer Liebe. Meinen Schwestern Hester und Honorah, die mir stets den Rücken freihalten und die Owen, Phelan, Isabelle und Geno in mein Leben gebracht haben. Helen Ellis und Ann Napolitano, die immer den Glauben an mich behalten haben. Meiner *One Story*-Familie: Maribeth Batcha, Devin Emke, Patrick Ryan, Will Allison, Karen Friedman, Adina Talve-Goodman, Amanda Faraone, Lena Valencia, all unseren Unterstützern, Ehrenamtlichen und Autoren. Dani Shapiro, Michael Maren, Antonio Sersale, Carla Sersale, Jacob Maren, Jim Shepard, Karen Shepard, den Sirenland-Stipendiaten der Vergangenheit und Gegenwart und unserem lieben verstorbenen Franco – ihr seid alle wunderbar. Meiner New-Yorker-Familie: Yuka, Kareem, Maya und Saya. Kate Gray für Ozeane über Ozeane. Ruth Ozeki, Ann Patchett, Richard Russo, Karen Russell und Meg Wolitzer für ihre wohlwollenden Worte. Deborah Landau und allen Mitarbeitern und Studenten des Instituts für Kreatives Schreiben an der NYU. Ruth

Cohen und dem Amerikanischen Naturhistorischen Museum, wo ich freundlicherweise in das Modell eines Walherzens hineinkriechen durfte. Rahna Reiko Rizzuto, Dan Chaon, Willy Vlautin, Josh Wolf Shenk, Leigh Newman, Anna Solomon und der gesamten Poker-Gang für ihre frühe Lektüre, Freundschaft und ihren guten Rat. Joe Lewis und Matthew Cheney, die ihr Fachwissen über Waffen mit mir geteilt haben. Der Brooklyn Creative League, dem Center for Fiction, dem Ellen Levine Fund for Writers, dem New York Community Trust, der Civitella Ranieri Foundation, Aspen Words, der Catto Shaw Foundation und Hedgebrook, die mir Unterschlupf gewährten, als ich von Zweifeln geplagt war. Den Borg und den Erratics, die mir gezeigt haben, wie ich meine Grenzen abstecke. Lynda Barry für *One! Hundred! Demons!* E. L. Doctorow für *Bye, Bye Blackbird*. Nina Collart für den Strand im Winter. Amy O'Neill Houck und James Houck für Alaska. *Tin House* für das Risiko, *Bullet #2* zu veröffentlichen, und Otto Penzler und Lisa Scottoline für *Best American Mystery Stories*. Eine riesengroße Runde Drinks für die brillante, visionäre Susan Kamil, den großen Lektor Noah Eaker und alle anderen bei The Dial Press, die mit bloßen Händen einen roten Teppich für diesen Roman geknüpft haben: Gina Centrello, Sally Marvin, Maria Braeckel, Theresa Zoro, Susan Corcoran, Jessica Bonet, Leigh Marchant, Avideh Bashirrad, Emma Caruso, Dhara Parikh, Allyson Lord, Kelly Chian, Benjamin Dreyer, Caitlin McCaskey, Anastasia Whalen, Michael Kindness, David Underwood, Ruth Liebmann, Sherry Virtz, Ron Shoop, Michele Sulka und so viele andere – ihr seid eine Konstellation geballter Kompetenz. Sara Schindler und dem Kein & Aber Verlag will ich für die Publikation der deutschen Ausgabe danken, und der Übersetzerin Verena Kilchling dafür, den deutschen Text in harter Arbeit erschaffen zu haben. Der Marsh Agency, der Abner Stein Agency, Caspian Dennis, Jill Gillett und Geoffrey Sanford dafür, dass sie Hawley und Loo dem Rest der Welt vorgestellt haben. Und schließlich tausend Laibe Pfefferkuchen für Aragi Inc., eine Agentur, die ein echtes Zuhause geworden ist und deren Schriftsteller und Künstler für mich wie Blutsverwandte sind, Duvall Osteen, die dafür sorgt, dass wir nicht aus der Reihe tanzen, und Nicole Aragi, meine Tee trinkende Kriegerin, die nie aufgehört hat zu glauben, dass ich die richtigen Worte finden würde.

KEIN & ABER POCKET

Ayelet Gundar-Goshen
Lügnerin

»Ein großartiges psychologisches Buch.«
Zeit online

Als Nuphar ein Missverständnis zu einer Lüge formt, richten sich plötzlich die Augen der ganzen Stadt auf sie. Im hellen Licht der Kameras blüht die junge Eisverkäuferin auf, und mit ihr wächst und gedeiht die Lüge. Doch wie lange kann Nuphar sie noch aufrechterhalten?
Ayelet Gundar-Goshen legt in ihrem neuen Roman meisterhaft die menschliche Seele bloß und lässt die Grenzen zwischen Richtig und Falsch verschwinden.

Roman, 336 Seiten
ISBN 978-3-0369-5980-1

auch als eBook erhältlich
ISBN 978-3-0369-9367-6

www.keinundaber.ch

KEIN & ABER POCKET

Francesca Segal
Ein sonderbares Alter

»Eine spritzige und gekonnte Komödie, die die Zwischentöne
familiärer Zwietracht mit tadelloser Harmonie und Präzision spielt.«
The New York Times

Gwen und Nathan sind wenig erfreut, als sich ihre Single-Eltern ineinander verlieben und zusammenziehen wollen. Die beiden Teenager können
sich nicht ausstehen. Bewaffnet mit der Sturheit von Kindern und der
Berechnung von Erwachsenen, kämpfen Gwen und Nathan gegen die
neue Situation an – bis eine Nachricht plötzlich alles auf den Kopf stellt.

Roman, 432 Seiten
ISBN 978-3-0369-5984-9

auch als eBook erhältlich
ISBN 978-3-0369-9352-2

www.keinundaber.ch

Claudia Schreiber
Süß wie Schattenmorellen

»Die Autorin zieht den Leser nach wenigen Minuten in die Geschichte, um ihn am Ende erfrischt auftauchen zu lassen.«
SWR1

In Annies Familie liefen die Dinge schon immer anders. Und dass Erwachsene ihr Leben keineswegs besser im Griff haben als Kinder, musste Annie früh lernen. So ist es auch Annie, die sofort mit anpackt, als die hochschwangere Paula auf der Kirschplantage auftaucht und es mit einem Mal um Leben und Tod geht.

Roman, 288 Seiten
ISBN 978-3-0369-5983-2

auch als eBook erhältlich
ISBN 978-3-0369-9161-0